A Rainha de Tearling

A Rainha de Tearling

Erika Johansen

Tradução
Cássio de Arantes Leite

Copyright © 2014 by Erika Johansen

Grafia atualizada segundo o Acordo Ortográfico da Língua Portuguesa de 1990, que entrou em vigor no Brasil em 2009.

Título original
The Queen of the Tearling

Capa
Thiago de Barros

Ilustração do mapa
Rodica Prato

Preparação
Mariana Calil
Carolina Vaz

Revisão
Isabel Cury
Márcia Moura

Dados Internacionais de Catalogação na Publicação (CIP)
(Câmara Brasileira do Livro, SP, Brasil)

> Johansen, Erika
> A rainha de Tearling / Erika Johansen; tradução Cássio de Arantes Leite. – 1ª ed. – Rio de Janeiro: Suma de Letras, 2017.
>
> Título original: The Queen of the Tearling
> ISBN 978-85-5651-028-0
>
> 1. Ficção de fantasia 2. Ficção norte-americana 3. Literatura juvenil I. Título.

16-09190   CDD-813.5

Índice para catálogo sistemático:
1. Ficção de fantasia: Literatura norte-americana
   813.5

[2017]
Todos os direitos desta edição reservados à
EDITORA SCHWARCZ S.A.
Praça Floriano, 19 — Sala 3001
20031-050 – Rio de Janeiro – RJ
Telefone: (21) 3993-7510
www.companhiadasletras.com.br

Para Christian e Katie

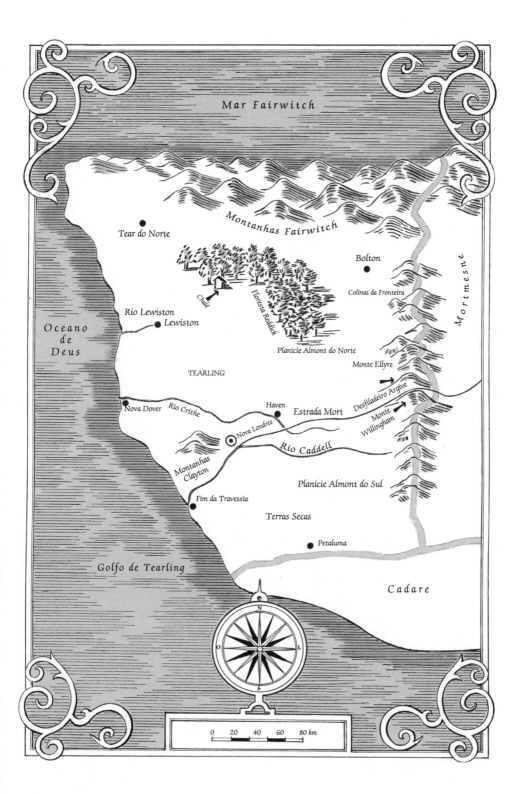

LIVRO I

O décimo cavalo

A rainha Glynn — Kelsea Raleigh Glynn, sétima rainha de Tearling. Também conhecida como: a Rainha Marcada. Criada por Carlin e Bartholemew (Barty, o Bondoso) Glynn. Mãe: rainha Elyssa Raleigh. Pai: desconhecido. Ver apêndice XI para especulações.

— A antiga história de Tearling, CONTADA POR MERWINIAN

Kelsea Glynn estava sentada, imóvel, observando a tropa se aproximar de seu lar. Os homens cavalgavam em formação militar, ladeados por alguns batedores, todos vestidos com os trajes cinza da guarda real de Tearling. Os mantos dos cavaleiros tremulavam com o galopar dos animais, revelando suas armas suntuosas: espadas e facas, todas feitas de aço Mortmesne. Um deles até carregava uma clava; Kelsea via a cabeça dentada projetando-se da sela. O modo taciturno como conduziam os cavalos na direção do chalé não deixava dúvidas: não queriam estar ali.

Kelsea estava envolta em um manto com capuz, sentada em uma forquilha no topo de uma árvore a cerca de dez metros da porta de casa. Vestia-se em tons verde-escuros do capuz às botas cor de pinho. E tinha uma safira pendurada em uma corrente de prata no pescoço. A joia possuía o hábito irritante de escapar da camisa de Kelsea minutos após a menina escondê-la lá dentro, o que era bem apropriado, já que naquele dia a safira foi a fonte de seus problemas.

Nove cavaleiros, dez cavalos.

Os soldados se aproximaram do trecho de terra batida diante do chalé e desmontaram. Quando tiraram o capuz, Kelsea viu que eram bem mais velhos do que ela; aqueles homens deviam ter trinta ou quarenta anos, e exibiam uma expressão séria e calejada, que refletia a realidade árdua dos combates. O soldado com a clava murmurou alguma coisa, e as mãos dos outros foram automaticamente ao punho das espadas.

— Melhor que seja rápido — disse um sujeito alto e magro cujo tom de voz autoritário sugeria que fosse o líder.

Ele avançou e bateu três vezes na porta, que foi aberta prontamente, como se Barty estivesse de pé do outro lado. Mesmo de onde estava, Kelsea percebeu que o rosto redondo de Barty estava franzido, e seus olhos, vermelhos e inchados. Ele a mandara para a floresta naquela manhã, relutante em deixá-la presenciar sua tristeza. Kelsea protestara, mas Barty não lhe dera atenção, decidindo simplesmente empurrá-la porta afora e dizer:

— Vá se despedir da floresta, menina. É provável que demore muito para deixarem você andar por aí sozinha outra vez.

Então Kelsea passara a manhã perambulando pela floresta, subindo em troncos caídos e parando de vez em quando para escutar a calmaria, aquele silêncio perfeito, tão destoante da abundância de vida que o bosque continha. Ela até capturou um coelho para se distrair, libertando-o logo depois; Barty e Carlin não estavam precisando de carne, e ela não sentia prazer algum em matar. Observando o animal escapulir e sumir na floresta onde ela passara a maior parte da infância, Kelsea experimentou dizer a palavra outra vez, embora a sensação fosse a de estar com a boca cheia de terra: *rainha*. Uma palavra agourenta, pressagiando um futuro sombrio.

— Barty — saudou o líder da tropa. — Há quanto tempo.

Barty murmurou algo incompreensível.

— Viemos buscar a garota.

Barty assentiu, levou dois dedos à boca e assoprou, um assobio agudo e penetrante. Kelsea desceu da árvore sem fazer ruído e deixou a proteção da floresta com o coração martelando. Ela sabia usar a faca para se defender, caso fosse atacada; Barty cuidara disso. Mas a tropa armada até os dentes a intimidava: sentia os olhares avaliadores de todos aqueles homens sobre si. Não se parecia em nada com uma rainha e sabia disso.

O líder, um homem de rosto austero com uma cicatriz no queixo, fez uma mesura diante dela.

— Alteza. Sou Carroll, capitão da Guarda da falecida rainha.

Um instante se passou antes que os demais também fizessem uma reverência. O homem com a clava se curvou apenas alguns centímetros, o queixo movendo-se em um gesto quase imperceptível.

— Precisamos ver a marca — murmurou um dos guardas, o rosto parcialmente oculto atrás da barba ruiva. — E a joia.

— Acha mesmo que eu ia passar a perna no reino, homem? — irritou-se Barty.

— Ela não se parece em nada com a mãe — retrucou o homem de barba ruiva.

Kelsea ruborizou. Segundo Carlin, a rainha Elyssa tinha a beleza clássica de Tearling; alta, loura e graciosa. Kelsea também era alta, mas de pele morena, e com um rosto que era, na melhor das hipóteses, comum. Também estava longe de ter um físico escultural; fazia muito exercício, mas possuía um grande apetite.

— Ela tem os olhos dos Raleigh — comentou outro guarda.

— Prefiro ver a joia e a cicatriz — respondeu o líder, e o ruivo balançou a cabeça, concordando.

— Mostre a eles, Kel.

Kelsea puxou o pingente de safira de dentro da camisa e o ergueu contra a luz. Aquela joia estivera em torno de seu pescoço desde sempre, e no momento o que mais queria era arrancar aquilo e devolvê-la aos guardas. Mas Barty e Carlin já haviam explicado que nunca lhe permitiriam fazer isso. Kelsea era a princesa coroada de Tearling e estava fazendo dezenove anos, a idade em que os monarcas de Tearling ascendiam ao trono desde a época de Jonathan Tear. Se fosse preciso, a Guarda da Rainha iria arrastá-la para a Fortaleza contra sua vontade e a amarraria ao trono, onde permaneceria sentada, em meio a veludo e seda, até ser assassinada.

O líder assentiu ao ver a joia, e Kelsea puxou a manga esquerda do manto, expondo o antebraço, onde uma cicatriz alongada na forma de uma lâmina ia do pulso até o bíceps. Um ou dois homens começaram a murmurar ao ver a marca, as mãos que seguravam as armas relaxando pela primeira vez desde que haviam chegado.

— Então é isso — declarou Carroll, ríspido. — Em marcha!

— Esperem um instante.

Carlin apareceu na porta, tirando Barty do caminho com um toque delicado. Ela fez isso usando os pulsos, não os dedos; a artrite devia estar muito ruim naquele dia. Sua aparência estava impecável como sempre, o cabelo branco preso com esmero. Kelsea ficou surpresa em ver que os olhos dela também estavam um pouco vermelhos. Carlin não era de chorar; raramente demonstrava qualquer emoção.

Vários guardas se empertigaram ao vê-la. Alguns chegaram a dar um passo para trás, incluindo o sujeito com a clava. Kelsea sempre achara que Carlin possuía certo ar de nobreza, mas ficou surpresa ao ver aqueles homens, armados com espadas, sentir-se intimidados por uma mulher idosa.

Graças a Deus isso não acontece só comigo.

— Mostrem que são quem dizem ser! — exigiu Carlin. — Como podem provar que vêm mesmo da Fortaleza?

— Quem mais saberia onde encontrá-la neste dia? — perguntou Carroll.

— Assassinos.

Vários soldados riram de maneira rude, mas o homem com a clava deu um passo à frente, procurando algo no interior do manto.

Carlin o encarou por um instante.

— Eu conheço você.

— Trouxe as instruções da rainha — disse ele, puxando um envelope grosso, amarelado pelo tempo. — Caso tenha esquecido.

— Duvido que alguém possa se esquecer de você, Lazarus — respondeu Carlin, a voz carregada de desaprovação. Ela abriu o documento rapidamente, embora sua artrite devesse ter doído um bocado, e examinou o conteúdo. Kelsea observou a carta, fascinada. Sua mãe estava morta há muito tempo e, no entanto, ali estava algo que ela escrevera, que tivera nas mãos.

Carlin pareceu satisfeita e estendeu a carta de volta para o guarda.

— Kelsea precisa pegar seus pertences.

— Temos apenas alguns minutos, Alteza. Precisamos partir. — Carroll falou diretamente com Kelsea, voltando a fazer uma mesura, e a menina percebeu que ele já dispensara a presença de Carlin.

Carlin também notara a mudança; seu rosto parecia feito de pedra. Kelsea muitas vezes desejou que Carlin expressasse alguma raiva, em vez de se recolher naquele silêncio frio e remoto. Os silêncios de Carlin eram uma coisa terrível.

Kelsea passou pelos cavalos e entrou no chalé. Suas roupas já estavam guardadas em alforjes, mas ela não fez menção de pegá-los, rumando para a biblioteca de Carlin. As paredes eram cobertas de livros do chão ao teto; o próprio Barty construíra as estantes, com carvalho de Tearling, e as presenteara a Carlin no Natal, quando Kelsea tinha quatro anos. Possuía apenas lembranças vagas daquela época, mas esse dia era nítido em sua mente: ela ajudara Carlin a arrumar os livros e chorara um pouco quando a mulher não a deixou organizá-los por cor. Vários anos se passaram, mas Kelsea ainda adorava os livros, adorava vê-los lado a lado, cada volume em seu devido lugar.

Mas a biblioteca também servira como sala de aula, o que muitas vezes se provou desagradável. Conceitos matemáticos básicos, gramática da língua tear, geografia e, mais tarde, as línguas dos países vizinhos, com seus sotaques esquisitos, no começo difíceis, depois mais fáceis, mais rápidos de aprender, até Kelsea e Carlin conseguirem passar sem esforço de uma língua para outra, pulando de mort para cadarese e voltando à fala mais simples e menos dramática de Tearling sem deixar escapar uma sílaba. E, principalmente, história, a história da humanidade remontando a um tempo anterior à Travessia. Carlin dizia que história era tudo, pois era da natureza do homem repetir os mesmos erros. Ela dizia isso encarando Kelsea com uma expressão severa, as sobrancelhas brancas franzidas, pronta para dar um sermão. Carlin era justa, mas também rígida. Se

Kelsea completasse toda a lição até a hora do jantar, sua recompensa era pegar um livro na biblioteca e poder ficar acordada até terminar de lê-lo. As histórias de fantasia eram as que mais mexiam com Kelsea, histórias de coisas que nunca haviam acontecido, histórias que a levavam para longe do dia a dia imutável do chalé. Certa noite, ela ficara acordada até o amanhecer lendo um romance bastante longo e fora liberada de suas obrigações para dormir a maior parte do dia seguinte. Mas também houve meses inteiros em que Kelsea se cansou das aulas constantes e simplesmente desistiu. Então ficava sem os livros e sem a biblioteca, somente com as tarefas domésticas, a solidão e a desaprovação esculpida no rosto de Carlin. No fim, Kelsea sempre voltava às lições.

Barty fechou a porta e se aproximou, mancando. Muitos anos antes, ele fora membro da Guarda da Rainha, até que uma espada o cortara atrás do joelho, deixando-o coxo. Ele segurou o ombro dela com firmeza.

— Não pode enrolar, Kel.

Kelsea se virou e viu Carlin desviando o olhar para a janela. Diante do chalé, os soldados aguardavam inquietos, lançando olhares ansiosos na direção da floresta.

Estão acostumados a lugares fechados, pensou Kelsea. *O espaço aberto os deixa nervosos.* As implicações disso, a vida que a esperava na Fortaleza, deixaram-na atordoada, bem quando achava que já vertera todas as lágrimas que havia para chorar.

— Vivemos em uma época perigosa, Kelsea. — Carlin encarava a janela, a voz distante. — Não confie no regente, seja ele seu tio ou não; aquele homem deseja o trono desde antes de nascer. Mas os guardas de sua mãe são fiéis e sem dúvida cuidarão de você.

— Eles não gostam de mim, Carlin — desabafou Kelsea. — Você disse que me escolher seria uma honra para eles, mas estão aqui contra a vontade.

Carlin e Barty se entreolharam, e Kelsea percebeu que o assunto já havia sido motivo para discussões. O casamento deles era estranho; Carlin tinha pelo menos dez anos a mais do que Barty, beirando os setenta. Não era difícil perceber que ela já havia sido bem bonita, mas, com o tempo, sua beleza se transformara em austeridade. Barty não era bonito; era mais baixo do que Carlin e bem mais rechonchudo, mas tinha um rosto alegre e olhos sorridentes sob o cabelo grisalho. Ele não se interessava por livros, e Kelsea muitas vezes se perguntava sobre o que ele e Carlin conversavam quando ela não estava por perto. Talvez sobre nada; talvez Kelsea fosse o elo que os mantinha unidos. Nesse caso, o que seria dos dois agora?

— Juramos a sua mãe que não lhe contaríamos sobre as falhas dela, Kelsea, e mantivemos nossa promessa. Mas nem tudo na Fortaleza será como você imagina. Barty e eu lhe demos uma boa educação; esse era nosso dever. Mas, assim que se sentar no trono, terá de tomar as próprias decisões difíceis — disse Carlin, por fim.

Barty bufou em reprovação e se afastou mancando para pegar os alforjes de Kelsea. Carlin lançou-lhe um olhar cáustico que ele ignorou, e então se virou para Kelsea, franzindo as sobrancelhas. A menina baixou o rosto, sentindo um nó se formar na garganta. Certa vez, muito tempo antes, quando estavam no meio de uma aula na floresta sobre os usos do musgo-vermelho, Barty soltara do nada:

— Se dependesse de mim, Kel, eu quebrava esse maldito juramento e contava tudo que você quer saber.

— Por que não depende de você?

Barty olhou desoladamente para o musgo em suas mãos e, após um instante, Kelsea entendeu. Nada no chalé dependia de Barty; Carlin era quem dava as ordens. Carlin era mais inteligente, Carlin não tinha limitações físicas. Barty vinha em segundo lugar. Carlin não era cruel, porém Kelsea já fora esmagada pela vontade férrea da mulher vezes o bastante para compreender a amargura de Barty, podia quase senti-la também. Mas a vontade de Carlin prevalecera no chalé. Havia grandes lacunas no que Kelsea aprendera nas aulas de história, além de informações sobre o reinado de sua mãe que foram ignoradas de propósito. Fora mantida longe da aldeia e das respostas que poderia ter obtido ali; sua infância fora um verdadeiro exílio. Porém, em mais de uma ocasião escutara Barty e Carlin conversando tarde da noite, bem depois da hora em que ela supostamente deveria estar dormindo, e agora compreendia ao menos parte do mistério. Por vários anos a Guarda do Regente havia percorrido cada palmo do país à procura de uma criança com a joia e a cicatriz. À procura de Kelsea.

— Deixei um presente em seus alforjes — continuou Carlin, tirando-a de seus devaneios.

— Que presente?

— Você vai descobrir por si mesma depois que partir.

Por um momento, Kelsea sentiu a raiva voltar a aflorar; Carlin era sempre cheia de segredos! Mas logo depois ficou envergonhada. Barty e Carlin estavam sofrendo... não só por Kelsea, mas também por seu lar. Naquele exato minuto, os batedores do regente provavelmente estavam rastreando a Guarda da Rainha por todo o Tearling. Barty e Carlin não poderiam permanecer ali; pouco após a partida de Kelsea, eles também partiriam para Petaluma, uma aldeia no sul do país, próxima da fronteira de Cadare, onde Barty crescera. Barty se sentiria perdido sem sua floresta, mas havia outras florestas para ele explorar. Carlin estava fazendo o maior sacrifício: sua biblioteca. Aqueles livros eram a coleção de sua vida, mantidos a salvo pelos pioneiros durante a Travessia, preservados ao longo de séculos. Não poderia levá-los consigo; seria fácil demais segui-los, se fossem de carroça. Todas aquelas obras seriam perdidas.

Kelsea pegou seu bornal e o pendurou no ombro antes de olhar pela janela para o décimo cavalo.

— Há tanta coisa que eu não sei.
— Você sabe o que precisa saber — respondeu Barty. — Está com sua faca?
— Estou.
— Fique com ela o tempo todo. E tome cuidado com o que come, e de onde vem a comida.

Ela o abraçou. A despeito do tamanho, Barty estava tremendo de fadiga, e Kelsea de repente percebeu quão exausto ele estava, como a criação que lhe dera consumira a energia que ele deveria ter conservado para quando envelhecesse. Seus braços grossos se apertaram em volta dela por um momento, e, então, ele recuou, com um brilho ardente nos olhos azuis.

— Você nunca matou ninguém, Kel, e isso é ótimo, mas de hoje em diante será uma pessoa visada, está entendendo? Precisa estar preparada.

Kelsea pensou que Carlin fosse refutar Barty, a Carlin que sempre dizia que força bruta era para os tolos. Mas ela assentiu em concordância.

— Eu a criei para ser uma rainha racional, Kelsea, e tenho certeza de que você vai superar minhas expectativas. Porém, neste momento, sua sobrevivência é prioridade. Custará muito a esses homens fazê-la voltar para a Fortaleza em segurança. No fim das contas, as lições de Barty vão ajudar muito mais do que as minhas.

A mulher se afastou da janela e colocou a mão com delicadeza nas costas de Kelsea, dando-lhe um pequeno susto. Carlin nunca tocava em ninguém. O máximo de que parecia ser capaz era dar tapinhas nas costas, e essas ocasiões eram tão raras quanto chuva no deserto.

— Mas não deixe que a confiança em armas prejudique seu julgamento, Kelsea. Seu juízo sempre foi apurado; cuidado para não perdê-lo no caminho. É fácil deixar-se levar quando se empunha uma espada.

O som surdo de um punho protegido por cota de malha ecoou na porta da frente.

— Vossa Alteza? — chamou Carroll. — Está escurecendo.

Barty e Carlin deram um passo para trás, e ele pegou o restante da bagagem de Kelsea. Ambos pareciam terrivelmente velhos. Kelsea não queria deixá-los ali, aqueles dois que a haviam criado e ensinado tudo que sabia. O lado irracional de sua mente considerou por um instante largar a bagagem no chão e simplesmente escapar pela porta dos fundos, uma fantasia luminosa e tentadora que durou dois segundos antes de desaparecer.

— Quando será seguro mandar uma mensagem para vocês? — perguntou Kelsea. — Quando poderão parar de se esconder?

Os dois se entreolharam, um olhar de relance que lhe pareceu muito furtivo. Foi Barty quem finalmente respondeu:

— Isso vai demorar um pouco, Kel. Veja bem...

— Você vai ter outras coisas com que se preocupar — interrompeu Carlin bruscamente. — Pense no seu povo, em consertar este reino. Pode demorar bastante até que voltemos a nos ver.

— Carlin...

— Hora de ir.

Os soldados haviam tornado a montar em seus cavalos. Quando Kelsea saiu do chalé, eles olharam para ela, um ou dois com franco desprezo. O soldado com a clava, Lazarus, a ignorou completamente, preferindo fitar algum ponto no horizonte. Kelsea pôs sua bagagem na sela do cavalo, na verdade uma égua ruana, que parecia de certa forma mais dócil do que o garanhão de Barty.

— Imagino que saiba montar, Alteza? — perguntou o soldado que segurava as rédeas para ela. Ele pronunciou a palavra *alteza* como se fosse uma doença, e Kelsea tomou as rédeas de sua mão.

— Sim, eu sei montar.

Ela passou as rédeas de uma mão para a outra para vestir o casaco verde de inverno e abotoá-lo, então montou no animal e olhou para Barty, tentando ignorar a horrível premonição de que nunca mais o veria. Ele aparentava ser mais velho do que realmente era, mas não havia motivo para crer que não viveria por muitos anos. E premonições em geral não davam em nada. Segundo Barty, a própria vidente da rainha de Mortmesne dissera que Kelsea não chegaria ao décimo nono aniversário, e, contudo, ali estava ela.

Sorriu para Barty com o que imaginava ser uma expressão corajosa.

— Mandarei notícias em breve.

Ele assentiu, abrindo também um sorriso radiante, porém forçado. Carlin empalidecera de tal modo que Kelsea achou que poderia desfalecer ali mesmo, mas em vez disso ela avançou e ofereceu a mão. O gesto foi tão inesperado que Kelsea demorou um tempo antes de se dar conta de que deveria segurá-la. Em todos aqueles anos no chalé, Carlin nunca tocara em sua mão.

— Um dia você vai entender — afirmou Carlin, apertando a mão da menina com força. — Vai entender por que tudo isso foi necessário. Cuidado com o passado, Kelsea. Reine com sabedoria.

Nem mesmo naquele momento Carlin falava com todas as letras. Kelsea sempre soubera não ser a criança que Carlin teria escolhido como discípula, que a decepcionara com seu temperamento rebelde e sua falta de compromisso com a enorme responsabilidade que pesava sobre seus ombros. Kelsea recolheu a mão, então olhou para Barty e sentiu toda a sua irritação evaporar. Ele estava chorando sem reservas agora, o rastro das lágrimas brilhando no rosto. Kelsea sentiu os próprios olhos querendo marejar outra vez, mas puxou as rédeas e virou o cavalo na direção de Carroll.

— Podemos ir agora, capitão.

— Às suas ordens, Alteza.

Ele agitou as rédeas e começou a andar pela trilha.

— Soldados, formação de losango, protejam a rainha! — bradou por cima do ombro. — Cavalgaremos até o sol se pôr.

Rainha. Lá estava aquela palavra outra vez. Kelsea tentou pensar em si mesma como uma rainha e simplesmente não conseguiu. Acelerou a marcha para acompanhar os guardas, determinada a não olhar para trás. Virou-se apenas uma vez, pouco antes de dobrarem a curva, e viu que Barty e Carlin continuavam na entrada do chalé, observando-a partir, como um casal de lenhadores em um antigo conto de fadas. Então as árvores ocultaram-nos de vista.

A égua de Kelsea parecia ser resistente, pois enfrentou o terreno irregular com confiança. O garanhão de Barty sempre tivera problemas na floresta; Barty dizia que seu cavalo era um aristocrata, e que qualquer coisa inferior a uma estrada de terra batida não estava a sua altura. Mas mesmo no garanhão, Kelsea nunca se aventurara mais do que alguns poucos quilômetros além do chalé. Eram ordens de Carlin. Sempre que Kelsea falava com anseio das coisas que sabia existir no mundo lá fora, Carlin enfatizava a necessidade do sigilo, a importância da posição que herdaria. Ela não tinha a menor paciência com o medo que Kelsea tinha de fracassar. Carlin não queria saber de suas dúvidas. O trabalho de Kelsea era aprender; se contentar em crescer sem outras crianças, sem outras pessoas, sem o mundo lá fora.

Certa vez, quando tinha treze anos, Kelsea entrara na floresta com o garanhão de Barty, como de costume, e se perdera, indo parar em um trecho desconhecido da mata. Ela não conhecia as árvores ou os dois regatos pelos quais passara. Acabara andando em círculos e estava prestes a desistir e começar a chorar quando viu um rastro de fumaça de chaminé no horizonte, a cerca de trinta metros de distância.

Ao se aproximar, encontrou um chalé, mais pobre do que o de Barty e Carlin, feito de madeira em vez de pedra. Diante da cabana havia dois meninos pequenos, alguns anos mais novos do que Kelsea, duelando com espadas de brinquedo, e a menina ficou a observá-los por muito tempo, percebendo algo que nunca considerara antes: uma criação completamente diferente da sua. Até aquele momento, Kelsea achara que todas as crianças tinham a vida igual à dela. As roupas dos garotos eram esfarrapadas, mas ambos usavam blusas de aparência confortável, com mangas curtas que iam até o cotovelo. Kelsea só podia usar blusas de gola alta com mangas compridas e justas, para não correr o risco de que algum desconhecido visse seu braço ou o colar que não tinha permissão de tirar. Ela ficou escutando a conversa dos meninos e percebeu que mal sabiam falar tear corretamente; ninguém lhes dera aulas diárias, muito menos os forçaram a aprender a gramática. Já passava do meio-dia, mas eles não estavam na escola.

— Tu é mort, Emmett. Eu é tear! — proclamou o mais velho, orgulhoso.

— Eu não é mort! Os mort é baixinho! — berrou o menor. — A mamãe falou que é pra eu também ser tear às vezes!

— Tá bom. Tu é tear, mas eu usa magia!

Depois de observar os dois por algum tempo, Kelsea se deu conta da verdadeira diferença, o que chamara sua atenção: aquelas crianças tinham uma à outra. Ela estava a apenas cinquenta metros deles, mas a amizade entre os dois meninos a fez se sentir distante como a lua. A distância só fez aumentar quando a mãe deles, uma mulher rechonchuda sem um pingo da graça majestosa de Carlin, saiu e os chamou para jantar.

— Ei! Martin! Vem se lavar!

— Não! — retrucou o pequeno. — Nós não terminou.

Pegando um graveto em uma pilha no chão, a mãe entrou no meio da brincadeira, duelando com os dois, que deram risadinhas e gritinhos. Por fim, a mãe puxou ambos e os segurou junto ao corpo enquanto entravam em casa, abraçando os dois ao mesmo tempo. O anoitecer se aproximava, e embora Kelsea soubesse que deveria tentar encontrar o caminho de volta para casa, não conseguia se afastar da cena. Carlin não demonstrava afeição, nem mesmo para Barty, e o máximo que Kelsea podia esperar receber era um sorriso. Ela era a herdeira do trono tear, de fato, e Carlin lhe contara inúmeras vezes sobre a grande e importante honra que isso representava. Mas no longo trajeto de volta, Kelsea não conseguiu deixar de sentir que aquelas duas crianças eram mais afortunadas do que ela.

Quando enfim encontrou o caminho para casa, havia perdido a hora de jantar. Barty e Carlin estavam mortos de preocupação; Barty ralhara um pouco, mas por trás dos gritos Kelsea podia ver o alívio em seu rosto, e ele lhe dera um abraço antes de mandá-la para o quarto. Carlin apenas olhara feio para Kelsea antes de informá-la de que seus privilégios na biblioteca estavam revogados pelo resto da semana. Naquela noite, deitada na cama, Kelsea ficara paralisada com a revelação de que fora completa e monstruosamente trapaceada. Antes desse dia, Kelsea pensava em Carlin como sua mãe de criação, quando não mãe de fato. Mas agora compreendia que não tinha mãe, apenas uma velha fria e exigente que ocultava a verdade.

Dois dias depois, Kelsea transgrediu os limites impostos por Carlin outra vez, agora de propósito, pretendendo encontrar o chalé na floresta mais uma vez. Porém, desistiu e deu meia-volta quando estava na metade do caminho. A desobediência não era gratificante, mas sim aterrorizante; ela parecia sentir os olhos de Carlin em sua nuca. Kelsea nunca mais voltara a desafiar os limites, então não conheceu o resto do mundo. Toda a sua experiência vinha da floresta em torno do chalé, e ela já conhecia cada palmo do terreno quando completara dez anos. Agora, com os guardas aprofundando-se na floresta, com Kelsea no centro do agrupamento, ela sorriu por dentro e voltou sua atenção para o território que nunca conhecera.

Cavalgavam para o sul pelo coração da floresta Reddick, que cobria centenas de quilômetros quadrados na região noroeste do país. Havia carvalho tear por toda parte, e algumas árvores tinham quase vinte metros de altura, formando um dossel verdejante que se espalhava acima da cabeça deles. Havia também um pouco de vegetação rasteira, desconhecida de Kelsea. Os galhos pareciam com os de raiz-trepadeira, que possuía propriedades anti-histamínicas e era boa para fazer cataplasmas. Mas essas folhas eram mais longas, verdes e curvadas, com um matiz vermelho que alertava para urticária. Kelsea tentou evitar que a égua entrasse por essa folhagem, mas em alguns lugares foi impossível; a mata ficava cada vez mais densa à medida que o terreno se inclinava encosta abaixo. Agora estavam longe da trilha, mas enquanto os cascos pisoteavam o tapete dourado de folhas de carvalho caídas, Kelsea teve a sensação de que o mundo inteiro seria capaz de escutá-los passando.

Os guardas mantinham a formação de losango em torno dela, permanecendo equidistantes mesmo com as mudanças de velocidade exigidas pelo terreno irregular. Lazarus, o guarda com a clava, estava em algum lugar às suas costas, fora de vista. A sua direita ficava o guarda desconfiado da barba ruiva. Kelsea observava-o com interesse genuíno enquanto cavalgavam. Cabelos ruivos eram um gene recessivo e, nos três séculos desde a Travessia, foram se perdendo de maneira lenta e gradual entre a população. Carlin contara a Kelsea que algumas mulheres, e mesmo alguns homens, gostavam de tingir o cabelo de vermelho, já que sua raridade o tornava um tom valorizado. Mas depois de uma hora de olhares furtivos para o guarda, Kelsea tinha certeza de que estava olhando para uma cabeça autenticamente ruiva. Não existia uma tintura tão boa quanto aquela. O homem usava um pequeno crucifixo de ouro que balançava e cintilava com o movimento do cavalo, e isso também fez Kelsea hesitar. O crucifixo era o símbolo da Igreja de Deus, e Carlin a advertira inúmeras vezes de que a Igreja e seus padres não eram confiáveis.

Atrás do ruivo seguia um homem louro, de beleza tão extraordinária que Kelsea se sentia compelida a olhá-lo toda hora, por mais que ele fosse bem mais velho, beirando os cinquenta anos. O rosto era como os das pinturas de anjos nos livros de Carlin sobre a arte pré-Travessia. Mas o guarda também parecia cansado, os olhos circundados por manchas escuras que sugeriam noites insones. De algum modo, os sinais de exaustão só serviam para deixá-lo mais belo. Ele se virou e a pegou olhando, e Kelsea desviou o rosto para a frente na mesma hora, sentindo o sangue inflamar as bochechas.

A sua esquerda havia um guarda alto, de cabelo preto e ombros enormes. Parecia o tipo de homem que uma pessoa usaria para ameaçar outra. À frente dele seguia um sujeito bem mais baixo, quase magro, com cabelo castanho-claro. Kelsea observou esse guarda detidamente, pois parecia mais próximo de sua idade, talvez nem tivesse chegado aos trinta ainda. Ela tentou descobrir seu nome, mas sempre que os dois falavam, era em um tom de voz muito baixo, claramente não querendo ser escutados.

Carroll, o líder, ia à frente da formação. Tudo que Kelsea podia enxergar dele era seu manto cinza. De tempos em tempos, bradava uma ordem, e a companhia inteira dava uma guinada de rumo. Ele cavalgava com confiança, sem procurar a orientação de ninguém, e Kelsea confiou nele para levá-la a seu destino. A capacidade para liderar era provavelmente uma qualidade necessária em um capitão da guarda; Carroll era um homem a quem ela precisaria se aliar para sobreviver. Mas como poderia conquistar a lealdade daqueles homens? Eles provavelmente a achavam fraca. Talvez achassem que todas as mulheres eram fracas.

Um falcão gritou em algum lugar no céu, e Kelsea puxou o capuz para cobrir o rosto. Falcões eram criaturas lindas, e boas para comer, também, mas Barty lhe contara que em Mortmesne, e até na fronteira tear, falcões eram treinados como armas de assassinato. Ele mencionara isso de passagem, como uma curiosidade, mas era algo do qual Kelsea nunca se esquecera.

— Para o sul, rapazes! — comandou Carroll, e a companhia mudou de direção outra vez. O sol se punha rapidamente no horizonte, e o vento ia ficando gelado conforme a noite se aproximava. Kelsea esperava que o grupo parasse para descansar em breve, mas preferia congelar em sua sela a se queixar. A lealdade começava com o respeito.

— Nenhum soberano detém o poder por muito tempo sem o respeito de seus governados — disse-lhe Carlin incontáveis vezes. — Soberanos que tentam controlar uma população descontente não governam nada e terminam com a cabeça na ponta de uma lança.

O conselho de Barty fora ainda mais sucinto.

— Se não conquistar seu povo, vai perder seu trono.

Palavras sensatas, e Kelsea via sua sabedoria com mais clareza, agora. Mas não tinha ideia do que fazer. Como poderia dar ordens para quem quer que fosse?

Tenho dezenove anos. Eu não deveria mais sentir medo.
Mas sentia.

Segurou as rédeas com mais força, desejando ter calçado as luvas de equitação, mas ficara ansiosa demais para se afastar da cena desconfortável diante do chalé. Agora as pontas de seus dedos estavam dormentes, e as palmas de suas mãos, esfoladas e vermelhas devido ao contato com o couro áspero das rédeas. Fez o melhor que pôde para puxar as mangas de seu manto até os nós dos dedos e seguiu em frente.

Uma hora depois, Carroll ordenou à companhia que parasse. Estavam em uma pequena clareira, orlada com carvalhos tear e com uma espessa camada de vegetação rasteira, composta de raiz-trepadeira e daquela misteriosa planta de folhas vermelhas. Kelsea se perguntou se um dos guardas saberia o que era. Toda unidade da Guarda da Rainha contava com pelo menos um médico, e era de esperar que médicos tivessem conhecimento sobre plantas. Barty fora médico e embora não devesse estar ensinando botânica para Kelsea, ela rapidamente aprendera que quase qualquer aula podia ser interrompida pela descoberta de alguma planta interessante.

Os guardas fecharam o cerco em torno de Kelsea e aguardaram até Carroll dar meia-volta. Ele trotou até ela, avaliando seu rosto avermelhado e o aperto extremo nas rédeas.

— Podemos passar a noite aqui, se desejar, Alteza. Nós avançamos bastante.

Com algum esforço, Kelsea soltou as rédeas e puxou o capuz para trás, tentando não bater os dentes. Sua voz soou rouca e falhada:

— Confio na sua decisão, capitão. Podemos prosseguir até onde achar necessário.

Carroll a encarou por um momento e então passou os olhos pela pequena clareira.

— Aqui está bom, Lady. Precisamos levantar cedo, de qualquer forma, e estamos na estrada há muito tempo.

Os homens apearam. Kelsea, com o corpo dolorido e desacostumado a cavalgar por tanto tempo, só conseguiu dar um pulinho desajeitado para o chão, quase caiu, depois cambaleou até recuperar o equilíbrio.

— Pen, monte a tenda. Elston e Kibb, vão buscar lenha. O restante de vocês, encarreguem-se de defender o perímetro. Mhurn, vá procurar alguma coisa para comermos. Lazarus, cuide do cavalo da rainha.

— Eu mesma posso cuidar do meu cavalo, capitão.

— Como quiser, Lady. Lazarus vai providenciar o que Vossa Alteza necessitar.

Os soldados se dispersaram, passando a se concentrar em suas várias tarefas. Kelsea curvou-se para baixo, relaxando a coluna, que estalou. Suas coxas doíam como se tivesse levado uma surra, mas não ia fazer nenhum alongamento mais sério diante de todos aqueles homens. Eles eram velhos, decerto, velhos demais para que ela os achasse atraentes. Mas eram *homens*, e Kelsea sentiu-se de repente desconfortável na frente deles, de uma maneira que nunca experimentara com Barty.

Ao conduzir sua égua até uma árvore no extremo mais distante da clareira, ela prendeu as rédeas em um galho com um nó frouxo. Afagou a crina sedosa do animal suavemente, mas a égua inclinou a cabeça e relinchou, relutando em ser acariciada, e Kelsea recuou.

— Tudo bem, garota. Acho que vou precisar conquistar sua boa vontade também.

— Alteza — chamou uma voz rouca às suas costas.

Kelsea virou-se e viu Lazarus, segurando uma escova para cavalos. Ele não era tão velho quanto ela pensara inicialmente; seu cabelo escuro mal começara a rarear, e o guarda talvez tivesse pouco mais de quarenta anos. Mas seu rosto era bem marcado, com uma expressão sombria. Suas mãos possuíam muitas cicatrizes, mas foi a clava em seu cinto que atraiu o olhar de Kelsea: uma bola de ferro coberta de dentes de aço afiados.

Um assassino nato, pensou. A clava era meramente um acessório decorativo, a não ser quando manuseada com a ferocidade que a tornava eficaz. A visão da arma poderia ter lhe dado calafrios, mas em vez disso sentiu-se tranquilizada pela presença daquele homem que claramente vivera em meio à violência grande parte de sua vida. Ela pegou a escova, notando que ele mantinha o rosto voltado para o chão.

— Obrigada. Imagino que não saiba o nome da égua.

— Você é a rainha, Lady. O nome é de sua escolha. — Seu olhar inexpressivo cruzou com o dela brevemente, antes de ele se desviar.

— Não cabe a mim lhe dar um novo nome. Como ela se chama?

— Cabe a você chamá-la como bem lhe aprouver.

— O nome dela, por favor.

Kelsea começou a perder a paciência. Todos aqueles homens a tinham em tão baixa conta. Por quê?

— Nenhum nome especial, Lady. Sempre a chamei de May.

— Obrigada. É um bom nome.

Ele começou a se afastar. Kelsea respirou fundo para criar coragem e disse com suavidade:

— Ainda não o dispensei, Lazarus.

Ele deu meia-volta, impassível.

— Sinto muito. Mais alguma coisa, Lady?

— Por que me trouxeram uma égua, quando todos montam em garanhões?

— Não sabíamos se Vossa Alteza sabia montar — respondeu ele, e dessa vez o tom de zombaria em sua voz foi inequívoco. — Não sabíamos se conseguiria controlar um garanhão.

Kelsea estreitou os olhos.

— O que acharam que fiquei fazendo na floresta todos esses anos?

— Brincando de boneca, Lady. Arrumando o cabelo. Experimentando vestidos, talvez.

— Eu *pareço* uma menina delicada a seus olhos, Lazarus? — Kelsea sentiu sua voz se elevando. Várias cabeças se voltaram na direção deles. — Pareço alguém que passa horas na frente de um espelho?

— De modo algum.

Kelsea sorriu, um sorriso frágil que exigiu certo esforço. Barty e Carlin nunca tiveram espelhos em casa, e por muito tempo Kelsea pensara que era para impedi-la de se tornar uma pessoa vaidosa. Mas um dia, quando tinha doze anos, vira seu rosto refletido em um laguinho translúcido atrás do chalé e compreendera perfeitamente. Seu reflexo era tão insípido quanto a água que fitava.

— Estou dispensado, Lady?

Ela o encarou por um instante, considerando, então respondeu:

— Depende, Lazarus. Tenho um alforje cheio de bonecas e vestidos para brincar. Você quer arrumar meu cabelo?

Ele ficou em silêncio, os olhos negros inescrutáveis. Então, de súbito, fez uma mesura, um gesto exagerado demais para ser sincero.

— Pode me chamar de Clava, se quiser, Lady. Quase todo mundo chama.

Em seguida o homem se foi, seu manto cinza-claro desaparecendo nas sombras do crepúsculo. Kelsea lembrou-se da escova em sua mão e se virou para cuidar da égua, a mente trabalhando tão rápido quanto uma criatura selvagem.

Talvez a ousadia os conquiste.

Você nunca vai conquistar o respeito dessas pessoas. Terá sorte se não morrer antes de chegar à Fortaleza.

Talvez. Mas tenho de tentar alguma coisa.

Assim até parece que você tem opções. Só pode fazer o que eles mandam.

Sou a rainha. Ninguém manda em mim.

Isso é o que a maioria das rainhas pensa até o momento em que o machado desce.

O jantar foi carne de veado, fibrosa e quase impossível de comer depois de assada na fogueira. O animal devia ser muito velho. Kelsea vira apenas alguns pássaros e esquilos na marcha pela floresta Reddick, embora a folhagem fosse luxuriante; deveria haver muita água. Kelsea queria perguntar aos homens sobre a ausência de animais, mas ficou apreensiva de que isso pudesse ser tomado como uma queixa quanto à refeição. Por isso, mastigou a carne dura em silêncio e se esforçou para não encarar os guardas a seu redor nem as armas penduradas em seus cintos. Os homens não conversavam, e Kelsea não pôde deixar de desconfiar que o silêncio deles era por sua causa, era sua presença que os impedia de conversar como fariam normalmente.

Após o jantar, ela se lembrou do presente de Carlin. Pegando um dos diversos lampiões acesos em torno da fogueira, foi buscar o bornal na sela da égua. Dois guardas, Lazarus e o sujeito alto de ombros largos que observara na marcha, deixaram a roda junto ao fogo e a seguiram até a baia improvisada, seus passos quase silenciosos. Depois de anos de solidão, Kelsea percebeu que provavelmente nunca mais ficaria sozinha outra vez. Talvez a ideia devesse lhe trazer algum conforto, mas sentiu apenas um frio na barriga. Ela se recordou de um fim de semana quando tinha sete anos e Barty estivera se preparando para viajar até a aldeia, para vender carne e peles. Ele fazia essa viagem a cada três ou quatro meses, mas dessa vez Kelsea decidira que queria ir junto, queria tanto que acreditou honestamente que morreria se não fosse. Fez a maior cena no tapete da biblioteca, derramando lágrimas e gritando, chegando até a bater os pés no chão, frustrada.

Carlin não tinha a menor paciência para dramas; tentou argumentar com Kelsea apenas por alguns minutos antes de desaparecer na biblioteca. Foi Barty quem secou suas lágrimas e a sentou em seu joelho até que se cansasse de chorar.

— Você é valiosa, Kel — disse ele. — Tão valiosa quanto as peles, ou quanto ouro. E se alguém souber que estamos com você aqui, vai tentar roubá-la de nós. Você não ia querer isso, ia?

— Mas se ninguém sabe que estou aqui, então eu estou sozinha — respondeu Kelsea, soluçando. Tinha plena certeza dessa afirmação: se ela era um segredo, então estava só.

Barty balançou a cabeça, com um sorriso.

— É verdade, Kel, ninguém sabe que está aqui. Mas o mundo inteiro sabe quem você é. Pense nisso: como pode estar sozinha quando o mundo todo lá fora pensa em você todos os dias?

Mesmo aos sete anos, Kelsea soubera que a resposta de Barty foi extremamente evasiva. Fora o suficiente para secar suas lágrimas e aplacar sua fúria, mas muitas vezes nas semanas subsequentes examinara com cuidado o que ele dissera, procurando uma falha que sabia que estava lá. Foi apenas cerca de um ano mais tarde, lendo um dos livros de Carlin, que descobriu a palavra que estivera procurando o tempo todo: não estava sozinha, mas era anônima. Ela fora mantida no anonimato por todos aqueles anos, e durante muito tempo pensara que Carlin, se não Barty, a escondera por crueldade. Mas agora, com os dois homens altos no seu encalço, passou a considerar o anonimato uma espécie de bênção. Nesse caso, era uma bênção perdida para sempre.

Os homens dormiriam em torno da fogueira, mas haviam montado uma tenda para Kelsea, a cerca de seis metros dos limites da clareira. Quando entrou e amarrou as abas para fechá-la, escutou dois guardas se postando de ambos os lados da abertura e, depois disso, o silêncio sobreveio.

Largando a bagagem no chão, Kelsea vasculhou as roupas até encontrar um envelope de pergaminho branco, um dos poucos luxos de Carlin. Algo se mexeu e escorregou ali dentro. Kelsea sentou-se no leito e ficou olhando para a carta, desejando que estivesse cheia de respostas. Ela fora levada da Fortaleza quando mal havia completado um ano de idade e não tinha lembrança alguma de sua mãe verdadeira. Ao longo dos anos, conseguira juntar alguns fatos sobre a rainha Elyssa: ela era linda, não gostava de ler, morreu quando tinha vinte e oito anos. Kelsea não fazia ideia de como a mãe falecera; isso era um assunto proibido. Todo questionamento que fazia sobre sua mãe terminava do mesmo jeito: Carlin balançando a cabeça e murmurando "Eu prometi". Fosse lá o que Carlin prometera, talvez tivesse chegado ao fim nesse momento. Kelsea olhou para o envelope por mais um bom tempo, então o pegou e quebrou o lacre de Carlin.

De dentro do envelope caiu uma joia azul em uma corrente de prata.

Kelsea pegou a corrente e a segurou nos dedos, observando a peça à luz do lampião. Era idêntica ao colar que carregara toda a vida no pescoço: uma safira com lapidação de esmeralda em uma corrente de prata delicada, quase frágil. A safira cintilou à luz das chamas, projetando reflexos luminosos no interior da tenda.

Segurou o envelope outra vez, procurando alguma carta. Nada. Olhou nos dois cantos. Ergueu o envelope, inclinando-o contra a luz, e viu uma única palavra escrita do lado de dentro, sob o selo, com a letra de Carlin.

Cuidado.

Uma súbita explosão de risadas perto da fogueira assustou Kelsea. Com o coração disparado, ficou de ouvidos atentos para algum som vindo dos dois guardas junto à tenda, mas não escutou nada.

Tirou o colar do pescoço e segurou as duas gemas lado a lado. Eram de fato idênticas, peças perfeitamente gêmeas, até os mínimos detalhes das correntes. Seria muito fácil confundir as duas. Kelsea rapidamente pôs o próprio colar de volta.

Levantou o novo colar outra vez, observando com perplexidade a joia balançar para a frente e para trás. Carlin lhe dissera que todo herdeiro do trono tear usava a safira desde o nascimento. A crença popular dizia que a joia era uma espécie de talismã de proteção contra a morte. Quando Kelsea era mais nova, pensara mais de uma vez em arrancar o colar, mas a superstição levara a melhor; e se fosse fulminada por um raio ali mesmo? Então nunca teve coragem de tirá-lo. Carlin jamais mencionara a existência de uma segunda joia, no entanto; devia tê-la guardado esse tempo todo. Segredos... com Carlin, tudo era sigiloso. Kelsea não sabia por que confiaram a Carlin sua criação, nem mesmo quem Carlin fora antes disso. Alguém importante, Kelsea presumia; Carlin se portava com demasiada magnificência para morar em um chalé. Até a presença de Barty parecia se desvanecer quando Carlin entrava no ambiente.

Kelsea olhou para a mensagem escrita dentro do envelope: *Cuidado*. Seria mais um lembrete para que fosse cuidadosa em sua nova vida? Kelsea achava que não; ela já ouvira tudo que havia para ouvir sobre essa questão nas últimas semanas. Parecia mais provável que o novo colar fosse diferente de algum modo, talvez até perigoso. Mas como? O colar de Kelsea não era perigoso; se assim fosse, Barty e Carlin nunca permitiriam que ela o usasse todos os dias.

Ela olhou para a joia gêmea, mas o pingente simplesmente ficou ali pendurado, quase presunçoso, a luz fraca do lampião refletindo em suas inúmeras facetas. Sentindo-se tola, Kelsea guardou o colar no bolso interno do manto. Talvez à luz do dia fosse mais fácil ver alguma diferença entre os dois. Ela enfiou o envelope no lampião e observou as chamas devorarem o papel grosso, sua mente palpitando com uma raiva latente. Era típico de Carlin oferecer mais perguntas do que respostas.

Ela se espreguiçou, olhando para o teto da tenda. Apesar dos homens lá fora, sentia-se isolada. Em todas as outras noites de sua vida, soubera que Barty e Carlin estavam no andar de baixo, ainda acordados, Carlin lendo um livro e Barty entalhando alguma coisa ou brincando com alguma planta que encontrara, trabalhando suas misturas para descobrir algum anestésico ou antibiótico útil. Agora Barty e Carlin estavam longe, já rumando para o sul.

Estou por conta própria.

Outro ruído baixo de risadas veio da fogueira. Kelsea ponderou brevemente se deveria sair e tentar ao menos conversar com os guardas, mas logo descartou a ideia. Os assuntos deles eram mulheres, batalhas ou talvez antigos companheiros... sua presença não seria bem-vinda. Além do mais, estava exausta da viagem e do frio, e os músculos de suas coxas doíam horrivelmente. Apagou o lampião com um sopro e virou de lado para esperar um sono agitado.

No dia seguinte, avançaram mais lentamente, pois o tempo ficara lúgubre. O ar não estava mais tão gelado, mas uma névoa fina e pálida agarrava-se a tudo, envolvendo troncos de árvore e movendo-se pelo solo em ondas visíveis. Com o tempo, o terreno ficou mais plano, e a floresta tornou-se cada vez mais esparsa, as árvores dando lugar a uma espessa vegetação rasteira. Agora mais animais, a maioria deles estranha a Kelsea, começaram a aparecer: esquilos menores e criaturas babonas parecidas com cães, que ela teria tomado por lobos não fosse o fato de serem dóceis e fugirem à visão da tropa. Mas não avistaram um único veado e, quando boa parte da manhã já havia passado, Kelsea identificou outra fonte de seu crescente desconforto: não se ouvia o canto dos pássaros.

Os guardas pareciam igualmente quietos. Kelsea fora acordada várias vezes durante a noite pelas risadas incessantes junto à fogueira e se perguntara se em algum momento eles ficariam quietos e iriam dormir. Agora toda aquela alegria parecia ter ido embora com o tempo bom. À medida que o dia transcorria, Kelsea notava um número cada vez maior de guardas lançando olhares nervosos para trás, embora ela não visse nada além de árvores.

Por volta do meio-dia, pararam para que os cavalos bebessem água em um pequeno regato que dividia a floresta. Carroll pegou um mapa e diversos guardas se juntaram ao redor dele; dos fragmentos de conversa que conseguiu ouvir, Kelsea entendeu que a bruma estava causando problemas, tornando os pontos de referência difíceis de ver.

Foi mancando até uma pedra grande e chata junto ao curso d'água. Sentar-se foi excruciante, os músculos de seu quadril pareceram se soltar do osso quando dobrou os joelhos. Com algum esforço, conseguiu cruzar as pernas, para só então perceber que suas nádegas também doíam devido às horas passadas sobre a sela.

Elston, o guarda imenso e de ombros largos que cavalgara ao lado de Kelsea durante grande parte da viagem, seguiu-a até a pedra e parou a pouco mais de um metro. Quando ela ergueu o rosto, ele abriu um sorriso desagradável, exibindo uma boca cheia de dentes quebrados. Ela tentou ignorá-lo e esticou uma perna, alongando-se. Os músculos de sua coxa pareciam estar sendo retalhados.

— Dolorida? — perguntou Elston. Os dentes ruins dificultavam a pronúncia; Kelsea teve de pensar um pouco para entender o que ele estava dizendo.

— Nem um pouco.

— Caramba, você mal consegue se mexer. — Riu e depois acrescentou: — Lady.

Kelsea esticou o corpo e segurou os dedos do pé. Os músculos de sua coxa dispararam uma descarga de dor como se estivessem em carne viva, como cicatrizes abrindo e sangrando dentro dela. Segurou os dedos por cerca de cinco segundos antes de soltá-los. Quando voltou a olhar para Elston, pegou-o ainda naquele seu sorriso banguela. Ele não disse mais nada, apenas ficou ali até chegar a hora de montarem nos cavalos outra vez.

Armaram acampamento na hora do pôr do sol. Kelsea mal descera da sela quando as rédeas foram arrancadas de sua mão; virou-se e viu Clava conduzindo a égua. Abriu a boca para protestar, mas pensou duas vezes e tomou a direção dos demais guardas, que também cuidavam de suas variadas tarefas. Notou o guarda mais jovem tirando o material para armar a tenda da sela do cavalo.

— Eu cuido disso! — exclamou, atravessando a clareira com passos apressados e estendendo a mão para pegar uma ferramenta, talvez uma arma, não importava qual das duas coisas. Kelsea nunca se sentira tão inútil.

O guarda lhe estendeu um malho de cabeça achatada e comentou:

— A tenda precisa de duas pessoas, Alteza. Quer ajuda?

— Claro — respondeu Kelsea, satisfeita.

Com uma pessoa para segurar as estacas e uma para martelar, montar a tenda era um serviço bastante simples, e Kelsea conversou com o guarda à medida que manejava o malho. O nome dele era Pen e de fato era relativamente jovem; não aparentava mais do que trinta e seu rosto não exibia as rugas ou o cansaço que parecia acumulado no rosto dos outros guardas. Era bonito, com cabelo preto e um rosto franco, de boa índole. Mas também, todos os guardas de sua mãe eram bonitos, até os que tinham mais de quarenta, até Elston (quando estava de boca fechada). Sua mãe não os escolhera apenas pela boa aparência, certo?

Kelsea descobriu que era agradável conversar com Pen. Quando perguntou sua idade, ele lhe disse que fazia apenas quatro dias que completara trinta anos.

— Você é novo demais para ter feito parte da guarda de minha mãe.

— Está correta, Lady. Não cheguei a conhecer sua mãe.

— Então por que veio junto nesta incumbência?

Pen deu de ombros e fez um gesto indicando a espada que dispensava explicações.

— Há quanto tempo é membro da Guarda?

— Clava me encontrou quando eu tinha catorze anos, Lady. Desde então estou em treinamento.

— Sem um soberano no trono? Vocês são responsáveis pela proteção de meu tio?

— Não, Lady. — Uma sombra de desgosto cruzou o rosto de Pen, tão rapidamente que Kelsea podia muito bem tê-la imaginado. — O regente possui a própria Guarda.

— Entendo.

Kelsea terminou de martelar uma estaca no solo, então se levantou e se esticou com uma careta, sentindo as costas estalarem.

— O ritmo está puxado demais, Alteza? Suponho que não tenha feito muitas viagens longas a cavalo.

— O ritmo está bom. E é necessário, eu compreendo.

— Sem dúvida, Lady. — Pen baixou a voz e olhou ao redor. — Estamos sendo seguidos.

— Como sabem?

— Os falcões. — Pen apontou para o céu. — Estão atrás de nós desde que deixamos a Fortaleza. Chegamos um pouco tarde ontem porque fizemos vários desvios para despistar nossos perseguidores. Mas é impossível enganar os falcões. Seja lá quem os comanda, estará atrás de nós agora...

Pen hesitou. Kelsea pegou outra estaca e comentou casualmente:

— Não escutei nenhum falcão hoje.

— Os falcões dos mort não fazem barulho, Lady. São treinados para ficarem em silêncio. Mas de vez em quando é possível vê-los no céu, se souber onde procurar. São rápidos como demônios.

— Por que não atacam?

— Estamos em maior número. — Pen esticou o último canto da tenda, de modo que Kelsea pudesse fincar a estaca. — Os mort treinam seus falcões como soldados, e eles não desperdiçam suas vidas atacando uma força superior. Vão tentar nos matar um por um, se puderem.

Pen hesitou outra vez, e Kelsea gesticulou com o malho em sua direção.

— Não precisa ficar preocupado em me assustar. Devo temer a morte independentemente das histórias que decidir me contar.

— Talvez, Lady, mas o medo pode ser debilitante, a seu modo.

— Os homens que nos perseguem, eles foram mandados por meu tio?

— Provavelmente, Lady, mas os falcões dão a entender que seu tio tem ajuda.

— Explique.

Pen olhou por cima do ombro, murmurando:

— A Lady me deu uma ordem direta. Se Carroll perguntar, é isso que vou dizer a ele. Seu tio negociou com a Rainha Vermelha por anos. Há quem diga que firmaram uma aliança em segredo.

A rainha de Mortmesne. Ninguém sabia quem ela era ou de onde viera, mas a mulher se tornou uma monarca poderosa, conduzindo um reinado longo e sangrento por mais de um século. Carlin considerava Mortmesne uma ameaça; uma aliança com o reino vizinho podia ser uma boa coisa. Antes que Kelsea pudesse perguntar mais, Pen prosseguiu:

— Os mort não deveriam vender seus armamentos para os tear, mas qualquer um com dinheiro suficiente consegue falcões mort no mercado negro. Na minha opinião, os Caden estão atrás de nós.

— A guilda de assassinos?

Pen bufou com desdém.

— Guilda. Isso é atribuir organização demais a eles, Lady. Mas são assassinos sim, e muito competentes. Há boatos de que seu tio ofereceu uma grande recompensa a qualquer um que encontrar seu rastro. Os Caden vivem para desafios como esse.

— Não estamos em número suficiente para detê-los?

— Não.

Kelsea digeriu a informação, olhando o entorno. No meio do acampamento, três guardas acocoravam-se em volta da pilha de lenha recolhida, praguejando, diligentemente enquanto ela se recusava a acender. Os outros arrastavam troncos caídos e os juntavam para fazer uma proteção grosseira em torno do acampamento. O propósito de todas essas medidas defensivas estava bastante claro agora, e Kelsea não pôde impedir o princípio de uma sensação de medo e culpa. Nove homens, todos visados junto com ela.

— Senhor!

Carroll surgiu de entre as árvores, com passadas firmes.

— O que foi?

— Um falcão, senhor. Vindo do noroeste.

— Bom trabalho, Kibb.

Carroll esfregou a testa e, após alguns momentos de deliberação, se aproximou da tenda.

— Pen, vá ajudá-los com a refeição.

Pen lançou a Kelsea um sorriso breve, simpático, e desapareceu na penumbra do fim da tarde.

Os olhos de Carroll eram círculos escuros.

— Eles vêm nos procurar, Lady. Estão em nosso rastro.

Kelsea assentiu.

— Sabe lutar?

— Eu consigo me defender contra um agressor com minha faca. Mas não conheço quase nada de espadas. — E Kelsea se deu conta de repente de que fora treinada por Barty, cujos reflexos não eram os de um homem jovem. — Não sou nenhuma guerreira.

Carroll inclinou a cabeça, um vislumbre de humor em seus olhos escuros.

— Quanto a isso, tenho minhas dúvidas, Lady. Estive observando Vossa Alteza na viagem; sabe bem como disfarçar seu desconforto. Mas estamos chegando a um ponto... — Carroll olhou em volta e baixou a voz: — Estamos chegando a um ponto em que eu talvez precise separar meus homens para despistar os perseguidores. Nesse caso, minha escolha de guarda-costas para acompanhá-la dependerá muito de suas habilidades.

— Bom, eu leio rápido e sei fazer guisado.

Carroll balançou a cabeça com ar de aprovação.

— Vossa Alteza mostra senso de humor sobre a situação. Vai precisar disso. Está adentrando um mundo muito perigoso.

— Vocês todos se puseram em grande perigo para me escoltar até a Fortaleza, não é?

— Sua mãe nos encarregou da tarefa, Lady — retrucou Carroll, imperturbável. — Nossa honra não admitiria nada menos que isso.

— Você foi um dos homens da Guarda de minha mãe, não foi?

— Isso mesmo.

— Quando me deixar na Fortaleza, pretende tornar-se um dos homens do regente?

— Ainda não decidi, Lady.

— Há algo que eu possa fazer para influenciar essa decisão?

Ele desviou o rosto, claramente pouco à vontade.

— Lady...

— Fale abertamente.

Carroll fez um gesto desamparado com as mãos.

— Acredito que Vossa Alteza tem mais força do que aparenta. A meu ver, pode se tornar uma verdadeira rainha um dia. Mas Vossa Alteza está marcada para morrer, e o mesmo vale para aqueles que a seguem. Eu tenho família, Lady. Filhos. Não ousaria apostar a vida de minhas crianças em um jogo de azar como esse; não posso pôr a vida delas em risco seguindo-a, não com essas probabilidades.

Kelsea balançou a cabeça, disfarçando sua decepção.

— Compreendo.

Carroll pareceu aliviado. Talvez tivesse imaginado que ela começaria a chorar.

— Devido ao meu posto, não teria como saber coisa alguma a respeito de um complô específico contra Vossa Alteza. É possível que tenha melhor sorte consultando Lazarus, o nosso Clava; ele sempre foi capaz de descobrir o que os outros não conseguiam.

— Já nos conhecemos.

— Tenha cuidado com a Igreja de Deus. Duvido que o Santo Padre nutra alguma afeição especial pelo regente, mas é obrigado a colaborar com a pessoa que senta no trono e guarda a chave do tesouro. Ele vai aproveitar suas chances, assim como devemos aproveitar as nossas.

Kelsea assentiu outra vez. Carlin dissera algo muito similar apenas alguns dias antes.

— Todos esses homens em minha tropa são bons homens. Daria minha vida por eles. Seu carrasco, quando vier, não será um de nós.

— Obrigada, capitão. — Kelsea observou quando os guardas finalmente acenderam uma pequena chama e começaram a abaná-la. — Presumo que será uma jornada dura, daqui para a frente.

— Assim disse sua mãe, há dezoito anos, quando me encarregou de trazer Vossa Alteza de volta.

Kelsea piscou.

— Ela não te encarregou de me levar embora?

— Não. Foi Lazarus quem a tirou escondida do castelo quando Vossa Alteza era bebê. Nisso ele é inestimável.

Carroll sorriu, lembrando-se de algo que Kelsea não tinha como partilhar. Era um belo sorriso, mas mais uma vez ela notou o aspecto emaciado de seu rosto e se perguntou se ele não estaria doente. O olhar do capitão se fixou na safira, que mais uma vez escapara da blusa de Kelsea. Ele se afastou abruptamente, deixando-a com um amontoado de informações para processar. Ela enfiou a mão no bolso de seu manto e sentiu a outra joia aninhada ali.

— Alteza! — chamou Pen, junto à fogueira, que agora queimava com vontade. — Há um pequeno regato a leste, se quiser se banhar.

Kelsea fez que sim, ainda com o conselho de Carroll ecoando na mente, tentando analisá-lo como um problema prático. Precisaria de um guarda-costas e de um grupo que a servisse. Onde encontraria pessoas leais o bastante para resistir às ameaças e aos subornos do regente? A lealdade não nasceria de repente e, certamente, não podia ser comprada, mas, nesse ínterim, ainda precisava comer.

Lamentou não ter pensado em perguntar a Carroll sobre sua mãe. Ele protegera a rainha Elyssa por anos; devia saber tudo a seu respeito. Mas não, todo Guarda da Rainha fazia um voto de sigilo. Ele não revelaria nada, nem mesmo para Kelsea. Ela rangeu os dentes. Havia presumido que a transição para uma nova vida poria um fim a todos os segredos; afinal, era a futura rainha. Mas esses homens se mostravam tão pouco dispostos quanto Carlin a lhe dar qualquer informação útil.

Fora sua intenção tentar tomar um banho naquela noite, quando encerrassem a marcha; seu cabelo estava sujo, e ela começava a sentir o cheiro do próprio suor toda vez que se mexia. O regato nas proximidades serviria ao propósito, mas a ideia de se banhar sob os olhares atentos de Pen ou Elston, ou pior, Lazarus, era inconcebível. Teria de aguentar a sujeira e extrair algum conforto do fato de que seus guardas certamente não estavam cheirando melhor do que ela.

Juntando o cabelo oleoso, prendeu-o em um coque, depois pulou da pedra em que estava e saiu à procura do regato.

Naquela noite, os guardas mais uma vez faziam uma barulheira ao redor da fogueira. Kelsea estava deitada em sua tenda, a princípio tentando dormir, e então perdeu a paciência. Se já era bastante difícil pegar no sono quando o cérebro fervilhava com perguntas, as constantes explosões de gargalhadas dos homens embriagados tornavam isso impossível. Ela embrulhou o manto em volta da cabeça, determinada a ignorá-los. Mas quando se puseram a entoar uma canção indecente sobre uma mulher com uma rosa tatuada, Kelsea finalmente arrancou o manto da cabeça, vestiu-o e deixou a tenda.

Os guardas haviam desenrolado sacos de dormir em torno da fogueira, mas nenhum deles parecia ter sido utilizado ainda. O ar estava empesteado com um desagradável cheiro de fermentado, que Kelsea deduziu que devia ser cerveja, embora não houvesse álcool no chalé. Carlin não permitia.

Apenas Carroll e Clava se levantaram quando ela se aproximou. Pareciam sóbrios, mas o restante da Guarda simplesmente a encarou sem pestanejar. Elston, ela percebeu, pegara no sono com a cabeça apoiada em uma grossa tora de carvalho.

— Precisa de alguma coisa, Lady? — perguntou Carroll.

Kelsea sentia vontade de gritar com eles, pôr para fora as horas de privação de sono. Mas quando relanceou seus rostos avermelhados, pensou melhor. Carlin dizia que era mais fácil argumentar com um bebê do que com um bêbado. Além do mais, ela lera nos livros que pessoas embriagadas costumavam ficar com a língua solta. Talvez Kelsea os persuadisse a falar com ela.

Ajeitando o manto sobre o corpo, sentou-se entre Elston e Pen.

— Quero saber o que vai acontecer quando chegarmos a Nova Londres.

Pen voltou o olhar embaçado em sua direção.

— O que vai acontecer?

— Meu tio vai tentar me matar quando chegarmos à Fortaleza?

Todos a encararam por um momento, até Clava finalmente responder:

— Provavelmente.

— Seu tio não vai matar ninguém — murmurou Coryn. — A real preocupação são os Caden.

— A gente *nem sabe* se eles estão atrás de nós — argumentou o homem da barba ruiva.

— A gente não sabe de nada — disparou Carroll em uma voz destinada a fazer todos se calarem, então se virou de novo para Kelsea. — Lady, não prefere simplesmente confiar em nós para protegê-la?

— Sua mãe sempre confiou — acrescentou o ruivo.

Kelsea estreitou os olhos.

— Qual é o seu nome?

— Dyer, Lady.

— Bem, Dyer, você não está lidando com minha mãe. Está lidando comigo.

Dyer piscou como uma coruja à luz bruxuleante. Após um momento, murmurou:

— Não quis ofender, Lady.

Ela assentiu e virou-se de novo para Carroll.

— Eu perguntei o que vai acontecer quando chegarmos lá.

— Duvido que tenhamos que batalhar para entrar na Fortaleza, Lady. Vamos levá-la em plena luz do dia; a cidade estará cheia de gente neste fim de semana e o regente não é corajoso o bastante para matá-la a céu aberto. Mas eles irão atrás de Vossa Alteza na Fortaleza, decerto.

— Eles quem?

Clava respondeu:

— Seu tio não é o único que a quer morta, Lady. A Rainha Vermelha só tem a ganhar mantendo o regente no trono.

— Mas o castelo dentro da Fortaleza não é seguro?

— Não existe castelo. A Fortaleza é enorme, mas é uma única estrutura: seu castelo.

Kelsea corou.

— Eu não sabia. Ninguém me contou muita coisa sobre a Fortaleza.

— Então o que diabos você aprendeu todos esses anos? — perguntou Dyer.

Carroll riu.

— Você conhece Barty. Ótimo médico, mas não é um homem muito atento a detalhes. A menos que esteja falando sobre suas preciosas plantas.

Kelsea não queria ouvir sobre as experiências de outras pessoas com Barty. Antes que Dyer pudesse responder, perguntou:

— E quanto aos nossos perseguidores?

Carroll deu de ombros.

— Os Caden, provavelmente, com um pouco de ajuda dos mort. Os falcões que avistamos podem ser apenas falcões, mas acho difícil. Seu tio não teria pudores de requisitar a ajuda de Mortmesne.

— Claro que não — acrescentou Elston, com voz pastosa, erguendo-se de sua tora e limpando a baba do canto da boca. — É de surpreender que o regente não use as próprias mulheres como escudo.

— Pensei que o reino de Tearling fosse pobre — interrompeu Kelsea. — O que meu tio poderia dar em troca de uma aliança? Madeira?

Os guardas se entreolharam, e Kelsea ficou com a nítida impressão de que se uniram em um acordo tácito contra ela, como se tivessem conversado em voz alta.

— Lady — disse Carroll, humildemente —, muitos de nós passamos a vida servindo sua mãe. Não deixamos de protegê-la só porque morreu.

— Eu não conheci a rainha Elyssa — arriscou-se Pen. — Será que eu...

— Pen, você faz parte da Guarda da Rainha.

Pen se calou.

Kelsea passou os olhos pelo círculo.

— Vocês sabem quem é meu pai?

Eles apenas a encararam, em muda rebelião. Kelsea começou a ficar irritada e mordeu com força o interior da bochecha direita, um reflexo antigo. Carlin a advertira inúmeras vezes de que nenhum soberano podia se dar ao luxo de mostrar um temperamento irascível, de modo que Kelsea aprendera a controlar a raiva na presença de Carlin, que nunca notara. Mas Barty jamais caíra nessa. Fora sugestão sua que Kelsea mordesse alguma coisa. A dor contrabalançava a raiva, pelo menos temporariamente, direcionava-a para algum outro lugar. Mas a frustração não ia a lugar algum. Era como estar de volta à sala de aula com Carlin. Aqueles homens sabiam de tantas coisas, e não lhe contavam nada.

— Muito bem, então o que podem me contar sobre a Rainha Vermelha?

— Ela é uma bruxa — anunciou categoricamente o belo guarda louro.

Era a primeira vez que Kelsea escutava sua voz. O fogo destacava seu rosto bonito e simétrico. Seus olhos eram de um azul puro, invernal. Será *mesmo* que a mãe dela não os escolhera pela aparência? Kelsea evitou esse pensamento. Tinha uma ideia bem específica de como sua mãe devia ter sido, uma ideia criada na mais tenra idade e depois trabalhada, embelezada, a cada ano passado no chalé. Sua mãe era uma mulher linda, bondosa, afetuosa e acessível, ao passo que Carlin era fria e distante. Sua mãe não escondia segredos. Sua mãe viria a sua procura um dia, para levá-la do chalé e tirá-la daquela rotina infindável de aprendizado, prática e preparação, em um resgate impressionante. Só estava demorando um pouco mais do que o esperado.

Quando Kelsea tinha sete anos, Carlin sentara-se com ela na biblioteca e lhe contara que sua mãe tinha morrido havia muito tempo. Isso deu um basta aos sonhos de fuga, mas não impediu Kelsea de construir fantasias novas e mais elaboradas: a rainha Elyssa fora uma grande monarca, amada por todo o seu povo, uma heroína que levava pão para os pobres e bem-estar para os enfermos. A rainha Elyssa sentava-se em seu trono e concedia justiça para aqueles incapazes de obtê-la por si mesmos. Quando morreu, seu corpo foi carregado em um desfile pelas ruas da cidade, com o povo vertendo lágrimas e um batalhão do

Exército tear cruzando as espadas, em saudação. Kelsea aperfeiçoara e enfeitara essa ideia até ser capaz de invocá-la a qualquer momento. Para anestesiar o próprio medo de se tornar rainha, imaginava que, aos dezenove anos, também haveria um desfile quando ela retornasse à cidade para assumir o trono, e que entraria na Fortaleza a cavalo, cercada de vivas e lágrimas, acenando o tempo todo de forma benevolente.

Agora, examinando os guardas em torno da fogueira, Kelsea começou a sentir certo desconforto. O que de fato sabia sobre sua mãe, a rainha? O que poderia realmente saber, já que Carlin sempre se recusara a falar?

— Deixe disso, Mhurn — retrucou Dyer para o louro, sacudindo a cabeça. — Ninguém nunca provou que a Rainha Vermelha era mesmo uma bruxa.

Mhurn olhou feio para o outro homem.

— Ela *é* uma bruxa. Não interessa se tem poderes reais ou não. Qualquer um que sobreviveu à invasão mort pode afirmar isso.

— O que aconteceu durante a invasão mort? — perguntou Kelsea, interessada.

Carlin nunca explicara muito bem a invasão ou suas motivações. Vinte anos antes, os mort haviam entrado em território tear, atravessado o país e chegado às muralhas da Fortaleza. E então... nada. A invasão terminou. Fosse lá o que tivesse acontecido, Carlin passava por cima dos detalhes em todas as aulas de história.

Mhurn ignorou Carroll, que começara a encará-lo com um olhar carrancudo, e prosseguiu:

— Lady, tenho um amigo que esteve na Batalha do rio Crithe. A Rainha Vermelha enviou três legiões do exército mort para o Tearling e lhes deu rédeas livres a caminho de Nova Londres. Foi uma carnificina. Aldeões tear armados com porretes de madeira combateram soldados mort armados com ferro e aço, e quando os homens morreram, todas as mulheres entre cinco e oitenta anos...

— Mhurn — sussurrou Carroll. — Não esqueça com quem você está conversando.

Elston falou, de forma inesperada:

— Eu a observei o dia inteiro, senhor. Pode acreditar, a menina é dura na queda.

Kelsea quase sorriu, mas o impulso sumiu rapidamente, quando Mhurn continuou, olhando para o fogo como que hipnotizado.

— Meu amigo fugiu da aldeia com a família quando o exército mort se aproximou. Ele tentou atravessar o rio Crithe e chegar às aldeias ao norte, mas não foi rápido o bastante e, para seu azar, tinha uma esposa jovem e bonita. Ela morreu diante de seus olhos, com o décimo soldado mort ainda dentro dela.

— Meu Deus, Mhurn! — Dyer se levantou e cambaleou em direção ao limiar do acampamento.

— Aonde você vai? — indagou Carroll.

— Aonde você acha? Preciso mijar.

Kelsea desconfiou que Mhurn contara essa história apenas para chocá-la e, assim, não deixou transparecer nenhuma emoção. Mas no momento em que as atenções foram desviadas, engoliu em seco, sentindo um gosto amargo no fundo da garganta. Ouvir essa história era bem diferente do que ler sobre abusos em tempos de guerra em um livro.

Mhurn olhou em torno da fogueira, sua cabeça loura abaixada em uma postura agressiva.

— Mais alguém acha que isso não é uma informação que a nova rainha deveria ter?

— Só acho o momento pouco oportuno, idiota — replicou Carroll, suavemente. — Haverá tempo de sobra para suas histórias quando ela chegar ao trono.

— Se chegar. — Mhurn localizara sua caneca e agora dava um grande trago. Seus olhos estavam injetados, e ele parecia tão cansado que Kelsea se perguntou se não seria melhor que parasse de beber, mas não conseguiu pensar em um modo de sugerir isso. — Estupros e assassinatos assolaram todas as aldeias no rastro deles, Lady, em uma linha reta através do país, desde o desfiladeiro Argive até as muralhas de Nova Londres. Trucidaram até os bebês. Um general mort chamado Ducarte cavalgou da planície Almont às muralhas de Nova Londres com o cadáver de um bebê tear amarrado no escudo.

Kelsea queria perguntar o que acontecera nas muralhas de Nova Londres, pois era aí que as histórias de Carlin sempre terminavam. Mas concordava com Carroll: Mhurn precisava dosar a conversa. Além do mais, não tinha certeza se conseguiria digerir mais relatos em primeira mão.

— Aonde quer chegar?

— O que estou dizendo é que soldados, *a maioria* deles, não nascem querendo agir dessa forma. Eles não são sequer treinados para agir dessa forma. Crimes de guerra têm duas origens: circunstância ou liderança. Não foram as circunstâncias; o exército mort passou pelo Tearling como uma faca quente na manteiga. Foi um passeio para eles. A brutalidade e o massacre aconteceram porque foi isso que a Rainha Vermelha *quis* que acontecesse. O último censo registrou mais de dois milhões de pessoas no Tearling e não sei bem se elas sabem como a própria situação é precária. Mas, Lady, achei que isso era algo que *Vossa Alteza* deveria saber.

Kelsea respirou fundo e respondeu:

— O que aconteceu com seu amigo?

— Foi apunhalado na barriga e deixado para morrer quando eles se puseram em marcha. Foi um serviço malfeito, e ele sobreviveu. Mas o exército mort levou sua filha de dez anos. Foi a última vez que ele a viu viva.

Dyer saiu do meio das árvores, mais relaxado, e desabou em seu saco de dormir. Kelsea olhava para o fogo, lembrando-se de certa manhã à mesa na biblioteca do chalé. Carlin lhe mostrava um velho mapa da fronteira entre Toarling e Nova Europa, uma linha irregular que passava pela extremidade leste da floresta Reddick e da planície Almont. Carlin era uma grande admiradora da Nova Europa. Mesmo nas primeiras levas da Travessia, quando as fronteiras mal estavam traçadas e o Novo Mundo ao sul era um campo de batalha entre senhores da guerra, a Nova Europa fora uma próspera democracia representativa com participação quase universal nas eleições. Mas a Rainha Vermelha mudara muitas coisas; agora a Nova Europa era Mortmesne e a democracia desaparecera.

— O que a Rainha Vermelha quer, então? — perguntara Kelsea a Carlin. Ela não tinha interesse em mapas e queria terminar logo a lição.

— O que conquistadores sempre querem, Kelsea. Tudo que os olhos podem ver.

O tom dessa fala deixou Kelsea com uma certeza: Carlin, que não tinha medo de nada, temia a Rainha Vermelha. Os Guardas da Rainha também não deveriam temer nada, mas o que Kelsea via a seu redor era outra história. Ela tentou desanuviar o ambiente.

— Bom, nesse caso seria melhor eu não deixar a Rainha Vermelha invadir outra vez.

Dyer bufou com escárnio.

— Não tem muita coisa que possamos fazer caso ela esteja determinada a isso.

Carroll bateu palmas.

— Agora que Mhurn já contou sua historinha de ninar, é hora de dormir. E se um de vocês quiser um beijo de boa noite, fale com Elston.

Elston riu com a boca enfiada em sua caneca e abriu os braços enormes.

— Isso aí, para quem é fã de um carinho bruto.

Kelsea se levantou, enrolando-se no manto.

— Vocês não vão estar todos de ressaca amanhã?

— Provavelmente — murmurou o guarda de cabelos pretos chamado Kibb.

— Acham mesmo uma boa ideia tantos de vocês ficarem bêbados nesta viagem?

Carroll caçoou.

— Lazarus e eu somos a verdadeira Guarda, Lady. Esses outros sete são só fachada.

Todos explodiram em uma gargalhada, e Kelsea, sentindo-se excluída outra vez, virou-se tomando o caminho de sua tenda. Nenhum dos homens a seguiu, e ela ficou imaginando se haveria alguém montando guarda naquela noite. Mas quando olhou para trás, Clava a acompanhava de perto, a silhueta alta inconfundível, mesmo no escuro.

— Como você faz isso?

Ele deu de ombros.

— É um dom.

Kelsea se abaixou, entrou na tenda e fechou a abertura. Esticando-se nos lençóis, apoiou o rosto na mão. Havia bancado a corajosa na roda da fogueira, mas agora sentiu um tremor, primeiro no peito e depois se espalhando pelo resto do corpo. Segundo Carlin, Mortmesne tinha grande influência sobre seus vizinhos. A Rainha Vermelha exigia o controle e obtinha. Se o regente houvesse de fato firmado uma aliança com ela, talvez controlasse até mesmo todo o Tearling.

Uma tosse seca veio da direção da fogueira, mas dessa vez Kelsea não achou o barulho irritante. Procurando dentro do manto, pegou o segundo colar e o apertou com força na mão, sua própria safira na outra. Olhando para o toldo da tenda, pensou em mulheres estupradas e em bebês empalados em espadas, e o sono demorou muito tempo para chegar.

A perseguição

O Tearling não é um reino grande, mas abrange uma ampla variedade geográfica e climática. O coração do país é plano e de clima temperado, sendo em grande parte constituído de terras agrícolas. A oeste, o reino faz fronteira com o golfo de Tearling e, mais além, com o Oceano de Deus, que permaneceu inexplorado até bem após o início do governo da rainha Glynn. Ao sul, o país se torna poeirento e seco conforme se aproxima da fronteira com Cadare. Na fronteira norte, além da floresta Reddick, os contrafortes sobem até Fairwitch, uma cadeia montanhosa intransponível. E a leste, como se sabe, o Tearling faz uma fronteira irregular com Mortmesne. Com o passar dos anos e o progresso do Reinado Vermelho de Mortmesne, os monarcas tear observaram essa região com crescente inquietação... e por um motivo válido.

— *O Tearling como nação militar*, CALLOW, O MÁRTIR

No início da manhã, antes mesmo de o sol surgir no horizonte, a Rainha de Mortmesne despertou de um pesadelo.

Ela ficou imóvel por um momento, a respiração acelerada, até que reconheceu o familiar escarlate de seus aposentos. As paredes eram revestidas de carvalho tear e por toda parte a madeira exibia o relevo de dragões entalhados, o desenho tingido de vermelho. A cama da Rainha era enorme, forrada com uma confortável seda escarlate, sem costuras. Mas agora o travesseiro sob sua cabeça estava encharcado de suor. Era o sonho, o mesmo que a acordava havia duas semanas: a garota, o incêndio, o homem de roupa cinza-claro cujo rosto ela nunca conseguia ver por completo e, finalmente, a derradeira fuga para as fronteiras de seu reino.

A Rainha se levantou da cama e foi até a fileira de janelas com vista para a cidade. O entorno das vidraças estava opaco devido ao gelo, mas seus aposentos eram bem quentes. Os vidraceiros em Cadare criaram um isolamento tão maravilhoso que muitos diziam que eles haviam usado magia, mas a Rainha sabia que isso não era verdade. Não existia magia nos reinos vizinhos além da que ela permitia, e não dera permissão aos cadarese para encantar seus vidros nem qualquer outra coisa. Mas o isolamento era uma façanha impressionante. Todo ano, Mortmesne recebia parte significativa do tributo de Cadare em vidro.

Sob o olhar da Rainha esparramava-se a capital da Coroa, Demesne, silenciosa e escurecida. Uma olhada no céu informou-a de que passava um pouco da quarta hora; só os padeiros estariam acordados. O castelo abaixo dela era de um silêncio sepulcral, pois todo mundo ali sabia que a Rainha nunca levantava antes do amanhecer.

Até agora.

A garota, a garota. Ela era a criança escondida, a filha de Elyssa, não podia ser nenhuma outra. Nos sonhos da Rainha, ela era uma menina robusta e de cabelos castanhos, com um rosto forte e determinado e os olhos verdes dos Raleigh, um traço materno. Mas era uma criatura sem atrativos, ao contrário de Elyssa, o que de algum modo parecia o pior detalhe de todos, pois deixava tudo mais real. O resto do sonho era uma perseguição embaçada, apenas pensamentos de fuga, enquanto a Rainha tentava ultrapassar o homem de cinza e o que parecia ser uma revolução atrás dele. Mas quando acordou, foi o rosto da garota que permaneceu em sua mente: redondo e comum, assim como seu próprio rosto fora um dia.

A Rainha teria ordenado a uma de suas videntes que interpretasse o sonho, mas todas não passavam de fraudes com apreço por se cobrir de véus. Liriane fora a única com um dom verdadeiro, e agora ela estava morta. Não havia necessidade da visão, em todo caso. Em linhas gerais, se não nos detalhes, o significado do sonho estava claro: desastre.

A Rainha ouviu um som alto, gutural, às suas costas e se virou. Era apenas o escravo na cama. Ela o esquecera. Ele se saíra bem, e ela o mantivera pelo resto da noite; uma boa trepada espantava os pesadelos na mesma hora. Mas a Rainha tinha horror a ronco. Ficou observando-o com os olhos semicerrados por um momento, esperando para ver se aconteceria de novo. Ele grunhiu suavemente e rolou para o lado, então a Rainha voltou o olhar para a janela, os pensamentos já distantes.

A garota. Se já não estivesse morta, estaria em breve. Porém, era irritante não ter sido capaz de encontrar as joias todos esses anos. Nem mesmo Liriane vislumbrara alguma pista do paradeiro da garota, e Liriane conhecera Elyssa bem, melhor do que a própria Rainha. Era exasperante... uma menina de idade conhecida com uma marca singular no braço? Mesmo que mantivesse as joias escondidas, deveria ter sido uma busca fácil. O Tearling não era um reino grande.

Onde você a escondeu, vadia?

Uma das possibilidades era ela ter sido tirada de Tearling, mas isso exigiria mais imaginação do que Elyssa possuía. Além do mais, qualquer esconderijo fora de Tearling teria posto a criança sob um domínio maior de Mortmesne. Elyssa presumira até o fim que a maior ameaça a sua filha viria de fora do país, e esse foi outro julgamento falho. Não, a garota continuava em algum lugar de Tearling; tinha de estar.

Outro ronco estrondoso veio da cama.

A Rainha fechou os olhos e massageou as têmporas. Ela *odiava* roncos. Olhou ansiosamente para a lareira e considerou acendê-la. A coisa negra podia lhe fornecer respostas, se fosse corajosa o bastante para fazer as perguntas. Mas a coisa não gostava de ser invocada, a não ser no caso da mais grave necessidade, e não via serventia na fraqueza. Pedir ajuda seria admitir uma dúvida sobre sua própria capacidade de encontrar a criança.

Ela não é mais uma criança. Preciso parar de pensar nesses termos.

A garota estaria com dezenove anos a essa altura, e Elyssa não fora uma completa imbecil. Onde quer que a garota estivesse, alguém a treinara para sobreviver. Para governar.

E não consigo ver as joias.

Outro pensamento inquietante. Nos sonhos, a garota nunca usava um colar; não havia sinal das safiras. O que isso significava? Será que Elyssa escondera as joias em algum outro lugar?

O escravo agora roncava com regularidade, ondas que começaram de forma bastante inócua, mas aumentaram em um crescendo sonoro, provavelmente audível até nas padarias, vinte andares abaixo. A Rainha o escolhera por sua pele morena e seu nariz aquilino, claros indícios de sangue mort. Era um dos Exilados, um descendente dos traidores mort banidos para o protetorado ocidental de Callae. Embora ela própria os tivesse mandado para Callae, a Rainha ainda achava a ideia dos Exilados estranhamente excitante. Mas um escravo que roncava não tinha utilidade para ninguém.

Na parede ao lado da janela havia dois botões, um preto e um vermelho. A Rainha considerou por um momento e então apertou o botão preto.

Quatro homens entraram no aposento, quase sem fazer barulho, trajados no negro da guarda palaciana. Todos com as espadas desembainhadas. Ghislaine, o capitão de sua guarda, não se encontrava entre eles, mas era óbvio que não estaria: estava velho demais para continuar no turno da noite.

A Rainha apontou para a cama. Os guardas avançaram, agarrando o homem que roncava, cada um segurando um membro. O escravo acordou assustado e começou a se debater. Ele chutou um guarda com a perna esquerda e rolou, lutando para descer da cama.

— Majestade? — perguntou o líder, rilhando os dentes conforme segurava um braço agitado.

— Levem-no para o laboratório. Mande removerem a língua e a úvula. E cortar as cordas vocais, só por garantia.

O escravo gritou e se debateu com mais força enquanto o guarda tentava imobilizá-lo na cama. Sua força era digna de louvor; ele soltou o braço direito e a perna esquerda antes que um dos guardas enfiasse o cotovelo na sua lombar. O escravo soltou um grito de agonia e parou de lutar.

— E depois da cirurgia, Majestade?

— Assim que estiver recuperado, ofereçam-no para Lady Dumont, com nossos cumprimentos. Se ela não o quiser, deem-no para Lafitte.

Ela virou-se para a janela enquanto sua guarda arrastava o homem ainda aos berros para fora do quarto. Helene Dumont talvez o quisesse; por ser estúpida demais para manter uma conversa, gostava de homens quietos. O alarido foi subitamente abafado quando os guardas fecharam a porta e, em pouco tempo, desapareceu por completo.

A Rainha tamborilou no peitoril da janela, refletindo. A lareira a chamava, quase suplicava que a acendesse, mas ela tinha certeza de que aquela seria a decisão errada a se tomar. A situação não era tão ruim. O regente contratara os Caden, e, apesar do desprezo que nutria por tudo que fosse tear, nem mesmo a Rainha subestimava os Caden. Além do mais, se a garota de algum modo sobrevivesse e chegasse viva a Nova Londres, o pessoal de Thorne cuidaria dela. De um jeito ou de outro, até março a Rainha teria a cabeça da garota em sua parede e os dois colares nas mãos, e então conseguiria ter uma boa noite de sono. Ela abriu as mãos, as palmas viradas para cima, e estalou os dedos. Ao longe, no horizonte ocidental, perto da fronteira tear, um relâmpago fulgiu.

Deu as costas e voltou para a cama.

O terceiro dia da jornada teve início bem antes do amanhecer. Kelsea se levantou quando escutou o som metálico de armaduras na escuridão do lado de fora e começou a se vestir, determinada a desmontar a tenda sozinha antes que um dos guardas decidisse fazer isso em seu lugar. Estava prestes a acender o lampião quando se deu conta de que podia enxergar. Tudo dentro da tenda estava iluminado por um brilho fraco, hesitante, e Kelsea não teve dificuldade para encontrar sua blusa em um canto. Mas a blusa parecia azul.

Olhou em torno cautelosamente, procurando a fonte da luz. Depois de inspecionar tudo duas vezes, percebeu que sua sombra não se projetava na lona, que a luz provinha dela mesma. A safira no seu pescoço estava brilhando, lançando uma luz própria: não a cintilação cor de cobalto que sempre refletia à luz do fogo, mas uma profunda incandescência turquesa que parecia se originar da própria gema. Ela segurou o pingente e teve uma segunda revelação: estava emitindo calor. Era pelo menos cinco ou seis graus mais quente do que sua própria temperatura.

Puxando a joia, observou a luz azulada dançar pelo interior da tenda. A safira esteve em seu pescoço a vida toda e, fora a mania de pular para fora de sua roupa, nunca fizera nada de excepcional. Mas agora brilhava no escuro.

É magia, refletiu Kelsea, olhando para a luz cerúlea. *Como algo saído de um dos livros de Carlin.*

Abaixando, pegou o manto no chão e enfiou a mão no bolso à procura do outro colar. Tirou-o com ansiedade para logo se decepcionar. A joia gêmea parecia exatamente a mesma de antes, uma grande safira azul na palma de sua mão. Sem emitir luz alguma.

— Galen! Ajude-me a pôr a sela!

A voz do lado de fora, um estrondo áspero que Kelsea já reconhecia como sendo a voz de Clava, trouxe-a de volta de seus devaneios. Não havia tempo para ficar admirando a luz; na verdade, precisava escondê-la. Procurou na sua bagagem pela blusa mais grossa e escura, de lã bordô, vestiu-a e enfiou o colar dentro, depois prendeu o cabelo em um coque apertado e o cobriu com um grosso gorro também feito de lã. A gema era como um minúsculo carvão aquecido entre seus seios, irradiando um calor agradável que amenizava o frio cruel do início da manhã. Mesmo assim, a joia não poderia mantê-la aquecida o dia todo; pôs uma camada extra de roupas e calçou as luvas antes de se aventurar do lado de fora.

A leste, a luz do sol iluminava apenas uma tênue floração de centáureas contra a silhueta das colinas. Quando Kelsea se aproximou, Galen separou-se do grupo que preparava os cavalos e lhe trouxe vários pedaços de bacon não muito bem preparados, que ela devorou vorazmente. Desmontou a tenda sozinha, feliz por ninguém aparecer para ajudar. Carroll acenou com a cabeça para Kelsea ao passar em direção ao pequeno bosque onde estavam os cavalos, mas seu rosto continuava sombrio, e ele parecia não ter pregado os olhos.

Kelsea acomodou a tenda no cavalo de Pen antes de cuidar de seus alforjes. Até mesmo a égua May parecia mais afeiçoada a ela de um dia para outro; Kelsea lhe ofereceu uma cenoura de um punhado que Clava trouxera, e May pareceu contente de comer da sua mão.

— Falcão, senhor! Dois deles no horizonte, a leste!

Kelsea esquadrinhou o céu crepuscular, mas não viu coisa alguma. A quietude era preocupante. Ela crescera em uma floresta povoada de falcões, e seus gritos agudos e selvagens sempre fizeram seu sangue gelar. Mas aquele silêncio era pior.

Carroll estivera prendendo alforjes em seu cavalo. Agora ele olhava o céu, ruminando alguma coisa. Após um momento, bradou:

— Parem o que estão fazendo! Reúnam-se aqui, agora! Pen, apague logo essa fogueira!

Os homens se reuniram, a maioria carregando suprimentos. Pen surgiu por último, o rosto sujo de cinzas. Começaram a distribuir os suprimentos entre os vários alforjes, mas Carroll ordenou:

— Esqueçam isso! Ele esfregou os olhos cansados. — Estamos sendo seguidos, rapazes. E algo me diz que estão perto.

Vários guardas assentiram.

— Pen, você é o menor de nós. Dê seu manto e sua armadura para a rainha.

O rosto de Pen se anuviou, mas ele aquiesceu, soltando o fecho que prendia o manto e começando a tirar a armadura. Kelsea levou a mão ao bolso e pegou o segundo colar, segurando-o com força antes de tirar o próprio manto. Começaram a afivelar a armadura de Pen em seu corpo, peça por peça. O ferro era incrivelmente pesado; Kelsea deixou escapar vários grunhidos à medida que cada nova peça era ajustada.

— Vamos nos dividir — anunciou Carroll. — Não deve ser uma companhia muito grande, e vamos torcer para que não consigam rastrear todos nós ao mesmo tempo. Tomem a direção que preferirem, contanto que não andem juntos. Vamos nos reagrupar no Gramado da Fortaleza.

Ele se virou para Pen.

— Pen, troque de cavalo com a rainha. Se tivermos sorte, vão se concentrar em rastrear a égua.

Kelsea cambaleou um pouco quando Mhurn prendeu a couraça em seus ombros. O molde era achatado, feito para um homem, e seus seios latejaram dolorosamente quando ele começou a afivelá-la às suas costas.

— Quem vai acompanhar a rainha? — perguntou Dyer, parecendo desejar muito que fosse qualquer um menos ele.

— Lazarus.

Kelsea olhou para Clava, que estava de pé atrás de Carroll, na periferia do grupo. Sua expressão era entediada como sempre; a ordem poderia muito bem ter sido que vigiasse alguma árvore particularmente importante. Parte da desconfiança de Kelsea devia ter transparecido em seu rosto, pois Clava ergueu as sobrancelhas, claramente desafiando-a a questionar a ordem de Carroll.

Ela não o fez.

Carroll sorriu bravamente para seus subordinados, mas seu rosto revelava inquietação; Kelsea sentiu a morte a assombrá-lo, podia quase vê-la como uma silhueta negra pairando acima de seu ombro.

— Essa missão é a última que realizaremos juntos, homens, mas é a mais importante. A rainha deve chegar à Fortaleza, mesmo que venhamos a sucumbir para que isso aconteça.

Gesticulou dispensando o grupo, e os homens deram meia-volta para partir. Kelsea reuniu toda a força de que foi capaz.

— Esperem!

— Lady?

Carroll retornou e os demais pararam o trajeto até seus cavalos. Kelsea olhou a sua volta para os rostos austeros e determinados à luz acinzentada da manhã, alguns a odiando, ela sabia, bem lá no fundo, onde sua honra não permitiria que admitissem.

— Sei que nenhum de vocês escolheu essa incumbência, mas agradeço por estarem nela. Eu acolheria cada um de vocês em minha guarda, mas, de um modo ou de outro, suas famílias não ficarão sem assistência. Eu juro... pelo que quer que minha palavra valha. — Voltou-se para Carroll, que a observava com uma expressão que não soube interpretar. — Podemos ir agora, capitão.

— Lady. — Ele balançou a cabeça, e os homens começaram a montar em seus cavalos. — Lazarus, uma palavrinha!

Clava veio pisando firme e parou diante dos dois.

— O senhor não vai pegar o *meu* cavalo, capitão.

— Eu não ousaria. — Um pequeno sorriso vincou o rosto de Carroll. — Fique com a rainha, Lazarus, mas mantenha distância suficiente para não ser identificado como uma escolta. Eu seguiria pela margem do rio Caddell e depois para a cidade. A água cobrirá seus rastros.

Clava assentiu, mas Kelsea teve um estranho lampejo de intuição: ele já avaliara e rejeitara o conselho de Carroll num piscar de olhos, optando por seu próprio trajeto.

— Vossa Alteza não tem tempo para histórias, mas nosso Lazarus é especialista em retiradas. Se tivermos sorte, talvez ele realize o maior truque de sua vida.

O disfarce de armadura de Kelsea estava pronto. Pen ajeitou sobre os próprios ombros o manto verde dela, que ficou um pouco apertado.

— Boa viagem, Lady — murmurou, e então se foi.

— Capitão. — Kelsea pensou em Carlin e Barty parados na entrada do chalé, no horrível otimismo fingido deles. — Vejo você em breve diante do trono.

— Não, Lady, não verá. Previ minha própria morte nesta viagem. É o bastante para mim que Vossa Alteza se sente nele.

Carroll montou em seu cavalo, o rosto extenuado com uma resolução terrível e desesperada. Clava ofereceu a mão, e o capitão a segurou.

— Cuide dela, Lazarus.

Esporeou seu cavalo para avançar a trote e sumiu na floresta.

Kelsea e Clava ficaram para trás, sozinhos. O hálito de seus cavalos condensava no ar, e Kelsea mais uma vez se deu conta de como fazia frio. Pegou o manto cinza de Pen, encontrou um bolso junto ao peito e guardou o segundo colar no fundo antes de vesti-lo. O acampamento em torno deles parecia muito vazio, nada além de uma pilha de folhas mortas, fiapos de fumaça subindo da fogueira apagada e os galhos esqueléticos das árvores acima da cabeça deles.

— Para onde eu vou? — perguntou ela.

— Por aquela abertura entre as árvores à esquerda.

Clava ajudou-a a montar no cavalo de Pen, um garanhão castanho-escuro, pelo menos um palmo mais alto que a égua. Mesmo com a ajuda de Clava, Kelsea gemeu com o esforço de alçar seu corpo, coberto pela armadura de Pen, na sela.

— Cavalgue rumo ao norte por uns cem metros, Lady, depois faça a volta em direção ao leste até retomar a rota para o sul. Você não me verá, mas estarei por perto.

Sentindo o tamanho do grande animal sob si, Kelsea admitiu:

— Não monto muito bem, Lazarus. E nunca cavalguei rápido de verdade.

— Percebi, Lady. Mas Rake é um dos nossos garanhões mais dóceis. Conduza-o com a rédea frouxa que ele não tentará derrubá-la, mesmo que não esteja familiarizada com ele. — Clava aprumou a cabeça abruptamente, o olhar fixo em algum ponto acima do ombro de Kelsea. — Vá agora, Lady. Eles estão vindo.

Kelsea hesitou.

— Cristo! — Clava deu um tapa na anca do cavalo, e Rake saltou, as rédeas quase escapando das mãos de Kelsea. Às suas costas, ela o escutou exclamar: — Bonecas e vestidos, Lady! Vai precisar ser muito mais valente que isso!

Então Kelsea mergulhou na floresta.

Foi uma jornada terrível. Ela conduziu o garanhão pelo círculo amplo que Clava descrevera, todo o seu ser ansiando pelo momento em que poderia seguir em linha reta e ganhar velocidade. Quando calculou que a curva era grande o bastante, observou o musgo nas rochas e começou a avançar para o sul, o manto cinzento de Pen tremulando às suas costas. Por alguns minutos a armadura lhe pareceu pesada demais, chacoalhando seu corpo inteiro toda vez que Rake tocava as patas dianteiras no chão. Mas após algum tempo ela percebeu que não estava mais sentindo o fardo do metal. Só o que havia era a velocidade, um deslocamento puro e desimpedido que nunca alcançara com o velho garanhão de Barty. A floresta passava voando por ela, as árvores ora distantes, ora tão próximas que as pontas dos galhos chicoteavam a cota de malha que revestia seu torso. Um vento gelado sibilava em seus ouvidos, e Kelsea sentia o amargor da adrenalina no fundo da garganta.

Não via sinal de Clava, mas ela sabia que o homem estava por perto, e o último comentário dele voltava-lhe à mente a cada minuto enquanto cavalgava, fazendo o rosto de Kelsea se avermelhar mesmo com o entorpecimento causado pelo vento. Ela pensara ter se mostrado muito forte e corajosa ao longo da viagem; se fez acreditar que os havia impressionado. Carlin sempre dizia a Kelsea que seu rosto era um livro aberto; e se todos tivessem percebido seu orgulho? Será que conseguiria voltar a encará-los?

Pare com essa bobagem agora mesmo!

A voz de Carlin trovejou em sua cabeça, mais forte do que qualquer humilhação, mais forte do que a dúvida. Kelsea apertou as pernas com mais força contra os flancos de Rake e incitou-o para que fosse mais rápido. Quando suas bochechas ameaçaram ficar vermelhas outra vez, ela deu um tapa no próprio rosto.

Após o que talvez tivesse sido uma hora de cavalgada árdua, a floresta ficou para trás e Kelsea viu-se subitamente atravessando uma grande extensão de campos, a planície Almont. Fileiras verdes cuidadosamente cultivadas estendiam-se até onde a vista alcançava, e ela lamentou em silêncio a planura da região, a monotonia. Havia pouquíssimas árvores, e muitas não passavam de finos troncos desfolhados que se retorciam em direção ao céu, nenhuma robusta o bastante para fornecer a menor proteção. Kelsea continuou a avançar, encontrando passagens entre as fileiras de plantações, seguindo pelas lavouras apenas quando não havia outra forma de atravessar. Os acres cultivados eram salpicados aqui e ali por construções baixas feitas de madeira, de telhado colmado, a maioria pouco mais que choupanas. À distância, Kelsea também podia ver diversas casas de madeira altas e resistentes, provavelmente onde moravam os capatazes, se não os lordes.

Viu muitos camponeses; alguns se endireitaram para olhar para ela ou acenaram quando o cavalo passou. Mas a maioria, mais preocupada com as plantações, simplesmente a ignorou. A economia tear funcionava à base da agricultura; os lavradores trabalhavam no campo em troca do direito de ocupar as terras dos senhores, mas os nobres ficavam com todo o lucro, exceto pelos tributos pagos à Coroa. Kelsea podia ouvir a voz de Carlin na biblioteca, seu tom de profunda repulsa ecoando contra a parede de livros.

— Isso não passa de servidão, Kelsea. Pior: é servidão promovida pelo Estado. Essas pessoas são forçadas a se matar de trabalhar para manter o estilo de vida confortável dos nobres e, se tiverem sorte, são recompensadas com a sobrevivência. William Tear veio para o Novo Mundo com um sonho de puro socialismo, e veja só onde viemos parar.

Carlin martelara esse assunto inúmeras vezes, mas era bem diferente para Kelsea ver o sistema em primeira mão. Os camponeses pareciam famintos; a maioria usava roupas amorfas que mais pareciam penduradas em seus ossos. Os capatazes, facilmente identificáveis em seus cavalos, muito acima das fileiras cultivadas, não pareciam desnutridos. Usavam chapéus amplos, achatados, e todos portavam um grosso bastão de madeira cujo propósito ficava dolorosamente claro; quando Kelsea passou por um deles, viu a ponta do bastão manchada com um tom bordô profundo.

A leste, Kelsea avistou o que devia ser a casa de um nobre: uma torre elevada feita de tijolos vermelhos. Tijolos autênticos! O tijolo de Tearling era um material notoriamente de menor qualidade, se comparado ao de Mortmesne, que era feito com argamassa melhor e valia no mínimo uma libra o quilo. Carlin tinha um forno feito de tijolos de verdade, construído por Barty, e Kelsea se perguntara mais de uma vez se Barty havia comprado os tijolos no mercado negro de Mortmesne. Artífices mort eram proibidos de vender seus produtos aos tear, mas os luxos de lá valiam muito do outro lado da fronteira, e Barty contou a Kelsea que tudo era disponível pelo preço certo. Mas mesmo que ele não se negasse a um pequeno negócio no mercado negro, o casal nunca teria sido capaz de bancar uma casa de tijolos. Os nobres que moravam ali deviam ser extraordinariamente ricos. O olhar de Kelsea vagou pelas pessoas espalhadas pelos campos, pelos rostos e pescoços de espantalho, e uma raiva turva veio a sua mente. Ela temera ser rainha a maior parte de sua vida e sabia que estava mal preparada para a tarefa, embora Barty e Carlin tivessem feito seu melhor. Não crescera em um castelo, não fora criada com nenhum privilégio. A vastidão do país que iria governar a assustava, mas ao ver os homens e as mulheres trabalhando nos campos, alguma coisa dentro dela pareceu aflorar e respirar pela primeira vez. Todas aquelas pessoas eram sua responsabilidade.

O sol rompeu o horizonte à esquerda de Kelsea. Ela virou o rosto para observá-lo ascender no horizonte e viu uma forma negra riscando o céu, surgindo e sumindo sem emitir um som.

Um falcão mort!

Fincou os calcanhares nos flancos de Rake e relaxou as rédeas o máximo que ousou. O garanhão acelerou o galope, mas era inútil; nenhum cavalo montado podia superar um falcão em uma caçada. Ela relanceou freneticamente em todas as direções e não viu nada, nem sequer um agrupamento de árvores para lhes proporcionar proteção, apenas um sem-fim de campos cultivados e mais adiante, à distância, o brilho azulado de um rio. Enfiou a mão no manto para pegar sua faca.

— Abaixe! Abaixe! — gritou Clava, atrás dela.

Kelsea se encolheu e escutou o assobio ríspido de garras cortando o ar no lugar onde sua cabeça estivera.

— Lazarus!

— Rápido, Lady!

Ela se inclinou junto ao pescoço de Rake e aliviou toda a pressão das rédeas. Estavam rasgando a extensão do território agora, tão rápido que Kelsea não conseguia mais distinguir os lavradores nos campos, apenas um borrão contínuo de marrom e verde. Era uma questão de tempo, pensou, até que o cavalo a jogasse no chão e ela quebrasse o pescoço. Mas até mesmo essa ideia trouxe uma estranha liberdade... Quem teria previsto que sobreviveria tanto tempo? Começou a rir de forma histérica, selvagem, uma risada que foi instantaneamente levada pelo vento.

O falcão mergulhou a sua direita, e Kelsea se esquivou outra vez, mas não rápido o bastante. As garras rasgaram a pele do pescoço. O sangue espesso e quente começou a escorrer pela clavícula. O falcão disparou a sua esquerda, se afastando. Kelsea se virou para localizá-lo e sentiu o talho em seu pescoço se abrir, provocando uma onda de dor em todo o seu lado direito.

Cascos martelavam atrás dela à direita, mas Kelsea não ousou espiar; o falcão estava descrevendo um círculo a sua frente agora, preparando-se para atacar seus olhos. Era muito maior do que qualquer falcão que já vira, de um negro retinto, profundo, diferente do castanho comum, mais parecendo um abutre. De repente, o animal mergulhou em sua direção outra vez, as garras preparadas. Kelsea abaixou uma terceira vez, erguendo o braço para proteger o rosto.

Houve um som de impacto abafado acima de sua cabeça. Kelsea não sentiu dor, aguardou um momento e espiou. Nada.

Virou o rosto para a direita, seus olhos lacrimejando com a dor do movimento, e viu Clava cavalgando a seu lado. O corpo do falcão estava preso na cabeça dentada da arma, uma massa polpuda de sangue, penas e entranhas cintilantes. Ele sacudiu o cabo com truculência até a carcaça cair.

— Falcão mort? — gritou ela acima do ruído do vento, tentando manter a voz firme.

— Certamente, Lady. Não existem outros falcões iguais a esses no mundo, negros como a meia-noite e grandes como cães. Só Deus sabe como ela os está criando. — Clava diminuiu o galope de seu garanhão e fitou Kelsea, um olhar avaliador. — Você se feriu.

— No pescoço.

— Os falcões matam, mas também são batedores. Um bando de assassinos deve estar atrás de nós agora. Ainda consegue cavalgar?

— Consigo, mas o sangue vai deixar uma trilha.
— A sudoeste daqui fica a fortificação de uma nobre que era leal a sua mãe. São dezesseis quilômetros até lá. Acha que consegue?

Kelsea o fuzilou com o olhar.

— Que tipo de mulherzinha fraca, presa em casa, você acha que eu sou, Lazarus? Estou sangrando, só isso. E nunca me diverti tanto como nesta viagem.

Os olhos negros de Clava brilharam de compreensão.

— Você é jovem e corajosa, Alteza. É uma qualidade desejável em uma guerreira, mas não em uma rainha.

Kelsea franziu o cenho.

— Vamos embora, Lady. Sudoeste.

A essa altura o sol se erguera por completo acima do horizonte, e Kelsea achou que conseguia ver o destino deles: outra torre de tijolos delineada contra a cintilação azul do rio. De longe, a torre parecia de brinquedo, mas ela sabia que ao se aproximarem a construção emergiria com vários andares de altura. Kelsea se perguntou se a nobre que morava ali cobrava taxas pelo uso do rio; Carlin lhe contara que muitos nobres com propriedades próximas a rios ou estradas aproveitavam a oportunidade para arrancar um dinheiro extra de quem passava por ali.

Enquanto avançavam, Clava virava a cabeça de um lado para outro, como se ela estivesse presa em um pivô. Enfiara sua arma de volta no cinto sem nem se dar ao trabalho de limpá-la, e as entranhas do falcão brilhavam à luz matinal. A visão provocou leve náusea em Kelsea e ela desviou o rosto para examinar o campo ao redor, ignorando a dor no pescoço. Sem dúvida estavam no centro de Almont, as grandes planícies agrícolas do país, sem nada além de terreno plano em todas as direções. O rio adiante devia ser o Caddell ou o Crithe, mas Kelsea não conseguia determinar com certeza qual dos dois sem saber quão a oeste haviam cavalgado. Ao longe, a sudoeste, ela viu um borrão de colinas marrons e uma mancha mais escura contra a paisagem, provavelmente a cidade de Nova Londres. Mas então o suor pingou em seus olhos e, no momento em que pôde enxergar outra vez, as colinas pardacentas haviam evaporado, como uma miragem, e a terra verdejante se esparramava até o horizonte. O Tearling parecia enorme, muito maior do que jamais parecera nos mapas de Carlin.

Talvez houvessem percorrido metade da distância até a torre quando Clava esticou o braço e bateu com força na anca de Rake. O garanhão relinchou em protesto, mas acelerou o galope, arrancando em direção ao rio tão subitamente que Kelsea quase caiu da sela. Ela tentou acompanhar o movimento do cavalo, mas a ferida em seu pescoço parecia se abrir toda vez que os cascos de Rake tocavam o chão, e teve que lutar para ignorar a tontura que ia e vinha como a maré.

Por algum tempo só escutou Clava às suas costas, mas pouco a pouco seus ouvidos captaram o som inconfundível de mais cascos, vários deles, em seu encalço. Eles avançavam, e o rio se aproximava a um ritmo alarmante. Espiando por sobre o ombro, Kelsea viu seus piores medos confirmados. Caden, quatro deles, talvez a cinquenta metros de distância, seus mantos vermelhos brilhantes tremulando ao vento. Quando era criança e ouviu sobre os Caden, Kelsea perguntou a Barty por que assassinos profissionais usariam uma cor tão brilhante e chamativa. A resposta não foi tranquilizadora: os Caden eram assassinos tão confiantes que podiam se dar ao luxo de usar vermelho e atacar em plena luz do dia. Aqueles mantos mandavam um recado claro; alguma coisa dentro de Kelsea gelou com a visão deles.

Atrás dela, Clava soltou um xingamento antes de gritar:

— À direita!

Olhando na direção indicada, Kelsea via agora um segundo grupo, talvez quatro ou cinco homens usando mantos negros, vindo do noroeste, cavalgando para interceptá-los antes que chegassem ao rio. Mesmo que Rake fosse rápido o bastante para superar os dois grupos, Kelsea seria bloqueada quando o rio a forçasse a virar. O rio era largo, com uns vinte metros de uma margem a outra, e mesmo de longe Kelsea podia perceber que a água verde e profunda fluía rapidamente, os espirros e borrifos ocasionais revelando a existência de rochas sob a superfície. Era rápido e violento demais para nadar e nenhum barco estava à vista. Kelsea não via opção, mas mesmo assim seus pensamentos inevitavelmente vagavam para o que deixara para trás, ao longo da vasta terra verde que se espalha em todas as direções — os campos cheios de cidadãos. Sua responsabilidade.

Se pudesse galopar para oeste, ao longo da margem, pensou, os dois bandos de perseguidores seriam forçados a segui-la perto da água; isso tornaria impossível interceptá-la. Provavelmente acabariam por capturá-la de qualquer jeito, mas isso lhe garantiria mais tempo para que um milagre acontecesse. Ela se segurou firme e cavalgou direto para o rio. O sangue no ferimento do pescoço sujava seu queixo e sua bochecha a cada galope.

Quando a água estava a uns quinze metros de distância, Kelsea puxou as rédeas com força, tentando pegar os outros cavaleiros de surpresa com uma curva inusitada à direita. Mas Rake interpretou mal o movimento e estacou de repente, e Kelsea saiu voando por cima do animal, em uma confusa inversão de rio e céu antes de aterrissar de bruços. O ar foi expulso de seus pulmões com tanta violência que só conseguia dar pequenas e curtas arfadas. Tentou ficar de pé, mas suas pernas não obedeceram. Tentou inspirar com força e tudo que conseguiu foi ofegar espasmodicamente. O som dos cavalos se aproximando parecia preencher o mundo.

A sua esquerda, um homem gritou:

— A garota! A garota, maldição! Deixem Clava para depois, peguem a garota!

Alguma coisa se chocou contra o chão diante dela. Kelsea ergueu o rosto e viu Clava, a espada erguida em uma das mãos e a clava na outra, encarando quatro homens com mantos vermelhos. Os Caden eram todos muito diferentes entre si, escuros e claros, altos e baixos. Um até mesmo usava bigode. Mas todos os rostos tinham a mesma expressão dura e impassível de ferocidade disciplinada. O assassino de pele clara passou pela guarda de Clava e atingiu a clavícula dele de raspão com a ponta da espada. O sangue espirrou no rosto do Caden e sumiu contra o escarlate de seu manto, mas Clava ignorou o ferimento, esticou o braço e golpeou o atacante na garganta. O homem de vermelho desabou com um som gorgolejante, sufocado, sua traqueia esmagada.

Clava recuou até ficar em frente a Kelsea, esperando, uma arma pronta em cada punho. Outro Caden atacou, e Clava ajoelhou subitamente, a espada cortando o ar. O Caden caiu no chão, gritando de agonia. A perna direita fora seccionada pouco abaixo do joelho; o sangue brotou do coto aos borbotões, tingindo de vermelho-escuro a margem do rio. Após um momento, Kelsea se deu conta de que estava presenciando o ritmo da pulsação do homem moribundo, seu coração bombeando a vida para a areia.

Percebeu vagamente que devia fazer alguma coisa. Mas as pernas continuavam sem responder e suas costelas doíam terrivelmente. Os dois Caden remanescentes tentaram cercar Clava, mas ele se esquivou agilmente e enterrou a clava na lateral da cabeça de um dos homens, esmigalhando-a em uma explosão de sangue e osso. Clava não se recuperou a tempo; o último assassino o alcançou e acertou seu quadril, a espada rasgando sem dificuldade a cinta de couro. Clava mergulhou sob o homem, rolou uma vez e ficou de pé com a graça de um animal, afundando a clava com força esmagadora na coluna do assassino. Kelsea escutou um estalo, um som como o de Barty quebrando um galho seco, e o Caden desabou no chão.

Atrás de Clava, Kelsea viu os homens de manto negro desmontarem de seus cavalos com as espadas já em punho. Clava girou e avançou na direção deles, enquanto Kelsea assistia a tudo com uma mistura de admiração e desapontamento... Parecia um desperdício imenso Clava morrer ali. Nunca ouvira falar de ninguém que houvesse derrotado um espadachim Caden antes, que dirá quatro. Ela tirou a mão do pescoço e viu que estava encharcada de sangue. Seria possível sangrar até a morte com um ferimento superficial? Barty nunca falara sobre a morte ou sobre morrer, em suas lições.

Alguém agarrou os braços de Kelsea e a virou de costas. Pontos negros dançaram diante de seus olhos. O talho em seu pescoço se abriu ainda mais e começou a pulsar com o sangue quente. Suas pernas se sacudiram, voltando à vida, a sensação horrível de senti-las novamente como se estilhaços de vidro estivessem sendo enfiados em suas panturrilhas. Um rosto surgiu diante dela, pálido como a morte, com insondáveis buracos negros no lugar de olhos e uma boca manchada de sangue, e Kelsea gritou antes que pudesse reprimir a reação, antes que pudesse perceber que era apenas uma máscara.

— Senhor. O Clava.

Ela ergueu o rosto e viu um segundo mascarado, embora sua máscara, felizmente, fosse apenas preta.

— Ponha-o para dormir — ordenou o homem da máscara branca. — Vamos levá-lo conosco.

— Senhor?

— Dê uma olhada, How. Quatro Caden, sozinho? Vai dar trabalho, decerto, mas seria um crime desperdiçar um talento desses. Ele vem com a gente.

Kelsea ergueu-se, embora o pescoço protestasse violentamente, e ficou sentada a tempo de ver Clava, sangrando de numerosos ferimentos, cercado por diversos cavaleiros usando máscaras negras. Um deles avançou, rápido como uma doninha, e golpeou a nuca de Clava com o punho da espada.

— Não! — gritou Kelsea quando Clava desabou no chão.

— Ele vai ficar bem, garota — disse o homem de máscara branca acima dela. — Vamos logo, de pé.

Kelsea se levantou com tremendo esforço.

— O que querem comigo?

— Você não está em posição de fazer perguntas. — O homem ofereceu um cantil com água, mas ela o ignorou. Olhos negros e brilhantes a observavam por trás da máscara, examinando seu pescoço com atenção. — Isso está feio. O que aconteceu?

— Foi um falcão mort — respondeu Kelsea, contrariada.

— Deus abençoe seu tio. O mau gosto para aliados só se compara ao mau gosto para vestir-se.

— Senhor! Mais Caden! Vindos do norte!

Kelsea se virou nessa direção. Era possível ver uma nuvem de poeira através dos acres de terra cultivada, enganosamente pequena daquela distância, mas Kelsea avaliou que o grupo que se aproximava devia ter pelo menos dez homens, uma mancha avermelhada contra o horizonte.

— Mais algum falcão? — perguntou o líder.

— Não. How derrubou um.

— Graças a Deus. Preparem os cavalos; vamos levar os dois.

Kelsea fitou o rio. Era fundo e violento, a margem oposta coberta de árvores e arbustos pairando acima da água por no mínimo quinhentos metros na jusante. Se pudesse nadar até lá, talvez conseguisse escapar.

— Sua cabeça é muito cobiçada — comentou o líder a seu lado. — Mas você não parece grande coisa.

Kelsea voltou-se para o rio. Não deu nem três passos antes que ele agarrasse seu cotovelo e a jogasse na direção de um segundo homem, quase do tamanho de um urso, que a prendeu com facilidade.

— Não tente fugir de nós, garota — disse-lhe o líder, com frieza na voz. — Podemos matá-la, é verdade, mas os Caden com certeza *vão* matá-la e levar sua cabeça para o regente, em troca da recompensa.

A rainha pesou suas opções e concluiu que não tinha nenhuma. Cinco mascarados a cercavam. Clava jazia no chão, a cinco metros dela; Kelsea podia vê-lo respirar, mas seu corpo estava lânguido. Quando um dos homens terminou de amarrar as mãos dele, outros dois o ergueram e o puseram em seu cavalo. Kelsea não tinha uma espada e, de todo modo, não saberia como usar uma, se tivesse. Virou-se outra vez para o líder e balançou a cabeça, aquiescendo.

— Morgan, leve-a no seu cavalo. — O líder montou no próprio cavalo, erguendo a voz ao fazê-lo. — Rápido, homens! Olho vivo com os batedores!

— Vamos, Lady — disse Morgan, sua voz surpreendentemente suave, em contraste com o tamanho enorme e a máscara negra. — Suba.

Kelsea apoiou um pé no estribo improvisado pelas mãos dele e deu impulso para subir no cavalo. Seu pescoço voltara a sangrar profusamente; o ombro direito da blusa estava empapado, e pequenos rios escarlates haviam começado a escorrer por seu antebraço. Podia sentir o cheiro do próprio sangue, um odor de cobre parecido com o das moedas antigas que Barty guardava em sua caixa de suvenires, em casa. Uma vez por semana, ele as polia meticulosamente e depois as mostrava para Kelsea: moedas redondas de cobre baço com um homem barbado de aparência majestosa em uma das faces, relíquias de um tempo muito antigo. Parecia estranho que uma lembrança boa pudesse ser despertada pelo cheiro de sangue.

Morgan montou atrás dela; Kelsea sentiu nitidamente o cavalo se acomodar sob o peso dele. Seus braços forneciam uma proteção tenaz de ambos os lados. Kelsea rasgou uma tira de sua manga e pressionou-a contra o pescoço. O ferimento com certeza ia precisar de pontos, e o mais rápido possível, mas ela estava determinada a não deixar uma trilha de sangue para trás.

Galoparam ao longo da margem do rio. Kelsea se perguntou aonde estariam indo, pois o rio certamente era caudaloso demais para que os cavalos o atravessassem a nado e não havia sinal de ponte. Olhando para o norte, Kelsea viu que os mantos vermelhos mudaram de direção e agora estavam em rota de interceptação. Mas o grupo de mascarados não dava a menor pista sobre para onde estava indo ou se tinha algum plano para escapar. O líder ia à frente e, atrás dele, outro homem montava o garanhão de Clava com o dono jogado sobre a sela, sua forma inerte balançando a cada galopada. Kelsea viu apenas um pouco de sangue, mas o manto cinza encobria a maior parte do corpo de Clava. Todos os mascarados pareciam concentrados na estrada adiante; nem sequer viravam para acompanhar o progresso de seus perseguidores, tampouco olhavam para Kelsea, e ela sentiu outra pontada de angústia pelo próprio desamparo. Sem ajuda, teria morrido em um piscar de olhos.

— Agora! — bradou o líder.

Morgan deu uma guinada repentina, e eles galoparam na direção do rio. Kelsea fechou os olhos e prendeu a respiração, preparando-se para a água gelada, mas nada aconteceu. A sua volta a correnteza rugia furiosamente, gotículas geladas esguichando pelo ar e molhando a calça de Kelsea até a altura dos joelhos. Mas quando abriu os olhos, descobriu que de alguma maneira incompreensível estavam atravessando o rio, os cascos dos cavalos espirrando água a cada passo, e, contudo, apoiando-se em terra firme.

Impossível, pensou, os olhos arregalados de perplexidade. Mas a prova estava na sua frente: eles cortavam uma ampla diagonal através do rio, se aproximando cada vez mais da margem oposta. Passaram entre duas grandes rochas projetando-se da água, tão próximas que Kelsea pôde ver os padrões do musgo escuro, cor de esmeralda, espalhados pela superfície escorregadia. Lembrou-se da joia brilhante em torno de seu pescoço e quase riu. O dia fora cheio de acontecimentos espantosos.

Quando chegaram do outro lado, os cavalos imediatamente adentraram a floresta. Pela segunda vez naquele dia, Kelsea teve seu rosto açoitado por galhos de árvores, mas pressionou o queixo no peito e não emitiu nenhum ruído.

Nas sombras de um carvalho gigantesco, o líder ergueu a mão e os cavaleiros interromperam a corrida. O rio mal era visível por trás das árvores. O líder circulou com seu cavalo e parou, imóvel, os olhos fixos na margem oposta.

— Isso deve confundi-los por um tempo — murmurou um dos homens de máscara negra.

Kelsea virou o rosto, ignorando uma onda de vertigem, e espiou através dos galhos do carvalho. Não conseguia ver nada, apenas a cintilação do sol na água. Mas alguém riu.

— Estão desnorteados, com certeza. Vão ficar ali por horas.

Agora ela conseguia ouvir os perseguidores; vozes se elevaram e alguém gritou em resposta: "Não sei!".

— A jovem precisa de pontos — anunciou Morgan às costas de Kelsea, assustando-a. — Está perdendo muito sangue.

— De fato — respondeu o líder, fixando seus olhos negros em Kelsea. Ela o encarou de volta, tentando ignorar a máscara.

O rosto era o de um arlequim, mas muito mais sinistro, assustador de uma maneira que ela não sabia definir. Lembrava Kelsea de pesadelos de infância. Não obstante, ela se forçou a se sentar com as costas eretas e a encará-lo enquanto uma poça de sangue se acumulava em seu cotovelo.

— *Quem é você?*

— Sou a morte agonizante de Tearling. Perdoe nossos modos.

Ele fez um gesto com o queixo, olhando para um ponto atrás dela, e antes que Kelsea pudesse reagir, o mundo escureceu.

Fetch

A marca do verdadeiro herói é que a mais heroica de suas proezas é feita em segredo. Nunca ficamos sabendo dela. Contudo, meus amigos, de algum modo sabemos.

— *Coleção de sermões do padre Tyler*, ARQUIVO DO ARVATH

— Acorde, garota.

Kelsea abriu os olhos e se deparou com um céu azul tão brilhante que acreditou que ainda estivesse sonhando. Mas bastaram alguns segundos para entender que se encontrava dentro de uma tenda. Estava no chão, envolta na pele de algum animal. Não de veado, que ela teria reconhecido, mas algo quente, tão aconchegante que relutou em se levantar.

Voltou o rosto para o dono da voz, um homem vestido dos pés à cabeça em azul-escuro. Sua voz era um barítono agradável, distinta o bastante para que o reconhecesse mesmo sem a máscara horrível. O rosto era liso, bonito e bem-humorado, com maças proeminentes. Também era consideravelmente mais jovem do que ela imaginara na margem do rio, não devia ter mais de vinte e cinco anos, seu cabelo ainda espesso e escuro e o rosto sem rugas dominado por um par de grandes olhos negros que levaram Kelsea a reconsiderar sua avaliação inicial; aqueles olhos aparentavam muito mais do que vinte e cinco.

— Onde está sua bela máscara hoje?

— Estou em casa — respondeu ele calmamente. — Não faz sentido usar o disfarce.

Kelsea se apressou para sentar, mesmo que o movimento provocasse uma forte pontada no lado direito do pescoço. Explorando a região com a ponta dos dedos, tateou um corte fechado com pontos e coberto por algum tipo de cataplasma grudento.

— Vai cicatrizar bem. Eu mesmo cuidei disso.

— Obrigada — respondeu Kelsea, e então percebeu que não estava usando suas roupas, mas um camisolão feito de um tecido branco, linho, talvez. Levou a mão ao cabelo e notou que estava sedoso e macio; alguém lhe dera um banho. Olhou para ele, seu rosto corando.

— Isso fui eu, também. — Seu sorriso se ampliou. — Mas não precisa se preocupar, garota. Você é comum demais para o meu gosto.

As palavras machucaram, e muito, mas Kelsea disfarçou a mágoa com uma contração quase imperceptível do rosto.

— Onde está meu manto?

— Ali. — Ele gesticulou com o polegar na direção de uma pilha de roupas em um canto. — Mas não tem nada lá. Precisaria ser um homem melhor do que sou para resistir a ficar com isso.

Ele estendeu a mão e exibiu o colar de safira, segurando-o pela corrente. Kelsea imediatamente levou a mão ao pescoço e notou que seu colar continuava ali.

— Eles são otimistas, garota, para deixar você usar os dois. Alguns diziam que a Joia do Rei se perdera para sempre.

Kelsea se segurou para não tentar pegar o segundo colar, já que muito obviamente era isso que ele queria que ela fizesse. Mas seus olhos acompanharam a safira, que balançava para a frente e para trás.

— Você nunca usou este colar — observou ele.

— Como sabe?

— Se tivesse usado, a joia nunca teria permitido que eu a tirasse de você.

— Como assim?

Ele lhe lançou um olhar incrédulo.

— Você não sabe nada a respeito dessas joias?

— Sei que me pertencem.

— E o que você fez para merecê-las? Nasceu de uma rainha de segunda com uma queimadura no braço.

Rainha de segunda. O que isso queria dizer? Kelsea ignorou o comentário, falando devagar:

— Eu não pedi por nada disso.

— Talvez não.

Alguma coisa em seu tom de voz provocou um calafrio em Kelsea, alertando-a sobre o perigo que corria ali. No entanto, como poderia, uma vez que ele salvara sua vida na margem do rio? Ela observava a joia, os brilhos azuis refletindo em sua pele, enquanto se concentrava no problema. Uma barganha exigia algo com que barganhar. Ela precisava de informações.

— Posso saber seu nome, senhor?
— Isso não tem importância. Pode me chamar de Fetch.
Ele se recostou, aguardando sua reação.
— Esse nome não significa nada para mim.
— Sério?
— Fui criada em isolamento, sabe?
— Bom, você teria ouvido falar de mim, caso contrário. O regente ofereceu um preço alto por minha cabeça, e o valor aumenta a cada dia.
— Por quê?
— Roubei o cavalo dele. Entre outras coisas.
— Você é um ladrão?
— O mundo é cheio de ladrões. Vamos dizer que eu seja o pai dos ladrões.
Kelsea sorriu, a contragosto.
— É por isso que usam máscaras?
— Claro. As pessoas têm inveja dos talentos que não possuem.
— Ou talvez elas apenas não gostem de criminosos.
— Não é preciso ser um criminoso para se meter em maus lençóis, garota. Há uma bela recompensa pela sua cabeça também.
— Minha cabeça — repetiu Kelsea, debilmente.
— Isso, sua cabeça. Seu tio oferece o dobro se ela estiver reconhecível ao ser entregue. Um presente para a vadia mort, sem dúvida; suponho que ela pretenda pendurar sua cabeça em algum lugar. Mas seu tio exige a joia e seu braço, como prova.

As palavras de Carlin sobre o destino dos soberanos voltaram à mente de Kelsea. Tentou imaginar sua cabeça na ponta de uma lança e não conseguiu. Era raro Carlin e Barty falarem sobre o regente Raleigh, tio de Kelsea, mas o tom com que o faziam era inequívoco. Tinham-no em baixa estima, e essa baixa estima fora passada adiante para Kelsea. Nunca se incomodara com o fato de que o tio queria matá-la; ele nunca parecera importante, não da maneira como sua mãe era. Não passava de um obstáculo a ser transposto. Ela voltou sua atenção para Fetch e respirou fundo; ele desembainhara a faca. Deixou-a equilibrada no joelho.

— Então, garota — continuou Fetch numa voz falsamente agradável —, o que fazer com você?

Kelsea sentiu o nó em seu estômago se contrair um pouco mais, seus pensamentos estavam disparando. Aquele homem não gostaria se ela suplicasse.

Devo provar que minha vida tem algum valor. E rápido.

— Se você é tão procurado como diz, estarei em posição de perdoá-lo por seus crimes.

— De fato, caso sobreviva para se sentar no trono por mais que algumas horas. E eu duvido que isso aconteça.

— Mas pode ser que sim — replicou Kelsea, com firmeza. Sentiu uma pontada no ferimento do pescoço, mas ignorou a dor, lembrando-se das palavras de Carroll na clareira. — Tenho mais força do que aparento.

Fetch a encarou, um olhar demorado e intenso. Queria alguma coisa dela, Kelsea percebeu, embora não fosse capaz de imaginar o que poderia ser. A cada segundo que se passava, seu desconforto aumentava, mas não podia desviar o olhar. Por fim, deixou escapar a pergunta que estava no fundo de sua mente.

— Por que chamou minha mãe de rainha de segunda?

— Você acha que ela foi uma rainha de primeira, presumo.

— Não sei coisa alguma sobre ela. Ninguém quis me contar.

Os olhos dele se arregalaram.

— Impossível. Carlin Glynn é uma mulher extraordinariamente capacitada. Não poderíamos ter escolhido ninguém melhor.

Kelsea ficou boquiaberta. Ninguém senão a guarda de sua mãe sabia onde ela fora criada, ou os homens do regente teriam aparecido na porta do chalé anos antes. Ela esperou que Fetch continuasse, mas ele não se pronunciou. Finalmente, ela perguntou:

— Como é possível que você saiba onde eu estava e os mort e os Caden não?

Ele fez um gesto desdenhoso com a mão.

— Os mort não passam de facínoras, e os Caden só começaram a procurá-la quando seu tio ficou desesperado o suficiente para pagar o que costumam pedir, que, aliás, é exorbitante. Se os Caden estivessem procurando você desde o início, estaria morta anos atrás. Sua mãe não a escondeu tão bem assim; ela carecia de imaginação.

Kelsea conseguiu manter o rosto impassível, mas não foi fácil. Ele falava sobre sua mãe com grande menosprezo, mas Carlin nunca dissera nada depreciativo sobre a rainha Elyssa.

Mas ela nunca teria me contado, não é?, sussurrou a mente de Kelsea, desagradavelmente. *Carlin prometeu.*

— Por que despreza minha mãe tanto assim? Ela te fez algum mal?

Fetch inclinou a cabeça para o lado, com um olhar avaliador.

— Você é muito jovem, garota. Jovem demais para se tornar uma rainha.

— Vai me dizer qual é sua queixa contra minha mãe?

— Não vejo por que deva fazê-lo.

— Ótimo. — Kelsea cruzou os braços. — Então vou continuar a pensar nela como uma rainha de primeira.

Fetch sorriu com apreciação.

— Por mais jovem que seja, é mais esperta do que sua mãe jamais foi.

O ferimento de Kelsea estava doendo muito agora. Uma fina película de suor brotara em sua testa, e ele pareceu notar apenas um instante depois que ela mesma.

— Incline a cabeça.

Kelsea obedeceu sem pensar. Fetch mexeu nas próprias vestes e tirou uma pequena bolsa, em seguida começou a aplicar algo úmido em seu pescoço. Kelsea se preparou para a ardência que não veio. Os dedos dele tocavam sua pele suavemente. Logo percebeu que deveria ter se resguardado mais contra a mão de um estranho e fechou os olhos, resignada. A frase de um dos livros de Carlin lhe ocorreu: *qualquer patife plausível...* Sua estupidez fez os dedos de seus pés se retraírem.

O anestésico funcionou rápido; em poucos segundos, a dor cedera e passara a um latejar fraco. Fetch soltou o pescoço de Kelsea e guardou a bolsinha.

— Mais tarde, um pouco de hidromel cuidará do resto da dor.

— Não me infantilize! — retrucou Kelsea. Estava furiosa consigo mesma por ter achado aquele homem atraente e parecia muito importante que ele nunca descobrisse. — Se pretende me matar, faça isso logo!

— Quando for a hora. — Os olhos negros de Fetch brilharam com algo que ela achou que poderia ser respeito. — Você é surpreendente, garota.

— Esperava que eu suplicasse?

— Se tivesse feito isso, eu a teria matado na hora.

— Por quê?

— Sua mãe teria suplicado.

— Eu não sou minha mãe.

— Talvez não.

— Por que não me diz o que quer?

— Queremos que seja uma rainha.

Kelsea percebeu facilmente a implicação.

— Como minha mãe não foi?

— Você faz ideia de quem foi seu pai?

— Não, e não estou interessada.

— Eu estou. Fiz uma aposta com um de meus homens.

— Uma aposta?

Os olhos dele cintilaram.

— Descobrir a identidade de seu pai é um dos maiores objetos de jogatina em todo o reino. Sei de uma senhora morando em uma aldeia bem ao sul que apostou seu cavalo, quase vinte anos atrás, e está esperando a verdade vir à tona desde então. O posto tem muitos candidatos, por assim dizer.

— Que encantador.

— Você é da realeza, garota. Nada em sua vida voltará a ser particular.

Kelsea comprimiu os lábios, irritada com o rumo da conversa. Seu pai, como seu tio, nunca lhe parecera muito importante. Sua mãe era quem importava, a mulher que governara o reino. Quem quer que fosse o pai de Kelsea, ele aparentemente a abandonara no nascimento... mas esse abandono nunca a magoara tanto quanto o de sua mãe. Kelsea se lembrava dos dias passados diante da grande janela na sala do chalé; no fim, o sol sempre se punha, e sua mãe nunca aparecera.

— Nós esperamos bastante tempo para ver se você tinha fibra, garota — observou Fetch. — Eu a estou adulando e ameaçando alternadamente, e agora já chega. Você não é o que nós esperávamos.

— Nós quem?

Fetch fez um gesto para suas costas. Kelsea percebeu que podia escutar vozes masculinas do lado de fora da tenda e, um pouco mais distante, alguém cortando lenha.

— O que mantém seu grupo unido?

— Essa é uma boa pergunta, portanto é claro que você não terá uma resposta.

Ele ficou de pé, um movimento tão súbito que Kelsea se encolheu com os joelhos junto ao peito. Mesmo que tivesse uma faca e Fetch estivesse desarmado, ele ainda poderia matá-la em menos de um minuto. Ele a lembrou de Clava: um homem de violência latente, e usando essa violência ainda mais mortiferamente pelo fato de que a tinha em tão baixa conta. Percebeu que se esquecera de perguntar sobre Clava, mas agora não era o momento. Sentiu alívio quando Fetch enfiou sua faca de volta na bainha.

— Vista-se, garota, e venha para fora.

Após ele ter desaparecido pela entrada da tenda, Kelsea voltou sua atenção para a pilha de vestes escuras no chão. Roupas de homem, grandes demais para ela, mas talvez assim fosse melhor. Kelsea não se iludia sobre ter um corpo bonito.

E quem liga para o seu corpo?

Ninguém, respondeu ela, amuada, a Carlin, tirando o camisolão de linho amarrotado pela cabeça. Não era tola o suficiente para deixar de perceber o perigo da situação: um homem bonito, inteligente e mais do que ligeiramente mau. Nem todos os livros da biblioteca de Carlin eram sobre fatos históricos.

Mas não estou fazendo mal a ninguém, insistiu. *Se reconheço o perigo, isso diminui o dano.*

Nem mesmo na sua própria cabeça a afirmação soou inteiramente verdadeira. Fetch saíra momentos antes, mas Kelsea já estava ansiosa para ir atrás dele e ficar de novo em sua presença.

Não seja tola, disparou sua mente. *Você é feia demais para ele, ele mesmo disse isso.*

Terminou de se vestir. Penteou os cabelos com os dedos, endireitou o corpo e espiou para fora da tenda.

Deviam tê-la trazido bastante ao sul. A região em torno do acampamento nao era mais de florestas nem de terras cultivadas; estavam no topo de uma colina elevada, uma chapada coberta de capim amarelado pelo sol. Elevações similares os cercavam por todos os lados, um mar amarelo e sinuoso. O terreno ainda não começara a desertificar-se, mas não podiam estar longe da fronteira com Cadare.

À primeira vista, Kelsea teria tomado o acampamento pelo de uma trupe circense: várias barracas tingidas de matizes berrantes de vermelho, amarelo e azul montadas em torno de uma fogueira escavada no chão. Algo estava cozinhando, pois fumaça subia vagarosamente no ar e Kelsea pôde sentir o cheiro de carne assada. Do outro lado da fogueira, um homem louro e baixo, vestido com uma roupa larga como a de Kelsea, cortava lenha.

Perto da tenda, três homens confabulavam em voz baixa, acocorados. Um deles era Fetch; outro, a julgar pela altura e pela largura dos ombros, só podia ser o enorme Morgan. Tinha cabelos louros e um rosto redondo que manteve a expressão amistosa quando Kelsea se aproximou. O terceiro homem era negro, o que deixou a garota sem ação por um instante. Ela nunca vira uma pessoa negra antes e ficou fascinada com a pele do homem, que brilhava à luz do sol.

Nenhum deles se curvou ao vê-la, mas também não estava esperando por isso. Fetch acenou para Kelsea se aproximar, e ela o fez demorando o máximo que pôde, querendo mostrar que não obedeceria de imediato a uma ordem dele. Ao chegar mais perto, ele gesticulou para os dois companheiros.

— Meus camaradas, Morgan e Lear. Não vão machucá-la.

— A menos que você mande.

— É claro.

Kelsea se agachou, e os três a fitaram com um olhar avaliador que ela só podia descrever como frio. A sensação de perigo duplicou de intensidade. Mas se a matassem, raciocinou, seu tio permaneceria no trono. Podia até se tornar rei, uma vez que era o último na linha de sucessão. Não era grande coisa em termos de barganha, mas era melhor do que nada. Segundo Carlin, o regente não era amado no Tearling, mas talvez essa fosse apenas outra mentira. Kelsea olhou para longe, tentando suprimir a frustração. Sua mãe, o regente, a Rainha Vermelha... precisava de alguém disposto a lhe contar a verdade.

E se a verdade não for algo que você queira ouvir?

Mesmo assim, queria saber. E percebeu que alguém tinha as respostas.

— Onde está Lazarus?

— O Clava? Ali. — Fetch fez um gesto na direção de uma tenda com um tom intenso de vermelho a cerca de dez metros. Um dos homens, grande e de cabelo cor de areia, montava guarda.

— Posso vê-lo?

— Fique à vontade, garota. Veja se consegue acalmá-lo; ele está se revelando um aborrecimento.

Kelsea foi até o local indicado, um pouco preocupada. Não lhe pareciam homens perversos, mas eram rígidos, e Clava não levava muito jeito para prisioneiro modelo. O homem diante da tenda vermelha a encarou, mas bastou um aceno para que ele a deixasse passar.

Clava estava no chão, vendado e preso com firmeza a uma estaca. Seus ferimentos pareciam ter sido tratados com tanto cuidado quanto os de Kelsea, mas havia cordas enroladas em torno de seus pulsos e tornozelos, e seu pescoço fora enlaçado com um nó corrediço. Kelsea fez um ruído involuntário e ao ouvi-lo Clava virou a cabeça.

— Vossa Alteza foi maltratada?

— Não. — Ciente da sentinela fora da tenda, Kelsea se sentou de pernas cruzadas no chão ao lado dele e falou em voz baixa: — Apenas algumas ameaças contra minha vida.

— Se pretendessem matá-la, já estaria morta. Seu tio não a quer viva.

— Eles não... — Kelsea baixou a voz um pouco mais, esforçando-se para traduzir a estranha impressão que tivera. — Acho que não estão a mando do meu tio. Querem alguma coisa de mim, mas não me dizem o que é.

— Você consegue me desamarrar? Descobriram um nó que não sei desfazer.

— Acho que fugir não é a estratégia certa, Lazarus. Nunca conseguiríamos escapar desses homens.

— Não prefere me chamar de Clava?

— Carroll não chamava.

— Carroll e eu nos conhecemos há muito tempo, Lady.

— Não duvido. — Kelsea considerou, percebendo que sempre pensara nele como Clava, em sua cabeça. — Mesmo assim, prefiro Lazarus. É um nome de sorte.

— Como quiser.

Clava mudou de posição. Dava para ver as cordas que prendiam seus pulsos e tornozelos cederem um pouco enquanto ele esticava os músculos.

— Está sentindo dor?

— Desconforto. Já estive em situações piores, sem dúvida. Como escapamos do rio?

— Magia.

— Que tipo de...

— Lazarus — interrompeu Kelsea, com firmeza. — Preciso de algumas respostas.

Ele estremeceu visivelmente, acomodando-se como pôde na condição em que estava.

— Sei que meu tio ofereceu um prêmio pela minha cabeça. Mas o que ele fez com o Tearling?

— Imagine qualquer coisa ruim, Lady. Seu tio provavelmente o fez.

— Explique.

— Não.

— Por que não?

— Não vou discutir sobre isso.

— Por quê? Você era da guarda do meu tio?

— Não.

Ela ficou esperando que Clava entrasse em detalhes, mas ele se limitou a ficar imóvel. Mesmo com a venda, Kelsea sabia que seus olhos estavam fechados, como um homem em um interrogatório penoso. Ela mordeu com força o interior da bochecha, tentando controlar sua irritação.

— Não entendo como esperam que eu tome decisões sensatas sem saber de tudo que aconteceu.

— De que adianta se prender ao passado, Lady? Pode fazer seu próprio futuro.

— E quanto às bonecas e aos vestidos?

— Eu impliquei para ver se você reagiria. E Vossa Alteza reagiu.

— E se eu ordenar que me diga?

— Ordene, Lady, e veja o que acontece.

Ela pensou por um momento, então decidiu que não. Era o caminho errado a seguir com Clava; embora pudesse dar a ordem, ele se guiaria por seu próprio juízo. Após observá-lo lutar contra as amarras por mais um minuto, Kelsea sentiu sua irritação dar lugar à pena. Ele estava preso com muita firmeza; mal tinha espaço para se esticar.

— Como está sua cabeça?

— Bem. O desgraçado me bateu com a força exata no lugar certo. Um bom golpe.

— Trouxeram comida?

— Sim.

— Carroll me contou que foi você quem me tirou da Fortaleza quando eu era bebê.

— Ele não mentiu.
— Você sempre pertenceu à Guarda da Rainha?
— Desde meus quinze anos.
— Alguma vez se arrependeu de ter escolhido essa vida?
— Nunca.

Clava se mexeu outra vez, esticando as pernas e depois relaxando, e Kelsea testemunhou, atônita, quando libertou um pé das cordas.

— Como fez isso?

— Qualquer um consegue, Lady, se estiver disposto a praticar. — Flexionou o pé, mexendo-o para afastar a dormência. — Mais uma hora e consigo soltar uma das mãos também.

Kelsea olhou para ele por um momento, então ficou de pé.

— Você tem família, Lazarus?

— Não, Lady.

— Gostaria que fosse capitão da minha Guarda. Pense nisso enquanto escapa.

E saiu da tenda antes que ele pudesse responder.

O sol começava a se pôr, deixando apenas uma linha escura de nuvens com nuances laranja no horizonte. Sondando o acampamento, Kelsea encontrou Fetch recostado contra uma árvore, olhando para ela com uma expressão imperturbável e especulativa. Quando encontrou seu olhar, ele sorriu, um sorriso sombrio e rígido que a levou a se encolher.

Não só um ladrão, mas um assassino também. Sob o homem bonito, Kelsea pressentiu outro homem, mais terrível, com uma vida tão sombria quanto um lago coberto por gelo. *Um assassino com muitas mortes nas costas.*

A ideia deveria tê-la deixado horrorizada. Kelsea esperou por alguns segundos, mas o que lhe veio em vez disso foi uma percepção ainda pior: aquilo não fazia a menor diferença.

O jantar foi inesperadamente farto. O cheiro que Kelsea sentira antes se revelou ser carne de veado de uma qualidade muito melhor do que a que comera dias antes. Havia ovos cozidos, o que a surpreendeu até Kelsea notar o pequeno galinheiro atrás de sua tenda. Morgan passou a maior parte do dia na fogueira assando pães, que ficaram perfeitos, torrados por fora e macios por dentro. O homem dos cabelos cor de areia, Howell, lhe serviu um copo de hidromel, que Kelsea nunca provara. Ela bebeu com grande cautela. Álcool e governança não combinavam muito bem; na verdade, os livros pareciam indicar que álcool não combinava muito bem com coisa alguma.

Ela comeu pouco. Pela primeira vez em muito tempo, teve consciência de seu peso. O chalé sempre fora muito bem provido de comida, e Kelsea normalmente repetia o prato no jantar sem pensar duas vezes. Mas agora comia devagar, não querendo lhes passar a impressão de ser glutona. Não querendo passar essa impressão para *ele*. Fetch sentava-se a seu lado, e podia muito bem haver um cordão invisível que a puxava toda vez que ele sorria ou dava risada.

Ele pediu a Kelsea que lhes contasse sobre sua infância no chalé. Ela não conseguia imaginar por que estaria interessado, mas sua insistência a fez falar, corando ocasionalmente com a intensidade dos olhares dos homens. O hidromel devia ter soltado sua língua, pois de repente não lhe faltaram palavras. Ela lhes contou sobre Barty e Carlin, sobre a casa, sobre as aulas. Todo dia, Barty ficava com ela da manhã até o almoço, e depois Carlin lecionava até a hora do jantar. Carlin a ensinava com livros, Barty com o mundo ao ar livre. Ela lhes contou que sabia tirar a pele de um veado e defumar a carne para que durasse meses, que conseguia montar armadilhas para capturar coelhos, que tinha habilidade com a faca, mas não a agilidade necessária. Contou que toda noite, após o jantar, começava um livro de ficção, por iniciativa própria, e em geral o terminava antes da hora de dormir.

— Você lê rápido? — perguntou Morgan.

— Muito — respondeu Kelsea, corando.

— Pelo jeito não se divertia muito.

— Acho que a finalidade não era essa. — Kelsea tomou outro gole de hidromel. — Com certeza agora estou compensando, de qualquer jeito.

— É raro sermos acusados de ser divertidos — observou Fetch. — Sem dúvida você não tem resistência nenhuma para álcool.

Kelsea franziu a testa e pôs o copo de volta na mesa.

— Gostei desta bebida.

— Parece que sim. Mas é melhor ir devagar, ou vou mandar How parar de servi-la.

Kelsea corou outra vez, e todos riram.

Incitado pelos demais, Lear, o negro, se levantou e contou a história do Navio Branco, que havia afundado na Travessia e levara a maior parte do conhecimento médico americano consigo. Lear era um bom narrador, muito melhor do que Carlin, que não tinha nenhum talento para isso, e Kelsea sentiu lágrimas virem a seus olhos quando o navio afundou.

— Por que puseram todos os médicos em um único navio? — perguntou. — Não teria sido mais lógico que cada navio tivesse seu próprio médico?

— Foi por causa do equipamento — respondeu Lear, suspirando de um jeito que levou Kelsea a perceber que ele gostava de contar histórias, mas não apreciava ter de responder a perguntas depois. — A única tecnologia que William Tear permitiu que fosse trazida na Travessia foi a dos equipamentos médicos capazes de salvar vidas. Mas tudo foi parar no fundo do oceano, junto com o resto do conhecimento.

— Nem tudo se perdeu — retrucou Kelsea. — Carlin me contou que ainda existe controle de natalidade disponível no Tearling.

— Controle de natalidade nativo. Tiveram de redescobrir quando desembarcaram, por tentativa e erro, com plantas locais. A ciência de verdade nunca existiu no Tearling.

Kelsea franziu as sobrancelhas, perguntando-se por que Carlin nunca lhe contara isso. Mas claro que, para Carlin, o controle de natalidade não passava de um quesito a ser levado em consideração em um gráfico populacional. Fetch sentou-se a seu lado, e ela sentiu o sangue afluir para as bochechas. Era um assunto perigoso de se pensar quando ele estava próximo, no escuro.

Depois que o jantar terminou, juntaram duas mesas e a ensinaram a jogar pôquer. Kelsea, que nunca vira um baralho antes, adorou o jogo. Aquela era a primeira vez que sentia prazer de verdade com alguma coisa desde que a Guarda da Rainha fora bater na porta de Carlin.

Fetch sentou-se a seu lado e espiou suas cartas. Kelsea pegou-se corando de tempos em tempos e torceu para não ser notada. Ele era inegavelmente atraente, mas a verdadeira fonte de seu charme era algo bem diverso: Fetch não dava a mínima para o que Kelsea pensava a seu respeito. Ela se perguntou se ele era assim com todo mundo.

Após algumas rodadas, ela pareceu pegar o jeito da coisa, embora fosse difícil lembrar as várias formas de ter a melhor mão. Fetch parou de comentar quando ela descartava as cartas, ação que Kelsea tomou como um elogio. Entretanto, ela continuava a perder sem parar e não conseguia entender por quê. A mecânica do jogo era bastante simples e, na maioria das vezes, a prudência aconselhou-a a desistir da aposta. Sempre que fazia isso, porém, a mão vencedora era geralmente mais baixa que a sua, e em todas as ocasiões Fetch, com a boca enfiada na caneca de hidromel, dava risada.

Por fim, o sujeito louro e malvestido (Kelsea tinha quase certeza de que seu nome era Alain) que juntava as cartas para embaralhar e distribuir percebeu o olhar de Kelsea e comentou:

— Você é péssima em disfarçar o que está pensando.

— Concordo, garota — disse Fetch. — Tudo que passa por sua cabeça transparece nos seus olhos.

Kelsea bebeu outro gole de hidromel.

— Carlin diz que eu sou como um livro aberto.

— Bom, é melhor dar um jeito nisso, e rápido. Se decidirmos poupá-la da morte, precisará enfrentar um ninho de cobras. Franqueza será de pouca utilidade por lá.

O modo casual como ele falou em matá-la embrulhou seu estômago, mas Kelsea tentou moldar o rosto em uma máscara impassível.

— Bem melhor — observou Fetch.

— Por que não decide logo se quer me matar ou não e acaba com isso de uma vez? — perguntou Kelsea. O hidromel parecia ter clareado sua mente, apesar de deixá-la tonta, e ela desejava uma resposta direta.

— Queríamos ver que tipo de rainha você seria.

— Por que não me testam, então?

— Um teste! — O sorriso de Fetch se alargou, e seus olhos negros brilharam. — Que ideia interessante.

— Já estamos em um bom jogo — resmungou Howell. Ele tinha uma cicatriz grande na mão direita, como uma queimadura, que parecia dolorosa. Claro que queria continuar a jogar; era quem mais ganhava, e sempre com as piores cartas.

— Vamos jogar algo diferente agora — anunciou Fetch, empurrando Kelsea para fora do banco sem muita delicadeza. — É um teste de perguntas e respostas, garota. Chega pra lá.

— Tomei hidromel demais para ser testada agora.

— Azar o seu.

Kelsea olhou feio para ele, mas se levantou do banco, percebendo com um leve espanto que estava sem firmeza nas pernas. Os cinco homens à mesa se viraram para observá-la. Alain, o que distribuíra as cartas, terminou de embaralhá-las uma última vez e as guardou no bolso, em um movimento rápido demais para acompanhar.

Fetch se curvou para a frente e pôs as mãos sob o queixo, estudando a garota detidamente.

— O que pretende fazer se vier de fato a se tornar rainha?

— O que eu vou fazer?

— Tem alguma política em mente?

Ele falou com suavidade, mas os olhos negros estavam sérios. Kelsea percebeu uma paciência infinita e mortífera escondida sob a pergunta, perversamente acompanhada de uma necessidade desesperada pela resposta. Um teste, com certeza, e seus instintos lhe disseram que se sua resposta não o satisfizesse aquela conversa chegaria ao fim rapidamente.

Ela abriu a boca, sem saber o que responderia, e as palavras brotaram na escuridão, a visão de Carlin, tantas vezes reiterada na biblioteca, agora era repetida por Kelsea como uma litania, como se estivesse lendo a Bíblia da Igreja de Deus.

— Governarei pelo bem dos governados. Vou providenciar para que todo cidadão receba educação e cuidados médicos apropriados. Porei um fim aos gastos excessivos e aliviarei o ônus sobre os pobres por meio da redistribuição de terras, bens e impostos. Vou restaurar a soberania da lei neste reino e acabar com a influência de Mortmesne...

— Então você sabe! — exclamou Lear.

— Sobre Mortmesne? — Ela o fitou, inexpressiva. — Sei que o domínio mort sobre este reino cresce a cada minuto.

— O que mais sabe sobre Mortmesne? — trovejou Morgan, sua imensa silhueta parecendo um urso à luz da fogueira.

Kelsea deu de ombros.

— Li a respeito dos primeiros anos do Reinado Vermelho. E soube que meu tio estava disposto a fazer uma aliança com a Rainha Vermelha.

— Mais alguma coisa?

— Na verdade, não. Alguma informação sobre os costumes mort.

— O Tratado Mort?

— O que é isso?

— Meu Deus... — murmurou Howell.

— Até os guardiões dela juraram não contar — disse Fetch ao restante deles, balançando a cabeça. — Devíamos saber disso.

Kelsea pensou no rosto de Carlin, sua voz, sempre carregada de remorso: *Eu prometi.*

— O que é o Tratado Mort?

— Você pelo menos sabe sobre a invasão mort?

— Sei — respondeu Kelsea avidamente, feliz de enfim saber alguma coisa. — Conseguiram chegar até as muralhas da Fortaleza.

— E depois?

— Não sei.

Fetch deu-lhe as costas e ficou encarando a escuridão. Kelsea ergueu o rosto para o céu noturno e viu milhares e milhares de estrelas. Estavam longe de tudo, e o céu se estendia infinitamente. Quando voltou a encarar o grupo de homens, sentiu tontura, e quase caiu antes de recuperar o equilíbrio.

— Chega de hidromel para você — anunciou Howell, balançando a cabeça.

— Ela não está bêbada — retrucou Morgan. — Suas pernas ficaram bambas, mas não tem nada errado com a cabeça.

Fetch então voltou a lhes dirigir a palavra, com o ar decidido de um homem que tomou uma decisão difícil.

— Lear, conte-nos uma história.
— Que história?
— A Breve História da Invasão Mort, da Travessia ao Desastre.

Kelsea estreitou os olhos; ele estava tratando-a com condescendência outra vez. Fetch virou-se para ela e sorriu, quase como se tivesse lido seus pensamentos.

— Nunca contei isso como se fosse uma história — comentou Lear.
— Bom, sempre tem uma primeira vez para tudo. Capriche.

Lear limpou a garganta, deu um gole na caneca de hidromel e olhou para Kelsea. Não havia bondade em sua expressão, absolutamente nenhuma, e Kelsea precisou fazer um esforço consciente para não baixar o rosto e olhar os próprios pés.

— Era uma vez um reino chamado Tearling. O nome veio do fundador William Tear, um utopista que sonhou com uma terra de abundância para todos. Ironicamente, o Tearling era um reino de recursos escassos, pois os britânicos e os americanos não haviam sido afortunados na escolha de um ponto de desembarque. O Tearling não tinha minério algum, não fabricava nada. Os tear eram agricultores, tudo que tinham a oferecer era o alimento que cultivavam, a carne que criavam e uma quantidade limitada de madeira boa dos carvalhos nativos. A vida era difícil, e as necessidades básicas, difíceis de obter, por isso muitos tear se tornaram pobres e analfabetos ao longo dos anos. Eles tinham de comprar tudo das terras vizinhas, e como estavam presos a um lugar inclemente, o preço não era barato.

"O reino vizinho tivera mais sorte na Travessia. Ali havia tudo que faltava no Tearling. Tinha médicos com acesso a séculos de conhecimento europeu. Tinha pedreiros, cavalos decentes e parte da tecnologia que William Tear proibira. Acima de tudo, havia vastos depósitos de ferro e estanho no solo, assim o país não possuía apenas mineração, mas também um exército com armas superiores feitas de aço. Esse reino era a Nova Europa e, por muito tempo, contentava-se em ser rico e invulnerável, em ver seus cidadãos vivendo com saúde e conforto e morrendo em paz."

Kelsea assentiu; já sabia tudo isso. Mas a voz de Lear era profunda e hipnótica, e ele realmente fazia aquela história parecer um conto de fadas, como algo saído dos *Contos completos dos Irmãos Grimm* que Carlin tinha na biblioteca. Kelsea considerou se Clava conseguia escutar a narração em sua tenda e se já teria soltado a outra mão. Sua mente saiu vertiginosamente de foco, e Kelsea teve de sacudir a cabeça para clarear as ideias, quando Lear continuou:

— Perto do fim do segundo século de Tearling, uma feiticeira apareceu, querendo se tornar a senhora da Nova Europa. Ela trucidou os representantes eleitos democraticamente, suas esposas, até mesmo as crianças em seus berços. Cidadãos que resistiam encontravam a cada manhã suas famílias mortas e suas casas incendiadas. Levou quase meio século para subjugar a população, mas, no fim, a democracia deu lugar à ditadura, e todos nos reinos vizinhos esqueceram que essa terra rica fora outrora a Nova Europa; em vez disso, ela passou a se chamar Mortmesne, a Mão Morta. E da mesma maneira todos esqueceram que essa feiticeira não tinha nome. Ela se tornou a Rainha Vermelha de Mortmesne e, ainda hoje, cento e treze anos depois, continua soberana.

"Ao contrário de seus predecessores, a Rainha Vermelha não se satisfez em controlar apenas seu próprio reino; ela queria todo o Novo Mundo. Após consolidar seu reinado, voltou sua atenção para o exército mort, construindo uma vasta e poderosa máquina de guerra que não podia ser detida. Cerca de quarenta anos atrás, começou a avançar para além das fronteiras. Primeiro, tomou Cadare, depois, Callae. Esses países se renderam facilmente e agora estão subordinados a Mortmesne. Eles pagam tributos, como qualquer boa colônia faria. Permitem que guarnições mort fiquem aquarteladas nas residências de seus cidadãos e patrulhem suas ruas. Não há resistência."

— Isso não é verdade — discordou Kelsea. — Mortmesne teve uma revolta. Carlin me contou sobre isso. A Rainha Vermelha mandou todos os rebeldes para Callae, para o exílio.

Lear olhou feio para ela, e Fetch deu uma pequena risada.

— Não pode interromper quando ele estiver contando uma história, garota. A revolta de Callae durou só uns vinte minutos; ele tem todo o direito de omiti-la.

Kelsea mordeu o lábio, envergonhada. Lear lançou-lhe um olhar de advertência antes de continuar:

— Mas quando a Rainha Vermelha pôde voltar sua atenção para o Tearling, depois de ter reduzido as outras nações a colônias, ela encontrou um desafio na rainha Arla.

Minha avó, pensou Kelsea. *Arla, a Justa.*

— A rainha Arla foi uma mulher com a saúde debilitada por toda a vida, mas era inteligente e corajosa, e queria ser a soberana de uma nação livre. Todos os proprietários de terra no reino, principalmente a Igreja de Deus, preocuparam-se com suas terras e exigiram que ela fizesse um acordo com a Rainha Vermelha. O exército tear era fraco e mal organizado, facilmente superado pelo mort. Não obstante, a rainha Arla rejeitou todas as propostas mort e desafiou a Rainha Vermelha a tomar seu reino à força. Então Mortmesne invadiu a fronteira com o Tearling.

"O exército tear lutou bem, talvez melhor do que qualquer um poderia ter esperado. Mas suas armas eram de madeira, à exceção de umas poucas espadas compradas no mercado negro, enquanto o exército mort tinha armas e armaduras de ferro. Suas lâminas eram de aço, assim como as pontas de flecha, e abriram caminho entre os tear com pouca dificuldade. Os mort já haviam tomado a metade oriental do país quando a rainha Arla morreu de pneumonia, no inverno de 284. Ela deixou dois filhos: Elyssa, a princesa coroada, e seu irmão mais novo, Thomas. Elyssa começou as negociações de paz com a rainha mort quase imediatamente após assumir o trono. Mas não podia pagar o tributo, mesmo que estivesse disposta a isso. Simplesmente não havia dinheiro suficiente."

— Por que não pagar em madeira? — perguntou Kelsea. Eu achava que os reinos vizinhos davam grande valor ao carvalho tear.

Lear olhou feio; ela o interrompera outra vez.

— Não bastava. O pinheiro mort é de qualidade inferior à do carvalho tear, mas você pode construir com ele, se precisar.

"As negociações fracassaram, e o exército mort foi direto para Nova Londres. A estrada para a capital presenciou uma onda de estupros e carnificina, e os mort deixaram um rastro de aldeias incendiadas."

Kelsea pensou na história de Mhurn, sobre o homem que perdera sua esposa e sua filha. Observou o céu noturno. Onde estavam os outros guardas agora?

— A situação era desesperadora. O exército mort estava prestes a transpor as muralhas da Fortaleza quando a rainha Elyssa finalmente chegou a um acordo com a Rainha Vermelha. O Tratado Mort foi assinado apenas alguns dias depois e tem assegurado a paz desde então.

— E os mort? Desocuparam o território?

— Sim. Sob os termos do tratado, partiram da cidade vários dias depois e se retiraram pelo campo. A rigor, não houve mais fatalidades.

— Lear — interrompeu Fetch. — Beba mais um pouco.

Kelsea sentiu um orgulho acalorado crescer em seu peito. Por que Carlin nunca lhe contara nada daquilo? Era o tipo de história que sempre quisera ouvir. Rainha Elyssa, a heroína! Imaginou sua mãe, refugiada na Fortaleza com as hordas mort do lado de fora e o estoque de comida se esgotando, trocando mensagens sigilosas com Demesne. Uma vitória arrancada das presas do desastre. Era como algo saído de um dos livros de Carlin. E ainda assim... ainda assim... olhando para os demais na mesa, percebeu que nenhum dos homens estava sorrindo.

— É uma boa história — arriscou, virando-se para Lear. — E você a contou muito bem. Mas o que isso tem a ver comigo?

— Olhe para mim, garota.

Ela se virou e deu de cara com Fetch a encarando, seu olhar tão sombrio quanto o dos demais.

— Por que não implorou por sua vida?

Kelsea franziu a testa. O que diabos ele queria dela?

— Por que deveria?

— É o que se espera de cativos, oferecer algo em troca de suas vidas.

Ele a estava manipulando outra vez, Kelsea percebeu, e a ideia a deixou com uma imensa raiva. Inspirou longa e tremulamente antes de responder:

— Sabe, Barty me contou uma história, certa vez.

"Nos primeiros anos após a Travessia, havia um lavrador tear cujo filho ficou muito doente. Isso foi antes de os navios britânicos chegarem ao Tearling, então não havia médico algum no país. O menino foi piorando mais e mais, e seu pai achou que ele fosse morrer. O fazendeiro estava consumido pela tristeza.

"Certo dia, um homem alto envolto em um manto negro apareceu. Disse que era um curandeiro e que poderia restabelecer a saúde de seu filho, mas por um preço: o pai deveria entregar um dos dedos do menino para apaziguar o deus do estranho. O pai tinha suas dúvidas sobre as habilidades do sujeito, mas achou que seria uma troca vantajosa: um dedinho inútil pela vida de seu filho e, é claro, o curandeiro só levaria o dedo se fosse bem-sucedido. O pai observou por dois dias o curandeiro tratando seu filho com encantamentos e ervas e eis que o menino foi curado.

"O pai tentou pensar em um modo de burlar o combinado, mas não conseguiu, pois o homem no manto negro tinha começado a assustá-lo. Assim, ele esperou até seu filho dormir, pegou uma faca e cortou o dedo mínimo da mão esquerda dele. Depois embrulhou a mão com um pano e estancou o sangramento. Mas sem antibióticos, a ferida não tardou a infeccionar e gangrenar, e o menino definhou do mesmo jeito.

"O pai voltou-se para o curandeiro, furioso, e exigiu uma explicação. O curandeiro tirou seu manto negro para revelar uma terrível escuridão, a forma vazia de um espantalho. O pai se encolheu, cobrindo o rosto, mas a forma apenas anunciou: 'Eu sou a Morte. Venho rápido ou venho devagar, mas não posso ser enganada'".

Lear assentiu vagarosamente, o primeiro sorriso que ela vira surgir em seus lábios.

— Aonde quer chegar com essa história? — perguntou Fetch.

— Todo mundo morre um dia. É melhor ter uma morte limpa.

Ele a observou por mais um momento, depois se inclinou para a frente e ergueu o segundo colar, de modo que a safira ficou balançando para a frente e para trás acima da mesa, captando a luz da fogueira. A joia era muito grande, tão profunda que Kelsea podia olhar sob a superfície e ver algo escuro e distante se movendo. Ela esticou a mão, mas Fetch recolheu o colar.

— Passou na metade do teste, garota. Disse todas as coisas certas. Vamos permitir que viva.

Os homens em torno da mesa pareceram relaxar ao mesmo tempo. Alain pegou o baralho no bolso e começou a embaralhar as cartas outra vez. Howell se levantou e foi buscar mais bebidas.

— Mas — continuou Fetch, em voz baixa —, as palavras são a parte fácil.

Kelsea esperou. Ele falava com leveza, mas seus olhos estavam sérios à luz da fogueira.

— Não acho que você vai sobreviver tempo suficiente para realmente governar este reino. É inteligente e tem bom coração, e talvez seja até corajosa. Mas também é jovem e lamentavelmente ingênua. A proteção de Clava pode ter prolongado sua vida além do tempo designado, mas ele não pode salvá-la. No entanto...

Ele segurou o queixo de Kelsea, perscrutando-a com os olhos negros.

— Se um dia de fato conquistar o trono, espero ver suas políticas implementadas. Precisam de aperfeiçoamento, e é provável que estejam fadadas ao fracasso, mas são boas políticas, e mostram uma compreensão do contexto político-social que a maioria dos monarcas nem se dá o trabalho de aprender. Você vai governar segundo os princípios que esboçou e vai tentar curar a praga que assola esta terra, custe o que custar. Esse é *meu* teste e, se falhar, vai prestar contas a mim.

Kelsea ergueu as sobrancelhas, tentando esconder o estremecimento que percorreu seu corpo.

— Acha que consegue me matar quando eu estiver dentro da Fortaleza?

— Consigo matar qualquer um neste reino. Sou mais perigoso que os mort, mais perigoso que os Caden. Roubei muitas coisas do regente, e seu pescoço já esteve sob minha lâmina. Eu poderia tê-lo matado inúmeras vezes, se não tivesse de esperar.

— Esperar o quê?

— Esperar você, rainha tear.

Então ele se ergueu e saiu de perto da mesa em um movimento fluido, e Kelsea ficou olhando na direção para onde ele se afastou, o rosto queimando no lugar onde os dedos dele haviam tocado.

A estrada para a Fortaleza

Oh, Tearling, oh, Tearling,
Os anos que presenciaste,
Tua paciência, tua tristeza,
Clamando por uma rainha.

— "Lamento pelas mães", ANÔNIMO

Kelsea acordou com a cabeça latejando e a boca seca, mas só durante o desjejum se deu conta de que era sua primeira ressaca. Apesar do desconforto, ficou encantada por viver uma experiência sobre a qual apenas lera em livros. Um estômago revirado era um preço baixo a ser pago para a ficção se tornar realidade. A festa avançou noite adentro, e ela não conseguia lembrar quanto hidromel havia tomado. Aquilo era bom demais; deveria ser evitado, no futuro.

Assim que se vestiu, Fetch lhe trouxe um espelho de barbear, para que ela pudesse ver o talho longo e feio que descia pelo lado direito de seu pescoço. O ferimento fora habilidosamente costurado com uma linha preta e grossa.

— Os pontos ficaram bons — disse Kelsea. — Mas vão deixar uma cicatriz mesmo assim, não vão?

Fetch fez que sim.

— Não sou Deus, muito menos o cirurgião da rainha. — Fez uma reverência desdenhosa. — Mas não vai infeccionar, e você pode dizer para as pessoas que é uma cicatriz de batalha.

— Batalha?

— Foi uma batalha tirar sua armadura, não me envergonho de dizer.

Kelsea sorriu, baixou o espelho e virou-se para ele.

— Obrigada, senhor. Agradeço as inúmeras gentilezas com que me agraciou, não sendo poupar minha vida a menor delas. Planejo conceder-lhe clemência.

Ele a fitou por um momento, achando graça, seus olhos brilhando.

— Você não deseja clemência.

Ele sorriu. Kelsea ficou admirada com a mudança; o homem taciturno que vira na noite anterior parecia ter sumido com o amanhecer.

— Mesmo que me perdoasse, rainha tear, eu simplesmente abriria mão disso roubando alguma outra coisa.

— Nunca quis levar outra vida?

— Não existe outra vida para mim. Seja como for, a clemência nem começaria a saldar sua dívida. Eu lhe dei um presente que você não imagina.

— Que presente?

— Vai descobrir em breve. Em troca, espero que o conserve em segurança.

Kelsea contemplou de novo o espelho.

— Deus do céu, diga-me que você não me engravidou enquanto eu dormia.

Fetch jogou a cabeça para trás e soltou uma gargalhada. Pousou uma mão amigável nas costas de Kelsea, provocando um formigamento em sua pele.

— Rainha tear, você estará morta em uma semana ou será a monarca mais temível que este reino já conheceu. Não vejo meio-termo.

Enquanto escovava o cabelo, Kelsea olhou-se no espelho. Ela vira seu reflexo no laguinho atrás do chalé, mas isso era bem diferente; o espelho mostrava sua verdadeira aparência. Não era grande coisa. Achava seus olhos bonitos, amendoados e de uma cor verde brilhante, parte da herança Raleigh. Carlin lhe contara que toda a família de sua mãe tinha os mesmos olhos de gato. Mas seu rosto era redondo e avermelhado como um tomate e — não havia outra palavra para isso — comum.

Fetch lhe trouxera algumas presilhas de cabelo, feitas de ametista em forma de borboleta. Kelsea sentia a necessidade de lavar o cabelo outra vez, mas os ornamentos o deixaram apresentável. Ficou imaginando se Fetch as roubara do cabelo de alguma nobre. Ao ver no espelho o sorriso dele se alargar, Kelsea percebeu que ele havia lido sua mente.

— Você é um trapaceiro — observou, pondo a última presilha no lugar. — Eu deveria aumentar a recompensa por sua cabeça.

— Faça isso. Só serviria para aumentar minha fama.

— Como era sua vida antes disso? Mesmo com minha educação rígida, creio que você possui mais domínio de gramática e vocabulário do que eu.

Ele respondeu em cadarese.

— Da língua tear, talvez. Mas você sem dúvida fala melhor que eu o mort ou o cadarese. Comecei a aprender os dois muito tarde e meu sotaque não é tão bom.

— Não fuja da pergunta. Vou descobrir quando estiver na Fortaleza, de qualquer maneira.

— Então não há motivo para desperdiçar minha valiosa energia lhe contando agora. — Ele havia voltado a falar tear, com um sorriso triste. — Esqueci como é a palavra "energia" em cadarese. Estou sem prática.

Kelsea inclinou a cabeça e olhou para ele, inquisitiva.

— Não há nada que eu possa fazer por você ou por seus homens quando estiver no trono? Por menor que seja?

— Nada me ocorre. Até porque o desafio que tem pela frente é monstruoso, Lady. Não lhe faria bem arrumar nenhum encargo extra.

— Já que não vai me permitir evitar sua eventual decapitação, creio que *seria* tolice de sua parte pedir algo como um rebanho de ovelhas ou uma nova besta.

— Vou cobrar a dívida um dia, rainha tear; não duvide disso. E o preço será exorbitante.

Kelsea o fitou intensamente. Mas o olhar dele estava perdido em algum lugar fora da tenda, além das árvores. Na direção da Fortaleza.

De repente, ela percebeu a grande necessidade de manter distância dele. Fetch era um criminoso, um fora da lei, uma inegável ameaça à soberania da justiça que ela esperava estabelecer. E, no entanto, ela não sabia se teria força de vontade para aprisioná-lo um dia, muito menos decretar a sentença de morte que certamente merecia.

Outro homem vai aparecer e fazer com que eu pare de pensar nele. Um homem mais aceitável. É assim que deve ser.

Ela baixou o espelho.

— Posso partir agora?

Clava (Fetch contou a Kelsea) fizera mais duas tentativas de fuga durante a madrugada. Pela manhã, quando finalmente o libertaram de sua tenda, ele soltara as duas pernas outra vez. Continuava vendado, mas, quando o conduziam, deu um chute brusco e violento nas pernas de Alain, que foi ao chão, praguejando e segurando a canela. Howell e Morgan fizeram Clava subir em sua sela, completando a operação com apenas esse pequeno percalço. Deixaram as mãos dele atadas, porém, e a expressão assassina em seu rosto permanecia inalterada sob a venda.

Kelsea despediu-se de Fetch e de seus homens, um adeus constrangido que pareceu desnecessariamente solene. Sentiu-se gratificada por Morgan parecer relutante em vê-la partir; ele apertou sua mão com força e lhe deu um frasco extra de anestésico para passar no pescoço.

— O que tem nesse negócio? — perguntou Kelsea, enfiando o frasco em seu manto. — Funciona que é uma maravilha.

— Ópio.

Kelsea ergueu as sobrancelhas.

— Ópio *líquido*? Isso existe?

— Você cresceu muito isolada, Lady.

— Achei que ópio fosse uma substância controlada no Tearling.

— Para isso Deus criou o mercado negro.

Fetch acompanhou Kelsea e Clava por alguns quilômetros, mas insistiu que Clava permanecesse amarrado e vendado até se afastarem mais do acampamento, de modo que Kelsea teve de conduzir o cavalo de Clava. Por mais estranho que parecesse, Fetch permitira a ambos ficar com seus garanhões. Rake era um bom animal, mas o garanhão de Clava era uma beleza cadarese que devia valer uma fortuna. Kelsea ficou intrigada com tal generosidade, mas decidiu não falar nada.

Sob o manto, vestia a pesada armadura de Pen. Ficara relutante em deixá-la para trás, e Fetch concordou que deveria usá-la durante a viagem. Com algum pesar, Kelsea se deu conta de que precisaria chegar a uma condição física mais atlética, já que armaduras provavelmente continuariam a fazer parte de seu guarda-roupa por algum tempo.

Fetch parou no topo de uma elevação e apontou para o terreno descampado abaixo deles, onde uma tênue trilha serpenteava entre as colinas amareladas.

— Aquela é a estrada principal por estas bandas. Ela se ligará adiante com a estrada Mort, que os levará diretamente a Nova Londres. Tomá-la ou não é uma decisão que cabe a vocês, mas, mesmo que resolvam não fazer isso, não devem perdê-la de vista. Vão entrar em um território alagadiço após o anoitecer e, sem senso de direção, podem ficar perdidos no pântano para sempre.

Kelsea vislumbrou a região. As colinas ocultavam grande parte da estrada, mas, no horizonte, a linha bege reaparecia no campo mais distante, dividindo com precisão as planícies cultivadas e avançando em direção a outra sucessão de colinas, estas mais amarronzadas. Centenas de construções as cobriam, todas elas diminutas perto de um monólito cinzento gigantesco. A Fortaleza.

— Você pegaria a estrada? — perguntou Kelsea a Fetch.

Ele considerou por um momento, depois respondeu:

— Eu pegaria. Minha cabeça não vale tanto quanto a de vocês dois no momento, mas, mesmo assim, acho que o caminho direto geralmente é o melhor, torna mais fácil lidar com imprevistos.

— Se ele pelo menos tirasse minha venda — grunhiu Clava —, eu podia decidir o melhor caminho e mandá-lo ao diabo que o carregue.

— Peço que faça a gentileza de só tirar a venda depois que eu tiver ido embora — falou Fetch.

Kelsea olhou para ele com curiosidade.

— Existe alguma mágoa entre vocês?

Fetch sorriu, mas seu olhar, fixo na Fortaleza, havia endurecido.

— Não do modo como está pensando.

Virou seu cavalo e estendeu a mão. Foi um aperto firme, prático. No entanto, Kelsea sabia que aquele era um momento que a acompanharia pelo resto da vida, quer ela voltasse a vê-lo ou não.

— Mais uma coisa, Lady.

Kelsea levou um susto com o título; já estava acostumada a ser chamada de "garota" por ele. Fetch levou a mão à blusa e tirou o segundo colar, do qual havia se esquecido completamente. Mais uma vez, ela sentiu a urgência de se afastar dele, do homem que a fazia esquecer tudo que era básico e importante.

— Este colar é seu; não reivindico sua posse. Mas vou guardá-lo comigo.

— Até quando?

— Até Vossa Alteza conquistá-lo de volta com seus feitos.

Kelsea abriu a boca para retrucar, mas pensou melhor e ficou quieta. Ali estava um homem que não fazia nada de forma espontânea; tudo era deliberado, de modo que as chances de levá-lo a mudar de ideia com suas palavras eram mínimas. Ao procurá-lo, viu que seu próprio colar escapara da blusa outra vez, então voltou a enfiá-lo para dentro.

— Boa sorte, rainha tear. Vou observá-la com grande interesse.

Ele se afastou com um sorriso amigável, seu cavalo ganhando velocidade à medida que descia a encosta. Em um minuto estava na colina seguinte e fora de vista.

Kelsea continuou olhando para a trilha por onde o homem se fora durante um tempo; o que Clava não visse, seu coração não sentiria. Mas depois de alguns minutos, quando até a poeira levantada por Fetch já não era mais visível, Kelsea dirigiu-se a Clava, emparelhando seu cavalo com o dele e desatando rapidamente os nós que prendiam seus pulsos. Quando ficou com as mãos livres, Clava arrancou a venda, piscando várias vezes.

— Cruzes, que claridade.

— Você demonstrou um notável autocontrole, Lazarus. Com uma reputação como a sua, imaginei que iria arrancar as cordas com os dentes e matar um monte de gente antes de chegar aqui.

Clava não disse nada, apenas esfregou os pulsos, que ainda exibiam as marcas das cordas.

— Foi bastante impressionante o que você fez lá no rio — continuou ela. — Onde aprendeu a lutar daquele jeito?

— Melhor irmos andando.

Kelsea o fitou por um instante e então tomou a direção de Nova Londres.

— Você prometeu me levar em segurança até a Fortaleza, sei disso. Mas eu o liberto dessa promessa. Já fez o suficiente.

— Meu juramento foi feito a uma mulher que está morta, Lady. Não pode me libertar dele.

— E se estivermos indo ao encontro da morte?

— Nesse caso, é nosso fey.

Kelsea virou o rosto para o suave espicaçar do vento.

— A menos que você tenha uma ideia melhor, vamos pela estrada.

Clava observou o campo abaixo por um momento, seu olhar retornando a Nova Londres, e assentiu.

— Vamos pela estrada.

Kelsea tocou seu cavalo e seguiram colina abaixo.

Após terem cavalgado por várias horas, a trilha tênue que Fetch lhes mostrara desembocou na estrada Mort, uma avenida ampla com cerca de quinze metros de largura. Essa via absorvia grande parte do tráfego mercantil entre o Tearling e Mortmesne, e o chão de terra fora tão pisoteado que a poeira quase não subia. O tráfego era intenso, e Kelsea julgou propício estar embrulhada no manto roxo-escuro que Fetch lhe dera. O manto cinza da Guarda da Rainha usado por Clava se fora, substituído por um longo manto negro, e se ele continuava de posse de sua clava (ela esperava que sim), prudentemente a escondera em algum lugar fora da vista. A maioria dos que viajavam na direção da Fortaleza também usava manto e capuz, e todos pareciam preferir cuidar da própria vida. Kelsea permanecia alerta para indivíduos que pudessem ser Caden ou para qualquer sinal do cinza usado por sua Guarda. Mas depois de um tempo, viram tanta gente que Kelsea ficou incapaz de se concentrar detidamente em alguém, e ela achou que Clava teria uma percepção melhor dos perigos ocultos. Resolveu confiar nos olhos dele e focar na estrada adiante.

Fetch lhe dissera que seria uma viagem fácil de dois dias até Nova Londres. Kelsea considerou tentar fazer o trajeto de uma vez só, mas descartou a ideia ao pôr do sol. Precisava dormir, e seu ferimento começava a latejar. Mencionou isso em voz baixa para Clava, e ele balançou a cabeça, concordando.

— Não costumo dormir, Lady. Portanto, fique à vontade.

— Você precisa dormir em algum momento.

— Na verdade, não. O mundo é um lugar perigoso demais para dormir.

— E quando você era criança?

— Nunca fui criança.

Um homem esbarrou no cavalo de Kelsea e murmurou um "Desculpe, senhor", antes de se afastar. A estrada estava cada vez mais cheia. As pessoas cavalgavam ou caminhavam por toda parte ao redor de Kelsea, e o fedor de corpos sem banho queimava suas narinas como uma bofetada. Mas a estrada vinha do sul, claro, onde não havia água para tomar banho.

Adiante havia uma carroça contendo o que parecia ser uma família inteira: os pais e dois filhos pequenos. As crianças, um menino e uma menina que não deviam ter mais do que oito anos, haviam juntado uma pilha de capim e raízes e brincavam de cozinhar no chão do veículo. Kelsea as observava, fascinada. Todas as suas brincadeiras de imaginar haviam sido solitárias; ela sempre fora a heroína, tendo de inventar multidões para saudá-la e até mesmo companheiros a seu lado. Mesmo assim, a vontade de ver outras crianças, de estar com elas, nunca sumira. Observou os dois brincarem por tanto tempo que a mãe das crianças começou a encará-la com uma expressão desconfiada, as sobrancelhas franzidas, e Kelsea sussurrou para Clava que era melhor diminuírem um pouco o passo.

— Por que esta estrada é tão cheia? — perguntou, assim que a carroça sumiu de vista.

— Esta é a única estrada direta para Nova Londres ao sul do rio Crithe. Inúmeras trilhas conduzem a ela.

— Mas esta é uma estrada de comércio. Como alguém consegue andar com uma caravana por aqui?

— Nem sempre é tão cheia, Lady.

Continuaram cavalgando após o pôr do sol e noite adentro, muito depois que a maioria dos outros viajantes montou acampamento. Por algum tempo, fogueiras pontuaram os dois lados da estrada, e Kelsea pôde escutar conversas e cantorias à medida que avançavam, mas logo as luzes começaram a escassear. De tempos em tempos, Kelsea tinha a impressão de escutar cascos à distância, mas nunca conseguia ter certeza, e quando virava via apenas a escuridão. Enquanto andavam, fazia várias perguntas a Clava sobre o atual estado do governo. Ele respondia a tudo, mas Kelsea percebia que suas respostas eram vagas e fortemente cerceadas. Mesmo assim, o pouco de informação que conseguiu a deixou aflita.

A maioria da população tear passava fome. As plantações que Kelsea vira ao longo da planície Almont eram, na melhor das hipóteses, agricultura de subsistência; todo alimento excedente ia para o proprietário das terras, que então vendia os produtos visando ao lucro, fosse nos mercados de Nova Londres, fosse via mercado negro, em Mortmesne. Para os pobres, havia pouca justiça. O sistema judiciário sucumbira em grande parte sob o peso da corrupção, e a maioria dos juízes honestos fora recrutada para outras funções no governo. Kelsea percebeu como estava mal preparada com tal gravidade que era quase um peso físico sobre seus ombros. Eram problemas que precisavam ser consertados, e rápido, mas ela não sabia como fazê-lo. Carlin lhe ensinara muita história, mas não política o suficiente. Kelsea não fazia ideia de como convencer alguém a fazer as coisas do seu jeito.

— Você disse algo sobre fey, Lazarus. Não conheço essa palavra; o que significa?

— Meus ancestrais eram escoceses pré-Travessia. "Fey" significa prever sua própria morte e exultar com o fato.

— Não faz muito meu tipo.

— Talvez seja apenas seu modo de ver a coisa, Lady.

Ao dobrarem outra curva, Kelsea pensou escutar o som de cascos mais uma vez. Não era sua imaginação; Clava parou seu cavalo abruptamente e virou para olhar às suas costas.

— Alguém está nos seguindo. Vários cavaleiros.

Kelsea não conseguia ver nada. Havia apenas um vestígio de lua no céu, e sua visão à noite nunca fora muito boa; Barty era mil vezes melhor do que ela para enxergar no escuro.

— Longe?

— Um quilômetro, talvez. — Clava tamborilou com os dedos em sua sela por um momento, ponderando. — Não há vegetação o bastante aqui para fornecer boa proteção, e é mais seguro para nós viajar durante a noite e descansar pela manhã. Vamos continuar, mas se começarem a se aproximar, sairemos da estrada e veremos o que acontece. Vamos apertar um pouco o passo.

Começou a andar outra vez, e Kelsea o seguiu.

— Não podemos sair da estrada agora e esperar que passem?

— É arriscado, Lady, se estiverem mesmo nos seguindo. Mas duvido que sejam Caden ou mesmo mort. Não vi falcões e acho que não deixamos rastro. Seu salvador, seja ele quem for, fez um ótimo trabalho.

A menção a Fetch mexeu com Kelsea, e ela percebeu, não sem alguma satisfação, que não pensara nele por várias horas. Seu desejo por mais informações sobre ele conflitava com o desejo de manter sua identidade como um segredo só seu. Após uma breve batalha interna, porém, ela cedeu ao primeiro impulso, furiosa consigo mesma.

— Ele me disse que é conhecido como Fetch.

Clava riu.

— Tive minhas suspeitas, mesmo vendado.

— Ele é um ladrão tão incrível quanto diz que é?

— O melhor, Lady. A história tear ostenta muitos foras da lei, mas nenhum como Fetch. Ele roubou mais coisas de seu tio do que eu já tive em toda a minha vida.

— Ele disse que havia uma grande recompensa por sua cabeça.
— Cinquenta mil libras, da última vez que ouvi.
— Mas quem é ele?
— Ninguém sabe, Lady. Ele apareceu pela primeira vez há vinte anos, com máscara e tudo.
— Vinte anos?
— Isso mesmo, Lady. Precisamente vinte anos. Lembro bem, porque ele roubou uma das mulheres favoritas de seu tio quando ela foi fazer compras na cidade. Então, meses depois, sua mãe anunciou a gravidez. — Clava riu. — Provavelmente, foi o pior ano na vida de seu tio.

Kelsea ruminou a informação. Fetch devia ser bem mais velho do que aparentava.

— Por que ele não foi pego, Lazarus? Mesmo que contasse com a sorte, esse tipo de exibicionismo teria sido sua ruína há muito tempo.

— Bom, ele é um herói do povo, Lady. Sempre que alguém consegue roubar o regente, ou algum nobre, o mundo presume se tratar de Fetch. Cada centavo que os ricos perdem o torna mais querido junto aos pobres.

— Ele distribui o dinheiro para os pobres?
— Não, Lady.

Kelsea afundou em sua sela, desapontada.

— Ele roubou muito?
— Centenas de milhares de libras.
— Então o que faz com o dinheiro? Porque não tenho dúvida de que não vi nada do tipo naquele acampamento. Estavam vivendo em tendas, e as roupas deles não eram grande coisa. Não tenho certeza nem se...

Clava segurou seu braço, interrompendo-a no meio da frase.

— Você *viu*?
— O quê?
— Não estava vendada.
— Não sou nenhum guerreiro temível como você.
— Você viu o rosto dele? De Fetch?
— Não sou cega, Lazarus.
— Não é isso, Lady. Eles não puseram uma venda em mim devido a minha reputação. O regente nunca capturou Fetch porque ninguém nunca conseguiu obter uma descrição dele, tampouco de seus homens. Fetch quase matou o regente duas vezes, pelo que lembro, mas nem assim ele conseguiu ver seu rosto. Ninguém sabe como é a aparência do homem, exceto aqueles que não o trairiam nem por milhares de libras.

Kelsea olhou para as estrelas, pontos brilhantes cobrindo o céu acima de sua cabeça. Elas não lhe forneceram respostas. O sono a havia feito oscilar na sela, mas agora estava desperta outra vez. Podia fazer uma descrição de Fetch assim que possível ou descrevê-lo para alguém capaz de desenhar bem. E, no entanto, sabia que não faria nem uma coisa nem outra.

— Lady?

Kelsea respirou fundo.

— *Eu* não o trairia nem por milhares de libras.

— Ah, Cristo.

Clava parou o cavalo no meio da estrada e simplesmente ficou ali por um tempo. Kelsea pôde sentir sua recriminação. Era como estar no canto da biblioteca de Carlin, onde costumava se agachar e tentar se encolher o máximo possível quando não sabia alguma resposta. Como Carlin reagiria a esse último desdobramento? Kelsea preferiu não imaginar.

— Não me orgulho disso — murmurou ela, na defensiva. — Mas não vejo vantagem em fingir que não é real.

— Sabe o que quer dizer *fetch*, Lady?

— Significa "recuperar".

— Não. O *fetch* é uma antiga criatura mítica, um arauto da morte. Fetch é um ladrão extraordinário, mas vários de seus outros feitos são menos dignos de louvor.

— Não tenho o menor desejo de ouvir sobre os outros feitos de Fetch neste momento, Lazarus. — De repente, *tudo* o que ela queria saber era sobre esses outros feitos. — Disse isso a você apenas para deixá-lo ciente.

— Bom — respondeu Clava após um momento, com a voz resignada —, o sujeito é uma má influência. Talvez seja melhor não voltar a falar sobre ele.

— De acordo. — Kelsea sacudiu muito levemente as rédeas, fazendo seu cavalo avançar. Procurou outro assunto, evitando Fetch. — Meu tio não é casado, Carlin me contou. Que história é essa sobre uma de suas mulheres preferidas?

Com alguma relutância, Clava explicou que o regente se estabelecera à maneira dos soberanos de Cadare, com um harém de jovens pobres vendidas ao palácio pelas famílias. Para coroar o fato de que seu reino estava mergulhado em corrupção, agora Kelsea herdara um bordel. Pediu a Clava que lhe ensinasse alguns palavrões, como os que os soldados usavam, mas ele se recusou, de modo que ela não foi capaz de encontrar palavras fortes o bastante para dar vazão a sua raiva. Mulheres sendo compradas e vendidas! Esse mal deveria ter sido erradicado na Travessia.

— Todas as ações de meu tio como regente refletem em meu reinado. É como se eu mesma tivesse sancionado esse tráfico.

— Talvez não, Lady. Ninguém gosta muito de seu tio.

Isso não aliviou em nada a raiva de Kelsea. Mas sob a ira havia também uma inquietação. Pelo que Clava dissera, essa prática se perpetuava desde que Kelsea nascera. Por que sua mãe não fez nada? Ela começou a perguntar a Clava, então parou. Claro que ele não responderia.

— Vou precisar me livrar do regente — disse ela, com determinação.

— Ele é seu tio, Lady.

— Não importa. Assim que subir ao trono, vou expulsá-lo da Fortaleza.

— Seu tio desfruta das boas graças da Rainha Vermelha, Lady. Se simplesmente o tirar do poder, isso poderá desestabilizar as relações com Mortmesne.

— Desestabilizar? Achei que tivéssemos um tratado.

— Sim. — Clava limpou a garganta. — Mas a paz com Mortmesne é sempre frágil. Uma hostilidade dessas poderia ser desastrosa.

— Por quê?

— O reino não possui homens treinados em número suficiente para enfrentar um exército inimigo, muito menos o de Mortmesne. E não dispomos do aço.

— Então precisamos de armas e de um exército de verdade.

— Nenhum exército vai desafiar Mortmesne, Lady. Não sou um homem supersticioso, mas acredito nos boatos sobre a Rainha Vermelha. Tive a oportunidade de vê-la pessoalmente, alguns anos atrás...

— Como?

— O regente enviou uma missão diplomática completa para Demesne. Eu estava na guarda. A Rainha Vermelha governa seu reino faz mais de um século, mas juro que não parecia ter mais idade do que sua mãe tinha quando Vossa Alteza nasceu.

— E mesmo assim é apenas uma mulher, por mais imune que seja à ação do tempo.

A voz de Kelsea era firme, mas apesar disso a garota estava preocupada. Uma rainha feiticeira não era um tema muito bom para discutirem em uma estrada deserta na calada da noite. As fogueiras que avistavam de ambos os lados do caminho haviam desaparecido completamente, e agora era como se ela e Clava estivessem realmente sozinhos na escuridão. Um fedor enjoativo e adocicado de decomposição invadira o ar; devia haver um pântano nas imediações.

— Tome muito cuidado, Lady. Por melhores que sejam suas intenções, a via direta nem sempre é a melhor.

— E mesmo assim, cá estamos nesta estrada, Lazarus.

— Por falta de melhor opção.

Acamparam não muito antes do amanhecer, ainda a quatro ou cinco horas de cavalgada de Nova Londres. Clava proibiu Kelsea de acender uma fogueira e, como precaução, posicionou o acampamento atrás de um espesso emaranhado de amoreiras que bloqueavam a visão da estrada. Os cavaleiros atrás deles deviam ter finalmente parado para acampar também, pois Kelsea não escutou mais o som de cascos. Perguntou a Clava se podia tirar a armadura para dormir, e ele concordou.

— Mas deve voltar a usá-la amanhã, Lady, já que vamos entrar na cidade em plena luz do dia. A armadura não é grande coisa sem uma espada, mas é melhor do que nada.

— Você é quem sabe — murmurou Kelsea, já pegando no sono, a despeito do insistente latejar no pescoço.

Era melhor dormir. Todas as coisas se resumiam ao dia seguinte. *Fey*, pensou. Cavalgar rumo à morte. Dormiu e sonhou com campos infindáveis, os campos que vira se estenderem diante de si na planície Almont, cheios de homens e mulheres, figuras esfarrapadas como espantalhos lavrando a terra. Além dos campos, o sol nascia e o céu era cor de fogo.

Kelsea se aproximou de uma camponesa. A mulher virou-se, mostrando sua beleza de traços angulosos e cabelos escuros e embaraçados, o rosto surpreendentemente jovem. Quando Kelsea chegou mais perto, a mulher estendeu um feixe de trigo, como que para sua inspeção.

— Vermelho — sussurrou a mulher, com um sorriso torto, os olhos brilhando de loucura. — Tudo vermelho.

Kelsea baixou os olhos outra vez e viu que a mulher estava segurando não um feixe de trigo, mas o corpo ensanguentado e mutilado de uma garotinha. Os olhos da menina foram arrancados, e as órbitas estavam cheias de sangue. Kelsea abriu a boca para gritar, e Clava a sacudiu, acordando-a.

Grande como o Oceano de Deus

Muitas famílias aguardavam diante da Fortaleza naquele dia, preparando-se para a desgraça. Não podiam saber que estavam prestes a se tornar atores no palco da história e, alguns, a desempenhar papéis maiores do que jamais poderiam ter imaginado.

— A antiga história de Tearling, CONTADA POR MERWINIAN

Entraram em Nova Londres várias horas após o meio-dia. Kelsea estava grogue devido ao calor, ao peso da armadura e ao sono, mas quando atravessaram a ponte de Nova Londres, o mero tamanho da cidade a despertou.

A ponte tinha um pedágio, com dois homens de cada lado arrecadando o tributo. Clava tirou dez *pence* de seu manto e realizou o admirável truque de pagar ao guardião e manter o rosto oculto ao mesmo tempo. Kelsea examinou a ponte. Era uma maravilha da engenharia: com quase cinquenta metros de comprimento, construída com blocos de granito cinza e sustentada por seis enormes colunas que se projetavam do rio Caddell, que seguia adiante contornando os limites da cidade, serpenteando por cerca de oitenta quilômetros no rumo sudoeste antes de descer em quedas-d'água pelos despenhadeiros e desaguar no golfo de Tearling. A água sob a ponte era de um azul profundo.

— Não olhe muito para a água — murmurou Clava, e Kelsea se forçou a seguir em frente.

Nova Londres se originou como uma vila pequena, construída por antigos colonos em um dos contrafortes mais baixos dos montes Rice. Mas a vila foi se transformando em cidade, avançando de colina em colina, e por fim tornou-se a capital tear. Agora Nova Londres cobria toda a área dos contrafortes, suas construções e ruas esparramando-se em suaves ondulações para se acomodarem à topografia. A Fortaleza erguia-se no centro da cidade, um enorme obelisco de pedra cinza que acachapava os demais edifícios. Em sua mente, Kelsea sempre imaginara a Fortaleza como uma estrutura harmoniosa, mas o castelo erguia-se como um zigurate, sem simetria: ameias e varandas em vários níveis, um sem-número de recessos proporcionando posições estrategicamente protegidas. A Fortaleza foi construída durante o reinado de Jonathan, o Bondoso, o segundo rei de Tearling; ninguém sabia o nome do arquiteto, mas ele devia ter sido um prodígio.

O resto da cidade era menos prodigioso. A maioria das construções era feita de madeira ordinária que entortava em todas as direções. *Um bom incêndio*, pensou Kelsea, *e metade da cidade seria destruída.*

Perto da Fortaleza, talvez a pouco mais de um quilômetro de distância, ficava outra torre, esta toda branca e mais ou menos com metade da altura, encimada por uma cruz de ouro. Devia ser o Arvath, a sede da Igreja de Deus. Próxima da Fortaleza, claro, embora Clava houvesse lhe contado que o regente cedera e permitira ao Santo Padre erigir uma capela privada também dentro das muralhas. Kelsea não sabia dizer se a cruz no topo do Arvath era de ouro maciço ou só banhada pelo metal, mas ela brilhava forte sob o sol, e a menina semicerrou os olhos ao observá-la. William Tear proibira a prática de religiões organizadas em sua utopia; segundo Carlin, chegara até a atirar um tripulante pela amurada de sua nau ao descobrir que o homem estava pregando em segredo. Mas agora o cristianismo voltara mais forte do que nunca. Kelsea não sabia dizer qual seria sua atitude em relação à Igreja de Deus se tivesse sido criada em um lar diferente, se os seus valores não tivessem sido moldados pelo ateísmo de Carlin. Mas era tarde demais; a desconfiança que nutria pela cruz dourada era instintiva e visceral, mesmo sabendo que teria de fazer algumas concessões devido ao que a Igreja representava. Nunca fora muito boa em ceder, nem mesmo nos conflitos corriqueiros que surgiam no chalé.

Clava ia em silêncio a seu lado, indicando quando uma mudança de direção era necessária, já que a ponte estava terminando e a via movimentada desembocava na cidade propriamente dita. Ambos permaneciam bem protegidos sob os mantos e capuzes. Clava acreditava que todos os caminhos para a Fortaleza seriam vigiados, e Kelsea percebeu que ele estava tomando algumas precauções pelo modo como às vezes mudava de lugar para se colocar entre ela e alguma coisa que tivesse chamado sua atenção.

Kelsea não conseguia detectar nada fora do normal, mas como poderia saber o que era normal? Havia inúmeras barracas de ambos os lados das ruas, os vendedores anunciando tudo que se podia imaginar, de simples frutas e legumes a pássaros exóticos. Um mercado a céu aberto, percebeu Kelsea, que ficava cada vez mais densamente amontoado à medida que ela e Clava tentavam avançar com os cavalos cidade adentro. Também havia lojas, cada uma com sua placa de cores alegres na fachada, e Kelsea viu um alfaiate, um padeiro, um curandeiro, um cabeleireiro e até mesmo um armarinho. E que tipo de vaidade sustentaria uma chapelaria?

A multidão a deixou atônita. Após todos aqueles anos convivendo apenas com Barty e Carlin, era difícil aceitar que houvesse tanta gente em um só lugar. As pessoas estavam por toda parte, e com aparências muito variadas: gente alta e baixa, velhos e jovens, morenos e louros, magros e gordos. Kelsea conhecera muita gente nos últimos dias, mas nunca considerara antes quantas possibilidades havia para o rosto humano. Viu um homem com nariz comprido e curvo, quase como o bico de um pássaro; uma mulher com longos cabelos louros e ondulados que pareciam refletir o sol. Tudo era extremamente brilhante, o bastante para fazer seus olhos lacrimejarem. E os sons! A toda a volta, havia o rumor de incontáveis vozes falando ao mesmo tempo, um som que ela nunca escutara antes. Distinguia algumas vozes de tempos em tempos, ambulantes anunciando suas mercadorias ou conhecidos se cumprimentando em meio à confusão da rua. O barulho agredia os ouvidos de Kelsea como uma força física que ameaçava esmagar seus tímpanos, e, no entanto, ela achou o caos estranhamente reconfortante.

Ao dobrarem uma esquina, um artista de rua chamou sua atenção. Ele pôs uma rosa em um vaso, fez um vaso idêntico surgir do nada e depois fez a rosa sumir e reaparecer instantaneamente no segundo vaso. Kelsea retardou seu cavalo para assistir. Então o mágico fez a rosa e os dois vasos desaparecerem, e depois levou a mão à boca e tirou de lá um gatinho branco. O animal estava vivo, não havia dúvida; ele se mexia enquanto a multidão aplaudia. No fim, o ilusionista ofereceu o gatinho a uma menina na plateia, que deu um gritinho de alegria.

Kelsea sorriu, encantada. Era mais provável que ele fosse dotado de uma destreza extraordinária, não capaz de executar magia de verdade, mas ela não conseguiu perceber nenhum deslize em sua irretocável transição de objetos.

— O perigo está à espreita aqui, Lady — murmurou Clava.

— Que perigo?

— É só um pressentimento. Mas meus pressentimentos nesses casos em geral estão corretos.

Kelsea sacudiu as rédeas, e o cavalo começou a trotar outra vez.

— O mágico, Lazarus. Quero que se lembre dele.

— Certo, Lady.

Com o avançar do dia, Kelsea começou a partilhar da ansiedade de Clava. A multidão perdeu o ar de novidade e, para onde quer que olhasse, sentia alguém encará-la. Ficou com uma sensação cada vez mais forte de estar sendo seguida e só queria que aquela viagem chegasse ao fim. Não duvidava que Clava houvesse escolhido a melhor rota, mas mesmo assim começou a almejar por um espaço aberto e desimpedido, onde as ameaças pudessem ser avistadas ao longe, ensejando uma luta justa.

Mas ela nao sabia lutar.

Embora Nova Londres parecesse um labirinto, dava para perceber que algumas partes eram melhores do que outras. Os bairros mais sofisticados tinham ruas bem cuidadas e cidadãos bem vestidos, e até alguns edifícios de alvenaria com vidro nas janelas. Mas outros bairros eram cheios de construções feitas de pinho, sem vidro nas janelas, e os moradores se esgueiravam junto das paredes de uma maneira sorrateira, furtiva. Às vezes Kelsea e Clava eram forçados a atravessar uma nuvem de fedor pútrido que indicava a precariedade do esgoto das casas, se é que havia algum tipo de saneamento.

Este é o cheiro no fim do inverno, pensou Kelsea, nauseada. *Como deve ser no auge do verão?*

Ao entrarem em uma área particularmente negligenciada, Kelsea percebeu se tratar de uma zona de prostituição. A rua era tão estreita que não passava de uma viela. As casas eram todas feitas de algum tipo de madeira tosca que Kelsea não conseguiu identificar e muitas eram tão tortas que parecia um milagre que continuassem de pé. Ao passarem, Kelsea pôde escutar alguns gritos e sons de coisas sendo quebradas. O ar vibrava com risadas em um tom sinistro, que arrepiaram sua pele toda.

Mulheres malvestidas paravam no batente torto das casas e se recostavam nas paredes, e Kelsea não conseguia deixar de observá-las com fascínio, sob a proteção do capuz. Havia um indefinível ar de sordidez nas prostitutas, algo que não dava para discernir. Não eram as roupas: sem dúvida seus vestidos não eram mais nem menos elegantes do que muitos que já vira e, a despeito da considerável área do corpo que exibiam, também não tinha a ver com o corte das roupas. Era algo nos olhos delas, algo que parecia consumir o rosto até das mulheres mais robustas. Elas se mostravam extenuadas, tanto as jovens como as velhas. Muitas pareciam ter cicatrizes. Kelsea não queria imaginar a vida que deviam levar, mas não conseguiu evitar.

Vou fechar este distrito todo, pensou. *Fechar tudo e arrumar um trabalho de verdade para elas.*

A voz de Carlin ressoou em sua cabeça. *Você também vai regulamentar o comprimento de seus vestidos? Quem sabe proibir romances considerados pornográficos demais?*

É diferente.

Não tem diferença. Moralismo é moralismo. Se pretende ditar regras de comportamento, vá viver no Arvath.

Clava a fez virar para a esquerda, passando entre dois edifícios, e Kelsea ficou aliviada quando emergiram em um amplo bulevar margeado por estabelecimentos comerciais bem conservados. A fachada cinza da Fortaleza estava mais próxima agora, encobrindo as colinas ao redor e grande parte do céu. Apesar da largura da avenida, estava tão cheia que Kelsea e Clava ficaram espremidos outra vez, só conseguindo avançar no ritmo da multidão. Aquele lugar era mais iluminado, e Kelsea sentiu-se pouco à vontade, exposta, apesar do manto e do capuz. Ninguém sabia quem ela era, mas Clava devia ser reconhecível em qualquer lugar. Ele parecia partilhar desse sentimento, pois esporeou seu cavalo para afastar os pedestres e os demais cavaleiros do caminho. Uma trilha se abriu diante deles, com gente resmungando dos dois lados.

— Vamos em frente — murmurou Clava —, o mais rápido possível.

Mesmo assim, o progresso foi lento. Rake, que se comportara bem durante toda a viagem, pareceu perceber a ansiedade de Kelsea e começou a resistir a seus comandos. Seus esforços para controlar o cavalo, combinados com o peso da armadura de Pen, rapidamente se tornaram exaustivos. Sentia gotas grossas de suor escorrerem por seu pescoço e suas costas, e os olhares repentinos que Clava lançava para trás iam ficando mais frequentes à medida que avançavam. A multidão os espremia com força cada vez maior conforme se aproximavam da Fortaleza.

— Não podemos seguir por outro caminho?

— Não existe outro caminho — respondeu Clava. Ele estava manejando seu cavalo apenas com uma das mãos, agora; a outra estava no punho da espada. — Estamos atrasados, Lady. Avante; falta pouco agora.

Nos minutos seguintes, Kelsea lutou para permanecer consciente. O sol do fim da tarde esquentava seu manto escuro, e a proximidade da multidão não ajudava em nada a aliviar a sensação de claustrofobia. Por duas vezes ela quase caiu da sela e só conseguiu se equilibrar graças à mão firme de Clava em seu ombro.

Finalmente o bulevar terminou, ramificando-se em um amplo gramado que circundava a Fortaleza e seu fosso. Ao ver o Gramado da Fortaleza, Kelsea sentiu um instante de excitação histórica. Ali os soldados mort haviam se reunido com suas armas de cerco, haviam quase invadido as muralhas e então deram meia-volta no último minuto. O terreno inclinava-se em um suave declive na direção da Fortaleza, e um pouco abaixo de onde Kelsea estava uma ampla ponte de pedra cruzava a água, levando ao Portão da Fortaleza. Duas fileiras de guardas postavam-se a intervalos regulares nas extremidades da ponte. O monólito cinza que era a Fortaleza se erguia diretamente à frente e, ao olhar para o topo, ela sentiu vertigem e foi forçada a virar o rosto.

O Gramado da Fortaleza estava repleto de pessoas, e a primeira reação de Kelsea foi de surpresa: sua chegada não deveria ser um segredo? Adultos, crianças, até os idosos afluíam como uma torrente pelo gramado, se espalhando na direção do fosso. Mas isso não se parecia em nada com o que Kelsea fantasiara sobre aquele dia. Onde estavam as saudações, as flores atiradas? Algumas pessoas choravam, mas não eram as lágrimas de felicidade que ela imaginara. Como os camponeses da planície Almont, todas aquelas pessoas tinham o aspecto faminto de quem havia pulado centenas de refeições. Também usavam o mesmo tipo de roupa que Kelsea vira em Almont: feitas de lã escura e largas demais. Um sofrimento profundo marcava cada rosto. Kelsea sentiu uma onda arrebatadora de ansiedade. Tinha algo errado.

Um segundo exame do gramado revelou que embora muita gente andasse de um lado para outro, aparentemente sem objetivo, alguns haviam se organizado em filas compridas, retas, que se alongavam até a borda do fosso. Quando a multidão deu passagem, Kelsea viu que havia várias mesas ali embaixo, com homens postados atrás delas, provavelmente funcionários reais, dado o tom azul-profundo idêntico em suas roupas. Kelsea sentiu uma mistura de alívio e ligeira decepção. Aquelas pessoas não estavam ali para vê-la, de modo algum. Estavam ali por algum outro motivo. As filas eram muito longas e não andavam. Toda a multidão parecia à espera.

Mas do quê?

Ela voltou-se para Clava, que mantinha um olhar atento na direção do gramado, a mão apoiada no punho da espada.

— Lazarus, o que toda essa gente está fazendo aqui?

Ele não respondeu e não olhou para ela. Uma sensação fria pareceu se apoderar do coração de Kelsea. A multidão se mexeu outra vez, e ela percebeu algo novo, um tipo de geringonça metálica ao lado do fosso. Erguendo-se nos estribos para ver melhor, notou uma série de estruturas: caixas retangulares baixas, com cerca de três metros de altura. O teto e o fundo eram de madeira e as laterais eram de metal. Havia nove caixas perfiladas, distribuídas por todo o gramado em declive até a imediação da Fortaleza. Kelsea semicerrou os olhos (sua vista nunca fora muito boa) e observou que as paredes das caixas eram na verdade uma série de barras de metal. O tempo de repente retrocedeu, e ela viu Barty, escutou sua voz tão nítida quanto se ele estivesse a seu lado, os dedos manuseando com habilidade o arame por uma série de buracos abertos em um pedaço de madeira lixada. "Agora, Kel, colocamos os arames próximos o bastante para que o coelho não possa escapar, mas não a ponto de o infeliz sufocar antes que o encontremos. As pessoas precisam fazer armadilhas para sobreviver, mas um bom caçador causa o menor sofrimento possível ao animal."

Os olhos de Kelsea percorreram a fileira de caixas outra vez, avaliadores, e ela sentiu seu corpo gelar por dentro.

Não eram caixas. Eram jaulas.

Ela agarrou o braço de Clava, sem lembrar-se dos ferimentos que sabia haver sob o manto. Quando falou, sua voz não parecia a mesma.

— Lazarus. Quero saber o que está acontecendo aqui. Agora.

Dessa vez, ele finalmente a fitou, e sua expressão impassível foi toda a confirmação que Kelsea precisava.

— É a remessa, Lady. Duzentas e cinquenta pessoas, uma vez por mês, todo mês.

— Remessa para onde?

— Para Mortmesne.

Kelsea voltou a olhar para o gramado. Não sabia o que pensar. Agora as filas haviam começado a andar, devagar, mas com segurança, em direção às mesas junto ao fosso. Enquanto Kelsea observava, um dos funcionários afastou uma mulher da mesa, conduzindo-a em direção às jaulas. Ele parou no terceiro compartimento e fez um gesto para um homem de uniforme preto (o uniforme do exército tear, Kelsea se deu conta), que em seguida abriu uma porta engenhosamente oculta em um dos lados da jaula. A mulher entrou sem resistir, e o soldado de preto fechou a porta e a trancou.

— O Tratado Mort — murmurou Kelsea, entorpecida. — Foi assim que minha mãe firmou a paz.

— A Rainha Vermelha queria um tributo. Tearling não tinha mais nada a oferecer.

Kelsea sentiu uma pontada aguda no peito e pressionou o punho fechado entre os seios. Espiando sob a blusa, viu que a safira estava brilhando, um clarão azul intenso. Ela agarrou a joia pelo tecido e descobriu que a pedra estava quente, um calor escaldante que queimou sua mão através do pano. A safira continuou a abrasar em seus dedos, mas a dor não foi nada comparada à sensação ardente dentro de si, que continuou ficando mais forte a cada segundo que passava, até começar a mudar, se transformando em algo diferente. Não dor... alguma outra coisa. Ela não pensou no que seria a sensação, pois agora estava além de qualquer pensamento racional e apenas fitou a cena a sua frente em silêncio.

Mais soldados escoltavam pessoas para as jaulas. A multidão recuara para lhes dar espaço, e Kelsea via agora que cada jaula tinha enormes rodas de madeira. Soldados tear já haviam começado a prender mulas à jaula posicionada no lado mais distante da Fortaleza. Mesmo de longe, Kelsea podia perceber que algumas jaulas estavam bem gastas; várias barras foram visivelmente arranhadas, como se tivessem sido atacadas.

Tentativas de resgate, murmurou em sua mente. *Deve ter havido pelo menos algumas.*

De repente, ela se lembrou de quando era criança, de estar diante da grande janela no chalé chorando por causa de algo — um joelho esfolado, talvez, ou alguma tarefa que não quisera fazer — e olhando para a floresta, certa de que sua mãe finalmente viria. Kelsea não poderia ter mais do que três ou quatro anos, mas lembrava-se muito bem de sua certeza: sua mãe viria, a pegaria no colo e se revelaria a mulher mais bondosa do mundo.

Como fui tola.

— Por que essas pessoas? — perguntou a Clava. — Como são escolhidas?

— Um sorteio, Lady.

— Sorteio — repetiu, debilmente. — Entendo.

Familiares começaram a se aglomerar em torno das jaulas, conversando com as pessoas presas, dando as mãos ou apenas ficando por perto. Vários soldados trajados de preto haviam se postado ao lado de cada jaula e observavam a multidão com expressão tensa, claramente antecipando o momento em que algum membro de família se tornaria uma ameaça. Mas as pessoas eram espectadoras passivas e, para Kelsea, isso parecia o pior de tudo. Seu povo fora derrotado. Isso ficava claro nas longas filas retas que se estendiam da mesa dos funcionários, o modo como os familiares só paravam ao lado das jaulas, à espera de que seus entes queridos fossem levados.

A atenção de Kelsea se fixou nas duas jaulas mais próximas da mesa. Estas eram menores que as outras, e as barras de aço, menos espaçadas. Todas as jaulas já estavam cheias de silhuetas pequenas. Kelsea piscou e percebeu que seus olhos se encheram d'água. As lágrimas correram por seu rosto até ela sentir o gosto salgado.

— Até crianças? — perguntou a Clava. — Por que os pais não fogem com elas?

— Quando um dos sorteados foge, a família toda é penalizada no sorteio seguinte. Olhe ao redor, Lady. São famílias grandes. Em geral, precisam sacrificar uma criança pensando no bem-estar das outras oito.

— Esse sistema foi concebido por minha mãe?

— Não. O formulador do sorteio está ali embaixo. — Clava apontou para a mesa dos funcionários. — Arlen Thorne.

— Mas minha mãe aprovou?

— Sim.

— Ela aprovou... — repetiu Kelsea, sem forças.

O mundo girava vertiginosamente a sua frente, e ela cravou as unhas no braço, tirando sangue, até a confusão se dissipar. Depois veio a raiva; uma fúria terrível tomou conta dela por se sentir enganada. Elyssa, a Benevolente, Elyssa, a Apaziguadora. A mãe de Kelsea, que vendera seu povo por atacado.

— Nem tudo está perdido, Lady — disse Clava, de súbito, pondo a mão em seu braço. — Juro que Vossa Alteza em nada se parece com sua mãe.

Kelsea rilhou os dentes.

— Tem razão. Não vou permitir que isso continue.

— Lady, o Tratado Mort é bem claro. Não existe possibilidade de apelação, nenhum juiz externo. Se uma única remessa não chegar no prazo a Demesne, a Rainha Vermelha tem o direito de invadir este país e espalhar o terror. Presenciei a última invasão mort, Lady, e lhe asseguro: Mhurn não estava exagerando a carnificina. Antes de agir, considere as consequências.

De algum lugar ouviu-se um grito feminino, um choro alto e assustador que lembrou a Kelsea uma história que Barty costumava lhe contar na infância: sobre a *banshee*, uma criatura terrível que vinha buscar a pessoa no leito de morte. Os gritos ecoaram entre a multidão, e Kelsea enfim identificou de onde vinham: uma mulher tentava desesperadamente chegar à primeira jaula. Seu marido tentava com igual esforço afastá-la, mas ele era corpulento e a mulher foi mais ágil, desvencilhando-se de suas mãos e abrindo caminho até lá. O marido então a agarrou pelos cabelos e a puxou sem cerimônia, tirando seu equilíbrio. A mulher foi ao chão, mas um instante depois se levantou e forçou o caminho para a jaula outra vez.

Dava para perceber que os quatro soldados que guardavam a jaula ficaram nervosos; eles observavam a mãe com óbvia tensão, inseguros quanto a se envolver ou não. A voz dela foi sumindo, seus lamentos enfraquecendo e se tornando um mero crocitar, como o de um corvo, e ela começou a perder as forças. Kelsea observou o marido finalmente levar a melhor e conseguir agarrá-la pela roupa de lã. Ele a puxou para uma distância segura, e os soldados voltaram a adotar uma postura mais relaxada.

Mas a mulher continuou a gemer com uma voz alquebrada, o som audível até de onde Kelsea estava. Marido e esposa olhavam para a jaula, cercados por várias crianças. A visão de Kelsea estava borrada, e suas mãos tremiam nas rédeas. Ela sentiu uma presença terrível dentro de si, não da garota escondida no chalé, mas de alguém em chamas, queimando. A safira ardia como brasa sobre seu peito. Ela imaginava se seria possível sua pele se rasgar, revelando uma pessoa completamente diferente por baixo.

Clava tocou em seu ombro com suavidade, e ela o encarou com um brilho selvagem no olhar. Ele ofereceu a espada.

— Certa ou errada, Lady, vejo que planeja agir. Segure isto.

Kelsea pegou o cabo da espada, apreciando seu peso, embora a lâmina fosse pesada demais para ela.

— E você?

— Tenho muitas armas, e temos amigos aqui. A espada é só para impressionar.

— Que amigos?

Lenta e casualmente, Clava ergueu a mão aberta no ar, fechou o punho e baixou o braço outra vez. Kelsea aguardou um momento, por um segundo tomada pela expectativa de que o céu se abriria de repente. Percebeu um movimento na multidão a sua volta, mas nada muito nítido. Clava, porém, pareceu satisfeito, e virou-se outra vez para ela. Kelsea o fitou por um instante, aquele homem que protegera sua vida nos últimos dias, e disse:

— Você tem razão, Lazarus. Estou vendo minha própria morte, e me exalto nisso. Mas antes que eu me vá, vou fazer uma grande ruptura aqui, tão grande quanto o Oceano de Deus. Se não quer morrer comigo, deve partir agora.

— Lady, sua mãe não foi uma boa rainha, mas não era uma mulher má. Ela foi uma rainha fraca. Nunca teria sido capaz de caminhar para os braços da morte. Um surto de *fey* carrega enorme poder, mas assegure-se de que a destruição que vai causar é em nome de seu povo, não contra a memória de sua mãe. Essa é a diferença entre uma rainha e uma criança birrenta.

Kelsea tentou se concentrar nas palavras dele da maneira como deveria considerar qualquer problema que se apresentasse, mas o que surgiu em sua mente foram ilustrações dos livros de história de Carlin. Pessoas de pele muito escura, uma brutalidade antiga e infame que marcou toda uma era. Carlin se demorara bastante nesse período da história, e Kelsea se perguntara em mais de uma ocasião qual poderia ser a relevância daquilo. Atrás de suas pálpebras fechadas, ela viu histórias e ilustrações: pessoas agrilhoadas. Homens queimados vivos ao tentarem fugir. Meninas estupradas em idade tão tenra que seus úteros nunca se recuperaram. Crianças roubadas dos braços das mães e leiloadas. Escravidão promovida pelo Estado.

Em meu reino.

Carlin sabia, mas não tinha permissão para falar. E, contudo, fizera seu trabalho, quase bem demais, pois agora anos de crueldade extraordinária eram vislumbrados na mente de Kelsea em menos de um segundo.

— Vou acabar com isso.

— Tem certeza? — perguntou Clava.

— Tenho.

— Então juro protegê-la da morte.

Kelsea piscou.

— Mesmo?

Clava assentiu, a determinação visível em seu semblante calejado.

— Você tem grande potencial. Tanto Carroll quanto eu percebemos isso. Não tenho nada a perder e prefiro morrer tentando erradicar um grande mal, pois sinto que é esse o propósito de Vossa Majestade.

Majestade. A palavra parecia ecoar dentro dela.

— Ainda não fui coroada, Lazarus.

— Não interessa, Lady. Percebo a realeza que há na sua pessoa e nunca a enxerguei em sua mãe, nem um dia sequer da vida dela.

Kelsea desviou o rosto, comovida. Havia conquistado um guarda. Apenas um, mas era o mais importante. Secou os olhos marejados e apertou o punho da espada com mais força.

— Se eu gritar, eles vão me escutar?

— Deixe que eu grite, uma vez que Vossa Alteza ainda não conta com um arauto apropriado. Terá a atenção de todos em um instante. Mantenha a mão na espada e não dê um passo sequer na direção da Fortaleza. Não vejo arqueiros, mas podem estar lá, mesmo assim.

Kelsea assentiu com firmeza, embora por dentro gemesse. Sua aparência estava horrível. A veste simples e limpa que Fetch lhe dera estava suja de lama, e a barra de sua calça havia rasgado. A armadura de Pen parecia pesar o dobro agora do que de manhã. Seu cabelo comprido e sujo escapava das presilhas em mechas castanho-escuras em torno de seu rosto, e o suor escorria pela testa, provocando coceira em seus olhos. Ela se lembrou de seu sonho de infância, de entrar em uma cidade com uma coroa na cabeça e montada em um pônei branco. Hoje, não se parecia em nada com uma rainha.

A mãe diante da jaula das crianças começou a se lamuriar outra vez, ignorando os filhos que a fitavam, assustados. Kelsea praguejou.

Quem se importa com seu cabelo, sua tola? Veja o que aconteceu aqui.

— Do que são feitas essas jaulas, Lazarus?

— Ferro mort.

— Mas as rodas e a estrutura são de madeira.

— Carvalho tear, Lady. No que está pensando?

Olhando para a mesa diante da Fortaleza, cheia de funcionários trajados de azul, Kelsea respirou fundo. Era seu último momento de anonimato. Tudo estava prestes a mudar.

— As jaulas. Depois que nós as esvaziarmos, vamos atear fogo.

Javel lutava contra o sono. Guardar o Portão da Fortaleza não era um trabalho desafiador. Fazia pelo menos um ano e meio desde que alguém tentara entrar, e essa tentativa fora patética: um bêbado que apareceu às duas da manhã queixando-se dos impostos. Nada acontecera e nada iria acontecer. Essa era a vida de um guarda do portão.

Além de estar com sono, Javel se sentia péssimo. Não apreciava seu trabalho, mas o odiava ainda mais durante a remessa. A multidão em si não representava uma ameaça à segurança; ficavam por ali como gado aguardando o abate. Mas sempre havia algum incidente nas jaulas das crianças, que eram as mais próximas do portão, e esse dia não foi exceção. Javel suspirara aliviado quando por fim conseguiram fazer com que a mulher se calasse. Sempre havia pais nesse estado, geralmente mães, e só Keller, sádico até os ossos, gostava de ouvir gritos de mulher. Para o restante da Guarda do Portão, a remessa era uma incumbência ruim. Mesmo que algum outro guarda estivesse disposto a trocar de lugar, eram necessários dois turnos regulares para ficarem quites.

O segundo problema era que a remessa trazia duas tropas do exército tear ao Gramado da Fortaleza. O exército achava a Guarda do Portão uma opção de carreira desprezível, um refúgio para aqueles sem destreza ou coragem suficiente para serem soldados. Nem sempre era verdade; do outro lado da ponte levadiça, na mesma direção que Javel, estava Vil, que recebera duas condecorações da rainha Elyssa após a invasão mort e fora recompensado com o comando do portão. Mas eles não eram todos como Vil, e o exército tear nunca os deixava esquecer isso. Mesmo agora, quando Javel espiava a sua esquerda, podia ver dois soldados rindo e tinha certeza de que estavam caçoando dele.

A pior coisa sobre a remessa era que lhe lembrava Allie. Na maior parte do tempo não pensava nela, e quando por fim ela surgia em sua mente, era só pegar a garrafa de uísque mais próxima para dar um basta a isso. Mas não podia beber quando estava de serviço; mesmo que Vil não estivesse supervisionando, os outros guardas não tolerariam. Não havia muita lealdade na Guarda do Portão, mas havia um bocado de solidariedade, uma solidariedade baseada no entendimento de que nenhum deles era perfeito. Todos fingiam não ver a incessante jogatina de Ethan, o analfabetismo de Marco e até a tendência de Keller de maltratar as prostitutas no Gut. Mas nenhum desses problemas prejudicava suas funções. Se Javel queria beber, tinha de esperar até não estar mais de serviço.

Felizmente, o sol começava a se pôr e as jaulas estavam quase cheias. O padre do Arvath levantara de seu lugar à mesa e agora se aproximava da primeira jaula, sua batina branca tremulando ao vento do fim da tarde. Javel não reconheceu aquele sacerdote, um sujeito grande e gordo com papadas que quase cobriam o pescoço. A devoção era uma coisa boa, assim diziam, mas era especialmente boa para os outros. Javel odiava a visão do padre, aquele homem que nunca tivera de enfrentar o sorteio. Talvez até tivesse se juntado à Igreja de Deus por esse motivo; era comum fazerem isso. Javel lembrava-se do dia em que o regente concedera a isenção à Igreja; um tumulto acontecera. O sorteio era um predador indiscriminado; levava todos em quem conseguia pôr as mãos. Era indiscriminado, porém justo, e a Igreja de Deus só aceitava homens. Decerto houvera um protesto popular, mas, como todos os protestos, não tardou a se aquietar.

Javel remexia as mangas da roupa, desejando que o tempo passasse mais rápido. Não tardaria muito mais, agora. O padre iria dar sua bênção à remessa, Thorne daria o sinal e as jaulas entrariam em movimento. Tecnicamente, era função da Guarda do Portão dispersar a multidão, mas Javel também sabia como isso funcionava: a multidão se dispersaria sozinha, seguindo a remessa quando as jaulas deixassem o gramado. A maioria das famílias iria pelo menos até a ponte de Nova Londres, mas no fim elas desistiriam. Javel fechou os olhos, sentindo uma dor súbita atrás das costelas. Quando o nome de Allie fora sorteado, haviam conversado sobre fugir e, a certa altura, quase o fizeram. Mas Javel era jovem, e um Guarda do Portão, e no fim ele convencera Allie de que era dever deles ficar. Javel acreditava no sorteio, na lealdade à casa dos Raleigh, em se sacrificar pelo bem maior. Se seu nome tivesse sido sorteado, ele teria ido sem questionar. Tudo parecera óbvio na época, e foi somente quando viu Allie dentro da jaula que sua certeza desmoronou. Ansiou pela sensação de queimação em sua garganta, pelo modo como o líquido caía em seu estômago como uma âncora, pondo tudo no lugar. Uísque sempre devolvia Allie ao passado, onde deveria ficar.

— Povo de Tearling!

A voz do homem, sonora e poderosa, veio descendo pelo declive e através do gramado antes de reverberar contra as muralhas da Fortaleza. A multidão se silenciou. A Guarda do Portão não deveria ficar de olho em nada a não ser na ponte, mas todos eles, inclusive Javel, se viraram para espiar o alto do gramado.

— Clava está de volta — murmurou Martin.

Ele tinha razão. A figura no topo do declive era sem dúvida Lazarus, o Clava: alto, forte e amedrontador. Javel fazia tudo a seu alcance para ficar tão invisível quanto possível quando ele passava pelo portão. Sempre receava que aqueles olhos penetrantes e calculistas pudessem se fixar nele, e Javel não queria ser nem mesmo um grão de poeira na mente de Clava.

Ao lado de Clava havia uma figura menor, coberta por um manto roxo. Provavelmente Pen Alcott. Os guardas da rainha costumavam ser altos e fortes, mas Alcott fora aceito a despeito de sua constituição magra; tinha a reputação de ser muito bom esgrimista. Mas então Alcott puxou o capuz, e Javel viu que era uma mulher, uma mulher de rosto comum com cabelos longos e emaranhados.

— Sou Lazarus, da Guarda da Rainha! — estrondou a voz de Clava outra vez. — Deem as boas-vindas a Kelsea, a rainha de Tearling!

Javel ficou boquiaberto. Ele ouviu boatos de que o regente intensificara a busca nos últimos meses, mas não deu ouvidos. Volta e meia circulavam algumas canções sobre a volta da garota, mas Javel não prestava atenção. Afinal, os músicos tinham de escrever sobre alguma coisa e os inimigos do regente gostavam de manter viva a esperança das pessoas. Mas não havia sequer uma prova de que a herdeira escapara da cidade. A maior parte de Nova Londres, incluindo Javel, presumia que ela morrera havia muito tempo.

— Todos eles estão aqui — murmurou Martin. — Olhe!

Esticando o pescoço, Javel viu que um grupo de figuras em mantos cinza formara um círculo em torno da mulher e, quando puxaram para trás os capuzes, ele reconheceu Galen e Dyer, depois Elston e Kibb, Mhurn e Coryn. Eram os remanescentes da antiga Guarda da Rainha. Até Pen Alcott estava lá, bem na frente da mulher, com a espada desembainhada, vestindo um manto verde. De acordo com os boatos, o regente tentou expulsar todos eles da Fortaleza em várias ocasiões, suspendendo seus soldos ou designando-lhes outras tarefas. Mas nunca conseguira se livrar deles por mais do que alguns meses, e os homens sempre voltavam. Carroll e o Clava tinham muita influência sobre os nobres tear, mas o verdadeiro problema era maior: ninguém temia o regente, pelo menos não como temiam o Clava.

A multidão começou a murmurar, um burburinho que foi ficando mais alto a cada segundo que passava. Javel sentiu os ânimos se alterarem a sua volta. A remessa mensal era metódica: as pessoas se apresentavam, entravam nas jaulas e eram levadas, com Arlen Thorne encabeçando a mesa do Censo em seu traje habitual, como se fosse o grandioso imperador do Novo Mundo. Mesmo o inevitável pai ou mãe histérico acabava ficando em silêncio e deixava o gramado, chorando, depois de as jaulas terem desaparecido na cidade. Era tudo parte de uma cena orquestrada.

Mas agora Thorne se curvara e começara a falar ansiosamente com um de seus ajudantes. Toda a mesa do Censo estava agitada, como roedores sentindo o perigo. Javel ficou satisfeito ao ver que os soldados em torno das jaulas observavam a multidão com inquietação, a maioria com a mão na espada. O padre do Arvath também se curvara, a papada balançando a cada palavra trocada com Thorne. Os padres da Igreja de Deus pregavam obediência ao Censo e, em troca, o Arvath recebia uma salutar isenção fiscal do regente. O tesoureiro-chefe do Arvath, cardeal Walker, costumava beber no Gut e não era nada seletivo na escolha de suas companhias. Javel escutara comentários sobre os negócios do Santo Padre que fizeram seu sangue gelar.

Como a maioria das ações do Santo Padre, fora uma jogada inteligente. A doutrina da Igreja de fato parecia fazer o Censo funcionar melhor. Javel quase podia apontar as famílias devotas pela resignação em seus rostos; muito antes de seus entes queridos entrarem na jaula, já haviam aceitado isso como seu dever para com o país e para com Deus. O próprio Javel frequentou a Igreja no passado, mas era só para deixar Allie feliz, e nunca mais voltou depois que ela foi levada. O rosto do padre ficou cada vez mais vermelho à medida que discutia com Thorne. Javel se imaginou indo até lá e desferindo um belo pontapé na pança do sujeito.

De repente uma voz masculina sobressaiu do falatório da multidão, pedindo:

— Traga minha irmã de volta, Majestade!

Então todos começaram a gritar ao mesmo tempo.

— Por favor, Lady, piedade!

— Vossa Majestade pode impedir isso!

— Traga meu filho de volta!

A rainha ergueu as mãos, pedindo silêncio. Nesse momento, Javel teve certeza de que era mesmo a rainha, embora não fizesse ideia de como sabia ou por quê. Ela se levantou nos estribos. Era uma figura imponente, apesar de não ser alta, a cabeça inclinada para trás com ar combativo e mechas do cabelo emoldurando seu rosto. Mesmo gritando, sua voz era encorpada e ponderada, como calda. Ou como uísque.

— Em nome da rainha de Tearling! Abram as jaulas!

A multidão explodiu em um bramido que atingiu Javel com o impacto de um golpe. Vários soldados começaram a agir, tirando as chaves dos cintos, mas Thorne bradou asperamente:

— Mantenham seus postos!

Javel sempre achara Arlen Thorne o ser humano mais magricela que ele já vira. O homem era uma pilha de membros compridos e finos como caniços, e o azul-marinho do uniforme do Censo em nada contribuía para melhorar sua silhueta. Observar Thorne se levantar da mesa foi como observar uma aranha se desenrolar e se preparar para ir à caça. Javel balançou a cabeça. Rainha ou não, a garota nunca conseguiria abrir aquelas jaulas. Thorne crescera no Gut, criado por prostitutas e ladrões, e galgara seu caminho até o topo dessa escória para se tornar o mais bem-sucedido comerciante de escravos em Tearling. Ele não via o mundo da mesma maneira que a maioria. Dois anos antes, uma família chamada Morrell tentara fugir de Tearling quando o nome da filha fora sorteado. Thorne contratou os Caden, que encontraram a família Morrell em uma caverna a um dia de cavalgada da fronteira cadarese. Porém, foi o próprio Thorne quem torturara a menina até a morte diante dos olhos dos pais. Thorne não fez questão de sigilo. Ele *queria* que o mundo soubesse.

Vil, mais corajoso que os demais, perguntara a Thorne o que esperava conseguir com aquilo, e depois contara aos outros guardas:

— Thorne disse que queria dar um exemplo. Disse que não se podia subestimar o valor de um bom exemplo.

O exemplo funcionou; pelo que Javel sabia, até então ninguém nunca mais tentou fugir com uma pessoa sorteada. O casal Morrell foi enviado a Mortmesne na remessa seguinte, e Javel lembrava-se muito bem da partida deles: a mãe foi uma das primeiras a entrar na jaula, dócil como um coelho. Fitando seus olhos vazios, Javel viu que a mulher já estava morta. Um tempo depois, ele ficou sabendo que ela morrera de pneumonia durante a viagem e que Thorne abandonara seu corpo na beira da estrada Mort para os abutres.

— A rainha de Tearling morreu há muitos anos — anunciou Thorne. — Se você alega ser a princesa não coroada, o reino exigirá uma prova melhor do que sua palavra.

— Seu nome, senhor! — indagou a rainha.

Thorne se empertigou e respirou fundo; mesmo a cinco metros de distância, Javel conseguiu ver seu peito de pombo se estufando.

— Sou Arlen Thorne, superintendente do Censo!

Enquanto Thorne falava, a rainha levou a mão à nuca e começou a mexer ali, da maneira como uma mulher fazia quando havia alguma coisa errada com seu cabelo. Era um gesto que Allie fazia quando o dia estava quente ou quando ela ficava exasperada com alguma coisa, e Javel sentiu angústia ao vê-lo em outra mulher. A lembrança abria feridas muito mais fundas do que espadas; isso era inegável. Javel fechou os olhos e viu Allie como da última vez, seis anos antes, aquele último vislumbre de seus cabelos louros muito claros antes que ela sumisse pela crista da colina Pike, rumo a Mortmesne. Nunca em sua vida sentira tanta vontade de beber.

A rainha ergueu algo no ar. Javel semicerrou os olhos e viu um lampejo azul sob a pouca luz do sol do fim da tarde, que sumiu tão rápido quanto brilhou. Mas a multidão explodiu outra vez. Tantas mãos se ergueram no ar que a visão da rainha foi momentaneamente bloqueada.

— Jeremy! — exclamou Ethan, na ponte. — É a Joia do Herdeiro?

Jeremy, que enxergava melhor do que todos os outros guardas, deu de ombros e respondeu:

— É uma joia *azul*! Nunca vi a verdadeira!

Vários grupos de pessoas começaram a abrir caminho na direção da jaula das crianças. Os soldados desembainharam as espadas e as rechaçaram com facilidade, mas a área em torno da jaula estava um tumulto agora e nenhuma espada voltou à bainha. Javel sorriu; era bom ver o exército ser obrigado a trabalhar, para variar, mesmo que aquela pequena rebelião estivesse condenada. As tropas que protegiam a remessa tinham direito a um bônus do regente. Não lucravam tanto quanto os nobres que cobravam o pedágio da estrada Mort, mas rendia uma bela grana, pelo que Javel ficara sabendo. Uma bela grana por um trabalho feio; parecia justo para Javel que sofressem alguma dificuldade ao longo do caminho.

— Qualquer um pode pendurar um colar no pescoço de uma criança — respondeu Thorne, ignorando a multidão. — Como vamos saber se é a joia verdadeira?

Javel voltou-se de novo para a rainha, mas antes que ela pudesse responder, Clava gritou para Thorne:

— Sou membro da Guarda da Rainha e minha palavra é afiançada pelo reino! Esta é a Joia do Herdeiro, exatamente como a vi há dezoito anos! — Clava se curvou um pouco sobre o pescoço do cavalo, sua voz transmitindo uma ferocidade latente que fez Javel se encolher. — Consagrei meus serviços a esta rainha, Thorne, jurei proteger sua vida! Está questionando minha lealdade ao reino?

A rainha ergueu a mão, e o gesto silenciou Clava imediatamente. A rainha se curvou para a frente e elevou a voz:

— Vocês aí embaixo! Todos fazem parte do *meu* governo e do *meu* exército! Abram as jaulas agora!

Os soldados se entreolharam, inexpressivos, e em seguida se viraram para Thorne, que balançou a cabeça em negativa. E então Javel viu algo extraordinário: a joia da rainha, quase invisível momentos antes, agora emitia uma cintilação turquesa, tão brilhante que Javel teve de semicerrar os olhos, mesmo daquela distância. O colar balançou, um pêndulo azul luminoso acima da cabeça da rainha, e ela pareceu ficar mais alta, sua pele ganhando um brilho sobrenatural. Não era mais a garota de rosto redondo em um manto surrado; por um momento, ela pareceu preencher o mundo todo, uma mulher alta e séria com uma coroa na cabeça.

Javel segurou o ombro de Martin.

— Está vendo aquilo?

— Vendo o quê?

— Nada — murmurou Javel, não querendo que Martin achasse que estava bêbado.

A rainha começara a falar outra vez, a voz controlada apesar da raiva, a razão prevalecendo sobre a fúria.

— Pode ser que eu me sente no trono por apenas um dia, mas se não abrirem essas jaulas agora mesmo, juro diante do Grande Deus que meu único ato como rainha será assistir à execução de cada um de vocês por traição! Não viverão para ver outro entardecer! *Pretendem pôr minha palavra à prova?*

Por um momento, a cena diante das jaulas continuou imutável. Javel prendeu a respiração, esperando que Thorne fizesse alguma coisa, que um terremoto abrisse uma fenda no Gramado da Fortaleza. A safira acima da cabeça da rainha brilhava com tanta força que ele precisou erguer a mão para proteger os olhos. Por um momento, teve a sensação irracional de que a joia estava *olhando* para ele, que podia ver tudo. Allie e a garrafa, os anos que passara com ambas entrelaçadas em sua cabeça.

Então os soldados começaram a se mexer. No início, apenas alguns, depois mais outros, e em seguida, muitos mais. A despeito de Thorne, que começara a chiar com eles em um murmúrio raivoso, os dois comandantes pegaram chaves de seus cintos e começaram a destrancar as jaulas.

Javel soltou o ar, observando os acontecimentos. Nunca vira as jaulas sendo abertas depois de terem sido trancadas; imaginava que ninguém além dos mort vira. Sabia de várias pessoas, ele mesmo uma delas, que haviam seguido a remessa até o desfiladeiro Argive. Mas poucos se atreveram a cruzar a fronteira mort e ninguém jamais seguira a remessa até seu destino final, em Demesne. Se o exército mort encontrasse algum tear rondando as jaulas, a pessoa seria executada na mesma hora, acusada de sabotagem.

Um a um, homens e mulheres começaram a sair. A multidão os acolheu com o que parecia ser um imenso abraço. Uma idosa a três metros da mesa do Censo simplesmente desabou no chão e começou a chorar.

Thorne apoiou os braços na mesa, e falou com voz ácida:

— E quanto a Mortmesne, princesa? Pretende lançar o exército da Rainha Vermelha sobre todos nós?

Javel voltou o olhar para a rainha e ficou aliviado ao descobrir que era apenas uma garota outra vez, só uma adolescente com um rosto comum e cabelos revoltosos. A visão, se realmente se tratava disso, fora embora. Mas a voz dela não diminuíra; se mudara alguma coisa, agora estava mais forte, a raiva nítida ecoando através do Gramado da Fortaleza.

— Não o nomeei meu conselheiro de política externa, Arlen Thorne. Também não atravessei metade do reino para me envolver em uma discussão sem sentido com um burocrata em meu próprio gramado. Ponho o bem-estar de meu povo em primeiro lugar na questão, como em tudo o mais.

Clava se curvou para sussurrar no ouvido da rainha. Ela assentiu e apontou para Thorne.

— Atenção! Superintendente! Delego a você a responsabilidade de fazer com que todas as crianças sejam devolvidas a suas famílias. Se eu escutar queixas sobre uma criança perdida, a culpa recairá sobre seus ombros. Estamos entendidos?

— Sim, Lady — entoou Thorne sem emoção na voz, e Javel ficou muito feliz por não poder ver o rosto do homem. A rainha podia achar que adestrara aquele cão, mas Arlen Thorne não admitia ser controlado, e ela não tardaria a descobrir isso.

— Viva a rainha! — gritou alguém no lado mais distante das jaulas, e a multidão urrou aprovando. Famílias se reuniam diante das jaulas, as pessoas chamavam umas às outras, alegres, na extensão ampla do gramado. Mas, mais do que tudo, Javel escutou choro, um som que odiava. Seus familiares estavam sendo devolvidos; por que diabos estavam chorando?

— Não haverá mais remessas para Mortmesne! — gritou a rainha, e a multidão respondeu com outro brado incompreensível.

Javel piscou e viu o rosto de Allie flutuando atrás de suas pálpebras fechadas. Certos dias, temia ter esquecido seu rosto; por mais que tentasse, não conseguia vê-lo com clareza em sua mente. Ele se fixava em um detalhe que lembrasse, algo fácil, como o queixo dela, e depois o detalhe tremia e a imagem ficava borrada, como uma miragem. Mas de vez em quando havia dias como esse, em que conseguia recordar o rosto de Allie em todos os ângulos, a curva das maçãs do rosto, a determinação esculpida no maxilar, e percebia que o esquecimento na verdade era uma bênção. Ele olhou para o céu e viu, aliviado, que estava roxo com o crepúsculo. O sol desaparecera atrás da Fortaleza.

— Vil! — chamou na direção da ponte. — Já encerramos por hoje?

Vil olhou para ele, seu rosto redondo atônito.

— Você quer sair *agora*?

— Não... não, só estava perguntando.

— Bem, aguente mais um pouco — respondeu Vil, com uma voz zombeteira. — Pode afogar suas mágoas mais tarde.

O rosto de Javel enrubesceu, e ele olhou para o chão, fechando os punhos. Sentiu uma mão pousar em seu ombro; ergueu o rosto e viu Martin, seu rosto amigável mostrando solidariedade. Javel assentiu para dizer que estava tudo bem e Martin voltou a seu posto.

Dois Guardas da Rainha, um grande e um pequeno, ambos com mantos cinza, contornavam as jaulas com um balde. Elston e Kibb, provavelmente; os dois eram inseparáveis. Javel não sabia dizer o que estavam fazendo, mas não se importava, na verdade. A maioria das jaulas estava vazia a essa altura. Thorne instituíra algum tipo de procedimento cuidadoso para as jaulas das crianças, libertando-as uma de cada vez e interrogando os pais que se apresentavam antes de entregar a criança. Era uma boa ideia; havia um círculo impreciso de cafetões e cafetinas no Gut que atendia a todos os gostos e costumava raptar crianças de tempos em tempos. Javel, que passava grande parte do tempo livre no Gut, pensou mais de uma vez em tentar encontrar os responsáveis pelo crime, em tentar fazer algum tipo de justiça. Mas sua determinação sempre enfraquecia quando a noite caía e, além do mais, aquilo era tarefa para alguma outra pessoa. Alguém corajoso.

Qualquer um menos eu.

Kelsea estava exausta. Ela segurava o cabo da espada de Clava, tentando parecer régia e despreocupada, mas seu coração batia com força e seus músculos pareciam esgotados de fadiga. Voltou a prender o colar no pescoço e descobriu que o brilho não fora fruto de sua imaginação: a safira estava queimando, como se tivesse sido aquecida em uma forja. Em alguns momentos da discussão com Arlen Thorne, ela sentira como se pudesse esticar a mão e partir o céu em dois. Mas agora todo esse poder se fora, escoado, deixando seus músculos lânguidos. Se não entrasse logo, talvez fosse cair do cavalo.

O sol desaparecera e todo o gramado abaixo da Fortaleza estava mergulhado em sombras, a temperatura caindo rapidamente. Mas não podiam ir ainda; Clava posicionara alguns guardas entre a multidão em várias tarefas e até aquele momento nenhum deles voltara. Kelsea estava aliviada por ver tantos membros da Guarda de sua mãe vivos, embora já tivesse feito uma contagem rápida e percebido, com um peso no coração, que Carroll não estava entre eles. Mas muitos novos guardas haviam aparecido, homens que não tomaram parte na jornada. Devia haver pelo menos quinze a sua volta agora, mas Kelsea não conseguiria ter certeza sem se virar. Por algum motivo, parecia muito importante não olhar para trás.

Talvez um terço das pessoas que haviam ocupado o gramado pouco antes já tinha ido embora, talvez receando problemas, mas a maioria permanecera. Algumas famílias ainda se reuniam, comovidas, com seus entes queridos, mas outros eram meros espectadores, observando Kelsea com curiosidade. A expectativa nos olhares era um peso monstruoso.

Esperam que eu faça algo extraordinário, percebeu. *Agora e todos os dias pelo resto da minha vida.*

A ideia era aterrorizante.

Ela voltou-se para Clava.

— Precisamos entrar.

— Só mais um pouco, Lady.

— O que estamos esperando?

— Seu salvador disse uma verdade, Majestade, uma coisa que ficou na minha cabeça. Talvez o caminho direto seja mesmo o melhor, por motivos que não podem ser previstos.

— E o que isso quer dizer?

Clava apontou para a periferia do círculo de guardas, e Kelsea viu quatro mulheres e várias crianças. Uma delas era a mulher que gritara na frente da jaula. Uma menina pequena, talvez com três anos de idade, estava em seus braços e quatro outras crianças a cercavam. Os cabelos longos caíam sobre o rosto dela quando se curvava para abraçar a filha.

— Atenção, todos! — bradou Clava.

A mulher olhou para cima, e Kelsea ficou sem ar. Era a louca de seu sonho, a que carregava a criança destruída. Tinha os mesmos cabelos longos e escuros e tez pálida, a mesma testa alta. Se a mulher falasse, Kelsea achava até que reconheceria sua voz.

Mas nunca fui capaz de ver o futuro, pensou, confusa. *Nem uma vez em minha vida.* Quando era pequena, muitas vezes desejou ter uma visão; Carlin lhe contara diversas histórias sobre a vidente da Rainha Vermelha, uma mulher com um dom verdadeiro que previra inúmeros acontecimentos que acabaram por ocorrer. Mas Kelsea tinha apenas o presente.

— A rainha solicita um grupo de serviçais! — anunciou Clava, e Kelsea se sobressaltou, voltando a se concentrar na cena que se desenrolava a sua frente.

— Ela exigirá...

— Espere. — Kelsea ergueu a mão, vendo o súbito medo nos olhos das mulheres.

A ideia de Clava era boa, mas se lidasse mal com esse medo, não as conquistaria nem se lhes oferecesse todas as vantagens do mundo.

— Não vou obrigar ninguém a ficar a meu serviço — anunciou com firmeza, tentando fitar cada uma das quatro mulheres nos olhos. — No entanto, para aquelas que integrarem minha casa, prometo que vocês e seus entes queridos poderão contar com toda a proteção que eu puder proporcionar. Não só proteção, mas tudo que meus próprios filhos um dia receberão. Educação, a melhor comida, cuidados médicos e a possibilidade de aprender qualquer ofício de sua escolha. Dou minha palavra também que qualquer uma que deseje abandonar o serviço terá permissão de fazê-lo a qualquer momento, sem maiores delongas.

Tentou pensar em mais alguma coisa para dizer, mas estava muito cansada, e já havia descoberto que odiava fazer discursos. Uma declaração sobre lealdade parecia necessária ali, mas o que havia para dizer? Sem dúvida todas sabiam que a serviço dela estariam em posição de matá-la, e mais provavelmente de ir ao encontro da própria morte. Ela desistiu, decidindo abrir os braços e anunciar:

— Façam sua escolha neste minuto. Não posso mais protelar.

As mulheres começaram a deliberar. Para a maioria delas, isso pareceu consistir em olhar desamparadamente para seus filhos. Kelsea notou a ausência de homens e supôs que Clava escolhera especificamente mães sozinhas. Mas isso não era inteiramente verdade; o olhar dela voltou-se para a louca de seu sonho e depois vagou pela multidão, à procura do marido. Encontrou-o cerca de três metros mais para trás, os pés afastados e os braços musculosos cruzados.

Curvou-se em direção a Clava.

— Por que a mulher de cabelo escuro e roupa azul?

— Se conseguir convencê-la, Lady, será a pessoa mais leal que terá a seu serviço.

— Quem é ela?

— Não faço ideia. Mas tenho jeito para essas coisas, acredite em mim.

— Ela pode não ser inteiramente sã.

— Muitas mulheres se comportam dessa forma quando seus filhos são levados. É naquelas que os deixam ir sem protestar que não confio.

— O que acha do marido?

— Olhe com atenção, Lady.

Kelsea observou o marido da mulher, mas não viu nada de extraordinário. Ele observava a cena com a testa franzida, um sujeito alto de cabelos escuros e barba malcuidada, com braços fortes, indicando que devia ser algum tipo de trabalhador manual. Seus olhos negros estreitavam-se em uma expressão de desagrado que era fácil de interpretar: não gostava de ser excluído das decisões. Kelsea voltou a fitar a esposa, cujos olhos iam do marido para o grupo de crianças a sua volta. Era muito magra, os braços como galhos; marcas roxas em seu antebraço revelavam o local onde o marido a agarrara para arrastá-la para longe da jaula. Então Kelsea viu mais hematomas: um no alto da bochecha e um largo borrão escuro na clavícula quando a filha puxou a gola de seu vestido.

— Meu Deus, Lazarus, seus olhos são afiados. Estou inclinada a levá-la conosco de qualquer maneira.

— Acho que ela virá por conta própria, Lady. Observe e aguarde.

Pen e um dos novos guardas já haviam se postado entre o brutamonte de olhos negros e sua esposa. Eram muito rápidos e competentes, e a despeito do perigo, Kelsea sentiu-se quase esperançosa... talvez pudesse sobreviver. Então a esperança evaporou e o sentimento reduziu-se a exaustão outra vez. Ela esperou mais alguns minutos antes de anunciar:

— Vamos entrar na Fortaleza agora. As que quiserem me acompanhar serão bem-vindas.

Kelsea observou a louca pelo canto do olho quando a companhia começou a descer o declive. A mulher puxou as crianças para perto, juntando-as até que a cercaram como uma saia rodada. Então assentiu, murmurando algum tipo de encorajamento, e o grupo todo começou a se mover pelo gramado. O marido lançou-se de repente com um grito incoerente, mas foi interrompido pela espada de Pen. Kelsea deteve seu cavalo.

— Continue andando, Lady. Eles podem controlá-lo.
— Posso tirar as crianças do pai, Lazarus?
— Pode fazer como preferir, Lady. É a rainha.
— O que vamos fazer com todas essas crianças?
— Crianças são boas, Lady. Mantêm as mulheres previsíveis. Agora mantenha a cabeça abaixada.

Kelsea se virou para encarar a Fortaleza. Embora achasse difícil deixar que os guardas cuidassem de tudo às suas costas — escutava vozes elevadas discutindo e os sons abafados de uma altercação —, sabia que Clava tinha razão: interferência mostraria falta de fé em sua Guarda. Seguiu em frente, mantendo o olhar fixo adiante, mesmo quando uma mulher gritou.

Ao se aproximarem das jaulas, Kelsea viu que uma multidão contornava seus guardas em um círculo. O povo se espremera tanto que alguns deles se perfilavam contra o flanco dos cavalos. Todo mundo parecia se dirigir a ela, mas Kelsea não conseguia compreender nenhuma palavra do que diziam.

— Arqueiros! — bradou Clava. — De olho nas ameias!

Dois de seus guardas sacaram os arcos com as flechas armadas. Um deles era muito jovem e bonito; Kelsea achou que podia ser até mais novo do que ela. Seu rosto estava branco de ansiedade, o maxilar travado em concentração ao olhar para a Fortaleza. Kelsea quis dizer alguma coisa tranquilizadora, mas então Clava repetiu:

— As ameias, diabos!

E ela ficou de boca fechada.

Quando se aproximaram das jaulas, Clava segurou as rédeas de Rake e fez o cavalo parar. Sinalizou para Kibb, que trouxe uma tocha acesa. Clava ofereceu-a a Kelsea.

— A primeira página de sua história, Lady. Que seja um grande ato.

Ela hesitou, em seguida pegou a tocha e trotou em direção à jaula mais próxima. A multidão e seus guardas se moveram como um único grande organismo para permitir sua passagem. Clava já havia enviado Elston e Kibb para as jaulas com baldes de óleo; ela só esperava que tivessem feito tudo do jeito certo ou então estava prestes a parecer incrivelmente estúpida. Segurou a tocha com força, mas antes que pudesse jogá-la seu olhar recaiu sobre uma das duas jaulas destinadas às crianças. O ardor dentro de seu peito voltou a queimar, espalhando calor por sua pele.

Tudo que fiz até agora pode ser desfeito. Mas se eu fizer isso, não há mais volta.

Se a remessa não chegasse, a Rainha Vermelha invadiria. Kelsea pensou em Mhurn, o belo guarda louro, em sua história sobre a invasão mort. Milhares haviam sofrido e morrido. Mas ali na frente dela estava uma jaula construída especialmente para os mais jovens, os desamparados, construída para arrastá-los para um lugar a milhares de quilômetros de casa, onde seriam vítimas de trabalho escravo, estupro e fome. Kelsea fechou os olhos e viu sua mãe, a mulher que imaginara durante sua infância, a rainha de branco sobre seu cavalo. Mas a visão já escurecera. As pessoas que davam vivas para a rainha eram espantalhos, os olhos encovados da longa inanição. A coroa de flores em sua cabeça murchara. Os dentes de seu cavalo apodreciam, doentes. E a própria mulher... uma criatura rastejante, servil, sua pele branca como um cadáver e, no entanto, mergulhada em sombras. Uma colaboracionista. Kelsea piscou, tentando afastar a imagem, mas ela já a impelira rumo ao próximo passo. A história de Barty sobre a Morte voltou a sua mente; na verdade, nunca a deixara desde aquela noite junto à fogueira. Barty tinha razão. Era melhor morrer uma morte limpa. Ela se inclinou para trás e arremessou a tocha na jaula das crianças.

O movimento abriu de novo o ferimento em seu pescoço, mas Kelsea sufocou o grito quando a multidão urrou e a estrutura pegou fogo. Ela nunca vira chamas tão famintas; o fogo se espalhou pelo chão de madeira da jaula e depois começou, apesar da improbabilidade, a escalar as barras de ferro. Um sopro de calor atravessou o gramado, dispersando as poucas pessoas que haviam se aventurado muito perto da jaula. Era como estar diante de um forno aceso.

A multidão avançou na direção das chamas, rogando pragas. Até as crianças gritavam, contagiadas pela histeria dos pais, os olhos iluminados pelo fogo. Observando, Kelsea sentiu a criatura selvagem dentro de si recolher as asas e desaparecer, e ficou ao mesmo tempo aliviada e desapontada. A sensação era como a de ter uma estranha dentro de si, uma estranha que de algum modo sabia tudo sobre ela.

— Cae! — chamou Clava por cima do ombro.

— Senhor?

— Ponha fogo no resto.

A um sinal de Clava, puseram-se em marcha outra vez, deixando as jaulas para trás. Quando chegaram à ponte levadiça, o fedor do fosso invadiu as narinas de Kelsea: um cheiro rançoso, como de legumes apodrecendo. A água era de um verde muito escuro, e uma camada de limo quase opaco se aglutinara na superfície. O odor fétido ficava cada vez mais forte à medida que progrediam pela ponte.

— A água não é escoada?

— Sem perguntas agora, Lady, perdoe-me.

Os olhos de Clava se moviam para todos os lados, pela fachada da Fortaleza e na escuridão adiante, através do fosso e para o outro lado, fixando-se nos guardas perfilados de ambos os lados da ponte. Esses homens não fizeram o menor gesto para deter o grupo e vários deles até se curvaram quando Kelsea passou. Mas quando a multidão tentou segui-la para a Fortaleza, os guardas entraram em ação a contragosto, bloqueando a ponte e arrebanhando o povo de volta à margem oposta.

Adiante, o Portão da Fortaleza era um buraco negro com algumas tochas esparsas bruxuleando do lado de dentro. Kelsea fechou os olhos e os abriu outra vez, um gesto que pareceu requisitar todas as suas forças. Seu tio estava esperando ali dentro, mas ela não sabia se conseguiria encará-lo agora. Sua linhagem sanguínea, antes fonte secreta de orgulho, agora parecia uma fossa de dejetos. Seu tio era imundo, e sua mãe... era como escorregar pela parede de um precipício sem nenhum lugar em que se segurar.

— Não vou conseguir encarar meu tio esta noite, Lazarus. Estou cansada demais. Podemos adiar?

— Se Vossa Majestade fizer o favor de ficar quieta.

Kelsea riu, surpreendendo a si mesma, quando passaram pela sombria arcada do Portão da Fortaleza.

A sessenta metros dali, Fetch observava a garota e sua comitiva atravessarem a ponte, um sorriso sutil surgindo em seus lábios. Fora uma atitude sagaz, tirar as mulheres da multidão, e todas, à exceção de uma, tinham-na seguido para a Fortaleza. Quem era o pai? A garota mostrava uma inteligência afiada que nunca poderia ter vindo de Elyssa. Pobre Elyssa, que precisava usar grande parte do cérebro para decidir que vestido usar de manhã. A garota valia dez vezes mais.

Junto ao fosso, a jaula das crianças ardia, uma pira elevada sob a luz do crepúsculo. Um membro da Guarda da Rainha ficara para trás para pôr fogo nas demais jaulas, mas as pessoas (e vários soldados) se adiantaram. Uma a uma, as jaulas foram consumidas pelas chamas. As pessoas aclamavam a rainha, e o ar continuava denso com o som de choro.

Fetch balançou a cabeça, admirado.

— Bravo, rainha tear.

A mesa do Censo parecia um formigueiro que uma criança cruel remexera com um graveto. Funcionários corriam de um lado para outro, seus movimentos frenéticos devido ao pânico; eles haviam rapidamente se dado conta das consequências daquele dia. Arlen Thorne desaparecera. Ele planejava se vingar da garota e era um adversário muito mais astuto do que o tio estúpido. Fetch franziu a testa, deliberando por um momento antes de gritar por cima do ombro.

— Alain!

— Senhor?

— Algum plano já está fermentando na mente de Thorne. Vá descobrir o que é.

— Certo, senhor.

Lear esporeou seu cavalo até emparelhar com o de Fetch. Lear estava de mau humor, e não era de admirar. Quando andavam sem disfarce, o que chamava a atenção era sua pele negra. Ele adorava que as pessoas olhassem para ele, encantadas, quando contava suas histórias, mas odiava ser objeto de curiosidade.

— Thorne pode não aceitá-lo — murmurou Lear. — E mesmo que aceite, o anonimato de Alain ficará comprometido para sempre. A garota vale mesmo a pena?

— Não a subestime, Lear. Nem eu faço isso.

— Podemos despachar o regente? — perguntou Morgan.

— O regente é meu, e a menos que tenhamos nos enganado com a garota, sua cabeça será minha em pouco tempo. Boa sorte, Alain.

Alain guinou seu cavalo sem dizer uma palavra e voltou em direção à cidade. Enquanto ele desaparecia entre a multidão, Fetch fechou os olhos e curvou a cabeça.

Muita coisa agora depende de uma garota, pensou, sombriamente. *Deus planeja um jogo arriscado para nós.*

LIVRO II

A Rainha Marcada

Quando eu tinha cinco anos, minha avó me levou para passear. Tendo o mesmo nome que ela, eu era sua neta favorita. Estava toda orgulhosa em meu vestido novo, de mãos dadas com ela pelas ruas da cidade enquanto meus irmãos ficavam para trás.

Fizemos um piquenique no grande parque no centro da cidade. Vovó comprou um livro para mim na Livraria Varling, que tinha os primeiros livros com ilustrações coloridas. Assistimos a um espetáculo de marionetes no bairro dos teatros e, em uma sapataria na Lady's Approach, vovó também comprou meu primeiro par de sapatos de adulto, com cadarços. Foi um ótimo dia.

Quando estava quase na hora de voltar para casa, para o jantar, vovó me levou para ver o memorial da rainha Glynn, a estátua de uma mulher sem rosto sentada em um trono de granito, que ficava na entrada do Gramado da Fortaleza. Contemplamos a estátua por muito tempo, e eu fiquei quieta por causa do silêncio de minha avó. Ela gostava de tagarelar sem parar, tanto que às vezes tínhamos de pedir que ela ficasse quieta quando alguém vinha falar com a gente. Mas nesse momento ela parou na frente do memorial da rainha Glynn por longos dez minutos, a cabeça curvada, sem dizer uma palavra. Até que acabei me cansando e comecei a me mexer, e daí perguntei: "Vovó, o que a gente tá esperando?".

Ela puxou com delicadeza minha trança, sinalizando que eu fizesse silêncio, então apontou para a estátua e disse: "Se não fosse essa mulher, você nunca teria nascido".

— *O legado da rainha Glynn*, GLEE DELAMERE

Kelsea acordou em uma cama grande e macia com um dossel azul-claro. Seu primeiro pensamento foi trivial: tinha travesseiros demais. Sua cama no chalé de Barty e Carlin era pequena, mas limpa e confortável, com um único travesseiro para pôr sob a cabeça. A cama na qual estava deitada agora também era confortável, mas de um modo ostensivo. Podia acomodar quatro pessoas sem problemas, com seus lençóis de seda cor de pera e uma infinidade de travesseirinhos brancos cheios de babados espalhados pela colcha azul adamascada.

A cama de minha mãe, e é exatamente como eu deveria ter esperado.

Rolou para o lado e viu Clava em uma poltrona em um canto, dormindo.

Sentando-se tão silenciosa quanto possível, Kelsea examinou o quarto com mais atenção: à primeira vista ele era satisfatório, mas, em uma análise mais profunda, cheio de detalhes inquietantes. Era um ambiente de pé-direito alto com cortinas azul-claras para combinar com a cama. Uma parede era ocupada por estantes, vazias a não ser por algumas bugigangas espalhadas entre as várias prateleiras, cobertas de pó. Alguém se encarregara de manter os aposentos de sua mãe intocados. Clava? Provavelmente não. Parecia mais coisa do feitio de Carroll. Clava deixara transparecer sentimentos de deslealdade em relação a sua mãe. Carroll não demonstrara nenhum.

À esquerda de Kelsea havia uma porta que levava para um banheiro; ela podia ver parte de uma enorme banheira de mármore. Ao lado da porta havia uma penteadeira com um espelho grande, incrustado de joias. Ao relancear seu reflexo, ela estremeceu; parecia um troll, o cabelo despenteado, o rosto sujo. Deitou de novo e olhou para o dossel acima, divagando. Como tanta coisa podia ter mudado em um único dia?

Ela se lembrou de repente de ter nove anos e pegar um dos vestidos elegantes de Carlin no armário. Ela nunca proibira categoricamente os vestidos, mas isso não passava de uma desculpa que Kelsea daria se fosse pega; a criança sabia que não estava agindo certo. Depois de colocar o vestido, também pôs uma coroa de flores que fizera. O vestido era comprido demais, e a coroa ficava caindo, mas mesmo assim Kelsea se sentiu muito adulta e régia. Estava desfilando de um lado para outro do quarto quando Carlin entrou.

— O que está fazendo? — perguntou Carlin. Sua voz descera ao tom mais baixo, o que significava encrenca.

Kelsea tremeu ao tentar explicar.

— Estava treinando para ser uma rainha. Como minha mãe.

Carlin avançou tão rápido que Kelsea não teve tempo sequer de dar um passo para trás. Só percebeu os olhos faiscantes da mulher e depois o estalo de um tapa em seu rosto. Não doeu de verdade, mas Kelsea irrompeu em lágrimas mesmo assim; nunca tinha apanhado antes. Carlin segurou o vestido pelas costas e deu um puxão brusco, rasgando a parte da frente e fazendo os pequenos botões caírem pelo chão.

Kelsea caiu no chão, agora chorando com mais intensidade, mas suas lágrimas não comoveram Carlin; nunca comoviam. Ela saiu do quarto e ficou sem falar com Kelsea por vários dias, mesmo depois de Kelsea ter lavado e passado o vestido e de tê-lo guardado de volta no armário. Naquela semana, Barty se moveu furtivamente pelo chalé com os olhos vermelhos, sofrendo muito, dando doces extras para Kelsea quando Carlin não estava olhando. Após vários dias, Carlin enfim voltou ao normal, mas quando Kelsea abriu o armário na semana seguinte, os vestidos elegantes haviam sumido.

Kelsea sempre achara que Carlin tinha ficado furiosa com ela por ter pegado o vestido sem permissão. Mas agora, olhando ao redor, via uma história diferente. Prateleiras vazias. Um enorme guarda-roupa de carvalho que ocupava quase toda a parede oposta. Um espelho grande o bastante para exibir inúmeros reflexos. Detalhes dourados. Aquela cama, coberta com metros e mais metros de tecidos finos. Kelsea podia imaginar as pessoas do lado de fora, no Gramado da Fortaleza, seus corpos subnutridos e rostos encovados. Carlin vira um bocado disso. Kelsea queria gritar de raiva no silêncio do quarto. E se ainda houvesse mais dessas felizes revelações por vir? Ela sempre presumira que sua mãe a escondera para protegê-la. Mas talvez não fosse nada disso. Talvez Kelsea tivesse simplesmente sido mandada embora. Ela chutou furiosamente, enterrando os calcanhares no colchão macio de plumas. Pueril, mas eficaz; após dois minutos de chutes furiosos, soube que a hora de dormir havia passado.

A grande responsabilidade que herdara, bastante problemática no mundo das ideias, agora parecia intransponível. Mas claro que ela já sabia que o caminho seria árduo. Carlin lhe dissera isso de forma indireta, ensinando por anos sobre os reinos e as nações problemáticos do passado. A biblioteca de Carlin, cheia de livros... De repente, a raiva remanescente que sentia por Carlin desapareceu. Sentia falta de ambos, Barty *e* Carlin. Tudo a sua volta era muito estranho, e sentia falta da familiaridade tranquila das duas pessoas que conhecia tão bem. Será que Carlin teria aprovado o que fizera no dia anterior?

Kelsea se sentou, empurrou as cobertas para longe e apoiou os pés no chão. O colar se enroscara em seu cabelo enquanto dormia, e ela passou um minuto desembaraçando a joia. Deveria ter trançado o cabelo e tomado um banho na noite anterior, mas tudo acontecera muito rápido; fora levada às pressas por corredores iluminados por tochas, com nada além das ordens urgentes de Clava em seus ouvidos. Alguém a guiou por uma escadaria aparentemente interminável, e Kelsea estava tão cansada que dormiu no traje emprestado de Fetch. As roupas estavam tão imundas que podia sentir o odor do suor, salgado. Deveria jogar tudo fora, mas sabia que não faria isso. O rosto de Fetch fora a última coisa em sua mente antes de mergulhar na inconsciência e tinha certeza de que também sonhara com ele, embora não conseguisse se lembrar do sonho. Ele lhe dera um teste, e iria matá-la se fracassasse, Kelsea não tinha dúvidas. Mas as ameaças dele ocupavam apenas uma pequena parte de seus pensamentos. Ela se permitiu o luxo de devanear sobre ele por mais alguns minutos antes de trazer sua mente para o mundo real.

Precisava ver uma cópia do Tratado Mort o mais rápido possível. A ideia a reanimou e a fez descer da cama e ir na ponta dos pés até a poltrona onde Clava dormia. O homem estava com uma barba de alguns dias por fazer, castanha com fios grisalhos. As rugas pareciam ter se cravado ainda mais profundamente em seu rosto. Sua cabeça estava jogada para trás no encosto e de tantos em tantos segundos emitia um pequeno ronco.

— Então você dorme.

— Nada disso — retrucou Clava. — Só cochilo. — Ele se esticou até sua espinha estalar e então se levantou da poltrona. — Se alguém tivesse respirado errado aqui neste quarto, eu teria percebido.

— Este lugar é seguro?

— É, Lady. Estamos na Ala da Rainha, que nunca fica desprotegida. Carroll verificou cada detalhe deste quarto antes de partirmos e seis dias não é tempo o bastante para seu tio planejar algo elaborado. Alguém vai inspecionar cada canto dele hoje enquanto Vossa Alteza estiver fora, por precaução.

— Enquanto eu estiver fora?

— Informei seu tio de que Vossa Alteza seria coroada hoje, quando julgar melhor. Ele não recebeu a notícia muito bem.

Kelsea abriu uma gaveta e viu um jogo de pentes e escovas que parecia feito de ouro puro. Fechou-a, irritada.

— Minha mãe era uma mulher vaidosa.

— Sim. O quarto vai lhe servir?

— Quero me livrar desses travesseiros estúpidos. — Kelsea começou a pegá-los e a jogar vários deles no chão. — Por Deus, qual é o sentido de...

— Há muito que fazer hoje, Majestade.

Kelsea suspirou.

— Primeiro preciso de um café da manhã e de um banho quente. Algo para usar em minha coroação.

— Como já deve saber, você será coroada por um padre da Igreja de Deus.

Kelsea olhou para ele.

— Eu não sabia disso.

— Mesmo que eu pudesse forçar o padre residente de seu tio a realizar a cerimônia, ele não é o mais indicado. Vou precisar buscar outro padre do Arvath e pode ser que eu demore uma hora ou mais.

— Não tem como legitimar a coroação sem um padre?

— Não, Lady.

Kelsea deu outro suspiro exasperado. Nunca discutira sua coroação com Carlin, já que parecia algo tão abstrato. Mas o teor da cerimônia sem dúvida seria repleto de votos religiosos. Era assim que a Igreja mantinha os cofres abertos.

— Tudo bem, pode ir. Mas, se possível, traga um padre tímido.

— Considere feito, Lady. Fique com a faca à mão enquanto eu não estiver.

— Como sabia sobre minha faca?

Clava lançou-lhe um olhar expressivo.

— Espere um momento e vou lhe trazer sua dama de companhia.

Ele abriu a porta, deixando entrar um breve burburinho de vozes, e em seguida a fechou atrás de si. Kelsea ficou no centro do quarto vazio, sentindo uma tênue sensação de alívio tomar conta dela. Sentira falta de ficar sozinha. Mas agora não havia tempo para aproveitar.

— Tanta coisa a fazer — sussurrou, tocando com cuidado os pontos em seu pescoço.

Seu olhar passeou pelo teto alto, pelos cortinados azuis, a cama com seu incontável e irritante punhado de travesseiros, e, o pior de tudo, a imensa parede de estantes vazias. Alguma coisa pareceu ferver dentro dela, e lágrimas de raiva brotaram em seus olhos.

— Veja só isso — sibilou para o quarto vazio. — Esta é sua herança para mim?

— Lady? — Clava deu uma pequena batida na porta e entrou.

Uma mulher alta e magra entrou silenciosamente atrás dele, quase oculta pela silhueta maciça do guarda, mas Kelsea já sabia de quem se tratava. A mulher não estava acompanhada de nenhum de seus filhos agora, e sem eles parecia mais jovem, apenas alguns anos mais velha do que a própria Kelsea. Usava um vestido simples de lã, cor de creme, e seu cabelo longo e preto fora penteado e preso em um coque firme. O hematoma em sua bochecha era o único defeito. Parou diante de Kelsea como se esperasse uma ordem, mas não havia nada subserviente em seus modos; na verdade, após alguns segundos Kelsea se sentiu tão intimidada que foi compelida a falar.

— Sinta-se à vontade para trazer sua filha pequena para cá, se ela for nova demais para ficar sozinha.

— Ela está em boas mãos, Lady.

— Por favor, deixe-nos a sós, Lazarus.

Para sua surpresa, Clava virou-se e saiu na mesma hora, fechando a porta.

— Sente-se, por favor.

Kelsea indicou a banqueta diante da penteadeira. A mulher posicionou o assento e se sentou diante de Kelsea em um único movimento gracioso.

— Qual é o seu nome?
— Andalie.
Kelsea piscou.
— De origem mort?
— Minha mãe era mort, e meu pai, tear.
Kelsea se perguntou se Clava extraíra essa informação. Claro que sim.
— E você é o quê?
Andalie a fitou até Kelsea desejar voltar atrás e retirar a pergunta. Os olhos da mulher eram de um tom de cinza frio, penetrante.
— Sou tear, Majestade. Meus filhos são tear, por parte do pai imprestável, e não posso jogar as crianças fora junto com o homem, posso?
— Não... não, acho que não.
— Se está questionando minhas motivações, resolvi servir Vossa Majestade em benefício de meus filhos. Sua oferta foi muito convincente para uma mulher com tantas crianças quanto eu, e a possibilidade de afastá-las das garras do pai foi uma provisão divina.
— Em benefício de seus filhos?
— Isso mesmo.
Kelsea ficou preocupada. Tearling acolhia imigrantes de Mortmesne porque eles tinham habilidades que os tear não possuíam, principalmente ferreiros, médicos e pedreiros. Os mort cobravam um preço elevado por seus serviços e havia uma quantidade razoável deles espalhados pelas aldeias tear, em especial no sul, que era mais tolerante. Mas nem mesmo Carlin, que se orgulhava de sua mente aberta, confiava neles. Para ela, até mesmo o mort mais humilde tendia à arrogância, uma mentalidade de dominador que fora instilada neles com o tempo.

Mas o passado de Andalie era apenas parte do problema. A mulher era educada demais para sua condição de vida: casada com um operário, com muitos filhos. Ela se portava com um ar inescrutável, e Kelsea apostava que era isso que levava o marido a se exceder. Andalie era fria. Só exibia alguma ternura quando falava sobre os filhos. Kelsea tinha de confiar na avaliação de Clava; sem ele, já estaria morta. Mas o que o levara a escolher aquela mulher como sua dama de companhia?

— Lazarus a escolheu para ser minha dama de companhia. Você concordou com isso?

— Se providências especiais puderem ser tomadas quando minha filha mais nova estiver doente ou houver dificuldades com os outros.

— Claro.

Andalie fez um gesto na direção da horrorosa penteadeira.

— Minhas qualificações, Lady...

Kelsea sinalizou que não se preocupasse com isso.

— Seja lá o que diz ser capaz de fazer, tenho certeza de que é. Posso chamá-la de Andalie?

— De que outro modo me chamaria, Lady?

— Ouvi dizer que muitas mulheres na corte gostam de títulos. Senhora dos Aposentos Reais e coisas assim.

— Não sou da nobreza. Meu nome será suficiente.

— Claro. — Kelsea sorriu, arrependida. — Se ao menos eu pudesse me livrar de meus próprios títulos com tanta facilidade.

— As pessoas simples precisam de símbolos, Lady.

Kelsea a encarou. Carlin dissera o mesmo várias vezes, e o eco disso foi inoportuno no momento, quando Kelsea achava que havia escapado da sala de aula para sempre.

— Posso lhe fazer uma pergunta desagradável?

— Certamente.

— Na noite anterior à partida de sua filha para Mortmesne, o que você fez?

Andalie comprimiu os lábios, e mais uma vez Kelsea sentiu um ardor que era ausente ao falar sobre outros assuntos.

— Não sou uma mulher religiosa, Lady. Lamento se isso lhe desagrada, mas não acredito em deus algum, e muito menos em alguma igreja. Mas duas noites atrás foi quando cheguei mais perto de rezar. Tive a pior visão de todas: minha filha caindo morta, e eu impotente para impedir. — Andalie respirou fundo antes de continuar. — Ela teria morrido em pouco tempo, sabe? As meninas morrem muito antes dos meninos. São usadas para trabalhos braçais até terem idade suficiente para serem vendidas para satisfazer prazeres. Isto é, se tiverem sorte suficiente de não serem compradas por um estuprador de crianças logo ao chegarem. — Andalie mostrou os dentes em um sorriso sombrio, sofrido. — Mortmesne tolera muitas coisas.

Kelsea tentou responder, mas não conseguiu, incapaz de falar ou até de se mexer diante da raiva súbita de Andalie.

— Borwen, meu marido, disse que precisávamos deixá-la ir. Ele foi bastante... enfático quanto a isso. Eu planejava fugir, mas o subestimei. Ele me conhece. Pegou Glee enquanto eu dormia e a deixou com amigos para que a escondessem. Acordei e descobri que ela não estava mais comigo, e, onde quer que eu procurasse, só conseguia ver seu corpo... vermelho, todo vermelho.

Kelsea deu um pulo na poltrona, então flexionou a perna, como se tivesse sentido câimbra. Andalie não pareceu notar. Suas mãos se curvavam como garras agora, e Kelsea viu que três unhas haviam sido roídas até o sabugo.

— Depois de me desesperar por algumas horas, Lady, não tive escolha a não ser implorar pela ajuda de todo deus em que pude pensar. Não sei se é possível chamar isso de oração, já que eu não acreditava em nenhum dos deuses no momento e não acredito em nenhum deles agora. Mas implorei por ajuda a todas as divindades que conhecia, mesmo de algumas que não devo mencionar à luz do dia.

"Quando cheguei ao Gramado da Fortaleza, minha Glee já estava na jaula, fora de meu alcance. Só conseguia pensar em mandar meus outros filhos embora e ir atrás da remessa, mas só depois de ter matado meu marido. Eu estava considerando todas as maneiras como poderia vê-lo morrer, Lady, quando escutei sua voz."

Andalie se levantou sem aviso.

— Vossa Majestade precisa de um banho, acredito, além de roupas e comida...

Kelsea aquiesceu sem dizer uma palavra.

— Vou cuidar de tudo.

Quando a porta se fechou, Kelsea soltou uma respiração trêmula, esfregando os pelos arrepiados em seus braços. Parecia que tinha acabado de estar diante de um fantasma vingativo, e Kelsea ainda sentia os olhos de Andalie sobre ela muito depois de a mulher ter saído.

— Ela lhe contou que era parte mort?

— Contou.

— E isso não o incomodou nem um pouco?

— Talvez isso fosse motivo de preocupação para outra pessoa.

— O que isso quer dizer?

Clava mexeu na faca curta amarrada ao próprio antebraço.

— Tenho poucos talentos, Lady, mas são talentos estranhos e poderosos. Se houvesse perigo para Vossa Majestade na parte mais oculta de qualquer uma das pessoas reunidas aqui, eu já teria descoberto, e elas não estariam mais presentes.

— Ela não constitui perigo para mim, não agora, pelo menos. Mas pode se tornar, Lazarus. Para qualquer um que ameace seus filhos, pode se tornar.

— Ah, mas salvou a filha mais nova dela. Acho que vai descobrir que qualquer um que ameace *Vossa Alteza* enfrentará um perigo muito maior vindo dela.

— Ela é fria, Lazarus. Só vai me servir na medida em que eu tiver serventia para seus filhos.

Clava refletiu por um momento e então deu de ombros.

— Lamento, Lady. Acho que está enganada. E mesmo que tenha razão, Vossa Alteza no momento tem muito mais serventia para os filhos dela do que ela poderia ter com aquele imbecil de marido, ou mesmo sozinha. Por que a preocupação?

— Se Andalie viesse a se tornar um perigo para mim, você saberia?

Clava assentiu, um gesto que carregava tantos anos de certeza que Kelsea deixou o assunto de lado.

— Minha coroação foi providenciada?

— O regente sabe que Vossa Alteza será coroada durante o período de audiência. Não especifiquei um horário; talvez seja melhor não tornar as coisas fáceis demais para ele.

— Ele vai tentar me matar?

— Provavelmente, Lady. O regente não possui um grama de sutileza no corpo e fará tudo a seu alcance para manter a coroa longe de sua cabeça.

Kelsea inspecionou seu pescoço no espelho. Clava deu novos pontos no ferimento, mas seu trabalho não chegava aos pés do que foi feito por Fetch. O corte deixaria uma cicatriz visível.

Andalie encontrara um vestido de veludo preto, simples, que descia até o chão. Kelsea supôs que vestidos sem manga eram a nova moda; muitas mulheres que vira na cidade exibiam os braços despidos. Mas Kelsea tinha vergonha de seus braços, algo que Andalie pareceu compreender sem que ninguém lhe dissesse. As mangas folgadas do vestido esconderam os braços de Kelsea, enquanto o decote era da altura exata para permitir que a safira encostasse na pele exposta. Andalie também fizera um excelente trabalho com o cabelo grosso e pesado de Kelsea, arranjando-o em uma trança e depois o prendendo no alto da cabeça. A mulher era um monumento à competência, no entanto, nem o preto era capaz de ocultar todas as imperfeições. Kelsea se olhou no espelho por um momento, tentando projetar mais confiança do que sentia. Alguma ancestral sua, uma bisavó ou trisavó, fora conhecida como a Rainha Bela, a primeira em uma linhagem de várias mulheres Raleigh renomadas pela formosura. O rosto de Fetch lhe veio à mente, e Kelsea deu um sorriso triste para seu reflexo. Depois desviou o olhar e encolheu os ombros.

Serei mais do que isso.

— Preciso ver uma cópia do Tratado Mort o quanto antes.

— Temos uma aqui, em algum lugar.

Kelsea achou ter escutado reprovação no tom de voz dele.

— Eu fiz a coisa errada ontem?

— Certo ou errado é uma questão de perspectiva, Lady. Já foi feito, e agora vamos enfrentar as consequências. A remessa deveria chegar em sete dias. Você precisará tomar algumas decisões rápidas.

— Quero ler o tratado primeiro. Deve existir alguma brecha.

Clava balançou a cabeça.

— Se existisse, Lady, outros a teriam encontrado.

— Não acha que eu precisava saber, Lazarus? Por que ninguém me contou antes?

— Por favor, Lady. Como qualquer um de nós poderia lhe contar uma coisa dessas quando seus próprios pais adotivos mantiveram segredo por toda a sua vida? Vossa Alteza talvez nem tivesse acreditado em mim. Parecia melhor deixar que visse por si mesma.

— Tenho de compreender esse sistema, esse sorteio. Quem era aquele supervisor no gramado ontem?

— Arlen Thorne — disse Clava, franzindo a testa. — O superintendente do Censo.

— Um censo apenas conta a população.

— Não neste reino, Lady. O Censo é um braço poderoso de seu governo. Ele controla todos os aspectos da remessa, do sorteio ao transporte.

— Como esse Arlen Thorne chegou ao cargo?

— Ele é extremamente astuto, Lady. Certa vez, quase levou a melhor sobre mim.

— Não acredito.

Clava abriu a boca para argumentar, mas então viu o rosto de Kelsea no espelho.

— Muito engraçado, Majestade.

— Você nunca comete erros?

— Pessoas que cometem erros não costumam sobreviver a eles, Lady.

Ela deu as costas para o espelho.

— Como foi que você se tornou o que é, Lazarus?

— Não confunda as coisas, Lady. Vossa Alteza é minha empregadora. Não minha confidente.

Kelsea baixou o rosto, sentindo-se esnobada. Havia de fato esquecido quem ele era por um momento; sentia como se estivesse conversando com Barty. Clava ergueu o peitoral da armadura de Pen, e ela balançou a cabeça.

— Não.

— Lady, precisa usar a armadura.

— Hoje não, Lazarus. Passa a mensagem errada.

— Seu corpo estirado no chão também.

— Pen não precisa da armadura de volta?

— Ele tem mais de uma.

— Não vou usar.

Clava a fitou com uma expressão pétrea.

— Vossa Alteza não é mais criança. Pare de se comportar como uma.

— Ou o quê?

— Ou vou trazer outros guardas aqui e fazê-los segurá-la enquanto prendo esta armadura à força. É o que deseja?

Kelsea sabia que ele tinha razão. Não sabia por que continuava a discutir. Ela estava mesmo agindo como uma criança; lembrou-se de ter brigas como essas com Carlin sobre arrumar seu quarto no chalé.

— Não lido muito bem com gente me dando ordens, Lazarus. Sempre fui assim.

— Não me diga. — Clava sacudiu a armadura outra vez, seu olhar implacável. — Estique os braços.

Kelsea obedeceu, fazendo uma careta.

— Preciso o quanto antes de minha própria armadura. Vou parecer uma rainha ridícula desse jeito, sendo achatada até virar um homem.

Clava sorriu.

— Não seria a primeira rainha deste reino a ser confundida com um rei.

— Deus me concedeu uma pequena dose de feminilidade. Gostaria de conservar o pouco que me resta.

— Mais tarde, Lady, vou apresentá-la a Venner e Fell, seus mestres bélicos. Uma armadura feminina é um pedido estranho, mas tenho certeza de que conseguem. São muito bons no que fazem. Até lá será preciso usar a armadura de Pen todas as vezes que sairmos da Ala da Rainha.

— Fantástico. — Kelsea respirou fundo enquanto ele apertava uma correia em torno de seu braço. — Ela nem protege minhas costas.

— Eu protejo suas costas.

— Quantas pessoas estão na Ala da Rainha?

— Vinte e quatro ao todo, Lady: treze dos seus guardas, três mulheres e sete crianças. E, é claro, Vossa própria e prestativa Alteza.

— Vai pro inferno — resmungou Kelsea. Escutou a expressão sendo dita durante o jogo de pôquer de Fetch e pareceu se adequar perfeitamente a seu estado de espírito do momento, embora não tivesse certeza de tê-la usado corretamente. — Quantos mais podemos amontoar no séquito?

— Muito além disso, e vamos aumentá-lo — respondeu Clava. — Três guardas têm família em um esconderijo. Assim que nos acomodarmos, mandarei um por vez para buscarem seus parentes.

Kelsea se pegou olhando para as estantes de sua mãe outra vez. Elas a incomodavam mais a cada segundo que passava. Prateleiras não eram feitas para ficarem vazias.

— Existe alguma biblioteca na cidade?

— Uma o quê?

— Uma biblioteca. Uma biblioteca pública.

Clava a encarou, incrédulo.

— Livros?

— Livros.

— Lady — disse Clava, naquele tom vagaroso e paciente que alguém usaria com uma criança pequena —, não há uma impressora funcionando neste reino desde a era do Desembarque.

— Eu sei — retrucou Kelsea. — Não foi isso que eu perguntei. Perguntei se havia uma biblioteca.

— Livros são difíceis de se obter, Lady. Uma curiosidade, na melhor das hipóteses. Quem teria livros suficientes para uma biblioteca?

— Nobres. Sem dúvida alguns ainda possuem livros guardados.

Clava deu de ombros.

— Nunca ouvi falar. Mas, mesmo que tivessem, não liberariam para o público.

— Por que não?

— Lady, tente tirar até mesmo uma erva daninha do jardim de um nobre que ele irá denunciá-la por invasão de propriedade. Tenho certeza de que a maioria não lê nenhum livro que talvez tenha, mas, mesmo assim, nunca os entregaria.

— Podemos comprar livros no mercado negro?

— Poderíamos, Lady, se alguém lhes desse algum valor. Mas livros não são contrabando. O valor no mercado negro é determinado em função do nível do delito. O mercado tear possui armas caras de Mortmesne, algum tráfico sexual, animais raros, drogas...

Kelsea não estava interessada no funcionamento do mercado negro; em toda sociedade, era sempre a mesma coisa. Deixou que Clava continuasse falando enquanto ela olhava desapontada para as estantes vazias, pensando na biblioteca de Carlin: três paredes grandes cheias de volumes encadernados em couro, não ficção à esquerda e ficção à direita. Um feixe de sol entrava pela janela da frente e continuava ali até o início da tarde, e Kelsea gostava de se aconchegar naquele cantinho todo domingo de manhã para ler. Certa manhã de Natal, quando tinha oito ou nove anos, ela desceu de seu quarto e encontrou o presente de Barty: um grande assento embutido construído exatamente naquele lugarzinho onde o sol batia, uma cadeira com almofadas macias e os dizeres CANTINHO DA KELSEA entalhados no braço esquerdo. A lembrança feliz de afundar naquela poltrona era tão forte que Kelsea podia sentir o cheiro de pão de canela assando na cozinha e ouvir os melros em torno do chalé preparando-se para seu frenesi matinal costumeiro.

Barty, pensou, e sentiu os olhos marejarem. Parecia muito importante que Clava não visse suas lágrimas; ela arregalou os olhos para impedi-las de escorrer e fitou resolutamente as prateleiras vazias, se concentrando. Como Carlin conseguira adquirir *todos* aqueles livros? Livros impressos eram raros muito antes da Travessia; a transição para o livro eletrônico dizimara a indústria editorial, e nas duas últimas décadas antes da Travessia muitos livros impressos haviam sido destruídos por completo. Carlin dissera que William Tear permitiu que seus utopistas trouxessem dez livros cada um. Duas mil pessoas com dez livros cada resultavam em vinte mil livros, e pelo menos dois mil deles estavam agora nas estantes de Carlin. Kelsea passou toda a sua vida com a biblioteca de Carlin ao alcance da mão, sem lhe dar o devido valor, sem compreender como era inestimável em um mundo sem livros. Vândalos poderiam encontrar o chalé, ou até crianças à procura de lenha. Isso foi o que aconteceu com a maioria dos livros que chegaram com a Travessia anglo-americana: pessoas desesperadas os queimaram para cozinhar ou se aquecer. Kelsea sempre pensou na biblioteca como um cenário único e imutável, mas não era assim. Livros podiam ser transportados.

— Quero que todos os livros do chalé de Barty e Carlin sejam trazidos para cá.

Clava revirou os olhos.

— Não.

— Deve levar uma semana, talvez duas, se chover.

Ele terminou de afivelar a pesada peça de metal no antebraço de Kelsea.

— Os Caden devem ter incendiado aquele chalé dias atrás. Vossa Alteza conta com um número limitado de pessoas leais; quer mesmo lançá-las em uma empreitada sem sentido como essa?

— Livros podem ter sido algo sem sentido no reinado de minha mãe, Lazarus, mas não vão ser no meu. Está entendendo?

— Entendo que Vossa Alteza é jovem e corre o risco de dar um passo maior do que as pernas. Não pode fazer tudo de uma vez, Lady. O poder, quando disperso, costuma se espalhar com o vento.

Incapaz de retrucar, Kelsea se voltou outra vez para o espelho. Pensar no chalé a lembrou de algo que Barty dissera, uma semana antes, o que parecia uma vida inteira atrás.

— De onde vem minha comida?

— A comida é segura, Lady. Carroll não confiava nas cozinhas da Fortaleza e mandou construir uma cozinha especial aqui. — Clava fez um gesto na direção da porta. — Uma das mulheres que trouxemos é uma criaturinha minúscula chamada Milla. Ela preparou o desjejum de todo mundo esta manhã.

— Estava ótimo — comentou Kelsea.

E de fato... panquecas e salada de frutas com algum tipo de creme, e Kelsea comera por duas pessoas, pelo menos.

— Milla já demarcou a cozinha como seu território, e ela não está para brincadeira; não ousaria entrar ali sem a permissão da mulher.

— De onde vêm os ingredientes?

— Não se preocupe. É seguro.

— As mulheres parecem assustadas?

Clava balançou a cabeça.

— Um pouco preocupadas com os filhos, talvez. Um dos bebês tem algum tipo de enfermidade que o faz vomitar; já mandei trazer um médico.

— Um médico? — perguntou Kelsea, surpresa.

— Sei de dois médicos mort morando na cidade. Já trabalhamos com um deles antes; é ganancioso, mas não é desonesto.

— Por que só dois?

— A cidade não comporta mais do que isso. É raro acontecer de um médico mort emigrar, e os preços que eles cobram são tão exorbitantes que poucos podem pagar.

— Como é em Bolton? Ou em Lewiston?

— Bolton tem um médico, que eu saiba. Acho que Lewiston não tem nenhum.

— Há alguma maneira de atrair mais médicos de Mortmesne?

— Difícil, Lady. A Rainha Vermelha desencoraja a deserção, mas alguns ainda tentam. Porém, os profissionais levam uma vida confortável em Mortmesne. Só os mais gananciosos vêm para o Tearling.

— Só dois médicos — repetiu Kelsea, balançando a cabeça. — Tenho muita coisa para fazer, não é? Não sei nem por onde começar.

— Comece pondo a coroa em sua cabeça. — Clava apertou uma última correia em seu braço e recuou. — Terminado. Vamos logo.

Kelsea respirou fundo e o seguiu porta afora. Saíram em um cômodo espaçoso, talvez com sessenta metros de ponta a ponta, com um pé-direito tão elevado quanto o dos aposentos de sua mãe. O piso e as paredes eram blocos da mesma pedra cinza usada no exterior da Fortaleza. Não havia janelas; a única luz vinha de tochas acopladas a suportes nas paredes. A parede esquerda da sala era interrompida por um corredor cheio de portas que se estendia por cerca de cinquenta metros e terminava em outra porta.

— Alojamentos, Lady — murmurou Clava a seu lado.

A sua direita, a parede se abria no que com certeza era uma cozinha; Kelsea podia escutar o barulho de panelas sendo lavadas. Ideia de Carroll, dissera

Clava, e uma boa ideia; de acordo com Barty, as cozinhas da Fortaleza ficavam uns dez andares abaixo e tinham mais de trinta funcionários, além de várias entradas e saídas. Não havia como fazer a segurança por lá.

— Acha que Carroll está morto?

— Acho — respondeu Clava, seu rosto anuviando-se por um momento. — Ele sempre disse que ia morrer trazendo-a de volta, mas nunca acreditei nele.

— A esposa e os filhos dele. Fiz uma promessa naquela clareira.

— Preocupe-se com isso mais tarde, Lady.

Clava dirigiu-se aos guardas postados junto às paredes e começou a dar ordens. Mais guardas emergiram dos alojamentos no fim do corredor. Os homens rodearam Kelsea até ela não conseguir enxergar nada a não ser armaduras e ombros. A maioria dos guardas parecia ter tomado banho recentemente, mas um onipresente cheiro masculino continuava a pairar, uma mistura de cavalos, almíscar e suor que fez Kelsea sentir-se deslocada. O chalé de Barty e Carlin sempre exalava o aroma favorito de Carlin, lavanda, e embora Kelsea odiasse o cheiro enjoativo, pelo menos sempre soube onde estava.

Mhurn assomou às suas costas, fechando a formação. Kelsea pensou em cumprimentá-lo, mas decidiu não fazer isso; Mhurn parecia não dormir há dias, o rosto estava pálido demais, e as pálpebras, avermelhadas. À direita dela estava Dyer, sua expressão dura e truculenta atrás da barba ruiva. Pen estava a sua esquerda, e Kelsea sorriu, aliviada de ver que ele não se ferira.

— Olá, Pen.

— Lady.

— Obrigada por me emprestar seu cavalo; vou devolver sua armadura assim que possível.

— Fique com ela, Lady. Você fez algo muito bom ontem.

— Provavelmente não vai fazer a menor diferença. Eu me condenei à morte.

— Condenou a todos nós, Lady — comentou Dyer.

— Não enche, Dyer! — ralhou Pen.

— Vá se ferrar, tampinha. No segundo em que perceberem que aquela remessa não vai chegar, o exército mort vai começar a se mobilizar. Você está tão fodido quanto eu.

— Estamos todos fodidos — trovejou Elston às costas dela. Sua voz soou abafada pelos dentes quebrados, mas não era tão difícil de entender agora. — Não dê ouvidos a Dyer, Lady. Temos assistido ao reino ir para o brejo há anos. Talvez Vossa Alteza tenha chegado tarde demais para salvá-lo, mas, de todo jeito, é uma boa coisa tentar deter a derrocada.

— Ô, se é! — Alguém fez coro às costas dela.

Kelsea ficou constrangida, mas foi poupada de responder por Clava, que abriu caminho entre o grupo de guardas para se posicionar a sua direita.

— Apertem o cerco — grunhiu. — Se eu consegui entrar, qualquer um consegue.

O trajeto para o Grande Salão foi um tormento de corredores baixos e cinzentos entrecortados pela luz de tochas. Kelsea desconfiou que Clava estava fazendo uma rota menos convencional, mas mesmo assim ficou intimidada com os infindáveis corredores, escadas e túneis. Esperava que houvesse um mapa da Fortaleza em algum lugar, ou jamais ousaria se aventurar fora da própria ala.

Passaram por muitos homens e mulheres vestidos de branco, com capuzes puxados sobre as cabeças. Pelas descrições de Carlin, Kelsea sabia que deviam ser os criados da Fortaleza. O local tinha os próprios faxineiros e encanadores, mas também era abarrotado de cargos desnecessários: atendentes de bar, cabeleireiros, massagistas, todos na folha de pagamento da Coroa. Os criados da Fortaleza não deviam ser notados quando não fossem necessários, então saíam do caminho quando Kelsea avançava, se espremendo contra a parede. Após passar pelo que talvez fosse o vigésimo criado, Kelsea sentiu seu temperamento genioso começar a aflorar e podia ter mordido a parte de dentro da bochecha quantas vezes quisesse, e mesmo assim seria impossível retomar a calma. Era desta forma que seu tesouro fora gasto nas duas últimas décadas: luxos e jaulas.

Finalmente atravessaram uma pequena antecâmara dando em imensas portas duplas feitas de algum tipo de carvalho. Mas não parecia com carvalho tear. A fibra era muito uniforme, e as portas eram cobertas de entalhes elaborados que pareciam representar signos do zodíaco. O carvalho de Tearling era ruim de entalhar; quando era criança, Kelsea tentara tirar lascas dessa madeira com seu canivete, só para descobrir que ela se desfazia em farpas. Tentou observar melhor as portas, mas não deu tempo; quando se aproximou, elas se abriram como que por mágica, e a maré de guardas a conduziu pelo vão.

A sua esquerda, um arauto entoou: "A dita princesa!". Kelsea fez uma careta, mas rapidamente outras coisas chamaram sua atenção. Estava em um salão maior do que tudo que já imaginara, cujo teto ficava a pelo menos sessenta metros de altura e cuja parede oposta era tão distante que não conseguia enxergar direito o rosto das pessoas por lá. O piso fora feito com enormes blocos de pedra vermelho-escura, cada uma com nove metros quadrados, e o ambiente era entremeado com colunas brancas descomunais, que só podiam ser de mármore cadarese. Diversas claraboias haviam sido esculpidas no teto, permitindo que feixes aleatórios da brilhante luz do sol chegassem ao chão. Era uma atmosfera lúgubre, o enorme salão iluminado por tochas que só eram amenizadas por aqueles raios dispersos de luz branca incandescente. Quando Kelsea e seus guardas passaram por um desses trechos iluminados, ela sentiu um calor momentâneo no braço e logo depois a sensação sumiu.

Mas à exceção do farfalhar de tecidos e do ruído metálico de armaduras que marcava o avanço do grupo pela nave, o salão estava silencioso. A guarda de Kelsea se afastara um pouco, permitindo que ela espiasse a multidão, fileiras de homens e mulheres que Kelsea deduziu que fossem nobres. Trajes de veludo predominavam no salão, ricos tecidos escarlates, negros e azul-escuros. O veludo era uma especialidade callaen e não havia como obtê-lo sem passar pelos controles mercantis mort. Será que todas aquelas pessoas estavam fazendo negócio com Mortmesne?

Para onde quer que Kelsea olhasse havia rostos, tanto masculinos como femininos, realçados por cosméticos: olhos sombreados, lábios delineados e pintados de vermelho, havia até mesmo um Lord que parecia usar talco na pele. Muitos deles exibiam penteados elaborados que deviam ter levado horas para serem feitos. Uma mulher prendera o cabelo em uma grande espiral, algo como o arco descrito por um peixe ao pular, que saía de um lado de sua cabeça para aterrissar no outro. Em torno de toda essa arrumação repousava uma tiara de prata entremeada de ametistas, uma peça de artesanato realmente bela, até para o olhar inexperiente de Kelsea. E ainda assim a expressão contrariada da mulher dava a entender que estava propensa a desgostar de tudo e todos ali, incluindo do próprio penteado.

Uma risada ameaçava subir pela garganta de Kelsea, um riso que provinha de um poço escuro de raiva. O penteado da mulher nobre não era sequer a coisa mais ridícula na multidão. Os chapéus pareciam estar por toda parte: enormes e chamativos com abas largas e topos pontudos, em todas as cores do arco-íris. A maioria era decorada com joias ou ouro e adornada com plumas. Em alguns, Kelsea viu até mesmo penas de pavão de Cadare, outro luxo certamente restrito ao mercado negro. Outros chapéus eram tão largos que ocupavam mais espaço que seus donos; Kelsea viu um marido e uma esposa com seus mantos azuis idênticos, cujos chapéus os forçavam a ficar a mais de meio metro de distância um do outro. Notando seu olhar, o casal fez uma mesura curta, ambos sorrindo. Kelsea os ignorou e olhou para outro lado.

A atenção de Clava estava fixa na galeria estreita que cobria a parede esquerda, acima de suas cabeças. Seguindo seu olhar, Kelsea viu que essa galeria também estava apinhada de gente, mas não eram nobres. As roupas deles eram comuns e escuras, apenas com uma ocasional cintilação de ouro aqui e ali. *Mercadores*, pensou Kelsea, *importantes o bastante para serem admitidos na Fortaleza, mas não ricos o bastante para poder frequentar o pavimento*. Não havia pobres naquela aglomeração, nenhuma das pessoas esqueléticas que ela vira nos campos da planície Almont ou no Gramado da Fortaleza.

Centenas de olhos pairavam sobre ela. Kelsea podia sentir o peso deles, mas milhares de quilômetros pareciam existir entre ela e essas pessoas. Será que a rainha Elyssa também se sentira solitária no enorme salão? Mas Kelsea repudiou a ideia, furiosa com a parte de sua mente que tentava ligá-la à mãe.

Na outra extremidade do salão havia um grande estrado elevado, e no centro havia um trono, brilhante mesmo à luz das tochas. Fora forjado em prata pura, no formato de um grande assento fluido cujas diversas partes se fundiam sem floreios umas nas outras; os braços com o espaldar e com a base. O espaldar do trono era alto e arqueado, com pelo menos três metros de altura e entalhado com motivos marinhos, e retratava várias cenas da Travessia. Era uma obra de arte extraordinária, mas como ocorria com tantas relíquias da dinastia tear, ninguém sabia quem fora o autor do trabalho e agora o trono era apenas um lembrete mudo de um tempo muito antigo.

Por direito, ninguém deveria sentar-se naquele trono desde o dia em que sua mãe morrera, mas Kelsea não estava surpresa em ver um homem ali. Seu tio era pequeno, com cabelos pretos e barba cacheada, uma moda que Kelsea já observara inúmeras vezes em seu trajeto pela cidade e pela qual sentira uma antipatia instantânea. O regente mexia na barba quando Kelsea se aproximou, enrolando-a em caracóis apertados no dedo indicador. Estava usando um macacão roxo muito justo que não ocultava nada. Seu rosto era pálido e inchado, com olhos fundos, e Kelsea notou sinais de depravação nas veias estouradas de seu nariz grande e de suas bochechas flácidas. Alcoolismo, se não algo mais exótico; Kelsea soube de repente, o conhecimento parecendo vir do nada, que qualquer vício caro que existisse, seu tio já experimentara. Ele a fitava com expressão indiferente, uma mão enroscada na barba, os dedos da outra tamborilando entediado no braço do trono. Kelsea podia perceber que ele era dotado de astúcia, mas não de coragem. Ali estava um homem que viera tentando matá-la havia anos, no entanto ela não o temia.

Aos pés do regente estava sentada uma mulher de cabelos ruivos, aboletada no degrau superior do estrado, imóvel e com o olhar perdido no vazio. Era extraordinariamente bonita apesar da expressão vaga. Seu rosto era perfeitamente oval, simétrico, com um delicado nariz arrebitado e uma boca larga e sensual. Vestia um tecido vaporoso azul, um traje tão fino que era quase transparente, revelando sua silhueta ao mesmo tempo esguia e voluptuosa. A trama não ocultava seus mamilos, pontos de um tom cor-de-rosa profundo destacados contra o tecido. Kelsea se perguntou que tipo de homem pagava para que suas mulheres se vestissem como prostitutas, mas então a ruiva ergueu a cabeça, e Kelsea deixou um silvo escapar entre dentes. Uma espécie de coleira fora amarrada na garganta da mulher, e não estava frouxa; a carne túrgida, com vergões, revelava onde a corda esfolara a pele. A outra ponta da corda, que serpenteava pelos degraus do estrado, repousava na mão do regente.

A uma ordem de Clava, os homens de Kelsea pararam diante do trono. Seu tio estava cercado pela própria guarda, mas bastava um simples relance para ver a diferença entre um verdadeiro soldado e um punhado de mercenários. Os homens de seu tio usavam uniformes volumosos, pouco práticos, em uma cor azul muito escura, e suas posturas eram tão insolentes e letárgicas quanto a de seu senhor. Quando cruzou o olhar com o do tio, Kelsea ficou surpresa em ver que ele tinha os mesmos olhos verdes, amendoados, dela. Um parente consanguíneo, e o único que lhe restara... o pensamento fez Kelsea refletir. O sangue deveria ter importância. Mas então fitou de novo a mulher cativa acomodada no chão e suas têmporas começaram a latejar de irritação. Esse homem não era um familiar, insistia sua mente, não se ela não quisesse. Ela afrouxou os punhos e amenizou a voz, em um tom de razão disciplinada.

— Saudações, tio. Vim para ser coroada hoje.

— Damos as boas-vindas à dita princesa — respondeu seu tio em uma voz aguda e nasalada. — Exigimos a prova, é claro.

Kelsea levou a mão ao colar. No dia anterior, no Gramado da Fortaleza, ela notou que a joia parecia ter saído a contragosto, com uma sensação de formigamento, como se estivesse se agarrando a sua pele. Nesse dia foi pior; era como se a corrente de prata estivesse puxando sua carne dormente por baixo da superfície. Ela segurou o colar no alto para o tio inspecionar e, assim que ele balançou a cabeça, virou-se e o mostrou para a enorme congregação presente.

— Onde está a joia gêmea? — perguntou seu tio.

— Isso não lhe diz respeito, tio. Estou de posse da safira que me pertence e esta é a prova exigida.

Ele fez um gesto com a mão.

— Claro, claro. A marca?

Kelsea sorriu, mostrando os dentes, enquanto puxava a manga de seu vestido e virava o braço para a luz. A cicatriz de queimadura não parecia tão feia à luz das tochas, mas não deixava dúvida mesmo assim: alguém encostara uma faca incandescente em seu antebraço. Por um momento, Kelsea quase pôde imaginar a cena: um quarto escuro, o fogo, os gritos indignados de um bebê que acabara de sentir dor de verdade pela primeira vez na vida.

Quem fez isso comigo?, ela se perguntou. *Quem teria sido capaz de fazer uma coisa dessas?*

Ao ver a cicatriz, o regente pareceu relaxar, um alívio visível em seus ombros. Kelsea ficou admirada com a facilidade com que podia interpretar suas reações. Era por serem parentes? Era mais provável que fosse apenas porque seu tio era uma pessoa rasa, a cobiça e a voracidade andando de mãos dadas. Ele não gostava de incertezas, mesmo quando atuavam em seu benefício.

— Minha identidade é verdadeira — anunciou Kelsea. — Serei coroada agora. Onde está o padre?

— Aqui, Lady. — Ouviu-se uma voz trêmula vinda de trás dela.

Kelsea se virou e se deparou com um homem alto e encovado, já quase se aproximando dos setenta anos, talvez. Usava um hábito branco folgado, sem nenhum adorno, o traje padrão de um padre ordenado que não avançara na hierarquia. Seu rosto era de um asceta, extenuado e pálido, e o cabelo e as sobrancelhas eram de um louro tão apagado e sem brilho quanto o resto, como se a vida tivesse sugado toda a pigmentação de seu ser. Avançou com passos nervosos e incertos.

— Bom trabalho, Lazarus — murmurou Kelsea.

O padre parou a cerca de três metros da guarda de Kelsea e fez uma reverência.

— Lady, sou o padre Tyler. Será uma honra realizar sua coroação. Onde está a coroa, por favor?

— Ah — respondeu o regente —, isso tem sido difícil. Antes de morrer, minha irmã escondeu a coroa por precaução. Não conseguimos encontrá-la.

— Claro que não — respondeu Kelsea, fervendo por dentro.

Deveria ter esperado algum tipo de atitude baixa como essa. A coroa era um instrumento simbólico, mas uma peça importante, mesmo assim, tão importante que Kelsea nunca ouviu falar de alguém se tornando um monarca sem um objeto exagerado na cabeça. Provavelmente, seu tio *de fato* fizera um esforço extraordinário para encontrar a coroa, para que ele próprio pudesse usá-la. Se não a localizou, dificilmente alguém o faria.

O padre parecia à beira das lágrimas. Olhava de Kelsea para o regente, torcendo as mãos.

— Bem, é difícil, Alteza. Eu... eu não vejo como realizar a cerimônia sem uma coroa.

A multidão começou a se agitar, incomodada. Kelsea escutou o estranho sussurro de muitas vozes murmurando em um salão enorme. Por impulso, esticou o pescoço acima do padre e esquadrinhou a multidão. A mulher que procurava não foi difícil de encontrar; seu cabelo espiralado erguia-se pelo menos dois palmos acima de sua cabeça.

— Lazarus. A mulher com o penteado horrível. Quero a tiara dela.

Clava olhou na direção das pessoas com uma expressão confusa no rosto.

— O que é uma tiara?

— Aquela coisa prateada no cabelo dela. Você nunca leu contos de fadas?

Clava estalou os dedos.

— Coryn. Diga a Lady Andrews que a Coroa vai reembolsá-la.

Coryn desceu agilmente os degraus, e Kelsea voltou a se dirigir ao padre.

— Padre, aquilo vai servir até encontrarmos a verdadeira coroa?

O padre Tyler assentiu, seu pomo de adão subindo e descendo com nervosismo. Ocorreu a Kelsea que, até onde o padre sabia, ela podia ter sido criada segundo os ensinamentos da Igreja, podia até ser uma verdadeira devota. Quando o padre deu outro cauteloso passo adiante, Kelsea ampliou seu sorriso até parecer genuíno.

— Estamos honrados com sua presença aqui hoje, padre.

— A honra é minha, Lady — respondeu o padre, mas Kelsea sentiu uma disposição ansiosa sob a expressão plácida. Será que estava com medo da ira de seus superiores? As recriminações de Carlin sobre o poder do Arvath surgiram de novo na mente de Kelsea e ela observou o homem pálido com desconfiança.

— Como ousa! — gritou uma voz feminina, as palavras seguidas pelo nítido estalo de um tapa.

Kelsea espiou entre Elston e Dyer e viu que acontecia uma desavença feia; quando a multidão se abriu, captou um relance rápido de Coryn, suas mãos enterradas em um ninho de cabelo grosso e escuro. Então ele desapareceu outra vez.

Elston estava tremendo e quando Kelsea tentou entender, viu que o rosto dele estava vermelho de segurar a risada. Não era o único; a toda a sua volta, Kelsea escutou risadinhas abafadas. Mhurn, parado logo atrás dela, à esquerda, não conseguiu controlar uma gargalhada, e o riso trouxera alguma cor a seu rosto pálido. Até Clava travara os maxilares com força, embora os lábios continuassem a se contorcer. Kelsea nunca o vira rindo, mas, depois de um instante, sua boca relaxou e ele voltou a observar a galeria no alto.

Coryn enfim reapareceu de posse da tiara. Parecia ter se embrenhado em uma touceira de amoras silvestres; um lado de seu rosto exibia um longo e feio arranhão, o outro estava vermelho e brilhante, e a manga de sua blusa estava rasgada. Atrás dele, Kelsea viu a mulher avançando com uma dignidade pesarosa na direção da porta, seu elaborado penteado em frangalhos.

— Bem, Vossa Alteza perdeu Lady Andrews — murmurou Pen.

— Eu não precisava dela — respondeu Kelsea, suas têmporas latejando com súbita raiva. — Não preciso de ninguém com um penteado daqueles.

Coryn ofereceu a tiara para o padre e assumiu seu lugar diante da guarda de Kelsea.

— Vamos cuidar disso o mais rápido possível, padre — anunciou Kelsea. — Eu odiaria pôr sua vida em um risco ainda maior.

As palavras tiveram o efeito desejado; o padre Tyler empalideceu e lançou um olhar cauteloso por cima do ombro. Kelsea sentiu uma piedade momentânea, perguntando-se com que frequência ele tinha permissão de deixar o Arvath. Carlin lhe contara que alguns padres, principalmente os que entravam cedo para o seminário, moravam a vida toda na torre branca, saindo apenas dentro de um caixão.

A companhia de guardas se mexia agora, possibilitando que a rainha se ajoelhasse ao pé do estrado, de frente para o trono. O piso de pedra era frio e irregular, capaz de machucar, e Kelsea se perguntou quanto tempo teria de ficar nessa posição. Sua guarda fechou o cerco em torno dela, metade dos homens olhando para o regente e seus guardas, metade com a atenção voltada para a multidão. O padre Tyler chegou o mais perto que Coryn permitia, cerca de um metro e meio de distância.

Mhurn estava logo atrás de seu ombro direito, Clava atrás dele. Quando Kelsea virou o rosto para olhar para Clava, viu que ele brandia a espada em uma mão e a clava na outra. Os espetos da arma continuavam sujos de sangue seco. A expressão de Clava era de uma serenidade ameaçadora: um homem tão despreocupado e à vontade com a morte que pedia que ela se apresentasse e anunciasse sua presença. Mas os outros guardas estavam tão nervosos que metade deles desembainhou a espada quando uma mulher entre o público espirrou.

A safira de Kelsea começou a queimar outra vez sobre sua pele, e ela lutou contra o impulso de olhar para o colo. A joia brilhara como as chamas do inferno no Gramado da Fortaleza, mas quando Kelsea inspecionou sua pele de manhã, não havia ficado o menor sinal ou marca. Tinha muitas perguntas a fazer sobre a safira, mas a força que a pedra proporcionava parecia mais importante do que suas perguntas, mais importante do que sua curiosidade. Se baixasse o rosto, sabia que veria a joia acesa contra o peito, um azul brilhante e salutar de advertência. Alguma coisa estava para acontecer.

O padre Tyler começou a murmurar em um tom tão baixo que Kelsea achou que os presentes não poderiam escutá-lo. Parecia absorto em uma espécie de solilóquio sobre a graça de Deus e Sua relação com a monarquia. Kelsea parou de prestar atenção. Espiou por cima do ombro, mas ninguém se mexia na multidão. Perto do fundo, quase escondido atrás de uma das colunas, relanceou o inconfundível corpo esquelético de Arlen Thorne em seu apertado uniforme azul. Parecia um louva-a-deus esgueirando-se contra a parede. Um homem de negócios, pelo relato de Clava, mas isso o tornava ainda mais perigoso. Quando Thorne percebeu que Kelsea o observava, desviou o olhar.

O padre tirou uma Bíblia velha das dobras do hábito e começou a ler alguma passagem sobre a ascendência do rei Davi. Kelsea fechou a boca com força para reprimir um bocejo. Havia lido a Bíblia do começo ao fim; tinha algumas boas histórias, e a do rei Davi era uma das mais empolgantes. Mas histórias não passavam de histórias. Mesmo assim, Kelsea não podia deixar de admirar a Bíblia antiga nas mãos do sacerdote, suas páginas tão delicadas quanto o próprio homem.

O padre Tyler chegou a quase meio metro de Kelsea, segurando a tiara nas mãos. Ela percebeu sua guarda mover-se em alerta, escutou o ruído seco de uma espada sendo desembainhada a sua direita. O padre olhou para um ponto acima do ombro dela e se encolheu — a expressão no rosto de Clava devia ser terrível —, então perdeu o trecho que estava lendo e baixou o rosto para o livro por um momento, atrapalhado.

Várias coisas aconteceram ao mesmo tempo. Um homem gritou, e Kelsea sentiu uma dor cortante no ombro esquerdo. Clava a empurrou para o chão e agachou-se acima dela, protegendo-a com o próprio corpo. Uma mulher gritou na multidão, a um mundo de distância.

Espadas se chocavam ao redor deles. Kelsea se debateu sob a proteção de Clava, tentando pegar a faca na bota. Tateando com a mão livre, descobriu o cabo de uma faca se projetando logo acima de sua escápula. Quando seus dedos roçaram nele, uma dor lancinante percorreu seu corpo inteiro, da cabeça aos pés.

Fui esfaqueada, pensou, atônita. *Clava não protegeu minhas costas, no fim das contas.*

— Galen! A galeria! A galeria! — rugiu Clava. — Suba lá e limpe a área!

Então ele foi afastado abruptamente de Kelsea. Ela se levantou com dificuldade, a faca em sua mão. Havia homens lutando em todos os lados, três deles tentando espetar Clava com espadas longas. Eram os homens de seu tio, com os uniformes azul-escuros dançando em volta deles enquanto lutavam.

Um sopro de ar veio por trás dela, e Kelsea girou para ver uma espada tentando acertar seu pescoço. Ela se abaixou, esquivou-se sob o braço do agressor e enterrou a faca de baixo para cima entre suas costelas. Uma umidade quente espirrou em seu rosto, e ela fechou os olhos, cegada pela vermelhidão. O homem morto caiu sobre ela, esmagando-a no chão em uma cintilante explosão de dor quando a faca em seu ombro tocou o chão. Kelsea cerrou os dentes para conter um grito, mas se livrou do corpo do homem, limpando os olhos com a manga do vestido. Ignorando o sangue que pingava por seu rosto, puxou a faca do peito do agressor e se esforçou para ficar de pé. Sua visão estava toldada por uma névoa vermelha que parecia cobrir tudo. Alguém agarrou seu ombro direito, e ela tentou furiosamente atacar a mão agressora com a faca.

— Sou eu, Lady, sou eu!

— Lazarus — respondeu ela, ofegante.

— Fique de costas para mim. — Clava a puxou para trás, e Kelsea se posicionou contra suas costas, curvando-se para proteger o ombro enquanto olhava para a multidão.

Para sua surpresa, nenhum dos nobres parecia ter fugido; eles permaneceram em filas ordenadas atrás das colunas ao pé dos degraus, e Kelsea teve vontade de gritar com eles. Por que não ajudavam? Mas muitos, os homens em especial, não estavam nem olhando para Kelsea. Eles observavam a luta transcorrendo atrás dela, seus olhos indo avidamente de um combatente para outro.

Um esporte, Kelsea percebeu, enojada. Ela brandiu sua faca na direção da multidão com o gesto mais ameaçador de que foi capaz, desejando ter uma espada, embora não fizesse ideia de como usar uma. Sangue escarlate escorria pela lâmina até cobrir sua mão. Ela se lembrou de quando Barty lhe dera aquela faca, em seu décimo aniversário, em uma caixa pintada de dourado com uma pequena chave de prata. A caixa ainda devia estar em seu alforje, no andar superior. Finalmente usara sua faca em um homem e esperava ter chance de contar isso a Barty. Uma sombra escura se chocou com sua visão.

Pen havia se posicionado diante dela agora, uma espada em cada mão. Quando um dos guardas do regente avançou, tentando furar o bloqueio, Pen deu um ágil passo para o lado e decepou seu braço na altura do bíceps, enterrando uma das espadas em seu tórax. O homem gritou, um gemido agudo e fraco que pareceu se estender infinitamente enquanto seu braço arrancado rolava a alguma distância sobre os ladrilhos. Ele desabou no chão, e Pen retomou sua postura defensiva, sem se abalar com as gotas de sangue que escorriam por seu braço. Mhurn se juntou a ele um segundo depois, seu cabelo louro manchado de escarlate e seu rosto mais branco do que nunca, como se estivesse prestes a desmaiar.

Kelsea viu dois homens surgirem em sua visão periférica e golpeou naquela direção, tentando firmar a mão na faca escorregadia. Mas eram apenas Elston e Kibb, posicionando-se cada um de um lado dela, suas espadas pingando sangue. Kibb sofrera um ferimento na mão, um talho profundo que parecia uma mordida de animal, mas de resto parecia ileso. O retinir de espadas estava mais vagaroso agora, com a luta esmorecendo. Quando Kelsea olhou para a multidão, viu que Arlen Thorne desaparecera. O padre Tyler estava agachado perto da coluna mais próxima, abraçando a Bíblia junto ao peito, encarando o cadáver trajado em azul que sangrava ao pé do estrado. O padre parecia a ponto de desmaiar, e, a despeito de sua desconfiança, Kelsea sentiu um pouco de pena. Não se parecia com o tipo de homem que algum dia fora forte, nem quando jovem, e ele já não era novo.

Ele precisa se recompor, outra voz, mais fria, pipocou em sua mente. *Rápido*. Kelsea, voltando do devaneio com a dureza dessa voz, assentiu, concordando.

Era extraordinário como uma coroação podia significar tão pouco e ao mesmo tempo tanta coisa. Suas pernas cederam, e ela esbarrou em Clava, silvando quando a dor penetrou em suas costas como um inseto cavando um buraco.

As mulheres gritam quando se machucam, ecoou a voz de Barty em sua cabeça. *Os homens gritam quando estão morrendo.*

Não vou gritar, de jeito nenhum.

— Lazarus, você precisa me ajudar.

Clava passou o braço sob o dela e a firmou, ajudando-a a ficar de pé.

— Precisamos tirar essa faca, Lady.

— Ainda não.

— Você está perdendo sangue.

— Vou perder mais quando tirarem a faca. Primeiro a coroação.

Clava inspecionou o ferimento. A cor sumiu de seu rosto.

— O que foi?

— Nada, Lady.

— *O quê?*

— É um ferimento grave. Mais cedo ou mais tarde, Vossa Alteza vai desmaiar.

— Então me dê um tapa para me acordar.

— Minha função é proteger sua vida, Lady.

— Minha vida e aquele trono são uma coisa só — respondeu Kelsea com a voz rouca. Era verdade, embora ela não tivesse se dado conta disso até o momento. Esticou o braço para segurar o ombro de Clava, apontando para a safira em seu peito. — Não sou nada agora, só isso. Está vendo?

Clava se virou e gritou para Galen na galeria. Dois corpos trajados de azul rolaram pela mureta e aterrissaram no chão com um baque surdo. Os espectadores que estavam mais perto gritaram e recuaram alguns metros.

— Muito cuidado agora! — bradou Clava. — De olho na multidão! Kibb, precisa de um médico?

— Não fode — respondeu Kibb, em um tom bem-humorado, embora seu rosto estivesse pálido e ele segurasse a mão com força. — Eu sou médico.

Vários guardas de seu tio estavam mortos no estrado. Vários homens de sua própria guarda exibiam ferimentos, mas ela não viu nenhum corpo vestido de cinza no chão. Quem teria atirado a faca?

O regente continuava sentado, sua conduta ainda despreocupada, mesmo com o sangue espirrado em seu rosto e os quatro Guardas da Rainha que o mantinham à ponta da espada. Mas agora uma fina camada de suor brilhava acima de seu lábio superior, e seus olhos iam e voltavam continuamente na direção da multidão. Considerando a parca habilidade de sua guarda, aquele atentado contra a vida de Kelsea fora um golpe de sorte. Uma tática para ganhar tempo; seu tio sabia da importância da coroação tanto quanto Kelsea. Um novo espectro de dor começou a irradiar de seu ombro, e o sangue empapava as costas do vestido. Ela sentiu que lhe restava pouco tempo. Esticando o braço, puxou um de seus guardas, um jovem cujo nome Kelsea não sabia.

— Vá buscar o padre.

Com um relance duvidoso, o guarda levou o padre Tyler de volta ao estrado, onde a quantidade de cadáveres espalhados pelo chão o empalideceu. Kelsea abriu a boca e aquela voz fria emergiu, em um tom de autoridade que não parecia inteiramente seu.

— Vamos continuar agora, padre. Atenha-se à versão resumida.

Ele assentiu, segurando a tiara com a mão trêmula. Com a ajuda de Clava, Kelsea voltou a se ajoelhar no chão. O padre Tyler abriu sua Bíblia outra vez e começou a ler com a voz hesitante, as palavras incompreensíveis aos ouvidos de Kelsea. Atrás do padre, ela viu a linda mulher de cabelos ruivos, ainda imóvel como uma pedra no degrau superior do estrado, o corpo salpicado de vermelho. O sangue pintou seu rosto e penetrou pelo tecido azul de seu traje. Ela não se movera um centímetro, mas estava viva; seus olhos cinzentos fitavam o mesmo ponto fixo no chão. Kelsea fechou os olhos por um momento e então estava olhando para o teto, uma enorme extensão abobadada girando acima dela.

Clava cutucou as costas da rainha com a bota, e ela mordeu a língua para segurar um grito. Sua visão clareou um pouco e ela viu o padre avançando em sua direção, carregando a Bíblia fechada e a tiara. Os guardas ficaram tensos a sua volta. O padre Tyler se curvou, os olhos arregalados, o rosto pálido, e Kelsea viu a desconfiança que sentira antes sumir sem explicações. Desejou poder confortá-lo, dizer-lhe que seu papel naquele assunto estava quase encerrado.

Mas não está, sussurrou outra voz, tranquila e segura em sua cabeça. *Não está nem perto disso.*

— Alteza — perguntou ele, em um tom quase pesaroso —, jura agir por este reino, por seu povo, sob as leis da Igreja de Deus?

Kelsea inspirou asperamente, sentindo algo gorgolejar em seu peito, e sussurrou:

— Juro agir por este reino e por seu povo, sob a lei.

O padre Tyler hesitou. Kelsea tentou inspirar outra vez e sentiu-se desfalecer, caindo para a esquerda. Clava chutou-a outra vez, e dessa vez ela não conseguiu segurar o pequeno grito que escapou de seus lábios. Até mesmo Barty teria compreendido.

— Cuide de sua Igreja, padre, que eu vou cuidar deste reino e de seu povo. É esse o meu juramento.

O padre Tyler hesitou por mais um instante, então enfiou a Bíblia entre as dobras de seu hábito. Seu rosto era uma máscara de resignação e arrependimento, como se pudesse enxergar o futuro, as inúmeras consequências possíveis daquele momento. Talvez pudesse. Com as duas mãos, pôs a tiara na cabeça de Kelsea.

— Eu a coroo rainha Kelsea Raleigh de Tearling. Que seu reinado seja longo, Majestade.

Kelsea fechou os olhos, sua garganta embargada com um alívio tão grande que beirava o êxtase.

— Lazarus, me ajude a levantar.

Clava a pôs de pé, e suas pernas cederam na mesma hora. Os braços dele a envolveram por trás, segurando-a como uma boneca de pano, inclinando o torso para a frente a fim de evitar que o punho da faca afundasse mais em seu ombro.

— O regente.

Clava a girou cuidadosamente, e Kelsea encarou seu tio, observando um brilho de desespero estúpido em seus olhos. Endireitou o corpo apoiando-se no guarda de modo lento e deliberado, até o cabo da faca tocar no peito dele. O susto da dor a fez acordar, mas não muito; a escuridão tomava sua visão agora, como uma moldura enegrecida.

— Levante-se do meu trono.

Seu tio não se moveu. Kelsea curvou-se para a frente, reunindo todas as suas forças, a respiração áspera e audível na vasta câmara reverberante.

— Você tem um mês para deixar a Fortaleza, tio. Depois disso... serão dez mil libras por sua cabeça.

Uma mulher atrás de Kelsea ofegou, e um burburinho começou a se espalhar pela multidão. O olhar de pânico de seu tio fixou-se em algum ponto às suas costas.

— Você não pode oferecer uma recompensa por um membro da família real.

A voz atrás dela era um barítono seboso que Kelsea já reconhecia: Thorne. Ela o ignorou, forçando as palavras entre uma respiração superficial e outra.

— Eu lhe dei... uma opção, tio. Levante-se de meu trono agora ou Lazarus vai enxotá-lo da Fortaleza. Quanto tempo... acha que vai durar lá fora?

Seu tio piscou vagarosamente. Depois de alguns segundos ele se levantou do trono, a barriga estufando ao ficar de pé. *Cerveja demais*, pensou Kelsea, vagamente, e em seguida: *Meu deus, ele é mais baixo do que eu!* Sua visão ficou duplicada, depois triplicada. Cutucou Clava com o cotovelo, e ele compreendeu, pois ajudou Kelsea a caminhar até o trono e a acomodou lá. Era como se sentar em uma rocha gelada. Kelsea oscilou contra o metal frio, fechou os olhos e os abriu novamente. Havia mais alguma coisa que deveria fazer, mas o quê?

Diante dela, Kelsea viu a mulher ruiva, ainda coberta de sangue. Seu tio descia os degraus do estrado, a corda se retesando à medida que prosseguia.

— Largue a corda — sussurrou Kelsea.

— Largue a corda — repetiu Clava, mais alto.

Seu tio deu meia-volta e, pela primeira vez, Kelsea viu uma fúria indisfarçada em seu olhar.

— A mulher é minha! Foi um presente.

— Azar o seu.

Seu tio olhou ao redor à procura de reforços, mas a maioria de seus guardas havia morrido. Apenas três sobreviveram, e mesmo esses homens pareciam relutantes em fitá-lo diretamente nos olhos. O rosto de seu tio estava branco de raiva, mas Kelsea viu algo pior marcado em sua expressão: uma perplexidade ofendida, a expressão de um homem que não sabia por que tantas coisas terríveis estavam acontecendo com ele quando tudo que fizera fora dar o seu melhor. Após mais um momento de deliberação, ele largou a corda e recuou.

— Ela é minha — repetiu, com voz queixosa.

— Ela vai com a gente. Elston, cuide disso.

— Majestade.

— Tire-me daqui, Lazarus, por favor — pediu Kelsea, com voz rouca.

Respirar era um exercício agonizante. Clava e Pen pensaram um pouco e então ambos se curvaram e passaram os braços por baixo dela, formando uma espécie de liteira. Kelsea ficou agradecida; era um modo mais digno de deixar o salão do que ser carregada como um saco. Sua guarda rapidamente voltou à formação em torno dela, depois desceu do estrado e seguiu pela nave central. A multidão passou como um borrão. Kelsea desejou que a primeira vez que a viam não tivesse sido assim, coberta de sangue e sem forças. A certa altura, passaram por uma nobre usando um vestido de veludo vermelho, a cor se ressaltando na escuridão. Carlin sempre gostara de usar aquele mesmo tom profundo de vermelho em casa, e Kelsea esticou a mão para a mulher, sussurrando um "Será uma jornada dura". Mas a mulher estava longe demais. Muitos rostos passaram indistintamente; por um momento, Kelsea achou ter visto Fetch, mas aquilo seria loucura. Mesmo assim, esticou a mão outra vez, agarrando o ar, desamparada.

— Senhor, precisamos ir mais rápido — murmurou Pen.

Clava concordou com um grunhido, e eles aceleraram o passo através das enormes portas duplas e pelo amplo vestíbulo. Kelsea podia sentir o cheiro do próprio sangue agora, inacreditavelmente vívido. Todos os seus sentidos estavam caóticos. Cada tocha brilhava como o sol, mas quando espreitou na direção de Clava, viu o rosto dele amortalhado em trevas. Os guardas murmuravam entre si, seus sussurros ensurdecedores, mas Kelsea não conseguia entender uma única palavra. A tiara escorregava de sua cabeça.

— Minha coroa está caindo.

Clava enrijeceu o braço que apoiava as costas dela. Levando a mão à parede, tocou em algo invisível aos olhos de Kelsea, que ficou espantada ao ver uma porta oculta se abrir na escuridão.

— Não se eu puder evitar, Lady.

— Eu também — disse Pen.

Ao atravessarem a passagem às escuras, Kelsea sentiu uma mão cuidadosa firmar a coroa em sua cabeça.

Ondulações na lagoa

Após a coroação, a rainha Glynn não foi vista na Fortaleza durante cinco dias. Permaneceu inconsciente grande parte desse período, tendo levado uma facada que quase a matou. Pelo resto da vida, ela carregaria a cicatriz em suas costas; ao contrário do que diz a crença popular, foi essa cicatriz, e não a queimadura em seu braço, que lhe conquistou o título de "A Rainha Marcada".

Mas o mundo não parou de girar enquanto a rainha dormia.

— *A antiga história de Tearling*, CONTADA POR MERWINIAN

Quando Thomas acordou na manhã seguinte, torceu para que a coroação tivesse sido apenas um sonho ruim. Ele se agarrou a essa esperança com todas as forças, mesmo que parte de sua mente já soubesse que não era verdade. Alguma coisa dera errado.

O primeiro sinal era Anne, que dormia a seu lado com as mãos de unhas bem cuidadas abraçando o travesseiro. Marguerite era a única a dormir com ele. Anne era uma substituta inferior, mais baixa e atarracada, cujos cabelos ruivos se encrespavam, ao passo que os de Marguerite fluíam como um rio de âmbar. Anne tinha uma boca mais bonita, mas estava longe de ser Marguerite. A cabeça de Thomas latejava, o início de uma ressaca começando a se manifestar. Marguerite definitivamente era parte do problema.

Ele rolou para o lado e enterrou a cabeça no travesseiro, tentando abafar o ruído que vinha do corredor. Parecia que alguém estava movendo caixas, uma combinação de coisas sendo arrastadas e batendo no chão que tornava impossível voltar a dormir. O travesseiro apenas fez sua cabeça latejar com mais força, então ele o tirou, praguejando profusamente entre os dentes, e tocou a sineta para chamar Pine antes de puxar a colcha sobre a cabeça. Pine daria um jeito no barulho.

A garota levara Marguerite, ele lembrava agora. A garota cismou com a única coisa que ele não suportaria perder, e foi isso que ela tomou. Houve um breve momento de esperança quando um dos guardas conseguiu esfaquear a garota e ela caiu no chão, mas depois Thomas assistiu enquanto ela se levantava e completava sua coroação mesmo perdendo todo aquele sangue, um ato de determinação absoluta. Ela pegou Marguerite para si e agora iria para a cama com Marguerite toda noite e, caramba, como sua cabeça doía, era como um sino tocando ali dentro.

Mesmo assim, restava alguma esperança. A garota perdera um *bocado* de sangue.

Vários minutos tinham se passado e nada de Pine. Thomas tirou a colcha da cabeça e tocou a sineta outra vez, sentindo Anne se remexer a seu lado. O barulho devia ter sido bem feio para ela ter acordado também; eles haviam esvaziado três garrafas de vinho na noite anterior, e Anne não tinha resistência nenhuma para álcool.

E nada de Pine aparecer.

Thomas se sentou e arrancou as cobertas, rosnando outro xingamento. Em mais de uma ocasião, presenteara Pine com uma de suas mulheres para se satisfazer à noite, mas ele não era do tipo que ficava só no que lhe era oferecido. Se Thomas o encontrasse na cama com Sophie, ele o esfolaria vivo.

Finalmente encontrou o roupão sob uma pilha de roupas descartadas em um canto, mas a cinta de seda prendeu em alguma coisa e saiu dos passadores. Thomas praguejou, agora mais alto, e olhou para Anne, que se limitou a rolar para o lado e enfiar a cabeça sob um travesseiro. Ele se embrulhou no roupão e manteve a frente fechada com as mãos. Se Pine tivesse pendurado as roupas como deveria, isso não teria acontecido. Quando Thomas o encontrasse, teriam uma discussão séria. Não atender à campainha, pilhas de roupa suja por toda parte... e não haviam ficado sem rum alguns dias antes? Tudo ali estava desmoronando, e na pior hora possível. Ele imaginou o rosto da garota, o rosto redondo que poderia pertencer a qualquer plebeia nas ruas de Nova Londres. Mas os olhos dela eram do mesmo tom de verde que os seus e haviam se cravado nele como dardos.

Ela me vê, pensou, desamparado. *Ela vê tudo.*

Claro que ela não podia ver tudo. Podia supor, mas não tinha como saber. Arlen Thorne, que sempre estava preparado para qualquer imprevisto, já estaria colocando um de seus inúmeros planos de reserva em ação; ele também tinha muito a perder se a remessa não chegasse a Mortmesne. Thorne nunca se preocupou em esconder seu desprezo por Thomas, dizendo-lhe apenas o que precisava saber para cumprir seu papel. Mas só agora Thomas via como Thorne planejara bem as coisas, eximindo-se de todo risco. Foi um esquema de Thorne, mas nenhum membro do Censo estava envolvido. Os guardas do regente haviam sido os responsáveis por proporcionar a distração. Ninguém podia implicar Thorne a não ser o próprio Thomas, que agora provavelmente era um suspeito.

Sua barriga aumentara de novo; o roupão mal conseguia cobri-la por completo. O melhor que Thomas podia fazer era segurá-lo fechado em dois lugares, na altura da barriga e da virilha. Seis meses antes, quando o roupão fora encomendado, ele não estava tão gordo. Mas passou a comer e beber muito mais ao perceber aos poucos que ninguém seria capaz de encontrar e matar a garota a tempo... nem mesmo os Caden, que nunca tinham falhado em caçar o que quer que fosse.

Thomas se dirigiu à porta. Mesmo que Pine estivesse ignorando a sineta, um bom grito o faria vir correndo; os aposentos do regente não eram tão grandes ou luxuosos quanto os da Ala da Rainha, e o som se propagava. Anos antes, Thomas tentara se mudar para a Ala da Rainha, mas Carroll e Clava o impediram, e foi então que Thomas percebeu que toda a Guarda da Rainha ainda estava lá, morando nos alojamentos da Guarda, ainda de prontidão, na vã esperança de que a rainha algum dia aparecesse. Pior: continuavam recrutando. Clava foi até os recantos mais sombrios de Tearling, nos quais apenas ele era capaz de navegar, e voltou com Pen Alcott, que era um esgrimista bom o bastante para ser um dos Caden, mas optara por entrar para a Guarda da Rainha pela metade do soldo. O próprio Thomas tentou recrutar Alcott várias vezes, além de outros membros da Guarda da Rainha, mas eles nunca quiseram se aliar a ele, e Thomas não compreendera por que até a coroação da garota. Ela não tinha nada dele, e, aliás, tampouco de Elyssa.

Puxou ao pai, pensou Thomas com amargura. Tiveram de providenciar três abortos para Elyssa (pelo menos, até onde o irmão sabia); ela era tão negligente em tomar seu elixir quanto era em relação a tudo o mais. Mas Thomas não foi capaz de convencê-la a realizar o último aborto, o mais necessário de todos. Ela passou a ter medo do médico nos últimos anos, enxergando no homem um potencial assassino. Até Thomas tinha de admitir que deveria ser muito fácil matar uma mulher durante o procedimento, mas saber disso servia apenas para acentuar seu amargor. Era a cara de Elyssa interromper a gravidez em três ocasiões sem pensar duas vezes e depois decidir, pelos piores motivos possíveis, parir exatamente aquela criança, aquela que dificultaria tudo. Pine lhe dissera no dia anterior que a garota já se instalara na Ala da Rainha, com guardas a postos e as grandes portas trancadas. Toda a esperança que Thomas um dia já tivera de se mudar para os aposentos de Elyssa agora ia por água abaixo.

Mesmo assim, podia ser pior. Suas acomodações também eram confortáveis; havia espaço suficiente para a própria guarda e todas as suas mulheres, bem como vários criados particulares. O lugar era insípido quando se mudou para lá, mas ele o decorara com quadros de seu artista favorito, Powell. Além disso, Pine encontrou um pouco de tinta dourada, o que parecia ser uma maneira boa e barata de fazer tudo parecer régio. Assim que Thomas recebeu a proteção da Rainha Vermelha, ela enviou os melhores e mais caros presentes, que enchiam seus aposentos: uma estátua de prata maciça de uma mulher nua, cortinas de veludo vermelho-escuro e um jogo de pratos de ouro legítimo cravejados de rubis. Esse último presente foi o que mais agradou a Thomas, de tal forma que ele jantava toda noite nesses pratos. De vez em quando, perturbava-se com a percepção de que a Rainha Vermelha o usava do mesmo modo que a nobreza tear usava seus capatazes; Thomas era um capacho, um elo necessário entre alguém que detinha todo o verdadeiro poder e aqueles que não tinham nenhum. Era ele que os tear odiavam; Elyssa se fora, e agora só restava Thomas. Se os pobres de Tearling um dia se revoltassem, seria sua cabeça que pediriam, e a Rainha Vermelha sem dúvida o sacrificaria, assim como os nobres tear sem dúvida se protegeriam ao máximo e deixariam os capatazes para a turba. Isso também era um fato desagradável que nem sempre podia ser ignorado... Mas a ideia de os pobres de Tearling se rebelarem contra o governo era tão improvável que chegava a ser engraçada. Eles estavam ocupados demais tentando obter a próxima refeição.

A luz ofuscou Thomas assim que abriu a porta. Mesmo com os olhos semicerrados, tentando se ajustar à luminosidade, a cena no salão principal o deixou paralisado. A primeira coisa que viu foram seus pratos de ouro e rubi sendo guardados sem cuidado algum em uma caixa de madeira por um criado que usava o uniforme branco da Fortaleza. A criadagem geral nunca teve permissão de entrar nos aposentos privados do regente; eles roubariam tudo que não estivesse preso por pregos. Mas agora um deles estava ali, e parecia ocupado. Erguia uma pilha de pratos de cada vez, depositando-as dentro da caixa com um estrépito ressonante que fazia Thomas estremecer.

Outras mudanças chamaram sua atenção. As cortinas de veludo vermelho tinham sumido, arrancadas de seus suportes na parede leste. As janelas estavam abertas, e a luz do sol irradiava lá dentro. Suas duas estátuas de qualidade, que costumavam enfeitar cantos opostos da sala, também desapareceram. Na parede norte, empilhados em um canto, havia cerca de vinte barris de cerveja e, ao lado deles, engradados e mais engradados de vinho mort. Outro criado da Fortaleza juntava garrafas de uísque (alguns eram de primeira qualidade, garrafas que o próprio Thomas comprara no Festival do Uísque, que acontecia todo mês de julho nas ruas de Nova Londres). Ao lado dos barris estava uma carretinha grande, cuja função era óbvia: pretendiam transportar todo o seu estoque de bebidas.

Thomas segurou com mais força o roupão, cujas abas continuavam tentando escapar, e esbravejou contra o criado que mexia em seus pratos de ouro:

— O que você pensa que está fazendo?!

O criado apontou com o polegar por cima do ombro sem fitar Thomas diretamente. Olhando naquela direção, Thomas sentiu seu coração afundar; Coryn estava atrás da pilha de barris de cerveja, fazendo anotações em um pedaço de papel. Não estava usando o manto cinza, e nem precisava. Os criados da Fortaleza obedeciam a suas ordens mesmo assim.

— Ei! Você aí, Guarda da Rainha! — gritou Thomas. Desejou poder estalar os dedos, mas não ousou, pois seu roupão se abriria. — O que está acontecendo aqui?

Coryn deixou as anotações de lado.

— Ordens da rainha. Todos esses itens são de propriedade da Coroa e vão embora hoje.

— Propriedade da Coroa coisa nenhuma. São *minha* propriedade. Eu os comprei.

— Então não deveria tê-los mantido na Fortaleza. Qualquer coisa dentro da Fortaleza está sujeita a apreensão pela Coroa.

— Eu não...

Thomas ponderou sobre o que ia dizer, certo de que deveria haver alguma brecha para a família real. Ele nunca estudara de fato as leis de Tearling, nem mesmo quando era criança e era obrigado a fazê-lo; governar não era um assunto interessante. Diabos, Elyssa também não estudara nada e ela era a primogênita. Olhou ao redor à procura de outro argumento e viu seus pratos de ouro na caixa.

— E isso?! Isso foi um presente!

— Um presente de quem?

Thomas se calou. Seu roupão ameaçou abrir outra vez, e ele segurou uma grande prega do tecido, infeliz por saber que estava proporcionando a Coryn um vislumbre de sua pança branca e redonda.

— Seus itens de uso pessoal, como roupas e sapatos de couro, são seus, assim como quaisquer armas que porventura tenha — informou Coryn, seus olhos azuis de uma impassibilidade enervante. — Mas a Coroa não continuará a bancar seu estilo de vida.

— Como viverei, então?

— A Rainha decretou que você tem um mês para deixar a Fortaleza.

— E minhas mulheres?

O rosto de Coryn permaneceu indiferente e profissional, mas Thomas podia sentir o desprezo emanando do homem como ondas.

— Suas mulheres são livres para fazer o que bem entenderem. Podem conservar suas roupas, mas suas joias já foram confiscadas. Se alguma delas estiver disposta a partir com você, que fique à vontade.

Thomas olhou feio para ele, tentando pensar em uma maneira de explicar as coisas, como de outro modo as mulheres passariam a vida na mais extrema pobreza imaginável, como haviam aquiescido à barganha — bem, todas exceto Marguerite, que era simplesmente difícil. Mas o sol estava brilhante demais e tornava difícil pensar. Quando foi a última vez que de fato abrira aquelas cortinas? Fazia anos, só podia ser. A luz do sol invadia a sala, tornando-a branca em vez de cinza, revelando fendas em que ele nunca havia reparado antes; manchas de vinho e comida nos tapetes; até um valete de ouros caído em um canto, como uma jangada à deriva no Oceano de Deus.

Minha nossa, quantas partidas será que joguei sem essa carta no baralho?

— Nunca bati em nenhuma de minhas mulheres — disse ele a Coryn. — Nem uma vez sequer.

— Meus parabéns.

— Senhor! — exclamou um criado da Fortaleza. — Estamos prontos para levar a bebida!

— Prossigam! — Coryn inclinou a cabeça para Thomas. — Mais alguma pergunta?

Ele lhe deu as costas, sem esperar uma resposta, e começou a pregar a tampa de uma das caixas.

— Onde está Pine?

— Se está se referindo a seu criado, não vejo sinal dele há algum tempo. Talvez tivesse outras coisas para fazer.

— É — respondeu Thomas, balançando a cabeça. — É, ele tinha. Eu o enviei ao mercado hoje de manhã.

Coryn resmungou algo vago.

— Onde estão minhas mulheres?

— Não faço ideia. Elas não apreciaram perder suas joias.

Thomas estremeceu. Claro que não apreciaram. Passou as mãos pelo cabelo, esquecendo-se do roupão, que abriu de uma vez. Ele o fechou apressadamente. Um dos criados da Fortaleza riu, mas quando o regente tentou ver quem era, estavam todos cuidando de suas tarefas.

— Vou falar com a rainha assim que tiver um tempo livre — disse ele a Coryn. — Talvez demore alguns dias.

— Certo, talvez.

Thomas hesitou, tentando decidir se houve algum tipo de ameaça na afirmação, então se virou e marchou em direção ao alojamento das mulheres, tentando pensar no que dizer a elas. Petra e Lily deveriam ir embora; sempre tinham sido as mais rebeldes, depois de Marguerite. Mas as outras podiam ser convencidas. Claro, ele teria de encontrar dinheiro em algum lugar. Mas tinha muitos amigos nobres que podiam ajudá-lo e, nesse meio-tempo, podia hospedar-se no Arvath. O Santo Padre não ousaria lhe dar as costas, não depois de todo o ouro com que Thomas o regalara ao longo dos anos. Talvez até mesmo a Rainha Vermelha estivesse disposta a bancá-lo, se ele pudesse convencê-la de que voltaria ao trono em breve. Mas só a ideia de falar com ela lhe deu calafrios.

A sala dos aposentos femininos estava toda bagunçada com comida e papéis espalhados. Os armários estavam abertos, as gavetas das cômodas tinham sido arrancadas e havia roupas espalhadas por toda parte. Havia quanto tempo Coryn estava em ação ali? Ele devia ter chegado cedo naquela manhã, talvez logo depois de Thomas ter se retirado para ir dormir.

Pine o deixou entrar, percebeu o regente. *Pine me traiu.*

Apenas Anne estava nos aposentos femininos. Aparentemente levantara enquanto ele conversava com Coryn e agora estava quase vestida, os cachos ruivos presos cuidadosamente no alto da cabeça.

— Onde estão as outras? — indagou ele.

Anne deu de ombros, levando a mão às costas e amarrando o próprio vestido com dedos ágeis e experientes. Thomas sentiu-se traído: por que pagava todas aquelas assistentes profissionais?

— O que isso quer dizer?

— Quer dizer que não vi nenhuma delas.

Anne puxou um baú e começou a guardar suas coisas.

— O que está fazendo?

— A mala. Mas minhas joias sumiram.

— Pode esquecer — respondeu Thomas, vagarosamente. — A rainha as confiscou. — Ele sentou-se no sofá mais próximo, olhando para ela. — O que está fazendo? Nenhuma de vocês tem para onde ir.

— Claro que temos. — Ela se virou, e Thomas viu nos olhos dela um vislumbre do mesmo desprezo que vira nos de Coryn. Uma lembrança aflorou em sua mente, mas ele se forçou a esquecê-la. Sentia que era alguma coisa relacionada a sua infância, e pouquíssimas coisas da infância haviam sido boas.

— Para onde você vai?

— Ficar com Lord Perkins.

— Por quê?

— Por que você acha? Ele me fez uma oferta, há alguns meses.

Traição! Thomas jogava pôquer com Lord Perkins, saía para jantar com o homem uma vez por mês. Ele tinha idade suficiente para ser pai de Anne.

— Que tipo de oferta?

— Isso é entre mim e ele.

— Todas vocês vão para lá?

— Não para a casa de Perkins. — Um tom de orgulho surgiu na voz de Anne.
— Ele só fez a proposta para mim.

— Isso é apenas temporário. Mais alguns meses e estarei de volta ao trono. Então vocês todas poderão retornar.

Anne olhou para ele como se fosse uma barata na cozinha. A lembrança abriu caminho até a superfície outra vez. Thomas lutou contra ela, mas de repente estava ali: a rainha Arla o fitava exatamente do mesmo jeito. Thomas e Elyssa haviam sido educados juntos e o aprendizado sempre fora difícil para ambos, mas Elyssa absorvia mais, e assim continuou a estudar com a governanta enquanto Thomas simplesmente parou após completar vinte anos. Por um tempo, a mãe tentara ensiná-lo sobre política, o estado do reino, as relações com Mortmesne. Mas Thomas nunca foi capaz de compreender sequer as coisas que deveria compreender intuitivamente, e aquela expressão nos olhos da mãe foi ficando cada vez mais forte. Por fim, as conversas cessaram, e Thomas teve muito pouco contato com a rainha depois disso. Ele recebeu permissão de fazer o que sempre quis desde o começo: dormir a tarde toda e sair para farrear no Gut à noite. Fazia anos que ninguém ousava olhar para ele com desprezo aberto, mas agora lá estava ele outra vez, sentindo-se tão pequeno quanto se sentira quando mais jovem.

— Você não entende mesmo, não é? — perguntou Anne. — Ela nos libertou, Thomas. Talvez você volte ao trono, talvez não; não há como saber. Mas nenhuma de nós vai voltar.

— Vocês não eram escravas! Tinham tudo do bom e do melhor! Eu tratei vocês como nobres. Nunca precisaram trabalhar na vida.

As sobrancelhas de Anne se arquearam mais, sua expressão ficou sombria e a voz se tornou quase um trovão.

— Nunca tivemos de trabalhar? Pine me acordava às três da manhã e dizia que você estava pronto para mim. Eu ia para o seu quarto e precisava lamber a boceta de Petra para te satisfazer.

— Eu paguei a você — sussurrou o regente.

— Você pagou a meus *pais*. Você pagou a meus pais um dinheirão quando eu tinha catorze anos e era nova demais para saber alguma coisa da vida.

— Eu paguei sua comida, suas roupas. Roupas de qualidade! E dei joias para você!

Agora ela olhava através dele. Thomas lembrou-se disso também; era assim que a rainha Arla, a Justa, o olhara durante os últimos dez anos de sua vida, e nada que ele dissesse ou fizesse a levou a encará-lo outra vez. Ele se tornara invisível.

— Você devia deixar o Tearling — comentou Anne. — Não é seguro para você.
— Como assim?

— Clava é o capitão da Guarda da Rainha e você mandou matá-la. Se eu fosse você, iria embora do país.

— Isso tudo é *temporário*.

Por que ninguém conseguia perceber isso, só ele? A garota fizera inimigos poderosos, não só Thorne como também em Mortmesne. Thomas odiava governar, mas até mesmo ele lera o Tratado Mort. A cláusula de inadimplência começaria a vigorar dentro de sete dias. Se a remessa não chegasse a Demesne... Ele não conseguia nem imaginar. Ninguém jamais vira a Rainha Vermelha furiosa, mas nos silêncios dela dava para sentir o fim do mundo. Uma imagem subitamente pipocou na mente de Thomas, assustadora em seu realismo: a Fortaleza cercada por falcões mort circundando e mergulhando em torno de suas inúmeras torres, caçando, sempre caçando.

— A cabeça dela estará pendurada na parede da Rainha Vermelha até o fim do mês.

Anne deu de ombros.

— Se você diz...

Ela atravessou o aposento e pegou outra pilha de vestidos nas gavetas da cômoda, então apanhou uma escova de cabelo que estava no chão, gestos cotidianos que diziam a Thomas que ele não era mais bem-vindo ali. Também entendeu o significado das cômodas com as gavetas abertas: todas o haviam abandonado e levado seus pertences.

Talvez Anne tivesse razão. Ele podia muito bem ir a Mortmesne e implorar por clemência à Rainha Vermelha, mas ela se cansara dele havia muito tempo. Podia mandar executá-lo sem hesitar. E como ele sairia da Fortaleza, até para fazer a viagem? Fetch estava por aí em algum lugar, o homem que parecia saber de tudo e prever tudo. O baluarte de pedra era uma proteção frágil contra ele, pois Fetch podia entrar na Fortaleza como um fantasma, mas ainda assim era melhor que nada, melhor que sair em campo aberto. Se Thomas tentasse alcançar a fronteira mort, Fetch o encontraria, sabia disso tão bem quanto sabia o próprio nome, e por mais guardas que levasse consigo, uma noite ele abriria os olhos e veria aquele rosto diante de si, a terrível máscara.

Isso se houvesse lhe restado algum guarda. Mais da metade de sua força foi trucidada no atentado contra a garota. Ninguém viera prender Thomas ainda, o que parecia um extraordinário golpe de sorte; talvez pensassem que seus guardas haviam tramado a traição por conta própria. Mas agora, lembrando-se da total despreocupação na voz de Coryn, Thomas se deu conta de que talvez não fosse nada disso. Talvez soubessem e não se importassem.

Anne fechou a tampa do baú e foi se olhar no espelho. Para Thomas, de certo modo ela parecia despida sem suas joias, mas Anne parecia estar satisfeita com sua aparência; depois de enfiar uma mecha de cabelo rebelde atrás da orelha, ela sorriu, segurou a alça do baú e virou-se para ele. Os olhos dela calcinaram-no, e Thomas perguntou-se por que nunca os notara antes; eram de um azul ardente e brilhante.

— Nunca bati em você. — Ele lembrou a ela. — Nem uma vez.

Anne sorriu, um sorriso amigável que não conseguiu disfarçar algo desagradável espreitando nos cantos de sua boca.

— Roupas, joias, comida e ouro, e você pensa que o preço foi justo, Thomas. Mas você ainda não pagou o que nos deve, nem chegou perto disso. Mas acho que agora vai.

O padre Tyler comeu o último pedaço da galinha, então baixou o garfo com a mão trêmula. Estava assustado. A convocação viera bem no momento em que tinha se sentado para almoçar — um insosso pedaço de frango cozido. Tyler nunca sentiu muito prazer em comer, de toda forma, mas nos últimos dois dias alimentara-se da maneira mais mecânica possível, sentindo apenas gosto de poeira.

A princípio, ficou satisfeito. Teve um papel menor em um dos grandes eventos de seu tempo. Não havia muitos eventos grandiosos na vida de Tyler. Era um dos sete filhos de um fazendeiro da planície Almont, e quando tinha oito anos, seu pai o entregou para o padre local em vez de pagar o dízimo. Tyler nunca se ressentiu da decisão paterna, nem mesmo na ocasião; ele era apenas um filho em meio a muitos e nunca havia o suficiente para comer.

O responsável pela paróquia, padre Alan, era um bom homem. Precisava de um assistente, pois sofria de gota crônica. Ele ensinou Tyler a ler e lhe deu sua primeira Bíblia. Quando fez treze anos, começou a ajudar o padre a escrever os sermões. A congregação paroquiana não era grande, talvez trinta famílias, mas o padre não conseguia atender a todos. Quando o problema de gota piorou, Tyler começou a fazer as rondas do padre, visitando as famílias e escutando seus problemas. Quando os que eram velhos ou doentes demais para ir à igreja queriam se confessar, Tyler os ouvia, mesmo que ainda não tivesse recebido a ordem eclesiástica. Ele imaginava que aquilo tecnicamente era um pecado, mas também não achava que Deus fosse se importar, em especial no caso dos moribundos.

Quando o padre Alan foi convocado a Nova Londres para uma promoção, levou Tyler consigo, e este finalizou seu treinamento no Arvath e ordenou-se aos dezessete anos. Podia ter tido a própria paróquia, mas seus superiores já haviam percebido que Tyler era pouco indicado para ministrar perante a congregação. Preferia pesquisar a ter contato com as pessoas, gostava de trabalhar com papel e nanquim, e assim se tornou um dos trinta contadores do Arvath, contabilizando dízimos e tributos das paróquias vizinhas. Era um trabalho relaxante; de vez em quando um cardeal tentava manter seu estilo de vida ocultando a renda da paróquia e havia alguma agitação por cerca de um mês, mas na maior parte do tempo os livros contábeis constituíam um trabalho calmo, deixando tempo de sobra para ler e pensar.

Tyler olhava para seus livros, espalhados nas dez prateleiras feitas de carvalho tear de qualidade que custaram boa parte do estipêndio de um ano. Os cinco primeiros livros lhe vieram de uma paroquiana, uma mulher que morreu e os deixou para a Igreja com uma pequena herança. O cardeal Carlyle pegou o dinheiro e deu um sumiço nele, mas não tinha interesse nos livros, assim os depositou na mesa do padre Tyler, dizendo: "Você era o padre dela. Dê um jeito nisso".

Tyler tinha vinte e três anos. Havia lido a Bíblia inteira muitas vezes, mas livros seculares eram uma novidade. Assim, abriu um volume e começou a ler sem muita pretensão, no início, depois devorando as páginas com o sentimento admirado de um homem que encontrou dinheiro no chão. Tornara-se um acadêmico nesse dia, embora só viesse a sabê-lo muitos anos depois.

Não podia mais adiar o inevitável. Tyler deixou o quarto e seguiu pelo corredor. Sofria de artrite no lado esquerdo do quadril havia sete ou oito anos, mas seu andar vagaroso era menos em consequência da dor do que da relutância. Era um bom contador, e a vida no Arvath consistia em ver o tempo passar de maneira confortável, inexorável... até quatro dias antes, quando tudo mudou.

Ele conduziu a coroação em um estado próximo ao terror, perguntando-se que perversa virada do destino levara Clava a sua porta. Tyler era um padre devoto, um asceta, convicto da grande obra divina que ajudou a humanidade a completar a Travessia. Mas não sabia se apresentar perante o público. Havia parado com os sermões décadas antes e a cada ano que passava se retirava mais e mais para o mundo dos livros e do passado. Talvez fosse a última opção do Santo Padre para realizar a coroação, mas Clava bateu a sua porta, e Tyler aquiesceu.

Sou parte da grande obra de Deus. O pensamento surgiu e desapareceu com a mesma velocidade ofuscante. Ele conhecia a história dos monarcas tear em detalhes. A grande visão socialista de William Tear ruíra após o Desembarque, morrendo pouco a pouco até terminar em um desastre sangrento com o assassinato de Jonathan Tear. A linhagem dos Raleigh tomou o trono, mas os Raleigh não eram os Tear, nunca foram. Àquela altura haviam se tornado tão fátuos e enfadados quanto qualquer linhagem real da Europa pré-Travessia. Houve excesso de casamentos entre parentes e escassez de educação. Pouquíssima compreensão sobre a tendência da humanidade a repetir os próprios erros indefinidamente. Mas Tyler sabia que a história era tudo. O futuro consistia apenas nos desastres do passado esperando para acontecerem novamente.

No momento da coroação, ele ainda não sabia sobre o que havia acontecido no Gramado da Fortaleza; o preço de seu isolamento e de seus estudos era uma ignorância lamentável dos eventos contemporâneos. Mas nos dias que se seguiram, seus colegas de sacerdócio se recusaram a deixá-lo a sós. Apareciam a sua porta com frequência, alegando querer discutir algum ponto de teologia ou história, mas nenhum deles ia embora sem ouvir alguma versão da coroação da rainha. Em troca, contaram a Tyler sobre a libertação dos cativos e a destruição das jaulas.

Nessa manhã, o padre Wyde apareceu pouco depois de ter distribuído pão para os mendigos que faziam fila nos degraus do Arvath. Segundo Wyde, os mendigos chamavam-na de a Rainha Verdadeira. Tyler conhecia o termo: era uma variante feminina de uma lenda pré-Travessia do rei Artur, a rainha que salvaria a terra de um terrível perigo e a conduziria a uma era dourada. A Rainha Verdadeira era um conto de fadas, um conforto para mães sem filhos. No entanto, o coração de Tyler deu um pulo ao escutar as palavras de Wyde, e ele foi forçado a olhar pela janela para disfarçar os olhos subitamente marejados.

Sou parte da grande obra de Deus.

Não sabia o que dizer ao Santo Padre. A rainha se recusara a jurar obediência à Igreja de Deus e até mesmo Tyler sabia da importância desse juramento. O regente, apesar da completa ausência de moralidade, permaneceu firme sob o controle do Santo Padre, doando vastas quantias de dinheiro para a Igreja e permitindo a construção de uma capela dentro da Fortaleza. Caso um frade itinerante aparecesse, pregando as antigas crenças de Lutero para um público cada vez mais entusiasmado, o frade desapareceria para nunca mais ser visto. Ninguém falava sobre essas coisas, mas Tyler era um homem perceptivo e conhecia as falhas de sua igreja. Ao longo dos anos ele optara pelo isolamento, amando Deus de todo coração, planejando morrer algum dia sem alarde em seu pequeno quarto, cercado por seus livros. Mas agora ele fora inexplicavelmente arrastado para os grandes eventos do mundo.

O coração de Tyler palpitava na gaiola estreita de seu peito enquanto subia a enorme escadaria de mármore em direção ao salão de audiências do Santo Padre. Ele estava ficando velho, sim, mas também estava assustado. Seu contato com o Santo Padre se limitara a algumas palavras de reconhecimento pela ordenação de Tyler. Há quanto tempo isso acontecera? Fazia uns cinquenta anos. O Santo Padre envelhecera, assim como Tyler, e se aproximava de seu centésimo aniversário. Mesmo no Tearling, onde os ricos viviam bastante, a longevidade do Santo Padre era impressionante. Mas enfermidades o afligiam: pneumonia, febres e algum tipo de indisposição estomacal que segundo diziam o impedia de ingerir carne. Entretanto, sua mente permaneceu afiada à medida que seu corpo definhava, e ele controlava o regente com tanta habilidade que o Arvath agora tinha um campanário de ouro puro, um luxo jamais visto desde os tempos pré-Travessia. Nem mesmo os cadarese, com seu enorme estoque de riquezas minerais, conferiam tamanha riqueza a seus templos.

Tyler balançou a cabeça. O Santo Padre era um idólatra. Talvez todos fossem. Quando a garota se recusou a fazer o juramento, Tyler tomou uma decisão imediata, provavelmente a primeira em toda a sua vida. O Tearling não precisava que a rainha fosse leal à Igreja, que fora infectada pela cobiça. O Tearling só precisava de uma rainha.

Dois acólitos estavam parados diante da porta do salão de audiências. Apesar dos cabelos e das sobrancelhas raspados, exibiam a mesma expressão alerta de doninha que todos os ajudantes do Santo Padre. Ambos deram um sorrisinho conspiratório quando desaferrolharam as portas e as abriram, e a mensagem estava clara: *Você está encrencado.*

Eu sei, pensou Tyler. *Mais do que ninguém.*

Ele atravessou a soleira, tomando todo cuidado de manter o olhar voltado para o chão. Dizia-se que o Santo Padre se tornava difícil quando as pessoas deixavam de lhe dar o devido respeito. As paredes e o chão do salão de audiências eram feitos de alguma rocha ornamental lavada a um ponto de tal brancura que o lugar parecia brilhar sob a luz. Estava muito abafado ali dentro; com a claraboia de vidro fechada, não havia por onde o calor sair. Após seus inúmeros acometimentos de pneumonia, o Santo Padre gostava do calor excessivo. Seu trono de carvalho ficava no alto do estrado, no centro da sala, mas Tyler parou diante do primeiro degrau e aguardou, tendo o cuidado de manter a cabeça baixa.

— Ah, Tyler. Venha até aqui.

Tyler subiu os degraus do estrado e automaticamente segurou a mão estendida do Santo Padre, beijando o anel de rubi, antes de recuar um degrau e se ajoelhar. Seu quadril esquerdo começou a latejar na mesma hora; ficar de joelhos era sempre um veneno para sua artrite.

Quando ergueu o rosto, Tyler sentiu uma pequena onda de piedade. O Santo Padre um dia fora um homem de meia-idade de boa constituição, mas agora um braço se atrofiara e ficara inútil após um derrame que sofrera anos antes, e seu rosto também estava desigual; o lado direito pendia como uma vela sem vento. Nos últimos meses, o Arvath estremeceu com os boatos de que o Santo Padre estava morrendo, e Tyler pensou que isso devia ser verdade. Sua pele estava tão transparente quanto um pergaminho; o crânio parecia querer sair por sua cabeça calva. Ele encolhera mais e mais a cada ano, e agora parecia quase do tamanho de uma criança, praticamente sumindo nas pregas de seu hábito de veludo branco. Mas então abriu um sorriso benevolente que deixou Tyler imediatamente em alerta, dissolvendo a compaixão como se fosse açúcar.

Ao lado do Santo Padre, exatamente como Tyler receava, estava o cardeal Anders, majestoso em seu volumoso hábito de seda escarlate. Os hábitos do cardeal haviam sido outrora laranja, devido ao corante vermelho imperfeito que os tintureiros produziam no Tearling, mas a indumentária de Anders agora era de um vermelho genuíno, um sinal claro de que a Igreja, como o resto do mundo, andava obtendo tinturas callaen no mercado negro de Mortmesne. Além do hábito, Anders usava um pequeno broche de ouro na forma de um martelo, lembrança de seu tempo passado nos esquadrões antissodomia do regente. O ódio que Anders nutria contra homossexuais era conhecido, excepcional até para o Arvath, e dizia-se que foi ele quem sugeriu ao regente a ideia de uma equipe especial para cuidar do assunto. Mas então, há alguns anos, ele dera um passo além, voluntariando-se para o serviço em seu tempo livre. O fato causou um tremendo escândalo, um cardeal em pleno exercício trabalhando para o esquadrão, mas Anders se recusara a sair e permaneceu na função por vários anos. Tyler se perguntava por que o Santo Padre ainda permitia que Anders usasse o broche em seu hábito, já que o homem não tinha mais nenhuma ligação com o grupo.

A presença do cardeal Anders nessa reunião era sinal de problemas. Ele era a escolha óbvia para sucessor do Santo Padre, ainda que tivesse apenas quarenta e três anos, mais de vinte anos mais novo do que Tyler. Anders veio para o Arvath com apenas seis anos; seus pais eram nobres devotos que tencionavam dedicá-lo ao sacerdócio desde o nascimento. Esperto e inescrupuloso, ele subira na hierarquia com extraordinária rapidez; aos vinte e um anos, tornou-se o padre mais jovem a ser promovido para o bispado de Nova Londres, e foi nomeado cardeal apenas alguns anos depois disso. Em todo esse tempo, seu rosto nunca pareceu mudar; era como um pedaço de madeira, as feições duras marcadas por cicatrizes, sugerindo a presença de espinhas na adolescência, e olhos tão negros que Tyler não conseguia distinguir a íris da pupila. Olhá-lo era como fitar um carvalho tear. Tyler conhecera padres gananciosos, padres corruptos, até padres atormentados por desejos sexuais ocultos e pervertidos, que eram repugnantes para a Igreja. Mas sempre que via aquele rosto imperturbável, o rosto do próximo Santo Padre, que olhava para a obra divina e para os horrores do demônio com o mesmo distanciamento clínico, Tyler sentia um imenso desconforto. Ele não gostava do Santo Padre, nem sequer confiava nele, mas o atual ao menos era uma mistura previsível de religião e conveniência. Era possível dialogar com o homem. O cardeal Anders era algo completamente diferente; Tyler não tinha ideia do que ele era capaz de fazer sem alguém para contê-lo. O Santo Padre não passava de um débil freio, um freio que em breve desapareceria.

— Em que posso ser útil, Santidade?

O Santo Padre riu.

— Acha que o mandei vir até aqui para consultar seu vasto conhecimento de história, Tyler? Na verdade, não. Você se envolveu em eventos extraordinários nos últimos dias.

Tyler assentiu, odiando o próprio tom ansioso e servil.

— Fui convocado por Lazarus, o Clava, Santidade. Ele deixou bem claro que minha presença era requisitada imediatamente, senão eu teria chamado outro padre.

— Clava é uma visita assustadora, sem dúvida — respondeu o Santo Padre, afável. — E o que achou de nossa nova rainha?

— Certamente não existe uma única alma em todo o Tearling que já não esteja sabendo da história a essa altura, Santidade.

— Sei bem o que aconteceu na coroação, Tyler. Recebi notícias de muitas fontes. Agora, quero ouvir sua versão.

Tyler repetiu as palavras da rainha, vendo o rosto do Santo Padre se anuviar. Ele se recostou em sua cadeira, com um olhar especulativo.

— Ela se recusou a fazer o juramento.

— Correto.

Anders interrompeu:

— No entanto, o senhor se encarregou de consumar a coroação.

— Foi uma situação sem precedentes, Vossa Eminência. Eu não sabia o que fazer. Não há regras quanto a isso... não havia tempo hábil... pareceu a melhor decisão para o reino.

— Sua prioridade não é o bem-estar deste reino, mas o bem-estar da Igreja de Deus — retrucou Anders. — Este reino e seu povo são assunto do soberano.

Tyler o encarou. A afirmação era quase idêntica à da nova rainha durante a coroação, porém seu significado era tão diferente que Anders podia muito bem estar falando em outra língua.

— Sei disso, Vossa Eminência, mas não tive tempo para ponderar e fui obrigado a escolher.

Os dois sacerdotes superiores o examinaram detidamente por um instante. Então o Santo Padre deu de ombros e sorriu, um sorriso tão largo que Tyler desejou poder recuar nos degraus.

— Bem, então não havia solução. Foi uma grande fatalidade você ter sido arrastado para essa situação.

— Sim, Vossa Santidade.

Seu quadril latejava com muita força agora; a artrite parecia dotada de vida própria. Considerou perguntar ao Santo Padre se podia ficar de pé, mas então descartou a ideia. Seria um erro mostrar fraqueza diante de qualquer um daqueles homens.

— A rainha precisará de um novo padre na Fortaleza, Tyler. O padre Timpany era um homem do regente, e ela, se for sábia, não confiará nele.
— Certo, Santidade.
— Devido a seu papel na coroação, você é a escolha lógica.
A declaração não significava nada para Tyler. Ele esperou.
— Ela vai confiar em você, Tyler — continuou o Santo Padre —, por certo mais do que confiará em qualquer um de nós, precisamente porque você a coroou sem o juramento.
Percebendo que o Santo Padre falava sério, Tyler gaguejou:
— Será que a Igreja não preferiria outra pessoa para esse papel, Santidade? Alguém mais experiente?
Mais uma vez, foi Anders quem respondeu:
— Somos todos homens de Deus aqui, padre. A devoção a seu Deus e a sua Igreja é mais importante do que seu entendimento das coisas de César.
Tyler fitou as próprias sandálias, a barriga se embrulhando de náusea, a sensação de que estava vivendo um pesadelo. Ele esperara uma repreensão, talvez até um demérito temporário; padres que cometiam pequenas infrações costumavam passar um período nas cozinhas, lavando pratos ou recolhendo lixo. Mas para um padre que só queria ficar sozinho em seu quarto com seus livros e pensamentos, uma indicação para a corte real era infinitamente pior, talvez a pior coisa que poderia acontecer.
Talvez ela não queira um padre na Fortaleza. Talvez expulse todos nós de lá, e aquela capela impura possa ficar entregue às traças.
— Temos de ter olhos e ouvidos perto do trono, Tyler — continuou o Santo Padre, seu tom de voz ainda em uma brandura fingida. — Ela não fez o juramento, e isso põe a Igreja de Deus em grande risco sob seu reinado.
— Sim, Santidade.
— Você vai escrever relatórios periódicos e os trará direto a mim.
Diretamente ao Santo Padre? A ansiedade de Tyler aumentou. Era Anders que intermediava os assuntos entre o Santo Padre e o restante da Igreja, o restante do reino. Por que não Anders? A resposta veio na mesma hora: o Santo Padre escolheu Anders como seu sucessor, mas nem mesmo ele confiava no homem.
Estou em um ninho de cobras, pensou Tyler, infeliz.
— O que devo relatar, Santidade?
— Tudo que ocorrer dentro da Fortaleza e disser respeito à Igreja.
— Mas, Santidade, a menina vai descobrir! Ela não é tola.
O Santo Padre fincou os olhos nele.
— Sua lealdade a esta Igreja será medida pelos detalhes transmitidos nesses relatórios. Estamos entendidos?

Tyler entendia. Ele se tornaria um espião. Pensou outra vez, com força, em seu quarto, nas prateleiras repletas de livros, todos eles inteiramente vulneráveis ao punho de ferro do Santo Padre.

— Tyler? Estamos entendidos?

Tyler assentiu, pensando: *Sou parte da grande obra de Deus.*

— Ótimo — comentou o Santo Padre, com voz agradável.

Javel se esgueirou pela Escadaria do Açougueiro, envolto em um manto cinza. A ideia era que, se alguém o visse, o tomasse por um Guarda da Rainha. Na verdade, ele tentou entrar para a Guarda da Rainha havia muito tempo, no início da carreira. Não foi aceito, de modo que o relegaram a vigiar o Portão da Fortaleza. Mas o manto cinza ainda lhe dava poder, pois a cada pessoa que se afastava de seu caminho na rua ou lhe fazia uma reverência curta, Javel sentia-se mais alto, mais ereto. Ilusões eram melhores do que nada.

No fim da escada ele se viu em uma viela estreita, com uma cortina de névoa pairando pouco acima de sua cabeça, e seguiu furtivamente por ela com a mão no cabo da faca. A iluminação pública nessa parte do Gut fora inutilizada anos antes, e o luar era só um brilho vago através da névoa, banhando a viela em um fraco fulgor azulado que em nada ajudava a revelar potenciais agressores. Javel não tinha ouro, mas os degoladores na área não se dariam ao trabalho de verificar isso antes de o atacarem, e era bem provável que enfiassem uma faca em suas costelas, só por via das dúvidas.

Dois cães rosnaram de trás de uma porta. Talvez tivessem anunciado sua presença, mas Javel ficou apenas cauteloso, não assustado. Era um guarda do portão desde sempre, mas como a maioria das sentinelas externas, nunca adentrara na Fortaleza além da torre da guarda. A Fortaleza em si era um mistério. O hábitat de Javel era ali: o Gut, um labirinto ecoante de becos, trevas e esconderijos que conhecia quase tão bem quanto a palma de sua mão. Toda aquela área fora construída na depressão entre duas colinas; a neblina parecia se acumular por ali, assim como pessoas com negócios escusos.

Por fim, Javel chegou à porta de pintura deteriorada do Back End. Ele relanceou às suas costas para verificar se fora seguido, mas pelo jeito o manto cinza cumprira seu papel mais uma vez. Ninguém queria encrenca com a Guarda da Rainha, ainda mais agora, quando os pobres haviam elegido a nova rainha como sua defensora. Mesmo para alguém como Javel, que tinha pouco interesse no estado de espírito do povo, a transformação tinha sido extraordinária. Canções sobre a rainha já começavam a circular pela cidade. Turbas de pobres ociosos perambulavam pelos bulevares gritando o nome da rainha e quem não se unisse ao coro corria o risco de levar uma surra. O povo de Nova Londres era como todos os bêbados que Javel já conhecera em sua vida, inclusive ele mesmo, desfrutando de uma longa noite de ignorância, sem pensar na manhã seguinte. Mas não tardaria para a sobriedade chegar. Os mort já deveriam estar se mobilizando, seus soldados se preparando para marchar, suas forjas operando noite e dia para produzir mais aço. Pensar em Mortmesne fez Javel se lembrar de Allie, seus longos cabelos louros ocultando o rosto dela ao desaparecer. Todo dia lhe ocorria algo novo sobre Allie, alguma característica brotava do nada, mordia seu calcanhar e não soltava de jeito nenhum. Nesse dia era o cabelo de Allie, uma cortina loura que parecia âmbar ou ouro, dependendo da luz. Os dedos de Javel tremiam quando ele abriu a porta do bar. Lá dentro haveria uísque, mas também Arlen Thorne.

O Back End era um bar de beberrões, um casebre minúsculo e sem janelas com o piso de madeira vagabunda impregnado das cervejas entornadas ao longo dos anos. O lugar todo tinha cheiro de levedura. Não era uma das tabernas favoritas de Javel, mas não estava em posição de ser exigente. Os bares das regiões mais nobres de Nova Londres fechavam à uma da manhã; o Gut era o lugar para ir se você quisesse continuar bebendo até o sol raiar. Mas naquele horário o lugar estava quase deserto; já era por volta das quatro da manhã, e até os trabalhadores diurnos já haviam arrastado a carcaça de volta para casa. Só alguém com um sério problema de alcoolismo ou envolvido em algum negócio realmente escuso continuaria acordado. Javel suspeitava que se enquadrava nos dois casos. Uma sensação de mau agouro pairava sobre ele, um pressentimento ruim que não queria ir embora.

O bilhete de Arlen Thorne chegou pouco antes de Javel encerrar seu turno, à meia-noite, e não explicava nada. Entre as muitas coisas que Thorne podia ser, ele também era um sujeito escorregadio, e com certeza não cometeria a estupidez de deixar algo incriminador por escrito. Javel nunca conversara com Thorne antes, mas ignorar o bilhete estava fora de questão. Quando Thorne exigia sua presença, você simplesmente ia. Javel não tinha nenhum parente que pudesse ser enviado para Mortmesne, mas ele não subestimava a capacidade de Thorne de conceber algo tão cruel quanto. O cabelo de Allie voltou a assombrar sua mente. Desde aquele dia no Gramado da Fortaleza, nem todo o uísque do mundo conseguia manter aquela lembrança afastada.

Mesmo assim, estou pronto para tentar outra vez, pensou Javel, infeliz.

Thorne estava sentado a uma mesa no canto do bar, as costas viradas para as duas paredes, bebericando algo que só poderia ser água. Todo mundo sabia que Thorne não bebia álcool. No início de sua carreira, a combinação de sobriedade, altura, magreza e traços delicados fez de Thorne o alvo perfeito para os brutamontes antissodomia do regente. Ele sofreu inúmeras surras nas mãos deles antes de começar a galgar sua carreira no Censo. Será que algum daqueles homens ainda estava vivo? Javel duvidava muito.

Vil, que lidava diretamente com Thorne de tempos em tempos, disse que ele não bebia pelo motivo mais óbvio: não gostava de perder o controle nem por um segundo. Javel achava que essa afirmação era verídica. O bar estava quase vazio, mas mesmo assim Thorne desviou os olhos de Javel logo depois de se fixarem nele, e então continuou a observar o ambiente, avaliando quem ali poderia notá-lo, quem poderia ver que o superintendente do Censo estava se encontrando com um Guarda do Portão, quem se importaria com tal reunião.

Sentada ao lado de Thorne estava a mulher, Brenna. Javel nunca a vira antes, mas a reconheceu na mesma hora. Sua pele era de um perolado profundo e translúcido, um tom leitoso tão branco que Javel pôde ver as veias azuis percorrendo seus braços. Era quase impossível dizer sua idade devido aos cabelos finos e quase brancos que coroavam seu rosto. Javel, assim como toda a população tear, ouvira falar a seu respeito, mas poucos a viram de fato, pois ela só podia sair à noite.

Bruxaria, pensou Javel, e pediu dois uísques no balcão. O segundo por prazer; o primeiro, uma absoluta necessidade para ser capaz de se sentar à mesa na companhia de Arlen Thorne, que tirara o nome de Allie no sorteio com as próprias mãos. Quando a bebida chegou, Javel praticamente virou o primeiro copo direto na garganta. Mas bebeu o segundo com comedimento, encarando o balcão, tentando permanecer ali o máximo de tempo que podia.

A três bancos de distância, uma prostituta já não tão jovem com uma blusa transparente e cabelo tingido de louro olhou para Javel. Ela se apoiava no balcão com uma pose de contorcionista que lhe garantia cinco centímetros a mais de busto do que a natureza lhe dera, e a mulher estava pronta para negócios.

— Guarda da Rainha, é?

Javel assentiu de leve.

— Cinco por uma trepada, dez pelo serviço completo.

Javel fechou os olhos. Tentara transar com uma meretriz certa vez, três anos antes, mas não tinha conseguido pôr o negócio de pé e terminara a noite chorando. A mulher fora muito gentil e compreensiva, mas era um tipo de compreensão superficial, pois Javel pôde perceber a ansiedade dela para que ele fosse embora logo e ela pudesse passar ao cliente seguinte. Negócios eram negócios.

— Não, obrigado — murmurou ele.

A prostituta deu de ombros, suspirando fundo e se empertigando outra vez quando dois homens entraram no bar.

— Azar o seu.

— Javel. — A voz grave e untuosa de Thorne atravessou o ambiente com perfeita clareza. — Sente-se comigo.

Javel levou seu uísque para o outro lado do bar e se sentou. Thorne se apoiou na mesa, cruzando os braços longos e finos. Toda vez que Javel via Thorne, o homem parecia ter membros demais. Javel virou-se e percebeu que a mulher, Brenna, olhava para ele, embora os boatos dissessem que ela era cega como um morcego. Seus olhos leitosos tinham o matiz rosado típico dos albinos. Se Javel tivesse de adivinhar que tipo de mulher Thorne escolheria para escravizar, lhe ocorreria alguém exatamente assim: arredia, cega e dependente. Vil disse que ela sempre esteve com Thorne, alguém que o seguia desde a infância no Gut, que era a única coisa em todo o mundo com a qual Thorne se importava. Mas isso não passava de uma historinha inventada por algum idiota que precisava humanizar até mesmo tipos como Arlen Thorne. Javel imaginava que tipo de serviços Brenna devia realizar em troca do favor do superintendente, mas preferia não pensar nisso.

— Ela não gosta de ser encarada.

Javel desviou o rosto rapidamente, e seu olhar cruzou com o de Thorne.

— Você é um Guarda do Portão, Javel.

— Sou.

— Está satisfeito com seu trabalho?

— Meu trabalho é muito bom.

— É mesmo?

— É um trabalho honesto — respondeu Javel, tentando não soar falso.

Por certo haveria pessoas no Tearling que chamariam o atual trabalho de Thorne de honesto, mas era um grupinho mínimo que nunca teve de presenciar os cabelos louros de sua esposa desaparecendo atrás da colina Pike.

— Sua esposa foi embora em uma remessa, seis anos atrás.

— Minha esposa não é da sua conta.

— Todas as coisas nas remessas são da minha conta.

Os olhos de Thorne fitavam o punho cerrado de Javel, seu sorriso ficando cada vez mais largo. Homens como Thorne eram criados para notar o que os demais tentavam manter escondido. Javel relanceou Brenna pelo canto do olho, incapaz de evitar pensamentos estranhos sobre a vida que ela deveria levar. Thorne pegou seu copo d'água, e o guarda o observou com fascínio doentio.

Essa mão pôs Allie na jaula. Um pouquinho para a esquerda e teria sido a esposa de outra pessoa.

— Minha esposa não era uma coisa.

— Carga — respondeu Thorne, com ar de pouco-caso. — A maioria das pessoas não passa de carga e se contenta em ser carga. Fico feliz por facilitar a remessa.

Isso certamente era verdade. Mesmo antes de a Rainha Vermelha legitimar a prática, Tearling tinha um próspero comércio clandestino de escravos, e Thorne ocupava o centro do negócio. Mesmo depois de o homem ter virado superintendente do Censo, continuava a ser a pessoa certa para se procurar quando se queria algo mais exótico, como uma criança, uma ruiva ou até mesmo uma negra de Cadare. Enquanto Javel se questionava sobre o que estava fazendo sentado à mesa do traficante de escravos que mandara sua esposa para Demesne, uma ideia começou a se formar em sua mente, uma ideia que ganhou força à medida que o uísque se espalhava por suas veias. Javel não sabia por que não pensara nisso antes.

Todo Guarda do Portão levava consigo duas armas: uma espada curta e uma faca. A faca estava enfiada na cintura de Javel naquele exato minuto; ele podia sentir o peso desconfortável do cabo pressionando suas costelas do lado esquerdo. Não era nenhum grande guerreiro, mas era bem rápido. Se puxasse a faca agora, poderia decepar a mão direita de Thorne, aquela mão que se dirigiu para a esquerda em vez de para a direita e mudou tudo. Se conseguisse arrancar a mão dominante de Thorne, acabaria inutilizando também parte considerável do resto do homem; diziam que Thorne era rápido, mas ele veio sem nenhum guarda. Obviamente, não considerava Javel uma ameaça.

Javel pegou o segundo copo e o virou em um gole abrasador, avaliando a distância entre a mão de Thorne e sua faca. Poucos minutos antes, sentira medo daquele homem, mas toda a punição do mundo de repente pareceu menos importante do que aquilo que poderia ser realizado ali. O Departamento de Censo não iria ruir sem Thorne; era organizado demais para isso. Mas a perda seria um golpe debilitante. Thorne dirigia sua repartição na base do medo, e o medo só funcionava de cima para baixo. Javel não tinha tempo para pegar a faca com sua mão dominante; teria de puxá-la com a outra mão e torcer pelo melhor. Relanceou entre a mão de Thorne e a sua, calculando a distância.

— Você nunca conseguiria. — Javel ergueu o rosto e viu que Thorne sorria outra vez, com os lábios comprimidos e cheio de um júbilo frio. — E mesmo que conseguisse, morreria de qualquer maneira.

Javel o fitou com um olhar inexpressivo. Ao lado de Thorne, a mulher, Brenna, soltou uma risada aguda, estridente, como dobradiças enferrujadas.

— Envenenei sua bebida, Guarda do Portão. Se não lhe der o antídoto em dez minutos, morrerá em agonia.

Javel olhou seu copo vazio. Seria mesmo possível que Thorne tivesse tido a oportunidade de colocar alguma coisa ali? Sim, quando Javel se distraiu olhando para a maldita albina. Thorne não estava mentindo; bastava olhar em seus olhos, um oceano azul orlado de gelo, para saber que estava dizendo a verdade. Javel olhou para a albina e viu que ela fitava Thorne com adoração, os olhos róseos e opacos fixos em seu rosto.

— Sabe o pior aspecto do meu trabalho? — perguntou Thorne. — Ninguém entende que são só negócios. Não passa disso. Ao que me lembro, por quinze vezes tentaram armar uma emboscada para a remessa em algum lugar entre Nova Londres e a fronteira mort. Em geral, os ataques ocorrem logo após o fim do rio Crithe, onde não existe nada além de plantações por milhares de quilômetros a toda a volta e você poderia esconder um exército inteiro no trigo. Como sabe, em dez ocasiões consegui demovê-los dessa tolice apenas com uma conversa. Foi fácil fazer isso e não os puni.

— Certo — murmurou Javel.

Seu coração estava acelerado agora. Acreditou sentir uma pequena pontada no intestino, logo abaixo do umbigo. Não conseguia se convencer de que era apenas sua imaginação e não conseguia se convencer de que não era. Deveria tentar atacar Thorne agora, antes que aquele negócio em suas entranhas, fosse o que fosse, fizesse efeito. Mas Thorne estava pronto para ele; Javel não teria vantagem nenhuma.

— Eu *não* as puni — repetiu Thorne. — Apenas lhes expliquei a situação e deixei que partissem. Porque eram apenas negócios. Elas estavam equivocadas, mas não estragaram minhas jaulas, só assustaram os cavalos, e isso é fácil de consertar. O atraso não foi de mais do que cinco ou dez minutos. Não puno os erros, pelo menos não da primeira vez. Mas as outras cinco...

Thorne curvou-se para a frente, os olhos brilhando com um desagradável ar de superioridade moral, e Javel sentiu o veneno com certeza: uma sensação de aperto no fundo de seu estômago, algo parecido com uma indigestão. Por ora, um mero desconforto, mas Javel sentiu o potencial para se tornar algo muito maior, e rápido.

— Nas outras cinco, ninguém estava interessado em conversar. Encarei aquelas pessoas nos olhos e percebi que podia argumentar com elas pelo resto da vida que continuariam atacando minhas jaulas. Algumas pessoas não sabem ou não se importam quando apostam e perdem.

Javel se odiou por perguntar, mas não conseguiu evitar.

— O que aconteceu com elas?

— Fiz delas um exemplo — respondeu Thorne. — Algumas pessoas não conseguem somar dois e dois, mas um exemplo as ensina bem rápido. Lamentei que fosse necessário, é claro...

Aposto que sim, seu filho da puta, pensou Javel. *Aposto que sim.*

— ... mas *foi* necessário. E você ficaria espantado com a rapidez com que meus exemplos fazem as pessoas entrarem na linha. Veja só o seu caso...

A voz lenta e paciente de Thorne era insuportável. Javel sentiu como se estivesse preso em uma sala de aula de novo, experiência da qual não sentia falta desde que fugira de casa, aos doze anos. Fitou de soslaio a albina, mas desviou o rosto na mesma hora quando viu seus olhos cegos voltados diretamente para ele.

— Você achou que podia pegar sua faca e me matar. Como se eu não estivesse preparado para você desde ontem. Anteontem. Como se eu não estivesse preparado para você desde o dia em que nasci.

Javel lembrou-se de um boato que escutou certa vez: que a mãe de Thorne era uma prostituta no Gut, e vendera o menino para um traficante de escravos quando ele tinha apenas poucas horas de vida. O estômago de Javel se contorceu mais uma vez, agora com pontadas agudas, como se alguém tivesse perfurado seu umbigo, agarrado um punhado de entranhas e as tivesse apertado até alguma coisa estourar. Recostou-se na cadeira, respirando devagar, tentando se lembrar do plano, mas a dor anulou toda a coragem do uísque. Javel nunca fora muito resistente à dor.

— Então, Javel, a pergunta é: quer insistir no que pretendia fazer ou quer falar de negócios?

— Negócios — respondeu Javel, ofegante.

Os pensamentos sobre a faca sumiram; só conseguia pensar agora no antídoto. Quantas vezes ele não voltara para casa, tão entupido de uísque que mal conseguia apear do cavalo, pensando em pôr um fim a tudo? Agora estava surpreso com quanto queria viver.

— Ótimo. Vamos falar sobre sua esposa.

— O que tem ela?

— Ela está viva.

— Mentira! — rosnou Javel.

— Está. Está viva e bem, em Mortmesne. — Thorne inclinou a cabeça, levando em conta uma pequena distinção, antes de comentar: — Muito bem, por sinal.

Javel estremeceu.

— Como pode saber?

— Eu sei. Sei até onde ela está.

— Onde?

— Ah, mas isso seria entregar o ouro, não é? Não é da sua conta por enquanto, Guarda do Portão. Só o que precisa saber é que eu sei exatamente onde ela está e, mais importante, posso trazê-la de volta.

Javel encarou Thorne, atônito. Sua mente mergulhou fundo e voltou com a última coisa que queria: uma lembrança de um dos aniversários de Allie, cerca de nove ou dez anos antes. Allie mencionara que queria um tear, então Javel foi a uma loja de material de costura e comprou um par de teares que pareciam bons por um preço razoável. Allie ficou extasiada, mas durante os meses seguintes os dois teares permaneceram no cesto de costura. Javel nunca a viu tecendo, nem sequer uma vez, e estava perplexo e magoado demais para perguntar por quê. Não era normal de Allie, que certa vez admitiu ter sido o tipo de criança que sempre queria brincar com suas coisas novas no momento em que chegava em casa.

Mas então, cerca de seis meses após aquele aniversário, Allie pegou os teares e começou a trabalhar, fazendo gorros, luvas, cachecóis e, mais tarde, suéteres e cobertores. O soldo de Javel não era grande, mas era o suficiente para manter Allie suprida de lã, e na época em que foi sorteada, ela já tecia a maior parte da roupa de inverno para ambos, peças quentes e confortáveis. Após a ida de Allie para Mortmesne, Javel não conseguira guardar as coisas dela; o cesto de costura continuava ao lado da lareira, os teares com metade de um gorro. Javel gostava de ver o cesto ali, cheio de projetos inacabados, como se Allie apenas tivesse saído para visitar seus pais e pudesse voltar a qualquer momento. Às vezes, após uma bebedeira das grandes, ele até se sentava diante da lareira e segurava o cesto no colo. Não era algo que contaria para alguém, mas ajudava-o a pegar no sono.

Mesmo assim, aquele período de seis meses o preocupava. Depois que Allie partiu, Javel encontrou uma mulher para limpar a casa e lavar a roupa e, após algumas semanas, pegou o cesto de costura e mostrou os teares à mulher, perguntando se havia alguma coisa errada com eles. Foi assim que Javel descobriu que não comprara teares para Allie, mas agulhas de tricô. Tecer e tricotar eram coisas diferentes; até mesmo Javel sabia disso, embora não soubesse explicar no que de fato diferiam. E Allie, que nunca hesitara em lhe dizer quando ele fazia alguma coisa errada, nunca disse uma palavra e passou seis meses aprendendo a tricotar enquanto o marido estava no trabalho. Javel tinha muitos arrependimentos em relação a Allie, e novos surgiam todos os dias, mas um dos maiores e mais estranhos foi o de não ter descoberto a verdade a respeito das agulhas de tricô antes de ela ter partido. Certas manhãs, quando acordava na cama (ainda do mesmo lado; dormir do lado de Allie na cama era tão impensável quanto respirar debaixo d'água), pensava que daria qualquer coisa para Allie saber que ele descobriu a questão das agulhas. Parecia de vital importância que ela ficasse sabendo disso.

— Como pode me garantir que consegue trazê-la de volta?
— Eu consigo — respondeu Thorne. — E vou.

Outro espasmo atingiu o estômago de Javel, e ele se curvou, tentando comprimir o tronco o máximo possível. Isso não interrompeu a dor, nem chegou perto. Por fim, pouco a pouco, o espasmo abrandou, o aperto em sua barriga se desfazendo, e quando Javel ergueu o rosto, viu que Thorne o observava com um distanciamento clínico.

— Devia confiar em mim, Javel. Eu sempre cumpro minha palavra.

Javel considerou essa afirmação, com uma mão sobre o estômago, se preparando para a pontada seguinte. A cidade era pródiga em informações sobre Thorne, algumas verdadeiras, outras nem tanto. Javel ouvira histórias de gelar o sangue, mas nunca tinha ouvido dizer que Thorne quebrara uma promessa.

Ao lado do homem, a albina começou a ofegar, quase como se estivesse hiperventilando. Os olhos estavam fechados, parecendo em êxtase. A mulher apertou o próprio mamilo e começou a beliscá-lo, de modo suave e terno, pelo tecido fino da blusa cor-de-rosa.

— Acalme-se, Bren — murmurou Thorne. — Nosso assunto aqui está quase no fim.

A mulher sossegou, voltando a pousar a mão sobre o colo. Javel sentiu a pele formigar.

— O que você quer?

Thorne assentiu, aprovando.

— Preciso entrar com uma coisa na Fortaleza. Quero que um homem no portão convenientemente não faça perguntas difíceis.

— Quando?

— Quando eu quiser.

Javel encarou Thorne, a compreensão invadindo sua mente.

— Você vai matar a rainha.

Thorne se limitou a encarar Javel, seu olhar frio não vacilando em momento algum. Javel pensou na visão que teve no Gramado da Fortaleza: a mulher alta, mais velha e calejada, com a coroa na cabeça. Javel sabia que a rainha de fato havia sido coroada dois dias antes; Vil, que sempre era o primeiro a receber as notícias, contou-lhes que o regente tentara emboscá-la durante a coroação, mas tinha fracassado. Enquanto Javel cavalgava pelas ruas ao crepúsculo, passou pela costumeira cacofonia de vendedores fechando lojas, conversando alto, fofocando e trocando informações, e ouviu que eles a chamavam de Rainha Verdadeira. Javel não conhecia a expressão, mas o sentimento era inequívoco: era o título da mulher alta e grave que ele vira no Gramado da Fortaleza, aquela que ainda não existia.

Mas pode, pensou Javel. *Um dia, poderá existir*. E embora não fosse à igreja ou nem sequer acreditasse em Deus desde o dia em que Allie se foi para Mortmesne, ele sentiu de repente a danação pairando sobre sua cabeça, a danação e a história como duas mãos esperando para pegá-lo e espremê-lo. Os homens que assassinaram Jonathan, o Bondoso, nunca foram capturados, mas a eles pertenciam as páginas mais sombrias na história de Tearling. Fossem quem fossem, Javel não tinha dúvida de que haviam se condenado com seus crimes.

Mas ele não era capaz de articular nenhum desses temores para Thorne. Só conseguiu dizer:

— Ela é a rainha. Você não pode matar a rainha.

— Não há nenhuma prova de que ela seja a verdadeira rainha, Javel. É só uma garota com uma cicatriz de queimadura e um colar.

Mas o olhar de Thorne se desviou por um momento e em um súbito lampejo de intuição, Javel percebeu: Thorne também vira a mulher alta e imponente no Gramado da Fortaleza. Ele a vira, e aquela visão o deixara tão assustado que concebeu esse plano. Thorne nunca pareceu tanto com uma aranha quanto naquele instante; ele saiu de seu canto para consertar a teia e em breve voltaria ao covil para tramar, para esperar com paciência e maldade infinitas que alguma criatura indefesa caísse em sua teia e se debatesse.

Javel observou o bar com um olhar renovado: a sujeira que encardia as tábuas do assoalho; o sebo ordinário que pingava das tochas e endurecia nas paredes; o sorriso desesperado da prostituta a todo homem que entrava. Mais do que tudo, o cheiro de cerveja e uísque misturados, uma névoa tão difusa que parecia prestes a se condensar no ar. Javel adorava e odiava esse cheiro, e sabia que de algum modo essa relação de amor e ódio em sua mente era o motivo para ter sido escolhido. Era fraco, e sua fraqueza devia cheirar tão bem para Thorne quanto o aroma do uísque para Javel.

Aqui é o covil, Javel finalmente se deu conta. *Aqui e agora.*

Ele se encolheu outra vez; um pequeno animal havia despertado dentro de seu estômago, estraçalhando a carne rosada com suas garras e dentes afiados como se fossem agulhas. Ele estava em uma corda bamba; a distância era curta, mas sob seu corpo havia a escuridão infinita. E o que ele veria ao cair?

— E se o seu plano falhar? — perguntou, ofegante. — Que garantia eu terei?

— Garantia nenhuma — respondeu Thorne. — Mas não precisa se preocupar. Só um tolo põe todo o seu dinheiro em uma única jogada. Tenho muitas cartas na manga. Se uma ideia falhar, passamos para a seguinte, e uma hora vamos conseguir.

Thorne levou a mão à camisa e tirou um frasco com um líquido cor de âmbar. Ofereceu-o a Javel, que tentou agarrá-lo, mas seus dedos se fecharam sobre o nada.

— Pelos meus cálculos não lhe resta mais que um minuto, talvez dois, antes que isto não lhe sirva mais. Então, Guarda do Portão, tenho apenas uma pergunta para você: sabe somar dois e dois?

Não posso levar a melhor aqui, pensou Javel, com a mão na barriga. Sentiu uma espécie de conforto sombrio e furtivo com esse pensamento. Porque uma vez que não havia alternativa, não era sua culpa, fosse qual fosse a escolha.

* * *

A remessa estava atrasada.

A rainha de Mortmesne não conseguia se esquecer desse fato, nem naquele dia, nem no anterior, nem no dia antes desse. Tentou se concentrar no que seu leiloeiro lhe dizia sobre os números do último mês. Fevereiro fora bom; a Coroa obteve mais de cinquenta mil marcos. No geral, quando a remessa chegava, a rainha escolhia a dedo as melhores mercadorias, para uso próprio ou para dar de presente. Mas a maioria dos escravos ia a leilão, que era voltado para os nobres mort ou para os negociantes abastados, que revenderiam os cativos por preços mais elevados nas cidades ao norte e nas vilas remotas. O leilão sempre dava uma boa margem de lucro, mas as boas vendas de fevereiro não bastaram para distrair a Rainha Vermelha da sensação incômoda de que tinha algo errado, de que um problema se delineava fora de seu alcance. A garota completara dezenove anos, não fora encontrada, e agora a remessa estava atrasada. O que isso significava?

Sem dúvida, o regente tear metera os pés pelas mãos. Fora ele quem deixara Elyssa despachar a garota para o exílio, para início de conversa (embora nem mesmo a própria Rainha tivesse previsto essa jogada... Quem teria imaginado que Elyssa teria um lapso de astúcia?). Mas dezoito anos depois, a garota já deveria ter sido encontrada. Por insistência da rainha mort, o regente finalmente contratou os Caden, meses antes, mas de algum modo ela sabia que já era tarde demais.

— Isso é tudo, Majestade.

Broussard, o leiloeiro, enfiou seus papéis de volta na valise.

— Ótimo.

O homem permaneceu no salão, segurando a valise com as duas mãos.

— Pois não?

— Alguma notícia da nova remessa, Majestade?

Nem mesmo seus subordinados a deixavam esquecer.

— Quando eu souber, você também saberá, Broussard. Vá preparar seu leilão. E não se esqueça de higienizá-los direito, desta vez.

Broussard ruborizou, o maxilar enrijecendo sob a barba. Ele era bom no que fazia, possuía uma habilidade instintiva para converter humanos em dinheiro. Anos antes, no décimo dia de cada mês, quando o leilão ainda era uma novidade, a Rainha gostava de se sentar em uma varanda baixa e observar com júbilo enquanto Broussard extraía o máximo lucro possível de cada quilo de humanidade. Era algo que lhe trazia uma profunda satisfação, ver o povo tear sendo arrematado. Mas houve um mês, cerca de quatro ou cinco anos antes, em que um dos funcionários de Broussard foi relapso no processo de eliminar os piolhos e não demorou muito para que o Palais e vários lares nobres ficassem infestados com os pequenos parasitas. A Rainha impediu que o desastre viesse a público oferecendo um escravo de graça para todas as partes prejudicadas, descontando o prejuízo do pagamento de Broussard. Os piolhos foram algo ruim, mas, em retrospecto, ela apreciava o fato de o incidente ter ocorrido. Era bom ter uma falha para esfregar na cara de Broussard em momentos como aquele, quando ele se esquecia de que não passava de um traficante de escravos, e que sem a Rainha não haveria leilão algum.

Broussard saiu, segurando a valise como se fosse seu bem mais precioso, e a Rainha gostou de ver a postura rígida e ofendida de seus ombros. Mas isso não sossegou sua mente, a questão incômoda sussurrando em seu ouvido havia quatro dias, agora: *Onde está a remessa?* Quatro dias com o tempo firme, cinco dias quando o tempo estava ruim. Nunca ultrapassara o quinto dia do mês. Era dia 6 de março. Se ocorrera algum problema, tanto o regente quanto Thorne já deveriam tê-la informado, a essa altura. A Rainha pressionou a palma da mão contra a testa, sentindo o início de uma dor de cabeça atrás das têmporas. Sua fisiologia progredira tanto que dificilmente ficava doente. A única exceção eram as dores de cabeça, que surgiam do nada, sem motivo clínico, e desapareciam tão rapidamente quanto.

E se a remessa não aparecer?

Ela deu um pulo na cadeira, como se alguém a tivesse beliscado. O fluxo de tráfico humano se tornara parte crucial da economia mort, tão regular e previsível quanto as marés. Callae e Cadare também enviavam escravos, mas esses tributos combinados não se igualavam à metade da remessa tear. A disponibilidade de escravos mantinha as fábricas funcionando, os nobres, felizes, e o tesouro, abastecido. Qualquer empecilho no processo acarretaria prejuízo.

A Rainha de repente sentiu saudade de Liriane. Como toda a criadagem da Rainha, Liriane envelheceu enquanto ela continuava jovem, e havia morrido e sido enterrada vários anos antes. Liriane era dotada da genuína vidência, uma capacidade de enxergar não apenas o futuro como também o presente e o passado. Ela teria sido capaz de ver o que tinha acontecido no Tearling. Por mais que a Rainha tentasse se convencer do contrário, não conseguia deixar de sentir uma desconfiança incômoda de que a garota estava envolvida no que quer que tivesse se passado. A menos que tivesse sido assassinada no caminho, teria chegado à Fortaleza, a essa altura. Será que Thorne ainda não conseguira resolver isso? O regente era a personificação da incompetência, mas Thorne era seu exato oposto. Se Thorne fracassasse, qual seria o próximo passo? Romper com o tratado e ir à guerra? A princípio, a Rainha nunca quis invadir o Tearling. Manter um território estrangeiro envolvia dinheiro, equipamento, dor de cabeça. A remessa era algo mais descomplicado, uma solução elegante.

Mesmo assim, percebeu, talvez não fosse a pior coisa do mundo mobilizar o exército mort. Os soldados não participavam de uma guerra desde a invasão ao Tearling. Não havia ameaças nas fronteiras. Não houve sequer um combate desde que os Exilados tramaram a conspiração. Por pior que estivesse, seu exército continuava sendo muito superior às forças tear, mas era uma possibilidade a considerar que podiam ter amolecido um pouco durante o período de paz. Talvez fosse bom deixá-lo preparado. Só para uma eventualidade. Mas bastava pensar nisso para a sua dor de cabeça redobrar de intensidade, ondas constantes se chocando contra as paredes de seu crânio.

Algum tipo de comoção começou a se formar do lado de fora do salão de audiências. A Rainha ergueu o rosto e viu Beryll, seu camareiro, avançando a passos largos na direção das grandes portas. Ele cuidaria disso. Agora que Liriane estava morta, Beryll era seu criado mais antigo e confiável, tão sintonizado com seus desejos que a Rainha mal precisava se envolver nos assuntos cotidianos do castelo. Olhando o relógio, ela decidiu se retirar para seus aposentos. Jantaria um pouco mais cedo e depois desfrutaria de um de seus escravos. O homem alto que escolhera na última entrega tear, um sujeito musculoso com cabelos e barba pretos e grossos, que parecia um ferreiro. Só o Tearling produzia homens tão altos.

A Rainha chamou Eve, uma de suas amas, e sussurrou em seu ouvido que transferisse o homem para seu quarto após os preparativos. Eve assentiu com a expressão mais animada de que foi capaz, o que a Rainha apreciou. Suas amas odiavam a tarefa; os homens nem sempre cooperavam. Eve iria drogá-lo e ministrar-lhe um constritor, e então a Rainha o teria duro o bastante para escapar do sonho. A droga não era mais necessária, claro; sua transformação progredira tanto que ela não tinha mais certeza nem se *podia* ser ferida. Mas ela nunca contara isso a suas amas, o que naquele dia lhe serviu bem. Com uma dor de cabeça a caminho, queria o homem cooperativo. Ela atravessou o salão de audiências, passou pela entrada privativa atrás do trono e desceu o longo corredor até seus aposentos.

Havia guardas perfilados no corredor, todos mantendo os olhos prudentemente voltados para o chão. Ao vê-los, parte do entusiasmo da Rainha minguou. O último relatório do regente a informou de que a maioria dos guardas de Elyssa deixara o castelo para ir procurar a garota. Carroll, Clava, Elston... Esses eram nomes que a Rainha conhecia, homens que aprendeu a levar em consideração. Se tivesse descoberto Clava antes de Elyssa, as coisas teriam sido bem diferentes. As safiras tear haviam desaparecido, ao que tudo indicava sem deixar rastros, façanha que cheirava a artimanha de Clava. Se ao menos a Rainha tivesse sido capaz de pôr as mãos nas joias antes que Elyssa morresse! Não teria mais essas dores de cabeça, muito menos precisaria de remédios.

Mas agora tudo entraria nos eixos. Ela teria as safiras, e quando a remessa chegasse talvez até cobrasse uma multa polpuda pelo atraso. O regente iria choramingar e reclamar, mas pagaria, e a lembrança de seu rosto pálido e contrariado fez a Rainha sorrir enquanto tirava as roupas, antecipando a chegada do escravo. Suas amas eram rápidas; não fazia nem cinco minutos que ela entrara quando escutou batidas à porta do quarto.

— Entre! — exclamou, irritada ao perceber que sua dor de cabeça estava piorando. A cozinha podia produzir um pó para aliviar a dor, mas o pó iria adiar o sono para muito depois que o escravo tivesse terminado o ato, e dormir era uma bênção ultimamente.

A porta se abriu. Ela se virou e viu Beryll, e fez menção de lhe pedir o remédio para dor de cabeça. Mas o pedido ficou preso na garganta. O rosto de Beryll estava pálido, e os olhos, arregalados de medo. Ele segurava um rolo de pergaminho na mão trêmula.

— Lady — gaguejou.

A Ala da Rainha

É fácil esquecer que uma monarquia é mais do que apenas o monarca. Um reinado bem-sucedido é uma máquina complexa, com incontáveis engrenagens individuais operando em conjunto. Olhando detidamente para a rainha Glynn, vemos muitas partes móveis, mas não se pode subestimar a importância de Lazarus, o Clava, capitão da Guarda da Rainha e Assassino-Chefe. Remova-o, e toda a estrutura vai desabar.

— O Tearling como nação militar, CALLOW, O MÁRTIR

Ao acordar, Kelsea descobriu com satisfação que todos os travesseiros decorativos haviam sido removidos da cama de sua mãe. *Sua* cama, corrigiu-se; ela a herdara, e pensar nisso tirou parte de seu prazer. Suas costas estavam cheias de bandagens. Quando passou a mão pelo cabelo, sentiu-a ficando pegajosa devido à oleosidade acumulada. Dormira por algum tempo. Clava não estava na poltrona do canto e não havia mais ninguém no quarto.

Levou alguns minutos para Kelsea conseguir se sentar; não sentiu a ferida em seu ombro se abrir, mas ela doía quando a menina fazia qualquer movimento. Alguém, sem dúvida Andalie, pusera uma jarra de água na mesinha ao lado de sua cama, junto com um copo vazio. Kelsea bebeu alguns goles e jogou um pouco do líquido no rosto. Andalie também devia ter limpado o sangue de seu corpo, o que a deixava grata. Ela pensou no homem que matara e ficou aliviada por não sentir nada.

Obrigou-se a se levantar e andou pelo quarto, verificando o ferimento. Ao fazê-lo, percebeu uma longa corda pendurada no outro lado da cama; a corda se esticava até o teto, onde passava por diversos ganchos para desaparecer em uma pequena abertura feita na parede da antecâmara. Kelsea sorriu, puxando suavemente a corda, e escutou o som abafado de uma sineta.

Clava abriu a porta. Vendo-a de pé ao lado da cama, assentiu com a cabeça, aprovando.

— Ótimo. O médico disse que era recomendável Vossa Alteza continuar de repouso por pelo menos mais um dia, mas eu sabia que ele estava sendo zeloso demais.

— Que médico?

Ela tinha presumido que Clava cuidara de seus ferimentos.

— O médico que chamei para o bebê doente. Não gosto de médicos, mas esse é competente, e provavelmente foi graças a ele que Vossa Alteza não desenvolveu uma infecção. Ele disse que seu ombro deve demorar para cicatrizar, mas não terá complicações.

— Outra cicatriz. — Kelsea esfregou o pescoço com cuidado. — Daqui a pouco vou ter uma coleção delas. Como está o bebê?

— Bem melhor. O médico deu à mãe um remédio que parece ter acalmado a barriga da criança, embora tenha custado os olhos da cara. É provável que ela precise de mais, depois.

— Espero que tenha pagado bem a ele.

— Muito bem, Lady. Mas não podemos usá-lo sempre, nem o outro médico que conheço. Nenhum dos dois é confiável.

— Então o que faremos?

— Ainda não sei. — Clava esfregou a testa com o polegar. — Ainda estou pensando nisso.

— Como estão os ferimentos dos guardas?

— Bem. Dois deles terão que ficar de licença por um tempo.

— Quero vê-los.

— Melhor não, Lady.

— Por que não?

— Um Guarda da Rainha é um ser orgulhoso. Os homens que sofreram ferimentos não vão querer que Vossa Alteza perceba.

— Eu? — perguntou Kelsea, surpresa. — Não sei nem como segurar uma espada.

— Não é assim que pensamos, Lady. Só queremos fazer um bom trabalho.

— Certo, então o que devo fazer? Fingir que não se machucaram?

— Isso mesmo.

Kelsea balançou a cabeça.

— Barty costumava dizer que há três coisas que tornam um homem estúpido: sua cerveja, seu pinto e seu orgulho.

— Parece algo que Barty diria.

— Achei que orgulho fosse uma das coisas nas quais ele podia ter se enganado.

— Não é.

— Falando em orgulho, quem lançou a faca?

Os maxilares de Clava ficaram tensos.

— Peço desculpas, Lady. Foi uma falha de segurança, e eu assumo toda a responsabilidade. Achei que a tivéssemos protegido o bastante.

Kelsea não sabia o que dizer. Clava olhava fixamente para o chão, seu rosto franzido como se esperasse uma chicotada no ombro. Ser pego desprevenido era intolerável, em sua perspectiva. Ele lhe dissera certa vez que nunca fora criança, mas Kelsea tinha suas dúvidas; essa postura em particular parecia resultado de uma infância com pais severos. Imaginou se ela parecia igualmente aflita quando não sabia a resposta. A voz de Clava ecoou em sua cabeça outra vez: ela era sua empregadora, não sua confidente.

— Você está se esforçando para descobrir, acredito.

— Estou.

— Então vamos deixar esse assunto para depois.

Clava voltou a encará-la, com um alívio evidente no rosto.

— Em geral, a primeira coisa que uma nova soberana faz é convocar uma audiência, mas gostaria de adiar isso por uma ou duas semanas, Lady. Vossa Alteza não está em condições e há muito que fazer por aqui mesmo.

Kelsea pegou a tiara na penteadeira espalhafatosa e a examinou detidamente. Era uma bela joia, mas frágil, feminina demais para seu gosto.

— Precisamos encontrar a coroa verdadeira.

— Isso será difícil. Sua mãe incumbiu Carroll de escondê-la e, acredite em mim, ele é bom nisso.

— Bom, precisamos pagar aquela perua por esta coisa.

Clava limpou a garganta.

— Temos muito que fazer hoje. É melhor Andalie vir aqui dar um jeito na sua aparência.

— Que indelicado.

— Perdoe-me, Lady, mas Vossa Alteza já esteve melhor.

Um golpe surdo ecoou na parede externa, um impacto tão forte que sacudiu o dossel da cama de Kelsea.

— O que está acontecendo lá fora?

— Suprimentos de cerco.

— *Cerco?* Estamos esperando um?

— Hoje é dia 6 de março, Lady. Restam apenas dois dias para o prazo do tratado.

— Não vou mudar de ideia, Lazarus. Esse prazo não significa nada para mim.

— Não tenho certeza se compreendeu plenamente as consequências de suas ações, Lady.

Ela estreitou os olhos.

— Não tenho certeza se você *me* compreendeu plenamente, Lazarus. Eu sei o que desencadeei aqui. Quem comanda meu exército?

— O general Bermond, Lady.

— Bem, traga-o aqui.

— Já mandei chamá-lo. Pode demorar alguns dias até ele voltar; ele estava na fronteira sul, inspecionando as guarnições, e tem dificuldade para cavalgar.

— O general de meu exército tem dificuldade para cavalgar?

— Ele é coxo, Lady: um ferimento que sofreu defendendo a Fortaleza de uma tentativa de golpe, dez anos atrás.

— Ah — murmurou Kelsea, envergonhada.

— Devo alertá-la, Lady: Bermond vai ser difícil. Sua mãe sempre lhe permitiu agir como bem entendesse, e o regente não o incomodou por anos. Está acostumado a fazer o que quer. E também vai odiar discutir estratégia militar com uma mulher, mesmo sendo a rainha.

— Azar o dele. Onde está o Tratado Mort?

— Lá fora, pronto para que possa examiná-lo. Mas acho que Vossa Alteza terá de se resignar.

— Com o quê?

— A guerra — respondeu Clava, impassível. — Vossa Alteza de fato declarou guerra a Mortmesne, Lady, e acredite: a Rainha Vermelha está a caminho.

— É uma aposta, Lazarus, eu sei.

— Apenas não se esqueça de que Vossa Alteza não é a única a jogar. É uma aposta envolvendo o reino todo. Quem aposta muito nos dados precisa estar preparado para perder.

Ele saiu e foi buscar Andalie, e Kelsea sentou-se na cama, com o estômago embrulhado. Clava estava sem dúvida começando a entendê-la, pois cravara a espada bem onde o impacto seria maior. Ela fechou os olhos e viu Mortmesne, uma terra vasta e escura em sua imaginação, despertada de um longo sono, pairando como um espectro sobre tudo que queria construir.

Carlin, o que posso fazer?

Mas a voz de Carlin silenciara em sua mente, e Kelsea não obteve resposta.

O Tratado Mort estava aberto na grande mesa de jantar que ficava em um canto do salão de audiências de Kelsea. Era pequeno para um documento tão importante, algumas folhas de velino grosso que havia ficado amarronzado com o tempo. Kelsea tocou as páginas com delicadeza, fascinada em ver as iniciais de sua mãe, ER, rabiscadas de qualquer jeito com tinta preta no canto esquerdo inferior de cada folha. No canto direito havia um par diferente de iniciais, escritas com tinta vermelha: RM. A última página do documento continha duas assinaturas. Em uma linha, "Elyssa Raleigh", a caligrafia quase ilegível, e na outra, "Rainha de Mortmesne", escrito com esmero em tinta vermelha.

Ela não quer mesmo que saibam seu verdadeiro nome, percebeu Kelsea, sua intuição palpitando. *É de uma importância absoluta para ela que ninguém descubra quem realmente é. Mas por quê?*

Kelsea ficou desapontada ao ver que a linguagem do tratado era tão inequívoca quanto Clava alegava ser. O Tearling tinha obrigação de fornecer três mil escravos por ano, divididos em doze remessas iguais. Pelo menos quinhentos tinham de ser crianças, no mínimo duzentas de cada sexo. Por que tantas? Mortmesne recebia uma cota de crianças escravas de Callae e Cadare também, mas elas não apresentavam muita utilidade para trabalhos pesados na indústria ou na mineração, e Mortmesne tinha poucas fazendas. Mesmo que houvesse um número absurdo de pedófilos no mercado, eles não poderiam usufruir das crianças com tanta rapidez. Então, para que tantas?

A linguagem concisa e formal do tratado não lhe deu respostas. Se alguma remessa não chegasse a Demesne até o oitavo dia do mês, o tratado garantia a Mortmesne o direito de invadir imediatamente o Tearling e satisfazer sua cota com capturas. Mas Kelsea observou que o documento não impunha limites na extensão dessa invasão, tampouco incluía exigência alguma de retirada assim que as condições fossem cumpridas. Foi forçada a admitir, com relutância, que Clava tinha razão: detendo a remessa, Kelsea dera à Rainha Vermelha carta branca para a invasão. O que passara pela cabeça de sua mãe ao assinar um documento tão permissivo?

Seja honesta, uma nova voz advertiu-a em sua mente. A voz não era de Carlin nem de Barty; Kelsea não podia identificá-la e desconfiou de seu pragmatismo. *O que você faria se o inimigo estivesse bem a sua porta?*

Mais uma vez, Kelsea não tinha uma resposta. Juntou as páginas do tratado em uma pilha ordenada e as ajeitou, sentindo-se mal. Uma nova ideia lhe ocorreu, algo que seria impensável algumas semanas antes, mas já percebera que sua mente costumava se proteger de maiores desastres imaginando o pior. Virou-se para Clava.

— Minha mãe foi assassinada?

— Houve diversas tentativas — respondeu Clava com indiferença, embora Kelsea achasse que era fingida. — Alguém pôs beladona em sua comida, e ela quase morreu envenenada. Foi na época em que decidiu enviá-la para seus pais de criação.

— Então ela me mandou embora para me proteger?

Clava franziu a testa.

— E por que mais?

— Deixa pra lá. — Kelsea voltou a baixar os olhos para a mesa, o tratado diante de si. — Não há menção a um sorteio aqui.

— O sorteio é um assunto interno. No começo, sua mãe mandava condenados e doentes mentais. Mas esse tipo de gente não dá bons escravos, e o arranjo não satisfez a Rainha Vermelha por muito tempo. O Departamento de Censo foi a resposta de seu tio.

— Ninguém está isento?

— O clero. Mas de resto, não. Até os bebês são levados; o nome deles entra para o sorteio assim que são desmamados. Dizem que a Rainha Vermelha os dá de presente para famílias estéreis. Por um tempo, as mães continuavam amamentando seus filhos até muito depois da idade de desmame, mas Thorne percebeu o truque. O pessoal dele está em todas as aldeias do reino e existem poucas coisas das quais não tenham conhecimento.

— Ele é leal a meu tio?

— Thorne é um homem de negócios, Lady. Ele vai para onde o vento sopra.

— E para que lado o vento sopra agora?

— Para Mortmesne.

— Melhor ficarmos de olho nele.

— Sempre tenho pelo menos um olho em Arlen Thorne, Lady.

— Como foi que minha mãe morreu? Carlin nunca me contou.

— Dizem que foi o veneno, Lady. Foi enfraquecendo o coração dela até que morreu, alguns anos mais tarde.

— É o que dizem. O que *você* diz, Lazarus?

Ele a fitou, sem expressão.

— Não digo nada, Lady. Por isso pertenço à Guarda da Rainha.

Frustrada, Kelsea passou o resto do dia inspecionando a Ala da Rainha e conhecendo várias pessoas. Começaram por sua nova cozinheira: Milla, uma loura tão miúda que Kelsea não quis nem pensar como ela havia dado à luz seu filho de quatro anos. Kelsea achava que Milla viera fazendo algo desagradável para complementar o orçamento; quando lhe informou que sua única função seria cozinhar, mesmo para as vinte e tantas pessoas que agora ocupavam a Ala da Rainha, a mulher ficou tão feliz que Kelsea teve de enfiar as mãos nas pregas do vestido, temerosa de que ela pudesse tentar beijá-las.

A outra mulher que veio com elas, Carlotta, era mais velha e de rosto redondo, com bochechas muito coradas. Parecia assustada, mas depois de algumas perguntas afirmou que sabia costurar de forma aceitável. Kelsea pediu-lhe mais vestidos pretos, e Carlotta concordou que poderia fazê-los.

— Embora seja melhor eu tomar suas medidas, Majestade — arriscou-se ela, parecendo aterrorizada com a mera ideia. Kelsea também achava que tomarem suas medidas era aterrorizante, mas assentiu e sorriu, tentando deixar a mulher à vontade.

Conheceu alguns guardas que não estiveram com eles na jornada: Caelan, um brutamontes que todos chamavam de Cae; e Tom e Wellmer, arqueiros. Wellmer parecia jovem demais para ser um Guarda da Rainha. Estava fazendo o melhor que podia para parecer tão estoico quanto os mais velhos, mas sua inquietude ficava óbvia; de poucos em poucos segundos, mudava o peso de um pé para o outro.

— Qual é a idade daquele rapaz? — sussurrou Kelsea para Clava.

— Wellmer? Vinte anos.

— Onde você o encontrou, em uma creche?

— A maioria de nós mal tinha saído da adolescência quando foi recrutada, Lady. Não se preocupe com Wellmer. Ele é capaz de acertar seu olho esquerdo com uma flecha de onde estiver, mesmo à luz de tochas.

Kelsea tentou conciliar essa descrição com o rapaz nervoso e pálido diante dela, mas desistiu. Depois que os guardas voltaram a seus postos, seguiu Clava pelo corredor até um dos primeiros cômodos, que fora convertido às pressas em creche. O lugar foi uma boa escolha; era um dos poucos ambientes com janelas, de modo que a luz entrava e o fazia parecer mais claro e alegre do que realmente era. Toda a mobília fora empurrada para as paredes, e o chão estava atulhado de brinquedos improvisados: bonecas de pano com enchimento de palha que escapava pelas costuras, espadas de brinquedo e uma pequena banca de comércio, de madeira.

A rainha viu um grupo de crianças sentadas em um semicírculo no meio da creche, muito concentradas em uma linda ruiva que Kelsea não conhecia. Ela contava uma história às crianças, algo sobre uma garota de cabelos extraordinariamente longos aprisionada em uma torre, e Kelsea se recostou na porta, sem ser notada, para escutar. A mulher falava com um pronunciado sotaque mort, mas tinha uma voz poderosa e contou bem a história. Quando o príncipe foi ferido com as artimanhas da bruxa, a mulher torceu os cantos da boca para baixo, seu rosto transformado em tristeza. Então Kelsea percebeu quem ela era e virou-se para Clava, espantada.

Ele gesticulou para que Kelsea se afastasse da porta, falando em voz baixa.

— Ela tem sido maravilhosa com as crianças. As mulheres estão contentes em deixar seus filhos com ela enquanto trabalham, mesmo Andalie. É uma dádiva inesperada; se não fosse por ela, estaríamos esbarrando em crianças o tempo todo.

— As mulheres não se importam que ela seja morta?
— Parece que não.

Kelsea espiou pela porta outra vez. A ruiva fazia uma pantomima agora, mostrando a cura dos olhos do príncipe, e estava radiante à luz das velas, muito diferente da criatura miserável que Kelsea vira encolhida diante do trono.

— O que aconteceu com ela?

— Não lhe perguntei sobre sua vida com o regente, Lady. Considerei que era assunto dela. Mas se tivesse de arriscar um palpite... — Ele baixou a voz ainda mais. — Ela era o brinquedinho favorito de seu tio. Ele não permitia que tivesse filhos, para não estragar sua diversão.

— Como assim, não permitia?

Clava ergueu as mãos.

— Ela não fazia segredo de que desejava ter um filho, Lady, mesmo que fosse do regente. As demais mulheres de seu tio tomavam contraceptivos por vontade própria, mas ela não. Diziam que ele tinha que esconder na comida dela. Mas ele também prometia matar qualquer criança que ela concebesse; eu mesmo escutei essa ameaça.

— Entendo. — Kelsea assentiu com o rosto calmo, embora por dentro estivesse furiosa. Deu uma última olhada na mulher e no grupo de crianças. — Qual é o nome dela?

— Marguerite.

— Como meu tio se apropriou de uma escrava morte?

— Pessoas ruivas são ainda mais raras em Mortmesne do que no Tearling. Marguerite foi um presente da Rainha Vermelha para seu tio alguns anos atrás, uma demonstração do favor dela.

Kelsea inclinou a cabeça para trás, apoiando-a na parede do corredor. Seu ombro estava começando a latejar.

— Este lugar é uma infecção, Lazarus.

— Não havia liderança, Lady.

— Nem mesmo você?

— Claro que não. — Clava gesticulou para a porta aberta. — Eu teria deixado que seu tio ficasse com seu brinquedinho. Teria chegado a um acordo com a Rainha Vermelha antes de deter a remessa.

— Eu me lembro do que você disse antes.

— Sei que lembra. Não me entenda mal, Lady. Não estou julgando suas escolhas, só disse que apenas Vossa Alteza faria as coisas que fez, mas Vossa Alteza não estava aqui na época.

Não havia repreensão em sua voz. A irritação de Kelsea se apaziguou, mas seu ombro latejou outra vez, uma pontada mais forte agora, e ela se perguntou por que cargas-d'água o simples fato de ficar ali de pé podia ter agravado o ferimento.

— Preciso me sentar.

Em cinco minutos seus guardas haviam transferido a poltrona grande e confortável dos aposentos de Kelsea para o salão de audiências, onde a puseram escorada na parede.

— Meu trono — murmurou Kelsea.

— Não podemos proporcionar segurança na sala do trono no momento, Lady — respondeu Clava. — Há entradas demais e aquela maldita galeria é impossível de proteger sem mais guardas. Mas poderíamos trazer o trono para cá.

— Isso não parece fazer muito sentido.

— Talvez faça, talvez não. A coroa na sua cabeça também não faz muito sentido, mas sei que Vossa Alteza reconhece seu valor. Talvez um trono sirva ao mesmo propósito.

Kelsea inclinou a cabeça, considerando.

— Você disse que terei de receber pessoas.

— Isso mesmo.

— Imagino que não possa fazer isso em minha poltrona.

— Poderia — respondeu Clava, um sorriso se insinuando no canto de sua boca. — Seria um acontecimento incomum para a monarquia Raleigh. Mas seja qual for o assento onde esteja, esta sala é muito mais fácil de proteger e controlar. Existe uma única entrada pública para a Ala da Rainha, um corredor longo e contínuo. Vossa Alteza viu quando chegou.

— Não me lembro de nada disso.

— Compreensível. Estava semiconsciente nas duas vezes em que usamos aquela entrada. Há muitos caminhos secretos para entrar e sair desta ala, mas estão bem guardados, e só eu conheço todos. O corredor lá fora nos dá um controle melhor do tráfego regular de pessoas.

— Tudo bem. — Kelsea se ajeitou com cuidado na poltrona. — Pode ver se começou a sangrar outra vez?

Ela se curvou para a frente e deixou que Clava espiasse sob a bandagem enrolada em seu ombro.

— Não.

— Estou achando que é melhor eu me deitar de novo daqui a pouco.

— Ainda não, Lady. Conheça todo mundo no mesmo dia, assim ninguém se sentirá preterido. — Clava curvou o dedo, chamando Mhurn, que estava posicionado na entrada do salão. — Traga Venner e Fell.

Mhurn desapareceu, e Kelsea relaxou na poltrona. Andalie achou um lugar para si junto à parede, indicando sua intenção de ficar. Kelsea achou que Clava talvez se opusesse, mas ele a ignorou completamente e a rainha entendeu que deveria fazer o mesmo. Após todos aqueles anos tendo apenas Carlin e Barty em sua vida, ela agora tinha tantas pessoas a seu redor que algumas precisavam ser ignoradas.

— Quando poderemos trazer Barty e Carlin para cá?

Clava deu de ombros.

— Daqui a algumas semanas, talvez. Vai levar algum tempo para encontrá-los.

— Eles estão em uma aldeia chamada Petaluma, perto da fronteira cadarese.

— Bom, isso facilita as coisas.

— Quero que os traga aqui — disse-lhe Kelsea. E queria mesmo; não havia percebido com que intensidade até esse momento. Sentiu uma saudade repentina e cruel de Barty, de seu cheiro limpo de couro e da ruga entre suas sobrancelhas quando sorria. Carlin... Não era bem saudade o que sentia por Carlin. Na verdade, morria de medo do momento em que teria de ficar diante dela e responder por seus atos. Mas Carlin e Barty eram um pacote. — Quero os dois aqui o mais rápido possível.

— Dyer é o melhor homem para esse tipo de missão, Lady. Cuidarei disso quando ele estiver de volta.

— De volta de onde?

— Eu o enviei em uma incumbência.

— Que incumbência?

Clava suspirou e fechou os olhos.

— Faça-me um favor, Majestade: deixe-me fazer meu trabalho em paz.

Kelsea engoliu a pergunta seguinte, irritada por ser silenciada, e espiou os quatro guardas posicionados próximos às paredes da sala. Um deles era Galen, que Kelsea nunca vira sem o elmo antes. Seu cabelo era muito grisalho e, estranhamente, as rugas em seu rosto eram ainda mais proeminentes à luz de tochas do que quando estavam na floresta. Tinha uns quarenta e cinco anos, no mínimo; devia ter sido parte da Guarda de sua mãe por muitos anos. Kelsea ponderou esse fato por um momento antes de deixá-lo de lado.

Os outros três eram Elston, Kibb e Coryn, homens que também conhecera na viagem. Esses três não eram tão velhos quanto Galen, mas mesmo assim tinham muito mais idade do que Kelsea. Ela desejava ter alguns guardas mais jovens; a diferença de idade só servia para aumentar seu isolamento ali. Todos os quatro guardas evitavam olhar para Kelsea, prática que supunha ser padrão, mas que também achava humilhante. Depois de um minuto, ficou tão cansada disso que exclamou para a sala:

— Kibb, como está sua mão?

Ele se virou na direção dela, encarando o chão, recusando-se a fitá-la nos olhos.

— Ótima, Lady.

— Deixe-o em paz — murmurou Clava.

Passos ecoaram no corredor e dois homens surgiram, ambos usando o manto cinza da Guarda. Um era alto e magro, o outro, baixo e forte, mas ambos se moviam com uma graça natural, silenciosa, que Kelsea associava a combatentes treinados, em especial a Clava. O modo como andavam lado a lado fez Kelsea deduzir que estavam acostumados a andar em dupla. Quando se curvaram diante dela, pareceu um gesto coreografado. Kelsea podia ter achado que eram gêmeos fraternos, não fosse o fato de o sujeito alto ser pelo menos uns dez anos mais velho que o baixo.

Mhurn seguiu os dois para dentro e postou-se na entrada do salão. Fazia mais de uma semana desde a chegada deles à Fortaleza, mas Kelsea notou com alguma preocupação que Mhurn não parecia mais descansado do que estivera em campo. Seu rosto oval ainda estava pálido à luz das tochas e dava para perceber as olheiras de onde ela estava. Por que ele não conseguia dormir?

— Venner e Fell, Lady — anunciou Clava, chamando sua atenção para os dois homens a sua frente. — Seus mestres de armas.

Quando eles se endireitaram, Kelsea esticou o braço para cumprimentá-los. Os dois reagiram com surpresa, mas apertaram sua mão. Fell, o mais baixo, tinha uma cicatriz feia no malar; o ferimento recebera pontos malfeitos, ou ponto nenhum. Kelsea pensou em seu próprio ferimento, os pontos desajeitados de Clava em seu pescoço, e meneou a cabeça para afastar o pensamento indesejado. Seu ombro agora latejava com persistência, lembrando-a de que era hora de voltar a dormir.

Clava espera que eu permaneça acordada, pensou ela, tenaz. *Então não vou dormir.*

— Bem, mestres de armas, qual é exatamente sua função?

Os dois se entreolharam, mas foi Fell que respondeu primeiro.

— Eu superviosiono as armas e as guarnições para a Guarda de Vossa Majestade.

— E eu superviosiono o treinamento — acrescentou Venner.

— Podem conseguir uma espada para mim?

— Temos várias espadas à disposição de Vossa Majestade — respondeu Fell.

— Não, não uma espada cerimonial, embora eu saiba que preciso de uma dessas também. Uma espada apropriada para minha constituição, para manejar.

Ambos ficaram boquiabertos, em seguida olharam por impulso para Clava, o que deixou Kelsea tão irritada que ela enfiou as unhas no tecido macio da poltrona. Mas Clava se limitou a dar de ombros.

— Manejar, Majestade?

Kelsea pensou em Carlin, na grande decepção em seu rosto toda vez que sua protegida perdia o controle. Mordeu com força o interior da bochecha.

— Vou precisar de uma espada e uma armadura para meu tamanho. E também quero ser treinada.

— No manejo da espada, Majestade? — perguntou Venner, em absoluto choque.

— Isso, Venner, no manejo da espada. Aprendi a me defender com uma faca, mas entendo pouco de espadas.

Ela olhou para Clava para ver o que ele achava da ideia e o pegou assentindo, um sorriso sutil marcando seu rosto. Sua aprovação apaziguou a raiva de Kelsea, e ela suavizou o tom:

— Não vou pedir que homens morram por mim enquanto fico sentada sem fazer nada. Por que não deveria aprender a lutar também?

Os dois homens abriram a boca para responder e hesitaram. Kelsea fez um gesto para que continuassem, e Fell, por fim, respondeu:

— Apenas pela aparência, Lady, mas a aparência de uma rainha é importante. Vossa Alteza usando uma espada perde um pouco... a majestade.

— Não posso ser majestosa se estiver morta. E nos últimos dias tive de me defender com frequência demais para me contentar só com uma faca.

— Precisaremos tomar suas medidas, Lady — respondeu Fell, desgostoso. — E pode levar algum tempo para encontrar um ferreiro que faça armadura para uma mulher.

— Comece a procurar logo, então. Estão dispensados.

Ambos assentiram, fizeram uma reverência e tomaram a direção do corredor, Venner murmurando alguma coisa para Fell enquanto partiam. Clava riu quando os dois sumiram de vista.

— O que foi?

— Ele disse que Vossa Alteza não poderia se parecer menos com sua mãe.

Kelsea sorriu, mas foi um sorriso cansado.

— Acho que vamos apurar isso. Falta mais alguém?

— Arliss, seu tesoureiro. O regente também fez uma solicitação de audiência real. É um aborrecimento, mas seria bom tirá-lo do caminho.

Com um suspiro, Kelsea pensou em sua cama macia, em uma caneca de chá quente com creme. Despertou assustada e percebeu que começara a cochilar em sua poltrona; Andalie não estava mais a seu lado e Clava continuava esperando. Endireitando o corpo, ela esfregou os olhos.

— Vamos receber o regente primeiro, depois o tesoureiro.

Clava estalou os dedos para Coryn, que assentiu e foi para a cozinha.

— Falando no seu tio, devo informá-la de que ele se encontra em circunstâncias bem menos favoráveis nos últimos dias.

— Pobrezinho.

Andalie reapareceu silenciosamente e ofereceu a Kelsea uma caneca fumegante com um líquido cremoso. Dando uma cheirada cautelosa, Kelsea sentiu o aroma de chá preto misturado com creme. Olhou surpresa para Andalie, que se postara junto à parede outra vez, seu olhar sereno voltado para o nada.

— O que estou dizendo — continuou Clava — é que o regente se julga destratado por minhas decisões. Confisquei a maior parte de sua propriedade.

— Em meu nome?

— Vossa Alteza estava dormindo.

— Mesmo assim, foi em meu nome. Talvez seja melhor esperar que eu acorde, da próxima vez.

O modo como Clava a encarou fez com que percebesse que aquele era um momento "bonecas e vestidos". Kelsea suspirou.

— Que bens você confiscou?

— Joias, bebidas e umas estátuas de mau gosto. Algumas pinturas terríveis, pratos de ouro...

— Certo, Lazarus, vou deixar que continue seu trabalho em paz, como me pediu. — Ela o fitou pelo canto do olho. — Devia me agradecer por isso.

Clava fez uma mesura.

— Meus mais humildes agradecimentos, vossa ilustríssima...

— Não começa.

Ele sorriu, então voltou a esperar em silêncio até que um ruído cavernoso reverberou pelo salão de audiências vindo das portas duplas na parede oeste. Essas portas tinham quase seis metros de altura e não só estavam trancadas como também bloqueadas com pesadas vigas feitas de carvalho na altura dos joelhos e da cabeça de um homem. Kibb abriu uma pequena janela na porta da direita, enquanto Elston batia duas vezes na da esquerda. Em resposta, três batidas vieram do outro lado, ecoando na parede leste, e Elston respondeu do mesmo modo.

Kelsea achou o sistema fascinante. Elston murmurou algo, parecendo satisfeito, e ele e Kibb tiraram as vigas. O peso era imenso; mesmo estando do outro lado da sala Kelsea pôde notar as veias saltando nos braços musculosos de Elston.

— Um bom sistema — falou para Clava. — Concebido por você, imagino.

— Os detalhes sim, mas a ideia original foi de Carroll. Mudamos o código diariamente.

— Parece um tanto trabalhoso para um único visitante. Por que não o trazem da mesma maneira que Coryn saiu?

Clava lançou-lhe um de seus olhares expressivos.

— Ah...

— Poucas pessoas conhecem as passagens, Lady, mas eu ficaria chocado se o regente algum dia se desse ao trabalho de sair da cama tempo o bastante para descobrir um décimo do que eu sei.

— Entendo. Alguém deveria fechar a porta da creche. Não quero que Marguerite escute isso.

Clava estalou os dedos para Mhurn, que obedeceu. Kelsea teria achado essas constantes estaladinhas de dedos uma coisa humilhante, mas os guardas deixavam claro que não se importavam; pareciam até se orgulhar do fato de que Clava não precisava lhes dar ordens específicas. Elston e Kibb então posicionaram os ombros nas portas, empurrando-as para fora, e Kelsea viu um túnel amplo, iluminado por inúmeras tochas, que se inclinava em um declive suave por algumas dezenas de metros antes de desaparecer em uma curva. Ela se lembrava do túnel, mas nunca caminhara por ele. Ou será que sim? Não, isso mesmo; Clava fora enfim forçado a arrastá-la pela subida. Por que alguém criaria uma colina artificial dentro de um edifício?

Para defesa, é claro, respondeu Carlin. *Use a cabeça, Kelsea. É para o dia em que vierem à Fortaleza com forçados para separá-la do seu pescoço.*

— Que encantador — murmurou Kelsea. — Obrigada.

— Como disse, Lady?

— Nada.

O regente avançou pelas portas, escoltado por Coryn. Kelsea percebeu tudo que precisava saber pela displicência da postura de Coryn: ele não esperava que o regente causasse qualquer problema. Nem sequer levara a mão à espada.

O rosto do regente estava franzido e contrariado, e usava uma combinação de blusa e calça do mesmo roxo horroroso de antes. Quando se aproximou, Kelsea ficou cada vez mais certa de que olhava para uma roupa que não era lavada havia algum tempo; o tecido tinha manchas de comida onde a barriga protuberante de seu tio começava a se curvar para baixo, e várias gotas do que parecia ser vinho salpicavam seu peito. Mas ele com certeza cuidara com esmero da barba, pois continuava cheia daqueles mesmos cachos artificiais, efeito que só podia ter sido obtido com um ferro aquecido.

Quando estavam a cinco metros da poltrona, Coryn segurou o braço do regente.

— Não se aproxime nem mais um passo, entendido?

O regente assentiu. Kelsea se lembrou de repente de que o nome dele era Thomas, mas não conseguia ligar esse nome ao homem parado diante dela. Thomas era um nome para criaturas santas e anjos, um nome bíblico. Não servia para seu tio, com aquele brilho de irritação no olhar. Era certo que fora até lá com um objetivo em mente.

Quando Kelsea tinha catorze anos, Carlin lhe ordenou, sem nenhum aviso ou explicação, que interrompesse a lição e lesse a Bíblia. Isso surpreendeu Kelsea; Carlin não fazia segredo de seu desprezo pela Igreja, e aquele livro era o único símbolo religioso na casa. Mas era uma tarefa, e assim Kelsea leu o grosso e empoeirado exemplar da Bíblia do Rei James que em geral ficava no canto mais elevado da última prateleira. Depois dos cinco dias que levou para terminar, ela presumiu que sua obrigação com o pesado livro havia sido cumprida, mas estava enganada. Carlin passou o resto daquela semana (a partir de então conhecida como Semana da Bíblia, na cabeça de Kelsea) sabatinando-a sobre o volume, seus personagens, eventos e morais, e Kelsea foi forçada a pegar o livro outra vez na estante não uma, mas inúmeras vezes. Por fim, após três ou quatro dias de estudo persistente, haviam concluído, e Carlin disse a Kelsea que agora ela podia deixar o livro de lado para sempre.

— Por que você tem uma Bíblia tão bonita? — perguntou Kelsea.

— A Bíblia é um livro, Kelsea, um livro que tem influenciado a humanidade por milhares de anos. Ela merece ser preservada em uma boa edição, como qualquer outro livro importante.

— Você acredita que fale a verdade?

— Não.

— Então por que precisei ler? — Kelsea quis saber, ressentida. Não tinha sido uma história lá tão boa, e era um livro *pesado*; ela teve de carregar a maldita coisa de um lado para outro por dias. — Qual a finalidade?

— Conhecer seu inimigo, Kelsea. Até mesmo um livro pode ser perigoso nas mãos erradas, e quando isso acontece você culpa quem o segura, mas também lê o livro.

Kelsea não compreendera o que Carlin queria dizer na época, mas após dar uma olhada na cruz de ouro no topo do Arvath começava a formar uma imagem melhor. Duvidava que algum dia na vida seu tio lera a Bíblia, mas, enquanto olhava para ele, lembrou-se de mais uma coisa da Semana da Bíblia: Thomas, ou são Tomé, não apenas era um dos apóstolos como também aquele que duvidava. Talvez a rainha Arla tivesse segurado seu tio nos braços pela primeira vez e visto o que Kelsea via agora: fraqueza, ainda mais perigosa por estar combinada à pretensão de achar ter direito ao trono.

Ele é seu último parente vivo, protestou uma voz dentro dela. Mas a voz foi abafada por uma súbita onda de fúria que superou a lealdade familiar, superou a curiosidade. Kelsea fez as contas. Sua mãe morrera dezesseis anos antes, e seu tio tornara-se regente desde então. Dezesseis anos vezes três mil era igual a quarenta e oito mil cidadãos tear que seu tio despachara para proteger a própria pele. Ela não via remorso algum em seu rosto, nenhum tipo de arrependimento, apenas a expressão perplexa de um homem sentindo-se injustiçado. Ele não valia nada, mas estava convicto de que o mundo lhe devia algo, de que merecia algum tipo de compensação pelos últimos acontecimentos.

Como consigo perceber tanta coisa?, perguntou-se Kelsea. Como que em resposta, sua safira vibrou, uma palpitação minúscula de calor que pareceu percorrer seu peito. Kelsea levou um susto, mas foi muito menor do que a sensação que tivera da última vez, no Gramado da Fortaleza. Talvez estivesse apenas se iludindo, mas sentia que começava a compreender a joia, ainda que só um pouco. Notava que várias vezes ela reagia a seu estado de espírito, mas às vezes a pedra também parecia querer sua atenção. Agora, podia jurar que estava lhe dizendo para manter a mente concentrada no presente.

— O que você quer, tio?

— Venho pedir a Vossa Majestade que me deixe permanecer na Fortaleza — respondeu o regente, sua voz nasalada ecoando pelo ambiente no que com certeza era um discurso ensaiado. Os quatro guardas, embora continuassem em seus postos junto à parede, não estavam mais olhando para o outro lado; Mhurn em especial observava o regente com a expressão fixa, ansiosa, de um cão faminto. — Sinto que meu banimento foi injusto e imprudente. Além do mais, o confisco de meus pertences foi feito de maneira clandestina, de modo que não tive chance de defender meu pleito.

Kelsea ergueu as sobrancelhas, surpresa com aquele vocabulário, e curvou-se na direção de Clava.

— Como lido com isso?

— Como preferir, Lady. Deus sabe como estou precisando de entretenimento.

Ela voltou a atenção para o tio.

— Qual é seu pleito?

— Como?

— Você disse que não teve oportunidade de defender seu pleito. Qual é?

— Muitos dos itens confiscados de meus aposentos pela sua guarda eram presentes. Coisas de ordem pessoal.

— E...?

— E não eram propriedade da Coroa. A Coroa não tem direito algum sobre eles.

Clava interrompeu.

— A Coroa tem o direito de confiscar qualquer coisa que esteja dentro da Fortaleza.

Kelsea assentiu, concordando, embora aquela regra fosse uma novidade para ela.

— Ele tem razão, tio. Isso inclui suas bugigangas de Mortmesne.

— Não foram só as bugigangas, minha sobrinha. Também levaram minha mulher favorita.

— Marguerite está sob minha proteção agora.

— Ela foi um presente, e um muito valioso.

— Concordo — replicou Kelsea, sorrindo ainda mais. — Ela é muito valiosa. Tenho certeza de que vai me servir bem.

O rubor começou a subir pelo pescoço do regente, seguindo continuamente até o queixo. Carlin sempre dizia que a maioria dos homens era como cachorros, mas Kelsea nunca a levara a sério; havia muitos livros bons escritos por homens. Agora ela via que Carlin não estava tão equivocada assim.

— Quem sabe quando eu me cansar de Marguerite, lhe conceda a liberdade. Mas no momento ela está feliz aqui.

O regente ergueu o rosto, incrédulo.

— Mentiras!

— Asseguro a você que ela está bem contente — respondeu Kelsea com alegria. — Ora, não preciso nem mantê-la presa a uma corda!

Elston e Kibb, que ladeavam o cômodo, deram risadinhas desdenhosas.

— Aquela vagabunda não ficaria contente em lugar nenhum! — rosnou o regente, gotículas de cuspe voando de seus lábios.

— Cuidado com o que fala diante da rainha — grunhiu Clava. — Ou vou embrulhá-lo para presente e chutá-lo da Fortaleza agora mesmo. Fetch pode usar seus ossos para fazer um novo jogo de talheres.

Kelsea o interrompeu.

— Imagino que Marguerite é o único assunto que veio pleitear? Porque ninguém estaria disposto a discutir por causa daquela pilha de arte de mau gosto.

O regente ficou boquiaberto.

— Minhas pinturas são de Powell!

— Quem é Powell? — perguntou Kelsea, lançando a pergunta para todos.

Ninguém respondeu.

— Ele é um pintor renomado em Jenner — insistiu o regente. — Eu tive de *colecionar* aqueles quadros.

— Bem, talvez você possa fazer uma oferta naqueles que não conseguirmos vender.

— E minhas estátuas?

Coryn se pronunciou.

— As estátuas são mais fáceis de vender, Majestade. A maioria é muito feia, mas os materiais são caros. Imagino que possam ser reaproveitados.

O regente parecia magoado.

— Foi-me assegurado que aquelas estátuas só iriam valorizar com o tempo.
— Assegurado por quem? — perguntou Kelsea. — Pela pessoa que as vendeu?

O regente abriu a boca, mas não saiu nada. A rainha se mexeu com impaciência; aquela brincadeira já perdera a graça e ela estava começando a se cansar outra vez. Mesmo assim, divertira sua Guarda por um tempo e isso por si só já valera a pena. Elston e Kibb não escondiam o júbilo, Coryn tentava disfarçar um sorrisinho e até Mhurn parecia plenamente acordado pela primeira vez.

— Vou ficar com suas tralhas, tio. Não consigo imaginar que argumento você teria sobre seu banimento, mas se tem um, sou toda ouvidos.

— Posso lhe ser bem útil, sobrinha — respondeu o regente, mudando de ânimo tão rápido que Kelsea teve que se perguntar se não estivera apenas rondando o assunto esse tempo todo.

— Em que sentido?

— Sei de uma porção de coisas que Vossa Alteza gostaria de saber.

— Isso está começando a ficar tedioso, Majestade — interrompeu Clava. — Deixe que eu o expulse logo da Fortaleza.

— Espere. — Kelsea ergueu a mão. — Sabe o quê, por exemplo, tio?

— Sei quem é seu pai.

— Ele não sabe coisa alguma, Lady — rosnou Clava.

— Claro que sei, minha sobrinha. E sei muito mais sobre sua mãe, coisas que a deixariam interessada. Esses homens não vão lhe contar. Eles prestaram juramento. Mas eu não faço parte da Guarda da Rainha. Sei tudo sobre Elyssa, mais do que pode imaginar, e posso lhe contar cada detalhe.

Se os olhos dos guardas fossem espadas, o corpo do regente teria ficado todo perfurado. Kelsea virou-se para Clava e viu seu rosto aflito, uma visão terrível.

Eu quero saber. Ela queria desesperadamente saber qual dos infinitos parceiros de sua mãe era de fato seu pai; queria saber como sua mãe fora no dia a dia. Talvez nem tudo fosse como parecesse. Ela se agarrou àquela ideia, imaginando se haveria qualidades em sua mãe que a redimiriam, coisas que ninguém mais sabia. Mas havia também perigos ocultos. Kelsea lançou um olhar frio a seu tio.

— O que exatamente está pedindo, Sherazade? Asilo na Fortaleza?

— Não, quero me envolver. Quero contribuir e governar. Também tenho informações valiosas sobre a Rainha Vermelha.

— Vamos mesmo continuar esse joguinho? Você tentou me matar, tio. Não funcionou, então está perdoado, mas isso também não me deixa propensa a favorecê-lo.

— Onde está a prova?

Clava deu um passo adiante.

— Dois de seus próprios guardas já confessaram e o implicaram, seu imbecil.

Os olhos do regente se arregalaram, mas Clava não havia terminado.

— Isso sem falar nos Caden que você contratou para caçar a rainha três meses atrás.

— Os Caden nunca revelam seus empregadores.

— Claro que revelam, seu serzinho miserável. Você só precisa pegá-los com o humor certo e lhes pagar cervejas suficientes. Tenho toda prova de que preciso. Considere-se sortudo por ainda estar aqui.

— Então *por que* estou aqui?

Clava abriu a boca para responder, mas Kelsea sinalizou que fizesse silêncio, com o coração pesado. Por mais que desejasse obter informações de seu tio, não podia aceitar aquela oferta. Ele nunca deixaria de tentar reaver o que perdera; isso ficava claro pela maneira como relanceava o salão. Ela não conhecia o homem, mas conhecia seu caráter. Jamais pararia de conspirar. Jamais poderia confiar nele.

— A verdade, tio, é que não o considero importante o bastante para ser preso. — Kelsea apontou para o guarda ao lado dele. — Veja Coryn, por exemplo.

O regente virou-se para o guarda, surpreso, como se tivesse se esquecido de que Coryn estava ali. O próprio guarda pareceu atônito.

— Eu poderia levar tudo que Coryn possui, roupas, dinheiro, armas, todas as mulheres que talvez tenha escondidas em algum lugar...

— São muitas — comentou Coryn, sorridente.

Kelsea retribuiu o sorriso, complacente, antes de continuar.

— E ele continuaria a ser Coryn, um homem extremamente honrado e útil. — Ela fez uma pausa. — Agora veja só seu caso, tio. Despido de suas roupas e suas mulheres e seus guardas, não passa de um traidor cujos crimes foram escancarados para que todo mundo veja. Prendê-lo em minhas masmorras seria um desperdício de cela. Você não é ninguém.

Seu tio deu as costas, um movimento tão súbito que Clava se projetou diante de Kelsea, levando a mão à espada. Mas o regente se limitou a ficar ali por um minuto, sem encará-los, os ombros tremendo.

— Minha ordem continua válida, tio. Agora você tem vinte e cinco dias para deixar a Fortaleza. Coryn, escolte-o de volta.

— Não preciso de sua escolta! — rosnou o regente, virando-se para encará-la. Seus olhos estavam arregalados de fúria, mas também havia dor ali, uma dor mais profunda do que Kelsea pretendera infligir. Ela sentiu um impulso repentino, absurdo, de se desculpar, mas o sentimento evaporou em um piscar de olhos quando ele continuou: — Você está à deriva em mar aberto, garota. Acho que nem seu querido Clava faz ideia de quão profundas são essas águas. A Rainha Vermelha sabe o que você fez; eu mesmo mandei o mensageiro. Você interferiu com o comércio de escravos mort e, acredite em mim, ela virá e vai estripar este reino como um porco no matadouro.

Ele olhou para um ponto atrás de Kelsea e caiu em silêncio, os olhos arregalados e aterrorizados.

Kelsea se virou e viu Marguerite às suas costas. O pescoço da mulher ainda não cicatrizara; os vergões eram de um tom forte de roxo, visíveis até mesmo à luz escassa. Ela usava um vestido marrom largo, mas ali estava a prova irrefutável de que não eram os trajes que moldavam a mulher: Marguerite era a própria Helena de Troia, alta e imponente, seu cabelo como uma fogueira ardendo à luz das tochas, olhando para o regente com uma intensidade que deixou a pele de Kelsea arrepiada.

— Marguerite? — perguntou seu tio. Toda a agressividade evaporara; ele olhava para Marguerite com um anseio vívido que lhe dava o aspecto de um bezerro. — Senti sua falta.

— Não sei como você tem coragem de dirigir-lhe a palavra — censurou Kelsea —, mas sem dúvida não o fará outra vez sem minha permissão.

O rosto do regente se anuviou, mas ele ficou em silêncio, os olhos fixos em Marguerite. Ela lhe devolveu o olhar por mais um momento, então avançou, fazendo tanto Clava quanto Coryn levar a mão às espadas. Mas Marguerite os ignorou por completo e caminhou até a poltrona de Kelsea, sentando-se aos pés da rainha.

O regente observou a cena por um instante, o rosto paralisado pelo choque. Então sua expressão se contorceu de ódio.

— O que você ofereceu a ela?

— Nada.

— Como a comprou?

— Para começar, não pus uma corda em torno de seu pescoço.

— Então faça bom proveito dela. Essa vadia pode muito bem cortar sua garganta enquanto sorri. — Ele olhou feio para Marguerite. — Maldita seja, prostituta mort.

— Ninguém teme suas imprecações, seu porco tear — respondeu Marguerite, em mort. — Você atraiu a própria desgraça.

O regente fitou Marguerite com uma expressão atônita, e Kelsea balançou a cabeça, desgostosa; ele nem sequer falava mort.

— Não temos mais nada a discutir, tio. Saia agora e boa sorte em sua jornada pelos campos.

O regente lançou um derradeiro olhar agonizante a Marguerite, depois se virou e se afastou, espalhafatoso, Coryn em seus calcanhares. Elston e Kibb abriram as portas apenas o suficiente para a passagem do homem, e Marguerite esperou até serem fechadas antes de se levantar, falando apressadamente em mort:

— Devo voltar para as crianças, Majestade.

Kelsea assentiu. Tinha perguntas a fazer para Marguerite, mas aquela não era a hora; observou a mulher sumir pelo corredor antes de relaxar em sua poltrona.

— Diga-me que isso é tudo.

— Seu tesoureiro, Lady — lembrou-lhe Clava. — Vossa Alteza prometeu recebê-lo.

— Você é um tirano, Lazarus.

— Tragam Arliss! — exclamou Clava. — Só alguns minutos, Majestade. É importante. Ligações pessoais geram lealdade, como sabe.

— Como podemos confiar no tesoureiro de meu tio?

— Por favor, Lady. Seu tio nunca teve um tesoureiro, apenas um bando de vigias para o cofre, que geralmente estavam bêbados durante o turno.

— Então quem é esse Arliss?

— Eu o escolhi para o trabalho.

— Quem é ele?

Clava desviou o olhar.

— Um negociante local, muito bom com dinheiro.

— Que tipo de negociante?

Clava cruzou os braços, um gesto bem afetado, para ele.

— Se quer mesmo saber, Lady, é o guarda-livros de uma casa de apostas.

— Um guarda-livros? — Kelsea ficou atônita por um momento, mas sua confusão logo deu lugar à empolgação. — Mas você disse que não existiam bibliotecas. Como ele consegue os livros? Onde ficam guardados?

Clava a encarou por um momento e então explodiu em uma gargalhada. Kelsea descobriu por que ele não ria com frequência: foi um som de hiena, o guincho de um animal. Clava tapou a boca com a mão, mas o mal estava feito, e Kelsea sentiu um rubor quente se espalhando por suas bochechas.

Não estou acostumada a ser motivo de risadas, percebeu, e modelou sua boca para algo que parecia quase um sorriso.

— O que foi que eu disse?

— Não tem nada a ver com livros, Lady. Ele é um agenciador de apostas.

— Apostas? — perguntou Kelsea, esquecendo o constrangimento. — Você quer que eu dê as chaves do tesouro para um apostador profissional?

— Tem uma ideia melhor?

— Deve haver alguma outra pessoa.

— Ninguém é tão bom com dinheiro, posso lhe afirmar. Na verdade, tive de me empenhar muito para convencer Arliss a vir até aqui, então é melhor tratá-lo bem. Ele tem uma calculadora pré-Travessia na cabeça e odeia seu tio. Achei que seria um bom começo.

— Como podemos ter certeza de que ele será honesto?

— Não serei — grasnou uma voz rouca, e pela porta surgiu um velho encarquilhado, o corpo pequeno e curvado.

Devia ser manco da perna esquerda, pois movia o lado direito primeiro e depois arrastava o esquerdo para acompanhar. Mas, mesmo assim, andava tão rápido que Kibb, às suas costas, teve de se apressar para acompanhá-lo. O braço esquerdo de Arliss também parecia aleijado; mesmo levando uma pilha de papéis sob a axila, segurava o antebraço junto ao tórax, como uma criança. O que restava de seu cabelo branco se projetava em tufos esparsos acima das orelhas (e, Kelsea notou quando ele chegou mais perto, também de dentro dos ouvidos). Seus olhos envelhecidos eram amarelados, as pálpebras inferiores caídas e mostrando a carne, que nem era mais vermelha; a idade parecia ter levado embora toda a cor, deixando apenas um rosado muito pálido. Era a criatura mais feia que Kelsea já vira em sua vida.

Finalmente alguém que me faz parecer bonita. Kelsea arrependeu-se da própria indelicadeza no momento em que o pensamento cruzou sua mente.

O velho estendeu a mão boa para cumprimentá-la, e Kelsea a apertou com suavidade. A mão parecia de papel: lisa, fria e sem vida. Seu cheiro era terrível, um odor forte e rançoso que Kelsea presumiu ser coisa da idade.

— Honesto não sou — anunciou o homem, com a voz arquejante. Kelsea não reconheceu o sotaque, que não era tear puro; conseguia ser tanto acentuado como nasalado ao mesmo tempo. — Mas sou confiável.

— São afirmações contraditórias — replicou Kelsea.

Os olhos de Arliss cintilaram.

— Mesmo assim, aqui estou.

— Arliss *é* confiável, Lady — afirmou Clava. — E acho...

— Primeiro, as prioridades — interrompeu-o Arliss. — Quem é seu pai, infanta?

— Não sei.

— Droga. Clava não quer me contar e vou ganhar uma bolada quando vier à tona. — Arliss se curvou para a frente, olhando para o peito dela. — Incrível.

Kelsea recuou, indignada, mas então percebeu que o velho estava olhando para a safira, inspecionando-a com a avidez de um colecionador.

— Imagino que seja verdadeira? — perguntou ela.

— Mais verdadeira, impossível, Majestade. Uma safira perfeita, corte esmeralda, sem falhas, de beleza ímpar. A incrustação também não é ruim, mas a joia... Eu poderia conseguir um preço astronômico por ela.

Kelsea curvou-se, esquecendo o cansaço.

— Faz alguma ideia de onde ela veio?

— Conheço apenas os boatos, infanta. Não dá para saber o que é verdade e o que não é. Dizem que William Tear fez a Joia do Rei logo depois da Travessia. Mas Jonathan Tear não ficou satisfeito com isso e mandou seus servos criarem também a Joia do Herdeiro. Não adiantou nada; o pobre-diabo foi assassinado alguns anos depois.

— Onde as pedras foram obtidas?

— Cadare, muito provavelmente. Não há joias tão boas no Tearling ou em Mortmesne. Talvez seja por isso que ela as quer tanto.

— Quem?

— A Rainha Vermelha, Lady. Minhas fontes dizem que ela quer as joias tanto quanto quer sua cabeça.

— Sem dúvida ela pode obter todas as joias que quiser, como tributo de Cadare.

— Talvez. — Arliss lançou-lhe um olhar de soslaio saído das densas sobrancelhas. — Muito tempo atrás, houve boatos sobre as safiras serem mágicas.

— Improvável — interrompeu Clava. — Nunca fizeram nada pela rainha Elyssa.

— Onde está a joia gêmea?

— Não estávamos falando sobre o tesouro, Arliss?

— Ah, sim. — Arliss mudou de disposição na mesma hora, pegando o punhado de folhas sob o braço esquerdo. Ele realizou um pequeno malabarismo, segurando os papéis com os dentes e folheando as páginas até encontrar a que queria e soltá-la do maço. — Inventariei as posses de seu tio, infanta. Conheço bons lugares onde vender os objetos de valor e bons tolos para penhorar os que não valem muita coisa. Você pode conseguir pelo menos cinquenta mil libras com toda aquela merda que seu tio acha que é arte e, no mercado oficial, pagariam pelo menos o dobro pelas joias das putas...

— Cuidado com a língua, Arliss.

— Desculpe, desculpe. — Arliss desconsiderou a reprimenda gesticulando com a mão, como se não se importasse, e Kelsea percebeu que o velho não se importava mesmo. Ela gostou de seu jeito desbocado; combinava com ele. — Ainda nem passei pelo cofre; acredite se quiser, ainda estou tentando encontrar alguém que tenha a chave. Mas tenho algumas ideias do que vou encontrar por lá. Por sinal, vai precisar de novos vigias.

— Parece que sim — respondeu Kelsea. O ombro estava gritando, mas ela ignorou a dor, um tanto contagiada pela enorme energia do velho.

— Depois que o Censo abocanha sua parte de forma ilícita, o Tearling recolhe uns cinquenta mil em impostos. Seu tio gastou bem mais que um milhão de libras desde que sua mãe morreu. Suponho... e eu não costumo estar errado...

que sobraram uns cem mil no tesouro, não mais que isso. Em outras palavras, o reino está quebrado.

— Que maravilha.

— Então — continuou Arliss, com um brilho nos olhos —, tenho algumas ideias sobre como aumentar a receita.

— Que ideias?

— Depende, Majestade. Estou contratado? Não faço nada de graça.

Kelsea olhou para Clava em um apelo emudecido, mas ele se limitou a erguer as sobrancelhas, um gesto expressivo desafiando-a a dizer não.

— Você não é honesto, mas é confiável?

— Isso mesmo.

— Acho que você é mais do que apenas um guarda-livros.

Arliss sorriu, o cabelo espetado muito ereto na cabeça, como se tivesse sido atingido por um raio.

— Talvez seja.

— Por que quer trabalhar para *mim*? Imagino que por mais que lhe paguemos, é menos do que ganha em uma noite.

Arliss riu, um pequeno arquejo asmático como um acordeão soltando o ar.

— Para falar a verdade, infanta, devo ser mais rico do que Vossa Majestade.

— Então por que deseja o emprego?

O rosto do homenzinho adquiriu uma expressão sóbria, e ele lançou a Kelsea um olhar avaliador.

— Estão cantando sobre Vossa Majestade nas ruas, sabia? Todos estão absolutamente aterrorizados com a ideia de uma invasão, a cidade inteira, mas mesmo assim estão fazendo canções. Te chamando de a Rainha Verdadeira.

Kelsea lançou um olhar interrogativo para Clava, que apenas assentiu.

— Não sei se isso é verdade, mas gosto de garantir minhas apostas — continuou Arliss. — É sempre bom estar do lado vencedor.

— E se eu não for o que dizem?

— Nesse caso, tenho dinheiro suficiente para me safar de qualquer encrenca.

— Quanto espera que eu lhe pague?

— Clava e eu já acertamos os detalhes. Só precisa dizer sim.

— Espera que eu feche os olhos para seus demais negócios?

— Podemos lidar com isso quando for necessário.

Velho escorregadio, pensou Kelsea. Ela apelou a Clava outra vez.

— Lazarus?

— Não vai encontrar um homem de negócios melhor em todo o Tearling, Lady, e essa não é a menor de suas habilidades. Será preciso um bocado de trabalho para arrumar o rombo feito por seu tio. Esse é o homem que eu escolheria para o serviço. Ainda que... — Clava grunhiu, dirigindo um olhar duro na direção de Arliss — ele precise aprender a lhe dirigir a palavra com mais respeito.

Arliss sorriu, mostrando a boca cheia de dentes tortos e amarelados.

Kelsea suspirou, sentindo um manto de inevitabilidade descer sobre ela, compreendendo que essa seria apenas a primeira de muitas concessões. Foi uma sensação desconfortável, como ser obrigada a entrar em um barco em um rio furioso porque não havia possibilidade de seguir por terra.

— Certo, está contratado. Prepare-me algum tipo de contabilidade, se puder.

O velho fez uma mesura e começou a se afastar, coxeando, da poltrona.

— Voltaremos a conversar, infanta, quando for de seu agrado. Nesse meio-tempo, tenho sua permissão para inspecionar o cofre?

Kelsea sorriu, sentindo uma película de suor na testa.

— Duvido que precise de minha permissão, Arliss. Mas, sim, você a tem.

Ela se recostou na poltrona, mas seu ombro se rebelou, fazendo com que se inclinasse bruscamente para a frente outra vez.

— Lazarus, preciso descansar agora.

Clava assentiu e gesticulou para que Arliss fosse embora. O tesoureiro se dirigiu para a saída do salão em seu esquisito passo de caranguejo, e tanto Clava quanto Andalie passaram um braço sob Kelsea e a ergueram da poltrona para a carregarem até seus aposentos.

— Arliss vai morar aqui conosco? — perguntou Kelsea.

— Não sei — respondeu Clava. — Ele está na Fortaleza há alguns dias, mas é apenas para inventariar as coisas de seu tio. Ele tem esconderijos por toda a cidade. Imagino que possa ir para onde bem entender.

— Com o que exatamente ele trabalha?

— Com o mercado negro.

— Seja mais específico, Lazarus.

— Vamos dizer apenas que ele consegue artigos exóticos, Lady, e deixar por isso mesmo.

— Pessoas?

— De modo algum. Eu sabia que Vossa Alteza não admitiria algo assim. — Clava deu as costas, de modo que Andalie pudesse ajudar Kelsea a se despir, e começou a apagar as tochas pelo quarto. — O que achou de Venner e Fell?

Quem?, pensou Kelsea, e então se lembrou dos dois mestres de armas.

— Vão me ensinar a lutar, caso contrário, se arrependerão.

— São bons homens. Seja paciente com eles. Sua mãe não gostava nem de ver armas.

Kelsea fez uma careta, pensando outra vez em Carlin e nos vestidos.

— Minha mãe era uma tola vaidosa.

— E, no entanto, o legado dela está a sua volta — murmurou Andalie, tirando grampos do cabelo de Kelsea.

Assim que Andalie enfim terminou a difícil tarefa de tirar o vestido de Kelsea sem agravar o ferimento, a rainha subiu na cama, tão cansada que mal percebeu a fria suavidade de lençóis limpos.

Como trocaram os lençóis tão rápido?, perguntou-se, sonolenta. De algum jeito isso parecia mais mágico do que tudo que acontecera até então. Virou a cabeça para desejar boa noite a Clava e Andalie e descobriu que já tinham ido embora e fechado a porta.

Kelsea não conseguia deitar de costas; acomodou-se devagar na cama, tentando encontrar uma posição confortável. Por fim, relaxou de lado, olhando para as estantes vazias, exausta. Havia tantas coisas a serem feitas...

Você já fez muito, a voz de Barty sussurrou em sua mente.

Uma tempestade de imagens invadiu a memória de Kelsea. As jaulas pegando fogo. Marguerite amarrada diante do trono de seu tio. A idosa na multidão chorando, ajoelhada no chão. Andalie gritando diante da jaula. A fileira de crianças sentadas na creche. Kelsea se remexeu entre os lençóis, tentando relaxar, mas não conseguiu. Percebia o reino a sua volta, sob ela, estendendo-se por quilômetros em todas as direções, seu povo em grande perigo devido à nuvem mort no horizonte, e soube que sua primeira sensação estava correta.

Mas não é o suficiente, pensou Kelsea, desolada. *Não está nem perto de ser.*

A joia

Tantas forças estavam atuando contra a rainha Glynn que ela poderia ser comparada a um rochedo projetando-se no Oceano de Deus, castigado pela maré inexorável. Em vez disso, como a história mostra, ela se moldou.

— *A rainha Glynn: um retrato*, KARN HOPLEY

— Mais rápido, Lady! Mexa-se mais rápido! — bradou Venner.

Kelsea gingou para trás, tentando se lembrar do meticuloso jogo de pés que Venner lhe ensinara.

— Mantenha a espada erguida!

Kelsea ergueu a espada, sentindo o ombro protestar. A arma era incrivelmente pesada.

— Precisa se mover com mais agilidade — disse-lhe Venner. — Seus pés devem ser mais rápidos que os do oponente. Até um espadachim pouco habilidoso a superaria nesse ponto.

Kelsea concordou com a cabeça, corando de leve, e reajustou a empunhadura. Ser rápida com uma faca era bem diferente de ser rápida com uma espada. O tamanho de seu corpo combinado ao peso extra da espada era um obstáculo. Quando Kelsea se virava, percebia os próprios membros bloqueando o caminho. Venner se recusava a deixá-la treinar com qualquer um a não ser ele mesmo até que ficasse mais rápida, e Kelsea sabia que tinha razão.

— Outra vez.

Kelsea se preparou, praguejando por dentro. Ainda não haviam chegado nem ao que ela deveria fazer com a espada; sua tarefa no momento era sustentá-la erguida diante do corpo. Considerando o ferimento em seu ombro, sua falta de tônus muscular e a armadura pesada de Pen, empunhar a arma já era um desafio, e lembrar-se do intricado jogo de pés ao mesmo tempo era quase impossível. Mas Venner era um professor exigente e queria aproveitar cada segundo da aula. Iria sem dúvida mantê-la trabalhando durante os quinze minutos restantes. Ela ergueu a espada, o suor escorrendo pelo rosto.

— Dance, Lady, dance!

Ela deu um passo para trás, depois para a frente, antecipando um oponente imaginário. Não cambaleou dessa vez, um progresso, mas podia perceber pelo suspiro de Venner que não se movimentara mais rápido. Virou-se para ele, ofegante, e ergueu a espada em um gesto impotente.

— Bem, o que mais posso fazer?

Venner mudou o peso de um pé para outro.

— O que foi?

— Vossa Majestade precisa de condicionamento físico. Nunca será tão ligeira quanto uma dançarina, mas poderá mover-se com mais rapidez se perder um pouco de peso.

Kelsea corou e desviou o rosto na mesma hora. Sabia que estava acima do peso, mas havia uma grande diferença entre saber algo e escutar isso sendo dito em voz alta. Venner tinha idade suficiente para ser seu pai, mas não gostou de ouvir críticas vindas dele. Ela sabia que se Clava estivesse presente, nunca deixaria Venner se safar de algo assim. Mas também sabia que seus modos casuais e sua recusa em punir alguém por suas palavras eram um convite à impertinência.

— Vou falar com Milla sobre isso — respondeu após um bom tempo. — Talvez ela possa mudar minha dieta.

— Não quis ser desrespeitoso, Lady.

Kelsea fez um gesto pedindo silêncio ao escutar um movimento suave do lado de fora da porta.

— Lazarus, é você?

Clava entrou com uma batida ligeira no batente da porta.

— Majestade.

— Está espionando minhas aulas?

— Espionando não, Lady. Apenas protegendo um interesse.

— É o que todo espião diz. — Kelsea pegou um paninho no banco e limpou grande parte do suor do rosto. — Venner, acredito que já terminamos por hoje.

— Ainda temos mais dez minutos.

— Já encerramos.

Venner embainhou a espada, contrariado.

— Daqui a três dias você vai poder voltar a me atormentar, mestre de armas.

— Eu a atormento para seu próprio bem, Lady.

— Diga a Fell que estou esperando um relatório sobre minha armadura para amanhã.

Venner assentiu, seu desconforto evidente.

— Peço desculpas pelo atraso, Lady.

— Também diga a Fell que se não houver nenhum progresso para mostrar até amanhã, devo ter apenas um mestre de armas a partir de agora. Um homem que não consegue encontrar uma armadura depois de duas semanas não deve ser confiável para receber qualquer outra tarefa.

— Um homem não pode cuidar adequadamente de tudo, Lady.

— Então faça com que ele perceba isso, e rápido. Estou cansada desses atrasos.

Venner partiu com uma expressão preocupada. Com a ajuda de Clava, Kelsea começou a remover a armadura emprestada de Pen de seu torso suado, a respiração sibilando por entre os dentes cerrados quando se livrou da peça. Seus seios doíam quando a vestia, mas doíam ainda mais quando a tirava.

— Ele tem razão, Majestade — afirmou Clava, pondo o peitoral da armadura sobre o banco. — Precisa de dois mestres de armas; sempre foi assim. Um para treino, outro para aquisições.

— Bem, nenhum dos meus será tão lento assim. — Kelsea lutou contra as fivelas que prendiam a armadura em sua panturrilha. As travas com certeza haviam sido feitas para homens... homens com unhas curtas. Fazendo pressão contra o couro fino, Kelsea sentiu a unha do indicador dobrar para trás e grunhiu baixinho.

— O regente deixou a Fortaleza hoje de manhã.

— Sério? Antes do prazo?

— Creio que a ideia é evitar perseguição.

— Para onde ele vai?

— Mortmesne, talvez. Embora eu duvide que vá ser tão bem recebido quanto espera. — Clava se recostou na parede, inspecionando o peitoral de Pen. — Mas quem se importa, não é?

— Você veio falar comigo sobre outro assunto, Lazarus. Vamos ouvir.

O espectro de um sorriso cruzou o rosto de Clava.

— Preciso mudar sua proteção, Lady.

— Mudar como?

— Em nossa atual situação, não posso cuidar de tudo e ainda protegê-la. Vossa Majestade precisa de um guarda-costas de verdade, um protetor constantemente a seu lado.

— Por que isso está sendo providenciado só agora?

— Por nada.

— Lazarus.

Clava suspirou, seu rosto ficando tenso.

— Lady, eu repassei diversas vezes o ocorrido em sua coroação. Tenho discutido com os outros. Eles estavam posicionados para protegê-la de todos os ângulos.

— Alguém gritou. Escutei pouco antes de ser atingida pela faca.

— Foi para criar uma distração, Lady. Mas somos todos muito bem treinados para isso. Um membro da Guarda da Rainha poderia virar a cabeça, mas não iria se mover.

— Alguém na multidão, então? Arlen Thorne?

— É possível, Lady, mas acho que não. Vossa Alteza estava protegida de um ataque direto. A faca pode ter vindo da galeria acima de nós, mas...

— O quê?

Clava balançou a cabeça.

— Nada, Majestade. Continuo inseguro, o problema é esse. É preciso um guarda acompanhando-a, alguém cuja lealdade esteja acima de qualquer suspeita. Então posso ficar livre para investigar o que aconteceu e para cuidar de outros assuntos.

— Que assuntos?

— Assuntos sobre os quais Vossa Majestade não vai querer saber a respeito.

Kelsea o fitou com atenção.

— O que isso quer dizer?

— Vossa Majestade não precisa saber dos mínimos detalhes de como defendemos sua vida.

— Não quero meu próprio Ducarte.

Clava pareceu surpreso, e Kelsea sentiu um pequeno calor de triunfo; era difícil surpreendê-lo com alguma coisa.

— Quem lhe contou sobre Ducarte?

— Carlin me contou que ele era o chefe da polícia mort, mas na verdade tinha carta branca da Rainha Vermelha para torturar e matar. Carlin diz que tudo que é feito pelo chefe da polícia se reflete no soberano.

— O verdadeiro título de Ducarte é chefe da segurança interna, Lady. E como tantas pérolas de Lady Glynn, a afirmação soa incrivelmente ingênua nos dias de hoje.

— Lady Glynn? — Kelsea esqueceu-se por completo de Ducarte. — Carlin era nobre?

— Era.

— Como você a conheceu?

Clava ergueu as sobrancelhas, um tanto surpreso.

— Ela nunca lhe contou, Lady? Era a tutora de sua mãe. Todos nós a conhecíamos, talvez até melhor do que gostaríamos.

Uma tutora! Kelsea considerou isso por um momento, imaginando Carlin ali, na Ala da Rainha, ensinando a pequena Elyssa. Foi surpreendentemente fácil.

— Como uma nobre se torna uma tutora?

— Lady Glynn foi uma das amigas mais próximas de sua avó, Lady. Imagino que fosse um favor. A rainha Arla considerava Lady Glynn muito inteligente, e a mulher tinha um bocado de livros.

— Mas por que minha mãe me entregou para Carlin? Elas eram amigas?

O maxilar de Clava se enrijeceu em uma contração obstinada que Kelsea conhecia bem a essa altura.

— Estávamos falando sobre um guarda-costas para Vossa Alteza.

Kelsea o fulminou com o olhar por um momento antes de voltar a se ocupar da armadura. Ela percorreu a lista de guardas em sua mente.

— Pen. Posso escolher Pen?

— Minha nossa, que alívio. Pen quer tanto essa incumbência que não sei o que faria com ele se escolhesse outro.

— Ele é a melhor opção?

— É. Se não posso ser eu mesmo, a espada de Pen vem a seguir. — Ele pegou o peitoral da armadura e foi até a porta, então parou. — Tyler, o padre que conduziu sua coroação, requisitou uma audiência privada com Vossa Majestade.

— Por quê?

— Meu palpite é que o Arvath quer ficar de olho no que acontece na Fortaleza. O Santo Padre é uma raposa velha.

Kelsea lembrou-se da Bíblia na mão do padre, com certeza uma antiguidade.

— Traga-o no domingo; acho que a Igreja vai gostar do gesto. E lhe estenda todas as cortesias. Não o assuste.

— Por quê?

— A Igreja deve ter livros.

— E?

— Eu os quero para mim.

— Sabe, Majestade, há lugares no Gut que atendem a todos os gostos.

— Não sei o que isso quer dizer.

— Quer dizer que um fetiche é um fetiche.

— Você não vê mesmo nenhum valor nos livros?

— Nenhum.

— Então somos muito diferentes. Eu quero todos os livros em que puder pôr as mãos, e aquele padre pode ser útil.

Clava lançou-lhe um olhar exasperado, mas recolheu a armadura e saiu da sala. Kelsea recostou-se no banco, exausta. Sua mente voltou às palavras de Venner e pegou-se ruborizando outra vez. Estava *mesmo* acima do peso, podia perceber isso. Sempre fora gordinha, mas agora estava sem sair ao ar livre, e somando esse fato a seus ferimentos, tinha perdido todo condicionamento físico que um dia tivera. Nenhuma rainha de conto de fadas precisava lidar com esse tipo de problema. Ia falar com Milla, mas apenas no dia seguinte, quando não estivesse tão suada e acabada. Além do mais, precisava de uma boa refeição depois do treino de Venner.

Cumprimentou Cae, que estava parado na porta de um dos cômodos ao longo do corredor. Aquele quarto era uma preocupação de segurança, pois dava acesso a uma sacada ampla com uma magnífica vista panorâmica da cidade e da planície Almont ao longe. Kelsea ia até lá sempre que precisava respirar um pouco de ar fresco, mas nem de longe se comparava a uma ida à floresta e, às vezes, ela sentia uma vontade rebelde de sair correndo para longe dali, de estar sob as árvores e o céu.

É assim que as mulheres são treinadas para ficar em casa, pensou, a ideia ecoando em sua cabeça como uma canção fúnebre. *É assim que as mulheres são treinadas para serem submissas*.

Atravessou o corredor até o salão de audiências, onde os guardas de serviço permaneciam em posição respeitosa. Naquele dia eram Pen, Kibb, Mhurn e um homem novo que Kelsea nunca vira antes. Pelas conversas que entreouvira, haviam recrutado novos guardas; esses homens enfrentavam um interrogatório realmente intimidador de Clava ao se voluntariarem, mas quando passavam, faziam o juramento e se tornavam membros da Guarda da Rainha para sempre. A prática irritante de se recusar a fitá-la diretamente nos olhos continuava, mas nesse dia Kelsea sentiu-se grata. Sabia que sua aparência não era das melhores e sentia-se cansada demais para manter uma conversa aceitável. Tudo que queria era um banho quente.

Andalie estava em seu lugar de costume à porta dos aposentos reais, segurando uma toalha limpa. Kelsea deixara claro que não precisava de ajuda com o banho (não conseguia nem imaginar direito por que alguém precisaria de ajuda), mas, mesmo assim, Andalie sempre parecia saber quando deveria ter as coisas a postos. Kelsea pegou a toalha, com intenção de entrar em seu quarto, mas então parou. Algo no rosto de Andalie estava diferente, não era sua expressão inescrutável de sempre. Sua testa estava franzida, e as mãos dela tremiam de leve.

— O que foi, Andalie?

Andalie abriu e fechou a boca.

— Nada, Lady.

— Aconteceu alguma coisa?

Andalie balançou a cabeça, sua testa se enrugando ainda mais de frustração. Olhando com mais atenção, Kelsea notou uma palidez ardente no rosto da mulher, círculos mais claros em torno de seus olhos.

— Tem alguma coisa errada.

— Sim, Lady, mas não sei direito o que é.

Kelsea a encarou, confusa, mas Andalie não elaborou, então ela desistiu e entrou em seus aposentos, exalando aliviada quando a porta se fechou atrás de si. Seu banho estava pronto; fiapos de vapor subiam da banheira e embaçavam o espelho. Kelsea deixou uma trilha de roupas úmidas de suor em seu rastro e afundou na água quente. Encostando a cabeça na borda da banheira com um suspiro de satisfação, ela fechou os olhos. Pretendia relaxar e não pensar em nada, mas sua mente inquieta voltou a Andalie, que sabia das coisas sem que ninguém lhe dissesse. Se Andalie estava preocupada, Kelsea sabia que também devia ficar.

Arliss e Clava formavam uma dupla eficiente. Já haviam conseguido subornar alguém no Departamento de Censo, e as informações começaram a chegar à Ala da Rainha. Mesmo os fatos isolados eram assustadores: a família tear tinha em média sete crianças. A Igreja de Deus condenava a contracepção, e o regente dera seu apoio a essa posição, não obstante ocultando o próprio uso de contraceptivos. Acusações de aborto, uma vez provadas, implicavam sentença de morte tanto para a mãe quanto para o cirurgião. Os ricos podiam usar seu dinheiro para burlar as leis, como sempre, mas os pobres não tinham opção, e isso redundava em um velho problema: o excesso de crianças pobres. Quando a geração atual atingisse a idade adulta, iria exaurir ainda mais os recursos do reino.

Isso se sobrevivessem para tanto. A falta de médicos no Tearling era um problema sem solução fácil. A América pré-Travessia atingira um nível de avanços médicos que o mundo dificilmente voltaria a ver, não após o desastre do Navio Branco. Agora os pobres de Tearling morriam de apendicectomias malfeitas realizadas em casa.

Mas a purificação da água, mesmo das menores impurezas, estava sendo aperfeiçoada aos poucos. A indústria de fabricação de chapéus continuava avançando, e tradições agrícolas permaneciam fortes no reino. Kelsea supunha que fossem habilidades passadas de geração em geração. Ela lavou os braços, os olhos no teto. Andalie encontrara para ela um sabonete bom, com suave aroma de baunilha, e não os pesados aromas florais que os nobres pareciam preferir. Andalie pelo menos tinha a boa sorte de poder ir ao mercado todos os dias, embora fosse sempre acompanhada de cinco guardas. Kelsea não se esquecera do marido truculento da mulher e ainda receava que ele pudesse tentar raptar a esposa em plena rua. Isso seria um desastre. Kelsea não podia mais negar que Andalie valia seu peso em ouro, pois bastava pensar em alguma coisa que desejasse e a serviçal apareceria com aquilo na mão. Pen dizia que aquele talento para se antecipar era sinal de vidência, e Kelsea sabia que ele tinha razão.

A safira começara a arder contra seu peito. Ela a ergueu, gotejante, e descobriu que brilhava outra vez, uma cintilação azul que se refletia nas laterais da banheira. A joia era mágica, sem dúvida, mas qual era sua verdadeira serventia? Kelsea fez uma careta para ela, largou-a de novo sobre o peito e afundou mais na água com aroma de baunilha, a mente passando a assuntos mais urgentes.

Depois da saúde, a educação era outro problema. Mais de duas décadas haviam se passado desde que as crianças deixaram de ser obrigadas a frequentar a escola no reino. Mesmo antes de toda a população alfabetizada ser requisitada para o Censo, o interesse do Estado na educação viera diminuindo progressivamente. E quem por fim revogou o ensino obrigatório? A ilustre rainha Elyssa, claro. Até Clava parecera constrangido quando admitiu esse fato. Era um excelente sistema para aumentar a produtividade: as crianças agora podiam ficar em casa, de modo que aprendessem a trabalhar nos campos para os nobres. Todo dia Kelsea parecia descobrir alguma coisa nova sobre o governo de sua mãe, e cada revelação era pior do que a anterior.

O calor da safira aumentou de repente, queimando seu peito. Kelsea estremeceu e abriu os olhos.

Um homem estava ao lado dela, a menos de dois palmos da banheira.

Estava vestido de preto dos pés à cabeça e usando uma máscara que permitia ver apenas seus olhos. Na mão enluvada, portava uma faca longa e afiada. Talvez fosse Caden, talvez não, mas se caracterizava de um jeito inconfundível: um carrasco. Antes que Kelsea pudesse respirar, ele encostou a faca em sua garganta.

— Nem um ruído, ou você morre.

Kelsea olhou ao redor, mas não havia ninguém para ajudar. A porta, que ela nunca passava o ferrolho, agora estava trancada. Se gritasse, alguém viria, mas não a tempo.

— Saia da banheira.

Apoiando-se nas laterais, Kelsea se ergueu, derramando água no chão. O assassino recuou um pouco, permitindo que ela saísse, mas a faca em momento algum se afastou de sua garganta. A rainha ficou tremendo ao lado da banheira, respingando água no chão frio de pedra. Ficou ruborizada por estar nua e então sufocou o impulso. Uma voz soou em sua cabeça; não sabia se era Barty ou Clava.

Pense.

O assassino tirou a faca de sua garganta e encostou a ponta contra seu seio esquerdo.

— Mova-se bem devagar. — O tecido da máscara abafava a voz, mas Kelsea achou que ele devia ser bem jovem.

Ela tremia com mais intensidade agora, e a ponta da faca a espetou com força.

— Tire o colar com a mão direita e o entregue para mim.

Kelsea o encarou, atônita, embora não conseguisse ver nada além de um par de olhos atrás da máscara preta. Por que não a matava e pegava o colar? Pretendia assassiná-la de qualquer jeito, estava certa disso.

Ele não pode tirar o colar sozinho. Ou, pelo menos, acha que não pode.

— Preciso das duas mãos para tirá-lo — respondeu Kelsea, com cautela. — Tem um fecho.

Três batidas fortes na porta fizeram Kelsea pular de susto. Até o assassino se sobressaltou; a faca pressionou com mais força o seio da rainha, e ela chiou de dor, sentindo um fiozinho de sangue escorrer devagar em direção ao mamilo.

— Responda com muito cuidado — sussurrou o assassino. Seus olhos eram dois pontos frios e minúsculos de luz.

— Pois não?

— Lady? — Era Andalie. — Está tudo bem?

— Estou bem — respondeu Kelsea, com calma, preparando-se para ser perfurada pela faca. — Tocarei a sineta quando precisar de você para lavar meu cabelo.

Os olhos do assassino cintilaram atrás da máscara, e Kelsea se esforçou para manter o rosto inexpressivo. A pausa do lado de fora pareceu longa demais.

— Certo, Lady — respondeu Andalie.

Então houve silêncio.

O assassino ficou à escuta pelo que pareceu um minuto, mas nenhum som veio do lado de fora. Por fim, ele relaxou, aliviando a pressão da faca.

— O colar. Você pode usar as duas mãos, mas devagar. Tire-o e o entregue a mim.

Kelsea levou as mãos ao pescoço tão vagarosamente que foi como se estivesse fazendo algum tipo de performance. Segurou o fecho do colar e fingiu que tentava abri-lo, sabendo que estaria morta assim que o tirasse. Olhando por cima do ombro do homem, viu que um dos ladrilhos fora erguido e removido do lugar, de modo que um quadrado de trevas interrompia o padrão suave do piso. Tempo, ela precisava ganhar tempo.

— Por favor, não me mate.

— O colar. Já.

— Por quê? — Pelo canto do olho, Kelsea percebeu um movimento na porta, a fechadura, mas manteve a atenção fixa na máscara. — Por que você mesmo não o tira?

— Quem sabe? Mas consigo menos dinheiro pelo colar do que por cortar sua garganta, então não brinque comigo. Tire.

A fechadura fez um clique.

Com o som, o assassino girou, um movimento gracioso dos pés, materializando-se às costas dela. Ele segurou sua cintura com o braço e pressionou a faca contra sua garganta, tão rápido que Kelsea ficou indefesa diante dele antes mesmo de a porta se abrir.

Clava esgueirou-se para dentro do banheiro. Kelsea viu cerca de dez guardas atrás dele, espiando, então o assassino pressionou a faca com mais força contra sua garganta, e a visão dela ficou embaçada.

— Não se aproxime ou ela morre.

Clava parou. Seu rosto e seus olhos estavam arregalados em uma expressão dissimulada, quase vazia.

— Feche a porta e tranque.

Clava levou a mão às costas, sem tirar os olhos do assassino em nenhum momento, e fechou a porta devagar, deixando o restante dos guardas do lado de fora. Em seguida, girou o ferrolho.

— Você pode até me pegar, Guarda da Rainha — continuou o assassino em um tom baixo, quase fraternal —, mas não antes de ela morrer. Fique onde está, responda a minhas perguntas e prolongará a vida dela. Entendeu?

Clava assentiu. Ele nem sequer olhou para Kelsea, que rilhava os dentes. O assassino recuou um passo, puxando-a consigo, a faca cada vez mais funda em sua garganta.

— Onde está o outro colar?

— Só Carroll sabia.

— Mentira. — Mais um passo. — Os dois colares estavam com a garota. Nós sabemos disso.

— Então vocês sabem mais do que eu. — Clava espalmou as mãos. — Entreguei o bebê com apenas um colar.

— Onde está a coroa?

— A mesma coisa. Só Carroll sabia.

Outro passo.

O buraco no chão, pensou Kelsea. Será que pretendia levá-la junto com ele? Claro que não; não cabiam duas pessoas ali. O plano dele era cortar sua garganta e então fugir. Clava sem dúvida chegara à mesma conclusão, pois seus olhos iam do assassino para o buraco no piso com uma velocidade cada vez maior.

— Não espere conseguir fugir.

— Por que não?

— Conheço cada passagem oculta nesta ala.

— Pelo visto, não.

Do outro lado da parede, Kelsea escutou o burburinho de muitas vozes, o tilintar de armas. Mas podiam também estar a um mundo de distância. Ali dentro, havia apenas o sibilar frio daquele hálito em seu ouvido, curto e regular, sem um vestígio de ansiedade.

213

— Esta é sua última chance de tirar o colar — murmurou ele, enterrando a faca um pouco mais na garganta de Kelsea, forçando-a a se apoiar nele. — Se me entregar a safira, talvez eu a deixe viver.

— Vai pro inferno — rosnou Kelsea. Mas sob a raiva ela sentia um profundo desespero; será que passara por tudo aquilo apenas para se ver capturada, nua e indefesa daquele jeito? Era assim que sua morte ficaria registrada na história?

O assassino puxou o pingente de safira entre os seios dela, mas a corrente se recusou a ceder. Ele puxou com mais força e a corrente beliscou a nuca de Kelsea. Ela enrijeceu o corpo, a fúria vindo à tona de lugar nenhum. Era um dom; seu medo se dissolveu rápido e sem vestígios. Ela podia sentir a safira agora, uma pressão latejante que ardia como uma palpitação dentro de sua cabeça. A cada puxão, Kelsea ficava mais furiosa. A safira não queria partir.

Por que não?, perguntou ela.

E embora não tivesse esperado uma resposta, ela veio suavemente, aflorando de algum recesso escuro de sua mente. *Porque tenho muito a lhe mostrar, criança.*

A voz era estranha e distante. Parecia chegar até ela de um lugar além do tempo. Kelsea piscou, surpresa. A corrente não estava cooperando, e o assassino começou a exercer mais força. A atenção dele agora estava dividida, e Clava percebeu isso; ele começara a circundar à esquerda, o olhar impassível movendo-se rapidamente entre Kelsea, o captor e o buraco no piso. A barriga de Kelsea estava empapada de sangue e os braços em torno dela se afrouxaram um pouco. Mas a faca em sua garganta permanecia firme, e Clava continuava a alguns metros de distância. Ela não ousaria tentar se libertar.

O assassino deu um tremendo puxão na safira, tão forte que o fecho acabou cortando a pele na nuca de Kelsea. Ela perdeu a calma, e algo pareceu partir-se por dentro; um calor subiu pelo seu peito, uma pequena explosão de força que a empurrou para trás. Clava empunhou a espada com um ruído seco, mas ele parecia a léguas dali, sem participar da cena de modo algum. O assassino emitiu um grunhido e o braço em torno dela a soltou; ela escutou o corpo dele tombando no chão um instante depois.

— Lady!

Clava a segurou, impedindo-a de cair. Ela abriu os olhos e viu seu rosto a poucos centímetros.

— Estou bem, Lazarus. Só alguns arranhões.

O assassino jazia imóvel, caído de costas, os membros esparramados. Clava a soltou e agachou-se sobre o corpo do homem, movendo-se com cuidado, para o caso de ser um truque. Quando puxou a faca da mão fechada do assassino, não encontrou resistência. Kelsea não via ferimento algum, mas sabia que ele estava morto. Ela o matara... A joia o matara. Ou teriam sido ambas?

— O que aconteceu?

— A luz azul, Lady, da joia. Eu nunca acreditaria se não tivesse visto com meus próprios olhos.

De repente Kelsea percebeu que estava nua e Clava pareceu notar apenas um segundo depois, jogando para ela a grande toalha branca pendurada ao lado da banheira. Kelsea a enrolou em torno do corpo, ignorando o sangue que começava a escorrer do corte em seu seio esquerdo, e examinou a safira. Não sentia mais o calor que surgira subitamente, e agora a joia apenas cintilava em um tom calmo e profundo de azul.

Como se satisfeita consigo mesma, pensou Kelsea.

Clava se curvara sobre o assassino outra vez. Parecia não sentir nenhuma repulsa pelo cadáver, as mãos movendo-se sobre o corpo, examinando, verificando o pulso.

— Está morto, Lady. Mas não se vê marca alguma.

Apalpando a nuca do homem, puxou a máscara negra para revelar um jovem de cabelos pretos com feições aristocráticas e lábios vermelho-escuros. Emitindo um resmungo inarticulado, Clava rolou o corpo, tirou uma faca do cinto e cortou a roupa do homem, rasgando o tecido para revelar uma marca na escápula: um cão de caça, as pernas esticadas, como que correndo. Kelsea estremeceu ao se dar conta de que a marca ficava na exata localização de seu próprio ferimento.

— Caden — murmurou Clava.

O burburinho do lado de fora ficara mais audível, e ambos pareceram notar isso ao mesmo tempo; Clava ficou de pé em um instante e foi até a porta, batendo com delicadeza.

— Sou eu, Clava. Não ataquem.

Abrindo a porta devagar, ele fez um gesto para que Elston entrasse. Mais guardas vieram, as espadas desembainhadas, olhando primeiro para Kelsea e depois para o corpo no chão. Coryn entrou correndo com seu kit de primeiros socorros, mas Clava ergueu as mãos.

— A rainha sofreu apenas arranhões.

Kelsea fez uma careta. Talvez fossem mesmo apenas arranhões, mas os ferimentos começavam a arder muito, agora que a adrenalina deixava seu corpo. A pele acima de seu mamilo parecia em carne viva ao contato com o tecido áspero da toalha. Averiguou a garganta com a mão, que voltou manchada de escarlate. Resignada, observou Coryn puxar uma fina tira de pano e embebê-la com antisséptico. Preferia que ele a deixasse se vestir primeiro. Não queria que todos aqueles homens vissem seus braços e suas pernas desnudos. Então se sentiu até pior. Vaidade. A marca registrada de sua mãe, e Kelsea não queria ter nada em comum com a mãe. Por um momento de insanidade, pensou em deixar a toalha cair no chão, só para provar do que era capaz. Mas lhe faltou coragem.

Clava encarava o buraco no chão. Kelsea não conseguia ver seu rosto, mas a posição de seus ombros não dava margem a dúvidas. Antes que pudesse dizer qualquer coisa, ele sacou a espada, pulou no buraco e desapareceu de vista. Ninguém pareceu achar isso estranho. Vários guardas cercavam o cadáver do assassino, olhando para ele como médicos se preparando para dar um diagnóstico.

— Todos traidores, Deus nos ajude — murmurou Galen, e os homens a seu redor assentiram.

— O regente? — perguntou Cae.

— Impossível. Isso é coisa do Thorne.

— Nunca vamos conseguir provar — disse Mhurn, balançando a cabeça.

— Quem é o homem que tentou me matar? — perguntou Kelsea, segurando a toalha com força em torno do corpo. Coryn pressionou o pano contra o pescoço dela, e a rainha chiou e mordeu o lábio. O antisséptico dele, fosse qual fosse, ardia como o diabo.

— Um Lord da casa Graham, Lady — disse-lhe um novo guarda. — Achávamos que fossem leais a sua mãe.

Kelsea não reconheceu o guarda, mas conhecia aquela voz. Após um momento se deu conta, estupefata, de que era Dyer. Ele raspara a barba ruiva.

— Dyer, esse aí é seu rosto?

Dyer ficou muito ruborizado. Pen riu, e Kibb deu um tapa nas costas de Dyer.

— Eu falei para ele, Lady... agora vamos poder ver toda vez que ficar vermelho.

— Por onde andou, Dyer?

A porta do quarto bateu com força contra a parede. Todos se viraram para olhar, Kelsea soltou um gritinho, e Clava entrou intempestivamente. Suas bochechas estavam pegando fogo, e seus olhos escuros ardiam com tanta ferocidade que Kelsea quase esperou que soltassem fagulhas. A voz de Clava foi como o brado de um deus colérico:

— PEN!

Pen apressou-se:

— Senhor.

— Daqui por diante, você seguirá a rainha de perto. Não deve deixá-la nem por um segundo, está me entendendo? Nem por um segundo, nunca.

— Lazarus — interrompeu Kelsea, da forma mais educada que conseguiu —, não é culpa sua.

Clava cerrou os dentes com força, os olhos dardejando com selvageria, como um animal enjaulado. Kelsea sentiu um medo repentino de que ele pudesse atacá-la.

— Nem por um segundo, senhor — respondeu Pen, e parou diante de Kelsea, protegendo-a do restante da Guarda.

Clava virou-se e apontou para o buraco no chão.

— Isso é um túnel, rapazes. Eu sabia sobre sua localização, mas não estava preocupado. Sabem por quê? Porque ele passa sob três aposentos e sai em um dos quartos vazios no fim do corredor.

Os guardas trocaram olhares chocados. Elston deu um passo para trás, sem pensar. Mhurn ficou branco como cera.

— Alguém não entendeu o que isso significa?

Todos ficaram imóveis, como que se preparando para a irrupção de uma tempestade.

— Significa — rugiu Clava — que temos um traidor entre nós!

Em um movimento fluido, pegou a banqueta da penteadeira e a arremessou contra a parede oposta, onde a peça se estilhaçou em inúmeras lascas de madeira.

— Alguém deixou esse merda entrar aqui! Alguém que guardava um dos túneis ou conhecia a senha das batidas. Um de vocês é um maldito mentiroso e quando eu descobrir...

— Senhor — interrompeu Galen, calmo, as mãos erguidas em um gesto apaziguador.

— O que foi?

— É preciso mais de um traidor para deixar um assassino entrar. Precisaria também de um membro da Guarda do Portão.

Vários guardas assentiram, concordando.

— Não me preocupo com a Guarda do Portão — respondeu Clava por entre os dentes cerrados. — São uns inúteis, por isso vigiam o portão.

Ele ficou parado ali por um momento, a respiração pesada. Kelsea pensou em nuvens carregadas, capazes de soprar a si mesmas para longe ou de baixar em uma tempestade devastadora sobre a terra. Ela estremeceu, subitamente com muito frio, e em um pensamento um pouquinho egoísta se perguntou quando aquela cena chegaria ao fim para que pudesse vestir uma roupa.

— O que me preocupa — continuou Clava, sua voz com um grave tom de ameaça, uma fera violenta enjaulada — é que alguém aqui quebrou seu juramento. Posso garantir que é o mesmo alguém que apunhalou a rainha durante a coroação. E vou descobrir quem é; é um tolo se pensa que não vou.

Ele ficou em silêncio, ofegando. Kelsea olhou para sua Guarda, aqueles homens que a haviam cercado em sua coroação. Elston, Kibb, Pen, Coryn, Mhurn, Dyer, Cae, Galen, Wellmer... Todos eles haviam se posicionado perto o bastante para esfaqueá-la, e só Pen parecia acima de qualquer suspeita. Clava puxara a faca do cinto e agora fitava um por um com o olhar frio. Kelsea queria dizer alguma coisa, mas o silêncio do resto da Guarda levou-a a perceber que nada que pudesse dizer ajudaria. Tentou absorver a ideia de que um ou mais daqueles homens havia quebrado seu juramento. Tinha achado que estava fazendo progresso com eles, mas novamente fora ingênua.

Após um momento, Clava pareceu voltar um pouco à realidade; enfiou a faca no cinto e apontou para o corpo no chão.

— Tirem este monte de bosta da minha frente!

Vários homens se prontificaram, e Kelsea quase fez o mesmo.

— Precisamos de algo para cobri-lo — murmurou Kibb. — As crianças não precisam ver o sangue.

Elston ergueu o corpo até que ficasse sentado.

— Não tem sangue.

— Pescoço quebrado?

— Não.

— Então como ele morreu? — indagou Mhurn da parede oposta, os olhos azuis pregados em Kelsea.

— Vamos logo com isso! — vociferou Clava.

Elston e Kibb içaram o corpo e o resto da Guarda os seguiu como um rebanho murmurante, lançando olhares intrigados a Kelsea conforme avançavam.

Clava virou-se para Pen.

— Vou ser bem claro: você terá dois fins de semana de folga todo mês. Mas no resto do tempo, não quero vê-lo a mais de três metros da rainha, entendeu? Escolha um dos quartos com antecâmara para ela. Você pode dormir lá, e a rainha terá privacidade.

— Quanta privacidade... — murmurou Kelsea. Os olhos grandes e escuros de Clava voltaram-se para ela, que ergueu as mãos em um gesto de rendição. — Está bem, está bem.

Clava girou e saiu pisando duro.

— Ele vai ficar bem, Lady — assegurou-lhe Pen. — Já o vimos assim antes. Só precisa sair um pouco e matar alguém, então ficará tudo certo.

Kelsea sorriu com desconforto, sem ter certeza se ele estava brincando ou não. Embora não sentisse mais frio, estava tremendo, e as pernas bambearam sob seu corpo. Andalie surgiu do nada carregando uma pilha de roupas limpas.

— Está coberta de sangue, Majestade. Devia voltar para o banho.

Pen deu um sorriso sem graça.

— Não posso deixá-la sozinha, Lady. Que tal se eu ficar de frente para a parede?

Kelsea balançou a cabeça, rindo sem humor.

— Privacidade.

Pen virou-se e ficou de frente para a porta. Após um momento, não vendo alternativa, Kelsea tirou a toalha e voltou a entrar na banheira, fazendo uma careta quando a água se tingiu de um tom rosa-claro. Começou a se lavar, tentando esquecer a presença de Pen, sem sucesso.

Ah, quem liga? Todos eles já me viram nua, a essa altura. A ideia era horrível, tão mortificante que Kelsea se pegou dando risadinhas histéricas. Não havia mais nada para ver. Andalie, ocupada prendendo o cabelo molhado e rebelde de Kelsea em um coque com um grampo de prata, pareceu não notar. Seu rosto estava impassível, imperturbável, e ocorreu a Kelsea pela primeira vez, embora nem de perto a última, que algum equívoco fatal fora cometido. Andalie era quem devia ter sido nomeada rainha.

— Uma xícara de chá, Lady?

— Por favor.

No umbral da porta, Andalie parou e falou sem se virar:

— Perdoe-me, Lady. Eu sabia que isso ia acontecer, mas não a forma que assumiria. Não consegui ver o homem nem o cômodo.

Kelsea piscou, mas Andalie já saíra, fechando a porta às suas costas.

O prazo final mort chegou e se foi, mas Clava não reapareceu. Kelsea ficou alarmada por um tempo até que se deu conta de que o resto de sua Guarda não via o menor problema em sua ausência. Pen explicou que Clava tinha o hábito de sair em missões de tempos em tempos, partindo sem aviso e voltando do mesmo jeito. Pen tinha razão, pois, no terceiro dia, Clava de fato regressou; Kelsea encontrou-o sentado à mesa, recém-saído do banho, quando ia almoçar. Quis saber por onde ele andara, e Clava, sendo quem era, recusou-se a contar.

Seus guardas haviam levado o corpo do assassino para a praça no centro de Nova Londres e (Kelsea ficou horrorizada ao descobrir tal costume) espetaram o cadáver em uma vara afiada, deixando-o ali para apodrecer. Segundo Arliss, corria como o vento por toda a cidade a notícia de que a rainha matara sozinha um Caden, que ela usara magia. Não havia uma única marca no jovem Lord Graham, mas ele passara desta para outra, mesmo assim.

Kelsea puxava a safira do vestido várias vezes durante o dia e ficava olhando para ela, desejando que a pedra voltasse a lhe falar, que fizesse alguma coisa fora do comum. Mas nada acontecia. Ela se sentia uma fraude.

Clava não partilhava dessa preocupação.

— Foi tão útil quanto se Vossa Alteza tivesse feito de propósito, Lady, então quem se importa?

Kelsea estava inclinada sobre a mesa da sala de jantar, olhando para um mapa da fronteira mort. Clava prendera os quatro cantos com xícaras de chá, para impedir que se fechasse.

— Eu me importo, Lazarus. Não faço ideia do que aconteceu ou de como fazer de novo.

— Certo, mas apenas Vossa Alteza e eu sabemos disso. É uma sorte, pode acreditar. Vão pensar duas vezes antes de tentar um ataque direto outra vez.

Kelsea baixou a voz, preocupada com os guardas a postos junto às paredes.

— E quanto ao nosso traidor?

Clava franziu a testa e apontou para um espaço no mapa, também baixando a voz.

— Fiz algum progresso, Lady. Nada concreto para apresentar, ainda.

— Que progresso?

— Uma teoria, nada mais.

— Isso não é muito.

— É difícil uma teoria minha estar errada, Majestade.

— Devo ficar preocupada?

— Apenas se Pen for pego desprevenido, Lady. E isso só vai acontecer quando o sol nascer no oeste.

O mapa de repente escapou em um dos cantos, e Clava xingou, desenrolou-o e bateu a xícara para prendê-lo de volta no lugar.

— O que o está preocupando, Lazarus?

— Seja lá quem for esse homem, Majestade, nunca poderia ter chegado tão longe. A traição deixa um cheiro; um fedor, na verdade, e nunca deixei de farejá-lo.

Kelsea sorriu, cutucando o bíceps dele.

— Talvez isso seja um teste saudável para sua complacência. — Mas então, vendo que seu orgulho estava de fato ferido, ficou séria e apertou seu ombro. — Você vai encontrá-lo, Lazarus. Eu não gostaria de ser esse traidor nem por todo o aço de Mortmesne.

— Majestade?

Dyer emergira do corredor.

— Sim?

— Temos algo para lhe mostrar.

— Agora?

Kelsea endireitou o corpo e viu um estranho fenômeno: Dyer estava sorrindo. Clava acenou com a mão para indicar que deveria ir, e ela seguiu o outro guarda pelo corredor, com os passos suaves de Pen logo atrás de si. Tom e Wellmer aguardavam a duas portas de seus novos aposentos, ambos também sorrindo, e a rainha aproximou-se com cautela. Talvez tivesse sido informal demais com todos eles. Estaria prestes a se tornar vítima de uma pegadinha?

— Vá em frente, Lady — disse-lhe Wellmer, gesticulando para que ela entrasse. Em sua empolgação, parecia até mais jovem, pulando de um pé para o outro como uma criança no Natal, ou pelo menos como um menininho com uma vontade louca de ir ao banheiro.

Kelsea entrou no cômodo, um espaço aconchegante com teto baixo e sem janelas. Cinco poltronas e dois sofás mobiliavam o ambiente, alguns contendo crianças. *Os filhos de Andalie*, pensou Kelsea, mas não podia ter certeza. Lançou um olhar questionador para Dyer, que apontou para a parede oposta.

Ela reconheceu as estantes; ficara olhando para elas no quarto de sua mãe, odiando vê-las vazias, durante as duas últimas semanas. Mas agora as prateleiras estavam cheias. Kelsea avançou pelo quarto como que hipnotizada, olhando para os livros. Reconhecia todos os títulos, mas foi apenas quando viu o enorme exemplar de Shakespeare encadernado em couro marrom, a menina dos olhos de Carlin, que percebeu o que Clava havia feito.

— Dyer, foi isso que andou fazendo?

— Foi, Lady — respondeu ele. — Clava estava determinado a fazer uma surpresa.

Kelsea inspecionou os livros de perto. Pareciam estar tão conservados quanto se lembrava deles na biblioteca de Carlin. Alguém até mesmo se dera ao trabalho de organizá-los em ordem alfabética, por autor. Haviam misturado ficção com não ficção; Carlin teria enlouquecido. Mas Kelsea ficou comovida com o esforço.

— Não perdemos um único livro, Majestade. Cobrimos bem a carroça, mas não choveu. Acho que nenhum deles foi danificado.

Kelsea observou as prateleiras por mais um momento e então se virou outra vez para ele, os olhos subitamente cheios de lágrimas.

— Obrigada.

Dyer desviou o rosto. Kelsea voltou a atenção para as crianças aboletadas na mobília: dois rapazes adolescentes, uma garota de talvez onze ou doze anos e uma menina mais nova, de mais ou menos oito.

— Vocês são os filhos de Andalie, não são?

Os três mais velhos ficaram em silêncio, mas a mais jovem assentiu com vigor e exclamou:

— A gente ajudou a arrumar os livros! Ficamos acordados até tarde!

— São os filhos de Andalie, sim, Lady — informou-a Dyer.

— Fizeram um ótimo trabalho — disse-lhes Kelsea. — Obrigada.

Os meninos e a menina mais nova sorriram, envergonhados, mas a garota mais velha apenas ficou sentada, olhando para ela com uma expressão taciturna. Kelsea ficou curiosa. Nunca falara com ela antes, mal a conhecia, na verdade.

De todas as crianças no sofá, essa era a que mais se parecia com o marido de Andalie; a boca possuía naturalmente os cantos virados para baixo, e os olhos, desconfiados, tinham olheiras. Depois de um momento a menina desviou o rosto, e Kelsea foi tranquilizada; a garota podia parecer com o pai, mas a esnobada era pura Andalie.

A rainha olhou ao redor à procura de Clava, mas ele não estava lá.

— Onde está Lazarus?

Encontrou-o à mesa de jantar, ainda curvado sobre o enorme mapa do Novo Mundo.

— Obrigada pela surpresa.

Clava deu de ombros.

— Dava para perceber que Vossa Alteza não conseguiria se concentrar em mais nada até encontrarmos alguns livros.

— Significa muito para mim.

— Não entendo seu fascínio por aquelas porcarias. Não servem para alimentar nem para proteger. Elas não mantêm ninguém vivo. Mas vejo que são importantes para Vossa Majestade.

— Se houver alguma coisa que eu possa fazer por você em retribuição, é só dizer.

Clava ergueu as sobrancelhas.

— Tome cuidado ao fazer promessas vagas, Lady. Tenho experiência com isso, e acredite: elas voltam para morder seu traseiro quando menos se espera.

— Mesmo assim, falei sério: se houver alguma coisa que posso fazer por você, considere feita.

— Ótimo. Junte todos aqueles livros em uma pilha e ponha fogo.

— O quê?

— Veja o resultado de sua promessa.

Kelsea sentiu o estômago dar um nó. Clava observou-a com curiosidade por um momento e depois abafou uma risada.

— Calma, Lady. O débito de uma rainha é um bem precioso; eu não o desperdiçaria. Seus livros são inofensivos, pelo menos do ponto de vista defensivo.

— Você é uma figura, Lazarus.

— Com certeza.

— De coração: obrigada.

Ele deu de ombros.

— Fez por merecer, Lady. É duas vezes mais fácil proteger uma cliente dura na queda.

Kelsea reprimiu um sorriso, depois ficou séria.

— Alguma notícia sobre Barty e Carlin?

— Ainda não.

Kelsea franziu a testa. De uns tempos para cá, surpreendia-se ao perceber que queria ver não só Barty como também Carlin. Tinha muitas coisas a lhe dizer. Seria um alívio poder conversar com ela sobre sua mãe, sobre a situação do reino, a *verdadeira* situação do reino, aquela que Carlin nunca pudera mencionar. Também seria um alívio, pensou Kelsea, sentindo-se culpada, dizer a Carlin que ela tivera razão naquele dia em lhe arrancar o vestido. A maior parte do ressentimento por esse dia parecia ter evaporado, a essa altura.

Não se engane, sussurrou sua mente. *Nada evaporou. O sentimento só encontrou um alvo melhor.*

— Eles não estão mais em Petaluma?

— Quando eu souber, Vossa Alteza vai saber.

— Tudo bem.

Ela se levantou, quase trombando com Pen, que pôs a mão em suas costas.

— Desculpe, Lady.

— Como andam as coisas entre os dois? — perguntou Clava, sua atenção ainda no mapa.

Kelsea olhou para Pen com expressão surpresa. Ele sorriu e deu de ombros.

— Bem, suponho — respondeu ela. — Embora Pen ronque como um urso.

— Para ser justo, Lady, Clava já sabia disso.

— Sério, parece ter uma forja ali do lado. Se ao menos você produzisse aço mort, seria um recurso valioso.

— Ele *é* um recurso valioso — respondeu Clava, absorto. Ele pegara uma pena em sua blusa e agora começava a traçar uma linha grossa e escura pela fronteira mort. — Com ronco e tudo.

— Concordo.

— Arliss! — gritou Clava na direção do corredor. — Podemos recebê-lo agora!

Arliss, que com certeza estivera escutando tudo, entrou na sala quase na mesma hora, com seu característico passo de caranguejo, uma perna arrastando a outra. Kelsea fez uma careta ao vê-lo. Estivera planejando passar muitas horas, ou quem sabe um ano inteiro, olhando os livros de Carlin antes do jantar, embora isso implicasse faltar ao treino costumeiro com Venner. Mas os oficiais do exército chegariam dentro de alguns dias, e sua primeira audiência aconteceria no sábado; ela deveria passar várias horas reunida com Arliss preparando-se para as duas ocasiões. Toda a informação que Carlin nunca lhe fornecera precisava ser espremida no espaço de uma semana, e o cronograma era estafante.

— Bela coleção, infanta — comentou Arliss, ao se aproximar da mesa. — Conheço alguns colecionadores excêntricos aqui e ali pelo Tearling. Dá para vender por um precinho muito bom.

— Que colecionadores?
— Não revelo meus clientes. Está interessada?
— Sem chance. Prefiro mil vezes vender minha coroa.
— Consigo um precinho bom por ela também. — Arliss sentou-se, segurando o tecido de sua calça para arrastar a perna coxa sobre a cadeira. — Mas sabe como é, o mercado sempre pode mudar.

Kelsea não era a única satisfeita com a biblioteca. A Guarda da Rainha tinha de ser capaz de ler e escrever, e sempre que Kelsea entrava lá, encontrava guardas de folga deitados nos sofás ou aconchegados nas poltronas com um de seus livros. Parecia haver algo de interessante para todo mundo.

Quase todo mundo. Clava evitava a biblioteca a qualquer custo. Havia muitos livros ali que ele teria adorado, mas sem dúvida achava que a leitura só servia para mensagens, bilhetes e discursos, nada que não tivesse utilidade imediata. Kelsea achava seu desinteresse enlouquecedor.

O filho de Milla e o bebê de Carlotta eram novos demais para livros, mas todos os filhos de Andalie — com exceção de Glee, a caçula — eram leitores e pareciam morar na biblioteca enquanto a mãe trabalhava. Kelsea não se importava que ficassem por lá contanto que fizessem silêncio. E eles faziam. Haviam encontrado os sete volumes de J. K. Rowling sem nenhuma ajuda, mas nunca brigavam. Kelsea se divertia em silêncio ao ver o mais velho, Wen, mandar os outros três se sentarem para tirar a sorte no palitinho, muito diplomaticamente, com quatro gravetos que pegavam na lareira da biblioteca. Matthew, que tinha treze anos, ganhou o direito ao primeiro livro, e aos outros três restou vasculhar as prateleiras em busca de alternativas. Wen encontrou um livro de anatomia e o abriu sem erro nos desenhos que haviam causado tantos problemas a Leonardo da Vinci. Morryn, a garota de oito anos, parecia completamente revoltada com as opções. Todos os romances eram adultos demais para ela, e Carlin nunca se interessara pelo que chamava de "literatura feminina". Por fim, Kelsea esticou o braço até uma prateleira um pouco mais alta e pegou um livro de contos de fadas dos Grimm. Embora as histórias não fossem pensadas para mulheres, Kelsea esperava que a presença de princesas pudesse aplacar a garota. Morryn foi sentar-se em uma poltrona, olhando para a capa com profunda desconfiança.

Mas foi na garota de onze anos, Aisa, que Kelsea prestou mais atenção. Ela pegava várias escolhas da infância da rainha, mas nenhuma parecia lhe agradar. Observando a menina, Kelsea percebeu que sua expressão carrancuda era em parte resultado do formato de seu rosto: masculinizado, o nariz curto, a fronte pesada. A boca curvada para baixo, as sobrancelhas, arqueadas. O resultado transmitia beligerância.

Reunindo coragem (por algum motivo, achava a garota quase tão intimidante quanto a própria Andalie), Kelsea se aproximou e arriscou:

— Talvez eu consiga recomendar alguma coisa para você, se me disser o que está procurando.

Aisa se virou. Os olhos negros eram iguais aos do pai, mas a expressão neles era típica de Andalie.

— Eu quero uma história de aventura.

Kelsea balançou a cabeça, extraindo o máximo dessa declaração. Ela esquadrinhou as estantes, mas lá no fundo sabia que não teria histórias de aventura com heroínas. Passou o dedo por uma prateleira até encontrar um livro com capa de couro verde e filigranas douradas na lombada. Tirou-o e entregou-o para Aisa.

— Não tem nenhuma garota neste aqui. Mas se gostar, a sequência tem uma heroína.

— Por que não posso ler logo a sequência? — perguntou Aisa, sua expressão retrocedendo outra vez à de raiva sombria.

Kelsea pegou-se fascinada com a mudança no rosto da menina; era como observar uma armadilha sendo acionada. Seu primeiro impulso foi dar uma resposta ríspida, mas conquistar a simpatia dos filhos de Andalie era quase tão importante quanto conquistar a própria Andalie. Então Kelsea modulou a voz para responder com a maior delicadeza possível.

— Não. Você tem que ler este primeiro, senão a sequência não vai ter tanto impacto. Cuide bem dele; é um de meus favoritos.

Aisa se afastou com *O Hobbit* debaixo do braço. Kelsea ficou olhando para ela, dividida entre observar as crianças e ler *O senhor dos anéis* outra vez. Na verdade, não tinha tempo para uma coisa nem outra. Em dez minutos teria de estar vestida e pronta para o tormento com Venner. Acenou para Pen, pegou seus livros e papéis na escrivaninha e se dirigiu à porta.

Antes de sair, deu uma última olhada nas quatro crianças, todas aconchegadas com grande conforto. Galen também estava lá, esparramado em um sofá encostado na parede, a perna pendurada sobre o braço do móvel, lendo um livro encapado em couro azul. Kelsea pensou no quanto Carlin teria gostado de ver aquilo: sua biblioteca sendo usada por uma comunidade de leitores, um oásis em uma nação inteira faminta por livros.

Não, nem sequer faminta, pensou Kelsea, entristecida. O Tearling era como um homem que ficara sem comer por tanto tempo que não se lembrava mais de como era estar com fome. A fagulha de uma ideia brilhou em sua mente, e então se esvaiu.

Pen estava esperando no corredor; Kelsea sorriu para pedir desculpas e saiu do cômodo. Por impulso, parou no aposento da sacada, como todos chamavam. Mhurn estava à porta nesse dia e fez uma mesura à aproximação de Kelsea. Era o único, além de Pen, que se curvava regularmente, embora Kelsea não se preocupasse com formalidades. O gesto teria parecido pouco natural para a maioria, ainda mais para Dyer, mais propenso a fazer um comentário sarcástico. Mhurn continuava com o aspecto de alguém que não dormia; Kelsea já se perguntara se ele não sofreria de insônia crônica, se não era uma dessas pobres criaturas que não conseguiam dormir, independentemente das circunstâncias. Sentiu uma ponta de pena e sorriu para ele ao passar. Mas então se lembrou daquela noite em seu quarto — o homem que a arrancara da banheira, o ladrilho virado no chão — e a lembrança fez o sorriso ficar paralisado em seu rosto. Clava achava que poderia ser qualquer um deles.

A sacada abrangia toda a extensão do quarto, talvez dez metros de uma ponta à outra, margeada por um parapeito na altura da cintura. Era uma tarde fresca de março, que apenas começava a escurecer com a chegada da noite; sob o céu de um azul profundo, um vento gelado soprava pela Fortaleza, produzindo um uivo cavernoso ao passar sob os beirais e pelas inúmeras ameias. Kelsea se inclinou contra o parapeito e olhou, além do atulhado mosaico semi-iluminado que era Nova Londres, para o lugar onde a planície Almont se esparramava na direção do horizonte em sombras sarapintadas de marrom e verde-amarelado, a extensão interrompida apenas pelas curvas gêmeas dos rios Caddell e Crithe se alongando à distância. Seu reino era lindo, mas intimidador. Tanta terra, tanta gente, e todas aquelas vidas agora equilibradas no fio de uma navalha. Os oficiais militares chegariam no dia seguinte, e essa era a conferência que Kelsea mais temia. Pelo que Arliss e Clava haviam lhe contado, ela não ia gostar nem um pouco do general Bermond. Ficou admirando o reino, preocupada. Desejou poder enxergar até Mortmesne, saber o que de fato estava por vir.

No mesmo instante uma escuridão desceu sobre sua visão como uma cortina. Kelsea cambaleou, agarrando o parapeito para se equilibrar, apenas com uma vaga consciência de si mesma como uma criatura física de pé na sacada. O resto de seu ser voava alto pelo céu noturno e frio, o vento gelado uivando em seus ouvidos.

Olhando para baixo, ela avistou uma terra vasta coberta por uma densa floresta de pinheiros. Essa terra era toda riscada de estradas: não estradas de terra como as de Tearling, mas estradas de verdade, que haviam sido pavimentadas com pedra, feitas para transportar grandes quantidades de bens em carroças e caravanas. No horizonte, ao norte, ela viu altas colinas, quase montanhas, pontilhadas de poços: instalações de mineração. Não havia fazendas ali; em vez disso, havia fábricas, construções de tijolos cuspindo grandes colunas de fumaça e cinzas pelo ar. Era dia? Noite? Kelsea não sabia dizer. O mundo inteiro estava pintado em um crepúsculo azulado.

— Lady?

De uma grande distância, Kelsea escutou a voz de Pen. Ela balançou a cabeça, suplicando em silêncio para que ele não a interrompesse. Estava assustada, odiava altura, mas ah... Queria *muito* ver.

A sua frente estava uma cidade enorme, muito maior que Nova Londres, construída em um planalto rochoso que se erguia acima do nível dos pinheiros. Um palácio despontava no centro da cidade, bem maior do que os edifícios a sua volta; não era tão alto quanto a Fortaleza, mas a superava em elegância e simetria. No topo da torre mais alta, uma bandeira vermelho-sangue estalava ao vento. A visão de Kelsea demorou-se nela por um momento antes de voltar-se outra vez para o chão. Uma grande muralha feita de madeira circundava a cidade, e uma estrada ampla saía do portão frontal, as margens pontilhadas de estacas altas. Iluminação pública? Não, pois quando a visão de Kelsea se aproximou, ela viu que cada estaca tinha um pequeno objeto oblongo na ponta — cabeças humanas, algumas erodidas até o crânio pela intempérie, outras ainda nos primeiros estágios do apodrecimento, as feições visíveis e cobertas de fungo.

A colina Pike, percebeu Kelsea. *Aqui deve ser Demesne.* Olhando para baixo, à esquerda da cidade, ela avistou uma imensa massa negra permeada de fogueiras. Precisava chegar mais perto, e fez isso se precipitando no ar, como um pássaro mergulhando.

— Lady?

Um exército se esparramava sob ela, uma força numerosa que cobria o solo por vários quilômetros: tendas e fogueiras, homens e cavalos, carroças cheias de artilharia extra, facas e espadas, arco e flechas e lanças. Na retaguarda, viu diversos equipamentos de madeira gigantescos que Kelsea reconheceu de descrições em livros: torres de cerco, cada uma com pelo menos vinte metros de comprimento, deitadas de lado para serem transportadas. Ela abriu os braços em desespero, sentindo as asas baterem a seu redor, suas plumas agitando o ar gelado.

Girando um pouco, embicou em outra rota, planando acima dos batalhões acampados. O amanhecer ainda estava longe; os soldados se preparavam para dormir. Ela escutou canções, farejou carne de boi assando e até mesmo o aroma pungente de cerveja. Podia ver cada detalhe no solo, muitíssimo mais nítido do que sua visão jamais fora capaz, e um anseio a trespassou, alguma parte sua sabendo mesmo agora que teria de voltar para seus olhos humanos, que essa clareza não podia durar.

Passando pelo lado leste do acampamento, Kelsea viu algo pouco familiar: o reflexo de uma peça metálica de tamanho considerável, brilhando à luz da fogueira. Ela recolheu as asas e mergulhou até ficar bem acima do acampamento. O fedor repugnante de inúmeras pessoas agrupadas encheu sua cabeça, mas continuou, descendo ainda mais. Planando sobre a seção leste, viu uma fileira de objetos atarracados de metal, cada um na própria carroça, ordenadamente alinhados como soldados prestes a marchar. Foi preciso passar várias vezes para compreender o que estava vendo e, quando conseguiu, sua angústia se transformou em desespero.

Canhões.

Impossível! Não há pólvora, nem mesmo em Mortmesne!

Os canhões reluziam abaixo dela, em uma zombaria silenciosa. Havia dez deles, feitos de aço, e pareciam todos novos. Ela não conseguia sequer sentir o cheiro de ferrugem.

O Tearling!

Girou no ar, determinada a voltar, a advertir alguém. Não havia esperança ali, nenhuma chance de vitória, apenas o cheiro metálico de carnificina e morte.

Seu peito explodiu de dor. Abaixo de si, escutou o grito triunfante de um homem. Alguma coisa a perfurou até o fundo do seio, uma lança flamejante que destruiu seu coração.

— Mhurn! Médico! — gritou Pen, sua voz soava abafada aos ouvidos de Kelsea, como estivesse embaixo d'água. — Traga Coryn agora!

Kelsea lutou com todas as forças para permanecer no ar, mas suas asas não estavam mais funcionando. Ela se deu conta de que gritava, embora mal pudesse escutar a própria voz. Ela tombou, caindo como uma pedra no mundo azul, e nem sequer sentiu quando atingiu o chão.

— Você não entende — repetia Kelsea, talvez pela sétima vez no mesmo dia. — O exército mort já está se mobilizando.

O general Bermond sorria para ela de sua ponta da mesa.

— Tenho certeza de que acredita nisso, Majestade, mas não significa que não podemos manter a paz.

Kelsea o encarou. A reunião fora contenciosa até então, e ela sentia uma dor de cabeça fraca começar a se insinuar. O general Bermond não devia ter mais do que cinquenta anos, mas para Kelsea parecia mais antigo do que as montanhas, sua cabeça tão calva quanto uma rocha e o rosto curtido da longa exposição ao sol. A manga do uniforme era costurada para cobrir o braço mutilado.

Ao lado de Bermond sentava-se seu segundo em comando, coronel Hall, um sujeito robusto e musculoso, de queixo quadrado, que devia ser cerca de quinze anos mais novo. Hall não falava muito, mas seus olhos cinzentos não deixavam nada escapar. Os dois haviam se apresentado em uniforme militar completo, provavelmente para intimidar Kelsea, e ela notou com irritação que a tática estava funcionando.

Pen sentava-se a seu lado, sem dar um pio. Kelsea apreciava a presença dele ali. Ser seguida por guardas era irritante, mas de algum jeito Pen era diferente; sabia como evitar ser intrusivo. Embora fosse uma comparação indelicada, Kelsea pensou em um cão fiel, de passos leves. Pen era atento, mas nunca a desgastava com sua presença constante, como Clava sem dúvida teria feito. Este, por sinal, sentava-se a sua direita e de tantos em tantos minutos Kelsea o fitava, tentando tomar uma decisão. Notícias haviam chegado à Fortaleza no dia anterior: um baluarte da casa Graham, a cerca de oitenta quilômetros ao sul da Fortaleza, fora destruído por um incêndio.

Kelsea passara o dia pensando seriamente sobre os acontecimentos. O baluarte havia sido um presente para Lord Graham por ocasião de seu batismo; era difícil conciliar um bebê com o homem de máscara negra que tentou roubar a safira e cortar sua garganta. Uma tentativa de assassinato contra a rainha implicava o confisco de todas as terras do criminoso, mas havia homens e mulheres naquela fortaleza, não guerreiros, e como não haviam sido avisados, várias pessoas morreram queimadas junto com o forte. Kelsea não tinha a menor dúvida de que o incêndio era obra de Clava e agora sabia que parte do capitão estava fora de seu controle. Era uma nova consideração, como viver com um cão selvagem que podia escapar da guia a qualquer instante, e ela não tinha certeza do que fazer a respeito.

Clava havia aberto diante deles na mesa seu mapa da fronteira, junto com uma cópia do Tratado Mort. Este último não oferecia nenhuma opção, então Kelsea se concentrou no mapa. Era muito antigo, desenhado e pintado por uma mão cuidadosa muito antes de Kelsea nascer. A espessura do papel, talvez cerca de três milímetros, revelava um estágio primário no processo de fabricação das usinas de Mortmesne. Mas a terra, em suma, era a mesma, e Kelsea viu sua atenção atraída para a estrada Mort, a rota que a remessa tomara nos últimos dezessete anos. A estrada seguia quase em linha reta até o desfiladeiro Argive. Além da fronteira tear, a garganta terminava e mergulhava em um declive íngreme, a estrada Mort emendando com a estrada Pike, um amplo bulevar cercado por bosques que avançava até a muralha de Demesne.

Exatamente como sonhei, pensou Kelsea, esfregando a testa. Mas não fora um sonho. Fora claro demais, real demais, para isso. Quando Coryn e Clava se juntaram a Pen na sacada, encontraram-na inconsciente. Não conseguiram acordá-la; Coryn tentara tudo que sabia. O peito subindo e descendo era o único sinal de vida. Acharam que sua rainha estava morrendo.

Mas não estava.

Pen contou-lhe que antes que caísse, a safira estivera brilhando tanto que iluminou toda a sacada, mesmo à noite. Kelsea ainda não fazia ideia do que acontecera. De algum modo, a joia lhe mostrara algo que precisava ver. Ela dormiu por algumas horas e acordou faminta, e, se esse era o preço da visão, podia viver com isso.

— Majestade? — Bermond continuava esperando por uma resposta.

— Não haverá paz, general. Tomei minha decisão.

— Não tenho certeza se compreende as consequências dessa decisão, Majestade. — Bermond virou-se para Clava. — Decerto o senhor poderá aconselhar a rainha nessa questão.

Clava ergueu as mãos.

— Eu protejo a vida da rainha, Bermond. Não tomo as decisões por ela.

Bermond pareceu chocado.

— Mas, sem dúvida, capitão, o senhor está vendo que não há como vencer! O senhor pode convencê-la! O exército mort é...

— Estou bem aqui, general. Por que não se dirige a *mim*?

— Perdão, Majestade. Mas, como disse a sua mãe muitas vezes, as mulheres não foram agraciadas com o dom para o planejamento militar. Ela sempre deixou esses assuntos conosco.

— Tenho certeza de que sim. — Kelsea relanceou à esquerda e viu o coronel Hall observando-a, avaliando-a. — Mas vai descobrir que sou uma rainha muito diferente.

Os olhos de Bermond cintilaram de raiva.

— Repito: acho que sua melhor opção é enviar emissários para Mortmesne. Genot não é tolo; ele sabe que seria difícil controlar este reino. Não está ansioso por uma invasão, mas pode acreditar, se decidir fazê-lo, será bem-sucedido.

— O general Genot não é o rei de Mortmesne, Bermond, assim como o senhor não é o rei de Tearling. O que o leva a pensar que ele é a pessoa que você tem que convencer?

— Ofereça uma remessa reduzida, Majestade. Pague a eles para que fiquem longe.

— O senhor está muito ansioso em oferecer outras pessoas como garantia, Bermond. E se eu lhes oferecesse o senhor?

— No momento, *Tear* é a garantia, Lady. Eu consideraria isso um grande serviço pelo meu país.

Kelsea rilhou os dentes, sentindo a dor de cabeça piorar.

— Não vou mandar mais nenhum escravo, nem mesmo o senhor. Resigne-se com isso e vamos seguir em frente.

— Então volto ao que dizia antes. Vossa Alteza nos deixou em uma posição insuportável. O Tearling não é capaz de repelir o exército mort. E se, como supõe, eles de algum modo redescobriram a pólvora e fabricaram canhões, a situação fica ainda mais desesperadora. Está abrindo as portas para um massacre indiscriminado.

— Cuidado, Bermond — disse Clava, com serenidade.

Bermond engoliu em seco e desviou o rosto, flexionando o maxilar.

— Se os mort tivessem redescoberto a pólvora, teríamos visto o produto inundar o mercado negro — refletiu o coronel Hall.

— Provavelmente — concordou Clava. — Não soube de nenhum indício.

— Talvez estejam guardando só para eles — sugeriu Kelsea.

— Os mort não têm muito controle sobre suas armas, Lady. Depois que aperfeiçoaram o treinamento de falcões, em poucas semanas parecia haver centenas deles no mercado.

— Mas falcões precisam de um falcoeiro, comida, espaço — argumentou Pen. — Sem o falcoeiro, eles são inúteis. Pólvora seria mais fácil de transportar em segredo.

Kelsea se virou para Arliss, que estava em silêncio havia algum tempo. Ele saberia, mais do que ninguém, o que podia parar no mercado negro. Mas havia cochilado. O lado paralisado de sua boca estava escancarado, um fio de baba escorrendo por seu queixo. Quando chegou à Fortaleza naquela manhã, trazia um objeto de papel longo e fino preso entre os dentes. Kelsea, que não queria parecer estúpida por perguntar, examinara-o escondida por alguns minutos antes de vê-lo exalar fumaça e se dar conta de que ele fumava um cigarro. Ela nem sequer sabia que cigarros ainda existiam. Devia ser mais um artigo contrabandeado de Mortmesne, mas se havia produção de tabaco no Tearling, Kelsea ganhara todo um novo conjunto de problemas. Ela arqueou as costas, se alongando, e sentiu o ombro latejar em advertência. Esse era o primeiro dia que ficava sem a bandagem.

— Qual é a probabilidade de eles terem um suprimento de armas da pré-Travessia?

Bermond balançou a cabeça.

— Toda a pólvora que veio na Travessia estragou.

— Mesmo que tivessem encontrado um pouco preservado sob condições ideais — acrescentou Hall —, nunca teria durado mais de um século.

— Para alimentar um canhão, seria necessário conseguir produzi-la, ou algum substituto.

— Isso não é totalmente impossível, senhor. Como vamos saber o que os mort podem extrair de suas minas?

Bermond franziu a testa para Hall, que ficou em silêncio. Kelsea pensou em acordar Arliss para pedir sua opinião, depois descartou a ideia. Ele apenas aumentaria a tensão em torno da mesa. Com certeza tinha militares em baixa estima; antes de pegar no sono, aproveitara diversas oportunidades para mencionar antigos reveses do exército durante a invasão mort, insistindo no assunto com tamanha animação que Kelsea se perguntou se não teria perdido dinheiro no desfecho.

— Então o que a Rainha Vermelha fará primeiro? — perguntou ela.

— Invadir nossas fronteiras.

— Uma invasão completa?

— Não. Apenas algumas aldeias, no começo.

— Para qual finalidade?

Bermond suspirou, exasperado.

— Majestade, vamos pôr desta forma: a pessoa não se joga de um despenhadeiro esperando que a água seja funda o bastante. A Rainha Vermelha pode se dar ao luxo de jogar pedras na água; ela tem todo o tempo do mundo e nenhuma escassez de pedras. Talvez a rainha mort não a considere uma verdadeira ameaça, mas também não é por isso que vai agir ignorando os fatos.

— Mas por que invadir agora? Por que não mandar espiões?

— Para desmoralizar a população, Lady. — Bermond sacou uma pequena adaga dentre o que parecia ser uma quantidade infinita de armas que carregava consigo e fez um movimento de corte no ar. — Está vendo? Eu corto seu dedo mínimo. A pessoa não precisa dele, mas eu a fiz sangrar. Além do mais, mostrei que posso agredi-la quando bem entender.

Kelsea achou que isso era mais uma evidência de que a dominação era um negócio inconcebível de tão estúpido, mas fechou a boca antes que dissesse algo imprudente. A seu lado, Arliss emitiu um ronco ligeiro, ruidoso.

— Arliss! Concorda com essa afirmação?

— Concordo, Majestade — grasnou ele, ficando atento de súbito. — Mas não se iluda; o Tearling já está infestado de espiões.

Clava assentiu, e Kelsea se virou outra vez para Bermond.

— A invasão virá pela estrada Mort?

— Duvido, Majestade. A estrada Mort os conduzirá pelo desfiladeiro Argive, e nenhum exército gostaria de percorrer um caminho sinuoso para descer uma montanha; isso os deixaria muito expostos. Mas ainda assim precisamos bloquear a estrada, para impedi-los de usá-la como rota de suprimento. — Bermond se curvou sobre o mapa, balançando a cabeça. — É uma pena que a Torre Argive não exista mais.

Kelsea olhou inquisitiva para Clava, que respondeu:

— Antigamente havia um forte construído na entrada do desfiladeiro Argive. O exército mort o destruiu enquanto batia em retirada, e agora só resta uma pilha de ruínas no chão do desfiladeiro.

Bermond passou o dedo sobre a fronteira mort ao norte, onde as montanhas perdiam altura para se tornar colinas.

— É por aqui que eu entraria, se fosse Genot. O terreno é escarpado e vai atrasá-los um pouco, mas há floresta de sobra para lhes dar cobertura e uma força militar de tamanho considerável pode se espalhar bem, em vez de afunilar em um gargalo.

— Qual é nossa melhor opção para repelir esse ataque?

— Nenhuma.

— Sua postura otimista me espanta, general.

— Majestade...

— Coronel Hall, qual é sua opinião? — perguntou Kelsea, dirigindo-se ao segundo em comando.

— Sou forçado a concordar com o general, Lady. Não há esperanças para uma vitória definitiva.

— Que ótimo.

Hall ergueu a mão.

— Mas poderíamos retardá-los. Consideravelmente.

— Explique.

Hall se curvou para a frente, ignorando a carranca cada vez maior de Bermond.

— Nossa única opção parece ser atrasá-los, Lady, uma campanha destinada a estorvar e retardar a força principal do exército mort. Uma tática de guerrilha.

— Com que finalidade? — perguntou Bermond, gesticulando com as mãos.

— Vão tomar o país de qualquer jeito, mais dia, menos dia.

— Certo, senhor, mas isso amplia o tempo durante o qual a rainha pode firmar a paz ou explorar outras opções.

Kelsea assentiu, satisfeita. Pelo menos Hall era capaz de pensar de maneira criativa. Bermond agora o censurava sem rodeios, mas Hall parecia determinado a ignorar e prosseguir:

— As possibilidades são ainda melhores se tentarem locomover o exército como o general sugeriu. Sou de Idyllwild, Majestade. Conheço essa parte da fronteira como a palma de minha mão.

— E quanto às aldeias próximas à fronteira?

— Evacue-as. Elas estão vulneráveis, e o exército mort vem tanto para saquear quanto para conquistar. Deixe que encontrem um punhado de aldeias vazias e isso, no mínimo, vai lhes dar o que pensar.

— Majestade, esse não seria um uso ajuizado de nossos recursos — anunciou Bermond, irritado. — A evacuação exige muitos soldados. Esses homens estariam mais bem postados atrás da fronteira, caso os mort cheguem à planície Almont.

— Não escutou nada do que eu disse, Bermond? O exército mort já está mobilizado e o senhor mesmo afirmou que vão começar invadindo as aldeias na fronteira. Essas pessoas estão em perigo.

— Elas optaram por viver ali, Majestade. Conhecem os riscos.

Kelsea abriu a boca para retrucar, mas Clava tomou a frente.

— Uma evacuação iria sobrecarregar o interior com uma grande quantidade de refugiados, Lady. Refugiados precisam ser alimentados e abrigados.

— Então os alimente e os abrigue.

— Onde?

— Tenho certeza de que vai encontrar um jeito, Lazarus.

— E se eles se recusarem a vir? — perguntou Bermond.

— Então nós os deixamos onde estão, se essa for a escolha deles. Não estamos falando de remoção forçada. — Kelsea abriu um sorriso agradável para Bermond. — Mas tenho certeza de que o senhor é capaz de lhes explicar isso da melhor maneira.

— Eu?

— O senhor mesmo, general. Deve pegar uma boa parte do exército, tanto quanto julgar necessário, e ir até lá para evacuar e proteger a fronteira e a estrada Mort.

Bermond se virou para Hall.

— A evacuação será sua responsabilidade.

— Um momento — interrompeu Kelsea. Ela buscou na memória o que Arliss lhe contara sobre a estrutura militar. — Hall, por ser um coronel, presumo que comande seu próprio batalhão?

— De fato, Lady. O flanco esquerdo.

— Ótimo. Seu batalhão irá se separar do exército principal e conduzir uma operação de guerrilha nas linhas mort.

— Majestade! — retrucou Bermond, seu rosto ficando vermelho. — *Eu* mobilizo minhas tropas.

— Não, general. Isso é uma operação da Coroa, e estou recrutando um batalhão de seu exército para outra missão.

— E meu oficial executivo também!

— É, também.

Arliss bufou em escárnio. Kelsea fitou-o pelo canto do olho e viu que sorria, um cigarro novo nos lábios. O cheiro era tão pavoroso quanto antes, mas Kelsea não disse nada. Foi Arliss quem a informou sobre o obscuro direito da Coroa de empreender ação militar direta, um antigo resquício do poder executivo da América. Quando seus olhares se cruzaram, ele deu uma piscadela.

Relanceando ao redor da mesa, viu tanto Pen quanto Clava encarando Bermond, que olhava feio para Hall. Mas Hall continuava observando Kelsea. A chama da ambição em seus olhos era fácil de perceber, mas havia algo mais, uma coisa que ela não conseguia identificar, mas que gostava mesmo assim.

Se não tivesse sido feito para ser um soldado, eu o chamaria para minha Guarda hoje mesmo.

— Minha principal preocupação são os canhões — disse Kelsea a Hall. — Vi dez deles, mas pode haver mais. Não sei dizer se eram de ferro ou de aço. Sua primeira tarefa será inutilizá-los.

— Entendido, Majestade.

— Canhões — zombou Bermond, virando-se para Clava outra vez. — Não existe pólvora. Vamos mesmo basear nossa estratégia militar nos delírios febris de uma garota?

Clava fez menção de responder, mas Kelsea o cortou.

— Essa é a segunda vez que o senhor não se dirige diretamente a mim, general. E se valoriza tanto sua carreira e todos os seus anos de serviço quanto eu, será a última.

— Esse plano não é defensável, Majestade! — rosnou Bermond. — É um desperdício de bom contingente!

— O sorteio também é! — retrucou Kelsea. — Suponho que nenhum de *seus* entes queridos tenha sido sorteado para uma remessa, general?

Pen segurou o cotovelo dela com uma pressão suave.

— Meus, não. — Os olhos de Bermond dardejaram na direção de Hall.

Pen se curvou para perto de Kelsea e murmurou:

— O irmão de Hall, Lady. Eles eram próximos.

— Peço desculpas, coronel Hall.

Hall fez um gesto despreocupado. Não parecia ofendido; suas sobrancelhas estavam contraídas, com ar pensativo, sua mente já devia estar bem longe, na fronteira. Kelsea não sabia dizer se ele acreditava nela quanto aos canhões, mas isso não tinha importância. Só o que importava era que aceitara a incumbência.

— Mais alguma coisa?

Os dois soldados ficaram calados. Bermond parecia ter comido um limão inteiro. Kelsea considerou por um segundo se devia ficar preocupada com a lealdade de Bermond, mas descartou a ideia. Ele não parecia do tipo que tentaria um golpe de Estado, mesmo que fosse vinte anos mais jovem. Não tinha imaginação para isso.

— Então a reunião está encerrada — anunciou Clava.

Bermond e Hall levantaram-se rápido, sobressaltando Kelsea.

— Obrigada — disse-lhes ela. — Dentro de uma semana, gostaria de receber um relatório de cada um sobre o progresso.

— Majestade — murmuraram eles e continuaram ali, encarando-a por tanto tempo que Kelsea se perguntou se havia alguma coisa errada em sua aparência. Estava prestes a perguntar, quando por fim percebeu o que estavam esperando.

— Estão dispensados.

Eles fizeram uma mesura e saíram.

O destino de Thomas Raleigh

É difícil analisar as motivações de um traidor. Alguns traem seu país por dinheiro, outros, por vingança. Alguns o fazem de modo a satisfazer um verdadeiro sentimento de alienação para com os valores de seu país. Outros traem por não ter escolha. Em geral esses motivos se confundem; a traição não costuma ter uma explicação simples. Um dos mais famosos traidores na história tear vendeu seu país pelo motivo mais básico de todos: não via por que não trair.

— *A antiga história de Tearling*, CONTADA POR MERWINIAN

Eu já devia ter imaginado, pensou Javel, tanto naquela hora como muitas outras vezes ao longo do dia. *Eu já devia ter imaginado que as coisas terminariam assim.*

Ele não sabia por que ainda dava ouvidos a Arlen Thorne. Em retrospecto, podia perceber como o plano fora estúpido: Thorne providenciara um único Caden para assassinar a rainha, nem sequer um dos mais famosos... Lord Graham, o mais jovem, que mal saíra da adolescência. Em pouco tempo espalharam-se boatos pela cidade de que a nova rainha na verdade liquidara sozinha o assassino, mas isso era bobagem. Clava o matou, depois eliminou seu séquito e incendiou sua propriedade só por garantia. Graham fracassou de modo espetacular, e, pior, publicamente; seu corpo não ficou pendurado no centro da cidade nem por uma hora antes que a multidão o arrancasse do poste e o fizesse em pedaços. Javel resolvera nunca mais mover um dedo por Thorne outra vez. Mas claro que foi inevitável que o chamado viesse, e agora ali estava ele.

Encontraram-se em um grande armazém na periferia leste de Nova Londres. Javel conhecia o lugar; houve um tempo em que fora utilizado para armazenar madeira antes que fosse vendida ou transportada para Fim da Travessia. Mas Thorne parecia tê-lo requisitado para seus planos sinistros. Um de seus inúmeros capangas do Censo recebeu Javel na porta, examinou-o por um momento e gesticulou que entrasse. Javel viu-se em uma pequena antecâmara parcamente iluminada, cercado por homens que pareciam tão furiosos e confusos quanto ele próprio.

Thorne ainda não chegara, mas olhando ao redor Javel começou a compreender o que impulsionava toda aquela empreitada: dinheiro. Sentiu-se um tolo por não ter percebido antes, mas claro que só pensara em Allie. Não havia considerado as enormes somas envolvidas no envio das remessas, quanto algumas pessoas tinham a perder.

Lord Tare recostava-se na parede oposta, seu chapéu roxo ridículo tomando mais espaço que o resto de sua figura. A família Tare era dona de terras no leste, campos de trigo se estendendo por quilômetros através da planície Almont, e cobrava pedágio na estrada Mort. Na verdade, Javel se lembrava de ter escutado uma controvérsia em determinado momento: Lord Tare cobrava o pedágio por cabeça, ao passo que o regente queria que cobrasse pelo meio de transporte. Mas o regente não teve força suficiente para impor uma mudança dessas. Se Lord Tare ainda cobrasse por cabeça, a remessa representava uma mina de ouro mensal.

Dois Caden, os irmãos Baedencourt, sentavam-se diante do fogo. Eram quase gêmeos, de cabelos louros e olhos azuis, com barbas fluidas que desciam por toda a extensão de suas barrigas protuberantes. Ninguém ousaria conspirar contra a rainha sem consultar os Caden, mas Javel não tinha certeza de que os Baedencourt estavam autorizados a negociar pelo resto. Eram os Caden mais fáceis de encontrar, uma vez que em geral estavam farreando, bêbados, entre as prostitutas do New Globe.

Os Caden tinham os próprios problemas agora. Era de conhecimento geral no Gut que o regente lhes oferecera um bônus exorbitante para encontrarem e matarem a princesa, e eles haviam comprometido a maior parte de seus recursos nessa empreitada, ignorando os trabalhos do dia a dia — proteger nobres ameaçados, colher recompensas e escoltar cargas valiosas — que eram seu ganha-pão. Nos últimos meses os Caden haviam torrado dinheiro, gastando uma enorme quantia de recursos para nada, e, em todo caso, o tesouro real agora estava fora do alcance deles. O fracasso em encontrar a princesa também lhes custara parte considerável do prestígio do grupo, o que afetou ainda mais os negócios. Sempre fora prática padrão que nove ou dez Caden se juntassem a cada remessa que deixava Nova Londres; não havia um meio de dissuasão melhor para possíveis justiceiros. Escoltar a remessa era uma missão considerada fácil para os Caden, mas mesmo assim constituía uma parcela significativa de seu rendimento coletivo todo mês. Agora isso também deixara de existir.

No mês anterior, Javel escutara boatos de que os Caden estavam fazendo bicos para complementar o orçamento: como trabalhadores braçais, salteadores de estrada ou instrutores no manejo de armas para filhos de nobres. Um Caden bem-apessoado chamado Ennis chegara até a ser contratado para escoltar a filha pouco atraente de um nobre, levando-a para bailes, lendo poesia para ela e sabia-se lá mais o quê. Mesmo aos olhos de Javel, que não morria de amores pelos assassinos, era uma situação lamentável. Ele se perguntava como os próprios Caden deviam estar se sentindo, depois de se acostumarem por tanto tempo à arrogância e à exclusividade, e não era capaz de imaginar. Fosse como fosse, parecia mais do que provável que os Baedencourt estivessem ali para um bico e, assim, Javel não confiava neles ou no comprometimento deles com a empreitada.

Mais quatro homens, nenhum deles conhecido de Javel, estavam sentados perto do fogo. Um deles era um padre jovem com cara de fuinha, o que deixou Javel intrigado; nunca teria imaginado que a Igreja de Deus se envolveria diretamente em algo assim. A cabeça raspada e as mãos delicadas e pálidas do clérigo revelavam que era um asceta e, dada sua pouca idade, Javel acreditou que devia ser um membro do estafe de ajudantes pessoais do Santo Padre. Ao lado dele havia um sujeitinho louro e amarrotado que parecia uma criatura da sarjeta. Um ladrão ou mesmo um simples batedor de carteira à procura de um troco rápido.

Dinheiro, pensou Javel. *Todos estão aqui apenas pelo dinheiro. Todos menos eu.*

E por que você está aqui? Uma voz, aguda e fria, sussurrou bem lá no fundo. A voz de Thorne, percebeu Javel, horrorizado, como se de algum modo tivesse permitido que o homem se enfiasse até nos cantos mais ocultos de sua própria mente.

Para ter Allie de volta, respondeu, com raiva. *Esse sempre foi o único motivo.*

Sem resposta. Thorne sumira. Mas a pergunta fora formulada, e Javel sentiu que o estrago estava feito. Cooperava para libertar uma escrava, decerto uma das ações mais nobres que poderia haver. Mas Allie era apenas uma escrava... Uma entre dezenas de milhares que conheceram o mesmo destino. Javel não tinha olhos para os demais, estava cuidando só dos próprios interesses. E por acaso isso o tornava melhor do que aqueles homens?

Eu sou melhor, insistiu ele. *Sei que sou.*

Mas então, perscrutando o canto mais escuro do ambiente, ele viu a pior novidade de todas: Keller, seu colega na Guarda do Portão, recostado na parede com os braços cruzados e uma expressão satisfeita no rosto. Javel lembrou-se de uma noite, vários anos antes, em que Vil enviara vários deles na surdina a Cat's Paw para buscar Keller, que se envolvera em uma encrenca das grandes. Houve problemas antes; certa vez Keller arremessara uma mulher de uma murada e sofrera várias acusações de estupro, uma das quais exigiu um apelo direto ao regente antes de ser abafada. Mas nem mesmo Javel estava preparado para o que os aguardava em Cat's Paw, onde deram com Keller completamente bêbado, a mão coberta de sangue, ainda segurando a navalha. Ele espancara uma prostituta quase até matá-la e retalhara seu rosto e seus seios. Javel ainda podia ver a garota chorando em um canto, o sangue vertendo dos cortes que ziguezagueavam por seu torso. Não devia ter mais de catorze anos. Javel voltou para casa ao amanhecer e bebeu até apagar, dando graças a Deus por estar sozinho, por Allie não poder vê-lo. Agora ali estava ele outra vez, envolvido em um negócio escuso, olhando para Keller na penumbra do ambiente.

Thorne apareceu, trajando um manto azul-escuro que rodava em torno de seu corpo magro. Javel ficou aliviado em ver que Brenna não viera com ele dessa vez; ainda haveria duas horas de luz do dia lá fora. Os olhos azuis e brilhantes de Thorne passaram por todos no armazém antes que se virasse para tirar o manto, e Javel observou-o com curiosidade, perguntando-se qual seria o verdadeiro interesse dele ali. Ele dirigia o Censo, mas esse era um trabalho cotidiano pago pelo governo. À noite, Thorne era o rei do mercado negro e mesmo que a remessa deixasse de existir de uma vez por todas, seus rendimentos não sofreriam muito. Claro que ser superintendente do Censo era um cargo útil que lhe permitia ameaçar muitas pessoas, mas alguém tão astuto quanto Thorne sempre tinha outros modos de levar vantagem.

O que você está tramando, Arlen?, perguntou-se Javel, olhando para ele. *O que motiva uma criatura como você?*

A resposta veio fácil: influência. Thorne não era ganancioso; era um fato amplamente divulgado que ele vivia com modéstia. Não tinha queda por ouro, jogatina ou prostitutas, nenhum vício a não ser sua fixação na albina. O que Thorne estimava era a liberdade para continuar fazendo tudo que desejasse, sem restrição. Com o fim do comércio oficial de escravos, seria razoável pensar que a rainha em seguida voltaria sua atenção para o mercado negro. O tráfico de armas, narcóticos, crianças... A nova rainha já provara que não era como o regente; ela se importava tanto com os humildes quanto com os nobres. Por isso, Thorne determinou que ela tinha de ser eliminada.

— Bem, estamos todos aqui — anunciou Thorne. — Vamos direto ao assunto.

— Isso mesmo — rosnou Lord Tare. — Você fodeu com tudo, seu burocrata miserável. Foi pura sorte Clava não ter pegado o garoto com vida; ele teria incriminado todos nós.

Thorne inclinou a cabeça na direção de Lord Tare, então olhou ao redor, como que à procura de confirmação.

— Concordo — anunciou o padre, embora seu tom fosse conciliador. — Comunico a decepção do Santo Padre com a natureza amadorística da tentativa, bem como com seu fracasso.

— Prometi que vamos triunfar — respondeu Thorne, com brandura. — Não que vamos triunfar na primeira tentativa.

— Belas palavras, seu rato — escarneceu Arne Baedencourt. A voz saíra como se estivesse travando uma batalha contra a própria língua.

Nossa, ele está caindo de bêbado!, percebeu Javel, perplexo. *Nem eu cometeria a besteira de encher a cara antes de me envolver em um assunto tão tenebroso.*

— Por que não contratou um Caden de verdade? — perguntou Lord Tare, furioso. — Dwyne ou Merritt? Um assassino profissional não teria fracassado.

— Qualquer Caden é um Caden de verdade! — bradou Hugo Baedencourt. Comparado a seu irmão, parecia misericordiosamente sóbrio. — O menino Graham foi testado do mesmo modo que o restante de nós. Não ouse macular a memória dele insinuando o contrário.

Lord Tare espalmou as mãos em um gesto de desculpas, embora seu olhar em nenhum momento se desviasse de Thorne.

Thorne deu de ombros.

— Não concordo que o plano estivesse fadado ao fracasso. O rapaz chegou bem perto; minha fonte informou que conseguiu pôr uma faca na garganta da rainha. Porém, admito que subestimei a Guarda da Rainha, e em especial Clava. Meu homem infiltrou-se tão facilmente na coroação... Presumi que ele amolecera com o passar dos anos.

— Só um tolo subestimaria Clava — comentou Hugo Baedencourt, sombrio. — Achamos que liquidou quatro dos nossos nas margens do rio Crithe.

— Bem, posso assegurar que não é um erro que voltarei a cometer — replicou Thorne, em um tom de voz que inibia maiores discussões. — Em todo caso, não faz sentido remoer o passado. O que nos interessa é o futuro.

— O passado *é* o futuro, Thorne — discordou o padre, calmamente. — Que garantia tem meu superior de que você não vai meter os pés pelas mãos na próxima tentativa?

Javel estava impressionado. Poucos homens, salvo nobres, ousariam falar assim com Thorne, mesmo que resguardados pelo poder do Arvath. E o padre expressara com precisão a dúvida do próprio Javel. Olhando adiante, ele podia ver um corredor infinito de atentados fracassados contra a vida da rainha. Não era capaz de encarar isso, nem mesmo por Allie; sua coragem não ia tão longe assim. Queria cair fora dali, não queria mais sua vida atrelada a conspirações e ao medo constante de que todo punho batendo em sua porta pudesse ser Clava, vindo buscá-lo para um interrogatório.

— Não dou garantia de nada — respondeu Thorne, com frieza. — Nunca dei. Embora a morte da rainha talvez seja a solução para inúmeros problemas, admito que possa estar além de nosso alcance, no momento.

— E quanto a seu homem na Guarda da Rainha? — perguntou Lord Tare. — Ele não pode cuidar do assunto sozinho?

— Que guarda? — perguntou o homenzinho louro amarrotado.

Thorne balançou a cabeça.

— Não está disposto a arriscar o pescoço por enquanto. Clava já se deu conta de que há um traidor entre eles; aumentou a segurança da rainha e designou Pen Alcott como seu guarda-costas. Meu homem está com medo, e não posso culpá-lo. Mesmo que conseguisse, não existe buraco no Novo Mundo onde Clava não o encontraria.

— Ou encontraria a gente — murmurou Javel para si mesmo.

— Você subornou um Guarda da Rainha? — perguntou o louro outra vez.

— Não é da sua conta, baixinho — respondeu Thorne. — Lembre-se de seu lugar aqui.

O batedor de carteiras voltou a afundar na cadeira, e Javel balançou a cabeça. Como Thorne conseguira trazer um membro da Guarda da Rainha para seu lado? Eles eram leais até a morte, ainda mais impregnados de orgulho e tradições do que os próprios Caden. Até onde Javel sabia, nenhum guarda real jamais se tornara um traidor.

Mas se existe alguém capaz de conseguir esse feito, pensou ele, desgostoso, *esse alguém seria Thorne.*

— Pen Alcott é um esgrimista talentoso — observou Hugo Baedencourt, encarando a fogueira, pensativo. — Poucos de nós ousariam desafiá-lo. Merritt, talvez, mas você nunca vai convencê-lo a se meter nessa história.

— Não importa — afirmou Thorne. — Tive uma ideia melhor, que vai servir para todos os nossos propósitos. Alain aqui — ele indicou com um gesto o pequeno batedor de carteiras — forneceu-me a informação vital para o sucesso.

O ladrãozinho maltrapilho deu um grande sorriso, feliz como um cão por ter agradado seu dono. Javel começou a se perguntar se ele batia bem da cabeça.

— Eu diria que é um plano infalível — continuou Thorne —, mas tal arrogância seria improdutiva.

— Que plano? — perguntou Hugo.

— De um jeito ou de outro, todos vocês precisam de dinheiro.

Javel abriu a boca para discordar, então pensou melhor.

— O dinheiro de vocês não virá mais da Fortaleza. A rainha não vai apoiar a remessa, nem agora nem nunca.

— Você esteve em uma audiência com ela? — perguntou Lord Tare.

— Não precisei. Os sinais estão claros. Ela se reuniu com o general Bermond há três dias e traçaram planos para a mobilização inicial de mais de metade do exército tear para a fronteira com Mortmesne. A Ala da Rainha está abastecida com suprimentos para o caso de um cerco. Digo a vocês que ela está se preparando para a guerra e, sem uma ação rápida de nossa parte, os mort estarão a caminho.

Javel ficou boquiaberto de horror. Uma invasão mort... Nunca levara isso a sério. Mesmo depois que a rainha ateou fogo às jaulas, ele sempre presumira que um novo tratado seria assinado, ou que Thorne daria um jeito de resolver as coisas, que algo novo interviria. Ele pensou na mulher sábia e triste que vira no Gramado da Fortaleza... A despeito das maquinações de Thorne, Javel tinha certeza de que ela salvaria todos eles de algum jeito.

— Deus nos ajude — murmurou Alain.

— Presumo que todos vocês gostariam de evitar uma invasão. Meu plano vai matar dois coelhos com uma cajadada só.

De súbito, Thorne se pôs de pé. Javel encolheu-se quando ele passou, evitando sentir até mesmo um roçar daquelas pernas esqueléticas. O entusiasmo no tom de Thorne era indiscutível.

— Venham comigo!

Eles o seguiram por uma porta que levava mais para o fundo do armazém, para o que outrora fora um escritório. As mesas e cadeiras estavam vazias, cobertas por uma grossa camada de pó. Tochas presas às paredes forneciam luz, já que as janelas tinham sido obscurecidas com tinta preta. Acima de uma escrivaninha, o retrato de uma mulher de aspecto atarracado fora pregado no reboco. Do outro lado da parede do escritório, Javel podia escutar batidas surdas, o ruído de alguém martelando. E também de serras; era o som de uma equipe de construção, embora a madeireira tivesse encerrado suas operações havia muito tempo.

Chegaram ao fundo dos escritórios, e Thorne os conduziu por outra porta para o armazém propriamente dito. Era um espaço úmido e cavernoso, iluminado apenas pela fraquíssima luz de tochas. O cheiro de serragem velha e seca provocou coceira no nariz de Javel. Por todo lado havia enormes pilhas retangulares de madeira antiga, algumas com quase seis metros de altura, cobertas por uma grossa lona verde. Como qualquer prédio abandonado, o depósito pareceu a Javel um espaço morto e espectral, assombrado por uma atividade que cessara muito tempo antes.

— Venham por aqui — ordenou Thorne, e os homens o seguiram em direção aos fundos do espaço imenso. O martelar ficou mais alto à medida que se aproximaram e, quando dobraram a última curva, Javel viu um homem postado entre dois cavaletes, serrando madeira. Tábuas de carvalho, cada uma com cerca de três metros, estavam empilhadas de forma ordenada e simétrica a seu lado.

— Liam! — gritou Thorne.

— Sim? — Ecoou uma voz atrás de uma das pilhas de madeira.

— Venha aqui, por favor!

Um homem do tamanho de um gnomo emergiu de trás da lona, limpando as mãos na calça. Estava coberto dos pés à cabeça por uma fina camada de serragem, e Javel foi subitamente tomado pela certeza de que estava tendo o pesadelo com Allie mais vívido de todos até então; a qualquer momento, o depósito ao redor desapareceria e ele se veria na beira do desfiladeiro Argive, observando-a desaparecer além da colina Pike.

— Este é Liam Bannaker. — Thorne apresentou o anão. — Presumo que tenham ouvido falar dele.

De fato Javel ouvira falar do sujeito. Liam Bannaker era um dos melhores carpinteiros de Tearling e também sabia trabalhar com tijolos e pedras. Os ricos de Nova Londres muitas vezes o empregavam na construção de suas casas e era sabido que até mesmo nobres o contratavam de tempos em tempos, quando precisavam reparar alguma alvenaria ou fundação em seus castelos. Mas o homem não tinha a compleição de um construtor; era pequeno e magrelo, com braços de aparência delicada. O outro carpinteiro, o homem com a serra, os ignorava completamente; Javel começou a se perguntar se era surdo.

— Veio para uma demonstração, imagino? — perguntou Bannaker a Thorne. Sua voz também era a de uma criatura anã, aguda e metálica, um zumbido desagradável aos ouvidos de Javel.

— Acho que pode ajudar.

— Por sorte, três já estão prontas. — Bannaker atravessou o grupo e dirigiu-se apressado a uma das pilhas de madeira cobertas. — Mas só uma demonstração rápida. Estamos um pouco atrasados desde que Philip ficou gripado.

Ele agarrou uma ponta do oleado verde e deu um puxão. No momento em que a lona descia, Javel teve um pressentimento de horror, algo ainda pior do que seus pesadelos, e quis fechar os olhos. Mas também era tarde demais, o oleado já caíra e seu primeiro pensamento foi: *Eu devia ter adivinhado*.

Era uma jaula, larga e retangular, com cerca de dez metros de comprimento e cinco de largura. Havia uma porta em uma lateral, cuja altura permitia a passagem de um único homem. As barras não eram de aço; a jaula toda, piso, barras e rodas, parecia feita de carvalho tear. Não era tão bem construída quanto as jaulas que Javel vira uma vez por mês durante toda a sua vida adulta, mas parecia resistente, resistente o bastante para a função a que se destinava.

— Pode apostar que não vim aqui para *isso* — grunhiu Arne Baedencourt, e Javel concordou com a cabeça, entorpecido. Olhando para a direita, viu Thorne observando a jaula, extasiado, do modo como um pai amoroso olha para o filho.

Thorne deu de ombros.

— O motivo para sua presença aqui não tem relevância. Todos vocês estão envolvidos, agora. Cada um de nós é um risco para os demais. Mas ânimo! Já completei as negociações com Mortmesne. Todos serão recompensados, como prometi.

— E qual é sua recompensa, Arlen? — perguntou o padre, seus olhos de raposa fixos com desconfiança em Thorne. — O que espera ganhar com isso?

— Isso não é da sua conta. — Thorne continuou a olhar para a jaula com um brilho no olhar. — Seu senhor ficará contente quando receber a parte dele.

— Quantos cabem em cada jaula?

— Vinte e cinco, talvez trinta. Mais, se forem crianças.

O padre curvou a cabeça, os lábios se movendo em silêncio. Javel achou que compreendia: o padre temia a danação. Assim como Javel. Ele olhou para o enorme depósito a sua volta, para as formas cobertas por lonas que presumira serem pilhas de madeira, e contou oito. Nunca foi bom em matemática, mas levou apenas um segundo para estimar esse resultado específico.

Pelo menos duzentas pessoas, pensou, a pele formigando. *Talvez até trezentas.*

Oito jaulas, e o rosto de Allie parecia espiar pelas barras de todas.

Talvez pela centésima vez desde que deixara a Fortaleza, Thomas amaldiçoou a chuva. O céu se fechara assim que atravessou a ponte de Nova Londres, e agora chovia sem parar havia três dias. Era março, temporada chuvosa, mas de todo modo Thomas sentia como se o aguaceiro tivesse sido enviado para atormentá-lo. Talvez a garota tivesse conjurado uma tempestade de propósito, com a maldita joia, ou talvez fosse punição divina. De um jeito ou de outro, ele estava encharcado. Não cavalgava havia pelo menos um ano, e sua roupa se revelara pequena demais para montar; o pano úmido da calça já deixara suas pernas em carne viva, provocando dor a cada passada. O mundo resumira-se a quatro coisas: frio, umidade, escoriações e o infindável chapinhar de cascos entre poças e lama.

Seus homens não estavam se queixando, mas tampouco podia afirmar que estavam alegres. Só três tinham concordado em acompanhá-lo; prometera recompensá-los assim que chegassem a Mortmesne, e aquele trio fora estúpido o bastante para acreditar. Não conseguiu encontrar Pine, fato que lamentava com amargura. Pior, nem um único Caden concordou em ir com ele, nem mesmo depois de ter prometido pagar o dobro quando estivessem em Mortmesne. Ninguém poderia esperar lealdade de mercenários, sem dúvida, mas acreditara que conseguiria convencer pelo menos um.

Porém, conseguira trazer Keever, e isso já era alguma coisa. Keever tinha a inteligência de uma pedra, mas participava nos negócios de família de envio de produtos para Mortmesne e conhecia a estrada Mort. A ideia era deixar a estrada assim que Nova Londres ficasse para trás, mas o tempo ruim atrapalhou os planos e talvez assim tivesse sido melhor. Na estrada, uma grande habilidade de sobrevivência não contava muito, e Thomas não se iludia; quando se tratava de achar o caminho na floresta, Keever ficava perdido. Todos eles ficavam.

Mas a estrada trazia os próprios problemas. A lama era tão funda que Thomas podia sentir seu cavalo ofegante com o esforço para tirar os cascos do atoleiro. Cada vez que escutavam um grupo maior se aproximando, tinham de sair da estrada e se esconder no mato até o perigo passar. Thomas planejara fazer a viagem para Demesne em três dias, mas isso seria impossível. Levaria cinco dias, talvez seis, e quanto mais tempo passava desprotegido, mais sentia a morte fechando o cerco em torno dele. Seus guardas lhe lançavam olhares hesitantes de tempos em tempos, e nesses relances Thomas podia sentir a mão pesada da história. A garota dissera que ele não era ninguém, e ele intuía que ninguém era o que iria se tornar. Lembrou-se vagamente do asterisco e da nota na parte inferior da página de um livro, que via quando ainda estudava. Uma nota de rodapé... Era o que se tornaria. Nas histórias, a mitologia que o Tearling passava de geração em geração, ele seria um detalhe minúsculo. Mesmo que chegasse à fronteira mort com vida, era provável que a Rainha Vermelha o matasse por seu fracasso.

Não foi minha culpa.
Ela não se importaria.
— Vamos parar e passar a noite — sugeriu.
— Não devemos acampar aqui — respondeu Keever. — É aberto demais. Deveríamos continuar até escurecer.

Thomas assentiu e lançou um olhar rancoroso para o céu cinzento do fim de tarde. Embora estivesse escurecendo rápido, não haviam sequer chegado ao fim do rio Caddell. Mesmo que o tempo melhorasse, levaria pelo menos mais dois dias de cavalgada árdua até alcançarem a fronteira. Suas coxas pareciam não ter mais pele alguma e a cada passada de seu cavalo ele sentia um líquido supurando da carne esfolada. Seus homens deviam estar sofrendo dores semelhantes, mas claro que ninguém abriria a boca; quanto mais ele queria que se queixassem, mais certo ficava de que não o fariam.

Thomas escutou alguma coisa.

Parou seu cavalo e virou-se, atento, mas não conseguiu ouvir nada além do barulho da chuva. Uma rocha enorme ocultava a estrada às costas deles.

— O que foi? — perguntou Keever. Ele assumira o papel de líder não oficial da viagem, embora a antiga Guarda do Regente não lhe permitisse liderar sequer uma expedição ao mercado.

— Silêncio! — exclamou Thomas. Sempre gostara do som da própria voz quando dava ordens; ela não deixava margem à recusa, e Keever obedeceu e ficou quieto.

Agora escutava o som outra vez, mesmo com o barulho da chuva: cascos, talvez a uma centena de metros, depois da curva.

— Cavaleiros — anunciou Arvis.

Keever escutou por um tempo.

— Estão se movendo a uma boa velocidade. Vamos entrar na mata.

Thomas concordou, e os quatro saíram da estrada e entraram na floresta, que era tão escura que Thomas mal conseguia guiar seu garanhão. Avançaram pela vegetação o suficiente para bloquear a visão da estrada, parando em um pequeno arvoredo. O chiado constante da chuva descia sobre as folhas acima de suas cabeças, mas Thomas ainda escutava os cavalos se aproximando. Um medo súbito envolveu seu coração. Talvez fosse apenas um grupo voltando de uma caçada, ou um bando de contrabandistas que preferia passar incógnito, mas o nó nas entranhas de Thomas não parecia acreditar nisso. Sentia olhos sobre ele, profundos olhos negros que enxergavam todas as coisas horríveis que já fizera.

Quando o som de cascos estava a uns cinquenta metros, cessaram.

Thomas fitou seus homens, e eles lhe devolveram o olhar com uma expressão vaga, procurando respostas, mas Thomas não tinha nenhuma. Enfurnar-se ainda mais na floresta era fora de cogitação; estava quase um breu ali, e ser pego nas trevas por quem quer que o perseguia seria ainda pior do que ser pego na penumbra.

De repente, foi assaltado por uma antiga lembrança, algo de que costumava brincar quando era criança: Guarda da Rainha. Talvez uma vez por mês, ele acordava se sentindo inexplicavelmente corajoso. Nunca havia um motivo em particular, apenas uma disposição com a qual despertava; o mundo parecia um lugar mais alegre e melhor, e pelo resto do dia ele tentava levar a vida de um Guarda da Rainha, fazendo coisas honradas. Ele não puxava o cabelo de Elyssa, nem roubava suas bonecas, também não mentia para a governanta sobre as coisas que furtara da cozinha. Arrumava sua cama, recolhia os brinquedos espalhados e até fazia a lição de casa. E, por incrível que parecesse, sua mãe ou a governanta em geral notavam aquele comportamento, elogiando-o e dando-lhe alguma coisa extra na hora de dormir, como um pedacinho de chocolate ou um brinquedo novo. Mas esses dias foram ficando mais raros com o tempo, à medida que percebia que nunca seria nada além do filho caçula, um substituto. Em algum momento, por volta dos treze anos, os dias de Guarda da Rainha chegaram ao fim para nunca mais voltar.

Se ao menos eu tivesse acordado daquele jeito todas as manhãs, pensou Thomas, a ideia despertando um anseio profundo e desanimado. *Se eu pudesse ter* sido um Guarda da Rainha todos os dias da minha vida, as coisas poderiam ter sido diferentes.

Agora o som da chuva era interrompido por alguém cantando, a voz de barítono de um homem ecoando na floresta atrás deles. O tom era zombador, mas transmitia tanta carga emocional de violência que o estômago de Thomas ficou embrulhado. Ele escutava essa voz com frequência nos sonhos, mas acordava toda vez antes que seu dono pudesse matá-lo. Só que dessa vez estava bem acordado.

A remessa se aproxima, jaulas cheias,
Uma voz canta em todo o Tearling,
Fogo nas jaulas, silêncio na Fortaleza,
O Tearling chora, a rainha está aqui.

A cantoria cessou tão rápido quanto começara. Thomas forçou a vista no lusco-fusco. Não conseguia enxergar nada, mas não se iludia acreditando que a cegueira fosse mútua; aquele desgraçado tinha olhos de gato. Os guardas de Thomas o cercaram, todos perscrutando a folhagem, espadas em punho. Pensou em dizer-lhes para pouparem o esforço, mas ficou quieto. Se queriam morrer com bravura, não cabia a ele convencê-los do contrário. Os guardas conheciam a identidade do cantor, claro que sim. A chuva caía com ainda mais força, e o mundo restringia-se a todos os que estavam parados ali, na imobilidade.

Thomas gritou:

— Poupe meus homens!

Risadas ecoaram de múltiplas direções.

— Os homens que o seguem para jurar fidelidade à vadia morta? — respondeu Fetch de seu ponto vantajoso e invisível. — Mais fácil permitir que uma matilha de cães selvagens continue a viver. Não passam de covardes e traidores!

Ele começou a cantar outra vez:

A rainha no exílio agora reaparece,
A faca é jogada, a garota tomba,
Mesmo assim se levanta, dezoito longos anos,
Nossa rainha, seja qual for sua coroa.

— Estão cantando isso em todos os cantos da cidade! — berrou Fetch, a zombaria agora tingida de raiva. — Quem vai compor uma balada para você, Thomas Raleigh? Quem exaltará sua grandeza?

Lágrimas encheram os olhos de Thomas, mas não ousou limpá-las diante de seus homens. De repente compreendeu por que, apesar das muitas oportunidades, Fetch nunca o matara antes. Ele estava à espera da garota, à espera de que ela saísse de seu esconderijo.

— Não vou implorar! — gritou Thomas.

— Já o escutei implorar vezes demais.

À esquerda de Thomas, Keever caiu com um horrível gorgolejo, uma faca se projetando da garganta. Arvis e Cowell tombaram em seguida, perfurados com flechas no peito e na cabeça. Thomas ergueu o rosto e viu uma forma negra monstruosa recortada contra as árvores, abatendo-se sobre ele. Gritou de terror, mas sua voz foi abafada quando a coisa o alcançou, derrubando-o do cavalo. Ele bateu a cabeça com força no chão e ficou tonto por um instante, pedras espetando suas costas, o ar sendo invadido pelo relincho aterrorizado do garanhão, cascos pisoteando as folhas.

Quando abriu os olhos, deu de cara com Fetch acocorado como um morcego gigante sobre seu peito, prendendo-o no chão. Ele usava a mesma máscara que vestia toda vez que ia à Fortaleza: um arlequim, feita para um baile à fantasia. Essas máscaras podiam ser compradas em inúmeras lojas da cidade, mas Thomas nunca vira outra como essa em lugar algum: a boca manchada de vermelho desenhada em um sorriso de escárnio e os olhos afundados em órbitas negras. Certa vez, Thomas acordou em meio a seus cobertores e viu esse rosto curvado sobre ele, e acabou molhando a cama como um bebê. Fetch fugiu de seus aposentos e desapareceu da Fortaleza como fumaça, e Thomas sentiu tanta vergonha que nunca contou a ninguém sobre o incidente. Quase era possível acreditar que Fetch fora uma ilusão até seu inevitável reaparecimento, em completa substancialidade, sempre usando a pavorosa máscara.

— E agora, falso príncipe? — Fetch agarrou Thomas pelos ombros e o sacudiu como um cachorro fazia com o osso, golpeando a cabeça várias vezes no chão. Thomas sentiu os dentes baterem. — Não vai oferecer nenhuma propina, Thomas? E onde está sua ventríloqua? A feitiçaria dela não é suficiente para livrá-lo dessa?

Thomas permanecia em silêncio. Tentara argumentar com Fetch antes e descobriu que só servia para deixá-lo mais vulnerável. O homem era diabolicamente astuto com as palavras, e Thomas dera graças a Deus mais de uma vez pelo fato de Fetch ser forçado a permanecer no anonimato. Como orador público, ele seria devastador.

Mas também, se fosse um orador público, poderia tê-lo capturado e matado há muito tempo.

— O Departamento de Censo está em cacos — sussurrou Fetch, com a voz sedosa. — Podem construir novas jaulas, mas ninguém vai esquecer o que aconteceu com as antigas. Se a garota viver, vai desfazer grande parte de suas perfídias.

Thomas balançou a cabeça.

— A Rainha Vermelha está a caminho. Ela vai arrasar o reino antes que a garota possa fazer qualquer coisa.

Fetch chegou mais perto, até ficar a poucos centímetros de seu rosto.

— A vadia mort nunca deu a mínima para você.

— Eu sei — respondeu Thomas, e então fechou a boca, refletindo pelo que devia ser a milésima vez sobre onde Fetch conseguia todas aquelas informações. Suas pilhagens aos nobres tear haviam causado infindáveis problemas, pois ele parecia sempre saber como os impostos haviam sido pagos, onde o dinheiro estava guardado, quando a entrega partiria. Nobres furiosos vinham à Fortaleza exigindo reparação, e Thomas fora forçado a pagar grandes propinas em nome da segurança, o que o tornava ainda mais desprezado pelo povo. E onde estavam esses nobres agora? Entocados nos próprios castelos enquanto ele era expulso do seu e atacado na floresta por esse lunático sanguinário.

— Você jogou a faca?

— O quê?

Fetch deu um tapa em seu rosto.

— Você jogou a faca na garota?

— Não! Não fui eu.

— Quem foi?

— Não sei! Foi plano de Thorne. Algum agente.

— Que agente?

— Não sei. O papel de meus guardas era apenas desviar a atenção, juro!

Fetch pressionou ambos os polegares contra os olhos de Thomas e apertou até que ele gritasse em desespero, mas o som foi abafado pela chuva torrencial.

— Que agente, Thomas? — perguntou Fetch, implacável. Seus polegares apertaram com mais força ainda, e Thomas sentiu o olho esquerdo se encher de um líquido quente. — Vou começar a cortá-lo daqui a pouco. Não duvide. Um agente mort?

— Não sei! — gritou Thomas, soluçando. — Thorne não me contou.

— Isso mesmo, Thomas, e sabe por quê? Porque ele sabia que você ia estragar tudo.

— Não foi culpa minha!

— É melhor pensar em alguma coisa útil para me contar.

— Thorne tinha um plano de contingência!

— Sei do plano de contingência de Thorne, seu merda. Eu já sabia antes que ele mesmo tivesse pensado nisso.

— Então o que você quer?

— Informação, Thomas. Informação sobre a Rainha Vermelha. Você transou com ela, todo o reino sabe disso. Deve saber alguma coisa útil.

Thomas abriu os olhos. Tentou manter uma expressão impassível, mas seu rosto com certeza o traiu, pois Fetch voltou a se curvar para a frente, os olhos brilhando atrás da máscara, tão perto que Thomas podia sentir o cheiro de cavalos, fumaça e mais alguma coisa, um aroma enjoativo que achou que deveria reconhecer.

Quinze anos antes, estavam juntos na cama, o ar ainda recendendo a sexo, e Thomas lhe perguntara o que ela queria com ele. Mesmo na época, fora incapaz de se iludir de que ela se importava com ele. Ela trepava como um autômato, de forma impessoal; tivera experiências menos mecânicas com vagabundas de preço razoável no Gut. E, contudo, não conseguia se libertar da mulher; era como uma doença dominando sua mente.

— Diga-me algo útil e vou dar cabo de sua vida sem sofrimento, Thomas. Prometo.

"Quem é o pai?", perguntou a Rainha Vermelha. Quando se virou para ele no escuro, os olhos dela estavam cintilando, um brilho vermelho e astuto. Thomas recuara, tentando se levantar da cama, e ela riu, uma risadinha que o excitou na hora.

Os olhos dele doíam; não conseguia enxergar nada a não ser uma névoa vermelha do lado esquerdo. A ardência nas coxas piorou. Mas a dor física não era nada comparada à onda de autodesprezo que o invadiu. Fetch obteria a informação; e não demoraria tanto assim.

"Para que você quer saber isso?", perguntou ele, com a boca dormente. Ela era capaz disso, de fazê-lo se sentir bêbado, como se tivesse entornado oito canecas de cerveja. "Elyssa está morta. Que diferença isso pode fazer agora?"

"Nenhuma", respondeu ela, com um sorriso. E Thomas, que nunca conseguia dizer o que ela estava pensando, percebeu que, no entanto, fazia diferença, que fazia muita diferença. Ela queria saber, queria muito, e sabia que a resposta estava com ele. Era a única cartada que algum dia já tivera a seu favor, e ele não se iludia. Se lhe contasse, ela mandaria matá-lo.

"Não sei", respondeu.

Então a luz nos olhos dela se apagou e de repente era apenas uma linda mulher na cama com ele, segurando seu pau como se fosse um brinquedo. Ele guardara esse único segredo, mas todas as outras muralhas haviam desabado; ela se estendeu diante dele, e ele concordou em encontrar e matar a filha de Elyssa, sua sobrinha. Lembrava-se até de penetrá-la e dizer, ofegante, um "Vai se foder" direcionado a uma rainha diferente, uma que havia sido depositada na cova anos antes. Mas a Rainha Vermelha compreendera. Ela sempre compreendia, e dera-lhe o que ele precisava.

— Então, Thomas?

Thomas olhou para Fetch, vendo-o sob um véu de lágrimas. O tempo distendeu os anos passados e os anos futuros, mas nada que viria depois teria o poder de apagar o que veio antes. Essa ordem parecia monstruosamente injusta, mesmo agora, quando Thomas sabia que tinha poucos minutos de vida. Reunindo toda a coragem que lhe restava, disse:

— Se você tirar a máscara eu conto tudo que sei sobre ela.

Fetch se virou e deu uma rápida olhada no que acontecia às suas costas. Thomas fez força para enxergar, o olho bom embaçado pela umidade, e viu que todos os seus homens estavam mortos. Keever era o pior; tombara com a garganta dilacerada e agora jazia em uma poça de sangue, olhando para o nada.

Três homens, mascarados e vestidos de preto, estavam acocorados no arvoredo. Observavam Thomas com uma expressão predatória e paciente, como cães que haviam acossado uma presa. Mas ele ainda os temia menos do que temia seu mestre. Fetch era inteligente como o demônio, e pessoas inteligentes concebiam crueldades inteligentes. Era nisso que a Rainha Vermelha sempre sobressaíra.

Quando voltou a olhar para o homem, a máscara não estava mais lá, o rosto plenamente visível à luz evanescente. Thomas limpou as lágrimas do olho direito e o encarou por um longo minuto, atordoado.

— Mas você morreu.
— Só por dentro.
— Isso é magia?
— Do tipo mais sinistro, falso príncipe. Agora fale.

Thomas falou. As palavras saíram vagarosas no começo, presas em sua garganta, mas depois vieram com facilidade. Fetch escutou com atenção, até mesmo certa simpatia, fazendo perguntas ocasionais, e em pouco tempo pareceu a coisa mais lógica do mundo que os dois estivessem sentados juntos ali, contando histórias à medida que a noite caía. Thomas contou a Fetch a história toda, a que nunca fora contada a ninguém, cada palavra fluindo melhor do que a anterior. Contar a verdade era o que um Guarda da Rainha faria, ele percebeu, e isso parecia tanto ser o cerne da questão que ele se pegou repetindo pontos importantes cuidadosamente, desesperado em fazer Fetch entender. Contou tudo de que conseguia lembrar-se e, quando não havia mais nada, parou.

Fetch ergueu o tronco e exclamou:
— Tragam-me um machado!

Thomas agarrou o braço de Fetch.
— Não pode me perdoar?
— Não, Thomas. Vou manter minha palavra, e isso é tudo.

Thomas fechou os olhos. *Mortmesne, Mortmesne, ardendo em chamas*, pensou, de forma inexplicável. Fetch cortaria sua cabeça, e Thomas descobriu que não tinha ressentimentos contra ele. Pensou na Rainha Vermelha, na primeira vez em que a vira, um momento de tamanho horror misturado a anseio que ainda tinha o poder de gelar seu coração. Então pensou na garota, levantando-se do chão com a faca nas costas. Talvez ela conseguisse libertar todos do atoleiro que haviam criado. Coisas estranhas tinham acontecido na história de Tearling. Talvez ela fosse mesmo a Rainha Verdadeira. Talvez.

O apóstata

A Igreja de Deus foi um estranho casamento entre a hierarquia do catolicismo pré-Travessia e as crenças de uma seita particular de protestantismo que emergiu logo após o Desembarque. Essa seita preocupava-se menos com a salvação moral das almas dos fiéis do que com a salvação biológica da raça humana, uma salvação vista como o grande plano divino ao erguer o Novo Mundo do oceano.

Essa estranha mistura de elementos díspares foi tanto um casamento por necessidade como um prenúncio do que estava por vir. A Igreja de Deus tornou-se a religião dos partidários da realeza, sua interpretação dos evangelhos repleta de furos pragmáticos, a influência da Bíblia pré-Travessia restrita ao que podiam aproveitar. O descontentamento eclesiástico foi inevitável; muitos padres, confrontados com as realidades políticas brutais da teologia no Tearling, só precisavam do mais leve empurrão para serem derrubados.

— *Dimensões religiosas de Tearling: um ensaio*, PADRE ANSELM

Quando o padre Tyler entrou no salão de audiências, a primeira impressão de Kelsea foi de que carregava um fardo pesado. O padre de que ela se lembrava era tímido, não melancólico. Ele ainda se movia com cuidado, mas agora seus ombros estavam curvados. Esse peso sobre ele era uma novidade.

— Padre — cumprimentou-o.

O padre Tyler ergueu o rosto para o trono, os olhos azuis hesitantes ao encontrar os dela e em seguida se desviando. Os anos sob a tutela de Carlin haviam preparado Kelsea para julgar todos os padres como grandíloquos ou fanáticos, mas o padre Tyler não parecia nem uma coisa nem outra. Ela se questionava sobre a função dele na Igreja. Com um comportamento tão tranquilo, não podia ser um padre cerimonialista. Havia padres fracos; Carlin se demorara extensamente nesse tema. Mas somente um tolo confundiria cautela com fraqueza.

— O senhor é bem-vindo aqui, padre. Por favor, sente-se.

Ela indicou a poltrona a sua esquerda.

O padre Tyler hesitou, e não era de admirar; Clava estava de pé atrás da poltrona oferecida. O padre se aproximou como se estivesse a caminho da guilhotina, seu hábito branco arrastando-se às suas costas ao subir os degraus do estrado. Sentou-se sem fitar os olhos de Clava, mas quando enfim se virou para Kelsea, seu olhar era claro e direto.

Tem mais medo de Clava do que de mim, pensou Kelsea com tristeza. Bom, ele não era o único.

— Majestade — começou o padre, em uma voz fina como papel. — A Igreja e em particular o Santo Padre mandam saudações e desejam saúde a Vossa Alteza.

Kelsea assentiu, mantendo uma expressão satisfeita no rosto. Clava a informara que o Santo Padre havia recebido muitos nobres tear no Arvath ao longo da semana anterior. Clava tinha grande respeito pela astúcia do Santo Padre, então Kelsea não o subestimava; a questão era se essa astúcia se estendia a seu subalterno, que olhava para ela com expectativa.

Todos estão esperando alguma coisa de mim, pensou Kelsea, cansada. Seu ombro, que não a incomodava havia alguns dias, voltou a latejar.

— O tempo está correndo, padre. O que posso fazer por você?

— A Igreja deseja consultá-la quanto a seu padre na Fortaleza, Majestade.

— Compreendi que o padre na Fortaleza é um assunto discricionário.

— Bem, sim... — O padre Tyler relanceou ao redor, como que procurando as próximas palavras no chão. — O Santo Padre pede um relatório sobre qual foi a deliberação de Vossa Majestade.

— Que padre querem me dar?

O rosto dele estremeceu, revelando sua ansiedade.

— Ainda não foi decidido, Majestade.

— Claro que foi, padre, ou não estaria aqui. — Kelsea sorriu. — O senhor não é nenhum jogador de pôquer.

O padre Tyler soltou uma surpreendente risada abafada.

— Nunca joguei um jogo de cartas na vida.

— O senhor é próximo do Santo Padre?

— Encontrei-me pessoalmente com ele apenas em duas ocasiões, Lady.

— Nas duas últimas semanas, aposto. O que está de fato fazendo aqui, padre?

— Apenas o que disse, Majestade. Vim consultá-la sobre a indicação para padre da Fortaleza.

— E quem o senhor recomendaria?

— Eu mesmo. — O padre a encarou com ar desafiador, os olhos cheios de uma amargura que não parecia ser direcionada a ela. — Ofereço minha presença e meus conhecimentos espirituais a serviço de Vossa Majestade.

Ninguém jamais imaginaria a coragem de que Tyler precisou para entrar na Fortaleza com aquela incumbência diabólica. Se fosse bem-sucedido, iria se tornar uma criatura odiosa, um agente duplo. Se fracassasse, o Santo Padre descarregaria sua ira sobre a biblioteca de Tyler. Por anos, a Igreja fizera vista grossa para a crescente coleção de livros seculares nos aposentos dele. Os padres mais velhos achavam um hobby excêntrico, mas inofensivo. Ascetas desfrutavam de pouquíssimos prazeres, e ninguém se interessava muito pela história pré-Travessia, de todo modo. Quando Tyler morresse, seu quarto seria esvaziado e todos os livros passariam às mãos da Igreja. Sem problema.

Mas se a questão lhe fosse apresentada, Tyler seria forçado a admitir que não era um asceta genuíno. Seu amor pelas coisas deste mundo era tão forte quanto o de qualquer pessoa. Vinho, comida, mulheres, Tyler abriria mão de tudo isso com facilidade. Mas os livros...

O Santo Padre não era estúpido, tampouco o cardeal Anders. Dois dias antes, Tyler despertara do mais vívido dos pesadelos, no qual fracassava em sua missão e voltava ao Arvath para encontrar seu quarto trancado, e fumaça saindo pela fresta da porta. Tyler sabia que aquilo era um sonho, pois o hábito que usava era cinza, e nenhum padre na Igreja de Deus usava cinza. Mas o fato de saber que era só um sonho não atenuava o terror. Tyler agarrava a maçaneta, depois tentava arrombar a porta até seus ombros fracos ficarem doloridos e ele começar a gritar. Quando finalmente desistia, virava-se e encontrava o cardeal Anders às suas costas, segurando um exemplar da Bíblia, o hábito vermelho em chamas. Ele oferecia a Bíblia para Tyler, entoando solenemente:

— O senhor é parte da grande obra divina.

Nos dois últimos dias, padre Tyler não dormira mais que uns poucos minutos por vez.

Achou que a rainha fosse cair na gargalhada quando soubesse o verdadeiro propósito da visita, mas ela não o fez. Ficou olhando para ele, e Tyler começou a vislumbrar, ainda que com imprecisão, como aquela garota era capaz de lidar com uma personalidade tão intimidadora quanto a de Clava. Ao observar a rainha, quase era possível vê-la raciocinando, uma série de cálculos rápidos e complexos. Levava Tyler a pensar em computadores pré-Travessia, máquinas cujo principal valor fora a capacidade de fazer várias coisas ao mesmo tempo. Ele sentia que centenas de pequenas variáveis entravam na deliberação da rainha e se perguntava que tipo de variável ele seria.

— Aceito, mas com condições.

Tyler lutou para disfarçar a surpresa.

— Sim?

— A capela da Fortaleza será convertida em uma escola.

Ela o observou com atenção, com certeza esperando um chilique, mas Tyler ficou calado. No que lhe dizia respeito, Deus nunca habitara aquela capela. O Santo Padre iria bradar e bufar, mas Tyler não iria se preocupar com isso agora. Estava concentrado na incumbência que recebera.

— O senhor não deverá, em momento algum, tentar me catequizar — continuou a rainha. — Não vou permitir uma coisa dessas. Não vou proibi-lo de pregar para os outros, mas talvez debata com o senhor usando o melhor de minha capacidade. Se puder tolerar meus argumentos, ficará livre para exercer seu ministério ou converter qualquer outro ocupante desta Fortaleza, incluindo os porcos e as galinhas.

— Vossa Alteza faz pouco de minha religião — respondeu Tyler, mas suas palavras foram mecânicas, destituídas de rancor. Já superara havia muito tempo o período de sua vida em que o ateísmo era capaz de tirá-lo do sério.

— Faço pouco de todas as incoerências, padre.

A atenção de Tyler foi desviada para a tiara prateada, a tiara que havia segurado nas mãos. Mais uma vez era arrebatado pela natureza cíclica da história; ela se repetia de maneiras muito extraordinárias e inesperadas. Houve outra monarca, uma monarca pré-Travessia, coroada em meio a derramamento de sangue, que jamais deveria ter chegado ao trono. Onde isso acontecera... França? Inglaterra?

O Santo Padre não se interessa por história da pré-Travessia, sussurrou sua mente, e Tyler afastou esses pensamentos.

— Se não vai haver uma capela na Fortaleza, Majestade, e Vossa Alteza rejeita a palavra de Deus, o que exatamente farei aqui?

— O senhor é um estudioso, pelo que fiquei sabendo, padre. Qual é sua área de conhecimento?

— História.

— Ah, perfeito. Isso será útil para mim. Li muitos livros de história, mas também deixei de ler muitos outros.

Tyler piscou.

— Que livros de história?

— Na maioria, livros da pré-Travessia. Posso me gabar por possuir um bom conhecimento de história pré-Travessia, mas não sei muito sobre a antiga história de Tearling e, em especial, sobre a Travessia em si.

Tyler ficou interessado naquela primeira informação.

— Que livros da pré-Travessia?

A rainha sorriu, um tanto orgulhosa, os cantos de sua boca virados para cima.

— Venha comigo, padre.

O ferimento da rainha devia estar cicatrizando bem, pois ela se levantou do trono sem ajuda. Tyler não fez nenhum movimento súbito ao segui-la pelos degraus, evitando os guardas que avançavam com habilidade para acompanhá-la, posicionando-se entre ele e a rainha. Podia sentir Clava logo atrás de si e resolveu não se virar.

A rainha caminhava com uma deliberação que muitos teriam descrito como masculina. Ninguém lhe ensinara os graciosos passinhos que Tyler observara em mulheres nascidas em meio à nobreza. Ela dava passos largos, tão largos que Tyler, cujo quadril artrítico não aquietava nos últimos dias, tinha dificuldade para acompanhar. Mais uma vez ficou com a sensação de que estava no meio de algo extraordinário e ele não sabia se devia agradecer a Deus por isso ou não.

Pen Alcott andava alguns passos à frente de Tyler, nos calcanhares da rainha, a mão sobre a espada. Tyler presumira que Clava seria o guarda-costas dela; sem dúvida o reino todo pensava o mesmo. Mas Clava esteve ocupado com outros assuntos nos últimos dias, ao sul do reino. A notícia do incêndio que destruiu um baluarte Graham se espalhara como vento pelo Arvath. A família Graham contribuía de forma generosa para a Igreja de Deus, e o patriarca Lord Graham era um velho amigo do Santo Padre. O Santo Padre deixou bem claro para Tyler que devia exigir explicações de Clava e de sua patroa.

Mais tarde, pensou Tyler. *Por ora, minha exata incumbência.*

A rainha conduziu Tyler por um longo corredor atrás do trono, com pelo menos trinta portas. Era uma ala de criados, percebeu Tyler, perplexo. Mesmo que fosse uma rainha, como alguém poderia precisar de tantos criados?

Apenas algumas portas tinham guardas. Quando a rainha se aproximou de uma delas, o guarda a abriu e saiu do caminho. Tyler viu-se em um pequeno cômodo que estava quase vazio, a não ser por uma escrivaninha e algumas poltronas e sofás. Parecia um uso estranho para o espaço. Mas ao passar pela soleira ele estacou, embasbacado.

A parede oposta estava coberta de livros, lindos exemplares encadernados em couro, nos ricos matizes que eram usados antes da Travessia: vermelho, azul e, o mais impressionante de todos, roxo. Tyler nunca vira couro tingido de roxo, nem sabia que era possível. Qualquer que fosse a tintura, a fórmula se perdera.

Após um gesto de permissão da rainha, Tyler aventurou-se mais perto, avaliando a qualidade dos livros com o olhar de um colecionador. Sua própria coleção era muito menor; muitos exemplares eram tão velhos quanto esses, mas a maioria estava encadernada em tecido ou papel e exigia grande cuidado e tratamento constante com fixadores para impedir que caíssem aos pedaços. Alguém devotara um cuidado tão cioso quanto àqueles livros. As encadernações de couro pareciam intactas. Devia haver bem mais de mil, mas Tyler observou — com alguma satisfação — que possuía muitos títulos que faltavam na coleção da rainha. Sentiu uma comichão de tocar os livros, mas não ousaria sem a permissão dela.

— À vontade, padre. — Quando ergueu o rosto, viu que a rainha o fitava, entretida, a boca curvada em um sorriso como que aproveitando uma piada particular. — Como disse, o senhor não é nenhum jogador de pôquer.

Tyler virou-se ansioso para a prateleira. Os nomes de vários autores saltaram de imediato a seus olhos. Pegou um livro de Barbara Tuchman e o abriu com delicadeza, sorrindo deliciado. A maioria de seus livros fora tratada com um fixador não muito bom, deixando as páginas enrugadas e manchadas. As páginas daquele livro eram duras, porém macias e quase brancas. Havia também um encarte com várias fotos, e as examinou com grande atenção, quase sem se dar conta de que falava enquanto o fazia.

— Tenho alguns livros de Tuchman, mas nunca vi este. Qual é o assunto?

— Várias eras de história pré-Travessia — respondeu a rainha —, usadas para ilustrar o fato de que a insensatez que permeia o governo é inerente.

A despeito de seu fascínio, algo no tom da rainha fez Tyler fechá-lo. Virando-se, pegou-a olhando para os livros com total devoção, como uma amante. Ou uma sacerdotisa.

— O Tearling está em crise, padre.

Tyler aquiesceu.

— O Arvath deu sua bênção ao sorteio.

Tyler assentiu outra vez, o rosto ruborizando. A remessa passara pelo Arvath por anos, e mesmo de sua pequena janela Tyler sempre escutara a maré de sofrimento ali embaixo. O padre Wyde dissera que às vezes as famílias seguiam a remessa por quilômetros; havia o boato de que certa família chegou a andar atrás da jaula até os contrafortes do monte Willingham. Pelo que Tyler sabia, o padre Timpany absolvera o regente por seus pecados com a sanção do Santo Padre. Era muito mais fácil para Tyler ignorar esse tipo de coisa fechado em seu quarto, com a mente absorvida nos estudos e na catalogação. Mas ali, com a rainha o encarando, a expressão dela exigindo explicações, não era fácil deixar de lado as coisas que sabia tão bem.

— Então, o que acha? — perguntou a rainha. — Tenho sido insensata desde que assumi o trono?

A pergunta pareceu acadêmica, mas Tyler percebeu que não era o caso. Ocorreu-lhe de repente que a rainha tinha apenas dezenove anos e que enganara a morte durante todo esse tempo. Contudo, sua primeira medida ao chegar fora cutucar um vespeiro.

Ora, ela está com medo, percebeu ele. Nunca teria considerado a possibilidade, mas era claro que estaria. Ele podia ver que ela já assumira a responsabilidade por suas ações, que as consequências pesavam sobre seus ombros. Tyler queria dizer alguma coisa tranquilizadora, mas descobriu que não conseguia, pois não a conhecia.

— Não posso falar pela salvação política, Majestade. Sou um conselheiro espiritual.

— Ninguém precisa de aconselhamento espiritual agora.

Tyler falou com mais aspereza do que pretendera:

— Aqueles que deixam de se preocupar com suas almas muitas vezes acham difícil recuperá-las depois, Majestade. Deus não faz tais distinções.

— Como espera que alguém acredite em seu Deus nos dias atuais?

— Eu acredito em meu Deus, Majestade.

— Então você é um tolo.

Tyler se aprumou e falou com frieza:

— Vossa Alteza pode acreditar no que quiser e pensar o que quiser de minha Igreja, mas não difame minha fé. Não na minha frente.

— Você não dá ordens à rainha! — rosnou Clava.

Tyler encolheu-se; esquecera que Clava estava ali. Mas o guarda ficou em silêncio tão rápido quanto se pronunciara, e quando Tyler se virou outra vez para a rainha, viu o rosto dela com um sorriso estranho, ao mesmo tempo pesaroso e satisfeito.

— O senhor é autêntico — murmurou ela. — Desculpe-me, mas eu precisava saber. Deve haver pouquíssimos de seu feitio vivendo naquele pesadelo dourado.

— Isso é injusto, Majestade. Conheço muitos homens bons e devotos no Arvath.

— Foi um homem bom e devoto que o enviou para ficar de olho em mim, padre?

Tyler não ousou responder.

— O senhor vai morar aqui conosco?

Pensando em seus livros, ele balançou a cabeça.

— Preferia continuar no Arvath.

— Então proponho uma troca — sugeriu a rainha, vivaz. — O senhor fica com o livro em sua mão e o leva emprestado por uma semana. No próximo domingo, vai devolvê-lo a mim, e então poderá pegar outro emprestado. Mas também vai me trazer um livro seu, algum que eu não tenha aqui.

— Como uma biblioteca — respondeu Tyler, sorrindo.

— Não exatamente, padre. Copistas já estão trabalhando em meus livros, vários de cada vez. Quando me emprestar um livro, ele também será copiado.

— Com que propósito?

— Pretendo conservar as obras originais aqui na Fortaleza, mas, mais cedo ou mais tarde, encontrarei alguém capaz de construir uma impressora.

Tyler prendeu a respiração.

— Uma impressora?

— Vejo este país inundado de livros, padre. Todos alfabetizados. Livros por toda parte, tão comuns quanto costumavam ser antes da Travessia, disponíveis até para os pobres.

Tyler a encarou, chocado. O colar dela cintilou; ele podia jurar que lhe dera uma piscadela.

— Consegue ver também?

Não demorou muito, Tyler conseguiu. A ideia era desconcertante. Impressoras significavam livrarias e bibliotecas. Novas histórias escritas. Novas histórias.

Mais tarde, Tyler se daria conta de que sua decisão fora tomada bem ali, que nunca houvera outro caminho para ele. Mas, naquele momento, sentiu apenas o choque. Afastou-se cambaleante das prateleiras e ficou frente a frente com Clava, cuja expressão era sombria. Tyler esperava que a raiva do homem não fosse dirigida a ele, pois achava o guarda aterrorizante. Mas Clava olhava para os livros.

Uma certeza extraordinária surgiu na mente de Tyler. Tentou descartá-la, mas o pensamento persistiu: Clava não sabia ler. Tyler sentiu uma pontada de pena, mas virou-se rápido, antes que aquele pensamento transparecesse em seu rosto.

— Bem, é um sonho e tanto, Majestade.

O rosto dela endureceu-se, os cantos da boca curvando-se para baixo. Clava emitiu um grunhido mudo de satisfação, que pareceu apenas deixar a rainha ainda mais irritada. A voz dela, quando falou, soou seca, despida de toda emoção.

— Domingo que vem, espero sua presença. Mas o senhor é bem-vindo em minha corte a qualquer hora, padre.

Tyler fez uma mesura, com a sensação de que alguém o agarrara e o sacudira com força.

É por isso que nunca saio do meu quarto, pensou. *É muito mais seguro lá.*

Virou-se e começou a voltar em direção ao salão de audiências, segurando o livro, quase sem notar os três guardas que o seguiam. O Santo Padre sem dúvida iria querer um relatório assim que pusesse os pés no Arvath, mas Tyler poderia voltar para lá escondido, pela entrada de serviço. Era terça-feira, e o irmão

Emory estaria a postos; ele era jovem e preguiçoso e muitas vezes se esquecia de relatar alguma chegada. Tyler teria condições de ler mais de cem páginas antes que o Santo Padre soubesse de seu regresso.

— Padre?

Tyler virou-se e viu a rainha sentada no trono, o queixo apoiado na mão. Clava estava ao lado dela, tão ameaçador quanto sempre, a mão na espada.

— Majestade?

Ela abriu um sorriso divertido, aparentando a idade verdadeira pela primeira vez desde que Tyler a conhecera.

— Não se esqueça de trazer um livro.

Na segunda-feira, Kelsea estava sentada no trono, mordendo o interior da bochecha sem parar. Na teoria, era uma audiência, mas o que ela estava fazendo na prática era permitir que vários grupos interessados dessem uma olhada nela, assim como podia dar uma olhada neles. Depois do incidente com o assassino, ela achou que Clava fosse cancelar o evento, mas agora ele parecia considerar ainda mais importante que Kelsea mostrasse o rosto. A primeira audiência aconteceu dentro do programado, embora toda a Guarda da Rainha houvesse ficado a postos no salão de audiências, mesmo aqueles que costumavam ficar acordados à noite e dormir durante o dia.

Cumprindo o que dissera, Clava trouxera o grande trono de prata, junto com o estrado, para a Ala da Rainha. Após cerca de uma hora empoleirada no trono, Kelsea descobriu que a prata era dura, e pior, *fria*. Ansiou pelo conforto da velha e surrada poltrona. Não podia nem mesmo relaxar o corpo; havia olhos demais sobre ela. Uma multidão de nobres enchia a sala, na maioria os mesmos que haviam comparecido a sua coroação. Ela via os mesmos trajes, os mesmos penteados, os mesmos excessos.

Kelsea passara muitas horas preparando-se para essa audiência com Clava e Arliss, assim como com Marguerite, que dispunha de uma incrível quantidade de informações para dar sobre os aliados do regente na nobreza. O regente costumava tê-la por perto o tempo todo, mesmo quando tratava de negócios. Essa evidência adicional da falta de bom senso de seu tio não foi uma surpresa para Kelsea, mas deixou-a desanimada, mesmo assim.

— Você é feliz aqui? — perguntara Kelsea a Marguerite, quando terminaram a conversa daquela noite.

— Sou — respondeu a ruiva, tão rápido que Kelsea achou que ela não compreendera a pergunta. Marguerite sabia bastante tear, mas ficou deliciada ao descobrir que a rainha falava um bom mort, de modo que conversavam em sua língua materna. Kelsea experimentou perguntar outra vez, certificando-se de usar as palavras corretas.

— Sei que foi trazida para cá contra sua vontade. Não gostaria de voltar para Mortmesne?

— Não. Eu gosto de cuidar das crianças e não há nada para mim lá.

— Por quê? — perguntou Kelsea, confusa.

Achava Marguerite educada e inteligente e, quando se tratava da natureza humana, a mulher era brilhante. A rainha vinha ruminando sobre o que fazer com o restante das mulheres do regente; não tinha vontade nenhuma de ver todas elas invadindo a Ala da Rainha, tampouco podia lhes oferecer algum tipo de trabalho remunerado. Mas achava que mereciam *alguma coisa* da Coroa, já que a vida delas devia ter sido difícil.

Marguerite assegurara a Kelsea que as outras mulheres seriam contratadas pelos nobres como acompanhantes em um piscar de olhos, já que a maioria deles olhara com inveja para as mulheres do regente por anos. Isso era uma informação útil, se não uma percepção extremamente desagradável sobre a psique masculina, e Marguerite tivera razão; quando Coryn voltou para verificar se o regente já havia mesmo ido embora, as mulheres e seus pertences também haviam sumido.

— Por causa disso — respondeu Marguerite, percorrendo o corpo com a mão e circulando o rosto, a título de explicação. — Isto determina o que eu sou.

— Ser bonita?

— É.

Kelsea a encarou, espantada. Daria qualquer coisa para ter a aparência de Marguerite. A voz de Fetch ecoou em sua cabeça, sempre capaz de machucar: *Você é comum demais para o meu gosto.* Já notara como, nas raras ocasiões em que Marguerite deixava a creche, os olhos dos guardas a seguiam. Não havia nenhuma evidência de comportamento grosseiro, nada que exigisse uma repreenda por parte de Kelsea, mas às vezes ela sentia vontade de lhes dar uma bofetada, gritar na cara deles: *Olhem para mim! Eu também tenho valor!* Os olhares também seguiam Kelsea por onde ela passava, mas não era a mesma coisa.

Se eu fosse parecida com Marguerite, Fetch ficaria aos meus pés, me adorando.

Alguma coisa devia ter transparecido no rosto de Kelsea, pois Marguerite deu um sorriso triste.

— Vossa Majestade pensa na beleza como uma dádiva, mas ela também é uma maldição. Acredite em mim.

Kelsea assentiu, tentando parecer solidária, mas na verdade estava cética. A beleza era uma moeda de troca. Para cada homem que valorizava menos Marguerite devido a sua beleza, automaticamente haveria outros cem, assim como muitas mulheres, que a valorizariam mais. Mas Kelsea apreciava a inteligência de Marguerite, então tentava refrear seu ressentimento, embora alguma coisa dentro dela lhe dissesse que seria uma luta constante olhar para a mulher todos os dias sem sentir inveja.

— Como é Mortmesne?

— Diferente de Tearling, Majestade. Ao primeiro olhar, melhor. Não há tantos pobres e famintos. As ruas são policiadas. Mas olhando com mais calma, percebe-se que todos os olhares estão inundados de medo.

— Medo do quê?

— Dela.

— As pessoas aqui sentem medo também, mas não de mim. Do sorteio.

— Talvez no passado, Majestade.

Aquelas pessoas no salão de audiências por certo não tinham medo de Kelsea. Alguns a fitavam com melancolia, outros, com desconfiança. Clava, que não gostava dos bolsões de sombra criados pela multidão, ordenara que tochas extras fossem penduradas para a recepção, e também conseguira um arauto em algum lugar, um rapazinho magro e inofensivo chamado Jordan, que tinha uma voz extraordinariamente profunda e clara, que anunciava cada personalidade perante o trono. Os que desejavam ter uma conversa em particular com Kelsea só se aproximavam depois de uma revista cuidadosa feita por Mhurn. Alguns vieram apenas para jurar lealdade, talvez na esperança de ganhar acesso ao tesouro ou baixar a guarda de Kelsea. Muitos tentaram beijar suas mãos; um nobre, Lord Perkins, até conseguiu encostar os lábios úmidos e pegajosos nos nós dos dedos de Kelsea antes que ela se libertasse. A rainha enfiou as mãos nas pregas negras da saia para mantê-las seguras.

Andalie sentava-se em uma poltrona à direita de Kelsea, alguns centímetros abaixo, para parecer menor do que a rainha. Kelsea fora contra o arranjo, mas a vontade de Andalie e Clava prevaleceu. Quando Lord Perkins e seu séquito deixaram o estrado, Andalie ofereceu um copo d'água, que Kelsea aceitou, agradecida. Seu ferimento estava cicatrizando bem e agora conseguia ficar sentada por períodos prolongados, mas estivera trocando amenidades quase sem parar por duas horas, e sua voz começava a falhar.

Um nobre chamado Killian apresentou-se com sua esposa. Kelsea tentou lembrar onde ouvira o nome e localizou em sua memória: Marguerite lhe contara que Lord Killian gostava de um carteado e que certa vez esfaqueara outro nobre por causa de um jogo de pôquer. Nenhum de seus quatro filhos fora sorteado para a remessa. Os Killian pareciam mais um casal de gêmeos do que marido e esposa; ambos tinham o rosto redondo e rechonchudo e ambos a fitavam com a mesma expressão que Kelsea vira no rosto de inúmeros nobres ao longo do dia: sorriso por fora e astúcia por dentro. Trocou amenidades com o casal e aceitou uma linda tapeçaria que a esposa, segundo lhe assegurou, tecera com as próprias mãos. Kelsea duvidava disso; o tempo em que mulheres nobres tinham de realizar trabalhos manuais se fora havia muito tempo, e a tapeçaria revelava considerável destreza.

Quando a audiência dos Killian chegou ao fim, Kelsea observou os dois se retirarem. Não havia gostado da maioria dos nobres que conhecera naquele dia. Eram complacentes a um ponto perigoso. Até mesmo o inadequado conceito antigo de *noblesse oblige* caíra em desuso naquele reino, e os privilegiados se recusavam a olhar além de seus próprios muros e jardins. Era um problema que contribuíra muito para a Travessia; Kelsea podia quase sentir a presença de Carlin pairando em algum lugar nas proximidades, o rosto contrariado com a reprovação típica quando falava nas classes dominantes do passado.

Clava espiava o fim do corredor e, quando os Killian desapareceram e a guarda de Kelsea começou a relaxar, deu uma ordem abrupta para continuarem atentos. Um homem solitário marchava na direção do trono, o rosto quase oculto sob uma espessa barba preta. Kelsea percebeu pelo canto do olho Andalie fazer um movimento involuntário, as mãos enrijecendo.

Kelsea tamborilou os dedos no braço prateado do trono, refletindo, enquanto o homem era revistado. Olhou para Andalie, que fitava seu marido com uma expressão profunda e sombria, as mãos fechadas com força sobre o colo.

Clava descera os degraus do estrado e assumiu o que Kelsea acreditava ser sua pose de prontidão, uma postura tão casual que quem não o conhecesse podia achar que estivesse relaxado. Mas se o marido de Andalie movesse um músculo na direção errada, Clava o teria sob controle. O homem parecia ter consciência disso também; seus olhos dardejaram na direção de Clava, e ele parou por conta própria, anunciando:

— Meu nome é Borwen! Estou aqui para exigir a devolução de minha esposa e de meus filhos!

— Você não exige nada aqui — respondeu Kelsea.

Ele a olhou com raiva por um momento.

— Pedir, então.

— Você vai se dirigir à rainha da maneira apropriada — grunhiu Clava —, ou será expulso do salão.

Borwen respirou fundo várias vezes, levando a mão direita ao bíceps esquerdo e apertando-o suavemente, como que para se tranquilizar.

— Peço a Vossa Majestade a devolução de minha esposa e de meus filhos.

— Sua esposa é livre para ir aonde bem entender, quando bem entender — respondeu Kelsea. — Mas se deseja pedir qualquer coisa a ela aqui, primeiro deve explicar as marcas que ela trazia na pele.

Borwen hesitou, e Kelsea pôde perceber incontáveis desculpas se atropelando em sua cabeça. Ele murmurou uma resposta.

— Repita!

— Majestade, ela não era uma esposa obediente.

Andalie escarneceu baixinho. Kelsea encolheu-se com o som, recheado de intenções assassinas.

— Borwen, você é um seguidor da Igreja de Deus?

— Vou à missa todos os domingos, Majestade.

— A mulher deve obedecer ao marido, então?

— Assim é a palavra de Deus.

— Entendo. — Kelsea recostou-se no trono, examinando-o. Como foi que Andalie acabou se casando com uma criatura daquelas? Não tinha coragem de perguntar. — E seu método corretivo a tornou obediente?

— Eu estava no meu direito.

Kelsea abriu a boca, sem fazer ideia do que diria a seguir, mas por sorte Andalie levantou-se e disse:

— Majestade, rogo que não submeta a mim e a meus filhos ao jugo desse homem.

Kelsea segurou o pulso dela e respondeu:

— Você sabe que eu nunca faria isso.

Andalie baixou o rosto, e Kelsea achou ter visto um lampejo de afeto naqueles olhos cinzentos. Então voltou a ser Andalie outra vez, a expressão impassível e fria.

— Sei.

— O que gostaria que eu fizesse? — indagou Kelsea.

— Pouco me importa, contanto que ele nunca mais chegue perto dos meus filhos outra vez.

O tom de Andalie era tão apático quanto seu olhar. Kelsea a encarou por um momento, uma terrível imagem se formando em sua mente, mas antes que pudesse tomar forma, voltou a encarar Borwen.

— Pedido negado. No dia em que sua esposa desejar, ela tem minha bênção para voltar para você. Mas não vou obrigá-la.

Os olhos negros de Borwen faiscaram e um som estranho, selvagem, emergiu da barba.

— Acaso Vossa Majestade ignora a palavra de Deus?

Kelsea franziu a testa. A multidão, que parecera adormecida até então, agora estava completamente desperta, os olhares indo de Borwen para ela como se a conversa fosse uma partida de tênis. Qualquer coisa que dissesse chegaria aos ouvidos da Igreja e não poderia mentir; havia gente demais naquele salão. Pensou com cuidado em suas palavras antes de responder:

— A história é cheia de reinos fracassados que pretenderam ser governados apenas pela palavra de Deus. O Tearling não é uma teocracia, e devo me basear em outras fontes além da Bíblia. — Sentiu que sua voz ficava mais áspera, mas não conseguiu evitar. — Palavra de Deus à parte, Borwen, parece-me que se você de fato merecesse o tipo de obediência pela qual tanto anseia, seria capaz de inspirá-la com algum outro recurso que não os punhos.

O rosto do homem ficou vermelho, e os olhos se tornaram fendas escuras. Dyer, ao pé do estrado, avançou alguns passos para ficar em seu caminho, a mão sobre a espada.

— Há algum funcionário responsável pelos registros aqui? — averiguou Kelsea com Clava.

— Em algum lugar. Eu o mandei ficar no meio do público, mas ele deve estar a postos.

Kelsea ergueu a voz e falou para a multidão.

— Meu reinado não vai tolerar abuso, diga Deus o que quiser sobre o assunto. Marido, esposa, filhos, não interessa; aquele que usar de violência contra outrem vai responder por seu atos.

Concentrou-se no homem outra vez.

— Você, Borwen, como réu primário diante de mim, não será punido. Você forneceu o exemplo sobre o qual estruturei minha lei. Mas se algum dia aparecer diante de mim outra vez, ou perante algum membro de meu judiciário, sob acusação similar, a lei cairá como uma rocha sobre você.

— Não sou acusado de coisa nenhuma! — gritou Borwen, as feições pesadas ardendo de raiva. — Vim reclamar minha esposa e filhos roubados e sou incriminado! Isso não é justiça!

— Já ouviu falar na doutrina equitativa das mãos limpas, Borwen?

— Não, e não quero saber! — rosnou ele. — Fui roubado, e vou contar isso diante de todo o Tearling, se preciso, para obter justiça!

Clava avançou, mas Kelsea estalou os dedos.

— Não.

— Mas, Lady...

— Não sei como as coisas funcionavam aqui no passado, Lazarus, mas não punirei ninguém pelo que diz. Vamos lhe pedir que saia e se não o fizer pode expulsá-lo do jeito que achar melhor.

Borwen respirava pesado agora, em grandes arfadas roucas, e o som lembrou a Kelsea um urso-pardo adormecido que ela e Barty encontraram certa vez na floresta. Barty fizera um sinal para Kelsea, e os dois retrocederam em silêncio sobre os próprios passos. Mas o homem diante da rainha era algo completamente diferente e de repente ela pensou que gostaria de lutar com ele, mesmo que só com as mãos, mesmo que levasse uma surra.

Tenho raiva demais dentro de mim, percebeu Kelsea. Mas o pensamento lhe trouxe orgulho: quaisquer que fossem suas outras falhas, ela sabia que a raiva sempre estaria ali, uma fonte de força profunda e canalizável. Carlin ficaria decepcionada, mas Kelsea era a rainha agora, não uma garotinha assustada, e ela aprendera muito desde que deixara o chalé. Seria capaz de ficar diante de Carlin e prestar contas por seus atos... Não sem medo, talvez, mas pelo menos sem a certeza desanimadora de que Carlin sempre sabia o que era o melhor para ela. A tutora estava certa sobre muitas coisas, mas mesmo ela tinha limitações; Kelsea as via com clareza agora, delineadas em cores brilhantes. Carlin era destituída de paixão e imaginação, enquanto Kelsea tinha as duas coisas de sobra. Olhando para o homem ali embaixo, encontrou uma saída fácil.

— Borwen, você já me tomou tempo demais com essa bobagem e quero que saia agora. Está livre para acusar meu trono de injustiça, seja ela qual for, mas saiba que vou rebater suas acusações com o que sua esposa relatar a seu respeito. A escolha é sua.

A boca de Borwen se mexeu, mas lhe faltaram palavras. Seus olhos negros se arregalaram como os de um animal acuado, e ele deu um soco com o enorme punho na palma da outra mão, encarando Andalie.

— Continua arrogante como sempre, não é? Ela sabe onde você cresceu? Ela sabe que você tem sangue mort?

— Chega! — Kelsea ergueu-se do trono, ignorando os protestos de seu ombro. Sua safira despertara em frenesi; ela a sentia, um pequeno animal violento sob o vestido. — Você atingiu o limite de minha paciência. Deve deixar este salão imediatamente ou vou autorizar Lazarus a expulsá-lo do modo como achar melhor.

Borwen recuou com um sorriso triunfante.

— Mort é o que você é! Impura!

— Lazarus, vá.

Clava avançou na direção de Borwen, que deu meia-volta e saiu em disparada na direção das portas. Uma onda de risadas percorreu a multidão enquanto ele corria pela nave. Andalie voltou a se sentar ao lado de Kelsea, o rosto impassível como sempre. Assim que Borwen desapareceu, Clava parou sua perseguição fingida e voltou, os olhos brilhando de alegria. Mas Kelsea esfregou os olhos, cansada. O que mais poderia acontecer?

— Lady Andrews, Majestade! — exclamou o arauto.

Uma mulher precipitou-se em direção ao trono. Dessa vez, o cabelo estava coberto por um chapéu elaborado, feito de veludo roxo brilhante, decorado com fitas roxas de seda e plumas de pavão. Mas Kelsea reconheceu a boca franzida e contrariada sem a menor dificuldade.

— Ah, pelo amor de Deus — murmurou para Clava. — Nós não lhe pagamos pela maldita tiara?

— Pagamos, Lady. Mais do que valia, na verdade. A casa dos Andrews é de lapidadores, e Arliss não quis lhes dar nenhum motivo para queixas.

Lady Andrews parou ao pé do estrado. Era bem mais velha do que aparentara à luz fraca da sala do trono, cerca de quarenta anos, e seu rosto parecia esticado de maneira pouco natural. Cirurgia plástica? Não havia cirurgiões plásticos no Tearling, mas corria o boato de que a prática renascera em Mortmesne. Nobres tear talvez se arriscassem a empreender a viagem, em especial nobres como aquela. Lady Andrews exibia um sorriso amabilíssimo, mas seus olhos revelavam tudo.

Ela me odeia, percebeu Kelsea, estupefata. Será que a mulher não tinha outra coisa com que se preocupar, além do cabelo?

— Venho jurar lealdade perante Vossa Alteza — anunciou Lady Andrews. Tinha uma voz singular, tão áspera e rouca que Kelsea se perguntou se ela não seria fumante, como Arliss. Ou talvez fosse o excesso de bebida.

— Sinto-me honrada.

— Trago para Vossa Majestade um presente, um vestido de seda callaen.

O vestido era *mesmo* lindo, feito de uma seda azul-escura brilhante que refulgia à luz das tochas. Mas quando Lady Andrews o estendeu, Kelsea viu que devia ser uns três números menor que o seu, costurado para uma mulher alta e magra, como a própria Lady Andrews. Após examiná-lo por um momento, Kelsea decidiu que a mulher mandara fazer o vestido daquele tamanho de propósito, por despeito, só pelo prazer de saber que não serviria quando a rainha o experimentasse.

— Obrigada — respondeu Kelsea, sentindo um pequeno sorriso brincar em seus lábios. — Quanta gentileza.

Arliss pegou o vestido e o depositou entre a pilha cada vez maior de presentes. Alguns eram verdadeiros horrores, trazidos por pessoas que pelo jeito tinham o mesmo gosto estético do regente. Mas ao menos todos eram feitos de material valioso; ninguém tivera a audácia de dar a Kelsea algo de péssima qualidade. Ela já decidira vender a maior parte, mas Arliss estava muito a sua frente. Observou o vestido azul com um olhar clínico por um segundo antes de fazer anotações em sua caderneta.

— Também venho aqui para perguntar o que Vossa Majestade pretende fazer em relação a Mortmesne.

— O quê?

Lady Andrews sorriu, aquele sorriso enganosamente açucarado que parecia feito para ocultar seus dentes cerrados.

— Vossa Majestade violou o Tratado Mort. Sou proprietária de terras na foz do Crithe, ao leste da planície Almont. Tenho muito a perder.

Kelsea relanceou Clava e viu que ele olhava para a multidão.

— Tenho mais a perder que você, Lady Andrews. Mais terras, e minha vida também. Então por que não deixa que eu me preocupe com isso?

— Meus arrendatários estão alarmados, Majestade. Não posso culpá-los. Eles estão bem no caminho para Nova Londres e sofreram com as crueldades da última invasão.

— Tenho certeza de que a senhora também sofreu muito, na época — murmurou Kelsea. A safira ardeu com força contra seu peito, e de repente ela viu uma imagem em sua mente: uma torre alta, as portas trancadas, uma barricada diante dos portões. — A senhora e sua guarda foram defendê-los?

Lady Andrews abriu a boca, então hesitou.

— Não fizeram nada, não foi? Permaneceram em sua torre e os deixaram entregues à própria sorte.

O rosto da mulher mais velha endureceu.

— Não via propósito em morrer com eles.

— Tenho certeza de que não.

— Qual é o seu descontentamento com a remessa, Majestade?

— Meu descontentamento?

— É um sistema justo. Temos uma dívida com Mortmesne.

Kelsea se curvou para a frente.

— A senhora tem filhos, Lady Andrews?

— Não, Majestade.

Claro que não, pensou Kelsea. *Crianças concebidas por aquela mulher apenas seriam canibalizadas no útero.* Ela ergueu a voz:

— Então não tem muito a perder com o sorteio, não é? Não tem filhos, não parece forte o suficiente para trabalhos braçais e é velha demais para despertar o desejo sexual de alguém.

Os olhos de Lady Andrews se arregalaram de fúria. Várias risadinhas femininas ecoaram pelo salão a suas costas.

— Vou admitir queixas sobre Mortmesne e o sorteio vindas de pessoas que de fato tenham algo a perder — anunciou Kelsea para todos os presentes. — Essas pessoas estão convidadas a vir apresentar seu caso toda vez que houver uma audiência. Virou-se de novo para Lady Andrews: — Mas a senhora, não.

As mãos de Lady Andrews cerraram-se com força. As unhas, pintadas de um roxo brilhante, eram como longas garras. Profundas manchas vermelhas surgiram nas meia-luas descarnadas sob seus olhos. Kelsea ponderou se a mulher chegaria ao extremo de tentar atacá-la com as próprias mãos; parecia improvável, mas não tinha certeza. Clava tampouco; ele se aproximara alguns centímetros e agora olhava para Lady Andrews com uma expressão intimidadora.

O que será que ela vê quando se olha no espelho?, perguntou-se Kelsea. Como uma mulher que parecia tão velha ainda poderia dar tamanha importância à aparência? Ela havia lido sobre essa ilusão em particular muitas vezes em livros, mas era diferente presenciar na prática. E apesar de toda a ansiedade que seu próprio reflexo no espelho viera lhe causando nos últimos tempos, percebia agora que havia algo muito pior do que ser feia: ser feia e se achar bonita.

Lady Andrews se recuperou depressa, embora sua voz baixa ainda tremesse de raiva.

— E Vossa Majestade, o que tem a perder? Passou a maior parte da infância escondida. Alguma vez seu nome entrou no sorteio?

Kelsea foi pega de surpresa e ficou vermelha; isso era uma coisa que não havia sequer considerado. Claro que o nome Glynn nunca entrara no sorteio, já que ninguém sabia da existência de Kelsea Glynn. Mas haveria alguma menção a Kelsea Raleigh nas listas? Claro que não, assim como nunca houvera para Elyssa Raleigh ou Thomas Raleigh ou qualquer um dentre o incontável desfile de nobres que podiam pagar para se livrarem do sorteio.

Então Lady Andrews deu um passo à frente, sem se intimidar com a proximidade de Clava, sorrindo com puro desprezo.

— Na verdade Vossa Alteza corre menos riscos do que qualquer um de nós, não é? Se houver outra invasão, Vossa Majestade só precisa se proteger em sua própria torre, assim como eu fiz. Só que sua torre é mais alta do que a minha.

Kelsea ficou vermelha, pensando nos diversos cômodos do corredor abastecidos com suprimentos para um cerco: provisões e armas, tochas e barris de óleo. O que ela podia fazer, prometer lutar junto com o povo de Nova Londres? Alguns segundos se passaram e os presentes começaram a sussurrar. Ela olhou para Clava e Pen, mas viu que os dois também estavam perplexos. Lady Andrews sorria, como uma caçadora diante da presa acuada, exibindo os caninos perfeitos. Só de pensar em ser acuada por aquela mulher fez Kelsea morrer por dentro, em algum lugar profundo e escuro onde nenhuma das lições de Carlin penetrara.

Desesperada, Kelsea agarrou a safira, segurando-a com força na mão. Aceitaria qualquer resposta que a joia desse, mas a pedra não se pronunciou, não emitiu sequer um vestígio de calor. O burburinho ficou mais alto, ecoando pelas paredes. A qualquer momento alguém começaria a rir e aquela criatura levaria a melhor.

— Eu fui um de seus aldeões, Lady.

Kelsea olhou para um ponto atrás de Lady Andrews e viu que Mhurn avançara um passo. Seu rosto estava pálido como sempre, os olhos injetados fixos em

Lady Andrews, mas ao menos dessa vez sua palidez não era de privação de sono, mas sim de fúria.

— Quem você pensa que é? — rosnou a mulher para ele. — Como um guarda ousa se dirigir diretamente a uma nobre? Em meu salão de audiências, você seria açoitado.

Mhurn a ignorou.

— Nós tentamos, sabe? Minha esposa nunca aprendeu a andar a cavalo e minha filha estava doente. Não tínhamos nenhuma chance de ultrapassar os mort que se aproximavam no horizonte. Fomos para o portão do seu castelo e imploramos por abrigo, e eu a vi na janela, olhando para nós. A senhora tinha todos aqueles quartos e se recusou a nos ceder um.

Kelsea foi dominada de repente por lembranças: o dia na planície Almont, os camponeses trabalhando nas plantações e a alta torre de tijolos. Lady Andrews começara a recuar, mas Mhurn avançou, e Kelsea viu o brilho de lágrimas nos olhos dele.

— Conheço a rainha há menos de um mês, mas juro que quando os mort vierem, ela tentará espremer todo o Tearling dentro desta Fortaleza, e não vai se importar em saber quando foi a última vez que tomaram banho ou o quanto são pobres. Vai arrumar espaço para todos.

Lady Andrews o encarou, a boca escancarada, sem a menor ideia do que dizer. Clava foi até Mhurn e falou algo para ele em voz baixa. Mhurn assentiu e andou apressado para trás do trono, na direção dos alojamentos da Guarda. Kelsea se lembrou de um dia, naquela mesma semana, em que passara por Mhurn a caminho da sacada e fora dominada pela suspeita. Olhou ao redor, para os outros guardas a postos no salão, dezenove deles, seus rostos impassíveis. Será que todos tinham histórias parecidas? Sentiu-se miserável no mesmo instante. Ainda que um deles fosse culpado, como poderia suspeitar de alguém?

— Exijo punição, Majestade! — Lady Andrews havia recuperado a voz. — Entregue-me aquele guarda!

Kelsea explodiu em uma gargalhada, uma risada espontânea que ecoou pelo salão. A sensação foi fantástica, sobretudo porque o rosto de Lady Andrews ficou roxo de raiva.

— Vou lhe dizer o que fará, Lady Andrews. Pegue seu vestido e saia da minha Fortaleza neste instante.

Lady Andrews abriu a boca, mas por um momento nada saiu. No intervalo de segundos, um milhão de linhas minúsculas pareceram brotar na pele esticada de seu rosto. Arliss pegara o vestido e agora o oferecia à nobre, embora pelo franzir de sobrancelhas dele Kelsea percebesse que teria de ouvir uma repreenda mais tarde.

A mulher tomou o vestido e saiu marchando, com o pescoço curvado entre os ombros, o modo de andar denunciando sua idade. Enquanto avançava pela nave, muitos na multidão lhe lançaram olhares de repúdio, mas Kelsea não se deixava enganar; deviam ter se comportado da mesma forma durante a última invasão. Como no dia de sua coroação, não havia pobres ali. Ela teria de mudar isso. Diria a Clava para abrir as portas para as primeiras centenas de pessoas que chegassem quando houvesse a audiência da semana seguinte.

— Tem mais alguém? — perguntou a Clava.

— Acho que não, Lady.

Clava ergueu as sobrancelhas na direção do arauto, que negou com a cabeça. Após um gesto do guarda o arauto anunciou:

— Esta audiência está encerrada! Por favor, saiam de maneira ordenada pelas portas!

— Esse arauto é bom — comentou Kelsea. — É difícil acreditar que tanto som possa sair de um rapaz tão magrinho.

— Os magros sempre dão os melhores arautos, Lady, não me pergunte por quê. Vou dizer a ele que Vossa Alteza ficou satisfeita.

Kelsea afundou no trono, desejando mais uma vez que fosse a poltrona. Recostar naquela coisa era como descansar em uma rocha. Decidiu enchê-lo de almofadas quando não houvesse ninguém por perto.

Maneira ordenada era esperar demais; a multidão se espremera na saída, todos parecendo achar que tinham o direito de passar primeiro.

— Deus, que luta — comentou Pen, rindo.

Kelsea aproveitou a oportunidade para coçar o nariz, que a estava incomodando havia algum tempo, então acenou para Andalie.

— Por hoje é só, Andalie. Tire a noite de folga.

— Obrigada, Lady — respondeu, deixando o estrado.

Quando a multidão por fim desapareceu e a Guarda começou a aferrolhar as portas, Kelsea perguntou a Clava:

— Então, o que acha que Lady Andrews estava tentando fazer?

— Ah, foi tudo orquestrado — respondeu ele. — Ela só queria causar problema.

Arliss, que estivera escutando de seu lugar ao pé do estrado, assentiu.

— A cena teve o dedo de Thorne, mas ele não foi estúpido de dar as caras por aqui hoje.

Kelsea franziu a testa. Graças a Clava e Arliss, ela agora compreendia bem melhor o Departamento de Censo. Embora tivesse sido criado como um instrumento da Coroa, ele ganhara vida própria, tornando-se um poder tão terrível no Tearling que rivalizava com a Igreja de Deus. O Censo era grande demais para ser fechado de uma vez só; teria de ser desmantelado aos poucos, peça por peça, e a maior de todas era o próprio Thorne.

— Não vou permitir que Thorne sabote o que nós construirmos. Ele precisa ser exonerado com uma aposentadoria decente.

— O Departamento de Censo conta com os homens mais instruídos do reino, Lady — advertiu Clava. — Se tentar fechá-lo, vai precisar arrumar um emprego remunerado para todos.

— Talvez possam se tornar professores. Ou coletores de impostos, não sei.

Ela teria de esperar para descobrir o que achavam dessa ideia, pois a barriga de Wellmer de repente roncou muito alto em meio ao silêncio, provocando risadas mudas entre o grupo de guardas. A essa hora, Milla estava fazendo o jantar e o cheiro de alho invadia o salão. Wellmer ficou da cor de um tomate, mas Kelsea sorriu e disse:

— Por hoje é só. Vou jantar em meus aposentos; vocês são bem-vindos à mesa. Alguém leve comida para Mhurn e force-o a comer.

Todos fizeram uma mesura e alguns guardas se dirigiram à cozinha enquanto os demais desapareciam pelo corredor, voltando para suas famílias ou para seus alojamentos. Milla batera o pé e declarara que não admitiria vinte guardas invadindo sua cozinha a cada refeição, de modo que agora guardas predeterminados trabalhavam como ajudantes para as demais famílias nas horas das refeições. Eles tinham criado uma espécie de sistema muito democrático entre si, e Clava não precisou intervir. Um pequeno detalhe, mas Kelsea sentia que era uma coisa positiva, um sinal de comunhão.

— Lazarus, quero falar com você.

Clava curvou-se na direção dela.

— Lady?

— Algum progresso na busca por Barty e Carlin?

Clava endireitou o corpo.

— Ainda não, Lady.

Kelsea cerrou os dentes. Não queria atormentá-lo, mas estava com saudade de Barty, precisava mais do que nunca ver as rugas que um sorriso provocava nos seus olhos. A vontade de ver Carlin era de algum modo ainda mais urgente.

— Você mandou alguém até a aldeia?

— Há muito que fazer, Majestade. Vou cuidar disso em breve.

Kelsea estreitou os olhos.

— Lazarus, você está mentindo para mim.

Clava a encarou com olhos inexpressivos.

— Por que está mentindo?

— Lady! — chamou Venner do corredor. — Sua armadura está pronta!

Kelsea virou-se, irritada.

— Por que é *você* que está me contando isso, Venner?

— Fell está doente.

Outra mentira. Ela imaginou que Venner se sentiu forçado a ir ele mesmo atrás da armadura. Mas seu apetite para brigas estava minguando em ritmo proporcional a seu desejo de ver o que Milla estava preparando na cozinha.

— Vamos dar uma olhada nela durante o treino de amanhã.

A boca de Venner crispou-se e ele se dirigiu para a cozinha. Kelsea voltou-se para continuar a conversa com Clava e descobriu que ele fora embora, evaporando como fumaça do salão de audiências.

— Maldito homem escorregadio — murmurou.

O que acontecera com Barty e Carlin? Teriam adoecido? Para duas pessoas idosas durante o inverno, era uma longa viagem rumo ao sul. Será que haviam sido encontrados pelos Caden? Não, Barty sabia cobrir bem seus rastros. Mas alguma coisa estava errada. Ela podia ver isso no rosto de Clava.

Kelsea desceu do estrado, Pen a seguindo de perto. O cheiro de alho fez sua barriga roncar também, e Kelsea reprimiu uma risadinha um pouco amarga; nem mesmo a ansiedade era capaz de espantar seu apetite. Procurou por Clava no corredor, mas ele se escondera em algum lugar. Kelsea pensou em exigir o paradeiro dele a Coryn, que montava guarda no aposento da sacada, mas isso soaria infantil, então ela seguiu pelo corredor, batendo os pés.

Na porta de seus aposentos, Kelsea escutou Andalie falando seu nome no quarto ao lado e parou na mesma hora, com Pen fazendo a mesma coisa.

— Garanto para você que a rainha está com medo.

— Ela não parece estar com medo. — Era a filha mais velha de Andalie, Aisa, cuja voz era fácil de reconhecer, naquela fase a ficar mais grave e cheia de descontentamento.

— Mas está, meu amor — respondeu Andalie. — Ela disfarça o próprio medo para diminuir o nosso.

Kelsea recostou-se na parede, sabendo que escutar a conversa alheia era falta de educação, mas incapaz de se afastar. Andalie ainda era um mistério. Nem mesmo Clava fora capaz de descobrir algo sobre sua ascendência ou seu passado, tirando o fato de que era meio mort, e a própria Andalie revelara isso. Era como se tivesse caído do céu com quinze anos para se casar com o marido desprezível; tudo antes disso era obscuro.

— Este reino não tem visto nada extraordinário, muito menos bom, há muito tempo — continuou Andalie. — O Tearling precisa de uma rainha. Uma Rainha Verdadeira. E, se viver, a rainha Kelsea será exatamente isso. Talvez até uma rainha lendária.

Os olhos de Kelsea se arregalaram, e ela virou-se para Pen, que pôs o dedo nos lábios.

— Eu queria ser parte de uma lenda, mamãe.

— É por isso que ficaremos na Fortaleza.

A voz de Andalie mudou de posição, ficando mais próxima. Kelsea fez um sinal para Pen, e ambos entraram nos aposentos reais. Pen fechou a porta atrás de si, murmurando:

— Eu disse que ela era vidente.

— E eu concordei com você. Mesmo assim, é um erro depositar fé demais em visões.

Ali na antecâmara, Pen montara seu leito, uma bagunça de lençóis e cobertores que não combinavam entre si. Havia roupas sujas jogadas pelo chão, e Pen fez o que pôde para chutá-las para baixo da cama. Houve uma batida na porta e ele a abriu e deu passagem para Milla, que trazia duas bandejas com o que parecia ser guisado de carne com legumes. Milla conquistara o direito de trazer a comida de Kelsea; segundo Clava, também provava cada prato antes que saísse da cozinha. Isso era um gesto vão, já que muitos venenos demoravam a fazer efeito, mas Kelsea ficara tocada do mesmo jeito.

— Quer comer comigo? — perguntou a Pen.

— Tudo bem.

Ele a seguiu pelo arco que levava a seu quarto, onde Clava pusera uma pequena mesa para as noites em que Kelsea queria comer sozinha. Milla pôs as duas bandejas sobre a mesa, fez uma mesura e sumiu.

Kelsea atacou o guisado. Estava tão bom quanto qualquer coisa que Milla preparasse, mas naquela noite comeu de forma automática, a mente voltada para a filha mais velha de Andalie. Se entendera direito, parte dos filhos da ama, se não todos, havia sofrido maus-tratos, e a violência sempre deixava cicatrizes. Além disso, a garota estava entrando na adolescência, e Kelsea lembrava-se *bem* dessa transição: a sensação de desamparo e, mais do que tudo, a raiva contra a incapacidade dos adultos em entender o que era importante. Uma vez, quando tinha doze ou treze anos, ela se pegara gritando com Barty por pegar algo de sua mesa.

Ergueu o rosto e viu que Pen a observava com uma expressão especulativa.

— O que foi?

— Gosto de vê-la pensando. É como presenciar uma rinha de cães.

— Você acompanha rinhas?

— Não por opção. Acho um esporte cruel. Mas meu pai promovia rinhas de cães na nossa região quando eu era criança.

— De onde você é?

Pen balançou a cabeça.

— Quando entramos para a Guarda da Rainha conquistamos o direito de deixar o passado para trás. Além disso, se eu contar, Vossa Alteza é combativa o bastante para querer prender meu pai.

— Talvez eu deva. Ele parece ser um carniceiro.

Kelsea arrependeu-se de dizer isso assim que fechou a boca. Mas Pen só considerou suas palavras por um instante antes de responder com calma:

— Talvez fosse, antes. Mas agora é só um velhinho cego, incapaz de machucar uma mosca. Um sistema de justiça que não leva em consideração as circunstâncias é perigoso.

— Concordo.

Pen voltou a seu guisado, e Kelsea, ao dela. Mas pouco depois ela deixou a colher de lado.

— Estou preocupada com aquela garota.

— A filha de Andalie?

— Sim.

— Ela tem problemas, Lady. Não encontramos nenhuma informação sobre Andalie antes de seu casamento e, acredite em mim, Clava e eu procuramos bem. Mas com a vida familiar dela foi diferente.

— Diferente como?

Pen fez uma pequena pausa, e Kelsea pôde vê-lo preparando a resposta.

— Lady, era fato notório no bairro onde eles moravam que o marido de Andalie tinha predileção por garotas jovens. As filhas dele foram o pior caso, mas não o único.

Kelsea engoliu sua repulsa, esforçando-se para assumir um tom de voz neutro.

— Carlin me dizia que quando não há tribunais de verdade, as comunidades costumam cuidar sozinhas desse tipo de problema. Por que não lidaram com ele?

— Porque Andalie proibia.

— Não faz sentido. Eu imaginava que a própria Andalie iria querer matar o marido antes que qualquer um tivesse a chance.

— Eu também, Lady, mas não pude encontrar uma resposta para esse enigma. Os vizinhos não pensaram duas vezes antes de falar sobre Borwen, mas se seguraram quanto a Andalie. Acham que ela é uma bruxa.

— Por quê?

— Ninguém quis dizer. Talvez seja apenas por causa daquele jeito dela de olhar através da pessoa. *Eu* tenho medo de Andalie, Lady, embora não tenha medo de homem algum com uma espada.

— Eu também tenho.

Pen comeu outra colherada do guisado, e a falta de curiosidade dele permitiu a Kelsea esmiuçar a origem de seu medo.

— Andalie é que deveria ser a rainha, Pen. Não eu. Ela se parece com uma rainha e fala como uma rainha. Inspira temor.

Pen pensou por um minuto antes de responder. Essa característica reflexiva era algo que Kelsea apreciava, o fato de que ele não tentava preencher o silêncio com palavras inúteis. O guarda engoliu mais duas colheradas antes de responder:

— O que Vossa Majestade acaba de descrever é a rainha de Mortmesne. Andalie talvez seja parte tear, mas no fundo é mort. Ela teria dado uma rainha perfeita naquele reino. Mas Vossa Alteza está tentando criar um reinado bem diferente, que não é baseado no medo.

— Em que meu reinado está baseado?

— Na justiça, Lady. Na compaixão. Se vai ser bem-sucedida, nenhum de nós sabe; sem dúvida é mais fácil manter o poder pelo medo. Mas há certa dureza em Andalie, uma falta de compaixão, e embora isso proporcione alguma vantagem, não sei se chamaria isso de força.

Kelsea sorriu ao voltar a seu prato. Justiça e compaixão. Até Carlin teria ficado orgulhosa.

Kelsea sentou-se no escuro. Escutara uma criança gritar de dor em algum lugar além do lado de fora do quarto. Olhou por reflexo para a esquerda, procurando a lareira, mas não havia fogo algum, nem mesmo um vestígio de brasa entre as cinzas. Devia estar quase amanhecendo.

Ao levar a mão ao criado-mudo para pegar a vela que sempre ficava ali, não encontrou nada. O medo a invadiu como uma onda, um medo agudo, sem motivo definido. Ela tateou, agora freneticamente, e descobriu que o criado-mudo também desaparecera.

Uma mulher gritou do lado de fora, a voz subindo de tom até ser interrompida com um grunhido abafado.

Kelsea jogou as cobertas para o lado e desceu da cama. Seus pés não encontraram o chão de pedra frio do quarto, mas tocaram o que parecia ser terra batida. Correu para a porta, não à esquerda, do lado oposto do quarto, mas três metros à direita, através da área da cozinha, um caminho que conhecia como a palma de sua mão.

Escancarando a porta, encolheu-se com o frio doloroso do ar noturno. A aldeia continuava mergulhada na escuridão, apenas um vestígio do amanhecer visível no horizonte. Mas podia escutar os passos, o som de muitas pessoas correndo.

— Invasores! Invasores! — gritava uma mulher em uma casa próxima. — Eles estão...

A voz sumiu sem deixar rastros.

Aterrorizada, Kelsea bateu a porta e passou a tranca. Tateou a mesa da cozinha até encontrar uma vela, que acendeu usando a mão em concha para esconder a chama débil. Jonarl fizera um bom trabalho construindo a casa deles, usando barro cozido misturado a pedrisco. Ele até instalara algumas janelas, feitas de vidro quebrado que juntara em várias viagens à cidade. A casa fora um adorável presente de casamento, mas as janelas facilitavam que a luz da vela fosse vista pelo lado de fora.

Quando voltou para seu quarto, encontrou William sentado na cama, pestanejando, sonolento, tão parecido com Jonarl que sentiu um aperto no coração ao vê-lo. Por sorte Jeffrey continuava dormindo no berço, e ela o pegou nos braços, mantendo-o embrulhado nos cobertores, e esticou a mão para William.

— Está tudo bem, amor. Agora levante; preciso que venha comigo. Pode andar para a mamãe?

William desceu da cama, as perninhas balançando na beirada por um segundo antes que pisasse no chão. Ele esticou o braço e segurou a mão dela.

Pés calçados com botas ecoavam na rua lá fora. *Pés de homem*, pensou ela na mesma hora. Mas todos os homens foram para a cidade vender o trigo. O pânico queria dominar sua mente como uma febre; para onde poderiam ir? A casa nem sequer tinha um porão para se esconderem. Ela segurou Jeffrey com o outro braço e pegou seu manto e sapatos em um canto.

— Consegue encontrar seu casaco e seus sapatos sozinho, William? Vamos ver qual de nós dois vai encontrar o casaco primeiro?

William olhou para ela, confuso. Pouco depois começou a procurar na pilha de roupas e cobertas. Kelsea remexeu uma pilha de colchas e encontrou o manto de inverno de Jonarl, dobrado com cuidado no mesmo lugar. Isso foi o mais perto que chegou de chorar, bem ali, com o manto de seu marido morto diante dela, no chão. Uma náusea subiu por sua garganta, o velho enjoo matinal, que sempre escolhia a pior hora possível para se manifestar.

A porta da frente foi arrombada, a frágil ripa de madeira se partindo ao meio, indo parar cada pedaço em um lado da cozinha. Kelsea pôs a mão protetora sobre o cabelinho ralo de Jeffrey, então agarrou William e o puxou para trás de si com a outra.

Na porta havia dois homens, seus rostos enegrecidos de fuligem. Um deles usava um manto vermelho brilhante e até mesmo Kelsea sabia o que isso significava. *Caden? Aqui?*, pensou, revoltada, antes que ele avançasse e agarrasse Jeffrey, adormecido em seu colo. O bebê acordou e começou a chorar na mesma hora.

— Não! — implorou ela.

Ele a empurrou para trás e tirou Jeffrey de seus braços. Kelsea caiu para trás, agarrando-se na perna da mesa para não cair em cima de William. Seu quadril bateu com força na parede, esfolando-a, e ela gemeu.

— Pegue o outro garoto — disse o Caden para o outro homem, então desapareceu pela porta com Jeffrey. Kelsea gritou, sentindo algo se partir dentro dela. Isso era um pesadelo, tinha de ser; mas quando olhou para o chão viu que seu pé esquerdo pisara no direito ao cair, e agora o sapato ficara preso em um ângulo esquisito. Só esse detalhe já tornava impossível que fosse apenas um pesadelo. Agarrou William e o empurrou de novo para trás de si, erguendo as mãos para repelir o homem acima dela.

— Por favor — disse ele, abaixando e estendendo a mão. — Por favor, venha comigo. Não quero machucar você nem o menino.

Mesmo sob a fuligem, Kelsea pôde perceber que seu rosto estava pálido e cansado. Parecia ter mais ou menos a idade de Jonarl, talvez um pouco mais velho... O cabelo grisalho tornava difícil afirmar. Ele segurava uma faca, mas não lhe pareceu que pretendia usá-la; era como se ele mesmo tivesse se esquecido dela.

— Para onde ele está levando meu filho?

— Por favor — repetiu ele. — Venha comigo em silêncio.

— Mas que porra de demora é essa, Guarda do Portão? — vociferou uma voz rouca lá fora.

— Estou indo!

Ele virou-se para Kelsea outra vez, o rosto tenso.

— Por favor, pela última vez. Não há opção.

— William precisa do manto.

— Rápido, então.

Ela baixou o rosto para William e viu que o menino já calçara os sapatos e segurava o manto. Ela se ajoelhou diante dele e o ajudou a se vestir, fechando os botões com os dedos trêmulos.

— Como você é esperto, William. Foi mais rápido que a mamãe.

Mas William encarava o homem com a faca.

— Agora vamos, por favor.

Ela segurou a mão de William e seguiu o homem pela porta da frente. Amaldiçoou um pouco Jonarl por ter morrido, por deixá-los sozinhos desse jeito. Mas é claro, não teria feito a menor diferença. Era meado de março, e todos os homens em Haven tinham ido negociar trigo em Nova Londres, como sempre faziam nessa época do ano, deixando a aldeia indefesa. Kelsea nunca pensara nisso antes. A aldeia não enfrentara nenhum problema do tipo desde a invasão; estavam longe demais da fronteira mort para se preocupar com incursões.

Ao sair, ficou aliviada ao ver o grande Caden com Jeffrey cuidadosamente acomodado no colo. Jeffrey se acalmara um pouco, mas isso não ia durar; estava dando pequenas fungadas, procurando um seio na parte da frente do manto do homem. Quando percebesse que não havia nada, os gritos iriam recomeçar.

— Vamos — ordenou o Caden.

— Deixe-me carregar meu filho.

— Não.

Ela abriu a boca para protestar, mas o outro homem, o mais baixo, agarrou seu braço e o apertou com delicadeza, em advertência. Ela segurou a mãozinha de William e seguiu o Caden pela rua em direção à periferia da aldeia. O horizonte estava clareando e dava para enxergar os contornos vagos das casas e dos estábulos a sua volta. Outros grupos juntaram-se a eles ao passar, mais mulheres e crianças. Allison e suas filhas saíram de casa, e Kelsea viu que ela tinha um corte avermelhado no braço e que suas mãos estavam amarradas.

Ela foi mais corajosa do que eu, pensou Kelsea, com tristeza. Mas a maioria das mulheres parecia na mesma situação que ela: confusas, o rosto atônito, como se tivessem acabado de despertar de um sonho. Avançou cambaleando, arrastando William a seu lado, sem compreender para onde estavam indo; só sabia que algo terrível estava acontecendo. Seu peito queimava, mas, quando olhou para baixo, não havia nada ali.

Foi só quando dobrou a esquina da casa de John Taylor, agora vazia e às escuras, que entendeu tudo, o significado de todos aqueles homens, as mulheres e crianças tiradas de suas casas. A jaula erguia-se alta e sombria contra o alvorecer no horizonte, uma silhueta negra e simétrica com várias formas humanas movendo-se do lado de dentro. Havia outra jaula vazia ao lado daquela, cercada por mulas. Olhando além da aldeia, Kelsea viu muitas mais, perfiladas a alguns quilômetros, na direção da estrada Mort.

Isto é a minha punição, Kelsea se deu conta. Ela podia recordar das duas ocasiões em que um dos aldeões de Haven fora sorteado. A aldeia tratou os sorteados como mortos, fazendo vigília e falando a respeito deles em tons dolorosos de pesar. Todos haviam presenciado a remessa seguir pela estrada Mort inúmeras vezes, e a cada uma o coração de Kelsea se enchia de uma gratidão silenciosa por não ser ela ali dentro, nem seu marido ou seus filhos.

Esta é a punição por meu egoísmo.

O homem grisalho virou-se para ela.

— Preciso que me dê seu filho agora.

— Não.

— Por favor, não dificulte. Não quero que a vejam como uma encrenqueira.

— O que você vai fazer com ele?

O homem apontou para a segunda jaula.

— Ele vai ali dentro, com as outras crianças.

— Não posso ficar com ele?

— Não.

— Por que não?

— Já chega — exclamou uma nova voz.

Um homem alto e esquelético saiu da escuridão usando um manto azul, o rosto emaciado revelando crueldade à luz da aurora. Kelsea o conhecia, mas não sabia quem era, e se encolheu por instinto, tentando proteger o filho enquanto ele se aproximava.

— Não estamos aqui para discutir com essas pessoas, Guarda do Portão. O tempo é tudo. Separe-os e os jogue lá dentro.

O Guarda do Portão agarrou William pelo pulso e o menino berrou, indignado. Escutando os gritos do irmão, Jeffrey começou a gritar também, batendo com os minúsculos punhos no manto do Caden. Kelsea segurou o outro braço de William, tentando mantê-lo perto de si, mas o homem era forte demais para ela e a criança gritava de dor; se não o soltasse, ele poderia se machucar feio. Obrigou-se a soltar seu pulso e agora era ela quem gritava.

— Lady! Lady, acorde!

Alguém agarrava seus ombros e a sacudia, mas ela se esticou na direção de William, que era arrastado para a jaula. Era uma jaula construída para crianças, ela percebia agora, cheia de pequenas formas chorosas. O Caden grande também foi nessa direção, levando Jeffrey, e Kelsea gritou palavras ininteligíveis, incapaz de parar. Era dona de uma voz forte e nítida, costumava ser escolhida para cantar solos no coral da igreja, e agora um grito após outro ressoava, gritos terríveis que ecoavam através da planície Almont.

— Kelsea!

Um tapa estalou em seu rosto, e Kelsea piscou, seus gritos cessando tão abruptamente quanto haviam começado. Quando reparou, Pen estava lá, debruçado na cama, as mãos apoiadas em cada lado de seu corpo, cercada pela familiaridade do conforto familiar e da luz da lareira de seu quarto. Os cabelos de Pen estavam amassados, e ele estava sem blusa. Kelsea sentiu uma vontade súbita e absurda de tocá-lo ao ver o peito musculoso e esguio, com apenas uma leve camada de pelos. Alguma coisa queimava dentro dela.

As jaulas!

Seus olhos se arregalaram e ela sentou-se em um salto.

— Ah, Deus.

Clava entrou como um raio, a espada em punho.

— Que diabos?

— Não foi nada, senhor. Ela teve um pesadelo.

Mas Kelsea já estava balançando a cabeça enquanto ele falava.

— Lazarus. Acorde todos.

— Por quê?

Kelsea empurrou Pen para o lado, saiu das cobertas e pulou da cama. A safira pendia sobre a camisola, projetando luz azul pelo ambiente.

— Acorde todos *já*. Temos que sair em uma hora.

— E ir para onde, pode nos dizer?

— Para a planície Almont. Uma aldeia chamada Haven. Talvez fique no caminho para a fronteira mort, não sei. Mas não temos tempo a perder.

— Do que diabos Vossa Majestade está falando? São quatro da manhã.

— Thorne. Ele fez um trato pelas minhas costas e está a caminho de Mortmesne com uma remessa de cidadãos tear.

— Como sabe?

Uma das facetas do temperamento irascível de Kelsea aflorou de repente. Não parecia haver sobrado muitas outras.

— Droga, Lazarus, eu *sei*!

— Lady, foi apenas um pesadelo — insistiu Pen. — Talvez seja melhor voltar para cama e...

Kelsea tirou a camisola e sentiu uma pequena satisfação perversa ao ver as bochechas de Pen ficarem vermelhas antes de ele virar de frente para a parede. Ela se dirigiu a sua cômoda e viu Andalie a postos ali, segurando uma calça preta.

— Lady — disse Clava, com a voz lenta e lógica que se usaria com uma criança —, estamos no meio da noite. Não pode sair agora.

Outra faceta aflorou.

— Nem pense em tentar me impedir, Lazarus.

— Foi apenas um *sonho*.

Andalie falou em um tom calmo e firme.

— A rainha deve ir.

— Vocês duas ficaram malucas? Que porra é essa?

— Ela deve ir. Eu vi. Não há outra maneira.

Kelsea terminou de se vestir e descobriu que sua safira se libertara outra vez, a luz brilhando pela sala. Clava e Pen sibilaram e ergueram uma das mãos para proteger os olhos, mas Kelsea nem piscou. Segurando a safira na frente do rosto, de repente percebeu que podia ver uma pessoa nas suas profundezas: uma bela mulher com cabelos negros e olhos duros e frios. Suas maçãs do rosto eram altas e proeminentes, e os ângulos de seu rosto, cruéis. Ela sorriu para Kelsea e depois desapareceu, deixando a joia com o inexpressivo fulgor turquesa do brilho à luz das tochas.

Por um momento, Kelsea se questionou se não estaria mesmo ficando louca. Mas essa parecia uma saída muito fácil; se tivesse enlouquecido, o mundo real não pareceria tão importante. Aquele dia diante da Fortaleza fora o pontapé inicial, e se uma remessa chegasse a Mortmesne a despeito de seu decreto, ela estaria acabada. Não passaria de uma soberana de enfeite e qualquer outra coisa que tentasse realizar estaria fadada ao fracasso.

— Andalie tem razão, Lazarus. Devo partir.

Clava voltou-se para Andalie, com um tom desgostoso na voz:

— Bom trabalho.

— Não tem de quê. — Kelsea ficou surpresa ao identificar um leve sotaque mort, algo que nunca ouvira antes na voz de Andalie. — Você não reconhece nenhum talento além do seu próprio.

— Seu tipo de talento nunca foi coerente. Nem mesmo a vidente da Rainha Vermelha conseguia prever tudo.

— Preveja isso, capitão.

— *Calem a boca!* — gritou Kelsea. — Vamos partir, todo mundo. Escolha dois guardas para ficarem aqui com as mulheres e as crianças.

— Ninguém vai a lugar nenhum — rosnou Clava. Ele segurou o braço dela com aspereza. — Vossa Majestade só teve um pesadelo.

— Ele tem razão, Lady — disse-lhe Pen. — Por que não volta a dormir? Pela manhã terá esquecido tudo.

Clava assentia, concordando, o rosto exibindo uma expressão solícita que deixou Kelsea com ganas de esbofeteá-lo. Ela mostrou os dentes.

— Lazarus, essa é uma ordem direta de sua rainha. Estamos a caminho.

Ela fez menção de sair pela porta outra vez e então ambos a seguraram, Clava pelo braço e Pen em torno da cintura. A raiva de Kelsea explodiu de vez, tomando conta dela, uma implosão perfeita dentro de sua cabeça, e ela arremessou os dois longe, sentindo a fúria sair de seu corpo como uma corrente elétrica. Os dois homens voaram para trás, Pen aterrissou ao pé da cama e Clava se chocou na parede oposta, desabando no chão. Ela não os jogara com muita força, e eles se recuperaram rápido, sentando-se para encará-la, os rostos banhados na luz azul. Andalie recuara e se apoiara na penteadeira.

— Ninguém precisa vir comigo — disse-lhes Kelsea, aliviada ao ver que sua voz não tremia. — Mas não tentem me deter. Não quero machucá-los, mas, nesse caso, eu vou.

Clava e Pen se entreolharam por um momento, os rostos pálidos. O que teriam feito se ela não tivesse a safira? A trancariam no quarto, supôs, e a deixariam chorando lá até se cansar, como Carlin fazia quando Kelsea era criança. Procurou aquela reserva de raiva dentro de si e a encontrou, drenada, mas ainda bem cheia. Será que algum dia já sentira vergonha de sua raiva? Agora o sentimento era uma dádiva, de algum modo refletido na joia. Tinha um potencial perigoso, com certeza... Se tivesse ficado só um pouco mais furiosa, Pen e Clava teriam se ferido gravemente.

Pen foi o primeiro a se recuperar.

— Se vai mesmo fazer isso, Lady, não devemos ir como a Guarda da Rainha. Temos de nos trajar como o exército. Será melhor Vossa Majestade vestir-se como um oficial de baixa patente.

Clava assentiu, devagar.

— Vossa Majestade também precisará cortar o cabelo. Bem curto.

Kelsea disfarçou um suspiro de alívio; precisava pelo menos do apoio de Clava. Não sabia onde guardavam seu cavalo ou onde conseguir suprimentos. Andalie atravessou o quarto e saiu porta afora.

— Com o cabelo curto — continuou Clava, seu tom carregado de maldade —, Vossa Majestade não terá problema em se passar por homem.

— Claro — respondeu Kelsea. *É um teste*, lembrou ela, com um pouco de nostalgia. *Tudo é um teste.* — Mais alguma coisa?

— Não, Lady.

Ele saiu, fechando a porta atrás de si, e começou a distribuir ordens a torto e a direito. Kelsea podia escutar sua voz gutural e furiosa mesmo através das paredes grossas do quarto.

Pen acomodou-se em um canto, ignorando o olhar dela. Kelsea conseguia entender o ponto de vista deles e, no entanto... eles não confiavam que ela soubesse diferenciar um pesadelo de uma visão, que fora muito mais real do que qualquer sonho. Ela sentira até a pele de seus braços ficar arrepiada com o ar matinal. Teria sido uma mulher de verdade que vivia na planície Almont? Um pássaro de verdade sobrevoando o exército mort? Kelsea não tinha como provar, mas acreditava nas implicações de suas visões; sentia como se não tivesse escolha. Presumia que era capaz de entender o ponto de vista de Pen, mas não queria fazer isso.

Você deveria ter acreditado em mim, pensou, fitando-o sob a testa franzida. *Minha palavra deveria ter sido o bastante.*

Andalie retornou com uma toalhinha e uma tesoura. Kelsea pensou em pegar a tiara na penteadeira, mas desistiu. Falsa ou não, sentia um apego verdadeiro por sua coroa. Mas teria de deixá-la para trás.

— Sente-se, Lady.

Kelsea sentou-se, e Andalie começou a cortar grandes mechas de seu cabelo.

— Sempre cortei o cabelo de minhas filhas. Não podíamos pagar a alguém para fazer isso.

— Por que se casou com ele, Andalie?

— Nem sempre somos nós que fazemos essas escolhas.
— Alguém a forçou?

Andalie balançou a cabeça, dando uma risada melancólica, então se curvou e murmurou na orelha de Kelsea:

— Quem é aquele homem, Majestade? Vi o rosto dele em sua mente inúmeras vezes. O homem de cabelos negros e um sorriso de encantador de serpentes.

Kelsea corou.

— Ninguém.

— Ninguém, sei... — Andalie pegou um punhado do cabelo acima da orelha esquerda da rainha e passou a tesoura. — Esse homem significa muito para você, mas vejo vergonha encobrindo todos esses sentimentos.

— E daí?

— Vossa Alteza *optou* por sentir-se assim por esse homem?

— Não — admitiu Kelsea.

— Então seria uma das piores escolhas que poderia ter feito, não é?

Kelsea assentiu, derrotada.

— Nem sempre a escolha é nossa, Majestade. Apenas fazemos o melhor que podemos quando o fato já está consumado.

Em vez de tranquilizadora, a afirmação provocou apenas desespero. Kelsea ficou em silêncio enquanto Andalie terminava, olhando desolada para a pilha crescente de tufos negros no chão. Ela não significava nada para Fetch, sabia disso, mas uma possibilidade remota lhe dera o alento para seguir acreditando. Os cabelos cortados pareciam ser a travessia de uma última ponte para uma terra onde não havia possibilidade alguma de retorno.

Um guarda bateu à porta e, ao comando de Pen, entrou trazendo um uniforme negro do exército tear, deixando-o sobre a cama. Arregalou os olhos ao ver Kelsea, mas quando a menina o encarou, ele saiu apressado, fechando a porta atrás de si. Pen voltou a sua poltrona, parecendo determinado a não encontrar o olhar da rainha. Andalie terminou e fez um gesto para que Kelsea se abaixasse, então penteou a última madeixa e a cortou. Voltando a endireitar Kelsea, Andalie examinou seu trabalho.

— Vai servir, Lady. Um cabeleireiro profissional pode arrumar depois.

A cabeça de Kelsea parecia leve, quase flutuando. Reunindo coragem, ela se olhou no espelho. Andalie fizera um bom corte, quase uma réplica do que Coryn usava, uma curta cobertura de cabelos em torno da cabeça. Outra mulher, uma que tivesse um rosto perfeito de elfo, talvez até ficasse bonita com esse corte, mas Kelsea sentiu vontade de chorar. Um menino a encarava no reflexo do espelho, um menino com lábios grossos e lindos olhos verdes, mas não obstante um menino.

— Merda — murmurou.

Ouvira seus guardas dizendo isso várias vezes, mas só agora compreendia o verdadeiro uso do palavrão. A obscenidade traduzia com precisão o que estava sentindo, declarava melhor do que cem outras palavras teriam feito.

— Vamos, Lady. Precisa se vestir. — O olhar inexpressivo de Andalie transmitia um quê de pena.

— Vamos conseguir, Andalie?

— Não tenho como saber, Lady. Mas Vossa Alteza deve ir, mesmo assim.

LIVRO III

A remessa

O QUE É O QUE É: Uma garota exilada com uma coroa falsa?
RESPOSTA: Uma Rainha Verdadeira.

— *O livro tear das adivinhas*

Ao alvorecer, deixaram a Ala da Rainha por um dos túneis de Clava, através de uma passagem escura e depois por uma escadaria que parecia descer eternamente. Kelsea os acompanhava com a sensação de estar em um sonho, pois a joia não a deixava pensar com clareza. Via muitos rostos em sua mente: Arlen Thorne; Fetch; a mulher de olhar frio com maçãs do rosto proeminentes. Quando atravessaram a ponte levadiça, Kelsea já tinha certeza de que a mulher era a Rainha Vermelha. Não fazia ideia de como sabia.

Imaginara que ficaria extasiada por estar ao ar livre outra vez, mas a joia também não lhe permitia desfrutar da sensação. Assim que saíram de Nova Londres, pelo visto, sem ninguém ao encalço, a safira começou a guiar Kelsea. Não havia outra maneira de descrever o que estava acontecendo; a pedra agia como uma força física, como se houvesse um fio amarrado em seu peito. Ela estava sendo arrastada para o leste em uma linha quase reta e se tentasse seguir uma direção diferente, a joia ardia com calor insuportável e a barriga de Kelsea era acometida por uma náusea tão forte que mal conseguia permanecer na montaria.

Ela não pôde esconder aquela situação por muito tempo, e Pen insistiu que Kelsea deveria contar a Clava. A tropa havia parado em uma pequena ribanceira na margem do rio Crithe para dar de beber aos cavalos. A não ser por Galen e Cae, que Clava deixara para trás a fim de proteger a Ala da Rainha, toda a Guarda de Kelsea estava ali, uns em pé e outros agachados na margem. Ela não sabia o que Clava lhes contara, mas não devia ter sido boa coisa; captara vários olhares céticos ao longo da viagem, e Dyer, sobretudo, parecia ter engolido um limão.

Quando Pen, Clava e Kelsea se afastaram para conferenciar a sós do outro lado da ribanceira, ela escutou Dyer murmurar:

— Que perda de tempo.

Mais uma vez, quando Kelsea exibiu a joia, esta brilhava tão forte que os dois homens precisaram proteger os olhos.

— Aonde ela está nos levando? — perguntou Pen.

— Para o leste.

— Não dá para só tirá-la? — quis saber Clava.

Sentindo uma relutância estranha, Kelsea levou as mãos ao fecho e abriu o colar. Mas quando tirou a joia do pescoço, sentiu-se exausta. Foi uma sensação pavorosa, como ser esvaziada.

— Cruzes, ela está ficando pálida.

Pen balançou a cabeça.

— Ela não pode tirá-la, senhor. — Pegou o colar de Kelsea e o prendeu de volta. Um alívio instantâneo invadiu o corpo dela, uma sensação quase narcótica.

O que está acontecendo comigo?

— Pelo amor de Deus, Pen — murmurou Clava, desgostoso. — Que diabos estamos fazendo com essas coisas mágicas?

— Basta seguir a rainha, senhor. Ninguém precisa saber de onde estão vindo as instruções.

— Não tenho nenhuma ideia melhor, mesmo — murmurou Clava, lançando um olhar irritado a Kelsea. — Mas esse negócio vai acabar nos causando problemas. Os outros já estão putos da vida por terem sido trazidos até aqui.

Kelsea balançou a cabeça.

— Quer saber, Lazarus? No momento eu não estou nem aí se você acredita em mim ou não. Mas mais tarde me lembrarei de que não acreditou.

— Muito bem, Lady. Faça isso.

Caminharam de volta para o topo da ribanceira, e Kelsea enfiou a safira sob a blusa do uniforme, protegendo os olhos do sol. O curso azul do Crithe serpenteava para o leste; quase não conseguiam enxergar o rio Caddell, quilômetros ao sul. Os dois rios corriam praticamente paralelos, mas os cursos eram distintos; o Crithe fazia curvas abruptas, ao passo que o Caddell era de uma sinuosidade sutil. Não havia sinal de Thorne em nenhum dos dois afluentes e, contudo, Kelsea não se deixou desencorajar. A safira a puxava, arrastando-a para seu objetivo.

Clava tomou as rédeas de seu garanhão das mãos de Wellmer, anunciando de maneira casual:

— Daqui em diante, a rainha vai liderar. Vamos segui-la.

Houve alguns resmungos no grupo, e Dyer cerrou os lábios e deixou escapar um suspiro audível. Mas parecia que seu protesto só ia até aí. Voltaram a montar, e Kibb e Coryn retomaram a afável discussão sobre a qualidade de seus cavalos que os distraía durante a maior parte da jornada. A não ser por Clava e Dyer, a tropa parecia ter se resignado àquela missão fútil, como se Kelsea estivesse determinada a fazer um passeio de barco no Crithe.

Ótimo. Contanto que eu possa continuar na minha rota.

— Poderíamos nos dividir, Lady — sugeriu Clava, tranquilo. — Despachá-la com quatro ou cinco homens e...

— Não — respondeu Kelsea, agarrando a safira. — Nem tente, Lazarus. Vou ficar louca se a gente voltar agora.

— Talvez Vossa Alteza já esteja louca. Isso já lhe ocorreu?

De fato ocorrera, mas ela não lhe daria essa satisfação. Segurou as rédeas com força e virou o cavalo para leste, deixando que escolhesse seu próprio caminho ao longo da margem. Na mesma hora a pressão em seu peito esmaeceu, e ela fechou os olhos de alívio.

No dia seguinte, toparam com os sulcos de rodas enormes marcados no barro endurecido da estrada Mort. A visão fez Clava estacar na hora, e Kelsea sentiu um prazer desdenhoso com sua surpresa, embora percebesse que ele ainda não parecia convencido. Às vezes as marcas saíam da estrada e atravessavam os campos, mas eram sempre fáceis de seguir, e Kelsea sabia aonde Thorne estava indo: traçando uma linha quase reta para o leste, na direção do desfiladeiro Argive, a rota da remessa. Havia outros lugares por onde atravessar uma caravana pela fronteira, mas o Argive dava acesso direto à colina Pike, um aclive em linha reta para Demesne. A velocidade seria importante para Thorne, então devia ser importante para Kelsea também. Na primeira noite, quando os guardas fizeram planos de acampar, Kelsea lhes dissera que poderiam parar se quisessem, mas que ela continuaria em frente. A noite de cavalgada não lhe rendeu nenhum amigo, mas Kelsea não se importava. Estava sendo guiada, agora, guiada por um grande veio de fogo azul em sua cabeça que parecia ficar mais largo a cada hora.

Na segunda noite, Clava ordenou que parassem para descansar. Kelsea, percebendo que se forçara ao ponto da exaustão, não discutiu. Acamparam em um enorme campo de flores silvestres, um pouco além da foz do Crithe. Kelsea nunca vira um campo assim; ele se esparramava como um oceano, salpicado de todas as cores do arco-íris. As flores, desconhecidas para Kelsea, cheiravam a morango, e a relva era tão macia que a tropa nem se deu ao trabalho de montar as tendas; só se acomodaram sobre os sacos de dormir, no chão. Kelsea, que pensara que iria se remexer de um lado para outro por horas com o turbilhão de pensamentos em sua cabeça, pegou no sono instantaneamente. Quando acordou, sentiu-se revigorada, e colheu diversas flores, enfiando-as no manto para dar boa sorte. Todos pareceram acordar de bom humor, e a maioria dos guardas começou a tratar Kelsea como sempre, fazendo pequenas brincadeiras enquanto cavalgavam. Até Mhurn, que viera evitando-a desde o incidente no salão de audiências, retardou o passo para cavalgar a sua esquerda no decorrer da manhã.

— Olá, Mhurn.

— Lady.

— Veio tentar me dissuadir, também?

— Não, Lady. — Mhurn balançou a cabeça. — Sei que está dizendo a verdade.

Ela olhou para ele, surpresa.

— Sabe?

— Mhurn! — rugiu Clava à frente da tropa. — Venha aqui agora mesmo!

O guarda sacudiu as rédeas e seu cavalo ultrapassou vários outros para chegar até a dianteira. Kelsea o observou e então balançou a cabeça. A seu lado, Pen franzia a testa, a mão sobre a espada, e Kelsea sentiu uma pequena pontada de raiva. Desejou conseguir perdoar Pen pela cena em seu quarto, mas não conseguia. Ele, mais do que ninguém, deveria ter acreditado nela; sabia que Kelsea não era histérica. Pen pareceu perceber sua raiva, pois se virou para lhe lançar um olhar desafiador.

— O que foi, Lady?

— Se eu tivesse sido forçada a deixar a Fortaleza sozinha, se Lazarus não tivesse permitido que nenhum guarda viesse comigo, ainda assim você teria me acompanhado, Pen?

— Fiz um juramento, Majestade.

— Juramento para quem? Se a escolha fosse entre o capitão da Guarda e mim, quem você escolheria?

— Não me obrigue a responder a isso, Lady.

— Não vou, Pen, hoje não. Mas ou você confia em mim ou não. E se não confia, não o quero mais como meu guarda-costas.

Pen a encarou, com um olhar magoado.

— Lady, só pensei em sua segurança.

Kelsea afastou-se, subitamente furiosa com ele, com todos ali... a não ser Mhurn. Fazia mais de um mês que os conhecia, mas nada parecia ter mudado. Ela continuava a ser a garota que haviam trazido como uma bagagem do chalé de Barty e Carlin, a garota que não sabia montar, em que mal podiam confiar para armar a própria tenda. Era para Clava que davam ouvidos, a palavra dele é que tinha valor, e, no fim das contas, até Clava a tratara como uma criança teimosa. Quando Pen tentou conversar de novo, ela não respondeu.

O terrível impulso para o leste só aumentou à medida que o dia avançava, tornando-se mais uma compulsão mental do que um puxão físico. Alguma coisa estava arrastando a mente de Kelsea sem a menor preocupação se o resto do corpo vinha junto. Seu peito e a safira latejavam, e as duas coisas pareciam alimentar uma à outra, a pedra e a raiva, cada uma crescendo além de seus limites até pouco depois do meio-dia, quando Wellmer de repente exclamou que parassem.

A companhia inteira puxou as rédeas ao chegar ao topo de uma pequena colina coberta de trigo e pontilhada de flores roxas. A leste, as elevações do monte Ellyer e do monte Willingham bloqueavam o horizonte, o V profundo e azulado entre eles marcando a ravina do desfiladeiro Argive. Wellmer apontou para o sopé das montanhas, onde a estrada Mort desaparecia em uma série de zigue-zagues.

— Ali, Lady.

Todos ficaram de pé nos estribos, Kelsea esticando o pescoço para obter uma visão melhor. Cerca de quinze quilômetros adiante, enterrada nos contrafortes, via-se uma longa linha negra serpenteando morro acima.

— Uma fissura na rocha — murmurou Dyer.

— Não, senhor. — O rosto de Wellmer estava pálido, mas ele firmou o queixo e virou-se para Kelsea. — Jaulas, Majestade, em uma grande fila. Posso enxergar as barras.

— Quantas?

— Oito.

— Que besteira! — exclamou Elston, da retaguarda da tropa. — Como diabos Thorne poderia construir jaulas em segredo?

— Não interessa como. Ele o fez. — Kelsea sentiu os olhos de Clava sobre ela, mas não lhe deu atenção. A sua direita, Pen olhava para a base das elevações, contraindo o maxilar. — Temos que alcançá-los antes que deixem o Argive. Assim que descerem as montanhas, haverá soldados mort à espera para escoltá-los até Demesne.

— Como pode saber tudo isso, Majestade? — perguntou Dyer. Seu tom era de uma humildade notável, quase soava como uma pergunta honesta.

— Eu só sei.

Então todos se viraram para Clava, buscando uma confirmação. Uma hora antes, isso teria enfurecido Kelsea, mas agora ela só tinha olhos para a caravana, seguindo seu lento caminho pelo aclive. Pelo menos uma das jaulas estava cheia de crianças. Quantas aldeias como aquela ela vira? Quantas pessoas?

Clava falou devagar, recusando-se a olhar para Kelsea.

— Peço desculpas, Majestade. Thorne foi mais esperto do que eu outra vez, mas prometo que esta foi a última.

Kelsea mal se deu conta do que ele falava, apenas sacudiu as rédeas, ansiosa em avançar. Estava focada na linha escura recortada contra a encosta; ela tremia, tentando não imaginar o que a aguardava do outro lado.

Leste.

A voz estava em sua cabeça, mas parecia surgir de todos os lados, as palavras vibrando contra sua pele.

— Vamos logo. Precisamos alcançá-los ao anoitecer.

— Temos um plano, Lady? — perguntou Dyer.

— Claro. — Ela não tinha plano algum. — Vamos, estamos desperdiçando a luz.

Quando Javel passou a mão na testa, ela voltou encharcada de suor. O dia estava de um calor brutal e atípico, e impelir as mulas adiante era um trabalho extenuante. Thorne planejara a maior parte da rota através do Almont para evitar as cidades e aldeias mais povoadas; bastante sensato, mas como consequência às vezes eram forçados a tomar estradas precárias que não viam manutenção havia muito tempo. No momento em que chegaram à foz do Crithe, Javel já podia sentir sua náusea com toda aquela empreitada começando a dominá-lo, mas seguiu em frente sempre pensando em Allie.

As pessoas nas jaulas não ficavam quietas. Seria difícil esperar que ficassem, mas suas súplicas eram algo que Javel não havia considerado quando estavam em Nova Londres. Talvez até Thorne não tivesse considerado, embora, por ser quem era, ele não fosse se importar, de qualquer modo. Javel podia vê-lo mais à frente pelas barras da jaula, conduzindo seu cavalo com a serenidade de um rei a caminho de um piquenique. Javel tirou o cantil do bolso e tomou um gole de uísque, que desceu queimando pela garganta ressecada. Thorne lhe daria um esporro se o visse bebendo, mas Javel quase não se importava mais, a essa altura. Havia trazido três cantis cheios em seus bornais, sabendo que precisaria deles antes que a viagem chegasse ao fim.

Thorne decidira que eram necessários quatro homens para guardar cada jaula. Havia vários nobres além de Lord Tare, bem como uma quantidade razoável de soldados tear. Os irmãos Baedencourt trouxeram mais dois Caden, Dwyne e Avile; ambos eram combatentes renomados, o que fazia o restante da expedição se sentir melhor. Mas mesmo para conspiradores, eram curiosamente desligados uns dos outros, unidos por um propósito comum, como um grupo de andarilhos presos no deserto cadarese. Não havia afeto entre eles e pouquíssimo respeito. O irmão Matthew e o pequeno batedor de carteiras, Alain, haviam adquirido um desprezo mútuo palpável. Lord Tare mantinha-se distante, cavalgando à frente do grupo como um batedor. Javel ressentia-se da presença dos irmãos Baedencourt, que nem sequer pareciam ter ficado sóbrios para a viagem, e passara os últimos dias com um olho em sua jaula e o outro em Keller, que começara a preocupá-lo cada vez mais.

Tinham invadido doze aldeias ao longo do rio Crithe. Não viram quase nenhum homem jovem, então houve muito pouca luta de verdade. Mas Javel notara que os sumiços de Keller nas casas e choupanas levavam muito tempo e que algumas das mulheres que ele trazia, em especial as mais novas, pareciam ter sido tratadas com brutalidade, suas roupas rasgadas e manchadas de sangue. Javel havia considerado levar o assunto a Thorne, pensando em argumentar que os danos à mercadoria poderiam reduzir seu valor. Mas não houve nenhuma oportunidade de falar com Thorne em particular e, no fim, Javel engoliu seu desgosto, pouco a pouco, assim como fora obrigado a engolir tudo o mais naquela empreitada. A progressão foi terrivelmente fácil: em sua mente, caía uma amurada após a outra, como castelos de areia sob a maré, até ele ficar preocupado de que um dia pudesse acordar e ver que na verdade se tornara Arlen Thorne, tão corrompido que tudo parecia aceitável.

Allie.

As aldeias eram tão isoladas que parecia improvável que alguém tivesse tempo de empreender uma busca, mas Thorne insistira nos guardas extras mesmo assim, e Javel foi forçado a admitir que ele tinha razão. As últimas chuvas haviam elevado o nível do Crithe, e foram necessários mais homens para fazer as jaulas atravessarem o vau de Beth. Não fazia mal algum ser cauteloso demais, pois as jaulas eram vulneráveis — feitas apenas de madeira, construídas para empreender apenas algumas poucas viagens, além de mais fáceis de atacar.

— Por favor — choramingou uma mulher na jaula junto a Javel, tão próxima que ele levou um susto. — Meus filhos. Por favor. Eles não podem ficar aqui comigo?

Javel fechou os olhos e depois os abriu. As crianças eram a pior parte do negócio, a pior parte de toda remessa. Mas Thorne explicara que a Rainha Vermelha as valorizava muito, talvez mais do que qualquer outra coisa que pudessem levar. O próprio Javel capturara várias: duas garotinhas de Lowell, um menininho e um bebê de Haven e, em Haymarket, uma bebê em seu próprio berço. As jaulas das crianças eram a quarta e a quinta na fila, bem no centro da remessa, e Javel deu graças a Deus por não ter sido designado para vigiá-las, embora pudesse escutá-las muito bem. Os bebês, sobretudo os que eram novos demais para serem desmamados, berraram quase o tempo todo nos primeiros dois dias da viagem. Agora, para alívio geral, se silenciaram, assim como quase todos os prisioneiros, as gargantas secas demais para suplicar. Thorne mal trouxera água suficiente para os guardas e as mulas; dizia que mais do que alguns litros por cabeça atrasaria a viagem.

Agora eu preciso de você, pensou Javel, fitando Thorne pelas barras da jaula. *Mas se algum dia o pegar sozinho, só uma vez, em uma noite escura no Gut...* não vou ser tapeado outra vez.

— Por favor — gemeu a mulher. — Meu filhinho, meu bebê. Ele só tem cinco meses.

Javel fechou os olhos outra vez, desejando que a tivesse deixado em uma jaula diferente. A mulher tinha cabelo louro, como Allie, e quando ele arrancou o filho de seus braços, fora invadido por uma certeza súbita e terrível: Allie podia vê-lo. Ela podia ver tudo o que fizera. A certeza diminuíra um pouco à medida que a caravana avançava e o amanhecer se fundia com a manhã, mas criara um novo problema, que Javel nunca havia considerado antes: como explicaria a Allie sua libertação? Ela era uma boa mulher; preferiria morrer a comprar sua liberdade com o sofrimento alheio. O que diria quando descobrisse o que ele havia feito?

Quando Javel tinha dez anos, seu pai o levara para conhecer o matadouro onde trabalhava, um edifício baixo feito de madeira vagabunda. Talvez a intenção do pai fosse que tivesse uma experiência de aprendizado, ou talvez esperasse que Javel seguisse seus passos. De todo modo, o passeio saíra pela culatra. A fila de bois, dezenas deles, aguardava abobalhada para entrar no prédio pela porta imensa. Mas o gado que já estava ali dentro não tinha nada de bobo; havia uma cacofonia de ruídos, mugidos e grunhidos e, sob tudo isso, o barulho surdo de golpes pesados.

— Por onde eles saem? — perguntara Javel. Mas o pai não respondeu, apenas ficou olhando para ele até Javel compreender. — Você mata os bois?

— De onde acha que vem a carne, filho? Falando nisso, de onde você acha que vem o *dinheiro*?

Quando entraram no matadouro, o cheiro atingiu Javel de imediato, sangue e o fedor pungente de entranhas apodrecendo, e ele pôs todo o café da manhã para fora em cima dos sapatos do pai. Ele se lembraria desse cheiro pelo resto da vida, mas foi a porta do matadouro que fincou raízes profundas na mente infantil: a porta escancarada, as trevas ameaçadoras além dela. Os bois entravam, gritavam na escuridão e nunca mais saíam.

Seis anos antes, quando Allie fora para Mortmesne, Javel seguira em silêncio atrás da remessa por vários dias, sem saber o que fazer. Ele podia ver Allie na quarta jaula, o cabelo louro brilhante visível mesmo à distância, mas as barras punham milhares de quilômetros entre ambos. E mesmo que encontrasse uma maneira de atacar a caravana com sucesso — façanha que ninguém jamais conseguira —, para onde iriam?

Pelo menos o gado não sabia o que estava por vir. O destino de Allie esteve nos olhos dela durante todo o verão; era uma das poucas coisas de que Javel lembrava com clareza. Mortmesne teria uma utilidade para uma mulher bonita como ela, assim como o matadouro tinha uma única utilidade para os bois. Eles entravam e não saíam mais. Mas agora ele iria recuperar Allie. Javel quase podia vê-la agora, uma forma vaga no vão escuro da porta, e não escutava mais a mulher a seu lado, implorando que lhe devolvessem seus filhos. Por fim, ela parou.

Conforme o dia esquentava, as mulas começaram a se rebelar. Eram mulas cadarese, criadas para temperaturas inclementes e escaldantes, mas pareciam tão insatisfeitas com a carga quanto Javel. Ele evitara açoitá-las durante toda a viagem, mas agora não dava mais para poupá-las, então ele e Arne Baedencourt se posicionaram à frente da terceira jaula, chicotes em punho para quando alguma mula começasse a empacar. Não adiantou. A caravana diminuiu a marcha, depois diminuiu mais um pouco, até que o próprio Thorne passou adiante das jaulas e brigou com Ian, o responsável pelas bestas de carga.

— Precisamos chegar a Demesne amanhã à noite! Qual é o problema com suas mulas?

— Não sei! — berrou Ian. — O calor, talvez! Elas precisam de mais água!

Boa sorte, pensou Javel. Haviam passado pela foz do Crithe no dia anterior e agora já ultrapassavam a metade dos contrafortes que formavam a base das montanhas Clayton. Mesmo depois das chuvas, não havia água. Dali a algumas centenas de metros, atravessariam o desfiladeiro Argive e subiriam direto pela colina Pike, para chegar a Demesne. Se ao menos as malditas mulas conseguissem trabalhar por mais algumas horas, todos poderiam descansar e a viagem seria tranquila pelo resto do caminho.

O calor chegou ao auge e continuou com força total enquanto o sol afundava no horizonte. Por vezes Javel viu Alain, a postos na jaula a sua frente, contrabandear alguns copos d'água para os prisioneiros. Javel pensou em repreendê-lo; se Thorne o pegasse desperdiçando a água que devia ser reservada às mulas, a coisa ficaria feia. Mas Javel não abriu a boca.

Na hora do pôr do sol, a mulher na jaula, que devia ter sido abençoada com uma garganta de ferro, recomeçou suas lamúrias. Foi mais difícil ignorá-la dessa vez; logo Javel descobriu que seus filhos se chamavam Jeffrey e William, que seu marido falecera em um acidente de construção dois meses antes, que estava grávida e que tinha certeza de que era uma menina, dessa vez. Esse último fato incomodou Javel mais do que tudo, embora não soubesse dizer por quê. Allie nunca engravidara; os Guardas do Portão ganhavam dinheiro o bastante para arcar com métodos contraceptivos, e tanto ele quanto Allie achavam que ter filhos era um risco muito grande em tempos tão incertos. A decisão parecera óbvia na época, mas agora Javel só estava triste, e mais cansado do que conseguia dizer. Ele se perguntou por que Thorne não pensara nisso, que talvez pegassem uma mulher cuja gravidez ainda não era visível. Em pouco tempo ela teria pouco valor como escrava; não seria capaz de trabalhar e nenhum homem iria querer uma grávida como brinquedinho.

Isso é problema de Thorne, isso é problema de Thorne.

Após o último e excruciante quilômetro morro acima, terminaram a subida ao pôr do sol e conduziram a fileira de jaulas para o desfiladeiro Argive. As laterais da ravina eram íngremes, pontilhadas de pedregulhos e afloramentos que se projetavam abruptamente da encosta, mas não perpendiculares. Pedras caídas, as ruínas da Torre Argive, enchiam o vale. Havia muito o verde deixara de existir nessa área, e a passagem constante das remessas acabara com o pouco da vegetação árida que restara. À penumbra do fim do dia, o desfiladeiro era uma garganta marrom-escura com o céu roxo esmaecido no alto, estendendo-se por um quilômetro de leste a oeste.

As mulas estavam no limite de suas forças, mas Javel se absteve de comentar isso com Thorne. Ele descobriria logo, logo, quando as pobres bestas parassem de se mexer, mesmo com todas as chicotadas do mundo. Teriam de passar a noite ali, embora Javel achasse que não conseguiria dormir, muito menos com aquelas jaulas a poucos metros de distância. Pensou em Allie outra vez. O que diria a ela? Não seria a verdade, com certeza; os olhos dela assumiriam aquela expressão frágil, vazia, o jeito como Allie expressava sua decepção.

E se ela não se importar?

Mas Javel se recusava a pensar em como Allie poderia ter mudado durante os anos em Mortmesne. Contar-lhe a verdade estava fora de cogitação; teria de bolar uma mentira.

Enquanto o sol se punha, nuvens ajuntaram-se sobre suas cabeças. Javel escutou alguns trovões; Dwyne, o líder dos quatro Caden, resmungou em voz alta para os companheiros como era conveniente só aparecerem sombras depois que o sol já havia sumido. Os Caden haviam feito essa viagem muitas vezes durante o reinado do regente, e era tranquilizador contar com Dwyne e Avile, se não com os dissolutos Baedencourt. Contudo, até mesmo Dwyne parecia incomodado. As nuvens tinha se reunido rápido e estavam escurecendo ainda mais rápido. Se uma tempestade caísse durante a noite, retardaria o avanço da caravana na descida pela colina Pike. Mas uma tempestade também significava água para os prisioneiros. Talvez, quando parassem, Javel pudesse conceder à mulher grávida algum tempo com os filhos. Thorne jamais permitiria, mas Alain agira pelas costas dele o dia todo. Quem sabe Javel pudesse fazer o mesmo. Aprumando-se na sela, sentiu-se um pouco melhor com o pensamento. Era um ato pequeno, mas que poderia fazer.

As nuvens se avolumaram, inexoráveis, no céu e, em determinado momento, quase sem aviso, a escuridão tomou conta do desfiladeiro.

— São quantos? — murmurou Clava.

— Contei vinte e nove — sussurrou Wellmer, em resposta. — Mas há mais que não consigo enxergar atrás das jaulas. Espere...

Kelsea esperou, terrivelmente ciente do grupo de sombras que a cercava. Clava e Pen estavam a seu lado, era verdade, mas qualquer um podia sacar uma faca no escuro. Sua vulnerabilidade ali era inegável. Ela esperou, a ansiedade aumentando, até que Wellmer rastejou de volta para trás do pedregulho onde metade da tropa se escondia.

— Há Caden lá embaixo, senhor. Dwyne e outro que não conheço.

— Droga, e eles nunca agem só em dois. Deve haver mais deles.

Depois de alguns segundos procurando por um bolso, Wellmer enfiou a luneta pela gola de seu uniforme militar. Haviam deixado os cavalos mais para trás, na entrada do desfiladeiro, e todos pareciam ter percebido ao mesmo tempo que os uniformes não tinham bolsos. Kelsea puxou a gola de sua veste; ela era feita de um material vagabundo que fazia sua pele coçar. Toda a Guarda parecia estranhar a farda do exército; ela pegara vários deles se contorcendo e ajustando o traje o dia inteiro, até mesmo Pen, que era capaz de se misturar como um camaleão em qualquer ambiente.

Mas a cor negra dos uniformes era boa para se camuflar, uma vez que o céu ainda escondia o mais tênue vestígio da lua cor de âmbar. A outra metade da Guarda da Rainha estava a cerca de cinco metros, espremida atrás de um segundo pedregulho, e Kelsea não conseguia sequer enxergá-los; não passavam de uma massa escura contra o flanco da ravina. Ela estava mais preocupada em ocultar a safira. Assim que entraram no desfiladeiro Argive, o calor horrível sobre seu peito esfriara e passara a uma pulsação lenta que era quase agradável, em comparação. A luz da joia também enfraquecera, mas Kelsea não confiava no tecido fino do uniforme para bloqueá-la por completo.

Ouviu um som de metal raspando contra couro a suas costas, uma faca sendo desembainhada, e Kelsea se encolheu, tentando ocupar o menor espaço possível. O coração martelava, tão alto que parecia que todos conseguiriam ouvir, e a testa estava fria de suor. O ferimento no ombro latejou com a lembrança da agonia. Qual daqueles homens a sua volta havia feito aquilo?

— Estamos em desvantagem, Lady — disse-lhe Clava. — Não muita, mas não podemos simplesmente partir para um ataque frontal. Não com os Caden ali embaixo.

— Wellmer, consegue acertá-los?

— Posso pegar alguns, Lady, mas só uns dois ou três antes que se escondam e apaguem o fogo.

Clava bateu no ombro de Venner, sussurrou algo para ele e o mandou para o outro pedregulho.

— Temos Wellmer e mais três arqueiros decentes. Vamos mandar dois para o outro lado do desfiladeiro, para que o resto deles não consiga se proteger atrás das jaulas. Se derrubarmos os Caden, isso vai equilibrar um pouco as coisas.

— Podem apagar as fogueiras a qualquer momento — advertiu Pen, com mansidão. — Devemos agir logo, antes de perdermos a vantagem da luz.

Kelsea agarrou o pulso de Clava.

— As pessoas nas jaulas são a prioridade. Deixe isso bem claro.

Venner voltou rastejando, três formas escuras atrás dele. Juntaram-se a Clava, conversando aos sussurros, e Kelsea limpou a testa suada, determinada a não ceder à paranoia que a acometera no escuro.

— Wellmer, me dê a luneta.

As oito jaulas haviam sido arrumadas em um semicírculo, de modo que as portas ficassem viradas para dentro. Kelsea ficou aliviada ao perceber que as jaulas não tinham ferro. Parecia algo feito às pressas, só com madeira, e as barras, em vez de elos encadeados, eram grossas tábuas verticais. Mesmo que a madeira fosse carvalho tear, as barras seriam vulneráveis ao ataque de machados.

Wellmer avistara sentinelas postadas ao redor da caravana, mas o grosso dos homens de Thorne se concentrava no semicírculo. Kelsea espiou pela luneta, focando os homens em volta da fogueira. Conhecia pouquíssimos deles. Havia um homem bem vestido, corpulento, por certo um nobre, lembrava-se dele em sua primeira audiência, embora não conseguisse recordar seu nome. Vários outros que achou que deviam ser do Censo. Um bom punhado de seu próprio exército, tão negligentes que nem haviam se dado ao trabalho de usar roupas civis. E lá estava ele, ninguém menos que Arlen Thorne, bem no meio do círculo. A safira estremeceu de leve em seu peito. Não podia esperar nada melhor de Thorne, mas mesmo assim Kelsea sentiu-se traída, traída pelo mundo justo que concebera na infância. Todos os seus planos, tudo de bom que desejava realizar... podiam mesmo ser postos a perder por um único homem?

— Elston. — Ela lhe passou a luneta. — Bem a sua frente, perto do fogo.

— Filho da puta — murmurou Elston, espiando.

Clava suspirou, mas já desistira de limpar a boca dos guardas naquela viagem. Kelsea escutara muitos palavrões novos nos últimos dias. Sabia que Elston odiava Arlen Thorne pelas conversas que entreouvira; tinha alguma coisa a ver com uma mulher, mas ninguém contava a história para Kelsea.

— Eu o quero vivo, Elston — murmurou ela. — Traga-o para mim, e vou permitir que você projete a masmorra.

Vários guardas riram.

— Mais cinco minutos, Lady, e poderemos ir — sussurrou Clava. — Dê um tempo para Tom e Kibb conseguirem chegar ao outro lado.

Kelsea assentiu, sentindo a adrenalina invadir seu corpo. Os guardas desembainharam as espadas fazendo o mínimo de barulho possível, mas Kelsea ainda assim escutou o raspar do metal contra o couro e teve que reprimir uma sensação sufocante. A safira pulsava como um tambor contra seu peito, ou talvez dentro de seu peito, ela não sabia mais dizer.

— Lady, peço uma última vez que fique aqui em cima com Pen e Venner. Se fracassarmos, Vossa Alteza ainda poderá escapar.

— Lazarus. — Kelsea deu um sorriso gentil para a silhueta dele a seu lado. — Você não entende.

— Entendo mais do que pensa, Lady. Pode culpar a maldita joia, se quiser, mas entendo que a sombra de sua mãe a está tornando raivosa e imprudente. Essa combinação é perigosa para todos nós.

Kelsea parecia incapaz de sentir raiva no momento; toda a sua energia estava dirigida ao acampamento ali embaixo.

— Você também tem seus defeitos, Lazarus. Você é teimoso, e sua vida de combates fechou certas áreas de sua mente que serviriam melhor se tivessem permanecido abertas. E ainda assim você ganhou minha confiança. Talvez você possa confiar em mim também.

Não houve resposta na escuridão.

— Pen e Venner vão ficar comigo o tempo todo. Certo?

— Lady — murmuraram eles.

— Eu gostaria que você ficasse comigo também, Lazarus. Tudo bem?

— Ótimo. Mas Vossa Alteza não deve se envolver na luta. Venner disse que seu jogo de pés é abominável.

— Não vou pegar em uma espada, Lazarus. Tem minha palavra.

Depois de alguns minutos, Clava emitiu um assobio que esmaeceu com facilidade no vento. A tropa espalhou-se entre os rochedos e todos começaram a descer em silêncio a encosta da ravina.

* * *

Ao menos dessa vez, Thorne aceitara o conselho de Javel, e haviam armado acampamento na parte mais estreita do Argive, ficando com apenas dois lados da caravana para defender. Javel pretendera ficar acordado e ver se conseguia deixar a mulher grávida passar algum tempo com os filhos, mas, no fim das contas, o cansaço levou a melhor sobre ele. Decidiu dormir ao menos algumas horas e cuidar daquele assunto depois. Arrumou seu saco de dormir e se encolheu diante da enorme fogueira, as pernas estremecendo de prazer com o calor. Era raro que um Guarda do Portão tivesse algum motivo para cavalgar mais do que alguns quilômetros, e a longa jornada cobrara seu preço dos músculos fracos de suas coxas. Ele começou a pegar no sono, cochilando por períodos cada vez maiores, e quase mergulhara no esquecimento quando o primeiro grito o acordou.

Javel sentou-se. À fraca luz do fogo não podia ver nada além do restante dos homens, todos olhando ao redor, tão sonolentos e confusos quanto ele.

— Arqueiros! — gritou alguém atrás das jaulas. — Estão... — O grito silenciou tão de repente quanto começara, reduzido a um som gorgolejante.

— Armas em punho! — ordenou Thorne. Ele já estava de pé, e parecia que não havia dormido nem um pouco. Dois homens levantaram-se de perto da fogueira e dispararam em direção à escuridão, mas caíram com uma flechada nas costas antes que pudessem chegar muito longe.

Arqueiros, pensou Javel, confuso. *Na colina*. Imaginou se estava sonhando. Costumava ter sonambulismo; Allie lhe contara. Pensar na esposa o deixou energizado e ficou de pé em um pulo, desembainhando a espada e olhando em volta como um louco, não vendo nada além da área iluminada pela fogueira. Outra flecha sibilou no escuro acima de sua cabeça.

— Apaguem o fogo! — gritou Dwyne. — Somos alvos fáceis!

Javel pegou seu saco de dormir no chão e jogou-o sobre a fogueira. O tecido não era grosso o suficiente; o saco começou a fumegar, e as chamas brotaram entre as camadas de lã.

— Precisamos de mais! — Javel gesticulou para os homens atônitos a sua volta. — Deem-me suas mantas!

Ainda com sono, eles começaram a se levantar e a juntar os cobertores. Javel queria gritar de frustração.

— Rápido! — Dwyne empurrou-o ao passar, carregando uma enorme pilha de mantas, e jogou tudo no fogo. A luz diminuiu e depois se apagou, o ar carregado com o cheiro de lã tostada. Na escuridão além das jaulas, espadas se chocaram e o ar foi rasgado com o grito agudo, insuportável, de um cavalo ferido.

— Cavaleiros a oeste! — gritou alguém. — Estou ouvindo!

— Estamos cercados — murmurou Dwyne. — Eu disse para o maldito burocrata que este lugar era ruim para montar acampamento.

Javel corou, esperando que Dwyne não descobrisse que fora ele quem sugerira o desfiladeiro como ponto de descanso. Javel nunca lidara diretamente com nenhum dos Caden antes; eles existiam em um plano superior, fora de seu alcance. Talvez fosse bobagem, mas ainda se via ansioso para conquistar o respeito do grandalhão no manto vermelho.

Thorne aproximou-se na escuridão e agarrou o ombro de Javel, seu hálito débil sibilando de um jeito desconfortável no ouvido dele.

— Dwyne. O que vamos fazer? Precisamos de luz.

— Não, não precisamos. Se forem um grupo de resgate, os arqueiros não vão se arriscar a acertar os prisioneiros. Nossas chances são melhores no escuro.

— Mas não podemos ficar parados aqui esperando! Quando amanhecer, seremos presas fáceis.

O impacto de metal contra metal ecoava de todos os lados agora, abafando a resposta de Dwyne. Uma espada cintilou no luar anêmico a cerca de três metros, e Javel ergueu a própria espada, preparando-se, o coração martelando. Dwyne começou a rir.

— Qual é a graça? — perguntou Thorne.

— É o exército tear, homem! Veja os uniformes!

Javel não conseguia enxergar nada, mas não queria que Dwyne percebesse isso, então concordou com um grunhido.

— Eu devo conseguir cuidar de todos eles sozinho, com ou sem luz. Esperem aqui.

Dwyne sacou a espada e se afastou. Quando o som de seus passos sumiu, Javel reprimiu um momento de pavor sufocante, amorfo. Ter Thorne a seu lado não era nada tranquilizador.

— Ele é um merda — murmurou Thorne. — Precisamos de luz. Luz o bastante para... — O homem agarrou outra vez o braço de Javel, com tanta força que o guarda se encolheu. — Arrume uma tocha.

Kelsea ainda estava avançando rente ao chão, com Pen e Venner dando cobertura, quando apagaram a fogueira, privando-os de luz.

— Os arqueiros pegaram ao menos quatro — sussurrou Clava a suas costas. — Mas não sei se pegaram Dwyne; fiquem atentos.

— Como aquelas jaulas são trancadas? Alguém conseguiu ver?

— Não — respondeu Pen —, mas com certeza não é bom aço. Acho que é só madeira.

De súbito, Kelsea ficou furiosa com o construtor anônimo das jaulas. Thorne não era carpinteiro, então alguém construíra aquelas jaulas para ele.

— Cascos — sussurrou Venner. — A oeste.

Os quatro ficaram em silêncio e, após um momento, Kelsea também escutou vários cavaleiros descendo para o vale pela abertura oeste do desfiladeiro.

— Três ou quatro — sussurrou Clava. — Se forem mais Caden, estamos com problemas.

— Devemos nos mover, senhor? — perguntou Pen.

Kelsea olhou ao redor. À luz fraca das estrelas, podia divisar alguns pedaços grandes de rocha à frente e um grande pedregulho à esquerda, mas nada além disso. Não havia para onde ir a não ser a encosta.

— Não — respondeu Clava. — Vamos para trás daquela rocha, e eles devem passar direto por nós. Caso contrário, estão em minoria. Poderemos cobrir a fuga da rainha.

O som de cascos estava ficando mais alto. Seguindo a indicação de Clava, Kelsea rastejou de barriga na direção do rochedo. O chão estava coberto por pedrinhas minúsculas e afiadas que espetavam suas mãos, fazendo-a chiar de aflição. Disse a si mesma para não ser tão fraca e praguejou por dentro, usando o palavrão de Elston.

Clava liderou o grupo rastejante para trás da rocha, e todos se recostaram na pedra, de frente para o acampamento. Kelsea não podia vislumbrar mais nada além da forma confinada de uma das jaulas contra o céu azul-escuro, mas escutava muita coisa. O som de aço contra aço ressoava por toda parte, e a noite era assombrada pelos gemidos dos feridos. A paranoia voltou a tomar conta dela e sentiu um calor de vergonha no rosto. A safira, como se percebendo sua inquietação, pulsou em resposta. O som de cascos ficou mais próximo.

— Onde...

— Silêncio. — A voz de Clava não admitia discussão.

Alguns cavaleiros passaram pelo rochedo, a silhueta deles quase indefinida contra o pano de fundo cinzento da ravina. Pararam a cerca de seis metros do esconderijo de Kelsea, e o ar encheu-se com o som de cavalos cansados, as respirações audíveis na noite.

— E agora? — perguntou um homem em voz baixa.

— Que confusão — retrucou outro. — Precisamos de luz.

— Melhor esperar a briga diminuir um pouco.

— Não. Vamos encontrar Alain — ordenou uma nova voz, e Kelsea levou um susto. Levantando-se com rapidez, saiu do esconderijo e avançou antes que Clava pudesse impedi-la. Quatro silhuetas negras se viraram, desembainhando as espadas quando ela se aproximou, mas Kelsea apenas sorriu. Estava dominada por uma certeza, uma certeza que nada tinha a ver com a voz do homem e tudo a ver com o súbito florescimento de calor em seu peito.

— Olá, Pai dos Ladrões.

— Mas que diabos. — Um dos cavaleiros avançou na direção dela e puxou as rédeas a menos de dois metros de distância. Embora Kelsea não conseguisse enxergar nada além de uma sombra escura contra o céu, podia jurar que ele olhava para baixo e a via.

Clava conseguiu alcançá-la, agarrando-a pela cintura.

— Fique atrás de mim, Lady.

— Não, Lazarus — respondeu Kelsea, os olhos voltados para a sombra alta diante dela. — Continue a vigiar.

— *Como?*

— Rainha tear — comentou Fetch, sereno. — Parece que a subestimei, afinal.

Kelsea escutou Pen e Venner aproximarem-se às suas costas e ergueu a mão.

— Vocês dois, para trás.

Fetch a observou em silêncio. Embora Kelsea não conseguisse enxergar seu rosto, achava que *de fato* o surpreendera, talvez pela primeira vez. Foi uma sensação reconfortante, fez com que se sentisse menos criança às vistas dele, e ela aprumou o corpo, encarando-o com ar desafiador. Ele desmontou e aproximou-se, e Kelsea sentiu Clava parar a seu lado. Ela pôs a mão no peito dele, restringindo-o.

— Senhor? — perguntou Pen, a voz aguda e ansiosa, mais juvenil que Kelsea já ouvira antes.

— Deus do céu. Para trás, Pen.

Fetch esticou a mão, e Kelsea recuou, por instinto. Mas ele apenas tocou as pontas do cabelo dela, cortado rente em torno da cabeça, e falou baixinho:

— Veja só o que você fez consigo mesma.

Kelsea perguntou-se como ele podia ter enxergado seu cabelo curto quando ela mal conseguia enxergar um palmo diante do nariz. Porém, compreendendo as palavras, corou e respondeu:

— O que está fazendo aqui?

— Viemos para a festinha de Thorne. Alain está por aqui em algum lugar; ele vem sondando o terreno faz algumas semanas.

Alain, o sujeito louro que era rápido com o baralho. Kelsea não o vira em lugar algum no acampamento.

— A pergunta é: o que *você* está fazendo aqui, rainha tear?

Boa pergunta. Nem mesmo Clava, apesar de todos os resmungos, lhe perguntara isso. Ela pensou por um segundo, tentando achar uma resposta honesta, pois sentia que Fetch reconheceria uma mentira. A joia continuava a latejar entre seus seios, impelindo-a a tomar uma atitude, mas ela preferiu ficar quieta.

— Estou aqui para cumprir minha palavra. Jurei que isso nunca mais aconteceria outra vez.

— Podia ter cumprido sua palavra sem sair da Fortaleza, sabia? Tem um exército inteiro a sua disposição, agora.

Kelsea estremeceu com o sarcasmo na voz dele, mas se empertigou ao máximo.

— Há muito tempo, antes de subir ao trono, o rei jurou morrer pelo reino, se necessário. Era a única maneira de o sistema funcionar.

— Está preparada para morrer hoje?

— Estou preparada para morrer por esta nação desde o dia em que nos conhecemos, Pai dos Ladrões.

A cabeça de Fetch inclinou-se para a esquerda. Quando falou, pareceu a Kelsea que sua voz nunca fora tão suave.

— Esperei muito tempo por você, rainha tear. Mais do que pode imaginar.

Kelsea corou e desviou o rosto, sem compreender o que ele queria dizer, sabendo que não era o que ela gostaria que significasse.

— Estique a mão.

Ela obedeceu e sentiu que Fetch colocou algo frio na palma de sua mão. Tateando com os dedos, percebeu que era um colar, um colar com um pingente frio que já começara a esquentar ao contato com sua pele.

— Aconteça o que acontecer, rainha tear, fez por merecer.

À esquerda de Kelsea, muito mais perto do que o resto do combate, ouviram uma pancada surda e úmida de uma espada atingindo carne, e um homem gritou, a voz aguda e aterrorizada na escuridão. Kelsea recuou para trás de Clava, que ergueu a espada.

— Devo-lhe a vida da rainha, patife — declarou Clava. — Não serei um obstáculo para você, contanto que não ameace a vida dela. Mas saia daqui agora, antes que atraia todos eles para cima de nós.

— Certo — respondeu Fetch. — Vamos. — Retornou para seu cavalo, tornando-se mais uma vez uma silhueta escura contra o céu. — Boa sorte, rainha tear. Que nos encontremos quando esse assunto estiver encerrado.

Ainda ruborizada, Kelsea encontrou o fecho do segundo colar, levou as mãos à nuca e o prendeu no pescoço. Seu coração pareceu disparar, criando um calor que se espalhou por suas veias. Escutou uma crepitação como a de estática, olhou para baixo e descobriu que a segunda safira brilhava como um sol minúsculo, emitindo pequenos clarões de luz. Enfiou o pingente dentro do uniforme e escutou um clique, como uma chave girando na fechadura. Sua visão distorceu-

-se loucamente; piscou e viu um mundo diferente, construções negras contra um céu esbranquiçado, mas quando piscou outra vez, a imagem se fora.

Fetch e seus companheiros rumaram desfiladeiro adentro, renovando as advertências e os muitos gritos aterrorizados vindos da direção da fogueira. Nesse ínterim, Kelsea e seus três guardas rastejaram de volta para o outro lado do pedregulho, longe do confronto, e se sentaram, olhando para a entrada do desfiladeiro.

— Senhor?

— Agora não, Pen.

Kelsea esperava um sermão de Clava, sobre fugir, sobre Fetch, sobre sua imprudência de um modo geral. Mas não o fez. Ela podia ver o brilho da espada desembainhada e outro brilho metálico que presumiu ser a clava. Mas a cintilação era azul, não prateada devido ao luar. Kelsea baixou o olhar e percebeu que as joias brilhavam com tanta força que podia ver ambas através do tecido do uniforme. Ela as segurou na mão direita, tentando bloquear a luz. Fosse lá o que começara em seu peito, agora prosseguia com firmeza; seu coração martelava de forma alucinada, e era como se alguém bombeasse fogo direto em suas veias. Ficou esperando que alguma coisa terrível acontecesse, algo que não podia ver.

Claro, percebeu de repente. *Não tirei o segundo colar do bolso da outra vez. Nunca o pus no pescoço.*

Fechou os olhos, e lá estava a visão outra vez: a silhueta de uma cidade, cheia de prédios altos, dezenas deles, ainda mais altos do que a Fortaleza. A loucura parecia residir ali, chamando-a, uma cidade de loucura que existia apenas em sua cabeça. Mais gritos vieram do centro do confronto, trazendo Kelsea de volta à realidade. Ela abriu os olhos e, na escuridão, viu Pen espiando pela borda do rochedo.

— Acenderam a fogueira outra vez.

— Tolos — murmurou Clava. — Wellmer vai acertá-los com facilidade.

Kelsea espiou por trás de Pen. Uma luz brilhava contra o céu a centenas de metros, bem no meio do acampamento. A joia tentava impeli-la adiante, de algum modo, mas ela fizera uma promessa a Clava, então desejou que a pedra sossegasse. Os gritos vindos do centro do desfiladeiro continuaram, e os batimentos de Kelsea ficaram ainda mais acelerados, reconhecendo que aquilo era a coisa terrível pela qual esperava. Ela de súbito identificou a fonte de sua ansiedade.

— É a voz de uma mulher.

Pen se afastou mais alguns passos do rochedo e mesmo no brilho fraco da fogueira distante, Kelsea viu que o rosto dele ficava pálido.

— Meu Deus.

— O que foi?

— Mulheres. — A voz dele parecia vir de debaixo d'água. — Puseram fogo em uma jaula cheia de mulheres.

Antes que tivesse tempo de pensar, Kelsea estava correndo.

— Lady! Diabos! — Os gritos de Clava pareciam muito distantes.

Gritos de mulheres ecoavam nas paredes do desfiladeiro, parecendo encher a noite de um horizonte a outro. As duas safiras pularam para fora do uniforme, incandescentes, e Kelsea percebeu que enxergava tudo, cada rocha e folha de relva manchada de azul. Nunca fora uma grande corredora, mas as joias estavam lhe dando força, e ela corria rápido, mais rápido do que jamais correra em toda a sua vida, disparando na direção das línguas ardentes das chamas.

Javel não sabia o que havia acontecido. Saíra para procurar uma tocha para Thorne, quase sem se dar conta do que fazia. Sua cabeça continuava em Allie, e ele se perguntava o que aconteceria com ela se fracassassem. Sentia que os homens de Thorne estavam perdendo a batalha. Não haviam apagado a fogueira rápido o bastante, e os arqueiros na encosta deviam ter causado um grande estrago, pois não conseguia dar um passo sem tropeçar em um corpo. Mais cavaleiros haviam chegado enquanto ele procurava pela tocha; o som parecera deixar Thorne em pânico, o que fez o guarda perceber que aqueles homens não faziam parte do plano. Iam perder a luta, e então o que aconteceria com Allie?

Por fim, Javel encontrou uma tocha caída do outro lado do buraco da fogueira e voltou até Thorne, que a pegou sem agradecer e se afastou.

Já vai tarde, pensou Javel, soturno. Mas assim que Thorne desapareceu, ele ficou sem saber o que fazer. Era um Guarda do Portão, não um soldado, e ali não era o Gut, com o conforto das paredes e das ruas estreitas. Javel sempre odiara a natureza. As paredes do desfiladeiro eram altas, fronteiras espectrais do mundo. Ele não queria se mexer, e, embora pudesse escutar o combate a sua volta, estremeceu com a ideia de enfrentar um inimigo que não conseguia ver. Sua experiência com combate era limitada à expulsão de dois ou três malucos que passaram pelo portão na tentativa de chegar à Fortaleza. Nunca matara um homem antes.

Será que sou um covarde?

Os prisioneiros haviam encontrado suas vozes outra vez assim que o ataque começou e agora gritavam por ajuda, um som de matadouro que deixou Javel com vontade de tapar os ouvidos. Pensou em tentar libertar a mulher grávida, mas não conseguia enxergar nada e estava com medo. Pensou em Keller, nas jovens que enchiam as caravanas. Várias haviam sido estupradas; Javel não podia mais negar isso, nem para si mesmo. Uma delas, que não devia ter mais de doze anos, não parara de chorar, desconsolada, por todo o trajeto desde Haymarket. Javel pensou nas noites de bebedeira no Gut, noites em que contemplara inutilmente a possibilidade de encontrar traficantes de crianças, levá-los à Justiça, fazer atos heroicos. Mas o amanhecer sempre chegava, e a luz do sol e as ressacas estragavam seus melhores planos. Isso era diferente, percebeu Javel. Era uma obra sinistra; não haveria amanhecer aqui. E muita coisa podia ser feita na escuridão.

Embainhou a espada e tirou a faca do cinto, esperando. Guardas do Portão sempre ficavam juntos e, poucos minutos depois, Keller o encontrou, como Javel sabia que aconteceria.

— Não é muito nossa praia, não é, Javel?

— Não — concordou ele. — Nunca pensei que sentiria saudade de ficar de guarda no portão à noite. — Permaneceram em silêncio no escuro por um momento, Javel reunindo coragem, sentindo a adrenalina fluir por seu corpo. — A porta daquela jaula parece aberta para você?

— Que porta? Não estou vendo nada.

— Ali, do lado esquerdo.

Assim que Keller se virou, enrolou o braço em torno do pescoço dele. O outro guarda era grande, mas Javel era rápido e conseguiu passar a faca na garganta do outro e recuar alguns passos antes que as mãos do oponente o alcançassem. Keller gorgolejou, tentando inspirar na escuridão, então Javel escutou com prazer um baque surdo quando o imenso corpo do outro desabou no chão. Seu coração ardia de satisfação, uma grande aurora irrompendo em sua mente e inundando as veias com coragem. O que faria a seguir?

Soube na mesma hora: abriria as portas. Abriria as portas das jaulas, assim como a rainha fizera no Gramado da Fortaleza naquele dia, e deixaria que todos saíssem.

Caminhou, atabalhoado, na direção da caravana, mas tropeçou em outro corpo. A seu redor, os homens continuavam a lutar, e o chão estava coberto de cadáveres. Thorne tinha razão; precisavam de luz.

No instante em que Javel pensou nisso, percebeu que *conseguia* enxergar; um débil fulgor âmbar iluminava alguns pares de combatentes e as primeiras jaulas de ambos os lados da ferradura. Alguém acendera uma fogueira. Dwyne ficaria furioso, mas Javel não sentia nada além de alívio.

Foi então que os gritos começaram. Uma mulher guinchava, a voz escalando em um lamento terrível, sobrenatural, que continuou até Javel ter de tapar os ouvidos. Caiu prostrado de joelhos, pensando: *Uma hora ela vai ficar sem fôlego, com certeza.* Mas ele não pôde confirmar, porque de repente estavam todas gritando, um mundo inteiro de mulheres se lamuriando.

Javel virou-se, viu as chamas, e percebeu o que Thorne fizera.

A quarta jaula à esquerda pegava fogo de um lado, obstruindo a porta. Thorne estava a uns três metros de distância, segurando a tocha, olhando para as labaredas. Javel viu o mal naqueles olhos azuis brilhantes, não malevolência, mas algo muito pior: um mal nascido da falta de consciência de si mesmo, um mal que não conhecia a própria maldade e assim podia justificar qualquer coisa.

Um mal calculista, que sabia somar dois e dois.

As mulheres na jaula guinchavam enquanto se espremiam na parede oposta. Mas o fogo se aproximava delas, avançando aos poucos pelo chão da jaula. Duas mulheres já haviam sido vitimadas pelo fogo; Javel conseguia vê-las com facilidade pelas rústicas barras de madeira. Uma era a mãe de William e Jeffrey. Ela tentava apagar a saia em chamas e gritava para as outras, pedindo ajuda, mas nenhuma delas percebia em meio à confusão. A segunda tornara-se uma tocha flamejante, uma forma negra contorcida cujos braços se agitavam desenfreados em meio às chamas. Javel observou, em um lapso de tempo que pareceu infinito, os braços tombarem e o corpo desabar. Ela não tinha mais rosto, era apenas uma coisa carbonizada que queimava descontroladamente, espalhando as chamas pelo piso da jaula.

O resto das mulheres continuava a gritar, uma cacofonia horripilante que Javel sabia que escutaria em sua cabeça pelo resto da vida. Gritaram sem cessar, e todas pareciam ter a voz de Allie.

Javel correu atrás dos pertences dos irmãos Baedencourt, que estavam do outro lado do acampamento destruído. Hugo Baedencourt sempre carregava um machado; os irmãos haviam sido enviados para o primeiro turno da sentinela, mas um machado não teria utilidade em um conflito. Javel vasculhou a pilha de armas, tirando espadas e um arco da frente antes de encontrar o machado, segurando a ferramenta robusta e brilhante nas mãos. Era pesado demais para ele, mas percebeu que conseguiria erguê-lo, e assim que se aproximou da jaula, descobriu que também conseguia balançá-lo. A mãe de Jeffrey e William estava em chamas agora, o cabelo e o rosto pegando fogo. O vestido queimara primeiro, e Javel sabia, naquela parte de sua mente que permanecia em suspenso e racional em tais situações, que o bebê dentro dela já estava morto. Mas nem mesmo as chamas conseguiram impedir a voz férrea da mulher. Ela gritava e gritava noite adentro.

Javel desferiu o primeiro golpe esmagador contra as barras. A madeira soltou lascas, mas não cedeu.

Não sou forte o bastante.

Ele rechaçou o pensamento e golpeou outra vez, ignorando a dor dilacerante no músculo de seu ombro esquerdo. Allie pairava acima dele, olhando-o com afeto, como muito antes de terem se casado, quando nenhum dos dois pensava no sorteio ou em nada.

Um fedor invadia o ar agora, uma mistura nauseante de lã tostada e pele carbonizada. Javel sabia que estava perdendo a corrida contra o fogo, mas não conseguia parar de golpear com o machado. A mãe de Jeffrey e William morreu em algum momento no meio da empreitada; em um segundo estava gritando, no seguinte, silêncio, e em um piscar de olhos Javel tomou a fria decisão de matar Arlen Thorne. Mas ele já desaparecera; havia largado a tocha e fugido na escuridão.

As mulheres continuavam espremidas contra a parede da jaula, mas só as do fundo ainda gritavam; a fumaça envolvera as mulheres mais próximas do fogo, que eram arrasadas em uma tosse ininterrupta. Várias tinham chamas roçando as saias. Os olhos de Javel estavam lacrimejando e ardendo por causa da fumaça, e sentia a pele de seus braços se retesar com o calor. Ele ignorou tudo e golpeou mais uma vez, sentindo o machado vencer uma das barras. Mas apenas uma. Era tarde demais.

Allie, sinto muito.

Sua pele estava queimando. Javel largou o machado e caiu de joelhos. Levou as mãos aos ouvidos, mas continuava escutando os gritos das mulheres.

Então o mundo se encheu de um brilho azul.

A cerca de cinco metros da jaula em chamas, Kelsea se deu conta de que vários cavaleiros haviam se deslocado para cobrir sua retaguarda durante a corrida. Os homens de Fetch, as máscaras pretas nos rostos, acompanhavam seu ritmo, lançando flechas conforme avançavam. Talvez estivesse delirando, mas não se importava. Nada mais importava agora, a não ser as jaulas, as mulheres. Sua responsabilidade. Ela era a rainha de Tearling.

Os homens de Thorne tentaram se aproximar ao vê-la, as espadas erguidas e um brilho assassino no olhar. Mas uma série de clarões azuis os envolveu e os derrubou. Kelsea sentia que a luz não vinha mais da joia, mas de dentro de sua cabeça. Bastava pensar em liquidá-los que eles caíam mortos. A respiração queimava em sua garganta, mas não conseguia ir mais devagar. As joias a puxavam na direção das chamas.

Ela contornou o último pedregulho e um calor abrasante a atingiu como um muro, jogando-a para trás. As mulheres haviam se aglomerado impensadamente em um canto da jaula flamejante, mas o incêndio já chegara até elas. Um homem grisalho golpeava as barras com um machado, mas não parecia conseguir resultados.

Carvalho tear, pensou Kelsea. As mulheres estavam presas. Pior ainda, as chamas já se aproximavam das barras da jaula ao lado; se não conseguissem apagar o incêndio, toda a caravana seria consumida. Precisavam de água, mas não havia nenhuma fonte por quilômetros. Kelsea cerrou os punhos em desespero e cravou as unhas nas palmas das mãos, tirando sangue. Se alguém tivesse lhe oferecido algum tipo de barganha naquele instante, sua vida pela das pessoas naquela jaula, teria aceitado sem hesitar ou temer, assim como uma mãe trocaria sua própria vida pela de seu filho sem pensar duas vezes. Mas não havia com quem fazer essa barganha. Todas as boas intenções de Kelsea se resumiriam a isso, no final das contas.

Eu daria tudo, se pudesse, pensou, e soube naquele segundo que era verdade.

As duas joias explodiram em uma luz azul, e ela sentiu uma corrente de alta voltagem percorrendo todos os seus nervos. A força do choque a jogou para trás. Sentiu-se com o dobro de seu tamanho, cada pelo do corpo se eriçando, e os músculos ficando tensos sob a pele.

O desespero sumiu.

O desfiladeiro inteiro estava iluminado agora, banhado em um brilho azul, as sombras desaparecendo. Kelsea podia enxergar todas as coisas imóveis, calmas e suspensas. Tudo a sua volta eram figuras lutando, paralisadas na luz.

Wellmer, no alto da colina a sua esquerda, empoleirado na beira de um rochedo com uma flecha armada no arco, o maxilar travado de concentração;

Elston, os olhos injetados com uma fúria homicida, perseguindo Arlen Thorne pelo solo rochoso da ravina;

Alain, atrás de uma das jaulas segurando uma faca, matando os feridos, a boca aberta em um grito;

Fetch, na frente da caravana, usando aquela máscara horrorosa, lutando contra um grande homem de manto vermelho;

o homem que atacara as jaulas com o machado, de joelhos, chorando, o rosto consumido de agonia, de um arrependimento que se estendia por anos;

porém, acima de tudo, as mulheres na jaula, no caminho das chamas.

É melhor ter uma morte limpa.

A corrente se espalhou pelo corpo de Kelsea de tal maneira que ela não pôde mais suportar; era como se tivesse sido atingida por um raio. Se existia um deus, ele se sentiria desse jeito, dominando o mundo, imponente. Mas Kelsea ficou aterrorizada, sentindo que poderia dividir o mundo ao meio se quisesse, claro que sim, mas havia mais coisas acontecendo ali do que compreendia. Tudo tinha um preço.

Água.

Não havia escolha. Se havia um preço, teria de pagá-lo. Ela esticou os braços, em um movimento que foi muito além de sua própria envergadura. A água estava lá, podia senti-la, quase prová-la. Chamou por ela, gritou por ela, e sentiu-a emanar de seu corpo, uma imensa corrente que viera de lugar algum e agora se esvaía da mesma forma.

Um trovão reverberou acima do desfiladeiro, fazendo o chão tremer. As joias ficaram frias e escuras, e o lugar de repente foi tomado outra vez pela noite iluminada pelo fogo. Tudo começou a se mover novamente; mulheres gemiam, homens gritavam, espadas chocavam-se. Mas Kelsea só ficou ali no escuro, aguardando, todos os pelos do corpo eriçados.

A água desabou do céu, uma cascata tão torrencial que obscureceu o luar. Atingiu Kelsea como uma parede, derrubando-a e fazendo-a rolar pelo chão da ravina, invadindo seu nariz e seus pulmões. Mas ela se deixou levar com satisfação, a mente esvaziada de tudo que não fosse a necessidade de dormir, uma escuridão convidativa em algum lugar além de sua visão.

A Travessia, percebeu ela. *A verdadeira Travessia. Quase consigo vê-la.*

Kelsea fechou os olhos e atravessou.

A rainha mort estava na varanda, olhando para seus domínios. Ela se habituara a ir para lá quando não conseguia pegar no sono, o que acontecia quase todas as noites agora. Não estava conseguindo dormir o suficiente e começara a cometer pequenos lapsos. Certa noite, esquecera-se de assinar algumas ordens de execução e, na manhã seguinte, a multidão se juntou na Praça do Talhador e esperou... em vão. O rei de Cadare a convidara para uma visita, e ela errou a data em uma semana, confundindo seus criados e precisando desfazer as malas. Certa vez, trouxeram-lhe o escravo solicitado e ela já estava no sétimo sono. Essas eram coisinhas sem importância, e Beryll notara a maioria delas, mas mais cedo ou mais tarde alguém além do criado perceberia e isso se tornaria um problema.

Era a garota, sempre a garota. A Rainha queria olhar para ela, queria tanto que até reunira seus generais e abordara a possibilidade de uma visita oficial ao Tearling. Eles costumavam aceitar suas sugestões, mas dessa vez não foi o caso, e a Rainha acabou aceitando os argumentos. A proposta seria um sinal de fraqueza sem sentido; era bem provável que a garota recusasse. Mas mesmo que aceitasse, haveria perigos ocultos. A essa altura a Rainha podia ver que a menina era um fator imprevisível, nem um pouco parecida com a mãe. Pior, a guarda dela era capitaneada por Clava, que não tinha *nada* de imprevisível. Nem mesmo Ducarte queria se meter com Clava, por enquanto, não sem mais informações e vantagens do que tinham no momento. O capitão era um terror, a garota, um ponto cego, e as duas coisas significavam mau augúrio.

A Rainha gostava daquele terraço; ficava dois andares acima de seus aposentos, no topo de uma das inúmeras torres do Palais. Ela podia enxergar por quilômetros em qualquer direção: passando pela vastidão de suas terras até Callae, no leste; Cadare, no sul; e, a oeste, o Tearling. O Tearling, que não lhe dera problemas por quase vinte anos, e agora era como se ela tivesse pisado em um formigueiro. Um desastre. A remessa de Thorne chegaria no dia seguinte e funcionaria como paliativo, mas não resolveria o problema. Se permitisse ao Tearling evadir-se do tributo, seria só uma questão de tempo antes que outros também o fizessem.

A situação interna também não era boa. A Rainha governara com punho de ferro por mais de um século, mas agora a falta de novos escravos criara um novo problema: inquietação interna. Os espiões da Rainha informaram que os nobres mort vinham se reunindo em segredo, em grupos cada vez maiores. Os comandantes do Exército não eram tão sigilosos; expressavam seu desagrado com qualquer um que lhes desse ouvidos. As cidades ao norte haviam registrado níveis cada vez maiores de insatisfação popular. Cite Marche, em especial, era cheia de jovens radicais, a maioria dos quais nunca possuíra um único escravo, que farejavam uma oportunidade na propagação do descontentamento.

Terei de invadir o Tearling, percebeu a Rainha, preocupada. Ela foi para o canto esquerdo da varanda e olhou para além da cidade, para a sombra negra que cobria a vastidão de Champs Demesne. Havia mobilizado o exército semanas antes, mas postergara a ordem de enviá-lo, algo em seu íntimo aconselhando cautela. A invasão era uma solução mais simples, porém mais arriscada, e a Rainha não assumia riscos indeterminados. A vitória traria consequências não desejadas. Ela não queria mais terras para vigiar; queria que as coisas prosseguissem com tranquilidade, como sempre foram, com cada reino vizinho pagando o tributo e fazendo o que era ordenado. Se fosse forçada a empregar ação militar, atrasaria seu projeto, impedindo as coisas de seguirem adiante.

Mas não tinha mais escolha, na verdade. A avaliação de Thorne era clara: a garota nunca seria comprada. Ela mostrava características perigosas da avó, Arla, e até mesmo alguma coisa extra.

Quem era o pai?

Certas manhãs, a Rainha achava que tudo girava em torno dessa questão. Ela era uma geneticista, talvez a geneticista mais especializada desde a Travessia, e apreciava o poder do sangue de criar mudanças, mesmo que abruptas, aberrantes, de geração em geração. Tanto Elyssa quanto o regente haviam sido fáceis de manipular, compelidos pela vaidade e pela falta de imaginação. Não havia motivo para que a garota fosse tão diferente, a menos que uma característica inteiramente original tivesse sido introduzida na mistura. O regente sempre se recusara a lhe contar a identidade do pai da garota; deveria ter extraído a informação dele à força quando pôde, mas não parecera algo tão crucial no momento. Só agora, depois de ele ter desaparecido e de os planos dela terem emperrado, percebia que o assunto da paternidade talvez importasse mais do que qualquer outra coisa.

Tornei-me complacente, percebeu a Rainha, de súbito. Tudo fora tão fácil por tanto tempo... Mas um soberano complacente fica à mercê de qualquer indignidade que a evolução pudesse produzir, mesmo uma garota de dezenove anos que deveria ter morrido alguns anos antes.

Alguma coisa estava acontecendo na fronteira tear.

A Rainha estreitou os olhos, tentando compreender o que via. Era pouco mais de meia-noite, e o céu estava limpo dali até a fronteira, onde os dois montes, Willingham e Ellyre, erguiam-se bem acima da floresta, os picos cobertos de neve visíveis graças à lua minguante. Aquelas montanhas eram pontos de referência úteis; a Rainha sempre gostara de saber onde o Tearling começava, para poder ficar de olho nele, à distância.

Então um raio rasgou o céu sobre o desfiladeiro Argive, iluminando nuvens negras de tempestade. A Rainha não ficou impressionada; podia invocar raios, se quisesse, não passava de um truque espalhafatoso. Só que aquele raio não era branco, mas azul. O azul brilhante de uma safira.

O medo tintilava dentro dela, fazendo a barriga contrair-se, e ela aguçou o olhar na direção do horizonte, a oeste, tentando com todas as forças *enxergar*. Mas a magia, como todas as forças, era limitada não só pelo usuário, como também por quem a vê, e agora ela não conseguia enxergar nada. Não fora capaz de ver a garota sequer uma vez. Só em sonhos.

A Rainha deu meia-volta e deixou a varanda, assustando os guardas, que ficaram paralisados por um instante antes de começarem a acompanhá-la. Ela desceu correndo a escadaria circular para seus aposentos, sem se importar se conseguiriam alcançá-la. Uma premonição se abatia de repente sobre ela, a sua revelia, uma sensação de desastre. Alguma coisa terrível estava acontecendo na fronteira, uma catástrofe que poderia arruinar todos os seus planos.

Juliette, a chefe das amas, estava a postos na entrada de seus aposentos. A Rainha teria preferido Beryll, cuja lealdade era inquestionável, para essa função. Mas ele já era um homem idoso e precisava dormir. Juliette era uma loura alta e musculosa, com cerca de vinte e cinco anos, forte e competente, mas tão jovem que a Rainha se perguntava o que poderia saber sobre o que quer que fosse. O preço de uma vida muito longa ficou claro, estampado no rosto luminoso e até certo ponto estúpido da mulher mais jovem.

Todos os meus criados ficaram velhos.

— Traga-me uma criança — ordenou a Juliette. — Um menino, de nove ou dez anos. Drogue-o bastante.

Juliette fez uma reverência e saiu com agilidade pelo corredor. A Rainha foi para seus aposentos e descobriu que alguém já fechara as cortinas. Em condições normais, gostava de seu quarto com as cortinas fechadas, de modo que as paredes e o teto nada mais fossem que um plano ininterrupto de seda escarlate. Era como estar dentro de um casulo, e ela muitas vezes orgulhara-se de pensar sobre si mesma dessa forma, como uma criatura que se libertara dos muros de sua prisão para emergir mais forte do que antes, mais forte do que qualquer um jamais imaginara que seria. Mas agora não sentia prazer algum naquele ambiente. A coisa negra ficaria furiosa em ser invocada, e ainda mais furiosa por ser um pedido de ajuda.

Mas não havia outra opção. Seus próprios talentos haviam falhado.

Um guarda preparara tudo para quando voltasse; um fogo grande e vigoroso queimava na enorme lareira. Ótimo. Uma tarefa a menos para fazer. A Rainha vasculhou as gavetas até encontrar uma faca e uma toalha branca e limpa. Em seguida, afastou a mobília diante da lareira, arrastando o sofá e as poltronas para abrir um espaço amplo no piso da lareira. Quando terminou, percebeu que respirava com força, os batimentos cardíacos latejando nos ouvidos.

Estou com medo, pensou, infeliz. *Faz muito tempo.*

Alguém bateu à porta. A Rainha a abriu e viu Juliette de pé, um menino cadarese em seus braços. Tinha a idade certa, mas era muito magro, o rosto lânguido com a inconsciência. Quando a Rainha ergueu uma das pálpebras, viu a pupila dilatada quase até a borda da íris.

— Ótimo. — A Rainha pegou a criança em seus braços, odiando o contato com o calor do corpo magro. — Não quero ser incomodada, por nenhum motivo, não importa o que você escutar.

Juliette fez uma mesura e recuou para o outro lado do corredor. O guarda noturno postado contra a parede olhou para a bunda de Juliette com uma expressão lasciva, e a Rainha hesitou por um instante na soleira, refletindo se devia fazer alguma coisa a respeito. Suas amas não deveriam sofrer assédio, era uma das prerrogativas de um trabalho difícil.

Foda-se, pensou, ressentida. Beryll poderia resolver isso no dia seguinte.

Ela bateu a porta com o ombro, carregou o menino até a cama e o depositou sobre a colcha. A respiração dele era profunda e regular, e a Rainha o fitou por um momento, os pensamentos disparando em várias direções. Não gostava muito de crianças; faziam barulho demais e demandavam atenção demais. Nunca quisera ter um filho, nem mesmo quando era jovem. Crianças não passavam de uma engrenagem necessária na máquina, algo a ser tolerado. Era apenas quando estavam quietas desse jeito que as achava suportáveis, que era capaz de lamentar o que tinha de ser feito.

Havia vários pedófilos na alta hierarquia de seu exército. A Rainha sentia um desprezo nauseante por esses homens, sendo incapaz de compreender o que havia de errado com eles. A genética não fornecia respostas; não havia nada sexual em crianças. Algumas pessoas simplesmente nasciam defeituosas, algo dentro delas crescera da maneira errada, distorcida. Aqueles homens eram doentes, e a Rainha fazia questão de nunca tocá-los, nem mesmo para apertar suas mãos.

Mas precisava deles, precisava muito deles. Quando não estavam sendo o que eram, acabavam sendo incrivelmente úteis, e Ducarte possuía valor inestimável. O segredo era não pensar nessas coisas, não enquanto observava a criança adormecida diante dela, totalmente vulnerável sobre a cama.

Algum dia, pensou, *quando tudo estiver consumado, vou livrar esta terra dessa corja. Irei de um extremo a outro do Novo Mundo, eliminando a podridão, a começar pelas montanhas Fairwitch.*

Mas essa noite precisava da criança. E devia agir com rapidez, antes que o efeito da droga passasse.

Pegando a faca, a Rainha fez um corte superficial no antebraço do menino. O sangue brotou em uma linha grossa, e ela o absorveu com a toalha, encharcando o algodão branco. O menino nem se mexeu; um bom sinal. Talvez conseguisse terminar isso com menos confusão que da última vez.

A Rainha tirou o vestido e a roupa de baixo, deixando um amontoado escarlate no chão a suas costas. Prostrou-se de joelhos sobre o piso ao redor da lareira e sussurrou algumas palavras em uma língua havia muito esquecida, então se sentou sobre os calcanhares e aguardou, cerrando os dentes. A pedra do chão era dura e áspera, cortando seus joelhos, mas a coisa negra gostava disso, assim como gostava que ela estivesse nua. A coisa apreciava o desconforto, deleitando-se de uma maneira que a Rainha não compreendia por completo. Se ficasse com a roupa de baixo ou pusesse uma almofada para apoiar os joelhos, a coisa notaria.

Uma voz falou de dentro do fogo, uma voz grave e monótona, que não podia ser identificada como masculina ou feminina. Ao som daquela voz, os braços da Rainha ficaram arrepiados.

— Do que precisa?

Ela engoliu em seco, limpando o suor da testa.

— Eu preciso de... aconselhamento.

— Você precisa de ajuda — corrigiu a coisa negra, com certa expectativa na voz. — O que vou ganhar em troca?

Ela se inclinou para a frente, o máximo que ousava, e jogou a toalha manchada de sangue no fogo. Apesar do calor, seus mamilos estavam duros e eriçados, como se estivesse com frio ou excitada. Sons crepitantes encheram o quarto quando as chamas consumiram a toalha.

— Sangue inocente — comentou a coisa negra. — O sabor é doce.

O ar diante da lareira começou a escurecer e amalgamar-se. Como sempre, a Rainha ficou olhando para o fenômeno, tentando entender o que estava vendo. O espaço diante dela se transformava em um negror mais denso, um buraco escuro e insondável. Era como se houvesse óleo se condensando em pleno ar.

— O que a perturba, rainha mort?

— O Tearling — respondeu a Rainha, descontente ao perceber que sua voz tremia. Disse a si mesma que a criatura no fogo precisava dela tanto quanto ela precisava da criatura. — A nova rainha de Tearling.

— A herdeira tear. Você foi incapaz de subjugá-la; estive observando.

— Não pude ver o que aconteceu na fronteira hoje. Não consigo sequer ver a garota.

O buraco diante do fogo aumentou, um negror palpitante à luz da lareira.

— Não estou aqui para ouvir suas queixas. Faça sua pergunta.

— O que aconteceu na fronteira esta noite?

— "Esta noite" não é nada para mim. Não há tempo aqui.

A Rainha comprimiu os lábios e tentou outra vez.

— Arlen Thorne estava trazendo uma remessa clandestina do Tearling através da fronteira. Aconteceu alguma coisa?

— Ele fracassou. — Não havia emoção na voz, nenhum tom humano. — Não haverá remessa.

— Como ele fracassou? A garota estava lá?

— A herdeira tear possui ambas as joias agora.

A Rainha sentiu um peso desagradável no estômago e olhou para o piso, considerando suas opções. Todas levavam ao mesmo lugar.

— Preciso invadir o Tearling e matar a garota.

— Você não invadirá o Tearling.

— Não tenho escolha. Preciso matá-la antes que aprenda a usá-las.

A massa negra diante da Rainha estremeceu subitamente, como uma porta sacudida por um vendaval. Uma lança de fogo disparou das chamas, cruzando a lareira para cravar-se no quadril direito da mulher. Ela gritou e caiu para trás, rolando pelo tapete até as chamas se extinguirem de sua pele. A queimadura no quadril ficara enegrecida, e ela gritou de agonia quando tentou se sentar. Ficou caída no chão, ofegando.

Quando ergueu o rosto, a massa negra sumira. Em vez disso, um homem de uma beleza indescritível surgira diante dela. Tinha os cabelos negros como carvão jogados para trás, expondo um rosto perfeitamente aristocrático, de queixo proeminente e boca carnuda. Um homem lindo, mas a Rainha não se deixaria mais enganar por essa beleza. Os olhos vermelhos cintilaram, frios, para ela.

— Tão alto quanto a elevei, posso derrubá-la — disse a coisa negra com firmeza. — Vivi mais tempo até mesmo que você, rainha mort. Eu enxergo o início e o fim. Você não vai ferir a rainha tear.

— Eu vou fracassar? — Mal conseguia imaginar isso; o Tearling não tinha aço, o exército estava ocioso e contava com um comandante decrépito. Nem mesmo a garota podia mudar isso. — A invasão vai fracassar?

— Você não invadirá o Tearling — repetiu a coisa negra.

— O que devo fazer? — indagou ela, desesperada. — Meu exército está inquieto. O povo está inquieto.

— Seus problemas não são da minha conta, rainha mort. Seus problemas não passam de partículas de pó aos meus olhos. Agora, pague meu preço.

Tremendo, a Rainha apontou para a cama. Não ousava desobedecer à coisa diante dela, mas, sem novos escravos, a situação continuaria a piorar. Pensou em seu sonho recorrente, que agora vinha toda noite: o homem de cinza, o colar, a garota, a tempestade de fogo atrás dela. O verdadeiro motivo para sua insônia ficara dolorosamente óbvio: estava com medo de dormir.

Atrás de si, ouviu um ruído rastejante, a sibilação pesada da coisa respirando. Ela encolheu-se com força no chão, protegendo a ferida no quadril e passando um braço em torno da cabeça, tentando não escutar. Mas de nada adiantou. Um som gorgolejante veio da direção da cama, e então o pequeno escravo gritou, a voz aguda ecoando nas paredes do quarto. A Rainha apertou os braços com força em volta da cabeça, tensionando os músculos das orelhas até restar apenas um ronco surdo em seus tímpanos. Ficou nessa posição, olhos e ouvidos tapados com firmeza, até parecer que horas haviam se passado, até achar que estava tudo terminado.

Rolou, abriu os olhos e gritou. A coisa negra pairava acima dela, o rosto a centímetros do seu, os olhos vermelhos encarando-a. Os lábios grossos estavam lambuzados de sangue.

— Pressinto sua desobediência, rainha mort. Mesmo agora consigo sentir o gosto dela em minha boca. Mas a traição tem um preço; sei disso melhor do que ninguém. Faça algum mal à herdeira tear e você conhecerá *minha* ira, mais sombria que o seu sonho mais sombrio. Você deseja isso?

A Rainha balançou a cabeça freneticamente. Seus mamilos estavam duros como pedra agora, quase latejando, e ela gemeu quando a coisa rastejou para longe dela, lambendo a última gota de sangue dos lábios. O fogo apagou-se, mergulhando o quarto nas trevas.

Virou-se para o outro lado. Agarrando a perna da cama de carvalho, começou a erguer-se com cuidado. O quadril protestou com uma dor aguda quando ficou de cócoras. Ela explorou a marca profunda e dolorosa com os dedos... Aquela queimadura deixaria cicatriz. Um cirurgião poderia ajeitar isso, mas precisar de um cirurgião seria uma prova de que ainda podia ser ferida. Não, percebeu a Rainha, teria de viver com a cicatriz.

Tateando pelo quarto, esbarrou na escrivaninha. Havia uma vela em seu criado-mudo, mas não se atreveria a tentar chegar lá no escuro. Alguma coisa roçou sua mão, e a Rainha soltou um pequeno grito de pavor. Mas era só uma aranha, locomovendo-se em seus próprios afazeres escusos. Sua outra mão fechou-se sobre a forma inconfundível de uma vela, que acendeu, ofegando de alívio. Seus aposentos estavam vazios. Estava sozinha.

A Rainha limpou o suor da testa e das bochechas; o resto de seu corpo nu também estava suado. Mas as pernas moviam-se como que por vontade própria, impelindo-a a ficar ao lado da cama. Respirando fundo, olhou para o menino.

O corpo estava exangue. Mesmo à luz da vela, podia enxergar a palidez sob a pele morena. A coisa sempre usava o corte que ela fazia; nas primeiras vezes, ela pedira a suas amas que verificassem se havia outras incisões, mas depois parou. Não era algo que fizesse questão de saber. A coluna do menino estava arqueada quase a ponto de quebrar, um dos braços deslocado de tal forma que jazia flácido e torcido atrás dele, nos lençóis escarlates. A boca, muito aberta, estava paralisada em um grito. Os olhos eram órbitas vazias, esvaziadas até de sangue, buracos viscosos fixos no vazio atrás da Rainha.

O que estão vendo?, perguntava-se. Sem dúvida, não era o rosto bonito que a coisa negra exibira para ela. Todos eles ficavam desse jeito; havia variações sutis, mas era sempre assim. Não fosse pelos olhos, talvez achasse que o menino morrera de puro pavor.

Então a barriga dela começou a se agitar, a bile subindo pelo fundo de sua garganta. A Rainha virou-se e correu para o banheiro, tapando a boca com a mão, os olhos arregalados e assustados.

Quase conseguiu chegar lá.

O despertar

Comparando a rainha Glynn à Rainha Vermelha, descobrimos poucas similaridades. Foram soberanas bem distintas, e sabemos hoje que eram motivadas por objetivos bem diferentes. Convém observar que ambas exibiam vontade férrea, uma habilidade em comum de tomar a rota mais rápida para seus objetivos. Contudo, a história também nos dá ampla demonstração de que a rainha Glynn, ao contrário da Rainha Vermelha, muitas vezes moderava suas decisões com compaixão. De fato, muitos historiadores acreditam que essa é a diferença crucial entre as duas.

— PROFESSORA JESSICA FENN, TRANSCRIÇÃO DE PALESTRA, UNIVERSIDADE DE TEARLING, MARÇO DE 458

— Lady.

Algo frio era esfregado em sua testa, e Kelsea virou a cabeça, tentando ignorar a sensação. Clava a acordara de... nada. Nenhum sonho de que pudesse se lembrar, apenas um sono frio e escuro e infinito, como nunca tivera na vida, milhares de quilômetros viajando por águas insondáveis. Sua própria Travessia, e ela não desejava regressar agora.

— Lady.

A voz de Clava estava tensa de ansiedade. Kelsea devia acordar e lhe mostrar que estava bem. Mas a escuridão era muito aconchegante. Era como estar enrolada em veludo.

— Ela está respirando muito devagar. Ela precisa de um médico.

— Que médico poderia ajudá-la agora?

— Eu só achei...

— Médicos não têm treinamento em magia, Pen, só curandeiros, e a maioria deles não passa de charlatães. Temos que esperar, nada mais.

Kelsea podia ouvir os dois respirando acima dela, a respiração profunda de Clava e a curta de Pen. Seus sentidos estavam aguçados; emergindo das profundezas, uma camada de cada vez, podia escutar um homem cantando baixinho e o relincho de um cavalo à distância.

— Ela provocou o temporal, senhor?

— Só Deus sabe, Pen.

— A rainha anterior alguma vez fez algo parecido?

— Elyssa? — Clava começou a rir. — Nossa, vi Elyssa usar as duas joias por anos, e o feito mais extraordinário delas foi ficarem presas no vestido. Estávamos no meio de uma recepção para os cadarese e levou meia hora para desenroscar as malditas coisas sem atentar contra seu recato.

— Acho que a rainha provocou o temporal. Acho que isso exigiu tudo que ela tinha.

— Ela está respirando, Pen. Está viva. Não vamos tirar conclusões precipitadas.

— Então por que não acorda?

A voz de Pen estava carregada com algo próximo do luto, e Kelsea percebeu que chegara a hora, que não podia mais deixá-los esperando. Libertando-se da escuridão confortável em sua cabeça, abriu os olhos. Mais uma vez se viu em uma tenda azul; era quase como se tivesse voltado no tempo para aquela manhã em que acordara e vira Fetch sentado a seu lado.

— Ah, graças a Deus — murmurou Clava.

O olhar de Kelsea foi atraído primeiro para uma mancha vermelha e brilhante no ombro dele. O uniforme estava rasgado e manchado de sangue. Pen, ajoelhado ao lado, não tinha ferimentos visíveis, mas mesmo assim parecia o caso mais grave; os olhos dele eram círculos negros, o restante do rosto branco como um fantasma.

Ambos ajudaram-na a se levantar, Pen segurando-a pelas mãos e Clava apoiando suas costas. Kelsea esperava uma dor de cabeça, mas quando se sentou, descobriu que em vez disso sua cabeça estava maravilhosamente leve e arejada. Levando a mão ao pescoço, viu que os dois colares continuavam ali.

— Não se preocupe; não ousamos encostar neles — disse Clava, seco.

— Eu mesma quase não ouso encostar.

— Como está se sentindo, Lady?

— Bem. Ótima. Quanto tempo eu dormi?

— Um dia e meio.

— Vocês dois estão bem?

— Ótimos, Lady.

Ela apontou para o ombro ferido de Clava.

— Estou vendo que alguém aqui acabou baixando a guarda.

— Estavam em três, Lady, e um era ambidestro. Se Venner descobrir, nunca mais vai me deixar em paz.

— E as mulheres?

Clava e Pen entreolharam-se, desconfortáveis.

— Falem logo!

— Perdemos três — resmungou Clava.

— Mas Vossa Majestade salvou vinte e duas — acrescentou Pen, lançando um olhar sombrio a Clava, que, por sorte, não percebeu. — Vinte e duas mulheres. Estão todas bem, assim como as outras mulheres e crianças. Já estão a caminho de casa.

— E nossos homens?

— Perdemos Tom, Lady. — Clava limpou a testa com a palma da mão. Era um gesto comum, mas muito expressivo, naquele caso; Kelsea achou que era o mais próximo que Clava se permitiria demonstrar luto. Mas ela não conhecera Tom muito bem, então não chorou.

O que mais?

— Só parou de chover hoje de manhã, Lady. Estávamos esperando que acordasse, mas tive que tomar algumas decisões.

— Suas decisões em geral são aceitáveis, Lazarus.

— Eu mandei a caravana de volta. Duas crianças perderam a mãe, mas uma mulher da mesma aldeia disse que iria cuidar delas.

Kelsea agarrou o braço dele pouco abaixo do cotovelo.

— E ele, está bem?

Pen franziu a testa, mas Clava a olhou com irritação; sabia exatamente a quem estava se referindo. Ela preparou-se, esperando um sermão, só que Clava era um bom homem; respirou fundo e suspirou.

— Está, Lady. Foram todos embora ontem, pouco depois do amanhecer.

Kelsea sentiu um peso no coração, mas isso não era algo que Clava precisasse saber, então se alongou, ouvindo vários estalos satisfatórios nas costas. Quando ficou de pé, pegou os dois guardas trocando olhares.

— O que foi?

— Há assuntos para resolver lá fora, Majestade.

— Ótimo. Vamos.

O clima podia mudar tudo. Eles acamparam no lugar escolhido por Thorne, bem na base do vale que formava o Argive. O desfiladeiro todo estava banhado pela luz do sol, e Kelsea percebeu que a ravina que parecera tão intimidadora à noite era na verdade de uma beleza extraordinária, uma paisagem austera e esparsa feita de terra nua e rochas brancas. As paredes do desfiladeiro brilhavam como mármore acima da cabeça da rainha.

Sua guarda estava sentada em volta do que restara da fogueira de Thorne, mas quando ela se aproximou, ficaram de pé e, para sua surpresa, todos fizeram uma reverência, até mesmo Dyer. O uniforme militar preto de Kelsea estava manchado e sujo de lama, e seu cabelo sem dúvida estava assustador, mas ninguém pareceu se importar. Eles aguardavam, e demorou um tempo para Kelsea perceber que não esperavam pelas ordens de Clava. Esperavam pelas ordens dela.

— Onde estão as jaulas? A caravana?

— Eu a mandei de volta por onde veio, Lady. Os prisioneiros não poderiam caminhar todo o trajeto para casa e a maioria das mulas sobreviveu, então arrancamos o teto das jaulas e as transformamos em uma espécie de carroça, para que pudessem viajar com mais conforto. Já devem ter avançado bem pela planície Almont, a essa altura, a caminho de casa.

Kelsea assentiu, acreditando ter sido uma boa solução. O desfiladeiro ainda estava repleto de lascas de madeira dos tetos e das barras. No lado oposto da ravina, uma linha de fumaça serpenteava pelo ar.

— O que está pegando fogo ali?

— Tom, Lady — respondeu Clava, com a voz contida. — Não tinha família e isso é o que ele teria desejado. Nenhuma cerimônia.

Kelsea olhou para o grupo, vendo que faltava mais um homem.

— Onde está Fell?

— Eu o enviei para Nova Londres, Lady, com várias mulheres que poderiam gostar de comprar algumas coisas na cidade grande.

— Que bonito, Lazarus. Elas quase morreram, e você as manda de volta para fazerem propaganda.

— As coisas são como são, Lady. Em todo caso, Fell precisava de descanso; pegou algum tipo de doença pulmonar, com a umidade.

— Alguém mais está ferido?

— Só o orgulho de Elston, Lady — provocou Kibb.

Elston lançou um olhar feroz para o colega e então baixou o rosto.

— Perdoe-me, Majestade. Não consegui pegar Arlen Thorne. Ele escapou.

— Está perdoado, Elston. Thorne é osso duro.

Uma risada amarga veio do chão. Olhando em meio aos diversos pares de pernas, Kelsea viu um homem, com os pulsos atados, sentado junto à fogueira.

— Quem é esse?

— De pé! — rosnou Dyer, dando um chute no prisioneiro. O homem levantou-se devagar, como se tivesse uma tonelada de granito sobre os ombros. As sobrancelhas de Kelsea se ergueram, alguma coisa se agitando em sua memória. O prisioneiro não era velho, talvez trinta ou trinta e cinco anos, mas seu cabelo já era quase todo grisalho. Ele a fitou com o olhar apático.

— Javel, Lady. Um Guarda do Portão, o único sobrevivente que não escapou. Ele nem tentou fugir.

— Bem, o que devo fazer com ele?

— É um traidor, Lady — contou Dyer. — Já confessou ter aberto o Portão da Fortaleza para o herdeiro Graham.

— Por ordens de Thorne?

— Assim ele diz, Lady.

— Como extraíram essa informação?

— *Extrair?* Cruzes, Lady, não tivemos que fazer nada. Ele teria confessado em praça pública, se pudesse.

Kelsea se virou para o prisioneiro. A despeito do calor do sol, um calafrio desagradável percorreu sua espinha. Aquele homem parecia Carroll na clareira: toda esperança se fora e alguma coisa dentro dele já morrera.

— Como um Guarda do Portão foi se meter com Thorne?

Clava deu de ombros.

— A esposa dele foi levada em uma remessa há seis anos. Acho que Thorne a ofereceu de volta.

A memória de Kelsea a incomodava com mais intensidade agora, e ela aproximou-se, sinalizando para Coryn e Dyer recuarem. O prisioneiro não era uma ameaça para ninguém; na verdade, não parecia querer outra coisa senão cair morto ali mesmo.

— Ele é um traidor, Lady — repetiu Dyer. — Só existe um destino para um traidor.

Kelsea concordou com a cabeça, sabendo que isso era verdade. Mas do meio da confusão daquela noite, que agora parecia ter acontecido séculos antes, sua mente desencavou uma imagem vívida: aquele homem, com um machado na mão, golpeando sem parar as barras da jaula. Aguardou por um momento, atenta, esperando que a voz de Carlin surgisse, lhe dissesse o que fazer. Mas nada veio. Não escutava a voz de Carlin havia muito tempo. Avaliou o prisioneiro por mais um momento, então voltou-se para Dyer:

— Leve-o de volta para a Fortaleza e ponha-o em uma cela.

— Ele é um traidor, Majestade! Faça dele um exemplo e o próximo infeliz que Thorne recrutar vai pensar duas vezes!

— Não — respondeu Kelsea, com firmeza. As safiras palpitaram de leve, o primeiro sinal de vida desde que despertara. — Levem-no de volta e não o maltratem. Ele não vai tentar fugir.

O maxilar de Dyer ficou tenso por um momento, mas ele assentiu.

— Lady.

Kelsea esperava que Clava discordasse, mas ele permaneceu em um silêncio atípico.

— Podemos partir agora?

— Só mais um segundo, Lady. — Clava ergueu o braço, observando enquanto Dyer retirava Javel dali, levando-o para trás de um rochedo. — Temos negócios a resolver aqui. Negócios da Guarda.

Elston e Kibb avançaram pelo gramado e agarraram Mhurn, que já fizera menção de correr ao escutar as palavras de Clava. Elston o ergueu do chão, deixando que ele se debatesse no ar, enquanto Kibb amarrava suas pernas.

— O que...

— Nosso traidor, Lady.

Kelsea ficou boquiaberta.

— Você tem certeza?

— Absoluta, Lady. — Clava pegou um alforje no chão e vasculhou o conteúdo até encontrar uma bolsinha de couro, cuidadosamente enrolada e lacrada, do modo como alguém guardaria diamantes ou outras coisas valiosas. Desenrolando o pacote, vasculhou o conteúdo e esticou a mão para que ela inspecionasse.

— Veja isto.

Kelsea aproximou-se, examinando a substância na palma da mão dele. Era um pó branco e fino, quase como farinha.

— Ópio?

— Não é apenas ópio, Lady — comentou Coryn da fogueira. — Morphiate de alta qualidade. Alguém teve muito trabalho para preparar esse negócio. Encontramos agulhas, também.

Kelsea olhou ao redor, horrorizada.

— *Heroína?*

— Não exatamente, Majestade. Nem mesmo os cadarese foram capazes de sintetizar heroína. Mas em breve vão conseguir. Não tenho dúvida.

Kelsea fechou os olhos, massageando as têmporas. Depois que William Tear saíra da América para criar seu reino em uma colina no Novo Mundo, conseguira erradicar os narcóticos por algum tempo. Mas o tráfico de drogas voltara aos poucos; a humanidade nunca deixaria de querer brincar nesse carrossel em particular. Heroína... era o pior acontecimento que Kelsea podia imaginar.

— Como descobriram?

— Arliss. Ele e Thorne competem em vários mercados. Nem um grama de narcótico chega a Nova Londres sem passar pelo quintal de Thorne, Lady. E a coisa mais fácil do mundo é subornar um viciado cortando seu suprimento.

— Você não fazia ideia do vício dele?

— Se fizesse, Lady, ele não estaria aqui.

Kelsea virou-se e aproximou-se de Mhurn, que continuava preso pelos enormes braços de Elston enquanto Kibb prendia seus pulsos.

— Bem, Mhurn, tem alguma coisa a dizer?

— Não, Majestade. — Ele se recusou a fitá-la. — Não há justificativa.

Kelsea olhou para ele, o homem que permitira que um assassino entrasse na Ala da Rainha, que enfiara uma faca em suas costas, e pegou-se recordando daquela noite junto à fogueira, das lágrimas nos olhos dele durante a audiência com Lady Andrews. Carlin não tinha compaixão por viciados; um viciado, disse ela a Kelsea, era inata e estrategicamente fraco, uma vez que seu vício sempre podia ser usado para controlá-lo. A voz de Carlin podia ter silenciado na mente de Kelsea, mas ela ainda sabia o que diria: Mhurn é um traidor e merece a execução.

Barty era mais clemente com tais fraquezas. Certa vez, explicara a Kelsea que o vício era como ter uma rachadura em sua vida.

— É uma rachadura profunda e mortal, Kel, mas você pode construir defesas em torno dela. Pode protegê-la com uma cerca.

Olhando para Mhurn, Kelsea não sentiu raiva, só pena. Seria quase impossível ocultar tal vício, uma vez que Clava sabia de tudo que acontecia na Fortaleza. Mhurn devia estar em abstinência constante quase todos os dias de sua vida.

— Você confessa sua traição, Mhurn?

— Sim.

Kelsea olhou em volta e viu que o resto da Guarda se aproximara deles, com olhares frios. Ela virou-se para Mhurn outra vez, ansiosa por evitá-los, por prolongar a vida dele.

— Quando se tornou um viciado?

— Que diferença isso faz, agora?

— Faz diferença para mim.

— Faz dois anos.

— O que diabos passou por sua cabeça? — rugiu Clava, incapaz de se conter. — Um membro da Guarda da Rainha com um vício em drogas? Onde achou que isso iria terminar?

— Aqui.

— Você é um homem morto.

— Estou morto desde a invasão, senhor. Mas só nos últimos anos comecei a apodrecer.

— Que bando de merda.

— O senhor não faz ideia do que perdi.

— Todos nós perdemos alguma coisa, seu imbecil chorão. — Uma fúria fria permeava a voz de Clava. — Mas somos Guardas da Rainha. Não vendemos nossa honra. Não abrimos mão do nosso juramento.

Ele voltou-se para Kelsea.

— Melhor tratarmos disso aqui mesmo, Lady, entre nós. Dê-nos a permissão para executá-lo.

— Ainda não. Elston, você está ficando cansado?

— Está brincando, Lady? Eu poderia segurar este filho da puta traiçoeiro o dia todo.

Elston flexionou os braços, fazendo Mhurn gemer e se debater. Houve um estalo audível quando uma de suas costelas quebrou.

— Basta.

Elston relaxou o aperto. Kibb havia terminado de amarrar as mãos e os pés de Mhurn, e agora ele só pendia dos braços de Elston como um boneco de pano, o cabelo louro caindo sobre o rosto. De repente, Kelsea lembrou-se de algo que ele dissera naquela noite na floresta Reddick: que os crimes de guerra tinham duas origens — circunstância ou liderança. O outro prisioneiro, o Guarda do Portão, no último instante pegara um machado e tentara corrigir seu erro, mas Mhurn nada fizera. Sua situação era difícil, com certeza, mas será que parte da culpa também vinha da liderança de Kelsea? Sabia por Clava que ele era um espadachim talentoso, não do mesmo calibre de Pen, mas muito bom. Era também um dos mais sensatos na Guarda, aquele em quem Clava mais confiava quando algo precisava ser feito com diplomacia. Era terrível perder um homem tão valioso e, por mais que tentasse, Kelsea não conseguia sentir raiva, só pena e a certeza de que essa tragédia poderia ter sido evitada de algum modo, que ela deixara escapar algum detalhe crucial ao longo do caminho.

— Coryn, sabe injetar esse negócio?

— Eu já injetei antibióticos antes, Lady, mas não conheço muito bem a morphia. A dose pode acabar matando-o.

— Bem, isso não tem importância agora. Dê-lhe uma dose decente.

— Lady! — vociferou Clava. — Ele não merece isso!

— É minha decisão, Lazarus.

Kelsea observou com interesse disfarçado enquanto Coryn agia, acendendo uma pequena chama e aquecendo o pó branco em uma das caixinhas de metal que usava para armazenar remédios. Quando se liquefez, a morphiate sumiu como um minúsculo edifício implodindo. Mas quando Coryn encheu a seringa, Kelsea virou o rosto, incapaz de vê-lo aplicando a injeção em Mhurn.

— Pronto, Lady.

Voltando a olhar, ela observou o rosto anguloso de Mhurn, agora suavizado, e a expressão vaga naqueles belos olhos frios. O corpo todo pareceu ficar lânguido. Como uma droga podia funcionar tão rápido?

— O que aconteceu com você durante a invasão mort, Mhurn?

— Vossa Alteza já ouviu a história.

— Ouvi duas versões, Mhurn, e nenhuma estava completa. O que aconteceu com *você*?

Mhurn observava um ponto acima do ombro dela com olhar perdido. Quando falou, a voz tinha um quê desconexo que provocou um aperto no estômago de Kelsea.

— Nós morávamos em Concord, Lady, às margens do rio Crithe. Nossa aldeia era isolada; nem sabíamos que os mort estavam a caminho até que um cavaleiro chegou para nos advertir. Mas daí já podíamos ver as sombras no horizonte... a fumaça das fogueiras... os abutres que os seguiam no céu. Fugimos da aldeia, mas não fomos rápidos o bastante. Minha filha estava doente, minha esposa nunca aprendera a cavalgar e, de qualquer maneira, tínhamos apenas um cavalo. Eles nos alcançaram no meio do caminho entre o Crithe e o Caddell. Ver o que aconteceu com minha esposa foi ruim, Lady, mas minha filha, Alma... Ela foi sequestrada pelo próprio Ducarte, levada pelo exército mort por quilômetros. Encontrei seu corpo meses depois, entre as pilhas de cadáveres deixadas pelos mort depois que partiram do Gramado da Fortaleza. Ela estava coberta de hematomas... e coisas piores que hematomas. Eu sempre a vejo, Lady. A não ser quando uso a agulha... É só então que fico cego.

"Então o senhor se engana", continuou ele, voltando-se para Clava, "se acha que me importo com como vou morrer, ou quando."

— Você nunca nos contou nada disso — replicou Clava.

— Que culpa tenho?

— Carroll jamais teria aceitado você na Guarda se soubesse que não batia bem da cabeça.

Kelsea já ouvira o suficiente. Ela se abaixou e pegou sua faca, a faca que Barty lhe dera muito tempo antes. Barty fora um Guarda da Rainha, no passado; será que teria concordado com isso?

O queixo de Clava caiu quando ela se levantou.

— Lady, qualquer um de nós faria isso de muito bom grado por Vossa Alteza! Não precisa...

— Claro que preciso, Lazarus. Ele é um traidor da Coroa. Eu represento a Coroa.

Mhurn ergueu o rosto, as pupilas dilatadas focando pouco a pouco na faca, e deu um sorriso nebuloso.

— Eles não entendem, Lady, mas eu, sim. Vossa Alteza me concedeu um gesto de bondade, e agora vai me conceder uma honra, também.

Os olhos de Kelsea encheram-se de lágrimas. Ela ergueu o rosto para Elston, vendo sua imensa silhueta como um borrão.

— Segure-o firme, Elston. Não vou poder fazer isso duas vezes.

— Combinado, Lady.

Kelsea limpou as lágrimas, agarrou um punhado do cabelo louro de Mhurn, inclinando sua cabeça para trás. Localizou a artéria carótida, pulsando de leve na garganta. Barty sempre dizia para evitar a carótida, se possível; um talho impreciso cobriria o autor do corte de sangue. Ela segurou a faca com firmeza, tomada pela certeza de que era isso o que Barty teria desejado: um serviço limpo. Encostou a lâmina contra o lado direito da garganta de Mhurn e a puxou em um movimento rápido e preciso. Um líquido morno e escarlate jorrou sobre sua mão, mas Kelsea o ignorou, segurando a cabeça de Mhurn tempo suficiente para ver o talho vermelho se abrindo, o sangue começando a descer pelo pescoço. Os olhos azuis a fitaram de forma sonhadora por mais um minuto, então ela soltou seu cabelo e recuou, observando a cabeça afundar devagar em direção ao peito.

— Bom trabalho, Majestade — observou Venner. — Um corte bem-feito, limpo.

Kelsea sentou-se no chão, chorando, e baixou a cabeça sobre os braços cruzados.

— Deixem-na a sós por um minuto — ordenou Clava, ríspido. — Ponham-no na fogueira. Coryn, tome conta do resto da porcaria na bolsa; talvez Arliss consiga algum trocado por isso quando voltarmos.

Todos se afastaram, a não ser pelo guarda que se sentava a seu lado. Pen.

— Lady — murmurou ele. — É hora de ir.

Kelsea assentiu, mas parecia incapaz de parar de chorar; as lágrimas continuavam a brotar, por mais que tentasse controlá-las. De tempos em tempos, sua respiração era interrompida por soluços. Pouco depois, sentiu a mão de Pen sobre a sua, limpando o sangue com delicadeza.

— Pen!

A mão de Pen sumiu.

— Levante-a! Já demoramos demais!

Pen segurou Kelsea sob o braço, seu toque impessoal, agora, e a ergueu do chão. Ele a apoiou enquanto ela cambaleava, dirigindo-se à pilha de pedregulhos onde os cavalos aguardavam no estábulo improvisado. Quando se aproximou de Dyer, que segurava seu cavalo, montou sem pensar, limpando o rosto na manga.

— Podemos partir, Lady?

Kelsea virou para olhar atrás deles, na direção do extremo leste do desfiladeiro. Não conseguia ver nada adiante; o aclive era íngreme demais. Não havia tempo, mas sentiu o súbito ímpeto de escalar até a beirada da encosta para contemplar Mortmesne, aquela terra que vira apenas em sonhos. Mas todos estavam a sua espera. Secou as últimas lágrimas. O rosto de Mhurn não lhe saía da mente, mas segurou as rédeas com força e procurou tirar essa imagem da memória.

— Tudo bem. Vamos para casa.

* * *

Assim que deixaram o desfiladeiro Argive, avançaram a um bom ritmo. O desfiladeiro estava pegajoso de lama, mas, quando começaram a descer a colina, a terra logo ficou seca como um osso. Chovera apenas no desfiladeiro. De tempos em tempos, Kelsea levava a mão ao colo e segurava as safiras que estavam sob o uniforme. Não conseguia sentir nada vindo delas, mas não se iludia; elas não ficariam quietas por muito tempo. Pensou na náusea que sentira na viagem de ida, o jeito como sua mente fora forçada a seguir em frente. A sensação mortificante quando tentou tirar uma delas.

O que vão fazer comigo?

De seu ponto elevado nos contrafortes, podiam ver o rastro escuro da caravana, talvez a meio dia de vantagem, serpenteando devagar pelo terreno relvado. Enquanto Kelsea dormia, Clava interrogara as aldeãs durante a noite, obtendo várias informações interessantes. Thorne invadira um total de doze aldeias ao longo do rio Crithe, onde os homens saíam toda primavera para comercializar seus produtos em Nova Londres. Os homens de Thorne haviam chegado à noite do mesmo dia em que os homens partiram, provocando incêndios para criar confusão antes de invadir e capturar mulheres e crianças.

Kelsea sentiu um arrepio na espinha ao lembrar-se daquela manhã terrivelmente fria na aldeia, dos gritos da mulher quando pegaram seus filhos. Não sentiu nenhum impulso de interceptar a caravana, mas estava preocupada com todas aquelas mulheres e crianças, sozinhas e desprotegidas. Parecia importante não perdê-la de vista.

E o que você e seus quinze guardas poderiam fazer se elas forem atacadas?, escarneceu sua mente.

Posso fazer muita coisa, respondeu Kelsea, sombria, lembrando-se da grandiosa luz azul, da eletricidade que se espalhara dentro dela. *Posso fazer muito.*

Mas no fundo ela sabia que não havia mais perigo. Coryn tivera o bom senso de dispersar os cavalos de Thorne; os poucos homens que haviam escapado ficariam a pé e era uma caminhada longa para qualquer lugar. Já tinham encontrado vários dos cavalos pastando nas colinas, e Clava prendera uma corda em seus pescoços. Ele fornecera um deles para o Guarda do Portão, Javel, embora Dyer tivesse amarrado as pernas do homem à sela e não saísse de perto dele, observando-o com olhos de águia. Kelsea não achava isso necessário. Em sua mente, via Javel golpeando a jaula em chamas, o rosto sujo de fuligem.

Ele tem mais a oferecer, pensou ela, *e Clava percebeu isso também.*

Quando acompanharam o passo da caravana, que ainda era uma sombra fina alguns quilômetros ao norte, Clava permitiu à tropa diminuir a marcha e manter um ritmo constante. O sol atravessara boa parte do céu, e eles já haviam coberto mais da metade da distância de volta ao rio Crithe quando Clava ordenou que parassem.

— O que foi?

— Um cavaleiro — respondeu ele, olhando para a caravana, lá embaixo. — Wellmer, venha aqui!

Era mesmo um cavaleiro solitário, galopando a toda a velocidade pelo campo, vindo do norte. Ia tão rápido que deixava uma nuvem de poeira em seu rastro, apesar de o campo ser na maior parte coberto de relva.

Elston, Pen e Clava se juntaram em um triângulo ao redor de Kelsea, que sentiu o estômago embrulhar. O que poderia ter dado errado agora?

— Ele é Caden — murmurou Pen. — Estou vendo o manto.

— Mas é apenas um mensageiro — observou Clava, reflexivo. — Meu palpite é que vamos enfrentar retaliações pela morte de Dwyne.

— Ele está morto? — indagou Kelsea.

Os olhos de Clava não desviaram do cavaleiro.

— Seu amigo o matou. Mas os Caden não têm como saber disso. Vão pensar que fomos nós.

— Bem, eles já tentaram me matar. Não posso estar com mais problemas do que antes.

— Não é típico dos Caden enviar um homem sozinho para o que quer que seja, Lady. Melhor agir com cautela e esperarmos aqui.

Kelsea esquadrinhou em torno do campo: amplas faixas de relva e trigo com alguns trechos rochosos por toda a extensão até a linha azul do rio Crithe. Parecia quase um país diferente, mas a mudança não era na terra; era em Kelsea.

— Senhor? — Wellmer veio da retaguarda com o arco já em mãos. — Ele decerto tem um manto Caden, mas traz uma criança no colo.

— O quê?

— Um menino pequeno, talvez com cinco ou seis anos.

Clava franziu a testa por um segundo, pensativo. Então a testa descontraiu-se e ele sorriu, um sorriso genuinamente satisfeito que Kelsea via pouco.

— Ah, destino, seu sem vergonha.

— O que foi?

— Muitos Caden têm bastardos pelo reino, Lady, mas poucos se adéquam à paternidade. Os mais decentes dão um bom dinheiro para a mulher e depois somem.

— Bom pra eles.

— Não vemos afeição com frequência — continuou Clava, como se Kelsea não tivesse interrompido —, mas ouvi falar de alguns Caden que tentam levar uma vida paralela em segredo, uma vida normal, com esposa e filhos escondidos. São muito cuidadosos com isso, porque seria uma vantagem fantástica para seus inimigos. Acho que Thorne pode ter sido estúpido o bastante para raptar o filho de um Caden. Quem é, Wellmer?

— Não conheço todos de vista ainda, senhor.

— Descreva-o.

— Cabelo claro. Grandalhão. Carrega uma espada e uma faca curta. Tem uma cicatriz feia na testa.

Elston, Pen e Clava entreolharam-se e toda uma conversa se passou entre eles no intervalo de alguns segundos.

— O que foi? — perguntou Kelsea.

— Vamos ver o que ele faz — disse Clava para Elston, então se voltou para Pen. — Você cuida apenas da segurança da rainha, entendeu? Mais nada.

O Caden parou seu cavalo a cerca de cinquenta metros de distância. Kelsea viu que de fato carregava uma criança pequena em um dos braços; ele colocou o menino no chão com cuidado antes de desmontar.

— Quem é ele?

— Merritt, Lady — explicou Clava. — Os Caden não possuem um único líder; são divididos em algumas facções. Mas Merritt detém um poder considerável entre eles, ainda mais que Dwyne.

— Se a criança era um segredo, também deve haver uma mulher em uma dessas aldeias — advertiu Elston. — Precisamos lidar com isso com prudência.

— Concordo.

Então Merritt segurou as rédeas do cavalo e a mão do filho e começou a caminhar na direção de Kelsea, movimentando-se devagar, com cautela. Era mesmo louro e de constituição forte, parecendo ainda maior ao lado da criança. Mas a afeição entre eles era clara; ficava óbvio na maneira como o homem retardava seu passo para permitir que a criança o acompanhasse, o modo como o menino o fitava de tempos em tempos, como se para ter certeza de que o pai continuava ali.

— Extraordinário — comentou Clava, baixinho, então ergueu a voz. — Não se aproxime mais!

Merritt parou de súbito. O filho olhou para ele, confuso, e ele o pegou no colo. Agora Kelsea conseguia ver a cicatriz na testa do Caden, um corte muito feio que não parecia ter recebido pontos. Não era a marca distendida que um ferimento de infância deixaria; na verdade, parecia bastante recente, uma horrível linha vermelha contra a testa pálida.

— A rainha está entre vocês?

— Estou!

— Pen — rosnou Clava —, fique atento.

Merritt conversou com o filho por um instante e, em seguida, o pôs no chão. Erguendo as mãos em um gesto de rendição, aventurou-se mais alguns passos. Kelsea esperava que Clava objetasse, mas ele limitou-se a desembainhar a espada e mover-se para ficar na frente dela quando Merritt se aproximou.

— Sou Merritt dos Caden, Majestade.
— Prazer. Veio me matar?
— Não queremos mais matá-la, Majestade. Não ganharemos nada com isso.

O menininho se aproximara do pai e agarrara sua perna, então Merritt se abaixou e, por reflexo, voltou a segurá-lo no colo.

— De acordo com Sean, é a Vossa Majestade que devo agradecer pela vida dele.
— Muitas vidas foram salvas ontem à noite. Fico feliz que seu filho seja uma delas.
— Clava permitirá que eu chegue um pouco mais perto?

Clava assentiu.

— Pode aproximar-se até dois metros, se continuar segurando seu filho o tempo todo.
— Isso é muita precaução para alguém que viaja sem cobertura por um campo aberto à luz do dia.

Clava irritou-se, mas não disse nada. Quando Merritt se aproximou, Kelsea percebeu que o menino estava adormecendo, os cabelos negros aninhados na curva do pescoço do pai. Merritt parou a cerca de dois metros, e o olhar de Kelsea foi atraído automaticamente para a cicatriz na testa dele, mas quando seus olhos se encontraram, ela descobriu que não conseguia desviar o rosto. A despeito da constituição robusta, os olhos eram de um cinza brilhante e perceptivos.

— Ficarei fora de Nova Londres por algum tempo, Majestade, talvez um mês, para esconder minha família. Mas sou um homem honrado, e Vossa Alteza me presenteou com a vida de meu filho. Tem minha palavra: nunca vou erguer a mão contra Vossa Majestade e, se estiver em meu poder retribuir, eu o farei.

Ele gesticulou na direção da caravana.

— Também peço desculpas pelos companheiros Caden que participaram dessa empreitada. Estavam agindo por conta própria. Duvido que teríamos aprovado essa ação se uma votação de fato tivesse ocorrido.

Kelsea ergueu as sobrancelhas, surpresa. Nunca teria imaginado que os Caden fossem um grupo democrático.

— Caso precise de minha ajuda, procure o filho de um padeiro chamado Nick, em Wells — continuou Merritt, dirigindo-se a Clava, agora. — Ele poderá levar o recado até mim, e fará isso com discrição.

Fez uma reverência para Kelsea e voltou para seu cavalo, andando devagar para não acordar a criança. Montou com o menino ainda no colo (*Como deve ser forte!*, pensou Kelsea; ela mal conseguia içar a si mesma vestida com a armadura sobre a sela) e começou a trotar para o oeste.

— Nossa, isso foi intenso — observou Kelsea.

— Mais do que intenso, Lady — respondeu Clava. — Os Caden não se curvam para ninguém. Acho que ele estava falando sério.

Observaram Merritt até que não fosse mais que um ponto na cor fulva do terreno relvado, e só então Clava pareceu relaxar. Ele estalou os dedos, em especial para Kibb, que fazia menção de desmontar do cavalo.

— Vamos lá!

Seguiram para oeste. A reluzente linha azul do Crithe ficava maior à medida que se aproximavam, até delinear-se como uma brilhante faixa de água correndo ao lado deles. A caravana precisaria vadear o rio e isso exigiria algum esforço. Contudo, Kelsea percebeu que não estava preocupada com nada, no momento. Ela checara as safiras várias vezes, mas ainda estavam só penduradas ali, pesadas e frias. Por ora, ao menos, eram apenas joias.

Continuaram vigiando a caravana até ela chegar ao grupo de aldeias mais próximo das margens do rio Crithe. Clava instruíra as aldeãs a eliminar carga à medida que avançavam, deixando as jaulas vazias para trás, e Wellmer assegurou a Kelsea que a caravana estava sendo desmantelada, de aldeia em aldeia. Ninguém usaria as coisas construídas por Thorne outra vez a não ser para lenha de fogueira.

Mas ele sempre pode construir mais, advertiu a mente de Kelsea. O pensamento a fez cerrar a mandíbula; se ao menos pudessem capturar Thorne! Ela não conseguia ficar brava com Elston, mas não subestimava o perigo de ter Thorne por aí, à solta. Talvez ele levasse algum tempo para se reorganizar, mas não ficaria ocioso por muito tempo.

Quando a caravana chegou à última aldeia, Kelsea e sua Guarda finalmente mudaram de direção e foram para Nova Londres, retomando a estrada Mort. A viagem foi sossegada. Os guardas conversavam em voz baixa entre si. Coryn, que tivera o bom senso de juntar toda água que foi capaz de carregar no rio Argive, passava as garrafas entre eles de vez em quando. Em alguns momentos foram presenteados com o som pavoroso de Kibb entoando canções de cavalaria, até Kelsea por fim ameaçar expulsá-lo da Guarda se não se calasse.

Ela passou grande parte da viagem conversando com Wellmer, com quem não conversara muito antes. Ele contou que Clava o encontrou quando tinha quinze anos e vivia nas ruas de Nova Londres, ganhando a vida com apostas de jogos de dardos.

— Ele me ensinou a usar o arco, Lady. Disse que não havia grande diferença entre usar um arco e lançar dardos, e é verdade. O segredo está no olho.

Kelsea olhou para a frente, para onde Clava conduzia a companhia.

— E se você não tivesse conseguido se adaptar? Ele teria jogado você de volta na rua?

— É bem provável. Dyer sempre diz que não há espaço para um peso morto na Guarda da Rainha.

Isso era a cara de Dyer: justo, mas duro, e provavelmente verdadeiro. Olhando em volta, Kelsea não via sinais de luto por Mhurn; na verdade, os guardas não falaram a seu respeito. Ponderou se ele não significava mais nada para eles agora, se os Guardas da Rainha eram capazes de se livrar do peso morto com tanta facilidade quanto a caravana. Ela não conseguiria se esquecer de Mhurn tão rápido; a imagem de seus olhos vazios e drogados voltava-lhe com frequência enquanto cruzavam a estrada Mort. Olhou o território a sua volta, o âmbar profundo do trigo cortado pela linha amarela da estrada, e desejou ser capaz de transformar o mundo em um lugar mais delicado.

Na última noite da viagem, acamparam com vista para Nova Londres, no topo de uma elevação baixa às margens do Caddell. Os guardas se entregaram ao sono com gratidão em seus sacos de dormir, mas Kelsea, que havia dormido pesado todas as noites desde a saída do desfiladeiro Argive, ficou insone. Ela virou-se de um lado para outro por uma hora, então se levantou, embrulhou-se no manto e afastou-se de Pen, orgulhosa por não acordá-lo.

Viu Clava sentado a cerca de cinco metros à frente no declive, observando o rio Caddell e, mais além, a planície Almont, uma sombra azulada na escuridão. Ele nem se virou quando Kelsea se aproximou.

— Não consegue dormir, Lady?

Tateando o chão, Kelsea encontrou uma pedra grande e achatada capaz de acomodá-la confortavelmente e sentou-se ao lado dele.

— De uns tempos pra cá, nunca sei o que vou ver quando durmo, Lazarus.

— Onde está Pen?

— Dormindo.

— Ah. — Ele abraçou as pernas. — Sem dúvida vamos discutir isso em algum momento, mas, por ora, fico feliz que tenha me encontrado sozinho, Lady. É hora de propor minha demissão.

— Por quê?

Clava riu com amargura.

— Sabe, Lady, todos aqueles anos em que assisti a Carroll fazer seu trabalho, eu o invejei. Eu era melhor do que ele em tantas coisas, sabe... Sabia interpretar melhor as pessoas, era um combatente melhor, tinha mais disciplina. Todas as vezes que o regente tentou nos dispersar, cortar nosso soldo, fui eu que tomei as providências para não deixar isso acontecer. Sempre imaginei que, quando minha vez chegasse, eu seria um capitão melhor do que Carroll. Mas o orgulho me arruinou.

Kelsea mordeu o lábio. Apesar dos eventos na semana anterior, em nenhum momento havia considerado pedir a demissão de Clava. Quem mais seria capaz de fazer seu trabalho? Ela abriu a boca para lhe dizer isso, e então a fechou. Sentimentalismo barato de nada adiantaria ali.

— Você cometeu falhas espetaculares na segurança, Lazarus.

— De fato, Lady.

— Decepcionante, e, no entanto, eu perdoo essas falhas.

— Não deveria fazer isso.

Kelsea pensou por um momento, então continuou:

— Aquele dia nos meus aposentos, quando você e Pen me seguraram, eu poderia tê-lo matado. Sabia disso?

— Na hora, não, Majestade. Mas agora não duvido que seja possível.

— Eu poderia matá-lo agora, Lazarus, por mais que você se orgulhe de suas proezas com a espada e a clava. E *prefiro* matá-lo a aceitar sua demissão. Estou mais segura com você ao meu lado, e não ao lado de outro qualquer.

— Fiz um juramento, Lady. Ele não termina com a minha demissão.

— É o que diz agora. Mas nem mesmo você pode prever o que as circunstâncias podem fazer. Não vou me arriscar e não aceito sua demissão. — Ela segurou o braço dele, sem muita força, mas também sem muita delicadeza. — Mas não se engane: se algum dia se recusar a obedecer a uma de minhas ordens diretas outra vez, vou matá-lo. A raiva quase me levou a fazer isso, e poderia me levar a fazer outra vez sem problemas. Não sou mais uma criança, Lazarus, nem sou tola. Sou a rainha ou não sou... Não existe meio-termo.

Clava engoliu em seco; ela o escutou com clareza no escuro.

— Vossa Alteza é a rainha.

— Lamento ameaçá-lo, Lazarus. Não é o que quero.

— Eu não temo a morte, Lady.

Ela assentiu. Clava não tinha medo de nada; ela já sabia disso.

— Mas não quero morrer por suas mãos.

Os lábios de Kelsea abriram-se, e ela ficou olhando para a linha cintilante do Caddell, incapaz de responder.

— E agora, Lady?

— Agora vamos em frente, Lazarus. Vamos nos preparar para a guerra que ambos sabemos estar a caminho. Vamos pensar em um jeito de alimentar, educar e prestar auxílio médico a todas essas pessoas. Porém, mais do que isso... — Virou-se de volta para ele. — Andei pensando um bom tempo na remessa, sobre todos aqueles cidadãos tear em Mortmesne.

Pensou?, perguntou sua mente, espantada. *Quando?* E ocorreu a Kelsea: enquanto dormia. Alguma coisa daquele período obscuro lutou para vir à tona, mas em seguida sumiu sem provocar a menor ondulação, e a lagoa de sua mente permanecia imóvel. Ela *tinha* sonhado; sonhara com tantas coisas que sua própria mente se forçara a esquecer.

— Muitos sorteados estão mortos agora, Lady. Trabalharam até morrer ou foram sacrificados para que seus órgãos fossem usados.

— Sei disso. Mas os órgãos não podem ser o principal uso para os escravos; Arliss disse que a cirurgia de transplante não foi aperfeiçoada. Ainda não se ganha muito dinheiro com isso. Não, devem ser as duas velhas demandas: trabalho e sexo. Tenho certeza de que muitos deles *realmente* morreram, mas a humanidade sempre encontra um jeito de sobreviver a essa provação. Acho que deve haver mais gente viva.

— E então?

— Ainda não sei. Mas vamos fazer alguma coisa, Lazarus. Alguma coisa.

Clava balançou a cabeça.

— Tenho vários espiões em Demesne, Lady, mas nenhum no lugar no qual Vossa Alteza está interessada, que é o Escritório do Leiloeiro. Os mort são uma população oprimida; é difícil trazê-los para nosso lado.

— Carlin sempre me dizia que pessoas sob tirania só precisam de um leve empurrão para despertar.

Clava ficou em silêncio por um tempo.

— O que foi?

— Lady, seus pais adotivos estão mortos.

As palavras atingiram Kelsea como um soco no estômago. Ela virou-se para ele, abrindo a boca, mas nada saiu.

— Dyer os encontrou no chalé quando foi à procura dos livros. Os dois estavam mortos havia semanas.

— Como?

— Estavam sentados na sala de estar, com canecas de chá na frente deles, um frasco de cianeto na mesa. Dyer não é nenhum detetive, mas era um cenário fácil de interpretar. Eles esperaram até que partisse, prepararam o chá e o misturaram com veneno. Já deviam estar mortos quando os Caden chegaram lá.

Kelsea observou o rio, sentindo o calor das lágrimas nas bochechas. Devia ter percebido. Ela lembrou-se de Barty e Carlin nas semanas que antecederam sua partida, o modo descuidado como faziam as malas, a falta de urgência. A horrível palidez no rosto deles naquela manhã diante do chalé. Toda a conversa sobre Petaluma fora apenas um teatro para iludi-la. Nunca planejaram fugir.

— Você sabia que eles fariam isso quando chegou ao chalé?

— Não.

— Por que não me contaram?

— Pelo mesmo motivo que eu não contei, Lady: para poupá-la do sofrimento. Acredite em mim, o que fizeram foi um ato honrado. Não interessa aonde fossem ou quão bem se escondessem, Barty e Lady Glynn sempre seriam um perigo para Vossa Alteza.

— Por quê?

— Eles a criaram, Lady. Tinham o tipo de informação que ninguém mais poderia descobrir: as coisas que gosta e que não gosta, o que a motiva, suas fraquezas, quem Vossa Alteza é de fato.

— O que alguém poderia fazer com isso?

— Ah, Lady, esse é o tipo de informação que um inimigo mais valoriza. Eu mesmo uso esse tipo de coisa para subornar espiões e causar estragos. Saber a fraqueza de um inimigo é algo incrivelmente valioso. Além do mais, Lady, e se alguém tivesse capturado seus pais adotivos e exigido um resgate, ameaçado machucá-los? O que Vossa Alteza estaria disposta a oferecer?

Kelsea não tinha resposta. Parecia não conseguir superar o fato de que nunca mais veria Barty outra vez. Pensou em sua cadeira, o Cantinho da Kelsea, que ficava bem aos raios de sol que entravam pela janela do chalé. Mais lágrimas brotaram agora, queimando suas pálpebras como ácido.

— Lady Glynn foi uma historiadora da pré-Travessia, Lady. Barty foi um Guarda da Rainha. Eles sabiam no que estavam se metendo dezoito anos atrás, quando eu a deixei na porta do chalé.

— Você disse que não sabia!

— Eu não sabia, Lady, mas eles, sim. Escute com atenção, pois só vou contar esta história uma vez. — Clava refletiu por um momento, então prosseguiu: — Há dezoito anos, cavalguei para aquele chalé na floresta Reddick com Vossa Alteza presa a meu peito. Chovia forte; estávamos na estrada fazia três dias e chovera o tempo todo. Havíamos feito uma faixa à prova d'água para que eu a carregasse, mas, mesmo assim, no fim da viagem Vossa Alteza estava encharcada.

Apesar da tristeza, Kelsea ficou fascinada.

— Eu chorei?

— Nem um pouco, Lady. Vossa Alteza adorava aquela faixa. A queimadura em seu braço ainda estava cicatrizando, mas contanto que estivéssemos andando a cavalo, não chorava uma vez sequer. Só precisei silenciá-la quando começou a rir.

"Quando chegamos ao chalé, Lady Glynn atendeu a porta. Vossa Alteza chorou um pouquinho quando a tirei da faixa; mesmo naquela hora, sempre achei que de algum modo Vossa Alteza sabia que a viagem tinha chegado ao fim. Mas quando a entreguei para Lady Glynn, Vossa Alteza se acalmou na mesma hora e dormiu nos braços dela."

— Carlin me pegou no colo? — Isso parecia tão improvável que Kelsea ficou pensando se Clava não estaria inventando toda aquela história.

— Foi, Lady. Barty me convidou para jantar com eles, para grande desagrado de sua senhora, então nos sentamos para comer. Ao fim da refeição, pude perceber que Barty já se apaixonara por Vossa Alteza; estava estampado na cara dele.

Kelsea fechou os olhos, sentindo mais lágrimas brotarem por trás das pálpebras.

— Quando terminamos de comer, Barty me ofereceu uma cama, mas eu queria ir embora antes que a chuva cessasse para apagar meu rastro. Quando terminei de preparar a sela, fui me despedir e encontrei vocês três na sala. Acho que eles esqueceram que eu ainda estava ali. Não viam nada além de Vossa Alteza.

O estômago de Kelsea sacudiu devagar, de forma nauseante.

— Barty disse: "Me deixe segurá-la". Então Lady Glynn a passou para ele, e daí, e nunca vou me esquecer disso, Lady, ela disse: "Daqui em diante, será você... o amor deve vir de você".

"Barty pareceu tão espantado quanto eu, até que ela explicou: 'Essa é nossa grande obra, Barty. As crianças precisam de amor, mas também precisam de disciplina, e você não vai conseguir fazer esse papel. Se dermos a ela tudo que quiser, ficará como a mãe. Ela precisa odiar um de nós, pelo menos um pouco, assim pode sair por aquela porta e não olhar para trás'."

Kelsea fechou os olhos.

— Eles sabiam, Lady. Sempre souberam. Fizeram um sacrifício, e deve mesmo chorar, mas também deve honrá-los por isso.

Kelsea chorou, feliz por Clava não tentar confortá-la nem ir embora. Ele só ficou sentado a seu lado, os braços ao redor dos joelhos, olhando para o rio Caddell, até as lágrimas de Kelsea diminuírem e darem lugar a soluços ofegantes e contidos, depois a uma respiração lenta que assobiava ao entrar e sair da garganta.

— Deve tentar dormir, Lady. Vamos levantar cedo amanhã.

— Não consigo dormir.

— Tente, e não serei duro com Pen por deixar que saísse de fininho.

Kelsea abriu a boca para dizer-lhe que não se importava com Pen, então a fechou. Em algum momento na viagem de volta, toda a sua raiva por Pen fora embora. Tinha sido uma raiva infantil, percebeu, implacável e improdutiva... do tipo que sempre decepcionara Carlin.

Apoiando a mão no ombro de Clava, Kelsea ergueu-se, limpando o rosto. Mas depois de cinco passos, virou.

— O que você perdeu, Lazarus?

— Lady?

— Você disse a Mhurn que todos na Guarda perderam alguma coisa. O que *você* perdeu?

— Tudo.

Kelsea encolheu-se com a amargura em sua voz.

— E agora, você ganhou alguma coisa?

— Ganhei, Lady, e dou valor a ela. Vá dormir.

A rainha de Tearling

Aqui fica o Tearling, aqui fica Mortmesne,
Um é preto e o outro vermelho,
Um é luz e o outro é sombra,
Um é vida, e o outro, morte.

Aqui fica a rainha Glynn, aqui fica a Rainha Vermelha,
Fadada a perecer e cair no esquecimento,
A Lady se move, a Bruxa se desespera,
A rainha Glynn triunfa, e a Rainha Vermelha erra.

— CANTIGA INFANTIL, FAMOSA DURANTE O IMPÉRIO TEAR MÉDIO

Dois dias depois, uma coisa estranha aconteceu.

Kelsea estava sentada a sua mesa na biblioteca, copiando um dos livros de história do padre Tyler. O padre estava a seu lado, também escrevendo com diligência. Clava trouxera quatro copistas, mas Kelsea e Tyler eram mais rápidos, e nos dias de visita do padre os dois muitas vezes sentavam juntos, conversando um pouco enquanto trabalhavam. Kelsea nunca imaginara que pudesse se sentir confortável na presença de um padre, mas *estava*, da maneira como imaginava que seria a escola caso tivesse frequentado uma.

O padre Tyler sabia um bocado sobre a Travessia. Isso era útil, pois o evento não saíra da cabeça de Kelsea desde que ela voltara do desfiladeiro Argive. Como teria sido para os utopistas de William Tear, desbravando o pior oceano possível, sem saber se algum dia alcançariam terra firme — se é que havia terra para alcançar. O padre Tyler contou a Kelsea que após as ondas terem levado o Navio Branco a afundar, houve sobreviventes na água, médicos e enfermeiras à espera de resgate. Mas os outros navios não tinham controle suficiente, o oceano estava violento demais, e o tempo, calamitoso demais para que dessem meia-volta. Foram forçados a deixar os sobreviventes para trás, todas aquelas pessoas, primeiro se debatendo na água e depois boiando com vagar até sucumbirem sob as ondas. Kelsea não conseguia tirar a imagem da cabeça; até sonhou com ela, pesadelos em que lutava para permanecer à tona na água gelada, debatendo-se cada vez mais debilmente e observando o restante dos navios desaparecer no horizonte em direção a um novo mundo. Em direção ao Tearling.

Kelsea relera os mesmos dois parágrafos várias vezes e por fim largou a pena. Imaginou se alguém tinha notícias de Thorne. Ele desaparecera na vastidão de Tearling sem deixar rastro, mas Clava o encontraria. Clava e Elston, que parecia ter tomado como uma afronta mortal o fato de Thorne ter escapado. Eles o encontrariam e o levariam até ela. Kelsea estremeceu com o pensamento, a raiva misturando-se à empolgação dentro de sua cabeça.

Espiando o padre Tyler, percebeu que o homem também estava distraído. Duas rugas profundas haviam aparecido em sua testa, e ele parara de copiar, limitando-se a olhar para as estantes no canto.

— O senhor está ocioso, padre — provocou ela.

O padre ergueu o rosto e abriu um sorriso tímido, bondoso. Haviam começado a gracejar entre si de tempos em tempos, o que foi do agrado de Kelsea.

— Eu estava devaneando, Lady. Minhas desculpas.

— Qual é o problema?

Os lábios do padre Tyler se comprimiram por um momento, então ele deu de ombros e disse:

— Presumo que vá acabar descobrindo mais cedo ou mais tarde, Majestade. O Santo Padre está com pneumonia outra vez, e dizem que desta vez será a última.

— Lamento.

— Não lamenta, Majestade. Preferia que não mentisse.

Kelsea olhou feio para ele, assim como Pen, sentado no canto. Pensou em repreender o padre, mas, achando sua franqueza valiosa, decidiu não fazê-lo.

— E o que vai acontecer agora?

— Todos os cardeais estão voltando para o conclave, para eleger um novo Santo Padre.

— Quem são os candidatos?

A boca do padre Tyler ficou tensa outra vez.

— No papel, Lady, há vários candidatos, mas o assunto já está decidido. Dizem que o cardeal Anders será o novo Santo Padre daqui a um mês.

Kelsea não sabia muito sobre o cardeal Anders, apenas que Clava o considerava um sujeitinho desprezível.

— Isso incomoda o senhor?

— Ele é um administrador competente, Lady. Mas talvez não seja de fato devoto.

O padre Tyler aprumou-se e fechou a boca, sua reação padrão quando achava que falara mais do que deveria. Kelsea mergulhou a pena na tinta e preparou-se para retomar o trabalho.

— Tome cuidado, Lady.

— Como?

— Eu sei... Mas não comentei com eles... que Vossa Majestade é tão religiosa quanto um gato doméstico. O cardeal Anders é... Temo por Vossa Majestade. Temo por todos nós.

Kelsea recuou, admirada com o desabafo do padre, que costumava ser taciturno.

— O que ele fez com o senhor?

— Comigo não, Majestade. — Ele a encarou com olhos arregalados. — Mas creio que o cardeal é capaz de coisas terríveis. Creio que...

Clava e Wellmer entraram na biblioteca, e o padre Tyler ficou em silêncio. Kelsea lançou um olhar irritado a Clava, checando o relógio; era para ela ter pelo menos mais vinte minutos com o padre antes da reunião com Arliss.

— Lady, tem uma coisa que precisa ver.

— Agora?

— Sim, Lady. Lá na sacada.

Kelsea suspirou, olhando para o padre com um lamento genuíno. Não tinha ideia do que ele estava prestes a dizer, mas parecia valer a pena ouvir.

— Acredito que nosso tempo juntos terminou, padre. Faça uma boa viagem de volta ao Arvath e mande meus votos de melhoras para o Santo Padre.

— Obrigado, Majestade.

O padre Tyler fechou o códice, os olhos indo em direção a Clava. Ainda parecia preocupado, de tal forma que Kelsea se curvou e sussurrou:

— Não tema, padre; não subestimo ninguém, muito menos seu cardeal.

Ele dirigiu-lhe um brevíssimo aceno, seu rosto pálido ainda preocupado. Segundo Clava, que tinha vários espiões no Arvath, o Santo Padre estava insatisfeito com o padre Tyler, que não lhe fornecia as informações que queria. Kelsea desejava saber até que ponto as coisas ficariam ruins para o padre Tyler no Arvath, mas ainda não haviam chegado ao ponto em que poderia perguntar-lhe diretamente.

Quando o padre saiu, Clava e Wellmer conduziram Kelsea pelo corredor para o aposento da sacada. Jordan, o arauto, emergiu com cara de sono de um dos quartos no fim do corredor.

— O senhor me chamou?

Clava gesticulou com o dedo, e Jordan os seguiu, coçando a cabeça. Agora dois guardas eram mantidos nas portas da sacada, e nesse dia eram Coryn e Dyer, que fizeram uma reverência quando Kelsea entrou na sala.

— Por aqui, Lady. — Clava abriu as portas da sacada, deixando entrar uma luz fria. O inverno estava começando a dar lugar à primavera, mas o céu parecia de verão, puro azul até o horizonte. Kelsea saiu sob os raios do sol e estremeceu de prazer; o calor em sua pele era uma sensação extraordinária depois da penumbra da Ala da Rainha. Clava gesticulou para que avançasse e apontou para o parapeito. — Ali embaixo.

Kelsea espiou por cima da beirada e se arrependeu na mesma hora; a altura era vertiginosa. Deviam estar muito próximos do topo da Fortaleza, mas ela percebeu que queria olhar para o alto ainda menos do que para baixo.

Lá embaixo ficava o Gramado da Fortaleza, que estava cheio de pessoas, uma multidão se espalhava desde o fosso até o topo da colina, um organismo vivo e murmurante que se espalhava por no mínimo trezentos metros do gramado. Kelsea lembrou-se do dia da remessa, um mês e uma vida inteira antes, mas naquele dia não havia filas nem jaulas. Após um momento, porém, notou uma estranha forma parecida com uma árvore se projetando muito acima da multidão.

— Meus olhos são ruins. O que é aquilo?

— Aquilo, Lady, é uma cabeça em uma estaca — respondeu Wellmer.

— A cabeça de quem?

— Seu tio, Lady. Fui até lá só para ter certeza. Na estaca há uma placa dizendo: "Um presente para a rainha tear, com os cumprimentos de Fetch".

A despeito da natureza macabra da oferta, Kelsea sorriu. Olhou para Clava e percebeu que os cantos de sua boca estavam virados para cima, reprimindo um sorriso também, e de repente ela percebeu. Foi como o dia dos livros, da biblioteca. Clava queria que aquele momento fosse um presente para Kelsea, mas não podia admitir, assim como não podia se livrar do manto de desconfiança que o envolvera por toda a sua vida. Isso era o máximo a que chegaria. Ela desejou poder abraçá-lo, como teria feito com Barty, mas sabia que ele não gostaria. Em vez disso, cruzou os braços como se estivesse com frio, mas continuando a observar Clava pelo canto do olho.

O que o fez ser desse jeito? O que aconteceu com ele?

Wellmer continuou:

— A estaca parece bem enterrada, assim as pessoas não vão poder tirar a menos que tragam pás. A cabeça está em perfeitas condições, Lady; alguém a tratou com um fixador, para que não apodreça.

— Um enfeite de jardim bem útil — comentou Clava.

Kelsea olhou por cima do parapeito outra vez, certa de que Fetch estava por ali. Ele próprio devia ter entregado o presente, escondendo-se à vista de todos. Desejou conseguir vê-lo, dizer-lhe que a barganha que os dois fizeram rendera mais frutos do que ele poderia ter imaginado.

— O que essas pessoas querem?

— Você, Lady — disse-lhe Clava. — Sua mãe nunca se atreveu a sair na cidade; usava esta sacada para os anúncios. A multidão começou a se juntar ontem, quando descobriu que Vossa Alteza tinha voltado à Fortaleza. Meu homem no portão diz que a maioria das pessoas passou a noite ali.

— Não tenho nada para anunciar.

— Pense em algo, Lady. Acho que não vão embora.

Kelsea voltou a olhar por cima do parapeito. As pessoas pareciam mesmo acampadas; podia ver tendas de várias cores e sentir o cheiro de carne assada. Fragmentos de canções eram trazidos com o vento. Havia muitas pessoas.

— Fale, Jordan. Vamos avisar que ela está aqui.

Jordan limpou a garganta, emitindo um ronco encatarrado que parecia apropriado a um homem muito mais velho.

— Desculpe, Lady — murmurou ele, corando. — Andei resfriado.

Respirando fundo, curvou-se sobre o parapeito e exclamou:

— A rainha de Tearling!

Todo o gramado olhou para cima, emitindo um rugido tão poderoso que Kelsea sentiu o piso de pedra tremer sob seus pés. Ela olhava para um mar de rostos, todos virados para o alto, olhando para ela. Apoiando as mãos no parapeito, ela curvou-se bastante sobre a beirada, de tal forma que Pen, por precaução, segurou as costas de seu vestido. Kelsea ergueu as mãos pedindo silêncio, esperando que os ecos cessassem. Aquele dia no Gramado da Fortaleza parecia a uma vida de distância, mas agora, como naquele dia, ela descobriu que as palavras haviam enchido sua garganta.

— Sou Kelsea Raleigh, filha de Elyssa Raleigh!

A multidão permaneceu em silêncio, esperando.

— Mas sou também a filha adotiva de Bartholemew e Carlin Glynn!

Um espesso tapete de sussurros e murmúrios subiu do gramado abaixo. Kelsea fechou os olhos e viu Barty e Carlin, com tanta nitidez quanto os vira em vida, de pé na cozinha do chalé, Barty com as ferramentas de jardinagem e Carlin lendo um livro. Kelsea já sabia que estavam mortos; em algum lugar lá no fundo ela já sabia. Não escutava a voz de Carlin ou de Barty em sua cabeça havia semanas. Elas haviam sumido aos poucos, sendo substituídas por outra voz, aquela voz austera e determinada que falava quando tudo estava mal, quando ela não sabia o que fazer.

Minha própria voz, percebeu Kelsea, admirada. *Não a de Carlin, não a de Barty, mas a minha.*

— Meus pais adotivos me moldaram no que sou e deram suas vidas a meu serviço! — gritou ela, com a voz rouca. — Desse modo, vou mudar meu nome! Deste dia em diante, serei Kelsea Raleigh Glynn! Meu trono será Glynn, meus filhos serão Glynn e eu não serei uma rainha Raleigh, mas sim uma rainha Glynn!

Dessa vez, o bramido quase a derrubou de costas, fazendo a sacada tremer e chacoalhando a porta no batente, a suas costas. Kelsea não tinha mais nada para dizer, só podia acenar para a multidão, mas parecia que tudo estava bem. Eles continuaram a aclamá-la por vários minutos, como se fosse tudo que quisessem, apenas vê-la, saber que estava lá.

Não estou sozinha, percebeu, os olhos se enchendo de lágrimas. *Barty tinha razão, afinal.*

Limpou os olhos úmidos e murmurou para Clava:

— Eles se contentam com pouco.

— Não, Lady. Não mesmo.

Em seguida, a multidão irrompeu em um canto, mas daquela altura Kelsea não conseguia captar a maioria das palavras, apenas seu nome. Ficou olhando para seu país, uma visão espetacular. O horizonte cortava o território mais ou menos na metade da planície Almont, mas mesmo assim Kelsea sentia que todo o Tearling se descortinava diante dela. Apesar da visão ruim, conseguia enxergar cada centímetro de sua terra, cada detalhe, as montanhas Fairwitch ao norte e a fronteira mort a leste, até os penhascos rochosos das Colinas da Fronteira, onde Hall e seu batalhão se preparavam para a invasão mort, construindo defesas nas encostas. Ela piscou e viu Mortmesne, assim como vira antes, quilômetros de florestas cortadas por estradas conservadas. Pelas vias marchavam longas fileiras escuras de soldados, com carroças e torres de cerco, com canhões que reluziam ao sol, todos marchando inexoravelmente na direção de Tearling.

Mas então a visão de Kelsea ficou borrada, e ela não estava mais olhando para Mortmesne. Ela conseguia enxergar muito além, através de montanhas e fronteiras, e ver oceanos que não existiam em nenhum mapa do Novo Mundo, ver a silhueta de uma cidade entregue às traças. A geografia havia se alterado, e a terra jazia destruída. Kelsea vislumbrou maravilhas, tão rápido que não teve tempo de compreendê-las, ou sequer de lamentar seu desaparecimento. Podia ver tudo, o futuro e o passado, sua visão se estendendo a um lugar onde o tempo e a terra se fundiam em uma coisa só.

Então tudo sumiu de repente. Kelsea piscou outra vez, os olhos cheios de lágrimas, e viu apenas seu próprio reino, campos cultivados esparramando-se diante de seus olhos para ir ao encontro do céu. Sentiu uma dor no coração, a mesma sensação vaga de perda que sentia ao acordar de um sonho do qual não conseguia lembrar. Ela era Kelsea Glynn, uma garota que crescera na floresta, que adorava estudar história e ler livros. Mas era outra coisa também, algo além de Kelsea, e ali ficou por mais um momento, observando seu país, cerrando os olhos para ver o perigo além do horizonte.

Minha responsabilidade, pensou, e a ideia não lhe causou temor algum naquele momento, apenas uma extraordinária sensação de gratidão.

Meu reino.

Agradecimentos

Meu primeiro e maior agradecimento vai para Dorian Karchmar: não só uma agente maravilhosa, como também uma amiga e editora talentosa, que fez um esforço extraordinário para deixar este livro pronto para o mundo. Agradeço também a Cathryn Summerhayes, Simone Blaser, Laura Bonner, Ashley Fox, Michelle Feehan e a todas as outras pessoas incrivelmente prestativas na William Morris Endeavor. Vocês são ótimos.

Obrigada a Maya Ziv, Jonathan Burnham e a todo mundo na Harper, por botar tanta fé em uma autora de primeira viagem. Seabiscuit agradece especialmente a Maya por conduzir este livro desde o primeiro esboço. Agradeço da mesma forma à equipe da TransWorld Publishers, principalmente Simon Taylor; se existe companhia melhor para almoçar e conversar sobre livros, ainda não encontrei.

Obrigada a papai e a Deb, por seu apoio e compreensão na longa e tortuosa trajetória que me trouxe até esse ponto. E imensos agradecimentos a Christian e Katie, que me lembram o tempo todo que o amor de fato move o vasto mundo.

Um agradecimento com amor a Shane Bradshaw, que mantém minha loucura sob controle, supre meu vício por tricô e me lembra que as coisas vão dar certo.

Tenho certeza de que muitos escritores podem realizar um bom trabalho sem a ajuda de um mentor, mas eu não sou um deles. Obrigada a todos os professores que existem, mas em especial a Edward Carey, Chris Offutt e a outros que partilham seus talentos no Iowa Writer's Workshop, bem como à incomparável professora Betsy Bolton, do Swarthmore College. Obrigada também a Jonas Honick, o maior professor de história do mundo; não sei qual seria meu senso de justiça social (ou o de Kelsea, aliás) sem você.

Por último, mas não menos importante, obrigada a vocês, leitores. Espero que tenham se divertido.

ESTA OBRA FOI COMPOSTA PELA ABREU'S SYSTEM EM CAPITOLINA REGULAR
E IMPRESSA EM OFSETE PELA LIS GRÁFICA SOBRE PAPEL PÓLEN SOFT
DA SUZANO PAPEL E CELULOSE PARA A EDITORA SCHWARCZ EM FEVEREIRO DE 2017

A marca FSC® é a garantia de que a madeira utilizada na fabricação do papel deste livro provém de florestas que foram gerenciadas de maneira ambientalmente correta, socialmente justa e economicamente viável, além de outras fontes de origem controlada.